# J.R.R. TOLKIEN

## WŁADCA PIERŚCIENI

### DRUŻYNA PIERŚCIENIA

# J.R.R. TOLKIEN

## WŁADCA PIERŚCIENI

## DRUŻYNA PIERŚCIENIA

przełożyła
MARIA SKIBNIEWSKA

WARSZAWSKIE
WYDAWNICTWO
LITERACKIE
MUZA SA

Tytuł oryginału: ***The Lord of the Rings***
*The Fellowship of the Ring*

Projekt okładki: *Maciej Sadowski*
Redakcja merytoryczna: *Marek Gumkowski*
Redakcja techniczna: *Sławomir Grzmiel*
Korekta: *Jolanta Urban*

Wiersze w przekładach *Autorki tłumaczenia,
Włodzimierza Lewika* i *Tadeusza A. Olszańskiego*
Tekst na okładce zapisany w certarze
przełożył *Wojciech Burakiewicz*
Na okładce wykorzystano fragmenty obrazów
*Pietera Bruegla (st.)*

Originally published in the English language by HarperCollins Publishers Ltd.
under the title *The Lord of the Rings* by J.R.R. Tolkien
*The Fellowship of the Ring* © The Trustees of The J.R.R. Tolkien 1967 Settlement, 1954, 1966

 and 'Tolkien' ® are registered trade marks
of The J.R.R. Tolkien Estate Limited

© for the Polish edition by MUZA SA, Warszawa 1996, 2011
© for the Polish translation by Rafał Skibiński

ISBN 978-83-7495-888-2

Warszawskie Wydawnictwo Literackie
MUZA SA
Warszawa 2011

*Trzy Pierścienie dla królów elfów pod otwartym niebem,*
*Siedem dla władców krasnali w ich kamiennych pałacach,*
*Dziewięć dla śmiertelników, ludzi śmierci podległych,*
*Jeden dla Władcy Ciemności na czarnym tronie*
*W Krainie Mordor, gdzie zaległy cienie,*
*Jeden, by wszystkimi rządzić, Jeden, by wszystkie odnaleźć,*
*Jeden, by wszystkie zgromadzić i w ciemności związać*
*W Krainie Mordor, gdzie zaległy cienie.*

# Nota wydawcy

*Władcę Pierścieni* J.R.R. Tolkiena często określa się błędnie jako trylogię; w rzeczywistości jest to jedna obszerna powieść, składająca się z sześciu ksiąg wraz z uzupełniającymi ją dodatkami, która czasami (ale nie zawsze) bywa publikowana w trzech osobno zatytułowanych woluminach. Taką postać nadano – decyzją wydawcy, a nie autora – pierwszej edycji angielskiej; poszczególne tomy ukazywały się 29 lipca (t. I) i 11 listopada 1954 roku (t. II) oraz 20 października 1955 roku (t. III). Amerykańskie wydawnictwo Ballantine Books w 1965 roku ogłosiło autoryzowaną edycję *Władcy Pierścieni* w oprawie broszurowej (*paperback*), do której Tolkien m.in. napisał nową przedmowę oraz dodał *Notę do prologu*. W 1966 roku w Wielkiej Brytanii opublikowano drugie, poprawione, wydanie powieści; ono też stało się podstawą wszystkich późniejszych wznowień. Nad ich poprawnością czuwa, korygując odnajdywane wciąż drobne usterki, Christopher Tolkien, syn zmarłego w 1973 roku autora, opiekujący się jego pisarską spuścizną. Tekstem takiego skorygowanego angielskiego jednotomowego wydania z 1995 roku posługiwano się przy kolacjonowaniu tłumaczenia w niniejszej edycji.

Trzy tomy polskiego przekładu dzieła Tolkiena autorstwa Marii Skibniewskiej ukazały się nakładem „Czytelnika" w latach 1961, 1962 i 1963. Było to trzecie – po holenderskim i szwedzkim – tłumaczenie powieści na język obcy. W 1981 roku ta sama oficyna opublikowała wydanie drugie, nieco zmodyfikowane, oparte na poprawionej edycji angielskiej z 1966 roku. Wersja owa została – bez żadnych zmian – przedrukowana w broszurowej edycji „Czytelnika" i CiA Books / SVARO z 1990 roku oraz w jednotomowym ilustrowanym wydaniu „Atlantisu" z 1992 roku. We wszystkich tych wydaniach pominięto dwa spośród sześciu zamieszczonych w oryginale dodatków: pierwszy był poświęcony rachubie czasu i kalendarzom, drugi dotyczył pism i alfabetów. Dodatki te (w tłumaczeniu Ryszarda Derdzińskiego) uwzględniła dopiero pierwsza pełna edycja *Władcy Pierścieni*, ogłoszona przez Wydawnictwo Muza w 1996 roku. W tym samym roku Wydawnictwo Zysk i S-ka opublikowało tom I (tom II i III ukazały się w roku następnym) nowego polskiego tłumaczenia powieści Tolkiena, dokonanego przez Jerzego Łozińskiego.

Znakomity przekład *Władcy Pierścieni* autorstwa Marii Skibniewskiej uznawany jest w dalszym ciągu – wraz z tłumaczeniami fragmentów poetyckich, spolszczonych przez Włodzimierza Lewika (w tomie I i II) oraz Andrzeja Nowickiego (w tomie III) – za kanoniczną wersję dzieła Tolkiena w języku polskim. Podczas przygotowywania jego edycji w Wydawnictwie Muza okazało się jednak, iż można tam znaleźć pewną liczbę sformułowań błędnych lub nietrafnych oraz że opublikowane w ostatnich latach nowe materiały – przede wszystkim autokomentarze i notatki samego J.R.R. Tolkiena – dostarczają niekiedy argumentów na rzecz innych rozwiązań translatorskich. Do tekstu wprowadzono zatem poprawki i modyfikacje. Najważniejsze z nich to: zastąpienie niektórych przekładów wierszy autorstwa Włodzimierza Lewika (który tworzył je przed wydaniem dzieła Tolkiena *Silmarillion* i w wielu szczegółowych kwestiach skazany był wyłącznie na domysły) nowymi tłumaczeniami Tadeusza A. Olszańskiego; zmiana polskiego tytułu I tomu na *Drużynę Pierścienia*, bliższą oryginałowi angielskiemu (*The Fellowship of the Ring*); uwzględnienie znaków diakrytycznych, m.in. oznaczeń długich samogłosek, oraz wprowadzenie zróżnicowanego zapisu głoski *k* (za pomocą liter „k" lub „c") i głoski *f* (za pomocą liter „f" lub „ph") w słowach pochodzących ze stworzonych przez Tolkiena języków elfów i ludzi.

Korekty i zmiany dotyczą również niektórych imion własnych i nazw geograficznych. Opierano się tu m.in. na wskazówkach samego pisarza, zawartych w tekście *Guide to the Names in „The Lord of the Rings"* (w wyd. zbiorowym *A Tolkien Compass*, edited by Jared Lobdell, Open Court 1975, Ballantine Books 1980). Nowe brzmienie otrzymały następujące imiona i nazwy (w nawiasach podajemy oryginalną wersję angielską oraz wcześniejszą wersję polską): Brama Półmroku (*Dimrill Gate*, dawniej „Brama Dimrilla"), Cienistogrzywy (*Shadowfax*, dawniej „Gryf"), Dolina Półmroku (*Dimrill Dale*, dawniej

„Dolina Dimrilla"), Gadzi Język (*Wormtongue*, dawniej „Smoczy Język"), Kamieniołom (*Quarry*, dawniej „Spytki"), las Chetwood (*Chetwood*, dawniej „Zalesie"), Nowosioło (*Nobottle*, dawniej „Bezpiwie"), „Pod Złotym Okoniem" (*Golden Perch*, dawniej „Pod Złotą Tyczką"), Scary (*Scary*, dawniej „Wypłosz"), Schody Półmroku (*Dimrill Stair*, dawniej „Schody Dimrilla"). Uzasadnieniem tych modyfikacji może być bądź potrzeba skorygowania ewidentnej pomyłki tłumaczenia (tak ma się rzecz np. z „Gryfem" – „Cienistogrzywym", a także w przypadku nazw zawierających słowo *Dimrill*, które nie jest imieniem postaci, lecz stanowi połączenie *dim*, przyćmiony + *rill*, strumyk), bądź konieczność wyboru właściwego wariantu (np. *Golden Perch* można tłumaczyć i jako „Złoty Pręt", i jako „Złoty Okoń", jednak autorskie komentarze wyraźnie wskazują na to drugie znaczenie), bądź wreszcie chęć lepszego oddania wymowy i stylistycznej barwy danego imienia (to przypadek Grímy, zdradzieckiego służalca króla Theodena, którego lepiej, jak się wydaje, charakteryzuje przydomek „Gadzi Język" niż porównanie do smoka, w świecie Tolkiena istoty złej i przewrotnej, ale niepozbawionej swoistej wielkości).

Wspomnieć także należy o modyfikacji innego rodzaju: rzeczownikowi „elf" w mianowniku i bierniku liczby mnogiej nadawana jest tu męskoosobowa forma „elfowie", niefigurująca w słownikach języka polskiego. Odważono się na takie odstępstwo od językowych prawideł zarówno dlatego, że w odniesieniu do postaci określanych tym mianem są tu zawsze stosowane formy gramatyczne przynależne istotom ludzkim (a więc „oni", nie „one"; „zrobili", nie „zrobiły"), jak i z chęci naśladowania w tej mierze decyzji autora, używającego nieprawidłowej w angielszczyźnie formy liczby mnogiej *elves* (zamiast *elfs*) i toczącego o to zażarte boje ze skrupulatną korektą. Tolkien chciał w ten sposób odświeżyć sens słowa, które – jak pisał – „z biegiem czasu skarlało i dziś kojarzy się raczej z fantastycznymi duszkami". W polskim przekładzie forma „elfy" została pozostawiona wyłącznie w kilku miejscach jako zbiorowe określenie ludu czy też szczepu (np. Elfy Szare, Elfy Leśne – ale już: Elfowie Wysokiego Rodu). Podobnie, choć w sposób nie tak konsekwentny, wprowadzone zostały, jako oboczne, formy „krasnoludy" i „krasnoludowie".

*Marek Gumkowski*

# Przedmowa do drugiego wydania angielskiego

Opowieść ta, w miarę jak ją snułem, rozrosła się niemal w historię Wielkiej Wojny o Pierścień i objęła poza tym liczne wzmianki o wydarzeniach z bardziej jeszcze odległej przeszłości. Zacząłem ją wkrótce po napisaniu *Hobbita*, lecz przed jego ukazaniem się w druku w 1937 roku. Jednakże odłożyłem pracę nad cyklem opowieści, ponieważ chciałem najpierw zgromadzić i uporządkować mity oraz legendy z Dawnych Dni, kształtujące się już wtedy od kilku lat w moim umyśle. Chciałem tego dokonać dla własnej satysfakcji, bez większej nadziei, że dzieło moje zainteresuje innych ludzi, tym bardziej że początkowo miało ono charakter studium lingwistycznego; podjąłem je, żeby zebrać materiał niezbędny do odtworzenia „historii" języków elfów.

Jednakże osoby, których rady i opinii zasięgałem, odebrały mi nawet tę resztkę nadziei, jaką miałem. Wróciłem więc do pracy nad cyklem, zwłaszcza że czytelnicy domagali się bliższych informacji o hobbitach i ich przygodach. Ale ta opowieść z natury swej wciągała mnie w dawny świat, aż się zmieniła niejako w relację o jego zmierzchu i zniknięciu, zanim opowiedziałem początek i okres pośredni. Proces ten można wyśledzić już w *Hobbicie*, gdzie nie brak napomknień o sprawach dawniejszych: Elrond, Gondolin, Elfowie Wysokiego Rodu, orkowie; zakradły się też nieproszone wzmianki o sprawach wyższych, głębszych lub bardziej tajemnych niż powierzchnia opowieści o hobbicie: Durin, Moria, Gandalf, Czarnoksiężnik, Pierścień. Odkrycie sensu tych epizodów oraz ich związku z najstarszą historią prowadzi w głąb

Trzeciej Ery i Wojny o Pierścień, która była najdonioślejszym zdarzeniem tamtej epoki.

Czytelnicy ciekawi dokładniejszych wiadomości o hobbitach zostali w końcu zaspokojeni, ale musieli długo czekać, bo praca nad *Władcą Pierścieni* trwała z przerwami od roku 1936 do 1949. Miałem w tym okresie inne obowiązki, których nie zaniedbywałem, i często pochłaniały mnie jako badacza i nauczyciela liczne inne zainteresowania. Oczywiście, do zwłoki przyczynił się również wybuch wojny; pod koniec 1939 roku nie miałem jeszcze napisanej w całości nawet Księgi pierwszej. Pomimo ciemności panujących przez pięć następnych lat doszedłem do wniosku, że nie mogę już porzucić rozpoczętej książki, ślęczałem więc nad nią przeważnie po nocach i brnąłem naprzód, aż stanąłem nad grobem Balina w Morii. Tam się zatrzymałem na długi czas. Prawie rok upłynął, zanim znów ruszyłem z miejsca i zawędrowałem do Lothlórien i nad Wielką Rzekę późną jesienią 1941 roku. W następnym roku naszkicowałem pierwszą wersję zdarzeń wypełniających obecnie Księgę trzecią oraz pierwszy i trzeci rozdział Księgi piątej. Zapłonęły sygnały wojenne w Anórien, Théoden przybył do Harrowdale. Na tym utknąłem. Wizja zniknęła, a czasu na rozmyślania wówczas nie miałem.

W ciągu roku 1944, pozostawiając nierozwiązane wątki i komplikacje wojny, której prowadzenie czy przynajmniej opisywanie było moim obowiązkiem, zmusiłem się do pracy nad historią podróży Froda do Mordoru. Napisałem wtedy rozdziały wypełniające teraz Księgę czwartą i wysłałem je, jako fragment powieści, do Afryki Południowej, gdzie przebywał w służbie RAF-u mój syn Christopher. Jednakże upłynęło dalszych pięć lat, zanim książka przybrała ostatecznie kształt, w jakim została wydana. W ciągu tych lat przeniosłem się do innego domu, na inną uniwersytecką katedrę w innym college'u; lata te, chociaż mniej czarne, były równie jak poprzednie pracowite. Kiedy wreszcie doprowadziłem opowieść do końca, musiałem ją całą przeredagować, a właściwie w dużym stopniu napisać na nowo, cofając się do poprzednich rozdziałów. Trzeba też było tekst przepisać raz i drugi na maszynie, a zrobiłem to własnymi rękami, bo pomoc zawodowej maszynistki za drogo by kosztowała.

*Władca Pierścieni* od dnia, gdy w końcu ukazał się w druku, miał wielu czytelników. Chciałbym w tym miejscu wyjaśnić pewne sprawy w związku z opiniami i domysłami, które mi przekazywano w listach lub które wyrażano w recenzjach, dotyczącymi motywów i myśli przewodniej mojej książki. Głównym motywem była chęć autora baśni i opowiadań, by wypróbować swe siły w utworze o naprawdę szerokim rozmachu; chciałem napisać długą opowieść, która by przykuwała uwagę czytelników, bawiła ich, zachwycała, a niekiedy podniecała lub do głębi wzruszała. W poszukiwaniu tego, co może czytelników interesować lub wzruszać, miałem za jedynego przewodnika własne wyczucie; oczywiście wiem, że ten przewodnik często zwodził mnie na manowce. Pewne osoby, które przeczytały, a w każdym razie zrecenzowały tę książkę, oceniły, że jest nudna, niedorzeczna i nic niewarta; nie mogę się obrażać, bo sam podobnie osądzam ich dzieła lub też rodzaj literatury przez nich zachwalany. Ale nawet ci, którzy moją opowieść przeczytali z przyjemnością, znajdują w niej różne błędy. Zapewne nie jest możliwe, aby w bardzo długiej historii wszystkim wszystko się podobało albo żeby wszystkim nie podobały się w niej te same rzeczy. Z listów nadsyłanych przez czytelników przekonałem się, że te same fragmenty lub rozdziały, które jedni najostrzej krytykują, innym wydają się szczególnie udane. Najsurowszym czytelnikiem jestem ja sam i widzę teraz w swoim dziele mnóstwo większych lub mniejszych błędów; na szczęście nie muszę ani recenzować, ani po raz drugi pisać tej książki, więc nie będę wyliczał dostrzeżonych wad z wyjątkiem jednej, którą wiele osób mi wytknęło: książka jest za krótka.

Co do myśli przewodniej czy „przesłania" zawartego w tej opowieści, to stwierdzam, że autor nie miał żadnych intencji tego rodzaju. Moja opowieść nie jest alegorią ani aluzją do aktualnych zdarzeń i sytuacji. Rozwijając się, wypuściła korzenie (w przeszłość) i nieoczekiwane gałęzie, lecz zasadnicza fabuła była od początku nieuchronnie wyznaczona przez wybór Pierścienia jako motywu łączącego ją z *Hobbitem*. Najbardziej istotny rozdział, „Cień przeszłości", napisałem wcześniej niż inne, gdy jeszcze na horyzoncie nie gromadziły się groźne chmury zapowiadające kataklizm 1939 roku; moja historia rozwinęłaby się w zasadzie tak samo, gdyby świat zdołał uniknąć wojennej katastrofy. Książka zrodziła się z myśli od dawna mnie nurtujących, a częściowo też wyrażanych w innych utworach; wojna rozpoczęta w 1939 roku oraz jej konsekwencje nie wywarły żadnego wpływu na jej treść, a jeśli ją zmodyfikowały, to jedynie w znikomym stopniu.

Prawdziwe wojny nie są podobne do legendarnych ani w swoim przebiegu, ani w skutkach. Gdyby to rzeczywistość natchnęła i ukształtowała legendę, przeciwnicy Saurona z pewnością przejęliby Pierścień i użyliby jako oręża w walce; zamiast unicestwić Pierścień, zmusiliby go do służby swoim interesom, a zamiast burzyć Barad-dûr, okupowaliby tę twierdzę. Saruman, nie mogąc zdobyć Pierścienia, mógłby wśród zamętu zdradliwej epoki odnaleźć w Mordorze brakujące ogniwa, które wypełniłyby luki w jego własnych studiach nad tajemnicami Pierścieni, i wkrótce zdołałby stworzyć swój własny Wielki Pierścień, który pozwoliłby mu rzucić wyzwanie nowemu samozwańczemu Rządcy Śródziemia. Obie walczące strony nienawidziłyby hobbitów i pogardzałyby nimi. Nawet uczyniwszy z nich niewolników, nie pozwoliłyby im przetrwać długo na świecie.

Można by wymyślić rozmaite inne warianty zależnie od gustu i poglądów osób lubujących się w alegoriach i aktualnych aluzjach. Ale ja z całego serca nie cierpię alegorii we wszelkich formach i zawsze jej unikałem, odkąd osiągnąłem z wiekiem przezorność, która mi umożliwia wykrywanie jej obecności. Wolę historię, prawdziwą lub fikcyjną, dającą czytelnikowi możliwość różnych skojarzeń na miarę jego umysłowości i doświadczeń. Zachowuje on w takim wypadku pełną swobodę wyboru, podczas gdy w alegorii autor świadomie narzuca swoją koncepcję.

Oczywiście, autor nie może się wyzwolić całkowicie od wpływu własnych doświadczeń, lecz są one niejako glebą, w której ziarno opowieści rozwija się w sposób niezmiernie skomplikowany; wszelkie próby określenia tego procesu są w najlepszym razie tylko hipotezami opartymi na niedostatecznych i wieloznacznych świadectwach. Fałszywe również, chociaż oczywiście pociągające dla krytyka żyjącego współcześnie z autorem, są przypuszczenia, że nurty umysłowe i wydarzenia bieżącej epoki wywierają nieuchronnie najpotężniejszy wpływ na dane dzieło. To prawda, że trzeba osobiście przejść przez cień wojny, aby w pełni odczuć jej ciężar, lecz w miarę upływu czasu wielu ludzi zdaje się, tak jak teraz, zapominać, że młodość w latach 1914–1918 była doświadczeniem nie mniej okropnym niż lata 1939–1945. Podczas pierwszej wojny światowej zginęli wszyscy, z wyjątkiem jednego, moi najbliżsi przyjaciele. Przejdźmy jednak do mniej bolesnych przykładów. Niektórzy czytelnicy sądzą, że rozdział „Porządki w Shire" odzwierciedla sytuację w Anglii w okresie, gdy kończyłem pisać swoją opowieść. Tak nie jest. Ten epizod stanowi ważną część fabuły i był zaplanowany od początku, chociaż pierwotny pomysł uległ pewnym modyfikacjom związanym z postacią Sarumana, która w toku pisania nabrała nieco innego charakteru, niż przewidywałem. Nie muszę chyba powtarzać, że ten rozdział, podobnie jak cała książka, nie zawiera żadnych alegorycznych znaczeń ani jakichkolwiek aluzji do problemów politycznych naszych czasów. Rzeczywiście wiąże się z pewnymi moimi osobistymi przeżyciami, lecz nicią bardzo cienką (sytuacja ekonomiczna była zupełnie inna) i sięgającą o wiele głębiej w przeszłość. Okolica, gdzie spędziłem dzieciństwo, została zniszczona i oszpecona, zanim skończyłem dziesięć lat, w epoce, gdy samochód był rzadką osobliwością (mnie wówczas nieznaną) i budowano dopiero podmiejskie linie kolejowe. Niedawno w jakimś piśmie trafiłem na fotografię ruiny młyna, niegdyś świetnie prosperującego nad stawem, który przed laty odgrywał ważną rolę w moim życiu. Młody młynarczyk nigdy mi się nie podobał, ale jego ojciec, stary młynarz, miał czarną brodę i nie nazywał się Sandyman.

*Władca Pierścieni* ukazuje się teraz w nowym wydaniu, skorzystałem więc z okazji, żeby tekst przejrzeć. Poprawiłem pewne błędy i niekonsekwencje, jakie w nim jeszcze zostały, i spróbowałem wyjaśnić pewne kwestie, które mi uważni czytelnicy sygnalizowali.

Starałem się uwzględnić wszystkie ich komentarze i zapytania, a jeśli któreś pominąłem, to jedynie dlatego, że nie zdołałem utrzymać porządku w swoich notatkach. Na wiele wszakże pytań mógłbym odpowiedzieć tylko rozszerzając zamieszczone na końcu trzeciej części uzupełnienia lub wydając jeszcze jeden tom, by w nim pomieścić znaczną część materiałów niewłączonych do pierwszego wydania, a zwłaszcza bardziej szczegółowe informacje lingwistyczne. Na razie w niniejszym wydaniu czytelnik znajdzie nową przedmowę, dodatek do prologu i trochę dodatkowych przypisów.

# Prolog

## *1 W sprawie hobbitów*

Książka ta w znacznej mierze poświęcona jest hobbitom i z jej kartek czytelnicy dowiedzą się wiele o ich charakterze, a trochę też o ich historii. Dodatkowe informacje znaleźć można w wybranych fragmentach Czerwonej Księgi Marchii Zachodniej, ogłoszonych poprzednio pod tytułem *Hobbit*. Tę wcześniejszą opowieść oparłem na najstarszych rozdziałach Czerwonej Księgi, napisanych przez Bilba, pierwszego hobbita, który zdobył sławę w szerszym świecie; zatytułował on swoje wspomnienia „Tam i z powrotem", ponieważ opowiedział w nich o swojej wyprawie na wschód i o powrocie do domu: ta właśnie przygoda stała się później powodem wplątania wszystkich hobbitów w doniosłe wypadki Trzeciej Ery opisane w niniejszej książce.

Wielu czytelników zechce może jednak dowiedzieć się więcej o tym godnym uwagi ludzie już na samym początku tej opowieści, niektórzy zaś mogą nie posiadać poprzedniej książki. Dla nich właśnie zamieszczam tu kilka uwag dotyczących ważniejszych spraw zaczerpniętych z zachowanych źródeł, traktujących o hobbitach; przypominam też pokrótce przebieg wcześniejszej wyprawy.

Hobbici to lud skromny, lecz bardzo starożytny, o wiele liczniejszy ongi niż dziś; kochają bowiem pokój i ciszę, i żyzną, uprawną ziemię: najchętniej osiedlali się w dobrze rządzonych i dobrze zagospodarowanych rolniczych krainach. Nie rozumieją i nigdy nie rozumieli ani nie lubili maszyn bardziej skomplikowanych niż miechy kowalskie, młyn wodny czy ręczne krosna, chociaż narzędziami rzemieślniczymi posługiwali się zręcznie. Nawet w starożytnych czasach onieśmielali ich Duzi Ludzie, jak nas nazywają, teraz zaś unikają ich trwożnie i dlatego coraz trudniej spotkać hobbita. Hobbici odznaczają się doskonałym słuchem i bystrym wzrokiem, a chociaż są skłonni do tycia i nie lubią się spieszyć bez potrzeby, ruchy mają zwinne i zgrabne. Zawsze posiadali dar szybkiego i bezszelestnego znikania, jeśli zjawiał się w pobliżu któryś z Dużych Ludzi, a nie życzyli sobie go spotkać; udoskonalili tę sztukę tak, że ludziom dziś wydaje się ona magią.

W rzeczywistości jednak hobbici nigdy nie studiowali magii w żadnej postaci, nieuchwytność zawdzięczają jedynie zawodowej wprawie, a wskutek dziedzicznych uzdolnień, wytrwałych ćwiczeń i serdecznego zżycia się z ziemią doprowadzili ją do doskonałości, której większe i mniej zręczne rasy nie mogą naśladować.

Hobbici są bowiem mali, mniejsi niż krasnoludy, a w każdym razie nie tak grubi i przysadziści, nawet jeśli wzrostem niewiele im ustępują. Wzrost hobbitów bywa różny, waha się od dwóch do czterech stóp naszej miary. W dzisiejszych czasach mało który hobbit sięga trzech stóp, ale – jak twierdzą – rasa skarlała, bo dawniej bywali wyżsi. Czerwona Księga mówi, że Bandobras Tuk (Bullroarer), syn Isengrima Drugiego, mierzył cztery i pół stopy i mógł dosiadać konia. Wedle hobbickich kronik tylko dwaj sławni bohaterowie dawnych czasów przewyższali Bullroarera; ale o tej ciekawej historii powie nam więcej niniejsza książka.

Jeżeli chodzi o hobbitów z Shire'u, których właśnie dotyczy nasza opowieść, był to za dni pokoju i dostatków lud wesoły. Ubierali się oni w jasne kolory, szczególnie lubili żółty i zielony; rzadko nosili obuwie, ponieważ stopy ich mają z natury twardą, rzemienną podeszwę i obrośnięte są, podobnie jak głowa, bujnym, kędzierzawym włosem, zwykle kasztanowatym. Dlatego też jedynym rzemiosłem nieprakty-kowanym wśród hobbitów było szewstwo; u rąk natomiast mieli długie, zręczne palce i umieli wytwarzać mnóstwo pożytecznych i ładnych przedmiotów. Twarze mieli na ogół bardziej poczciwe niż piękne, szerokie, jasnookie, rumiane, o ustach skorych do śmiechu, jedzenia i picia. Totéż śmiali się, jedli i pili jak najczęściej i z wielkim zapałem, lubili o każdej porze dnia żartować, a sześć razy na dzień jeść – o ile to było możliwe. Byli gościnni, przepadali za zebraniami towarzyskimi, a podarki równie hojnie dawali, jak chętnie przyjmowali.

Nie ulega wątpliwości, że mimo późniejszego rozdzielenia, hobbici są spokrewnieni o wiele bliżej z nami niż z elfami, a nawet niż z krasnoludami. Niegdyś mówili ludzkimi językami, na swój sposób oczywiście, te same rzeczy co my lubili i tych samych nie cierpieli. Ale nie sposób stwierdzić dokładnie, jakie wiązało ich z nami pokrewieństwo. Początki hobbitów sięgają w głąb Dawnych Dni, dziś już zamierzchłych i zapomnianych. Jedynie elfowie dotąd przechowują pamięć minionych czasów, lecz tradycje te ograniczają się niemal wyłącznie do ich własnej historii, w której ludzie rzadko występują, o hobbitach zaś wcale nie ma wzmianki. Mimo to jest rzeczą jasną, że hobbici żyli cicho w Śródziemiu przez długie lata, zanim inne ludy dowiedziały się o ich istnieniu. A że świat bądź co bądź roił się od rozmaitych niezliczonych dziwnych stworzeń, mały ludek hobbicki bardzo niewiele znaczył wśród innych. Za życia wszakże Bilba i jego spadkobiercy Froda hobbici nagle, wbrew swoim życzeniom, stali się ważni i sławni i zmącili spokój narad Mędrców oraz Dużych Ludzi.

Te czasy, Trzecia Era Śródziemia, to już dzisiaj odległa przeszłość i nawet zarysy lądów bardzo zmieniły się od owej epoki. Niewątpliwie jednak hobbici zamieszkiwali wówczas te same strefy, w których dotąd jeszcze żyją: północno-zachodnie kraje Starego Świata na wschód od Morza. O swej pierwotnej ojczyźnie hobbici z epoki Bilba nie zachowali żadnych wiadomości. Umiłowanie wiedzy (z wyjątkiem badania genealogii) nie było wśród nich zbyt rozpowszechnione, lecz kilku hobbitów ze starych rodów studiowało księgi o własnej przeszłości, a nawet zbierało u elfów, krasnoludów i ludzi zapiski z dawnych lat i dalekich krajów. Własne hobbickie kroniki nie sięgały w przeszłość przed osiedleniem się w Shire, a najstarożytniejsze legendy rzadko mówiły o zdarzeniach sprzed Dni Wędrówki. Jednak jasno wynika z tych legend oraz z zachowanych w języku i obyczajach dowodów, że hobbici, podobnie jak wiele innych ludów, przywędrowali na zachód w zamierzchłych czasach. Najdawniejsze opowieści pozwalają domyślać się, że w pewnej epoce zamieszkiwali nad górnym biegiem Anduiny, między Wielkim Zielonym Lasem a Górami Mglistymi. O powodach późniejszej ciężkiej i niebezpiecznej przeprawy przez góry do Eriadoru nie wiadomo dziś już nic pewnego. Źródła hobbickie mówią o rozmnożeniu się tutaj ludzi i o cieniu, który padł na lasy i tak je wypełnił ciemnościami, że otrzymały nową nazwę: Mroczna Puszcza.

Jeszcze przed przekroczeniem gór hobbici podzielili się na trzy szczepy, różniące się dość znacznie między sobą: Harfootów, Stoorów i Fallohidów. Harfootowie mieli skórę bardziej smagłą, byli niżsi i drobniejsi, nie nosili bród ani butów; dłonie i stopy mieli kształtne i zręczne; osiedlali się najchętniej w górach i na stokach pagórków. Stoorowie, bardziej masywni i cięższej budowy, ręce i stopy mieli większe, a lubili szczególnie równiny oraz brzegi rzek. Fallohidzi, o jaśniejszej cerze i owłosieniu, byli wyżsi i smuklejsi od innych hobbitów, a kochali się w drzewach i lasach.

Harfootowie mieli ongi wiele do czynienia z krasnoludami i długi czas przeżyli u podnóży gór. Wcześnie wywędrowali na zachód, rozpraszając się po całym Eriadorze aż po Wichrowy Czub, gdy dwa pozostałe szczepy jeszcze zamieszkiwały Dzikie Kraje. Harfootów uznać można za najbardziej typowych przedstawicieli hobbitów, a także za najliczniejszych. Bardziej niż inni skłaniali się do życia osiadłego, nie lubili się przenosić z miejsca na miejsce i najdłużej zachowali obyczaj przodków, zamieszkując podziemne tunele albo nory.

Stoorowie najdłużej trzymali się brzegów Wielkiej Rzeki Anduiny i najmniej stronili od ludzi. Później niż Harfootowie przybyli na zachód, ciągnąc dalej z biegiem Grzmiącej Rzeki na południe. Tu większość z nich osiadła na długi czas między Tharbadem a granicą Dunlandu, zanim ruszyli znowu na północ.

Fallohidzi, najmniej liczni, stanowili północną gałąź. Nawiązali serdeczniejszą niż inni hobbici przyjaźń z elfami, więcej wykazywali zdolności do języków i śpiewu niż do rzemiosła, a za najdawniejszych czasów woleli łowy od uprawiania ziemi. Przebyli góry na północ od Rivendell i powędrowali w dół rzeki zwanej Szarą Wodą. W Eriadorze wkrótce przemieszali się z innymi szczepami, które tu wcześniej od nich osiadły, lecz, jako odważniejsi i bardziej przedsiębiorczy, często wybijali się na przywódców wśród Harfootów i Stoorów. Nawet za czasów Bilba można było jeszcze zauważyć

19

silne wpływy krwi fallohidzkiej w żyłach najznakomitszych rodów, jak Tukowie lub dziedzice Bucklandu.

W zachodniej części Eriadoru, między Górami Mglistymi a Księżycowymi, hobbici zastali ludzi i elfów. Były tu jeszcze niedobitki Dúnedainów [1], królów wśród ludzi, pochodzących zza Morza, z Westernesse; lecz wymierali szybko, a ich ogromne Północne Królestwo stopniowo pustoszało. Było aż za wiele miejsca dla nowych przybyszów i wkrótce hobbici zaludnili ten kraj, tworząc porządne osiedla. Większość pierwotnych osiedli od dawna zniknęła i za czasów Bilba została już zapomniana; jedno wszakże z tych, które najwcześniej doszły do znaczenia, przetrwało, jakkolwiek mniejsze niż ongi; znajdowało się ono w Bree oraz w położonym obok lesie Chetwood, o jakieś czterdzieści mil na wschód od Shire'u.

Z pewnością w tej właśnie dawnej epoce hobbici nauczyli się alfabetu i zaczęli pisać, wzorując się na Dúnedainach, którzy z kolei nabyli tę umiejętność od elfów. W tym także okresie hobbici zapomnieli swego pierwotnego języka i odtąd przyjęli Wspólną Mowę, zwaną inaczej językiem westron, panującą we wszystkich krainach rządzonych przez królów, od Arnoru do Gondoru i na wybrzeżach Morza od Belfalas do Zatoki Księżycowej. Zachowali jednak kilka słów starego języka, a także odrębne nazwy miesięcy i dni tygodnia oraz mnóstwo imion własnych.

Mniej więcej w tej samej epoce, wraz z wprowadzeniem rachuby czasu, kończy się okres legend, a zaczyna historia hobbitów. Albowiem w 1601 roku Trzeciej Ery dwaj Fallohidzi, bracia Marcho i Blanko, wyruszyli z Bree; uzyskawszy pozwolenie wielkiego króla w Fornoście [2], przeprawili się z liczną rzeszą hobbitów przez brunatną rzekę – Baranduinę. Przeszli przez Most Kamiennych Łuków, zbudowany w okresie potęgi Królestwa Północy, i zajęli na swoją siedzibę cały obszar między rzeką a Dalekimi Wzgórzami. W zamian mieli tylko utrzymywać w porządku Wielki Most oraz wszystkie inne mosty i drogi, udzielać pomocy gońcom królewskim i uznawać zwierzchnictwo króla.

---

[1] Dúnedainami nazwali elfowie jedyną rasę ludzką znającą język elfów. Dúnedainowie, mieszkańcy Númenoru, czyli Westernesse, byli jasnowłosi, większego wzrostu niż inni ludzie i żyli trzy razy dłużej od nich; znakomici żeglarze, królowali wśród ludzi.

[2] Według kronik Gondoru był nim wówczas Argeleb II, dwudziesty władca z dynastii Północnej, która wygasła w trzysta lat później na królu Arvedui.

W ten sposób zaczęła się era Shire'u, bo rok przekroczenia rzeki Brandywiny (jak hobbici ją przezwali) stał się pierwszym rokiem Shire'u, a wszystkie późniejsze daty liczono od niego[1]. Osiadli na zachodzie hobbici natychmiast pokochali swoją nową ojczyznę i pozostali w niej; wkrótce też znów wyłączyli się z historii ludzi i elfów. Póki istniał król, byli jego poddanymi, lecz z imienia tylko, bo naprawdę rządzili nimi właśni wodzowie, a hobbici wcale się nie mieszali do wydarzeń rozgrywających się na świecie poza ich krajem. Podczas ostatniej bitwy pod Fornostem przeciw Czarnoksiężnikowi, władcy Angmaru, posłali na pomoc królowi garstkę łuczników; tak przynajmniej twierdzą, bo w ludzkich kronikach brak o tym jakiejkolwiek wzmianki. Ale ta wojna przyniosła kres Królestwu Północy, a wówczas hobbici zawładnęli krajem samodzielnie i wybrali spośród swoich wodzów thana, żeby przejął władzę po królu, którego zabrakło. Przez następny tysiąc lat żyli w niezamąconym niemal pokoju. Po Czarnej Pladze (37 r. wg kalendarza Shire'u) rośli w liczbę i dostatki aż do katastrofalnej Długiej Zimy i spowodowanego przez nią głodu. Mnóstwo ludu wtedy wyginęło, lecz w czasach, o których mówi ta opowieść, nie pamiętano już Chudych Lat (1158–1160), a hobbici zdążyli ponownie przywyknąć do dobrobytu. Ziemia była bogata i łaskawa, a chociaż długi czas przed przybyciem hobbitów pozostawała opuszczona, dawniej była doskonale zagospodarowana, tam bowiem królowie mieli ongi swoje liczne fermy, pola zbóż, winnice i lasy.

Kraj rozciągał się na czterdzieści staj pomiędzy Dalekimi Wzgórzami a mostem na Brandywinie i na pięćdziesiąt między północnymi wrzosowiskami a moczarami na południu. Hobbici nazwali go Shire'em; była to kraina podległa władzy thana, słynna z ładu i spokoju; w tym miłym zakątku pędzili spokojny, stateczny żywot i coraz mniej troszczyli się o resztę świata, po którym krążyły złe moce, aż wreszcie doszli do przeświadczenia, że pokój i dostatek panują wszędzie w Śródziemiu i że wszystkie rozsądne stworzenia korzystają z tego przywileju. Zatarło się w ich pamięci, a może

---

[1] Znaczy to, że chcąc ustalić jakąś datę według rachuby czasu elfów i Dúnedainów, należy dodać 1600 do daty według rachuby Shire'u.

zatarli umyślnie to, co przedtem wiedzieli – a nigdy nie wiedzieli dużo – o Strażnikach i o trudach tych, którzy umożliwili tak długi pokój w Shire. W rzeczywistości ktoś ich chronił, lecz hobbici o tym zapomnieli.

Żaden szczep hobbitów w żadnej epoce dziejów nie odznaczał się wojowniczością i nigdy hobbici nie bili się między sobą. Dawnymi czasy oczywiście bywali zmuszani do walki, żeby utrzymać się pośród nieprzyjaznego świata, lecz w epoce Bilba wojny te należały już do starożytnej historii. Nikt ze współczesnych Bilbowi nie mógł już pamiętać ostatniej bitwy w okresie poprzedzającym naszą opowieść, jedynej zresztą bitwy, jaka rozegrała się w granicach Shire'u, kiedy to w roku 1147 (wg kalendarza Shire'u) Bandobras Tuk zwyciężył na Zielonych Polach i odparł najazd orków. Nawet klimat z czasem złagodniał, a wilki, które ongi podczas srogich śnieżnych zim ciągnęły wygłodniałe z północy, znano teraz jedynie z bajek starców. Chociaż więc w Shire przechowało się trochę oręża, służył on zazwyczaj do ozdoby ścian nad kominkami lub wystawiony był w muzeum w Michel Delving. Muzeum to nazywano Domem Mathom, bo słowem *mathom* określali hobbici wszelkie rzeczy doraźnie na nic nieprzydatne, których wszakże nie chcieli wyrzucać. W hobbickich mieszkaniach gromadziło się mnóstwo różnych *mathom*, do nich też można by zaliczyć większość urodzinowych podarków przechodzących z rąk do rąk.

Mimo wszystko, wśród wygód i pokoju hobbici wciąż jeszcze zachowali zadziwiająco wiele hartu. Jeśli już dochodziło do walki, niełatwo było ich spłoszyć lub zabić; może jedną z przyczyn – i to nie ostatnią – niezmordowanego upodobania hobbitów do dobrych rzeczy było to, że w razie konieczności umieli się bez nich obywać; wytrzymywali srogie męczarnie z ręki wroga, ból, chłody i burze tak dzielnie, że zdumiewali tych, którzy nie znając dobrze hobbitów, sądzili ich z pozorów: z tłustych brzuchów i sytych twarzy. Nieskorzy do kłótni, nie zabijali dla rozrywki żadnych żyjących istot, lecz przyparci do muru stawali mężnie, słynąc z bystrego oka i pewności ręki. Nie tylko wtedy, gdy mieli łuk i strzały. Kiedy hobbit schylał się po kamień, każde obce stworzenie dobrze wiedziało, że lepiej zrobi, jeśli szybko uskoczy do kryjówki.

Początkowo wszyscy hobbici mieszkali w norach ziemnych – tak przynajmniej powiadają – i w tego rodzaju mieszkaniach po dziś dzień czują się najbardziej swojsko. Z czasem wszakże musieli przyjąć również inne formy budownictwa. Za życia Bilba w Shire tylko najbogatsi i najbiedniejsi przestrzegali starego obyczaju. Biedacy mieszkali w prymitywnych jamach, w prawdziwych norach o jednym jedynym oknie lub bez okien w ogóle; zamożni hobbici budowali sobie zbytkowne odmiany tradycyjnych nor. Nie wszędzie jednak można było znaleźć odpowiedni teren do budowy obszernych, rozgałęzionych korytarzy podziemnych (zwanych po hobbicku „smajalami"). W płaskich, nizinnych okolicach hobbici, których wciąż przybywało, zaczęli wznosić domy nad ziemią. A nawet w górzystych stronach i w starych osiedlach, jak Hobbiton albo Tukon, czy też w stolicy Shire'u, w Michel Delving na Białych Wzgórzach, powstało wiele domów z drewna, cegły i kamienia. Szczególnie upodobali je sobie młynarze, kowale, powroźnicy i cieśle oraz inni rzemieślnicy; hobbici bowiem, nawet mając nory mieszkalne, na warsztaty od dawna zwykli budować szopy.

Podobno zwyczaj wznoszenia na fermach budynków gospodarskich i stodół pierwsi wprowadzili mieszkańcy Moczarów z nizin nad Brandywiną. Hobbici z tej części kraju, zwanej Wschodnią Ćwiartką, byli dość tędzy, nogi mieli grube i podczas dżdżystej pogody nosili buty na modłę krasnoludzką. Nie ulegało wszakże wątpliwości, że w ich żyłach płynęło dużo krwi Stoorów, o czym świadczył zarost hodowany przez wielu z nich na brodzie. Harfootowie i Fallohidzi nie mieli ani śladu zarostu. Większość hobbitów z Moczarów i z Bucklandu na wschodnim brzegu Rzeki, którym następnie zawładnęli, przybyła do Shire'u później, z dalekiego południa; trafiały się wśród nich osobliwe imiona i dziwne słowa, niespotykane w innych okolicach.

Możliwe, że sztuka budowlana, tak jak wiele innych rzemiosł, została przejęta od Dúnedainów. Ale mogli się jej również nauczyć hobbici bezpośrednio od elfów, mistrzów ludzkości w epoce jej zarania. Albowiem Elfowie Wysokiego Rodu nie opuścili jeszcze Śródziemia i zamieszkiwali podówczas w Szarej Przystani na zachodzie oraz w innych miejscowościach niezbyt odległych od Shire'u. Za moczarami na zachodzie widniały trzy wieże elfów, stojące tam od niepamiętnych czasów. W blasku księżyca lśniły, a ich poświata widoczna była daleko wokół. Najwyższa była jednocześnie najdalszą i sterczała samotnie na zielonym wzgórzu. Hobbici z Zachodniej Ćwiartki utrzymywali, że z jej szczytu widać Morze, lecz żaden hobbit, o ile wiadomo, nigdy się na ten szczyt nie wdrapał. Prawdę mówiąc, bardzo nieliczni hobbici widzieli w życiu Morze i żeglowali po nim, a jeszcze mniej było takich, którzy powrócili, by o tym opowiedzieć. Na ogół hobbici nieufnie spoglądali nawet na rzeki i łódki, mało który też umiał pływać. Im dłużej trwały spokojne dni Shire'u, tym rzadziej hobbici wdawali się w rozmowy z elfami, aż wreszcie zaczęli się ich lękać i podejrzliwie traktować tych, którzy się z nimi zadawali; sama nazwa Morze stała się postrachem i wróżbą śmierci dla hobbitów, więc odwrócili twarze od wzgórz na zachodzie.

Może więc nauczyli się budownictwa od elfów, a może od ludzi, w każdym razie stosowali tę sztukę na swój własny sposób. Nie wznosili wież. Domy hobbitów bywały zazwyczaj długie, niskie i wygodne. Najdawniejsze stanowiły właściwie tylko pewną nadziemną odmianę „smajalów", kryto je strzechą z siana lub słomy albo darniną, a ścianom nadawano kształt nieco wypukły. Ten typ budownictwa należy jednak do wczesnego okresu Shire'u; od dawna już hobbici zmienili je i udoskonalili dzięki sposobom, których nauczyli się od krasnoludów lub które sami wynaleźli. Najbardziej charakterystyczną cechą hobbickiej architektury pozostało upodobanie do okrągłych okien, a nawet drzwi.

Domy i nory hobbitów z Shire'u bywały zwykle obszerne i zamieszkane przez liczne rodziny. (Bilbo i Frodo Baggins, jako bezżenni, stanowili wyjątek, jak zresztą pod wielu innymi względami, choćby pod tym, że przyjaźnili się z elfami). Niekiedy, jak na przykład u Tuków z Wielkich Smajalów albo u Brandybucków z Brandy Hallu, kilka spokrewnionych pokoleń żyło razem w zgodzie (mniejszej lub większej) w jednej dziedzicznej siedzibie rozbudowanej w liczne boczne tunele. Wszyscy hobbici bądź co bądź mieli silnie rozwinięte poczucie rodowej więzi i bardzo dokładnie orientowali się w swoich pokrewieństwach. Wywodzili długie i zawiłe rodowody, kreśląc drzewa genealogiczne o mnóstwie rozgałęzień. Obcując z hobbitami, trzeba pamiętać, kto z kim jest spokrewniony i w jakim stopniu. Byłoby niemożliwe pomieścić w tej książce drzewo genealogiczne obejmujące bodaj najważniejsze rody z epoki, o której tu opowiadamy. Drzewo takie, dodane na końcu Czerwonej Księgi Marchii Zachodniej, stanowi samo w sobie sporą książeczkę, która każdemu, kto nie jest hobbitem, wydałaby się straszliwie nudna. Hobbici przepadają za takimi wywodami, pod warunkiem, żeby były ścisłe: lubią znajdować w książkach to, co i bez nich dobrze wiedzą, ale przedstawione jasno, prosto i bez sprzeczności.

## 2 O *fajkowym zielu*

Jest jeszcze pewna sprawa, której, mówiąc o dawnych hobbitach, nie wolno pominąć, a mianowicie dziwaczne przyzwyczajenie tego ludu: hobbici ssali czy też wdychali za pomocą drewnianych lub glinianych fajek dym żarzących liści ziela, zwanego zielem albo liściem fajkowym; był to prawdopodobnie jakiś gatunek z rodzaju *Nicotiana*. Głęboka tajemnica okrywa pochodzenie tego szczególnego zwyczaju czy może sztuki, jak woleli to nazywać hobbici. Wszystko, co na ten temat udało się w starożytności wykryć, zebrał Meriadok Brandybuck (późniejszy dziedzic Bucklandu), ponieważ zaś i on, i tytoń z Południowej Ćwiartki grają pewną rolę w dalszym opowiadaniu, przytoczę tu uwagi zamieszczone we wstępie do jego *Zielnika Shire'u*.

„Z całą pewnością – pisze Meriadok Brandybuck – wolno nam tę sztukę uznać za nasz własny wynalazek. Kiedy hobbici zaczęli palić fajki – nie wiadomo, bo z najdawniejszych nawet legend i kronik rodzinnych wynika, że już w zamierzchłych czasach zwyczaj był ustalony. Od wieków mieszkańcy Shire'u palili rozmaite zioła, jedne gorsze, inne lepsze. Wszystkie jednak świadectwa zgadzają się co do tego, że pierwsze prawdziwe ziele fajkowe wyhodował Tobold Hornblower w swoich ogrodach w Longbottom, w Południowej Ćwiartce, za panowania Isengrima Drugiego, około roku 1070 wg kalendarza Shire'u. Po dziś dzień najlepszy krajowy tytoń pochodzi z tej właśnie okolicy, a najbardziej lubiane jego odmiany noszą nazwy: Liście z Longbottom, Stary Toby i Gwiazda Południa.

W jaki sposób Stary Toby uzyskał tę roślinę, nie wiadomo, bo umarł, nie zwierzywszy nikomu sekretu. Znał się na ziołach, nie był jednak podróżnikiem. Podobno za młodu bywał często w Bree, lecz z pewnością nigdy nie zapuścił się dalej. Toteż wydaje się bardzo możliwe, że usłyszał o tej roślinie w Bree, w tej bowiem krainie i za naszych czasów rośnie ona bujnie na południowych stokach wzgórz. Hobbici z Bree twierdzą, że to oni pierwsi palili w fajkach prawdziwe fajkowe ziele. Co prawda hobbici z Bree we wszystkim roszczą sobie prawa do pierwszeństwa przed hobbitami z Shire'u, nazywając ich kolonistami, w tym wszakże szczególnym przypadku pretensje ich wydają mi się dość uzasadnione. Niewątpliwie nie skądinąd, lecz z Bree sztuka palenia prawdziwego fajkowego ziela rozpowszechniła się w ostatnim stuleciu między krasnoludami i takimi istotami, jak Strażnicy, Czarodzieje, różni wędrowcy, bo ruch jest niemały przez ten kraj, który był z dawna węzłem wielu szlaków. Tak więc za kolebkę i ośrodek sztuki fajkowej uznać można starą gospodę w Bree «Pod Rozbrykanym Kucykiem», w której od niepamiętnych czasów gospodarzyła rodzina Butterburów.

Mimo to poczynione przeze mnie podczas wielu wypraw na południe obserwacje przekonały mnie, że ojczyzną ziela fajkowego nie jest nasza część świata, lecz że przywędrowało ono do nas z doliny Anduiny, tam zaś, jak przypuszczam, przywieźli je zza Morza ludzie z Westernesse. Rośnie ono obficie w Gondorze, jest tam bujniejsze i wyższe niż na północy, gdzie nigdy nie pleni się dziko i gdzie udaje się tylko w zacisznych zakątkach, jak właśnie w Longbottom. W Gondorze ludzie zwą je pachnącą psianką i cenią jedynie za woń i piękne kwiaty. Stamtąd ziele to przewożono Zieloną Ścieżką dalej w ciągu długich stuleci dzielących nasze czasy od przybycia Elendila. Lecz Dúnedainowie z Gondoru również przyznają, że to hobbici pierwsi użyli ziela do fajek. Nawet żaden z Czarodziejów nie wpadł wcześniej na ten pomysł. Jeden wszakże Czarodziej, którego znałem osobiście, z dawna tej sztuki się nauczył i doszedł w niej do wielkiej wprawy, jak zresztą we wszystkim, czym się zechciał bawić".

# 3 O ustroju Shire'u

Shire dzielił się na cztery części, na Ćwiartki, o których już wspomniałem: Północną, Południową, Wschodnią i Zachodnią; te z kolei dzieliły się na krainy, których nazwy pochodziły od nazwisk znakomitych starych rodów, jakkolwiek w epoce, gdy rozgrywały się opisane w tej książce wypadki, spotykało się często hobbitów danego nazwiska poza krainą niegdyś do ich przodków należącą. Wprawdzie wszyscy niemal potomkowie rodziny Tuków mieszkali jeszcze w Tukonie, lecz nie można tego samego powiedzieć o innych, takich jak na przykład Bagginsowie albo Boffinowie. Poza Ćwiartkami pozostawały Marchie Wschodnia i Zachodnia: Buckland (por. dalej, s. 140) i Marchia Zachodnia, dołączone do Shire'u w r. 1462 wg kalendarza Shire'u.

Shire podówczas nie miał własnego rządu w ścisłym znaczeniu tego słowa. Rody najczęściej same rządziły swoimi sprawami. Cały niemal czas wypełniała hobbitom produkcja żywności oraz jej zjadanie. Obywatele Shire'u byli na ogół hojni, nie łapczywi, lecz powściągliwi i skłonni zadowalać się tym, co mieli, toteż wielkie i mniejsze gospodarstwa rolne, warsztaty i drobne przedsiębiorstwa handlowe przechodziły z pokolenia na pokolenie niezmieniane.

Żyła, oczywiście, starodawna tradycja możnych królów z Fornostu, czyli z Norbury, jak hobbici nazywali to miasto leżące na północ od Shire'u. Lecz od tysiąca niemal lat nie było już tych królów, a ruiny Grodu Królów zarosła trawa. Mimo to hobbici mówili o dzikusach i złych stworach (na przykład o trollach), że to są istoty, które nigdy nie słyszały o królu. Przypisywali bowiem owym dawnym królom wszystkie swoje podstawowe prawa; przestrzegali ich zazwyczaj z dobrej woli, ponieważ były to prawa (jak powiadali) starożytne i sprawiedliwe.

Niewątpliwie ród Tuków przodował wśród hobbitów z Shire'u przez długie wieki, ponieważ urząd thana przeszedł na Tuków (od Oldbucków) kilkaset lat temu i odtąd zawsze głowa tego rodu piastowała ową godność. Than przewodniczył sądownictwu, zwoływał wiece i dowodził siłami zbrojnymi, ponieważ jednak sądy i wiece zbierały się tylko w razie szczególnej potrzeby, co się od długich lat wcale nie zdarzało, urząd thana stał się jedynie chlubnym tytułem i niczym więcej. Rodzina Tuków cieszyła się nadal wyjątkowym poważaniem, była bowiem wciąż bardzo liczna i bogata, a przy tym w każdym pokoleniu płodziła osobników silnego charakteru, skłonnych do dziwactw, a nawet do awanturniczych przygód. Te ostatnie cechy co prawda tolerowano raczej (i to tylko u bogaczy), niźli pochwalano. Niemniej przetrwał obyczaj nazywania głowy tego rodu Wielkim Tukiem i dodawania do jego imienia w razie potrzeby numeru porządkowego: na przykład Isengrim Drugi.

Jedynym rzeczywistym urzędem w ówczesnym Shire była godność burmistrza Michel Delving, którego wybierano co siedem lat podczas Wolnego Jarmarku na Białych Wzgórzach w Sobótkę (*Lithe*), czyli w Dzień Środka Roku. Obowiązki burmistrza ograniczały się niemal wyłącznie do przewodniczenia na bankietach wydawanych z okazji świąt hobbickich, nadzwyczaj licznych. Lecz z godnością burmistrza łączyły się funkcje Najwyższego Poczmistrza i Pierwszego Szeryfa, musiał więc kierować listonoszami oraz szeryfami. Były to jedyne dwa rodzaje służby publicznej w Shire, przy czym poczta miała znacznie więcej do roboty niż policja. Nie wszyscy hobbici umieli pisać, lecz ci, którzy tę sztukę posiedli, pisali niezmordowanie do mnóstwa przyjaciół (oraz do wybranych osób z rodziny), mieszkających w takiej odległości, że spacerkiem w ciągu popołudnia nie dało się do nich dojść.

Szeryfami nazywali hobbici swoją policję czy ściślej mówiąc to, co w Shire za policję uchodziło. Szeryfowie nie nosili mundurów (o takich rzeczach hobbici nigdy nie słyszeli), wyróżniali się tylko piórem na czapce; w praktyce byli raczej pastuchami niż policjantami i zajmowali się częściej szukaniem zabłąkanego bydła niż pilnowaniem porządku wśród ludności. W całym kraju liczono ich dwunastu, po trzech na każdą Ćwiartkę, do utrzymywania ładu wewnętrznego. Znacznie liczniejszy zastęp, powiększany lub zmniejszany zależnie od potrzeb, patrolował granice strzegąc, by wszelkiego rodzaju obcokrajowcy, wielcy czy mali, nie czynili szkód.

W czasach, w których zaczyna się nasza opowieść, oddział Pograniczników – jak ich zwano – znacznie wzmocniono. Krążyły bowiem niepokojące wiadomości i skargi na dziwne stwory i osoby grasujące na pograniczu, a nawet przekraczające granicę: znak, że coś jest nie w porządku i nie tak, jak było dotąd – natomiast tak, jak bywało dawnymi czasy wedle świadectwa starych bajek i legend. Mało kto zwrócił uwagę na ten objaw, nawet Bilbo nie miał pojęcia o jego prawdziwym znaczeniu. Sześćdziesiąt lat upłynęło, odkąd wyruszył na swoją pamiętną wyprawę; Bilbo był już stary, nawet jak na hobbita, a hobbici nierzadko żyją do stu lat; wszelkie jednak pozory świadczyły, że sporo mu jeszcze zostało z bogactw przywiezionych z podróży. Jak wiele czy jak mało – tego nikomu nie zwierzył, nawet ulubionemu bratankowi imieniem Frodo. Nadal też przechowywał w tajemnicy pierścień, znaleziony podczas wyprawy.

## 4 O znalezieniu Pierścienia

W książce pod tytułem *Hobbit* opowiedziano o tym, jak pewnego dnia do domu Bilba przybył Gandalf Szary, Czarodziej, a z nim trzynastu krasnoludów: nie byle kto zresztą, lecz sam Thorin Dębowa Tarcza, potomek królów, oraz dwunastu jego towarzyszy wygnania. Z tą kompanią Bilbo – ku swemu nigdy nie wyczerpanemu zdumieniu – wyruszył w kwietniowy poranek roku 1341 (wg kalendarza Shire'u) na poszukiwanie wielkich skarbów, bogactw krasnoludów, ongi własności Królów Spod Góry, spod Ereboru w kraju Dale, hen, na wschodzie. Skarby znaleziono, a smoka, który ich strzegł, zabito. Jakkolwiek przed ostatecznym zwycięstwem stoczono Bitwę Pięciu Armii, jakkolwiek poległ w niej Thorin, jakkolwiek dokonano mnóstwa chwalebnych czynów – cała ta wyprawa niewiele by wpłynęła na dalszy bieg historii i nie zyskałaby więcej niż parę wierszy w obszernych kronikach Trzeciej Ery, gdyby nie pewien „wypadek", który przytrafił się po drodze. Drużynę Thorina ciągnącą ku Dzikim Krajom napadli na wysokiej przełęczy w Górach Mglistych orkowie; Bilbo przypadkiem zabłąkał się w czarnych podziemiach orków, wydrążonych głęboko w skałach, i omackiem posuwając się w ciemnościach, natrafił ręką na pierścień, leżący na dnie tunelu. Włożył pierścień do kieszeni. W owym momencie wydało mu się to po prostu szczęśliwym trafem.

Szukając wyjścia, Bilbo zaszedł w głąb, aż do korzeni góry, i tu musiał się zatrzymać. Drogę przecięło mu lodowate jezioro, do którego nie dochodził ani promień światła; pośród tego jeziora na skalistej wysepce mieszkał Gollum. Był to mały, szkaradny stwór: wiosłując szerokimi, płaskimi stopami, pływał po wodzie w łódeczce i bladymi, świecącymi oczyma wypatrywał ślepych ryb, chwytał je długimi paluchami i pożerał na surowo. Żarł zresztą wszelkie żywe istoty, nawet orków, jeśli zdołał którego złapać i udusić bez walki. Gollum miał tajemniczy skarb, zdobyty przed wiekami, gdy jeszcze żył na jasnym świecie: złoty pierścień, który czynił swego właściciela niewidzialnym. Był to jedyny przedmiot miłości Golluma, jego „skarb"; Gollum przemawiał do niego nawet wówczas, gdy go nie miał przy sobie. Trzymał bowiem pierścień w bezpiecznej skrytce, w skalnej szparze na swojej wysepce, a nakładał tylko wówczas, gdy wybierał się na łowy albo na zwiady wśród orków w ich podziemiu.

Byłby pewnie od razu napadł na Bilba, gdyby w chwili spotkania z nim miał pierścień przy sobie; nie miał go jednak, a hobbit ściskał w garści nóż zrobiony przez elfów, służący mu za miecz. Żeby zyskać na czasie, Gollum wyzwał Bilba na turniej zagadek, oznajmiając, że go zabije i zje, jeśli hobbit nie odpowie na któreś jego pytanie, jeśli natomiast wygra Bilbo, spełni jego życzenie i wyprowadzi go z lochów na świat.

Bilbo, zabłąkany bez nadziei w ciemnościach, nie mogąc ani iść naprzód, ani się wycofać, przyjął to wyzwanie. Zadali sobie nawzajem mnóstwo zagadek. W końcu Bilbo zwyciężył, co zresztą zawdzięczał bardziej szczęściu (jak się zdawało) niż rozumowi; nie wiedząc bowiem pod koniec gry, jaką wymyślić zagadkę, a natrafiwszy ręką w kieszeni na znaleziony pierścień, wykrzyknął: „Co ja mam w kieszeni?". Na to oczywiście Gollum nie znalazł odpowiedzi, chociaż zażądał prawa do trzykrotnej próby.

Rzeczoznawcy różnią się co prawda w opinii, czy ostatnie pytanie Bilba można uznać za zagadkę zgodnie z ustalonymi przepisami gry, wszyscy wszakże zgadzają się, że Gollum – skoro nie zaprotestował od razu i trzykroć próbował odpowiedzieć – był obowiązany spełnić obietnicę. Bilbo nalegał, żeby stwór dotrzymał danego słowa, przyszło mu bowiem na myśl, że tak oślizły gad może okazać się przeniewiercą, jakkolwiek obietnica tego rodzaju uważana była z dawna za świętość i tylko najprzewrotniejsze istoty śmiałyby ją złamać. Lecz po wiekach samotności i mroków serce Golluma znikczemniało i wylęgła się w nim zdrada. Wymknął się, wrócił na swoją wysepkę, o której Bilbo nic nie wiedział, a która sterczała w pobliżu z czarnej wody. Gollum przypuszczał, że jego pierścień leży w kryjówce. Potwór był już głodny i zły, a gdyby miał swój „skarb" przy sobie, nie lękałby się żadnego oręża.

Ale pierścienia nie było na wysepce: zginął, zniknął. Gollum wrzasnął tak, że ciarki przeszły po krzyżach hobbitowi; chociaż jeszcze nie rozumiał, co się stało. Gollum poniewczasie odgadł ostatnią zagadkę. „Co on ma w kieszeni?!" – krzyknął. Zielony płomień palił się w jego ślepiach, kiedy wracał, żeby zamordować Bilba i odzyskać swój „skarb". Bilbo w samą porę dostrzegł niebezpieczeństwo i na oślep rzucił się do ucieczki korytarzem, byle dalej od jeziora. Raz jeszcze ocalił go szczęśliwy przypadek. Kiedy bowiem, pędząc, wsunął rękę do kieszeni, pierścień sam wskoczył mu na palec. Dzięki temu Gollum minął hobbita, nie widząc go wcale i pobiegł zagrodzić wyjście, żeby uniemożliwić „złodziejowi" ucieczkę. Bilbo ostrożnie podążył za nim, gdy potwór, wlokąc się korytarzem, klął i mówił sam do siebie o swojej cennej zgubie. Z jego słów wreszcie nawet hobbit zrozumiał całą prawdę i w ciemnościach błysnęła mu nadzieja: oto znalazł cudowny pierścień, miał szansę wymknąć się zarówno Gollumowi, jak i orkom.

Wreszcie obaj zatrzymali się u wylotu korytarza, który prowadził do niższej bramy lochów, otwierającej się na wschodnich stokach gór. Gollum przyczaił się tutaj, węsząc i nasłuchując, a Bilba korciło, żeby go usiec mieczem. Przeważyła jednak litość; wprawdzie zachował sobie pierścień, w którym tkwiła jedyna nadzieja ratunku, lecz nie chciał pod jego osłoną zabijać nieszczęsnego Golluma, zdanego na jego łaskę. Zebrał całą odwagę, przeskoczył w ciemności nad głową Golluma i umknął w głąb korytarza, ścigany krzykiem nienawiści i rozpaczy: „Złodziej! Złodziej! Baggins! Nienawidzimy go na wieki!".

Otóż najciekawsze w tej historii jest to, że Bilbo początkowo opowiedział ją swoim towarzyszom zupełnie inaczej. Według jego relacji Gollum obiecał mu w razie wygranej prezent, ale gdy po niego poszedł na wysepkę, stwierdził, że zginął mu klejnot: magiczny pierścień, otrzymany niegdyś w podarku na urodziny. Bilbo domyślił się, że to chodzi właśnie o ten sam pierścień, który on znalazł, a który uznał teraz za swoją prawowitą własność, skoro zwyciężył w grze. Ponieważ jednak był w rozpaczliwym położeniu, nic o tym Gollumowi nie powiedział, lecz zamiast prezentu zażądał wskazania drogi z lochów na świat. Tak przedstawił Bilbo tę sprawę w swoich pamiętnikach i nie zmienił, zdaje się, nic w swojej relacji nawet po Radzie u Elronda. Tak też zapisana została owa przygoda w Czerwonej Księdze i w licznych jej odpisach oraz w skrótach. Niektóre wszakże kopie zawierają prawdziwą wersję (podaną jako alternatywę), zaczerpniętą niewątpliwie ze wspomnień Froda lub Sama; ci dwaj hobbici znali bowiem prawdę, jakkolwiek niechętnie dementowali słowa zapisane własną ręką starego Bilba.

Gandalf jednak od pierwszej chwili nie wierzył w prawdziwość opowiadania Bilba i w dalszym ciągu bardzo był ciekawy prawdy o pierścieniu. Wielekroć brał Bilba na spytki – co nawet na czas jakiś ochłodziło między nimi przyjazne stosunki – aż w końcu wydobył prawdziwą historię. Czarodziej przywiązywał wielką wagę do prawdy. Nie powiedział tego hobbitowi, lecz niemałą wagę przywiązywał również do faktu, że zacny Bilbo, wbrew swoim zwyczajom, od razu mu jej nie wyznał, i bardzo był tym zaniepokojony; a jednak pomysł „prezentu" nie wykluł się w głowie Bilba z niczego. Bilbo później zwierzył się Gandalfowi, że tę myśl nasunęły mu słowa Golluma, podsłuchane w tunelu. Gollum rzeczywiście kilkakrotnie nazwał wtedy pierścień swoim „urodzinowym prezentem". To także wydało się Czarodziejowi dziwne i podejrzane, lecz nie wykrył całej prawdy w owym czasie ani przez wiele lat później, jak się dowiecie dalej z tej książki.

O późniejszych przygodach Bilba niewiele mam tu do opowiedzenia. Z pomocą pierścienia hobbit wymknął się straży orków u bramy i odnalazł przyjaciół. Wiele razy podczas wyprawy użył pierścienia, najczęściej po to, żeby ratować towarzyszy; mimo to, jak mógł najdłużej, zachował go przed nimi w tajemnicy. Po powrocie do domu nigdy o pierścieniu nie wspominał nikomu z wyjątkiem Gandalfa i Froda, toteż nawet żywa dusza w Shire nie domyślała się, że skarb ten jest w posiadaniu Bilba – a przynajmniej on sam tak sądził. Sprawozdanie z wyprawy, które potem spisał, pokazał jedynie Frodowi.

Miecz swój – Żądło – Bilbo powiesił nad kominkiem, a zbroję cudownej roboty, dar krasnoludów, wybraną ze skarbca odbitego smokowi, ofiarował do muzeum, do Domu Mathom w Michel Delving. Przechował jednak w jednej z szaf w Bag End stary płaszcz i kaptur, które nosił podczas wyprawy. A pierścień, bezpiecznie umocowany na pięknym łańcuszku, miał stale w kieszeni.

Powrócił do domu w Bag End 22 czerwca roku 1342 (wg kalendarza Shire'u) w wieku lat pięćdziesięciu dwóch. Nic godnego uwagi nie zdarzyło się w kraju aż do roku 1401, gdy pan Baggins rozpoczął przygotowania do uroczystego obchodu swoich sto jedenastych urodzin. I w tym momencie zaczyna się nasza opowieść.

## *Nota do prologu*

Hobbici odegrali tak ważną rolę w wielkich wydarzeniach, które pod koniec Trzeciej Ery zostały uwieńczone wcieleniem Shire'u do zjednoczonego na nowo Królestwa, że rozbudziło to wśród nich powszechne zainteresowanie własną historią; wiele tradycji, przekazywanych przedtem tylko ustnie, zebrano podówczas i spisano. Członkowie co znakomitszych rodów, powiązanych również ze sprawami całego Królestwa, studiowali też jego najdawniejsze dzieje i legendy. W początkach Czwartej Ery było już w Shire kilka bibliotek, gdzie gromadzono liczne książki historyczne i kroniki.

Najbogatsze takie zbiory znajdowały się Pod Wieżami, w Wielkich Smajalach i w Brandy Hallu. Ta relacja o zdarzeniach z końca Trzeciej Ery opiera się głównie na Czerwonej Księdze Marchii Zachodniej. Tytuł tej księgi, stanowiącej główne źródło dla kronikarza Wojny o Pierścień, pochodzi stąd, że przechowywano ją przez długi czas Pod Wieżami, w siedzibie Fairnbairnów, Strażników Zachodniej Marchii[1]. Pierwotnie były to osobiste pamiętniki Bilba,

---

[1] Patrz tom III, Dodatek B: zapiski dotyczące lat 1451, 1462, 1482, i wyjaśnienie na końcu genealogii rodów Gamgee i Fairbairnów w Dodatku C.

zabrane przez niego do Rivendell. Frodo przywiózł je do Shire'u wraz z mnóstwem luźnych kartek i zapisków i w latach 1420–1421 (wg kalendarza Shire'u) wypełnił prawie wszystkie niezapisane jeszcze stronice własną relacją z Wojny. Razem z tymi pamiętnikami przechowywane były, prawdopodobnie we wspólnej szkarłatnej tece, trzy grube tomy oprawne w czerwoną skórę, ofiarowane przez Bilba Frodowi jako pożegnalny prezent. Do tych czterech tomów dołączono w Marchii Zachodniej piąty, zawierający komentarze, genealogie i różne inne materiały dotyczące hobbitów, którzy należeli do Drużyny Pierścienia.

Oryginał Czerwonej Księgi nie zachował się, lecz na szczęście sporządzono wiele jego kopii, szczególnie pierwszego tomu, na użytek potomstwa dzieci Samwise'a Gamgee. Najbardziej interesująca kopia ma jednak inną historię. Przechowywano ją w Wielkich Smajalach, lecz przepisana została w Gondorze, zapewne na polecenie prawnuka Peregrina, a ukończono tę pracę w roku 1592 według kalendarza Shire'u (172 roku Czwartej Ery). Skryba załączył następującą adnotację: Findegil, pisarz królewski, pracę tę ukończył w 172 r. Jest to dokładna kopia Księgi Thana z Minas Tirith, ta zaś była sporządzoną na rozkaz króla Elessara kopią Czerwonej Księgi Periannów, ofiarowaną królowi przez Thana Peregrina po jego powrocie do Gondoru w 64 roku Czwartej Ery.

Tak więc była to najwcześniejsza z kopii Czerwonej Księgi i zawierała wiele fragmentów później pominiętych lub zagubionych. W Minas Tirith wprowadzono do tekstu liczne adnotacje i poprawiono błędy, zwłaszcza w imionach własnych, wyrazach i cytatach z języków elfów; dołączono również w skróconej wersji te części „Historii Aragorna i Arweny", które nie dotyczyły Wojny o Pierścień. Autorem pełnego tekstu tej opowieści był ponoć Barahir, wnuk Namiestnika Faramira, a spisana została ona w jakiś czas po zgonie króla. Największa jednak wartość kopii Findegila polega na tym, że tylko w niej zamieszczono „Przekłady z języka elfów" dokonane przez Bilba. Dzieło to liczy trzy tomy i spotkało się z uznaniem, jako owoc głębokiej wiedzy i umiejętności. Bilbo pracował nad nim w latach 1403–1418, przebywając w Rivendell, gdzie miał dostęp do bogatych źródeł w postaci przekazów zarówno piśmiennych, jak ustnych. Frodo, zajmując się niemal wyłącznie historią Dawnych Dni, mało z tej pracy krewniaka korzystał, dlatego niniejsza książka nic więcej o niej nie mówi.

Meriadok i Peregrin stali się głowami wielkich rodzin, utrzymując stałe i bliskie stosunki z Rohanem i Gondorem, a biblioteki w Bucklebury i Tukonie posiadały mnóstwo materiałów nie zamieszczonych w Czerwonej Księdze. W Brandy Hallu było wiele dzieł dotyczących Eriadoru i historii Rohanu. Niektóre z nich opracował czy przynajmniej zapoczątkował osobiście Meriadok, lecz w pamięci ziomków pozostał przede wszystkim autorem znakomitego *Zielnika Shire'u* i *Rachuby czasu* – analizy pokrewieństw oraz różnic między kalendarzem hobbitów z Shire'u i Bree a kalendarzami obowiązującymi w Rivendell, Rohanie i Gondorze. Meriadok napisał też krótką rozprawę *Stare słowa i nazwy w Shire*, interesując się szczególnie pokrewieństwem języka hobbitów z językiem Rohirrimów, w wypadkach takich wyrazów jak *mathom*, oraz pradawnymi cząstkami słowotwórczymi zachowanymi w nazwach geograficznych.

Księgozbiór w Wielkich Smajalach poświęcony był w mniejszym stopniu sprawom ludu z Shire'u, a w większym – historii szerszego świata. Peregrin sam nie parał się piórem, lecz i on, i jego następcy gromadzili manuskrypty pisane przez skrybów z Gondoru, przeważnie kopie lub kompilacje historii albo legend dotyczących Elendila i jego spadkobierców. Właśnie w Shire znajdowały się najbogatsze materiały do historii Númenoru i pojawienia się Saurona. *Kronika Lat*[1] prawdopodobnie została opracowana w Wielkich Smajalach na podstawie materiałów zebranych przez Meriadoka. Daty w niej podane są w wielu przypadkach wątpliwe, szczególnie w odniesieniu do Drugiej Ery, lecz mimo to zasługują na uwagę. Meriadok zapewne korzystał z pomocy i informacji dostarczanych mu z Rivendell, które wielokrotnie odwiedzał. Elrond wprawdzie opuścił tę siedzibę, lecz jego synowie wraz z kilku Elfami Wysokiego Rodu pozostawali w niej jeszcze długo. Podobno w Rivendell zamieszkał po odjeździe Galadrieli także Celeborn, brak jednak ścisłej daty jego odejścia i nie wiadomo, kiedy wreszcie ten ostatni żyjący świadek Dawnych Dni Śródziemia udał się do Szarej Przystani.

---

[1] Zamieszczona w znacznie skróconej wersji w Dodatku B, a doprowadzona do końca Trzeciej Ery.

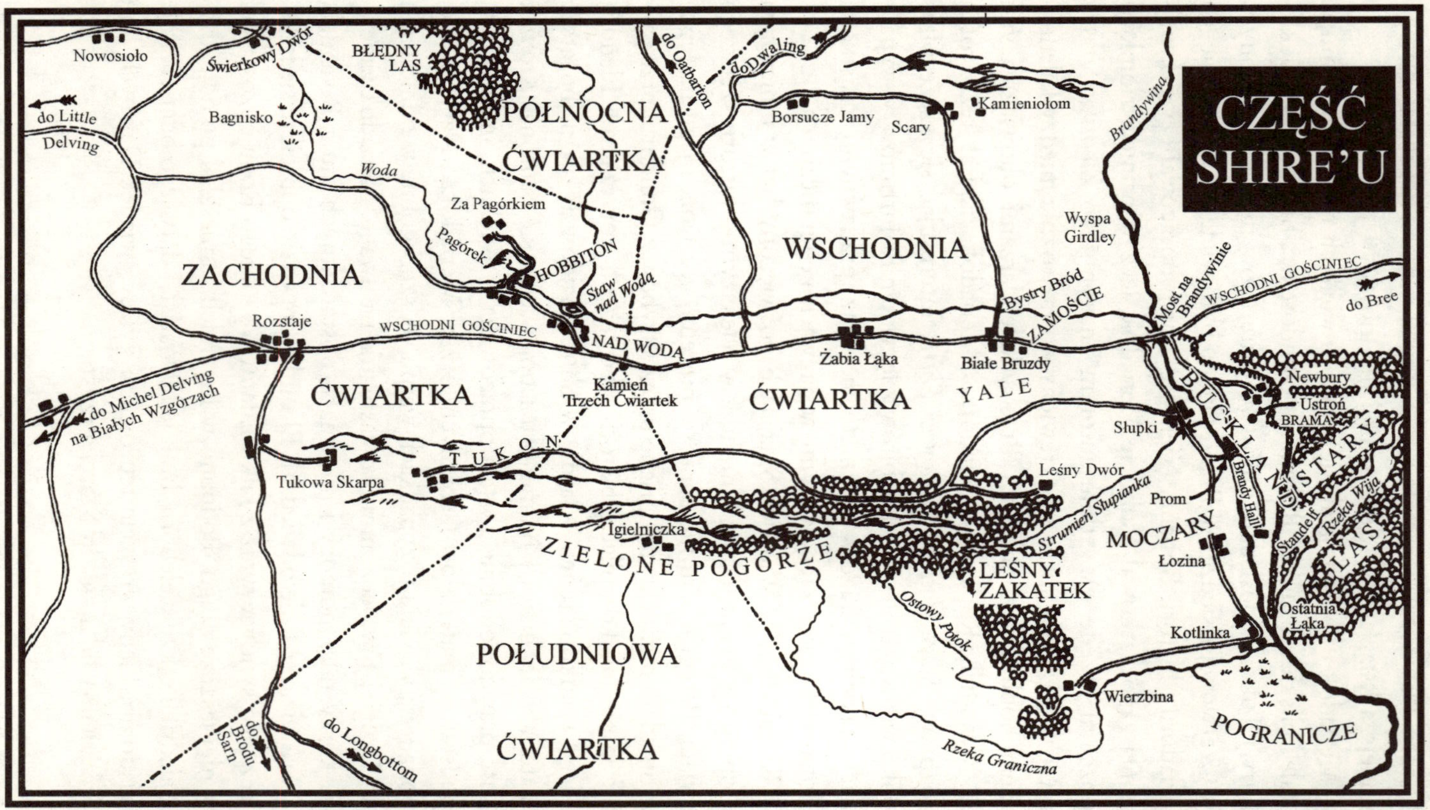
CZĘŚĆ SHIRE'U
Nowosioło
Świerkowy Dwór
BŁĘDNY LAS
do Little Delving
Bagnisko
Woda
PÓŁNOCNA ĆWIARTKA
do Oatbarton
do Dwaling
Borsucze Jamy
Scary
Kamieniołom
Brandywina
Za Pagórkiem
Pagórek
HOBBITON
Staw nad Wodą
ZACHODNIA
WSCHODNIA
Wyspa Girdley
Most na Brandywinie
WSCHODNI GOŚCINIEC
do Bree
Bystry Bród
ZAMOŚCIE
Rozstaje
NAD WODĄ
Żabia Łąka
Białe Bruzdy
ĆWIARTKA
Kamień Trzech Ćwiartek
YALE
do Michel Delving na Białych Wzgórzach
BUCKLAND
Newbury
Ustroń
BRAMA
Słupki
TUKON
Tukowa Skarpa
Leśny Dwór
STARY LAS
Brandy Hall
Prom
Strumień Słupianka
Standelf
Rzeka Wija
Igielniczka
MOCZARY
Łozina
ZIELONE POGÓRZE
LEŚNY ZAKĄTEK
Ostowy Potok
Ostatnia Łąka
Kotlinka
POŁUDNIOWA
Wierzbina
POGRANICZE
do Brodu Sarn
do Longbottom
Rzeka Graniczna

# Księga pierwsza

# Rozdział 1

## *Zabawa z dawna oczekiwana*

Kiedy pan Bilbo Baggins z Bag End oznajmił, że wkrótce zamierza dla uczczenia sto jedenastej rocznicy swoich urodzin wydać szczególnie wspaniałe przyjęcie, w całym Hobbitonie poszły w ruch języki i zapanowało wielkie podniecenie.

Bilbo był wielkim bogaczem i wielkim dziwakiem, stanowił w Shire przedmiot powszechnego zainteresowania od sześćdziesięciu lat, to jest od czasu swego zagadkowego zniknięcia i niespodziewanego powrotu. O bogactwach, które przywiózł z podróży, opowiadano w okolicy legendy i ogół wierzył – wbrew słowom miejscowych starców – że pod Pagórkiem w Bag End ciągną się podziemia, wypełnione skarbami. Gdyby to nie wystarczało, żeby mu zdobyć sławę, był jeszcze godny podziwu z innej przyczyny, ponieważ mimo podeszłego wieku zachował pełnię sił. Czas płynął, lecz nie miał, jak się zdawało, władzy nad panem Bagginsem. Mając lat dziewięćdziesiąt, Bilbo wyglądał tak samo jak w wieku lat pięćdziesięciu. Gdy skończył dziewięćdziesiąt dziewięć lat, zaczęto o nim mówić, że się dobrze trzyma, ale słuszniej byłoby powiedzieć, że się wcale nie zmienia. Ten i ów kręcił głową i myślał, że za wiele tego dobrego: nie zdawało im się sprawiedliwe, że ktoś posiadał wieczną (pozornie) młodość, na dodatek do niewyczerpanych (rzekomo) bogactw.

– Będzie musiał za to kiedyś zapłacić – mówili. – To nie jest naturalne, wyniknie z tego jakaś bieda.

Ale bieda jak dotąd nie wynikła, a pan Baggins tak był hojny, że większość hobbitów chętnie mu przebaczała i dziwactwa, i szczęście.

Bilbo wymieniał od czasu do czasu wizyty ze swymi kuzynami (z wyjątkiem oczywiście Bagginsów z Sackville) i miał licznych oddanych wielbicieli wśród hobbitów z mniej dostojnych i uboższych rodzin. Nie nawiązał jednak z nikim serdeczniejszej przyjaźni, póki nie zaczęli dorastać młodsi krewniacy.

Najstarszy spośród nich, młody Frodo Baggins, był ulubieńcem Bilba. Ukończywszy dziewięćdziesiąt dziewięć lat, Bilbo usynowił Froda, mianował go swoim spadkobiercą i sprowadził na stałe do Bag End; w ten sposób wszelkie nadzieje Bagginsów z Sackville rozwiały się ostatecznie. Przypadek zrządził, że Bilbo i Frodo obchodzili urodziny tego samego dnia, 22 września. "Zamieszkaj ze mną, chłopcze kochany – powiedział Bilbo do Froda. – Będzie nam wygodniej razem wyprawiać urodziny". Frodo podówczas był jeszcze smarkaczem, jak hobbici nazywali nieodpowiedzialnych dwudziestolatków, którzy wprawdzie wyrośli z dzieciństwa, lecz nie osiągnęli pełnoletności, czyli trzydziestu trzech lat.

Minęło dalszych lat dwanaście. Co roku dwaj Bagginsowie urządzali wesołe przyjęcia z okazji podwójnych urodzin, lecz tej jesieni spodziewano się czegoś nadzwyczajnego: Bilbo miał skończyć sto jedenaście lat – a to liczba dość osobliwa i wiek, nawet dla hobbita, szacowny (sam Stary Tuk dożył tylko stu trzydziestu lat); Frodo zaś kończył lat trzydzieści trzy – znamienna liczba oznaczająca pełnoletność.

Nie próżnowały więc języki w Hobbitonie i Nad Wodą; pogłoski o spodziewanej uroczystości szerzyły się po całym kraju. Dzieje i charakter pana Bilba Bagginsa znów stały się głównym tematem wszystkich rozmów, a starcy zauważyli, że nagle wzrósł popyt na ich wspomnienia.

Nikogo jednak nie słuchano z takim skupieniem jak sędziwego Hamfasta Gamgee, zwanego powszechnie Dziaduniem. Rozprawiał on w małej gospodzie "Pod Bluszczem" przy drodze Nad Wodą i przemawiał ze znajomością rzeczy, bo przez czterdzieści lat pielęgnował ogród w Bag End, a przedtem pracował tam jako pomocnik ogrodnika Holmana. Teraz, gdy się postarzał i kości mu zesztywniały, zdał tę robotę na swego najmłodszego syna, Sama Gamgee. Zarówno ojciec, jak syn byli w przyjaznych stosunkach z Bilbem i Frodem. Mieszkali na Pagórku, tuż pod siedzibą Bilba, w zaułku Bagshot pod numerem trzecim.

– Pan Bilbo to bardzo grzeczny i rozmowny hobbit, zawsze to powiadałem – oświadczył Dziadunio. I mówił prawdę. Bilbo traktował go jak najgrzeczniej, zwracał się do niego „Panie Hamfaście" i często zasięgał jego rad co do uprawy warzyw, ponieważ w dziedzinie roślin bulwiastych, a szczególnie ziemniaków, Dziadunio w opinii całego sąsiedztwa (i w swojej własnej) uchodził za najlepszego znawcę.

– A jak się wam podoba ten Frodo, co z nim mieszka? – spytał stary Noakes z Nad Wody. – Nazywa się Baggins, ale, jak powiadają, więcej w nim Brandybucka niż Bagginsa. Licho wie, dlaczego taki Baggins z Hobbitonu poszukał sobie żony aż gdzieś w Bucklandzie, gdzie mieszkają sami dziwacy.

– Nie mogą być inni – wtrącił się Dad Twofoot, najbliższy sąsiad Dziadunia – skoro siedzą na gorszym brzegu Brandywiny i tuż pod Starym Lasem. Jeżeli bodaj połowa tego, co mówią, jest prawdą, musi to być ponure i złe miejsce.

– Masz rację, Dadzie – przytaknął Dziadunio. – Brandybuckowie wprawdzie nie mieszkają w Starym Lesie, ale, jak się zdaje, rodzina jest rzeczywiście zbzikowana. Zabawiają się pływaniem łódkami po tej wielkiej rzece, a to jest przeciw naturze. Nie dziw, że z tego wynikło nieszczęście. No, ale swoją drogą pan Frodo jest tak dobrym młodym hobbitem, że lepszego nie potrzeba. Bardzo podobny do pana Bilba, nie tylko z wyglądu. Bądź co bądź miał Bagginsa za ojca. Pan Drogo Baggins był przyzwoitym, szanowanym hobbitem i nigdy o nim wiele nie mówiono, póki nie utonął.

– Utonął? – powtórzyło kilka głosów. Wszyscy oczywiście znali tę historię, a także rozmaite jeszcze bardziej ponure pogłoski na ten temat, ale hobbici namiętnie lubią legendy rodzinne, chcieli więc usłyszeć całą rzecz na nowo.

– Ano, tak mówią – rzekł Dziadunio. – Wiecie, pan Drogo ożenił się z tą biedną panną Primulą Brandybuck. Była ona cioteczną siostrą naszego pana Bilba, po kądzieli, bo miała za matkę najmłodszą córkę Starego Tuka; pan Drogo zaś był jego przestryjecznym bratem. Więc panicz Frodo jest jednocześnie jego ciotecznym siostrzeńcem i stryjecznym bratankiem, zależy od której strony patrzeć, ma się rozumieć. Pan Drogo bawił w Brandy Hallu w odwiedzinach u swojego teścia, starego pana Gorbadoka, u którego często bywał od czasu ożenku (lubił dobrze zjeść, a u starego Gorbadoka jadało się wspaniale); wybrał się łódką na rzekę, no i oboje z żoną utonęli, a nieborak Frodo, mały jeszcze dzieciak, został sierotą.

– Słyszałem, że wypłynęli po obiedzie przy księżycu – rzekł stary Noakes – i że łódź poszła na dno, bo Drogo za wiele ważył.

– A ja słyszałem, że to żona go pchnęła do wody, a on ją wciągnął za sobą – odezwał się Sandyman, młynarz z Hobbitonu.

– Nie powinieneś słuchać wszystkiego, co mówią – odparł Dziadunio, który niezbyt lubił młynarza. – Po co gadać o popychaniu, kiedy wiadomo, że taka łódź to zdradliwa sztuka, nawet jeżeli ktoś w niej siedzi spokojnie; nie potrzeba szukać innych przyczyn nieszczęścia. Jak było, tak było, a Frodo został sierotą i zabłąkał się, można powiedzieć, między tych dziwaków z Bucklandu, bo go wychowywano w Brandy Hallu. Tłok tam był jak w króliczym gnieździe. U starego pana Gorbadoka nigdy mniej niż stu krewniaków naraz nie gościło. Pan Bilbo nie mógł nic lepszego zrobić, niż zabrać malca z powrotem między przyzwoitych hobbitów.

Ale rozumie się, że dla Bagginsów z Sackville to był cios okropny. Już kiedy pan Bilbo wyjechał i wszyscy go mieli za umarłego, liczyli, że dostaną Bag End. A tymczasem wrócił i przepędził ich z domu i odtąd żyje i żyje, i wcale nie wygląda starzej niż przed laty... niech mu będzie na zdrowie! Nagle znalazł sobie spadkobiercę i wszystko jak się należy załatwił urzędowo. Bagginsowie z Sackville nigdy już nie zobaczą domu w Bag End od środka... Przynajmniej mam nadzieję, że do tego nie dojdzie.

– Jak mówią, w Bag End zakopany jest ładny grosz – odezwał się obcy hobbit, kupiec przybyły z Zachodniej Ćwiartki, z Michel Delving. – Wedle tego, co słyszałem, cały wierzchołek Pagórka jest wydrążony w środku i korytarze są tam zapchane skrzyniami pełnymi srebra, złota i klejnotów.

– No, toście słyszeli więcej, niż ja mogę powiedzieć – odparł Dziadunio. – Nic nie wiem o żadnych klejnotach. Pan Bilbo nie skąpi pieniędzy i nie widać, żeby mu ich brakowało, ale o żadnych wydrążonych w Pagórku tunelach nie słyszałem. Widziałem za to pana Bilba, kiedy wrócił z wyprawy, sześćdziesiąt lat temu. Byłem jeszcze wtedy małym chłopakiem. Dopiero w kilka lat późnej stary Holman (cioteczny brat mojego ojca) wziął mnie do siebie na praktykanta, ale tego dnia zawołał mnie do Bag End, żebym pomógł mu pilnować trawników i ogrodu od zdeptania podczas licytacji. A tu w połowie wyprzedaży pan Bilbo zjawia się na Pagórku i prowadzi kuca objuczonego ogromnymi workami i paru skrzyniami. Nie przeczę, były w tych bagażach na pewno skarby, które pan Bilbo zdobył w dalekich krajach, gdzie, jak mówią, są całe góry złota. Ale nie było tego tyle, żeby tunele w Pagórku wypełnić. Mój chłopak, Sam, wie o tych rzeczach więcej jeszcze ode mnie. Stale się kręci po Bag End. Przepada za historiami z dawnych czasów i słucha pilnie wszystkiego, co pan Bilbo opowiada. Pan Bilbo nauczył go abecadła... nie zrobił tego, uważacie, ze złych chęci i mam nadzieję, że nic złego z tego nie wyniknie.

„Elfowie i smoki! – powiadam mojemu synowi. – Dla ciebie i dla mnie ważniejsze są ziemniaki i kapusta. Nie mieszaj się do spraw hobbitów, co wyżej niż ty stoją, bo napytasz sobie kłopotów za wielkich na twoją głowę". Tak powiedziałem mojemu chłopcu i to samo mógłbym każdemu powtórzyć – dodał, patrząc znacząco na obcego i na młynarza.

Dziadunio jednak nie przekonał swoich słuchaczy. Legenda o bogactwach Bilba zakorzeniła się już głęboko w umysłach młodego hobbickiego pokolenia.

– Ale pewnie pan Bilbo sporo przez ten czas dołożył do tego, co wtedy przywiózł – rzekł młynarz, wyrażając powszechne przeświadczenie. – Często wyjeżdżał z domu. A widzieliście też, jacy zagraniczni goście odwiedzali go tutaj: przychodziły po nocach krasnoludy, przychodził ten stary wędrowny magik Gandalf i wielu innych. Mówcie sobie, Dziaduniu, co chcecie, ale Bag End to dziwne miejsce i dziwni hobbici tam mieszkają.

– A wy sobie także mówcie, co chcecie, ale znacie się na tym tak samo, jak na żegludze, panie Sandymanie – odparł Dziadunio, który w tej chwili czuł do młynarza jeszcze mniej sympatii niż zwykle. – Jeśli to są dziwacy, oby się tacy na kamieniu rodzili w naszych stronach. Bo nie trzeba daleko szukać hobbitów, co kufelka piwa żałują przyjacielowi, chociażby w ich norach ściany były ze szczerego złota. Ale w Bag End nie tacy hobbici gospodarzą. Mój Sam powiada, że na przyjęcie wszyscy bez wyjątku będą zaproszeni i że każdy – uważacie? – każdy dostanie prezent. Czeka nas to jeszcze w tym miesiącu.

Ten miesiąc – to był wrzesień, piękny jak rzadko. W jakieś dwa dni później gruchnęła pogłoska (zapewne rozpuszczona przez dobrze poinformowanego Sama), iż przyjęcie pana Bilba uświetnią fajerwerki, i to takie, jakich w Shire nie widziano od wieku, od śmierci Starego Tuka.

Dni mijały, zbliżał się wielki dzień. Pewnego wieczora w ulice Hobbitonu wtoczył się dziwaczny wóz załadowany dziwacznymi pakunkami i ciężko wspiął się na Pagórek, do Bag End. Zaalarmowani turkotem hobbici wysuwali ciekawie głowy z oświetlonych drzwi. Na wozie, śpiewając nieznane pieśni, jechali zagraniczni goście: brodaci krasnoludowie w ogromnych kapturach. Kilku z nich zostało w Bag End. Pod koniec drugiego tygodnia września, w biały dzień, od strony mostu na Brandywinie wjechała Nad Wodę bryka. Powoził nią samotny starzec. Ubrany był w wysoki spiczasty niebieski kapelusz i w długi szary płaszcz przepasany srebrną szarfą. Miał siwą brodę po pas, a krzaczaste brwi wystawały mu aż poza rondo kapelusza. Małe hobbicięta biegły za bryką przez cały Hobbiton aż na Pagórek. Słusznie się domyśliły, że bryka wiezie zapas fajerwerków. Przed frontowymi drzwiami Bilba starzec zaczął wypakowywać swój towar: wielkie paki sztucznych ogni wszelkich odmian i rodzajów, a na każdej duża czerwona litera G ᛗ i runiczny znak elfów ᚹ..

Była to oczywiście pieczęć Gandalfa, a starcem tym był Czarodziej Gandalf, sławny w Shire przede wszystkim ze sztuk, jakich dokonywał z ogniem, dymem i światłami. W rzeczywistości Gandalf zajmował się o wiele trudniejszymi i groźniejszymi sprawami, lecz o tym w Shire nic nie wiedziano. Dla mieszkańców tego kraju był on po prostu jedną więcej atrakcją Bilbowego przyjęcia. Dlatego właśnie hobbicięta witały go z takim zapałem. „G pewnie znaczy: gigantyczne!" – krzyczały, staruszek zaś uśmiechał się na to. Znały go z widzenia, chociaż z rzadka tylko pokazywał się w Hobbitonie i nigdy nie zostawał długo; lecz ani małe hobbicięta, ani ich rodzice nie widzieli dotychczas nigdy jego fajerwerków, bo te widowiska należały do legendarnej przeszłości.

Kiedy starzec z pomocą Bilba i kilku krasnoludów uporał się z wyładunkiem, Bilbo rozdał malcom trochę grosza, ale ku rozczarowaniu widzów żadna rakieta nie wystrzeliła.

– Zmykajcie teraz – rzekł Gandalf. – Napatrzycie się dość, jak przyjdzie odpowiednia pora. I zniknął we wnętrzu domu wraz z Bilbem, zamykając drzwi za sobą. Małe hobbicięta chwilkę jeszcze stały, gapiąc się na drzwi, ale daremnie; wreszcie odeszły, tak zmartwione, jakby dzień obiecanej zabawy nigdy nie miał nadejść.

Tymczasem w domu Bilbo i Gandalf siedzieli w małym pokoiku przy otwartym oknie od zachodu, wychodzącym na ogród. Późne popołudnie było jasne i ciche. Kwiaty płonęły czerwienią i złotem; lwie paszczki, słoneczniki i nasturcje pięły się pod darniowe ściany i zaglądały w okrągłe okna.

– Jak pięknie wygląda twój ogród! – rzekł Gandalf.

– Tak – odparł Bilbo. – Toteż bardzo go lubię, jak zresztą cały kochany stary Shire. Mimo to myślę, że przydałyby mi się wakacje.

– A więc trwasz w swoim zamiarze?

– Tak. Postanowiłem to sobie przed kilku miesiącami i dotąd się nie rozmyśliłem.

– Dobrze. Skoro tak, nie ma już o czym mówić. Wykonaj swój plan... ale pamiętaj: wykonaj go w całości!... a mam nadzieję, że wyjdzie to na dobre i tobie, i nam wszystkim.

– Ja też się tego spodziewam. A w każdym razie chcę się w czwartek zabawić i spłatać wszystkim figla.

– Ciekaw jestem, kto się będzie śmiał – powiedział Gandalf, kręcąc głową.

– Zobaczymy – rzekł Bilbo.

Nazajutrz znów wozy za wozami zajeżdżały na Pagórek. Doszłoby zapewne do szemrania, że Bilbo pomija miejscowych kupców, ale jeszcze w tym samym tygodniu zaczęły się sypać z Bag End zamówienia na wszelkiego rodzaju prowianty oraz przedmioty pierwszej potrzeby lub zbytku, jakie tylko można było znaleźć w Hobbitonie, Nad Wodą i w okolicy. Entuzjazm ogarnął obywateli, którzy skreślali dni w kalendarzu i niecierpliwie wypatrywali listonosza, spodziewając się zaproszeń.

Wkrótce zaproszenia sypnęły się obficie, urząd pocztowy w Hobbitonie pękał od nich, a urząd pocztowy Nad Wodą tonął w ich powodzi, musiano wezwać do pomocy ochotniczych listonoszy. Nieprzerwany strumień liścików płynął też z powrotem na Pagórek, niosąc w odpowiedzi setki kurtuazyjnych wariacji na ten sam zawsze temat: „Dziękuję najuprzejmiej, stawię się niezawodnie".

Na bramie Bag End ukazało się ogłoszenie: „Wstęp wyłącznie dla interesantów w sprawie urodzinowego przyjęcia". Ale nawet osoby powołujące się na rzeczywisty lub rzekomy interes w sprawie przyjęcia nie zawsze wpuszczano do wnętrza. Bilbo był zajęty: pisał zaproszenia, odnotowywał odpowiedzi, pakował prezenty i w sekrecie czynił pewne osobiste przygotowania. Od dnia przybycia Gandalfa nikt pana Bagginsa nie widywał.

Pewnego ranka hobbici, zbudziwszy się, ujrzeli na rozległym polu, ciągnącym się na południe od frontowych drzwi domu Bilba, wbite paliki i rozsnute sznury: tu miały stanąć namioty i altany. W nasypie, oddzielającym posiadłość Bilba od drogi, przekopano dogodne wejście i zbudowano szerokie schody pod wysoką białą bramą. Trzy rodziny hobbickie z zaułka Bagshot, przytykającego do terenu zabawy, żywo interesowały się tymi robotami, a wszyscy im zazdrościli. Staruszek Gamgee już nawet nie udawał, że pracuje w swoim ogródku.

Zaczęły się pojawiać namioty. Jedna altana, większa od innych, tak była obszerna, że całe drzewo rosnące pośrodku pola zmieściło się w niej i sterczało dumnie nad głównym stołem. Na gałęziach rozwieszono lampiony. Ale najbardziej obiecująco (dla hobbitów) wyglądała olbrzymia polowa kuchnia urządzona w północnym kącie terenu. Istna armia kucharzy, zwołanych z wszystkich gospód i traktierni w promieniu kilku mil, przybyła na pomoc krasnoludom oraz innym niezwykłym gościom kwaterującym w Bag End. Ogólne podniecenie doszło do szczytu.

Nagle niebo się zachmurzyło. A stało się to w środę, w wilię przyjęcia. Zaniepokojono się okropnie. Wreszcie zaświtał czwartek, 22 września. Słońce wstało, chmury się rozpierzchły, wciągnięto flagi na maszty i zaczęła się zabawa.

Bilbo nazwał to „przyjęciem", naprawdę jednak była to jedna wielka zabawa złożona z mnóstwa rozmaitych zabaw. Właściwie zaproszony został kto żyw w okolicy. Paru hobbitów, pominiętych przypadkowo, i tak przyszło, więc można ich nie odliczać. Zaproszono też wiele osób z dalszych stron kraju, a kilka nawet z zagranicy. Bilbo osobiście witał gości (przewidzianych i dodatkowych) przy nowej białej bramie. Wręczał podarki wszystkim oraz wielu innym, to znaczy tym, którzy, wymknąwszy się furtką od tyłu, po raz drugi zgłaszali się u białej bramy. Hobbici w dzień własnych urodzin zawsze rozdają znajomym prezenty. Zwykle są to niekosztowne drobiazgi i nie w takiej obfitości, jak na przyjęciu u Bilba; zwyczaj wcale niezły. Na przykład w Hobbitonie i Nad Wodą co dzień, jak rok długi, przypadały czyjeś urodziny, więc każdy hobbit w tej okolicy miał szansę otrzymać co najmniej jeden prezent tygodniowo. Ale nikt z tego powodu nie narzekał.

W tym wypadku prezenty okazały się wspanialsze niż zazwyczaj. Hobbickie dzieci tak się cieszyły, że na chwilę zapomniały niemal o jedzeniu. W życiu nie widziały podobnych zabawek, bo wszystkie były piękne, a niektóre bez wątpienia czarodziejskie. Większość ich rzeczywiście zamówił Bilbo na rok naprzód i sprowadził z daleka, spod Góry i z Dale, oryginalne wyroby rąk krasnoludzkich.

Kiedy już wszyscy goście przywitali się z gospodarzem i znaleźli się za bramą, rozpoczęły się śpiewy, tańce, muzyka, gry towarzyskie, no i oczywiście jedzenie i picie. Oficjalnie podawano trzy posiłki: lunch, podwieczorek i obiad, czyli kolację. W rzeczywistości lunch i podwieczorek wyróżniały się tym, że w ich porze całe towarzystwo zasiadało i jadło razem; między lunchem a podwieczorkiem natomiast, oraz przedtem i potem, każdy jadł z osobna; trwało to od jedenastej przed południem do pół do siódmej po południu, wtedy bowiem wystrzelił pierwszy fajerwerk.

Fajerwerki były dziełem Gandalfa. Nie tylko je tutaj przywiózł, lecz także sam wymyślił i zmajstrował, a najbardziej kunsztowne osobiście puszczał. Nie brakowało wszakże mnóstwa pospolitych rac, bombek, młynków iskrzących, żyrandoli, świec krasnoludzkich, elfowych ogniotrysków, goblinowych pukawek i brylantowych błyskawic. Wszystkie były wspaniałe. Gandalf z wiekiem coraz bardziej doskonalił się w swojej sztuce.

Były rakiety wzbijające się jak chmara rozisrzonych ptaków z miłym świergotem. Były zielone drzewa, którym słupy czarnego dymu zastępowały pnie, liście rozwijały się nagle, jakby w błyskawicznym wybuchu wiosny, ze świecących gałęzi płomienne kwiaty sypały się na tłum zdumionych hobbitów i w ostatniej sekundzie, gdy już zdawało się, że musną podniesione twarze, znikały w obłoku słodkiego zapachu. Były fontanny motyli, które, migocąc, wyfruwały z koron drzew. Były kolumny różnobarwnych płomieni, które w górze zamieniały się w lecące orły, żeglujące statki lub w ciągnące kluczem łabędzie; były czerwone błyskawice i ulewy złotego deszczu; był las srebrnych włóczni, które znienacka wystrzeliły z krzykiem w niebo, jak armia do ataku, a spadły potem do rzeki z sykiem niby setki gorących węży. Była wreszcie ostatnia niespodzianka na cześć Bilba i ta najbardziej zadziwiła hobbitów, zgodnie z zamierzeniem Gandalfa. Światła zgasły. Wzbił się olbrzymi kłąb dymu. Dym przybrał kształt odległej góry, a szczyt jej zaczął się żarzyć, po czym wykwitły z niego zielone i szkarłatne płomienie. Wyfrunął spośród nich czerwonozłocisty smok – nie dorastał wprawdzie rzeczywistych rozmiarów Smauga, ale wydawał się straszliwie wielki. Ogniem ział z paszczy, ślepia błyskały, wypatrując czegoś na ziemi. Z hukiem i świstem zatoczył trzykroć koło nad głowami widzów. Wszyscy naraz kucnęli, a ten i ów padł nawet plackiem. Smok przemknął niby pociąg pospieszny, wywinął kozła i z ogłuszającym trzaskiem pękł Nad Wodą.

– To hasło do kolacji – powiedział Bilbo. Natychmiast rozwiał się przykry nastrój i strach, skuleni hobbici zerwali się na równe nogi. Każdy dostał wyśmienitą kolację, a wybrańcy zostali zaproszeni na specjalny rodzinny obiad, podany w największej altanie, tej, w której rosło drzewo. Liczbę zaproszonych ograniczono do dwunastu tuzinów (hobbici taką liczbę nazywają grosem, ale nie bardzo wypadało używać tego określenia do osób); gości dobrano spośród wszystkich rodzin spokrewnionych z obu solenizantami, dołączając kilku serdecznych, chociaż niespowinowaconych przyjaciół (jak na przykład Gandalf). Przyjęto także do wybranego grona wielu młodych hobbitów, za pozwoleniem ich rodziców; hobbici są pobłażliwi pod tym względem dla swoich dzieci i chętnie pozwalają im wieczorem dłużej się bawić, zwłaszcza gdy zdarza się sposobność bezpłatnej kolacji. Hodowla młodych hobbitów wymaga wielkiej ilości paszy.

Było mnóstwo Bagginsów i Boffinów, a także wielu Tuków i Brandybucków; nie brakowało rozmaitych Grubbów (krewnych ze strony babki Bilba) oraz Czubbów (powinowatych przez dziadka Tuka), a także wyróżnionych zaproszeniem przedstawicieli takich rodzin, jak Burrowsowie, Bolgerowie, Bracegirdle'owie, Brockhouse'owie, Goodbody'owie, Hornblowerowie i Proudfootowie. Wielu z nich łączyły z Bilbem bardzo nikłe więzy pokrewieństwa, a niektórzy pierwszy raz odwiedzali Hobbiton, ponieważ mieszkali w odległych kątach kraju. Nie zapomniano również o Bagginsach z Sackville. Zasiedli do stołu Otho i jego małżonka Lobelia. Nie lubili Bilba, a Froda wręcz nienawidzili, lecz zaproszenia, wypisane złotym atramentem, wyglądały tak imponująco, że nie śmieli odmówić. Zresztą kuzyn Bilbo od lat specjalizował się w sztuce kuchennej i stół jego cieszył się wielką sławą.

Stu czterdziestu czterech gości liczyło więc na rozkosze uczty, jakkolwiek z pewną obawą myślało o przemówieniu, które gospodarz miał wygłosić przy deserze (nieunikniony punkt programu). Można się było spodziewać, że Bilbo zechce uraczyć ich próbkami tego, co nazywał poezją; często też, po paru kieliszkach, lubił napomykać o niedorzecznych przygodach, których zaznał podczas swojej tajemniczej wyprawy. Goście nie zawiedli się rzeczywiście: uczta okazała się bardzo, ale to bardzo przyjemną, wręcz pochłaniającą rozrywką, była bowiem wykwintna, obfita i urozmaicona, a trwała długo. W następnym tygodniu zanotowano prawie całkowity zastój w handlu produktami spożywczymi w całym okręgu, ponieważ jednak wskutek zakupów poczynionych przez Bilba wyczerpały się na razie zapasy w składach, piwnicach oraz magazynach towarów spożywczych w promieniu kilku mil dokoła – chwilowy spadek popytu nie miał większego znaczenia.

Gdy się wszyscy (mniej lub więcej) nasycili, Bilbo zaczął przemowę. Ale większość towarzystwa była teraz w pobłażliwym nastroju, doszedłszy do rozkosznego etapu, zwanego dopychaniem ostatnich wolnych kątów: goście pociągali małymi łyczkami ulubione trunki, dziobali po troszku ulubione przysmaki i zapomnieli o poprzednich obawach, skłonni w tej chwili wysłuchać wszystkiego i wiwatować po każdym zdaniu mówcy.

– Mili goście – zaczął Bilbo, wstając. „Słuchajcie! Słuchajcie! Słuchajcie!" – zakrzyknęli goście i powtarzali ten okrzyk chórem tak uporczywie, jakby nie zamierzali wcale zastosować się do własnego wezwania. Bilbo opuścił swoje miejsce za stołem i wlazł na krzesło pod oświetlonym drzewem. Blask padał z lampionów prosto na jego rozpromienione oblicze, a złote guziki lśniły u haftowanej jedwabnej kamizelki. Wszyscy widzieli go dobrze, gdy stał tak wywyższony i gestykulował jedną ręką, drugą trzymając w kieszeni od spodni.

– Moi kochani Bagginsowie i Boffinowie – zaczął po raz wtóry. – Moi drodzy Tukowie i Brandybuckowie, Grubbowie i Czubbowie, Burrowsowie i Hornblowerowie, Bolgerowie i Bracegirdle'owie, Goodbody'owie, Brockhouse'owie i Proudfootowie...

– Proudfuci – poprawił go starszy hobbit siedzący w głębi altany. Nazywał się Proudfoot, stopy miał duże i bardzo kudłate, a trzymał je obie na stole.

– Proudfootowie – powtórzył Bilbo – a także moi poczciwi Bagginsowie z Sackville, których witam nareszcie znowu w Bag End. Dziś obchodzę sto jedenastą rocznicę urodzin. Skończyłem sto jedenaście lat!

– Wiwat! Wiwat! Dwieście lat! – wrzasnęli wszyscy, bębniąc radośnie pięściami po stole. Bilbo mówił doskonale. Takie właśnie przemówienia lubili: krótkie i jasne.

– Mam nadzieję, że wszyscy bawicie się równie dobrze jak ja. Ogłuszające wiwaty. Okrzyki: „Tak!" (Albo „Nie!"). Hałas trąbek, rogów, piszczałek i fujarek oraz wszelkich innych instrumentów muzycznych. (Wśród obecnych, jak już wspomniano, nie brakowało młodocianych hobbitów). Strzeliło parę setek czekoladowych bombek. Prawie wszystkie nosiły znak „Dale", a chociaż ta nazwa większości hobbitów niewiele mówiła, przyznawali, że bombki są wspaniałe. W ich wnętrzu znajdowały się instrumenty muzyczne, maleńkie, lecz doskonale wykończone i brzmiące pięknymi tonami. Zaraz też w jednym kącie altany kilku młodych Tuków i Brandybucków, przekonanych, że wujaszek Bilbo skończył mowę (skoro najoczywiściej powiedział już wszystko, co należało), zorganizowało błyskawicznie orkiestrę i zagrało wesołą melodię taneczną. Everard Tuk i panna Melilota Brandybuck wskoczyli na stół, żeby wykonać hopkę-galopkę, taniec ładny, lecz nieco zbyt skoczny.

Bilbo wszakże nie skończył jeszcze. Wyrwawszy z rąk stojącego obok młodzieńca róg, zadął trzykrotnie i głośno. Zgiełk ucichł.

– Nie będę was nudził długo! – zawołał Bilbo. Całe zgromadzenie przyjęło te słowa wiwatami. – Wezwałem was wszystkich tutaj nie bez przyczyny! – Powiedział to z takim naciskiem, że nikt nie oparł się wrażeniu. Zaległa niemal doskonała cisza, a ten i ów spośród Tuków zastrzygł uszami.

– Są nawet trzy przyczyny! Po pierwsze, chcę wam oświadczyć, że bardzo was wszystkich lubię i że sto jedenaście lat wydaje mi się okresem zbyt krótkim, by nacieszyć się życiem w towarzystwie tak znakomitych i miłych hobbitów. – (Burzliwy entuzjazm). – Ani połowy spośród was nie znam nawet do połowy tak dobrze, jak bym pragnął; a mniej niż połowę z was lubię o połowę mniej, niż zasługujecie. – To zabrzmiało niespodziewanie i zawile. Tu i ówdzie ktoś klasnął, lecz większość słuchaczy głowiła się, co może znaczyć to powiedzenie i czy należy je rozumieć jako komplement.

– Po drugie, wezwałem was, żeby uczcić swoje urodziny! – Znów buchnęły oklaski. – Powinienem właściwie wyrazić się inaczej: nasze urodziny. Oczywiście, bo przecież urodziny obchodzi również mój spadkobierca i siostrzeniec Frodo. Dzisiaj osiąga pełnoletność i obejmuje spadek. – Starsi przyklasnęli dość chłodno, młodzi wrzasnęli głośno: „Frodo! Frodo! Brawo, stary!". Bagginsowie z Sackville skrzywili się, rozważając, co miał na myśli Bilbo, mówiąc: „obejmuje spadek".

– Obaj razem mamy sto czterdzieści cztery lata. Was także zgromadziłem w tej znamiennej liczbie – cały gros, jeśli wolno się tak wyrazić.

Nie było braw. Bilbo się ośmieszał! Niektórzy goście, a przede wszystkim Bagginsowie z Sackville, poczuli się dotknięci, podejrzewając, że zaproszono ich wyłącznie dla uzupełnienia liczby, jak dopakowuje się towar do paczki. „Gros! Coś podobnego! Ordynarny dowcip!".

– Dzisiaj także, jeśli pozwolicie mi wspomnieć stare dzieje, przypada rocznica mojego wylądowania na beczce w Esgaroth nad Długim Jeziorem. Prawdę mówiąc, nie pamiętałem wtedy nawet o swoich urodzinach. Kończyłem pięćdziesiąt jeden lat, a w tym wieku urodziny nie wydają się jeszcze ważne. Mimo to odbyła się wspaniała uczta, chociaż miałem taki okropny katar, że na toasty ledwie zdołałem odpowiedzieć: „Dźkuje badzo!". Dziś mogę powtórzyć tę odpowiedź poprawniej: Dziękuję wam bardzo serdecznie za przybycie na tę skromną uroczystość.

Gości zdjął strach, że teraz nie unikną pieśni lub wiersza; to przemówienie zaczynało ich już nudzić. Czemu Bilbo wreszcie nie zakończy i nie da im wypić swego zdrowia? Ale Bilbo nie zaśpiewał ani nie zadeklamował. Zrobił natomiast małą pauzę.

– Po trzecie i ostatnie – rzekł – pragnę złożyć wam pewne oświadczenie. – Wygłosił te słowa tak donośnie i niespodzianie, że wszyscy, a przynajmniej ci, którzy jeszcze byli do tego zdolni, wyprostowali się i skupili. – Z żalem oznajmiam, że chociaż, jak już powiedziałem, sto jedenaście lat to za mało, by się waszym towarzystwem nacieszyć, dziś nadszedł kres. Odchodzę. Z tą chwilą porzucam was. Żegnam!

Zeskoczył z krzesła i zniknął. Rozbłysło oślepiające światło, goście zmrużyli oczy, a kiedy je znów otwarli, Bilba nie było wśród nich. Stu czterdziestu czterech hobbitów oniemiało i osłupiało. Stary Odo Proudfoot zdjął nogi ze stołu i tupnął. Na chwilę znów zaległa głucha cisza, a potem nagle Bagginsowie, Boffinowie, Tukowie, Brandybuckowie, Grubbowie, Czubbowie, Burrowsowie, Bolgerowie, Bracegirdle'owie, Brockhouse'owie, Goodbody'owie, Hornblowerowie i Proudfootowie, zaczerpnąwszy tchu w płuca, zagadali wszyscy naraz.

Jednomyślnie uchwalono, że dowcip Bilba był w jak najgorszym guście i że gościom należy się jeszcze trochę jedzenia i picia, by mogli przyjść do siebie po doznanym przykrym wstrząsie. „On ma bzika. Zawsze to mówiłem" – tak zapewne brzmiała najczęściej powtarzana uwaga. Nawet Tukowie (z kilkoma wyjątkami) uważali, że Bilbo zachował się głupio. W pierwszej chwili większość towarzystwa była przeświadczona, że zniknięcie gospodarza jest tylko niemądrym żartem.

Ale stary Rory Brandybuck żywił co do tego pewne wątpliwości. Ani podeszły wiek, ani potężny obiad nie zaćmił jego umysłu, toteż Rory rzekł do swojej synowej Esmeraldy:

– Coś mi się w tej historii nie podoba. Myślę, że ten wariat Baggins znów wyruszył w świat. Stary, a głupi. Ale czemuż mielibyśmy się tym przejmować. Nie zabrał przecież z sobą piwniczki. – I głośno zwrócił się do Froda, żeby kazał napełnić kielichy winem.

Spośród wszystkich obecnych jeden tylko Frodo nie wymówił dotąd ani słowa. Jakiś czas siedział w milczeniu obok pustego krzesła Bilba i nie odpowiadał na uwagi i pytania gości. Chociaż był z góry w cały projekt wtajemniczony, figiel ubawił go oczywiście. Z trudem powstrzymał się od śmiechu na widok oburzenia zaskoczonych hobbitów. Jednocześnie wszakże ogarnęło go głębokie wzruszenie. Nagle uświadomił sobie, jak bardzo kocha starego wuja. Reszta gości dalej jadła, piła i rozprawiała o przeszłych i teraźniejszych dziwactwach Bilba Bagginsa, tylko Bagginsowie z Sackville wynieśli się zagniewani. Frodo nie chciał już dłużej brać udziału w zabawie. Kazał podać wino, wstał i w milczeniu wychylił swój kielich za zdrowie Bilba, po czym wymknął się chyłkiem z altany.

Wracając do samego Bilba, trzeba powiedzieć, że już podczas wygłaszania przemowy dotykał ukrytego w kieszeni złotego pierścienia, magicznego pierścienia, który przechowywał w tajemnicy przez tyle lat. Zeskakując z krzesła, wsunął pierścień na palec i od tej chwili żaden hobbit nie zobaczył już Bilba Bagginsa w Hobbitonie.

Bilbo pobiegł żwawo do swojej norki, chwilę przystanął pod jej drzwiami, nasłuchując wrzawy w altanie i wesołego gwaru na całym polu. Potem wszedł do domu. Zdjął odświętny strój, złożył i zawinął w bibułkę swoją haftowaną jedwabną kamizelkę i schował ją do szafy. Szybko wciągnął na siebie jakieś stare liche ubranie i przepasał się wytartym skórzanym pasem. U pasa zawiesił krótki mieczyk w zniszczonej pochwie z czarnej skóry. Z zamkniętej szuflady, pachnącej trutką na mole, wydobył stary płaszcz i kaptur. Przechowywał je pod kluczem, jak rzeczy drogocenne, lecz były one zniszczone i wyłatane, zapewne ongi ciemnozielone, teraz tak spłowiałe, że nikt by nie odgadł ich pierwotnego koloru. Były też trochę na hobbita za duże. Potem Bilbo przeszedł do swojego gabinetu i wyjął z wielkiego zamczystego kufra tłumoczek owinięty starym suknem oraz oprawny w skórę rękopis i dużą wypchaną kopertę. Rękopis i tłumoczek wcisnął na wierzch ciężkiego worka, który stał w kącie, niemal całkowicie już wypełniony. Złoty pierścień razem z pięknym łańcuszkiem wsunął do koperty, zapieczętował ją i zaadresował do Froda. Kopertę najpierw umieścił na gzymsie kominka, lecz po chwili nagle zdjął ją stamtąd i schował do kieszeni. W tym właśnie momencie drzwi się otworzyły i szybkim krokiem wpadł Gandalf.

– A więc jesteś – rzekł Bilbo. – Zastanawiałem się, czy przyjdziesz.

– Rad jestem, że cię zastałem widzialnego... – odparł Czarodziej, siadając w fotelu. – Chciałem cię przyłapać i zamienić z tobą jeszcze kilka słów na pożegnanie. Pewnie się cieszysz, że wszystko udało się tak wspaniale i zgodnie z twoim planem?

– Owszem, cieszę się – powiedział Bilbo. – Jakkolwiek ta błyskawica była niespodzianką i zaskoczyła mnie, a jeszcze bardziej, oczywiście, resztę towarzystwa. To był twój własny mały dodatek, prawda?

– Tak. Mądrze zrobiłeś, zachowując swój pierścień przez wszystkie te lata w tajemnicy, toteż sądziłem, że trzeba gościom dać coś, co w inny sposób pozornie wyjaśni im twoje nagłe zniknięcie.

– I co popsuje efekt mojego figla. Zawsze lubisz wtrącić swoje trzy grosze, Gandalfie! – zaśmiał się Bilbo. – Ale pewnie miałeś rację, jak zwykle.

– Miewam zwykle rację, jeśli jestem dobrze poinformowany. Co do tej jednak sprawy, mam pewne wątpliwości. Doszliśmy w niej do ostatniego punktu. Spłatałeś figla, jak chciałeś, przestraszyłeś i obraziłeś większość swojej rodziny, dostarczyłeś wszystkim mieszkańcom Shire'u tematu do gadania przez dziewięć, a może przez dziewięćdziesiąt dziewięć dni. Czy zamierzasz zrobić coś więcej?

– Tak. Czuję potrzebę wakacji, i to bardzo długich wakacji, zresztą już ci o tym mówiłem. Może będą to wakacje bezterminowe: nie myślę, żebym tu kiedykolwiek miał wrócić. Prawdę rzekłszy, nie zamierzam wracać, w tym przewidywaniu rozporządziłem wszystkimi swoimi sprawami.

Jestem już stary, Gandalfie. Nie wyglądam na to, ale czuję w głębi serca, że się postarzałem. „Dobrze się trzyma!" – powiadają. A tymczasem ja mam wrażenie, że cały ścieniałem, że jestem jakby rozciągnięty, nie wiem, czy rozumiesz, co mam na myśli: jak masło rozsmarowane na zbyt wielkiej kromce chleba. Coś tu jest nie w porządku. Potrzebuję odmiany czy może czegoś innego w tym rodzaju.

Gandalf z ciekawością i uwagą przyglądał się hobbitowi.

– Rzeczywiście, coś tu jest, jak mi się zdaje, nie w porządku – rzekł z namysłem. – Tak, w gruncie rzeczy uważam twój plan za najlepsze wyjście.

– No, ja w każdym razie powziąłem już decyzję. Chcę znów zobaczyć góry, Gandalfie, góry! A potem chcę znaleźć jakieś miejsce, gdzie mógłbym odpocząć. Odpocząć w spokoju i w ciszy, z dala od tłumu krewniaków, węszących dokoła mnie, bezpieczny od nieustannej procesji gości, urywających dzwonek u moich drzwi. Może znajdę miejsce, gdzie będę mógł skończyć swoją książkę. Wymyśliłem już dla niej piękne zakończenie: „I odtąd żył szczęśliwie aż po kres swoich dni".

Gandalf roześmiał się.

– Miejmy nadzieję, że będziesz naprawdę szczęśliwy. Jakkolwiek jednak zakończysz tę książkę, nikt przecież jej nie przeczyta.

– Może ktoś przeczyta kiedyś, po latach. Frodo czytał początek, tyle, ile zdążyłem napisać. Będziesz miał oko na Froda, prawda?

– Nawet parę oczu, w miarę możności.

– On by poszedł oczywiście ze mną, gdybym go o to poprosił. Nawet sam się z tym ofiarował, kiedyś, na krótko przed tym urodzinowym przyjęciem. Ale w głębi serca nie pragnie tego. Jeszcze nie. Ja chcę przed śmiercią zobaczyć znowu tamte pustkowia i góry, ale Frodo wciąż jeszcze kocha Shire, tutejsze lasy, pola i rzeczki. Będzie mu tu chyba dobrze. Zostawiam mu wszystko prócz kilku drobiazgów. Mam nadzieję, że będzie szczęśliwy, kiedy się oswoi z samodzielnością. Czas, żeby sam sobie był panem.

– Zostawiasz wszystko? – spytał Gandalf. – Pierścień także? Zgodziłeś się go zostawić. Pamiętasz?

– No, cóż... hm... chyba tak – wyjąkał Bilbo.

– Gdzież on jest?

– W kopercie, jeśli koniecznie chcesz wiedzieć – odparł Bilbo zniecierpliwiony. – Tam, na kominku... Nie! W mojej kieszeni! – Wahał się chwilę. – Czy to nie dziwne? – szepnął sam do siebie. – Ale właściwie czemuż by nie? Dlaczego nie miałbym go zatrzymać?

Gandalf znów przyjrzał się hobbitowi bardzo uważnie i błysk zapalił się w jego oczach.

– Wiesz, Bilbo – powiedział łagodnie – ja bym ci radził zostawić go tutaj. Czy nie masz ochoty?

– No... mam i nie mam. Teraz, kiedy przyszła ta chwila, przykro mi się z nim rozstać, muszę to wyznać. Zresztą nie bardzo rozumiem, dlaczego powinienem to zrobić. Czemu ty mnie na to namawiasz? – zapytał, a głos zmienił mu się jakoś dziwnie. Zabrzmiał ostro, jakby podejrzliwie i gniewnie. – Stale mnie nudzisz o ten pierścień, chociaż nigdy nie wymawiasz mi innych rzeczy, które przywiozłem z wyprawy.

– Musiałem cię nudzić – rzekł Gandalf. – Chciałem znać całą prawdę. To bardzo ważne. Magiczne pierścienie są... no, po prostu: magiczne; a przy tym osobliwe i bardzo interesujące. Można by powiedzieć, że twój pierścień interesował mnie jako zawodowca. Interesuje mnie nadal. Chciałbym wiedzieć, gdzie się znajdzie, kiedy ty ruszysz na wędrówkę. Myślę też, że już dość długo miałeś go w swoim posiadaniu. Jeżeli się nie mylę, nie będzie ci już więcej potrzebny.

Bilbo poczerwieniał i gniew błysnął w jego oczach. Jego łagodna twarz przybrała nagle srogi wyraz.

– Dlaczego nie? – krzyknął. – I co ci do tego? Czemu to chcesz koniecznie wiedzieć, co robię z moją własnością? To mój pierścień. Znalazłem go. Należy do mnie.

– Tak, tak – odparł Gandalf. – Nie widzę powodu do gniewu.

– Twoja wina, że mnie rozgniewałeś – rzekł Bilbo. – Pierścień jest mój, powiadam. Mój własny. To mój skarb. Tak, mój skarb. – Oblicze Czarodzieja pozostało skupione i poważne, tylko błysk w głębi oczu zdradzał zdziwienie, a nawet przestrach.

– Ktoś go już tak nazywał – powiedział. – Ktoś inny, nie ty.

– Ale teraz ja go tak nazwałem. Czy mi nie wolno? Nawet jeśli Gollum kiedyś mówił tak samo. Teraz pierścień jest mój, nie Golluma. I powiadam ci, że mój zostanie.

Gandalf wstał. Twarz miał surową.

– Będziesz głupcem, jeśli go zatrzymasz, Bilbo – rzekł. – Z każdym słowem, które wypowiadasz, jaśniej to widzę. Pierścień już ma o wiele za potężną władzę nad tobą. Porzuć go! A wtedy sam możesz iść w świat i będziesz wolny.

– Zrobię, co zechcę – z uporem powiedział Bilbo.

– Spokojnie, spokojnie, hobbicie kochany – rzekł Gandalf. – Przez całe twoje długie życie byliśmy przyjaciółmi i zawdzięczasz mi coś niecoś. Posłuchaj mnie. Dotrzymaj obietnicy, wyrzeknij się tego pierścienia.

– Przyznaj się, że sam chcesz go mieć! – krzyknął Bilbo. – Ale nie dostaniesz. Nie oddam nikomu mojego skarbu. Powiedziałem! – I położył rękę na głowicy miecza.

Gandalfowi płomień strzelił z oczu.

– Jeszcze chwila, a z kolei ja się rozgniewam – rzekł. – Jeżeli powtórzysz to raz jeszcze, na pewno się rozgniewam. A wtedy zobaczysz Gandalfa Szarego bez płaszcza.

Zrobił krok w stronę hobbita i zdawało się, że urósł groźnie; jego cień wypełnił cały pokoik. Bilbo cofnął się pod ścianę; dyszał ciężko, a rękę zaciskał kurczowo w kieszeni. Stali twarzą w twarz naprzeciw siebie; cisza zaległa taka, że aż w uszach dzwoniło. Oczy Gandalfa niewzruszenie tkwiły w oczach hobbita. Pięści Bilba zaczęły się z wolna otwierać, drżał na całym ciele.

– Nie rozumiem, co się z tobą stało, Gandalfie – powiedział. – Nigdy dawniej taki nie bywałeś. O co ci chodzi? Mój pierścień czy nie mój? Przecież ja go znalazłem, a Gollum zabiłby mnie, gdybym wtedy tego pierścienia przy sobie nie zatrzymał. Nie jestem złodziejem, chociaż on tak mnie nazwał.

– Ja cię nie nazwałem tak nigdy – odparł Gandalf. – I sam też nie jestem złodziejem. Nie usiłuję go ci odebrać, chcę ci tylko pomóc. Dobrze by było, gdybyś mi zaufał, jak dawniej ufałeś.

Odwrócił głowę i cień się rozwiał. Zdawało się, że Czarodziej znów zmalał i stał się z powrotem siwym staruszkiem, zgarbionym i strapionym.

Bilbo przetarł dłonią oczy.

– Przepraszam – rzekł. – Coś dziwnego działo się ze mną. A przecież naprawdę odetchnąłbym, gdybym się pozbył kłopotów z pierścieniem. Ostatnio coraz natrętniej narzucał się moim myślom. Czasem miałem wrażenie, że to jest czyjeś oko wpatrzone we mnie. I wiesz, wciąż mam ochotę włożyć go na palec i zniknąć albo też niepokoję się, czy nic się z nim złego nie stało, i wyciągam go z ukrycia, żeby sprawdzić. Próbowałem go zamknąć pod kluczem, ale denerwuję się okropnie, jeśli go nie mam w kieszeni. Nie mam pojęcia dlaczego. A teraz nie jestem zdolny, jak widać, do decyzji.

– Więc polegaj na mojej – odparł Gandalf. – Jest niewzruszona. Odejdź stąd, a pierścień zostaw. Wyrzeknij się go. Oddaj Frodowi, a już ja twego siostrzeńca będę pilnował.

Bilbo stał chwilę w napięciu i rozterce. Wreszcie westchnął.

– Dobrze – powiedział z wysiłkiem. – Tak zrobię. – Wzruszył ramionami i uśmiechnął się trochę żałośnie. – Przecież w gruncie rzeczy po to urządzałem tę całą urodzinową zabawę, żeby rozdać mnóstwo prezentów i w ten sposób jakoś sobie ułatwić podarowanie także tego pierścienia. Okazało się, że to niewiele pomogło, ale szkoda, żeby wszystkie te przygotowania poszły na marne. Mój figiel spaliłby na panewce.

– Tak, pozbawiłbyś całe przedsięwzięcie jedynego sensu, jaki w nim upatrywałem – rzekł Gandalf.

– Więc zgoda – powiedział Bilbo. – Frodo dostanie pierścień razem z resztą majątku. – Odetchnął głęboko. – A teraz muszę już iść, bo ktoś mnie gotów tutaj przyłapać. Pożegnałem się, nie zniósłbym tej sceny po raz wtóry.

Chwycił worek i ruszył ku drzwiom.

– Masz pierścień w kieszeni – zauważył Czarodziej.

– No, mam! – krzyknął Bilbo. – Pierścień, testament i mnóstwo innych dokumentów. Lepiej weź to wszystko i doręcz w moim imieniu. Tak będzie bezpieczniej.

– Nie, nie oddawaj mi pierścienia – rzekł Gandalf. – Połóż go nad kominkiem. Tam będzie leżał bezpiecznie, póki nie nadejdzie Frodo. Zaczekam tu na niego.

Bilbo wyjął z kieszeni kopertę, ale kiedy ją kładł na parapecie obok zegara, ręka mu drgnęła i cała paczuszka spadła na podłogę. Nim Bilbo się schylił, Czarodziej go uprzedził, chwycił kopertę i umieścił nad kominkiem. Znowu skurcz gniewu przemknął przez twarz hobbita. Nagle jednak Bilbo rozpogodził się, odetchnął z ulgą i wybuchnął śmiechem.

– No, stało się! – rzekł. – A teraz w drogę!

Wyszli razem do sieni. Bilbo wziął ze stojaka ulubioną laskę i gwizdnął. Trzech krasnoludów, przerwawszy jakąś robotę, przybiegło z trzech różnych pokoi.

– Czy wszystko gotowe? – spytał Bilbo. – Zapakowane i opatrzone nalepkami?

– Wszystko gotowe – odpowiedzieli.

– A więc w drogę! – I wyszedł przez frontowe drzwi.

Noc była piękna, czarne niebo usiane gwiazdami. Bilbo spojrzał w górę, wciągnął w nozdrza pachnące powietrze.

– Co za uciecha! Co za uciecha ruszać znów w drogę z krasnoludami. Do tego właśnie tęskniłem w gruncie rzeczy już od lat. Żegnaj! – powiedział, patrząc na swój stary dom i ukłonił się jego drzwiom. – Żegnaj, Gandalfie!

– Do widzenia, Bilbo. Bądź ostrożny. Jesteś chyba już dość stary i może też dość rozumny.

– Ostrożny? Co mi tam! Nie martw się o mnie. Jestem taki szczęśliwy, jak byłem w swoich najszczęśliwszych chwilach, a to znaczy: bardzo! Ale wybiła godzina. Wreszcie mnie znów nogi niosą – dodał, i cichutko, jakby dla siebie tylko, zaśpiewał w ciemnościach:

> *A droga wiedzie w przód i w przód,*
> *Choć się zaczęła tuż za progiem –*
> *I w dal przede mną mknie na wschód,*
> *A ja wciąż za nią – tak jak mogę...*
> *Skorymi stopy za nią w ślad –*
> *Aż w szerszą się rozpłynie drogę,*
> *Gdzie strumień licznych dróg już wpadł...*
> *A potem dokąd? – rzec nie mogę* [1].

Chwilę jeszcze stał w milczeniu. Potem, nie dodając już ani słowa, odwrócił się od świateł i głosów bijących z pola i z namiotów, okrążył swój ogród i zbiegł długą ścieżką w dół zbocza, a trzej towarzysze za nim. U stóp Pagórka przeskoczył żywopłot w najdogodniejszym miejscu i wyszedł na łąki, sunąc pośród nocy jak szelest wiatru w trawie.

Gandalf jakiś czas patrzył za nim w ciemność.

– Żegnaj, Bilbo kochany, do zobaczenia – szepnął i wrócił do środka.

Kiedy wkrótce potem nadszedł Frodo, zastał Gandalfa siedzącego po ciemku i pogrążonego w myślach.

---

[1] Przełożył Włodzimierz Lewik.

– Poszedł? – spytał.

– Tak – odpowiedział Gandalf. – Poszedł wreszcie.

– Wolałbym... a raczej łudziłem się aż do dzisiejszego wieczora nadzieją, że to tylko żart – rzekł Frodo. – Ale w głębi serca wiedziałem, że on naprawdę chce odejść. Zazwyczaj żartował z poważnych spraw. Szkoda, że nie przyszedłem wcześniej, żeby go pożegnać.

– Sądzę, że on wolał wymknąć się cichcem – odparł Gandalf. – Nie martw się, Frodo. Teraz już nic mu nie grozi. Zostawił dla ciebie paczuszkę. Spójrz.

Frodo zdjął z kominka list, przyjrzał mu się, lecz nie odpieczętował koperty.

– Znajdziesz wewnątrz testament i różne inne dokumenty, o ile mi wiadomo – powiedział Czarodziej. – Od dziś jesteś panem na Bag End. Zdaje się, że w tej kopercie znajdziesz również złoty pierścień.

– Pierścień! – wykrzyknął Frodo. – A więc i to mi zostawił? Ciekaw jestem dlaczego. No, może mi się przyda ten dar.

– Może tak, a może nie – rzekł Gandalf. – Na twoim miejscu nie używałbym tego pierścienia. Ale przechowuj go w tajemnicy i strzeż pilnie. Teraz już idę spać.

Frodo w roli pana domu poczuwał się do niemiłego obowiązku pożegnania gości. Po całym polu już się rozeszły wieści o dziwnych wydarzeniach, lecz Frodo nie mówił nic, powtarzając tylko formułkę, że „niewątpliwie jutro wszystko się wyjaśni". Około północy zajechały powozy po najznakomitsze osoby. Jeden pojazd za drugim staczał się z Pagórka, uwożąc sytych, ale bardzo niezadowolonych hobbitów. Po tych gości, którzy niechcący zamarudzili dłużej, przyszli (zamówieni w tym celu z góry) ogrodnicy z taczkami.

Noc z wolna przemijała. Słońce wstało wcześniej niż hobbici. Przed południem zjawili się (wezwani) pomocnicy, żeby uprzątnąć altany, stoły, krzesła, łyżki, noże, butelki, talerze, latarnie, donice z kwitnącymi krzewami, okruchy, papierki od cukierków, zapomniane torebki, rękawiczki, chustki do nosa, a także resztki potraw (bardzo skąpe). Potem zjawili się inni hobbici (niewzywani), a mianowicie Bagginsowie, Boffinowie, Bolgerowie, Tukowie i przedstawiciele wszystkich rodzin zamieszkujących stale lub chwilowo w bliskim sąsiedztwie. Około południa, gdy nawet ci, co najwięcej jedli i pili w nocy, stanęli znowu na nogach, zebrał się w Bag End tłum gości – nieproszonych, lecz spodziewanych.

Frodo czekał w progu uśmiechnięty, chociaż wyraźnie znużony i zatroskany. Witał wszystkich grzecznie, ale nie dowiedzieli się od niego wiele więcej niż poprzednio. Na wszelkie pytania odpowiadał po prostu: „Pan Bilbo Baggins wyjechał. O ile mi wiadomo – na zawsze". Część osób zaprosił do wnętrza domu, ponieważ Bilbo zostawił dla nich „słówko".

W sieni piętrzyły się paki i paczki rozmaitego kształtu oraz drobniejsze meble. Na każdej paczce i na każdym sprzęcie widniała kartka. Napisy na kartkach brzmiały mniej więcej tak:

Na parasolu: „Dla Adelarda Tuka, żeby miał wreszcie WŁASNY parasol – od Bilba". Adelard bowiem wynosił zwykle z domu Bilba parasole gospodarza lub jego gości.

„Dla Dory Baggins ku pamięci DŁUGOTRWAŁEJ korespondencji – od kochającego Bilba" – na ogromnym koszu do papierów. Dora była siostrą Droga i najstarszą z żyjących krewniaczek Bilba i Froda, miała dziewięćdziesiąt dziewięć lat i od pół wieku zdążyła zapisać całe ryzy papieru dobrymi radami.

„Dla Mila Burrowsa, w nadziei, że mu się przyda ten prezent od B.B." – na złotym piórze i butli atramentu. Milo z zasady nie odpowiadał na listy.

„Do OSOBISTEGO UŻYTKU Angeliki – od wuja Bilba" – na okrągłym wklęsłym lusterku. Młoda Angelika Baggins nie taiła zachwytu dla własnej urody.

„Na zbiory Hugona Bracegirdle'a – od jednego z ofiarodawców" – na pustej półce bibliotecznej. Hugo często pożyczał książki, lecz oddawał je jeszcze rzadziej niż inni hobbici.

„Dla Lobelii Baggins z Sackville – W PREZENCIE" – na skrzynce ze srebrnymi łyżkami. Bilbo podejrzewał, że lwią część srebrnych łyżek, które zginęły z domu podczas jego poprzedniej wyprawy, wzięła właśnie Lobelia. Lobelia wiedziała dobrze, jak uzasadnione są te podejrzenia. Kiedy pojawiła się nieco później w Bag End, zrozumiała przytyk błyskawicznie, lecz równie błyskawicznie zabrała łyżki.

Wymieniliśmy tylko parę wybranych podarków spośród mnóstwa podobnych. W ciągu długiego żywota Bilba w jego siedzibie nagromadziło się wiele różnych rzeczy. Nory hobbitów zwykle zagracają się z czasem, co w znacznej mierze przypisać można rozpowszechnionemu zwyczajowi obsypywania się wzajem podarkami. Nie znaczy to oczywiście, by wszyscy bardzo się wysilali na te urodzinowe prezenty, bywało wśród nich wiele starych *mathom* niewiadomego przeznaczenia, krążących po całej okolicy. Bilbo wszakże dawał zazwyczaj przedmioty specjalnie na ten cel kupione i zatrzymywał wszystko, co od innych dostał. Tego dnia stara norka została co nieco uprzątnięta z gratów.

Na każdym pożegnalnym darze przypięta była karteczka własnoręcznie przez Bilba wypisana, a niektóre z tych bilecików zawierały jakąś aluzję lub dowcip. Przeważnie jednak były to rzeczy przydatne i dla obdarowanego miłe. Bardzo dobrze wyszli na prezentach Bilba biedacy, zwłaszcza sąsiedzi z zaułka Bagshot. Dziadunio Gamgee dostał dwa worki ziemniaków, nową łopatę, wełnianą kamizelę oraz butelkę maści na obolałe stawy. Sędziwy Rory Brandybuck w podzięce za hojną gościnność otrzymał tuzin butelek najszlachetniejszego trunku: mocne czerwone wino z winnicy Południowej Ćwiartki, stare i dostałe, bo pochodzące jeszcze z piwniczki ojca Bilba. Po osuszeniu pierwszej butelki Rory wybaczył Bilbowi wszystko i odtąd zawsze powtarzał, że Bilbo to wspaniały hobbit.

Dla Froda zostało wszelkiego dobra pod dostatkiem. Oczywiście przypadły mu w udziale najcenniejsze sprzęty, książki, obrazy i mnóstwo mebli. Niczyje oko wszakże nie dostrzegło śladu ani znaku pieniędzy lub klejnotów. Wśród prezentów nie było najdrobniejszej bodaj monety czy choćby szklanego paciorka.

Frodo niemało się natrudził tego popołudnia. Po okolicy migiem rozniosła się plotka, że w Bag End rozdają darmo cały dobytek. Wkrótce też ściągnął tłum hobbitów, którzy nie mieli tu nic do roboty, lecz nie sposób było się ich pozbyć. Porozdzierano nalepki, pomieszano prezenty, wybuchły kłótnie. Ten i ów próbował w sieni od razu wymieniać rzeczy lub handlować, a znaleźli się i tacy, którzy usiłowali zwędzić jakieś drobiazgi nie dla nich przeznaczone lub chwytali, co im pod rękę wpadło, jeśli rzecz wydawała się wzgardzona przez innych czy też po prostu niestrzeżona. Taczki i wózki zabarykadowały drogę spod bramy.

Pośród tego zamętu zjawili się Bagginsowie z Sackville. Frodo właśnie wtedy wycofał się na chwilę, pozostawiając na straży swego przyjaciela Merry'ego Brandybucka. Gdy Otho gromkim głosem zażądał rozmowy z Frodem, Merry ukłonił się grzecznie.

– Frodo jest niezdrów – powiedział. – Poszedł odpocząć.

– Schował się, oczywiście – rzekła Lobelia. – Ale chcemy go widzieć i nie ustąpimy. Proszę mu to powiedzieć.

Merry zostawił ich na czas dość długi w sieni, zdążyli więc odkryć między pożegnalnymi prezentami łyżki przeznaczone dla Lobelii. Nie poprawiło im to humoru. Wreszcie zaproszono ich do gabinetu. Frodo siedział za stołem zarzuconym papierami. Sądząc z miny, czuł się rzeczywiście nieswojo, a w każdym razie tak się poczuł na widok Bagginsów z Sackville. Wstał z ręką w kieszeni, coś w niej jakby wymacując. Ale rozmawiał z gośćmi bardzo uprzejmie.

Bagginsowie z Sackville zaczęli dość napastliwie. Ofiarowali Frodowi najniższe wyprzedażowe ceny (jak to między przyjaciółmi) za rozmaite cenne i nieopatrzone nalepkami przedmioty. Kiedy Frodo odpowiedział, że rozdaje wyłącznie rzeczy przez Bilba na ten cel przeznaczone, stwierdzili, że cała sprawa wydaje się mocno podejrzana.

– Jedno dla mnie jest jasne – rzekł Otho – a mianowicie, że ty doskonale na tym wyjdziesz. Żądam okazania mi testamentu.

Otho byłby spadkobiercą Bilba, gdyby stary hobbit nie usynowił Froda. Przeczytał dokument bardzo uważnie i prychnął gniewnie. Testament, na nieszczęście dla Otha, był jednoznaczny i prawomocny (sporządzony zgodnie z hobbickimi przepisami prawnymi, które między innymi wymagały podpisów siedmiu świadków, i to koniecznie czerwonym atramentem).

– I tym razem figa! – powiedział do swej małżonki. – Po sześćdziesięciu latach oczekiwania! Łyżki! Kpiny! – Strzepnął palcami tuż pod nosem Froda i wyniósł się natychmiast. Ale Lobelii trudniej było się pozbyć. Gdy w jakiś czas później Frodo wszedł do holu, żeby zobaczyć, co się tam dzieje, zastał Lobelię, która jeszcze się tu kręciła, myszkując, węsząc po kątach i opukując podłogę. Frodo stanowczo wyprowadził ją za drzwi, uwolniwszy najpierw od brzemienia licznych drobnych (lecz cennych) przedmiotów, które dziwnym trafem znalazły się w jej parasolce. Oblicze Lobelii wykrzywiło się w bolesnym napięciu, tak usilnie starała się wymyślić jakąś druzgocącą pożegnalną złośliwość; w braku lepszego pomysłu powiedziała, odwracając się w progu:

– Pożałujesz tego jeszcze, młodzieńcze! Dlaczego nie wyniosłeś się razem z Bilbem? Nie tutaj twoje miejsce. Nie jesteś Bagginsem. Jesteś... jesteś Brandybuckiem!

– Słyszałeś, Merry? To była obelga – rzekł Frodo, zamykając drzwi za Lobelią.

– To był komplement – odparł Merry Brandybuck. – I, jak zwykle komplementy, nieprawdziwy.

Obeszli razem całą norkę i przepędzili trzech młodocianych hobbitów (dwóch Boffinów i jednego Bolgera), którzy w jednej z piwnic zajęci byli wybijaniem dziur w ścianach. Frodo stoczył też potyczkę z małym Sanchem Proudfootem (wnukiem starego Oda), który rozpoczął wykopy w dużej spiżarni, twierdząc, że podłoga w tym miejscu dudni pustką. Legenda o złocie Bilba podniecała ciekawość i nadzieje; legendarne skarby (uzyskane w sposób tajemniczy, a kto wie, czy nie wręcz przestępczy) stają się, jak powszechnie wiadomo, własnością tego, kto je znajdzie, pod warunkiem, że go nikt na poszukiwaniach nie zaskoczy. Po zwycięstwie nad Sanchem i wyrzuceniu go z domu Frodo padł w holu na fotel.

– Czas zamknąć sklepik, Merry – rzekł. – Zaryglij drzwi i nie otwieraj już dzisiaj nikomu, choćby walił taranem. – I Frodo poszedł do kuchni, żeby się nareszcie pokrzepić filiżanką herbaty.

Ledwie jednak usiadł, gdy u drzwi frontowych rozległo się delikatne kołatanie. „Pewnie Lobelia – pomyślał. – Może przyszła jej poniewczasie do głowy jakaś naprawdę mordercza zniewaga i wraca, żeby mi ją powiedzieć. Ale to nic pilnego". Pił dalej herbatę. Pukanie powtórzyło się, tym razem o wiele głośniejsze, lecz Frodo puszczał je mimo uszu. Nagle w oknie ukazała się twarz Czarodzieja.

– Jeżeli mi nie otworzysz, Frodo, wysadzę drzwi tak, że przelecą przez norkę na wylot i wyskoczą po drugiej stronie Pagórka.

– Gandalf! To ty, mój kochany! Już otwieram! – krzyknął Frodo pędząc do holu. – Proszę, proszę. Myślałem, że to Lobelia.

– W takim razie jesteś całkowicie usprawiedliwiony. Ale widziałem ją przed chwilą po drodze Nad Wodą. Jechała bryczką, a minę miała taką, że na jej widok świeżo udojone mleko skwaśniałoby natychmiast.

– Ja także omal nie skwaśniałem. Słowo daję, już chciałem użyć pierścienia Bilba, taką miałem ochotę zniknąć.

– Nie rób tego – rzekł Gandalf, siadając. – Bądź ostrożny z tym pierścieniem. Właśnie między innymi po to przyszedłem, żeby ci jeszcze coś na ten temat powiedzieć.

– Cóż więc mi powiesz?

– A co już wiesz?

– Tylko to, co mi Bilbo opowiedział. Słyszałem od niego całą historię, jak znalazł pierścień, jak go używał... podczas wyprawy, oczywiście.

– Ciekaw jestem, jaką wersję ci opowiedział – rzekł Gandalf.

– No, nie tę, którą opowiedział krasnoludom i powtórzył w swojej książce – odparł Frodo. – Mnie powiedział wszystko wkrótce po moim tu przybyciu. Mówił mi, że ty, Gandalfie, wymogłeś na nim prawdę, ale że chce, abym ja znał ją również. „Między nami nie trzeba sekretów, mój Frodo – rzekł – ale niech się to dalej nie rozejdzie. W każdym razie ten pierścień jest moją własnością".

– To bardzo interesujące – rzekł Gandalf. – A ty co myślisz o tym wszystkim?

– Jeżeli chodzi o tę zmyśloną wersję, jakoby dostał go w prezencie – cóż, myślę, że prawda jest o wiele bardziej prawdopodobna, i nie rozumiem, dlaczego ją inaczej przedstawiał. Nigdy bym się tego po Bilbie nie spodziewał. Wydaje mi się, że w tym tkwi coś dziwnego.

– Mnie się też tak wydaje. Ale osobom, które posiadają takie skarby, zwykle zdarzają się dziwne rzeczy... jeśli z nich robią użytek. Niech to będzie dla ciebie przestrogą i skłoni cię do wielkiej ostrożności. Pierścień ma zapewne inną jeszcze władzę, nie tylko tę, że pozwala ci znikać, ilekroć zechcesz.

– Nie rozumiem – rzekł Frodo.

– Ja także – odparł Czarodziej. – Zacząłem zastanawiać się nad tym dopiero od niedawna, właściwie od wczorajszego wieczora. Martwić się nie ma powodu. Ale jeżeli zechcesz posłuchać mojej rady, będziesz go używał bardzo rzadko albo nawet wcale. W każdym zaś razie, proszę cię, nie rób z niego nigdy takiego użytku, który by mógł wywołać plotki albo wzbudzić podejrzenia. Powtarzam raz jeszcze: pilnuj go dobrze i zachowuj w sekrecie.

– Jakiś ty dzisiaj tajemniczy, Gandalfie! Czego się boisz?

– Nie jestem zupełnie pewien, dlatego wolę na razie nic nie mówić. Kto wie, czy nie będę mógł powiedzieć ci więcej po powrocie. Bo teraz już odchodzę. Tymczasem niech to starczy na pożegnanie.

Gandalf wstał.

– Odchodzisz już? – zawołał Frodo. – Myślałem, że zostaniesz co najmniej przez tydzień. Liczyłem na twoją pomoc.

– Zamierzałem zostać, ale musiałem zmienić plany. Możliwe, że będę w podróży dość długo, na pewno jednak wrócę do ciebie, jak się da najprędzej. Ani się spodziewasz, kiedy mnie znów zobaczysz. Wślizgnę się cichcem. Nieprędko odwiedzę ten kraj jawnie. Zauważyłem, że nie cieszę się tutaj zbytnią popularnością. Hobbici powiadają, że przysparzam im kłopotów i zakłócam spokój. Niektórzy nawet oskarżają mnie o porwanie Bilba czy bodaj o gorsze jeszcze sprawki. Jeśli chcesz wiedzieć, to krążą plotki, że uknułem do spółki z tobą spisek, by zawładnąć majątkiem Bilba.

– Niektórzy? – krzyknął Frodo. – To znaczy Otho i Lobelia. Co za nikczemność! Oddałbym im chętnie Bag End i całą resztę, byle odzyskać Bilba i z nim razem włóczyć się po kraju. Kocham nasz Shire. Ale chwilami żałuję, że nie poszedłem w świat z Bilbem. Wciąż sobie zadaję pytanie, kiedy go znowu zobaczę.

– Ja także – powiedział Gandalf. – Zadaję sobie prócz tego wiele innych pytań. Do widzenia, Frodo! Bądź ostrożny. Spodziewaj się mnie szczególnie w najbardziej niespodziewanych momentach. Do widzenia!

Frodo odprowadził go do drzwi. Gandalf raz jeszcze podniósł rękę na pożegnanie i ruszył przed siebie zdumiewająco żwawym krokiem; Frodo jednak spostrzegł, że stary Czarodziej garbi się wbrew swoim zwyczajom, jak gdyby przytłoczony ciężkim brzemieniem. Wieczór już zapadał i sylwetka starca w szarym płaszczu szybko roztopiła się w zmierzchu. Długi czas upłynął, nim go Frodo ujrzał znowu.

# Rozdział 2

## *Cień przeszłości*

Plotki nie ucichły ani po dziewięciu, ani nawet po dziewięćdziesięciu dziewięciu dniach. Przez rok z górą w Hobbitonie i w całym Shire gadano o powtórnym zniknięciu pana Bilba Bagginsa, a jeszcze dłużej zachowało się wspomnienie tego wypadku. Opowiadano o nim małym hobbitom wieczorami przy kominku i wreszcie Szalony Baggins, który znikał w huku i błysku gromu, a wracał z workami klejnotów i złota, stał się ulubionym bohaterem legendy i żył w niej przez długie lata, nawet wówczas, kiedy od dawna zapomniano o wszystkich prawdziwych związanych z tym zdarzeniach.

Na razie wszakże powszechna opinia okolicy głosiła, że Bilbo, zawsze trochę postrzelony, zwariował w końcu do reszty i wyleciał w powietrze. Niewątpliwie spadł potem do stawu albo do rzeki i zginął tragiczną, aczkolwiek nie przedwczesną śmiercią. Winę za to przypisywano najczęściej Gandalfowi.

„Byle ten przeklęty czarodziej pozostawił Froda w spokoju, to może jeszcze chłopak ustatkuje się i wyjdzie na rozsądnego hobbita" – mówiono. Wszelkie pozory świadczyły, że Czarodziej rzeczywiście zostawia Froda w spokoju i że Frodo się ustatkował, jakkolwiek wcale nie dawał dowodów hobbickiego rozsądku. Przeciwnie, od początku robił, co mógł, żeby odziedziczyć po wuju również reputację dziwaka. Nie chciał włożyć żałoby i w następnym roku wydał przyjęcie dla uczczenia sto dwunastych urodzin Bilba, które nazwał Ucztą Stu i Tuzina. Przyjęcie nie do końca odpowiadało tej nazwie, jako że zaproszono tylko dwudziestu gości, podawano jednak kilka posiłków, podczas których – wedle hobbickiego wyrażenia – jadło sypało się jak lawina, a trunki lały się jak deszcz.

Niejeden hobbit gorszył się, lecz Frodo nie odstępował od zwyczaju święcenia co rok urodzin Bilba. Mówił, że nie przypuszcza, aby wuj umarł. Gdy go pytano, gdzie wobec tego Bilbo przebywa, wzruszał tylko ramionami.

Żył samotnie, wzorem Bilba, lecz miał sporo przyjaciół, szczególnie wśród młodych hobbitów (zwłaszcza między potomstwem Starego Tuka), którzy za swych dziecinnych lat lubili Bilba i często odwiedzali Bag End. Do tego grona należeli Folko Boffin i Fredegar Bolger, ale najserdeczniejszymi druhami Froda byli Peregrin Tuk (zwany potocznie Pippinem) i Merry Brandybuck (jego imię brzmiało właściwie Meriadok, rzadko jednak o tym pamiętano). Z nimi to Frodo wędrował po całym kraju, lecz częściej jeszcze wałęsał się samopas; ku zdumieniu rozsądnych hobbitów spotykano go nieraz w gwiaździste noce z dala od domu, pośród wzgórz i lasów. Merry i Pippin podejrzewali, że Frodo odwiedza niekiedy elfów, podobnie jak dawniej Bilbo.

Z biegiem lat także o nim zaczęto mówić, że „dobrze się trzyma", wyglądał bowiem wciąż na krzepkiego i energicznego hobbita, który ledwie wyrósł z lat chłopięcych. „Jak się komuś szczęści, to już we wszystkim" – mówili sąsiedzi. Ale dopiero gdy Frodo zbliżył się do pięćdziesiątki, u hobbitów zazwyczaj wieku już większej stateczności, zaczęto się dziwić na dobre.

Sam Frodo, ochłonąwszy po wstrząsie, przekonał się, że samodzielność oraz rola Pana Bagginsa z Bag End to rzeczy dość przyjemne. Przez kilka lat czuł się szczęśliwy i niewiele myślał o przyszłości. Ale chociaż nie zdawał sobie z tego jasno sprawy, z każdym rokiem bardziej żałował, że nie poszedł wraz z Bilbem w świat. Przyłapywał się niekiedy – zwłaszcza jesienią – na marzeniach o dzikich krajach, a w snach zwidywały mu się dziwne góry, których nigdy w rzeczywistości nie widział. Mówił sobie: „Może kiedyś i ja przeprawię się przez Rzekę". Ale druga połowa jego duszy odpowiadała zawsze: „Jeszcze nie dziś".

Tak minęła mu czterdziestka i zbliżały się pięćdziesiąte urodziny; pięćdziesiątkę uważał za liczbę znamienną (czy może wręcz groźną), bo przecież w tym właśnie wieku Bilbo dał się niespodzianie porwać przygodzie. Ogarnął więc Froda niepokój, a stare ścieżki zdawały mu się teraz zbyt wydeptane. Przyglądał się mapom, rozmyślając, co też znajduje się poza ich marginesem: na mapach sporządzanych w Shire za granicami kraju widniały tylko białe plamy. Frodo zaczął coraz dalej wypuszczać się na wędrówki i coraz częściej włóczył się samotnie. Merry i wszyscy przyjaciele obserwowali go z niepokojem. Nieraz widywano go gawędzącego z obcymi wędrowcami, którzy podówczas licznie pojawiali się w Shire.

Krążyły pogłoski, że gdzieś na świecie dzieją się dziwne rzeczy, a że w owym czasie Gandalf od wielu lat nie pojawiał się ani nie przysyłał wieści, Frodo sam starał się, jak mógł, o nowiny. Elfowie, rzadko odwiedzający Shire, teraz ciągnęli wieczorami przez lasy na zachód, ale nie widywano, by wracali; oni jednak opuszczali Śródziemie i nie zajmowali się dłużej jego problemami. Krasnoludów natomiast widywano więcej niż kiedykolwiek. Oczywiście, starodawny szlak ze wschodu na zachód przecinał Shire i, zmierzając do Szarej Przystani, krasnoludowie zawsze go używali, gdy podróżowali do swoich kopalń w Górach Błękitnych. Od nich to czerpano głównie wiadomości z odległych stron – o ile hobbici w ogóle raczyli się nimi interesować. Zwykle krasnoludowie mało mówili, a hobbici jeszcze mniej zadawali pytań. Teraz jednak Frodo często spotykał dziwnych krasnoludów, odmiennych nieco od znanych mu dotychczas, a przybywających z południa. Byli zatroskani, a ten i ów szeptał coś o Nieprzyjacielu i o Krainie Mordor.

Nazwę tę znali hobbici jedynie z legend mrocznej przeszłości, przetrwała ona niby cień na dnie ich pamięci, a brzmiała złowieszczo i niepokojąco. Ponoć zła moc, wygnana przez Białą Radę z Mrocznej Puszczy, pojawiła się ponownie w większej jeszcze potędze w starych warowniach Mordoru. Krążyły wieści, że odbudowana została Czarna Wieża. Stamtąd władza złych sił rozpościerała się daleko i szeroko; a hen na wschodzie i południu toczyły się wojny i rosła groza. Orkowie znów rozmnożyli się w górach. Trolle grasowały, a nie były już tępe jak ongi, lecz przebiegłe i uzbrojone w morderczy oręż. Szeptano także o jakichś stworach jeszcze groźniejszych, które nie miały nazwy.

Niewiele z tego wszystkiego docierało oczywiście do uszu przeciętnych hobbitów. Lecz coś niecoś usłyszeli nawet najbardziej głusi i najszczelniej zamknięci w swoich norach; ci zaś, których interesy zmuszały do wypraw na pogranicze kraju, widywali dziwne rzeczy. Rozmowa, która toczyła się „Pod Zielonym Smokiem" Nad Wodą pewnego wiosennego wieczora roku pięćdziesiątych urodzin Froda, jest dowodem, że pogłoski dotarły nawet do najcichszych zakątków Shire'u, jakkolwiek większość hobbitów wciąż jeszcze przyjmowała je śmiechem. W kącie przy kominie siedział Sam Gamgee, a naprzeciw niego Ted Sandyman, syn młynarza; inni hobbici, okoliczni wieśniacy, przysłuchiwali się ich rozmowie.

– Co tu mówić, dziwne rzeczy słyszy się ostatnimi czasy – powiedział Sam.

– Ech! – odparł Ted. – Słyszy, kto chce słuchać. Ja tam, jeśli mi się chce dziwów, wolę w domu stare gadki przy kominie i bajki dla dzieci.

– Masz rację – rzekł Sam. – Więcej w tych bajkach prawdy, niż ci się zdaje. Kto je wymyślił? Weź na przykład smoki...

– Dziękuję pięknie, nie wezmę – odparł Ted. – Słyszałem o smokach, kiedy byłem smarkaczem, ale nie ma powodu, żeby w nie wierzyć. Nad Wodą w każdym razie jest tylko jeden smok, i to zielony! – zakończył, wywołując ogólny śmiech na sali.

– Prawda! – rzekł Sam, śmiejąc się razem z wszystkimi. – Ale co powiesz o tych drzewoludach, o tych olbrzymach, czy jak ich tam nazwać? Powiadają, że jednego takiego widziano niedawno za Północnymi Moczarami i że był wyższy niż drzewa.

– Kto powiada?

– Choćby mój krewniak Hal. Pracuje u pana Boffina za Pagórkiem i chadza na polowania do Północnej Ćwiartki. Hal widział tego olbrzyma.

– Gada, byle gadać. Hal zawsze niby coś widzi, a najpewniej to, czego wcale nie ma.

– Ten był podobno wysoki jak wiąz, a co krok zrobił, to siedem łokci przeskoczył tak lekko, jakby to był jeden cal.

– Bo też pewnie to nie był nawet jeden cal. Założę się, że chłopak widział po prostu wielki wiąz.

– Ale on szedł, mówię ci! – odparł Sam. – A zresztą, na Północnych Moczarach nie ma wiązów.

– No, to Hal nawet wiązu nie widział – rzekł Ted. Słuchacze zaśmiali się i przyklasnęli, uważając, że Ted przegadał Sama.

– Mów sobie, co chcesz – powiedział Sam – ale nie zaprzeczysz, że prócz Hala inni też widują dziwnych podróżnych, co ciągną przez Shire. A zauważ, że byłoby ich więcej jeszcze, gdyby wielu nie zawracano od naszej granicy. Nigdy Pogranicznicy nie mieli tyle roboty, co teraz. A słyszałem też, że elfowie wędrują na zachód. Podobno idą do portów, gdzieś aż za Białe Wieże.
– Mówiąc to Sam wskazał ręką jakiś niewyraźny kierunek, ani on bowiem, ani nikt z obecnych nie wiedział dokładnie, jak daleko jest z Shire'u do Morza, leżącego gdzieś za starymi wieżami, na zachód od granic kraju. Dawna tradycja głosiła jednak, że istnieje tam Szara Przystań, z której niegdyś wypłynęły statki elfów, by nigdy już nie powrócić.

– Płyną, płyną, płyną za Morze, przeprawiają się na Zachód i porzucają nas – rzekł Sam niemal śpiewnie i potrząsnął głową uroczyście i smutno. Ale Ted się roześmiał.

– Ano, to nic nowego, jeśli wierzyć starym bajkom. Nie wiem też, dlaczego ty albo ja mielibyśmy się z tego powodu martwić. Niech sobie płyną! Założę się zresztą, żeś ich nie widział. Nikt z Shire'u tego nie widział na własne oczy.

– Bo ja wiem... – w zamyśleniu odparł Sam. Kiedyś wydało mu się w lesie, że widzi elfa, i nie stracił dotychczas nadziei, że zobaczy ich jeszcze w życiu więcej. Z wszystkich legend, jakie za młodu słyszał, największe wrażenie zrobiły na nim strzępy na pół zapomnianych opowieści o elfach, przechowujące się wśród hobbitów. – Są nawet w naszej okolicy hobbici, którzy przyjaźnią się z elfami i dostają od nich wiadomości – rzekł. – Na przykład pan Baggins, mój pracodawca. Mówił mi, że elfowie odpływają, a on wie o nich coś niecoś. Stary pan Bilbo wiedział więcej; nieraz z nim o tym rozmawiałem, kiedy byłem małym chłopcem.

– No, ci obaj mają bzika – odparł Ted. – W każdym razie stary Bilbo miał bzika, a Frodo zaczyna bzikować. Jeżeli do nich będziesz chodzić po wiadomości, to ci nigdy bajek nie zabraknie. A teraz, przyjaciele, czas mi już do domu. Wasze zdrowie! – Osuszył kufel i wyszedł hałaśliwie.

Sam siedział w milczeniu, nic już więcej nie mówiąc. Miał o czym myśleć. Po pierwsze o tym, że w ogrodzie Bag End jest dużo do roboty i że czeka go nazajutrz pracowity dzień, jeżeli pogoda się poprawi. Trawa rośnie szybko. Sam jednak myślał nie tylko o ogrodnictwie. Po chwili westchnął, wstał i wyszedł z gospody.

Był początek kwietnia, niebo rozjaśniło się po deszczu. Słońce już stało nisko, chłodny, blady wieczór spokojnie roztapiał się w noc. Sam szedł pod pierwszymi gwiazdami przez cały Hobbiton, a później na Pagórek ku domowi, z cicha, w zamyśleniu pogwizdując.

W tym właśnie czasie po długiej nieobecności wrócił Gandalf. Od dnia urodzinowej zabawy przez trzy lata nie pokazywał się wcale. Potem wpadł do Froda na krótko, przyjrzał mu się uważnie i znów ruszył w świat. W ciągu następnego roku czy dwóch lat bywał dość często, zjawiał się niespodziewanie po zmierzchu i bez pożegnania znikał przed świtem. Nie chciał nic mówić o swoich zajęciach i podróżach, zdawało się, że ciekaw jest nade wszystko błahych wiadomości o zdrowiu i trybie życia Froda.

Nagle wizyty się urwały. Od ponad dziewięciu lat Frodo nie widział go ani o nim nie słyszał, aż wreszcie zaczął podejrzewać, że Gandalf już nigdy nie wróci, że przestał się interesować hobbitami. Tego wszakże wieczora, kiedy Sam o zmierzchu szedł ku domowi, u okna gabinetu Froda rozległo się znajome kołatanie.

Frodo powitał starego przyjaciela ze zdumieniem i szczerą radością. Bacznie przyjrzeli się sobie nawzajem.

– Wszystko w porządku, co? – spytał Gandalf. – Nic się nie zmieniłeś, mój Frodo.

– Ty także – odparł Frodo, ale w głębi serca pomyślał, że Gandalf postarzał się i twarz ma bardziej niż dawniej zatroskaną. Zaczął więc nalegać, by mu opowiedział o sobie i szerokim świecie. Wkrótce rozgadali się i do późna w noc nie mogli się dość nagadać.

Nazajutrz po późnym śniadaniu Czarodziej siedział z Frodem pod otwartym oknem w gabinecie. Na kominku palił się wesoło ogień, lecz słońce mocno już przygrzewało, a wiatr dmuchał od południa. Świat lśnił świeżością, młoda wiosenna zieleń puszczała się na polach i na gałęziach drzew.

Gandalf myślał o innej wiośnie, sprzed blisko osiemdziesięciu lat, kiedy to Bilbo wybiegł ze swego domu bez chustki do nosa. Dziś Czarodziej włosy miał może bielsze niźli wówczas, brodę dłuższą i brwi jeszcze bardziej krzaczaste, a twarz poznaczoną zmarszczkami trosk i mądrości, lecz oczy błyszczały mu tak samo, a ćmił fajkę i puszczał kółka dymu z nie mniejszym niż dawniej zapałem i przyjemnością.

Palił teraz w milczeniu, a i Frodo nie odzywał się, zatopiony w myślach. Mimo blasku poranka dostrzegał czarny cień wieści, które przyniósł Gandalf. Wreszcie przerwał ciszę.

— Tej nocy zacząłeś mi opowiadać dziwne rzeczy o moim pierścieniu, Gandalfie — rzekł. — Potem umilkłeś, bo, jak mówiłeś, z takimi sprawami lepiej czekać na światło dzienne. Czy nie sądzisz, że powinieneś teraz dokończyć historii? Powiedziałeś, że ten pierścień jest niebezpieczny, o wiele bardziej niebezpieczny, niż przypuszczam. Czym więc mi grozi?

— Wielu różnymi niebezpieczeństwami — odparł Czarodziej. — Jest potężniejszy, niż śmiałem się zrazu domyślać, tak potężny, że w końcu owładnąłby każdą śmiertelną istotą, która by go miała w posiadaniu. To on by posiadł swego właściciela.

Dawnymi czasy w Eregionie wyrabiano wiele takich zaczarowanych, magicznych, jak to się mówi, pierścieni, a były wśród nich oczywiście rozmaite: jedne bardziej, inne mniej potężne. Te słabsze stanowiły jakby tylko wprawki w rzemiośle nierozwiniętym jeszcze w pełni i były dla kowali elfów zaledwie zabawką, lecz, moim zdaniem, niebezpieczną dla zwykłych śmiertelników. Ale Wielkie Pierścienie, Pierścienie Władzy, są wręcz groźne.

Widzisz, Frodo, śmiertelnik, który ma jeden z tych Wielkich Pierścieni, nie umiera, lecz także nie rośnie ani nie zyskuje większej żywotności, po prostu trwa, aż wreszcie nuży go każda minuta. Jeżeli zaś często używa Pierścienia, żeby się ukryć przed wzrokiem innych stworzeń, w końcu zanika, staje się już trwale niewidzialny, żyje w półmroku, widziany tylko przez ciemne moce, które rządzą Pierścieniami. Tak, wcześniej lub później — później, jeśli od początku był silny i miał dobrą wolę; lecz ani siła, ani dobra wola nie ostaną się w końcu — wcześniej lub później ciemne moce go pochłoną.

— Jakież to okropne! — rzekł Frodo. Na długą chwilę zapadła cisza. Z ogrodu dobiegał szczęk nożyc, bo Sam Gamgee strzygł trawnik.

– Od jak dawna wiesz o tym? – spytał wreszcie Frodo. – I co z tego wszystkiego wiedział Bilbo?

– Jestem przekonany, że Bilbo nie wiedział nic ponad to, co ci mówił – rzekł Gandalf. – Z pewnością, mimo że obiecałem mu czuwać nad tobą, nie powierzyłby ci nic takiego, co uważałby za groźbę dla twego bezpieczeństwa. Myślał, że ten pierścień jest bardzo piękny i bardzo użyteczny w potrzebie, a siebie samego winił za to, że dzieje się z nim coś dziwnego. Powiedział mi, że natrętnie narzuca się jego myślom, że wciąż się niepokoi o ten swój skarb, ale nie podejrzewał, że to pierścień jest sprawcą zła. A jednak zauważył, że trzeba go pilnować, że pierścień zmienia rozmiar i wagę, kurczy się albo rozszerza w niepojęty sposób i umie nagle zsunąć się z palca, który przedtem mocno obciskał.

– Tak, ostrzegł mnie przed tym w pożegnalnym liście – powiedział Frodo – dlatego zawsze trzymam pierścień na łańcuszku.

– Bardzo rozumnie – rzekł Gandalf. – Lecz sprawy własnej długowieczności Bilbo wcale nie kojarzył z tym pierścieniem. Całą zasługę przypisywał swojej krzepie i bardzo się nią chełpił. Mimo to ogarnął go ostatnio niepokój i czuł się nieswój: cienki i rozciągnięty, jak mówił. Znak, że pierścień zdobywał nad nim władzę.

– Od jak dawna wiedziałeś to wszystko? – spytał znowu Frodo.

– Co wiedziałem? – rzekł Gandalf. – Wiedziałem o wielu rzeczach, o których tylko Mędrcy wiedzą. Ale jeżeli pytasz, co wiedziałem o tym właśnie pierścieniu, to mogę się przyznać, że jeszcze i dziś nie wiem nic pewnego. Muszę przeprowadzić ostatnią próbę. Nie wątpię jednak, że zgadłem trafnie.

A kiedy zacząłem się po raz pierwszy domyślać prawdy? – Czarodziej zadumał się, szukając odpowiedzi w swej pamięci. – Zaraz... zaraz... Bilbo znalazł pierścień w tym samym roku, kiedy Biała Rada wygnała ciemne moce z Mrocznej Puszczy, na krótko przed Bitwą Pięciu Armii. Już wtedy cień omroczył moje serce, chociaż nie wiedziałem, czego właściwie się lękam. Często zastanawiałem się, w jaki sposób Gollum dostał w swoje ręce Wielki Pierścień, bo że to był Wielki Pierścień, od początku zdawało się niewątpliwe. Później usłyszałem z ust Bilba dziwną historię o „wygraniu" Pierścienia i nie mogłem w nią uwierzyć. Kiedy w końcu wydobyłem całą prawdę, zrozumiałem natychmiast, że Bilbo starał się udowodnić niezbicie swoje prawo do tego klejnotu. Tak samo jak Gollum, który mówił, że dostał go w prezencie na urodziny. Podobieństwo tych dwóch kłamstw nie dawało mi spokoju. Zrozumiałem, że pierścień ma w sobie trującą moc, która od pierwszej chwili oddziaływa na każdego, kto go posiądzie. To było pierwsze poważne ostrzeżenie, że nie wszystko jest w porządku. Nieraz powtarzałem Bilbowi, że lepiej takich pierścieni nie używać, ale przyjmował te rady niechętnie, a wkrótce nawet zaczął się za nie gniewać. Niewiele więcej mogłem zrobić. Nie mogłem odebrać mu pierścienia, bo wynikłyby z tego jeszcze gorsze nieszczęścia; zresztą nie miałem prawa. Pozostawało tylko czekać i czuwać. Może powinienem był zasięgnąć rady u Sarumana Białego, ale zawsze mnie coś od tego powstrzymywało.

– Kto to jest? – spytał Frodo. – Nigdy o nim nie słyszałem.

– Możliwe – odparł Gandalf – bo on nie zajmował się ani nie zajmuje hobbitami. To wielka osobistość wśród Mędrców. Głowa naszego bractwa i przewodniczący Rady. Ma głęboką wiedzę, ale dumę nie mniejszą, więc nie znosi, by ktoś wtrącał się do jego spraw. Wiedza o pierścieniach elfów, czy to wielkich, czy małych, stanowi jego własną dziedzinę. Z dawna ją studiuje, poszukując zagubionego sekretu tej sztuki. Kiedy jednak na Radzie dysputowano o Wielkich Pierścieniach, nie ujawnił ze swej wiedzy nic, co by potwierdzało moje obawy. To uśpiło moje wątpliwości, chociaż nie był to sen spokojny. Dalej czuwałem i czekałem.

Bilbo, jak się zdawało, miewał się dobrze, a lata płynęły. Tak, lata płynęły, lecz nie wyrządzały mu żadnej szkody. Nie znać było po nim podeszłego wieku. Znowu cień padł na moje serce. Mówiłem sobie jednak: „No, cóż, Bilbo przecież pochodzi po kądzieli z długowiecznej rodziny. Jeszcze ma czas. Czekajmy!".

I czekałem. Aż do owego wieczora, kiedy Bilbo opuścił ten dom. To, co wówczas mówił i robił, przeraziło mnie tak, że już żadne słowa Sarumana nie mogły mnie uspokoić. Wreszcie przekonałem się, że bez wątpienia działa tu jakaś ciemna, groźna siła. Większość lat, które odtąd minęły, poświęciłem na wykrycie prawdy.

– Ale szkoda nie jest chyba nie do naprawienia? – spytał Frodo zatroskany. – Z czasem Bilbo wróci do siebie, prawda? Chodzi mi o to, czy odnajdzie spokój?

– Od razu poczuł się lepiej – rzekł Gandalf. – Ale jedna tylko na świecie Potęga wie wszystko o Pierścieniach i o ich wpływie. Nie ma zaś, o ile mi wiadomo, na całym świecie Potęgi, która by wiedziała wszystko o hobbitach. Pośród Mędrców tylko ja badam sprawy hobbitów: to skromna gałąź wiedzy, lecz pełna niespodzianek. Hobbici są miękcy jak masło, a przecież stają się czasem twardzi jak korzenie starego drzewa. Myślę, że niektórzy z nich potrafią opierać się władzy Pierścieni znacznie dłużej, niż przypuszcza wielu Mędrców. Toteż, moim zdaniem, nie ma powodu martwić się o Bilba. Oczywiście, miał ten pierścień przez długie lata i używał go, będzie więc pewnie trzeba czekać dość długo, nim otrząśnie się całkowicie z jego wpływu, to znaczy, nim będzie mógł bez niebezpieczeństwa znów go zobaczyć. Ale poza tym może żyć szczęśliwie przez wiele jeszcze lat, po prostu będzie wciąż takim samym hobbitem, jak w chwili, gdy go zostawił. Bo wyrzekł się go w końcu z własnej woli, to bardzo ważne. Nie, o Bilba już się przestałem martwić, odkąd pozbył się tego klejnotu. To za ciebie czuję się teraz odpowiedzialny.

Od tamtego wieczora, gdy Bilbo odszedł, z głęboką troską myślę o tobie i o wszystkich uroczych, niemądrych, bezradnych hobbitach. Bolesny by to był cios dla świata, gdyby Czarna Potęga zawładnęła Shire'em; gdyby poczciwi, weseli, głupi Bolgerowie, Hornblowerowie, Boffinowie, Bracegirdle'owie i wszyscy inni, nie mówiąc już o śmiesznych Bagginsach, popadli w niewolę.

Frodo zadrżał.

– Dlaczego miałoby to nas spotkać? – spytał. – Czy on by chciał takich niewolników?

– Jeśli chcesz wiedzieć prawdę – odparł Gandalf – myślę, że jak dotąd – zauważ: jak dotąd! – wcale nie spostrzegł istnienia hobbitów. Powinniście się z tego cieszyć. Ale era bezpieczeństwa dla was się skończyła. On was nie potrzebuje – ma dość sług i to bardziej użytecznych – lecz już teraz o was nie zapomni. Wolałby widzieć hobbitów w nieszczęściu i pod jarzmem niż szczęśliwych i wolnych. Pamiętaj, że istnieje na świecie złośliwość i zemsta.

– Zemsta? – rzekł Frodo. – Za co? Wciąż jeszcze nie rozumiem, co to ma wspólnego z Bilbem, ze mną i z naszym pierścieniem.

– Bardzo dużo – odparł Gandalf. – Nie wiesz dotychczas nic o najistotniejszym niebezpieczeństwie. Ale się dowiesz. Ja sam nie byłem jeszcze tego pewien, kiedy odwiedzałem twój dom poprzednim razem, dziś jednak pora, bym ci wszystko powiedział. Daj mi na chwilę ten pierścień.

Frodo wyciągnął pierścień z kieszeni spodni, gdzie spoczywał umocowany na łańcuszku zwisającym od pasa. Odpiął go i powolnym gestem podał Gandalfowi. Pierścień nagle zaciążył mu na dłoni, jakby klejnot – albo sam Frodo – nie życzył sobie, by Czarodziej go dotykał.

Gandalf podniósł obrączkę w palcach. Była z czystego, szlachetnego złota.

– Czy dostrzegasz tu jakieś znaki? – spytał.

– Nie – rzekł Frodo. – Nic nie ma. Gładkie złoto, nie znać na nim żadnej rysy ani śladów czasu.

– A więc patrz!

Ku zdumieniu i rozpaczy Froda Czarodziej nagle cisnął pierścień w żar zgromadzony w kącie kominka. Frodo krzyknął i chwycił szczypce, ale Gandalf go powstrzymał.

– Czekaj! – rzucił tonem rozkazu i spod krzaczastych brwi żywo spojrzał na Froda.

Pozornie pierścień się nie zmienił. Po jakimś czasie Gandalf wstał, zamknął okiennice, zaciągnął zasłony. W pokoju zapanowała ciemność i cisza, tylko z ogrodu dolatywał stłumiony szczęk nożyc, bo Sam pracował teraz tuż pod oknem. Czarodziej przez chwilę jeszcze patrzył w ogień, wreszcie schylił się, szczypcami wyciągnął pierścień z paleniska i natychmiast wziął w rękę. Frodo krzyknął przerażony.

– Jest zupełnie chłodny – rzekł Gandalf. – Trzymaj!

Frodo niechętnie nadstawił dłoń. Pierścień wydał mu się cięższy i grubszy niż przedtem.

– Podnieś go wyżej – rzekł Gandalf – i przyjrzyj się uważnie.

Frodo usłuchał i dostrzegł teraz zarówno na zewnętrznej, jak i wewnętrznej stronie pierścienia znaki niezwykle delikatne, delikatniejsze niż pismo najcieńszego nawet pióra; linie ognia układały się jakby w litery i wiązały w tekst. Błyszczały olśniewająco, a jednak wydawały się odległe, jakby świeciły z wielkiej głębi.

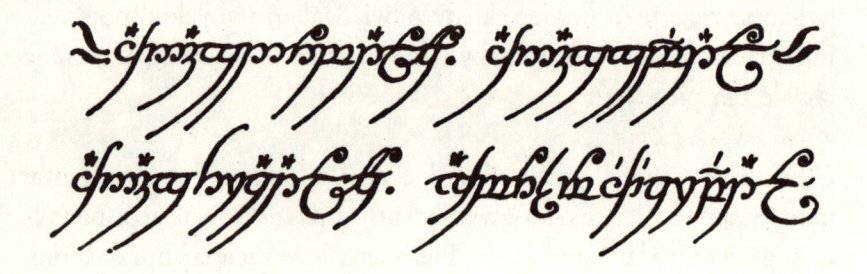

– Nie umiem czytać ognistych liter – drżącym głosem powiedział Frodo.

– Nie – rzekł Gandalf – ale ja umiem. To starożytny alfabet elfów, lecz słowa są w języku Mordoru, którego tutaj nie chcę używać. Przetłumaczone na Wspólną Mowę znaczą mniej więcej tyle:

*Jeden Pierścień, by wszystkimi rządzić, Jeden, by wszystkie odnaleźć,*
*Jeden, by wszystkie zgromadzić i w ciemności związać.*

To dwa wiersze z prastarego poematu, znanego w tradycji elfów:

*Trzy Pierścienie dla królów elfów pod otwartym niebem,*
*Siedem dla władców krasnali w ich kamiennych pałacach,*
*Dziewięć dla śmiertelników, ludzi śmierci podległych,*
*Jeden dla Władcy Ciemności na czarnym tronie*
*W Krainie Mordor, gdzie zaległy cienie,*
*Jeden, by wszystkimi rządzić, Jeden, by wszystkie odnaleźć,*
*Jeden, by wszystkie zgromadzić i w ciemności związać*
*W Krainie Mordor, gdzie zaległy cienie.*[1]

Gandalf umilkł, a potem z wolna, z naciskiem rzekł:

---

[1] Przełożyła Maria Skibniewska.

– To jest właśnie Pierścień-władca, ten Jedyny, który rządzi wszystkimi. Pierścień, który ktoś zgubił przed wiekami, z wielkim uszczerbkiem dla swojej potęgi. Ten ktoś bardzo pragnie go odzyskać, lecz nam nie wolno do tego dopuścić.

Frodo milczał osłupiały. Zdawało mu się, że strach wyciągnął nad nim ogromną łapę, jakby ze Wschodu nadpływała czarna chmura, by go pochłonąć.

– Ten pierścień! – wyjąkał. – Jakim cudem dostał się właśnie mnie?

– Ach! – odparł Gandalf. – To bardzo długa historia. Jej początek sięga w Czarne Lata, w przeszłość, której dziś nikt prócz uczonych mistrzów nie pamięta. Gdybym chciał opowiedzieć ci wszystko, siedzielibyśmy tutaj dopóty, dopóki wiosna nie zmieniłaby się w zimę. Tej nocy mówiłem ci o Sauronie Wielkim, Władcy Ciemności. Pogłoski, które doszły do twoich uszu, są prawdziwe: Sauron rzeczywiście ocknął się znowu, odzyskał siły, opuścił swoje leże w Mrocznej Puszczy i wrócił do dawnej twierdzy, do Czarnej Wieży w Krainie Mordor. Tę nazwę znają nawet hobbici, bo majaczyła niby cień na marginesach starych legend. Po każdej klęsce i po latach ciszy Cień przybiera inną postać i urasta na nowo.

– Wolałbym, żeby się to nie zdarzyło akurat za mojego życia – powiedział Frodo.

– Ja także – odparł Gandalf. – Podobnie jak wszyscy, którym wypadło żyć w takich czasach. Ale nie mamy na to wpływu. Od nas zależy jedynie użytek, jaki zechcemy zrobić z darowanych nam lat. A nasz czas zapowiada się czarno! Nieprzyjaciel szybko rośnie w potęgę. Sądzę, że plany jego jeszcze nie dojrzały, lecz już dojrzewają. Czekają nas ciężkie próby. Nie ominęłyby nas zresztą, nawet gdyby nie dotknęło nas to straszliwe zrządzenie losu. Nieprzyjacielowi brak wciąż jeszcze jednej rzeczy, która by mu dała siłę i władzę, by zmiażdżyć wszelki opór, złamać ostatnie linie obrony, po raz wtóry pogrążyć wszystkie kraje w ciemnościach. Brak mu tego Jedynego Pierścienia.

Trzy najpiękniejsze ukryli przed nim władcy elfów, tych trzech nigdy jego ręka nie dotknęła i nie splamiła. Siedem Pierścieni było w posiadaniu królów krasnoludzkich, lecz trzy z nich Sauron odzyskał, a cztery pozostałe zniszczyły smoki. Dziewięć ofiarował śmiertelnym ludziom, dumnym, możnym ludziom, których w ten sposób usidlił. Dawno, dawno temu ulegli oni władcy Jedynego Pierścienia i stali się upiorami, cieniami wielkiego Cienia, jego najokrutniejszymi sługami. Dawno, dawno temu... Minęło wiele lat od owych czasów, kiedy Dziewięciu grasowało po świecie. Ale kto wie? Skoro Cień znowu powstaje, może i tych Dziewięciu wróci? Jednakże nie trzeba o takich rzeczach mówić nawet w porannym słońcu tego kraju.

Tak więc stoją sprawy: Dziewięć Pierścieni podporządkował sobie; zawładnął także tymi spośród Siedmiu, które nie zostały zniszczone. Trzy jeszcze są w ukryciu, lecz o nie się nie kłopocze. Pożąda tylko tego Jedynego, bo to jego dzieło i jego własność, bo w niego przelał znaczną część swojej dawnej potęgi, żeby dzięki niemu panować nad pozostałymi. Jeżeli go odzyska, będzie miał na swoje rozkazy wszystkie, gdziekolwiek się znajdują, nawet te Trzy ukryte, i pozna wszystko, co dzięki nim zdziałano. Sauron będzie wtedy potężniejszy niż kiedykolwiek.

I na tym, mój Frodo, polega okropność naszego losu. On myślał, że Jedyny Pierścień przepadł, że elfowie go zniszczyli, co powinni byli zrobić. Teraz wszakże już wie, że Pierścień nie przepadł, że go ktoś znalazł. Więc szuka, szuka, na tym poszukiwaniu skupił cały umysł. To jego wielka nadzieja, a nasza wielka trwoga.

– Czemuż, czemuż nie zniszczono Pierścienia! – wykrzyknął Frodo. – I jak to się stało, że Nieprzyjaciel, chociaż tak silny, chociaż tak ten swój skarb cenił, utracił go niegdyś? – Mówiąc to zaciskał w ręku Pierścień, jakby już widział sięgające po niego czarne szpony.

– Odebrano mu Pierścień – rzekł Gandalf. – Dawnymi czasy elfowie byli silniejsi i stawiali mu opór; ludzie wówczas także nie wszyscy stronili od elfów. Ludzie z Westernesse pomogli elfom. Warto przypomnieć ten rozdział prastarej historii, wtedy bowiem także panował smutek i gromadziły się ciemne chmury, lecz było również i wiele męstwa, i szlachetnych czynów, które nie poszły całkiem na marne. Może kiedyś opowiem ci to wszystko, a może usłyszysz o tych dziejach od kogoś, kto je najlepiej zna.

Tymczasem najważniejsze jest, żebyś dowiedział się, jakim sposobem Pierścień do ciebie trafił, a że to dostatecznie długa historia, o innych sprawach nie będę ci mówił więcej. To król elfów, Gil-galad, i Elendil z Westernesse powalili Saurona, chociaż obaj przypłacili zwycięstwo życiem; Isildur, syn Elendila, odciął z ręki Saurona Pierścień i zabrał go sobie. Duch pokonanego Saurona uleciał i krył się przez wiele lat, dopóki znowu nie przybrał nowej postaci w Mrocznej Puszczy.

Pierścień wszakże zginął. Utonął w Wielkiej Rzece, Anduinie, i zniknął. Isildur bowiem, maszerując na północ wschodnim brzegiem rzeki, wpadł opodal Pól Gladden w zasadzkę orków, którzy wycięli całe niemal jego wojsko w pień. Isildur skoczył do wody, ale Pierścień zsunął mu się z palca, orkowie zobaczyli płynącego rycerza i zabili go strzałami z łuków.

Gandalf przerwał na chwilę.

– Tam w ciemnych głębiach pośród Pól Gladden – podjął znowu Czarodziej – Pierścień przepadł, zginął z pamięci i legend. Nawet te ułamki jego historii, które ci opowiadałem, mało kto zna, a Rada Mędrców nic więcej odkryć nie mogła. Ale ja teraz wreszcie mogę uzupełnić tę opowieść.

Znacznie później, lecz w bardzo odległych od nas czasach, żył na brzegach Wielkiej Rzeki, na pograniczu Dzikich Krajów, pewien ludek o zręcznych rękach i zwinnych nogach. Sądzę, że było to plemię z rasy hobbitów, pokrewne praszczurom Stoorów, lubiło bowiem rzekę, chętnie się w niej kąpało i budowało łódeczki z sitowia. Był w tym plemieniu ród wielkiej sławy, bo liczny i bogatszy od innych, a rządziła nim sędziwa babka, surowa, mądra staruszka, która znała dobrze tradycje swojego ludu. Najbardziej ciekawy i dociekliwy spośród jej wnuków miał na imię Sméagol. Interesowały go szczególnie korzenie i początki wszelkich rzeczy, nurkował w najgłębszych miejscach rzeki, podkopywał się pod drzewa i rośliny, drążył tunele w zielonych wzgórzach, aż odzwyczaił się od spoglądania w niebo, na szczyty górskie, na liście i kwiaty rozkwitające na drzewach: stale miał głowę i oczy spuszczone ku ziemi.

Przyjaźnił się z niejakim Déagolem, chłopcem o podobnych zamiłowaniach, który miał od niego wzrok bystrzejszy, lecz był mniej niż on zwinny i słabszy. Pewnego razu popłynęli obaj łódką w stronę Pól Gladden, gdzie rosły całe kępy irysów i kwitły właśnie trzciny. Sméagol wyszedł na brzeg i szperał po nim, a Déagol został w łodzi, łowiąc ryby na wędkę. Nagle jakaś ogromna ryba chwyciła haczyk i szarpnęła tak, że nim się Déagol opatrzył, już był w wodzie, na głębi. Coś błysnęło mu przed oczyma w piasku na dnie, puścił więc wędzisko i wstrzymując dech, sięgnął ręką po błyszczący przedmiot.

Kiedy potem wydostał się na powierzchnię, prychał wodą, we włosach miał pełno wodorostów, a w garści zaciskał bryłkę mułu. Spłukał muł – o dziwo! na dłoni został piękny złoty pierścień, który lśnił i migotał w słońcu tak, że chłopcu serce zabiło z radości. Lecz Sméagol śledził go zza drzewa i kiedy Déagol wpatrywał się w klejnot, Sméagol cichutko stanął za jego plecami.

– Déagolu, mój miły, daj mi to – powiedział, zaglądając mu przez ramię.

– Dlaczego? – spytał Déagol.

– Bo dzisiaj są moje urodziny, a bardzo chciałbym to dostać – rzekł Sméagol.

– Co mnie to obchodzi? – rzekł Déagol. – Dałem ci już urodzinowy prezent, nawet bardzo hojny. A to, co znalazłem, zatrzymam sobie.

– Czy aby na pewno, mój miły? – odparł Sméagol, chwycił Déagola za gardło i udusił. Zrobił to, ponieważ złoto lśniło zbyt pięknie. Potem wsunął pierścień na palec.

Nikt się nigdy nie dowiedział, jaki los spotkał Déagola. Sméagol zamordował go z dala od domu, a ciało ukrył chytrze. Wrócił z wycieczki sam i stwierdził, że jeśli ma pierścień na palcu, nikt z rodziny go nie widzi. Zachwycony swoim odkryciem, zataił je przed innymi. Odtąd niewidzialny podpatrywał i podsłuchiwał cudze sekrety, wykorzystując je następnie w sposób niecny i złośliwy. Szczególnie wyostrzył sobie wzrok i słuch na wszystko, czym mógł innym dokuczyć. Pierścień dał mu siłę wielką jak na jego wzrost. Toteż nic dziwnego, że Sméagola wkrótce otoczyła powszechna niechęć i że cała rodzina unikała go, jak mogła (o ile był widzialny). Dostawał kopniaki, odwzajemniał się, kąsając łydki. Nauczył się kraść, mruczeć pod nosem sam do siebie i gulgotać. Przezywano go więc Gollumem, wyklinano i przepędzano zewsząd. Jego babka, pragnąc przywrócić spokój, wykluczyła go z rodziny i wygnała z domu.

Poszedł w świat samotnie, popłakując nad swoim złym losem, i wędrował w górę Rzeki, póki nie natrafił na potok spływający ze szczytów; wtedy ruszył z jego biegiem dalej. W głębszych miejscach łowił niewidzialnymi palcami ryby i zjadał je na surowo. Pewnego upalnego dnia, gdy pochylał się nad strumieniem, słońce sparzyło mu głowę swoim żarem, a blask odbity od wody boleśnie olśnił mokre oczy. Sméagol zdziwił się bardzo, bo niemal już zapomniał o słońcu. Spojrzał wówczas po raz ostatni w niebo i pogroził mu pięścią.

Ale nim znów spuścił oczy, dostrzegł w dali szczyty Gór Mglistych, z których wypływał potok. I nagle przyszła mu do głowy taka myśl: "Pod górami znajdę chłód i cień. Słońce mnie tam nie wytropi. Korzenie gór to najwspanialsze z korzeni. Z pewnością kryją się pod nimi zagrzebane tajemnice, których nikt jeszcze nie odkrył od początku świata".

Wędrował więc dalej nocą wśród gór i znalazł małą jaskinię, z której sączył się czarny strumień; jak czerw wgryzł się w ścianę i zniknął, i nikt odtąd nie wiedział, co się z nim stało. Pierścień wraz ze Sméagolem zapadł w ciemności, nawet jego twórca, odzyskujący znów po trosze władzę, nie mógł się o nim niczego dowiedzieć.

– Gollum! – krzyknął Frodo. – Gollum! A więc to był ten stwór, z którym się Bilbo spotkał? Co za obrzydliwość!

– Smutna historia – rzekł Czarodziej – a sądzę, że coś podobnego mogło się przydarzyć również komu innemu, nawet któremuś z moich znajomych hobbitów.

– Nie uwierzę, by Golluma łączyło jakiekolwiek, choćby najodleglejsze, pokrewieństwo z hobbitami – odparł zapalczywie Frodo. – To przypuszczenie oburza mnie.

– A jednak to prawda – rzekł Gandalf. – Bądź co bądź o przeszłości hobbitów wiem trochę więcej niż sami hobbici. Zresztą przygoda Bilba nasuwa również myśl o pokrewieństwie. W gruncie rzeczy mieli bardzo podobne pojęcia i wspomnienia. Rozumieli się wzajem doskonale, o wiele lepiej niż na przykład hobbit z krasnoludem lub z orkiem czy nawet z elfem. Pomyśl choćby o zagadkach, które obaj znali.

— Tak — odparł Frodo. — Ale prócz hobbitów mnóstwo innych plemion zadaje zagadki mniej więcej tego samego rodzaju. A hobbici nie zwykli oszukiwać w grze. Gollum zaś przez cały czas usiłował szachrować. Chodziło mu tylko o uśpienie czujności biednego Bilba. Sądzę, że w swej przewrotności bawił się grą, która w razie pomyślnego wyniku miała mu dać łatwe zwycięstwo nad ofiarą, a w razie przegranej nic by go nie kosztowała.

— Niestety, masz wiele racji — rzekł Gandalf. — Ale myślę, że w tej grze tkwiło coś więcej, czego nie dostrzegłeś jeszcze. Gollum nie był do gruntu zepsuty. Okazał się bardziej odporny, niżby mógł przewidzieć nawet któryś z Mędrców, tak odporny, jak bywają hobbici. Zachował jakąś cząstkę własnej duszy i promień światła docierał poprzez nią jak przez szczelinę w głąb nocy: światło przeszłości. Było mu, jak sądzę, naprawdę przyjemnie, kiedy znów usłyszał czyjś łagodny głos, który przypominał mu o istnieniu wiatru, drzew, słońca, trawy i innych z dawna zapomnianych rzeczy.

Oczywiście, tym większym gniewem musiała zapałać w nim potem gorsza cząstka jego istoty — chyba że udałoby się ją przezwyciężyć. Chyba że udałoby się Golluma uleczyć... — Gandalf westchnął. — Niestety, nie ma dla niego wielkiej nadziei. A przecież odrobina nadziei została. Tak, została, chociaż posiadał Pierścień od bardzo dawna, niemal od niepamiętnych czasów. Nie używał go bowiem często przez wiele lat, w ciemnościach rzadko go potrzebował. To pewne, że Gollum nie zniknął. Jest wciąż chudy, ale krzepki. Lecz Pierścień wyniszczał go nieuchronnie i udręka stawała się już niemal ponad siły. Wszystkie „wielkie tajemnice" ukryte pod górami okazały się tylko pustką i nocą; nic więcej nie było do odkrycia, nic do roboty, nic nie miał prócz wstrętnego, zdobywanego ukradkiem jadła i gorzkich wspomnień. Był okropnie nieszczęśliwy. Nienawidził ciemności, ale jeszcze bardziej nienawidził światła. Nienawidził wszystkiego, a najbardziej Pierścienia.

— Co mówisz? — zawołał Frodo. — Przecież to był jego skarb, jedyna rzecz, która go obchodziła na świecie. Jeśli nienawidził Pierścienia, czemuż się go nie pozbył, czemu stamtąd nie odszedł, porzucając go w jaskini?

— Powinieneś już trochę to rozumieć po tym, co usłyszałeś — rzekł Gandalf. — Nienawidził Pierścienia i zarazem kochał go, tak jak siebie samego zarazem kochał i nienawidził. Nie mógł się go wyrzec. Nie zależało to już od jego woli.

Pamiętaj, Frodo, że Pierścień Władzy sam o sobie rozstrzyga. On może zdradziecko zsunąć się z palca właściciela, ale właściciel nie może go porzucić. Co najwyżej igra z myślą o odstąpieniu go komuś innemu, lecz i do tego zdolny jest tylko we wczesnym okresie, gdy Pierścień dopiero zaczyna nim władać. O ile mi wiadomo Bilbo pierwszy w dziejach posunął się o krok dalej i naprawdę oddał Pierścień. Ale Bilbo także nie zrobiłby tego bez mojej usilnej pomocy. A nawet z moją pomocą nie zdobyłby się na całkowite wyrzeczenie, na odrzucenie go po prostu. Wiedz, Frodo, że nie Gollum, lecz sam Pierścień rozstrzygnął sprawę. Pierścień opuścił Golluma.

– Jak to? Właśnie w chwili, gdy zjawił się Bilbo? – spytał Frodo. – Czy jakiś ork nie nadawałby mu się lepiej?

– To nie żarty – odparł Gandalf. – A ty szczególnie nie powinieneś z tego żartować. Jest to bowiem najdziwniejsze zdarzenie w dotychczasowych dziejach Pierścienia, że Bilbo zjawił się w samą porę i w ciemnościach, na oślep, położył na nim rękę. Działała tam nie jedna tylko potęga. Pierścień chciał wrócić do swojego pana. Zsunął się z palca Isildurowi i zdradził go; gdy później nadarzyła się sposobność, skusił Déagola, który padł ofiarą morderstwa; potem Pierścień dostał się Gollumowi i zniszczył jego duszę. Wreszcie Gollum nie mógł mu już przydać się na nic, zbyt był mały i nikczemny, a zostając przy nim, Pierścień nigdy by się nie wydobył z podziemnych czeluści. Jego pan tymczasem ocknął się znowu i słał ku niemu z Mrocznej Puszczy swoje czarne myśli, więc Pierścień opuścił Golluma. I stała się rzecz najzupełniej nieprawdopodobna: podniósł go nie kto inny, lecz Bilbo, hobbit z Shire'u.

Wdały się w sprawę inne siły, niezależne od zamysłów twórcy Pierścienia. Nie mogę ci tego jaśniej wytłumaczyć, wiedz tylko, że ktoś chciał, żeby właśnie Bilbo znalazł Pierścień – ktoś inny, nie twórca Pierścienia. A z tego wynika, że ciebie też ktoś wybrał na następcę Bilba. Może myśl o tym doda ci otuchy.

– Nie – odparł Frodo. – Chociaż nie jestem pewien, czy cię dobrze zrozumiałem. Jakim sposobem dowiedziałeś się tego wszystkiego o Pierścieniu i o Gollumie? Czy wiesz to na pewno, czy tylko się domyślasz?

Gandalf popatrzył na Froda i oczy mu rozbłysły.

– Wiem dużo i dowiedziałem się wielu rzeczy – powiedział – ale nie tobie będę zdawał sprawę ze swoich poczynań. Historię Elendila, Isildura i Jedynego Pierścienia znają wszyscy Mędrcy. Choćby nie było innych dowodów, ogniste litery na twoim Pierścieniu wystarczą, żeby się upewnić, że to jest właśnie ten Jedyny.

– A kiedy to odkryłeś? – przerwał mu Frodo pytaniem.

– Przed chwilą, w tym pokoju – szorstko odparł Czarodziej. – Ale spodziewałem się tego. Wróciłem tutaj po ciężkiej wyprawie i długich poszukiwaniach, żeby dokonać ostatniej próby. Znalazłem dowód niezbity i wszystko stało się aż nadto jasne. Trzeba było dobrze pracować głową, żeby domyślić się roli Golluma i uzupełnić tym epizodem lukę w całej historii. Może początkowo rzeczywiście zgadywałem tylko prawdę o Gollumie, teraz jednak już ją znam. Widziałem go.

– Widziałeś Golluma? – wykrzyknął Frodo zdumiony.

– Tak. Bez tego nie rozwiązałbym zagadki, bałem się jednak, że okaże się to niemożliwe. Od dawna starałem się go odnaleźć, wreszcie mi się udało.

– Co się z nim stało po ucieczce Bilba? Czy wiesz?

– Niezupełnie dokładnie. Opowiedziałem ci to, co zechciał mi wyznać Gollum, jakkolwiek oczywiście w innej formie. Gollum to kłamca, trzeba przesiewać jego słowa. Na przykład, nazywa Pierścień swoim urodzinowym prezentem i upiera się przy tym. Twierdzi, że dostał go od babki, która miała mnóstwo podobnych pięknych klejnotów. Śmieszny pomysł! Nie wątpię, że babka Sméagola była głową rodu i na swój sposób wielką osobistością, ale nie do wiary, by posiadała mnóstwo zaczarowanych pierścieni i rozdawała je w prezencie. W tym kłamstwie tkwi jednak ziarenko prawdy. Morderstwo popełnione na Déagolu nękało Golluma; żeby się usprawiedliwić, wymyślił ten argument i udręczony w ciemnościach powtarzał go swojemu „skarbowi" wciąż w kółko, aż wreszcie sam w swoją bajkę uwierzył. Tego dnia rzeczywiście przypadły jego urodziny. Déagol powinien był mu ofiarować Pierścień, który nadarzył się w samą porę jako urodzinowa niespodzianka. A więc to był naprawdę jego urodzinowy prezent... i tak dalej, i tak dalej...

Znosiłem to cierpliwie dość długo, ale chciałem dociec prawdy; to była sprawa życia lub śmierci, w końcu więc musiałem użyć siły.

Nastraszyłem go ogniem i wycisnąłem z niego całą historię, słowo po słowie, wśród mnóstwa pochlipywań i pomruków. On się uważa za niezrozumianego i skrzywdzonego. Ale kiedy opowiedział do końca o grze w zagadki i ucieczce Bilba, umilkł i nic więcej nie chciał mówić, tylko napomknął tajemniczo to i owo. Ktoś go widać nastraszył bardziej niż ja. Mruczał coś, że się odegra. Pokaże, czy wolno bezkarnie kopać go, zapędzać do jaskini i potem jeszcze okradać. Ma teraz życzliwych i potężnych przyjaciół, którzy mu pomogą. Baggins dostanie za swoje. To myśl przewodnia Golluma. Znienawidził Bilba i przeklął go. Co gorsza, wie, skąd Bilbo pochodzi.

– Jakże to wykrył? – spytał Frodo.

– Ano, jeśli chodzi o nazwisko, to Bilbo bardzo nieopatrznie sam mu się przedstawił; a z jakiego kraju przybył, mógł Gollum dowiedzieć się bez trudu, gdy wreszcie wyszedł na świat. Bo wyszedł! Tęsknota do Pierścienia okazała się silniejsza od strachu przed orkami, a nawet przed światłem. Po roku czy po dwóch latach opuścił góry. Widzisz, chociaż bolał po stracie, ale Pierścień już go nie żerał, więc Gollum odżył trochę. Czuł się stary, potwornie stary, a mimo to śmielszy, no i straszliwie głodny.

Światła, czy to słonecznego, czy księżycowego, nadal się lękał i nienawidził, to mu już pewnie na zawsze zostanie. Był jednak sprytny. Przekonał się, że jego wyblakłe, zimne oczy pozwolą mu przemykać się cicho i szybko wśród czarnej nocy, unikając blasku dnia i miesięcznej poświaty, a także łowić drobne, tchórzliwe lub nieostrożne stworzenia. Lepiej odżywiony, na świeżym powietrzu nabrał sił i odwagi. Jak można było przewidzieć, trafił do Mrocznej Puszczy.

– Czy tam go znalazłeś? – spytał Frodo.

– Tam go zobaczyłem – odparł Gandalf – lecz przedtem zdążył zawędrować daleko, tropiąc Bilba. Trudno od niego się dowiedzieć czegoś pewnego, bo wciąż przerywa opowieść przekleństwami i pogróżkami. „Co on tam ma w kieszeni? – powiada. – Nic nie wygadam, nie, mój skarbie. To oszust. Pytanie było nieuczciwe. On pierwszy oszukał. Złamał przepisy gry. Szkoda, żeśmy go nie udusili, mój skarbie. Ale zrobimy to jeszcze, tak, mój skarbie..."

Oto mała próbka stylu Golluma. Chyba ci wystarczy, co? Nudził mnie tak całymi dniami. Ale z tego bełkotu wyłowiłem trochę treści i wywnioskowałem, że Gollum doczłapał na swoich płaskich stopach aż do Esgaroth, a nawet łaził po ulicach Dale, podsłuchując i przepatrując chyłkiem wszystkie kąty. No cóż, wieści o doniosłych wydarzeniach rozniosły się szeroko po Dzikich Krajach, imię Bilba jest tam znane i niejeden wie, skąd on przybył. Myśmy zresztą nie taili, że wracamy do ojczyzny Bilba na zachodzie. Toteż czujne uszy Golluma wkrótce złowiły wszystkie wiadomości, których mu było potrzeba.

– Dlaczego w takim razie nie tropił Bilba dalej? – spytał Frodo. – Dlaczego nie przyszedł do Shire'u?

– A właśnie! – rzekł Gandalf. – O tym z kolei chciałem mówić. Myślę, że Gollum starał się tu dostać. Ruszył w stronę na zachód i dotarł aż do Wielkiej Rzeki. Ale znad jej brzegu zawrócił. Jestem pewien, że nie zraziła go odległość. Nie, musiało go powstrzymać coś innego. Tak sądzą moi przyjaciele, którzy Golluma na moją prośbę szukali.

Najpierw na jego ślad trafili zamieszkujący las elfowie, a nie mieli trudnego zadania, bo trop był jeszcze wtedy świeży: prowadził przez Mroczną Puszczę i z powrotem. Samego Golluma jednak nie spotkali. W lesie huczało od pogłosek o nim, wśród zwierząt i ptaków krążyły okropne wieści. Leśni Ludzie opowiadali, że zjawił się nowy stwór, upiór wysysający krew, że wspina się na drzewa do gniazd, wpełza do nor zwierzęcych po młode, zakrada się przez okna do kołysek.

Ale od zachodniego skraju Mrocznej Puszczy trop zawracał. Skręcał na południe, wymykał się z dziedziny dostępnej leśnym elfom i ginął. Wówczas popełniłem wielki błąd. Tak, mój Frodo. Błąd nie pierwszy w moim życiu, lecz kto wie, czy nie najgorszy w skutkach. Poniechałem na razie tej sprawy. Pozwoliłem Gollumowi odejść. Miałem bowiem wtedy co innego na głowie, a poza tym ufałem jeszcze wiedzy Sarumana.

Działo się to przed laty. Zapłaciłem za swoją omyłkę wielu ponurymi i niebezpiecznymi dniami. Trop od dawna zdążył ostygnąć, kiedy go znowu podjąłem po wyjściu Bilba z tego domu. Wszelkie poszukiwania byłyby bezowocne, gdyby nie pomoc pewnego przyjaciela, Aragorna, znakomitego podróżnika i myśliwego naszych czasów. We dwóch szukaliśmy Golluma po całych Dzikich Krajach, bez nadziei i bez powodzenia. W końcu, gdy już dałem za wygraną i ruszyłem w inne strony, Gollum się znalazł. Przyjaciel mój wrócił szczęśliwie z niebezpiecznej wyprawy i przyprowadził z sobą tego nieszczęśnika.

Gollum nie chciał się przyznać, co przez ten czas robił. Płakał, zarzucał nam okrucieństwo, gulgotał bezustannie, a gdy nalegaliśmy, skomlał i łasił się, zacierał długie ręce, lizał palce, jakby go bolały, jakby wspominał jakieś doznane ongi męczarnie. Niestety, nie ma co wątpić, Gollum, po swojemu marudząc, skradając się krok po kroku, mila za milą lazł na południe, aż dolazł do Mordoru.

Posępne milczenie zaległo w izbie. Frodo słyszał bicie własnego serca. Nawet na dworze wszystko ucichło, nie dochodził już teraz do ich uszu szczęk nożyc Sama.

– Tak, do Mordoru – rzekł Gandalf. – Niestety! Mordor przyciąga wszystko, co złe, a Czarna Potęga napięła wolę, by całe zło skupić tam przy sobie. Pierścień Nieprzyjaciela także przecież zostawił na Gollumie swoje piętno, otworzył jego uszy na to wezwanie. A wszyscy wówczas szeptali o nowym Cieniu, który wstał na południu i który nienawidzi Zachodu. Tam właśnie szukał Gollum życzliwych przyjaciół, by mu pomogli wziąć odwet.

Nieszczęsny szaleniec! W tym kraju mógł się dowiedzieć wielu rzeczy, zbyt wielu, na swoją zgubę. Wcześniej czy później, myszkując i szpiegując na granicach, musiał wpaść im w ręce i wzięli go na spytki. Obawiam się, że tak właśnie się stało. Kiedy go odnaleźliśmy, wracał po długim pobycie u nich. Wysłany zapewne z jakąś nikczemną misją. Ale to nie ma teraz większego znaczenia. Najgorszą szkodę już wyrządził.

Tak, niestety, dzięki Gollumowi Nieprzyjaciel wie, że ktoś znalazł Jedyny Pierścień. On orientuje się, w którym miejscu zginął Isildur. Wie też, gdzie Gollum znalazł ten Pierścień. Wie, że to właśnie ten Jedyny, najpotężniejszy, skoro obdarzył swego posiadacza długim życiem. Wie, że nie może to być któryś z Trzech, bo te nigdy nie zaginęły i te nie ścierpiałyby żadnej podłości. Wie, że nie może to być któryś z Siedmiu ani z Dziewięciu; co do losu tamtych nie było nigdy wątpliwości. Wie, że to Jedyny. I nareszcie Nieprzyjaciel po raz pierwszy, jak sądzę, usłyszał o hobbitach i o kraju Shire.

O Shire... Zapewne teraz szuka tego kraju, jeśli już nie odkrył, gdzie leży. Doprawdy, mój Frodo, lękam się, czy w jego przekonaniu nazwisko Baggins, od tak dawna niezwracające niczyjej uwagi, nie nabrało dziś wielkiego znaczenia.

– Ależ to straszne! – wykrzyknął Frodo. – O wiele gorsze niż wszystko, co mogłem sobie wyobrazić, słuchając twoich poprzednich napomknień i przestróg. Ach, Gandalfie, najlepszy mój przyjacielu, powiedz, co robić? Teraz bowiem naprawdę jestem przerażony. Co robić? Jakże mi żal, że Bilbo nie zadźgał tej poczwary, skoro miał po temu okazję!

– Żal? Przecież to właśnie żal i litość wstrzymały wówczas jego rękę. Litość i miłosierdzie przypomniały mu, że bez doraźnej konieczności nie wolno dobywać miecza. Bilbo został za to hojnie wynagrodzony. Bądź pewien, Frodo, że jeśli Bilbo doznał tak niewielkiej stosunkowo szkody od złych sił i zdołał się w końcu uwolnić, zawdzięcza to właśnie temu, że tak, a nie inaczej poczynał sobie w pierwszej godzinie jako nowy właściciel Pierścienia: miłosiernie.

– Wybacz – powiedział Frodo. – Ale jestem w strachu, a zresztą nie odczuwam wcale litości dla Golluma.

– Nie widziałeś go – odparł Gandalf.

– Nie widziałem i widzieć nie chcę – rzekł Frodo. – Nie rozumiem cię, Gandalfie. Czy znaczy to, że wraz z elfami darowałeś życie Gollumowi, który popełnił tyle okropnych zbrodni? Teraz przecież nie jest on lepszy od orka i stał się po prostu naszym wrogiem. Zasługuje na śmierć.

– Zasługuje. Z pewnością zasługuje. Wielu spośród żyjących zasługuje na śmierć. A niejeden z tych, którzy umierają, zasługuje na życie. Czy możesz ich nim obdarzyć? Nie bądź więc tak pochopny w ferowaniu wyroków śmierci. Nawet bowiem najmądrzejszy nie wszystko wie. Nie mam wielkiej nadziei na wyleczenie Golluma przed śmiercią. Ale ta szansa mimo wszystko istnieje. Zresztą Gollum jest związany z losem Pierścienia. Coś mi mówi, że on jeszcze odegra jakąś rolę, zbawienną albo zgubną, nim się cała sprawa zakończy. A kiedy nadejdzie ta chwila, może właśnie litość okazana przez Bilba rozstrzygnie o niejednym losie, a przede wszystkim o twoim. My w każdym razie nie zabiliśmy Golluma, jest bardzo stary i bardzo nieszczęśliwy. Leśni elfowie trzymają go w niewoli, ale traktują z całą łagodnością, na jaką stać ich mądre serca.

– Wszystko to pięknie – rzekł Frodo – ale szkoda, że Bilbo, skoro nie mógł zabić Golluma, zatrzymał Pierścień. Wolałbym, żeby nie znalazł go i żeby mi go nie przekazywał. Dlaczego pozwoliłeś mi ten Pierścień przechowywać? Dlaczego nie kazałeś mi go wyrzucić lub zniszczyć?

– Dlaczego ci pozwoliłem? Nie kazałem? – odparł Czarodziej. – Czy nie słuchałeś uważnie tego wszystkiego, co ci opowiedziałem? Sam nie wiesz, co mówisz. Wyrzucając go, popełnilibyśmy w każdym razie straszliwy błąd. Takie Pierścienie zawsze ktoś znajduje. A w złym ręku Pierścień wyrządziłby wiele złego. Co zaś najgorsze, mógłby wpaść w ręce Nieprzyjaciela. Nawet na pewno by się tak stało, bo to jest jego Jedyny Pierścień, on zaś wysila całą swoją potęgę, by tę swoją własność odnaleźć i ku sobie przyciągnąć. Oczywiście, mój drogi, byłeś w niebezpieczeństwie, i to mnie głęboko niepokoiło. Ale gra szła o tak wielką stawkę, że musiałem ważyć się na pewne ryzyko... Wiedz jednak, że nawet wówczas, gdy byłem daleko stąd, czujne oczy strzegły tego kraju dniem i nocą. Dopóki go nie używałeś, mogłem być spokojny, że Pierścień nie wyrządzi ci trwałej krzywdy, a przynajmniej, że ci to nie grozi przez długi czas. Pamiętaj też, że dziewięć lat temu, kiedy ostatni raz widziałem się z tobą, niewiele jeszcze sam wiedziałem na pewno.

– Ale czemu nie kazałeś mi go zniszczyć? Mówiłeś przecież, że należało to zrobić już dawno temu! – wykrzyknął znów Frodo. – Gdybyś był mnie przestrzegł czy bodaj przysłał takie polecenie, byłbym z nim skończył.

– Czyżby? A jakim na przykład sposobem? Czy próbowałeś?

– Nie. Myślę jednak, że dałoby się go zmiażdżyć młotkiem albo stopić.

– Spróbuj! – powiedział Gandalf. – Spróbuj zaraz!

Frodo więc po raz wtóry wyciągnął z kieszeni Pierścień i przyjrzał mu się uważnie: był znów zwyczajny i gładki, nie dostrzegało się na nim żadnych znaków czy napisów. Złoto lśniło jasno i czysto. Zachwycił Froda bogactwem i pięknem barwy, doskonałością kształtu. To był prześliczny klejnot, prawdziwy skarb. Wyjmując Pierścień z kieszeni, Frodo zamierzał go cisnąć w sam środek płomieni na kominku. Lecz teraz zrozumiał, że nie zdobędzie się na to, przynajmniej nie bez ciężkiej walki. W rozterce ważył Pierścień na dłoni i z wysiłkiem przywoływał na pamięć wszystko, co Gandalf mu opowiedział. Potem skupił wolę i zamachnął się, jakby do rzutu... Ale okazało się, że tylko włożył Pierścień z powrotem do kieszeni.

Gandalf zaśmiał się ponuro.

– Widzisz? Już i tobie niełatwo się z nim rozstać, cóż dopiero zniszczyć go! Nie mógłbym cię do tego skłonić, chyba przemocą, ale to by ciebie złamało. Pierścienia natomiast przemocą nie da się złamać. Gdybyś nawet walił w niego kowalskim młotem, nie zostanie na nim ani śladu. Ani moje, ani twoje ręce nie są zdolne go zniszczyć.

Ten twój ogienek oczywiście nie stopiłby i zwykłego złota. Pierścień już przez tę próbę przeszedł bez uszczerbku, nie rozgrzał się nawet. Nie ma w Shire takiej kuźni, w której by można bodaj trochę zmienić jego kształt. Nie zdziałałyby nic nawet kowadła i piece hutnicze krasnoludów. Powiadają, że ogień smoczy miał moc topienia i trawienia Pierścieni Władzy, ale nie ma już na ziemi takiego smoka, który by po dawnemu ział dość gorącym ogniem, nigdy zresztą nie istniał smok tak ognisty, żeby zmógł ten Jedyny Pierścień, rządzący wszystkimi innymi, dzieło własnych rąk Saurona. Sam Ankalagon Czarny nie byłby od niego mocniejszy.

Jest tylko jeden sposób: znaleźć Szczeliny Zagłady w głębiach Orodruiny, Ognistej Góry, i tam wrzucić Pierścień, jeżeli naprawdę chcesz go zniszczyć i uchronić raz na zawsze od powrotu w ręce Nieprzyjaciela.

– Ależ ja chcę go zniszczyć! – krzyknął Frodo. – Albo raczej chcę, żeby został zniszczony. Bo osobiście nie nadaję się do niebezpiecznych misji. Wolałbym tego Pierścienia nigdy na oczy nie widzieć! Czemuż on mnie właśnie się dostał? Czemuż to na mnie padł wybór?

– Na te pytania nie ma odpowiedzi – rzekł Gandalf. – Z pewnością nie wybrano cię dla jakichś zalet, których by innym brakowało, a w każdym razie nie z racji potęgi lub mądrości. Skoro jednak zostałeś wybrany, musisz dać z siebie tyle siły, serca i rozumu, na ile cię stać.

– Ależ ja mam bardzo niewiele tych rzeczy! To ty jesteś mądry i potężny. Czy nie zechciałbyś wziąć Pierścienia?

– Nie! – zawołał Gandalf, zrywając się na równe nogi. – Gdybym do własnych sił dołączył jego moc, rozporządzałbym zbyt wielką, straszliwą potęgą, a Pierścień zyskałby nade mną władzę tym większą, tym bardziej zabójczą. – Oczy Gandalfa rozbłysły, cała twarz spłoniła się, jakby od wewnętrznego ognia. – Nie kuś mnie! Bo nie chcę się stać podobny do Władcy Ciemności. A przecież Pierścień trafia do mojego serca poprzez litość, litość dla słabości; pożądam siły po to, by czynić dobrze. Nie kuś mnie! Nie śmiem go wziąć, choćby tylko na przechowanie, nie do użytku. Nie znalazłbym siły, by oprzeć się i nie zatrzymać go. Tak bardzo będzie mi potrzebny! Grożą mi wielkie niebezpieczeństwa.

Podszedł do okna, rozsunął zasłony, otworzył okiennice. Blask słońca znowu zalał pokój. Ścieżką przeszedł Sam, pogwizdując.

– A teraz – rzekł Czarodziej, zwracając się do Froda – do ciebie należy decyzja. Ale zawsze będę ci gotów pomóc. – Położył rękę na ramieniu hobbita. – Pomogę ci dźwigać to brzemię, dopóki będzie ono na tobie ciążyć. Musimy jednak działać bez zwłoki. Nieprzyjaciel nie śpi.

Na długą chwilę zaległa cisza. Gandalf usiadł i pykał fajkę, jakby pogrążony w zadumie. Oczy miał z pozoru zamknięte, lecz spod powiek czujnie śledził Froda. Frodo wpatrywał się w żar na kominku tak uparcie, że wreszcie ogień wypełnił jego wyobraźnię i hobbitowi zdawało się, iż zagląda w płomienne czeluści. Rozmyślał o legendarnych Szczelinach Zagłady i o grozie Ognistej Góry.

– No i cóż? – spytał w końcu Gandalf. – O czym myślisz? Czy już postanowiłeś, co zrobisz?

– Nie – odpowiedział Frodo i ocknąwszy się, jakby wracał z głębi nocy, ze zdziwieniem stwierdził, że wcale nie jest ciemno i że za oknem widać ogród w blasku słońca. – A może tak. Jeżeli dobrze zrozumiałem, co mi mówiłeś, sądzę, że powinienem przynajmniej na razie zatrzymać Pierścień i strzec go, nie dbając o szkody, jakie może mi wyrządzić.

– Jego wpływ, szkodliwy wpływ, będzie oddziaływał bardzo powoli, jeżeli zatrzymasz go w takiej intencji – rzekł Gandalf.

– Mam nadzieję – odparł Frodo. – Ale mam też nadzieję, że wkrótce znajdziesz jakiegoś odpowiedniejszego strażnika Pierścienia. Tymczasem jednak stanowię zagrożenie, jestem niebezpieczny dla całego otoczenia. Zatrzymując Pierścień, nie mogę pozostać tutaj. Powinienem opuścić ten dom i Shire, i wszystko...

powinienem stąd odejść! – Frodo westchnął. – Rad bym ocalić Shire, jeżeli zdołam... A przecież bywały dni, kiedy wszyscy jego mieszkańcy wydawali mi się nie do zniesienia głupi i tępi i myślałem, że przydałoby im się trzęsienie ziemi albo najazd smoków. Dzisiaj tak już nie myślę. Przeciwnie, mam uczucie, że dopóki ten kraj będzie za mną leżał bezpieczny i spokojny, łatwiej zniosę tułaczkę: ze świadomością, że istnieje gdzieś pewny grunt, nawet jeśli ja na nim nie mogę oprzeć stopy.

Oczywiście nieraz marzyłem o podróży, ale wyobrażałem ją sobie jako wakacje, jako łańcuch przygód, podobnych do przygód Bilba, a nawet jeszcze ciekawszych i kończących się szczęśliwie. To, co mnie teraz czeka, oznacza wygnanie, ucieczkę przed jednym niebezpieczeństwem w inne, nieodstępnie ciągnące za mną. Przypuszczam też, że muszę ruszyć w świat sam, jeśli mam wykonać zadanie i ocalić Shire. Ale czuję się bardzo mały, bardzo bezdomny i – co tu ukrywać! – zdesperowany. Nieprzyjaciel jest tak potężny i okrutny!

Nie przyznał się do tego Gandalfowi, lecz w miarę jak mówił, w sercu jego rozpalała się coraz gorętsza ochota pójścia w ślady Bilba, a może też odszukania go w świecie. Chęć ta była silniejsza nawet od strachu. Frodo omal nie wybiegł na gościniec tak jak stał, natychmiast, bez kapelusza – jak zrobił to Bilbo w podobny ranek przed wielu laty.

– Frodo kochany! – zawołał Gandalf. – Hobbici to doprawdy zdumiewające stworzenia, co zresztą zawsze mówiłem. Niby można w ciągu tygodnia poznać ich na wylot, a przecież po stu latach znajomości potrafią cię zaskoczyć niespodzianką nie do wiary! Nawet od ciebie nie spodziewałem się takiej odpowiedzi. Ale Bilbo nie omylił się w wyborze spadkobiercy, chociaż nie zdawał sobie sprawy, jak doniosłe okaże się to w skutkach. Obawiam się, że masz słuszność. Nie dałoby się dłużej utrzymać w tym kraju Pierścienia w sekrecie, więc zarówno dla twego dobra, jak dla dobra innych będziesz musiał stąd odejść, pozostawiając tu nazwisko Baggins. Nie byłoby bezpiecznie nosić je poza granicami Shire'u i w Dzikich Krajach. Daję ci nowe nazwisko na czas podróży. Ruszysz w świat jako pan Underhill.

Nie sądzę jednak, byś musiał podróżować samotnie. Możesz wziąć towarzysza, jeżeli znajdziesz wśród znajomych kogoś godnego zaufania, kogoś, kto zechce dotrzymać ci kompanii i kogo ty zechcesz pociągnąć za sobą w nieprzewidziane niebezpieczeństwa. Ale szukając towarzysza, bądź bardzo ostrożny w wyborze. Bądź ostrożny, zwierzając się bodaj najserdeczniejszemu przyjacielowi. Wróg ma wielu szpiegów i wiele sposobów, by podsłuchać twoje sekrety.

Nagle Gandalf urwał, jakby czegoś nasłuchując. Frodo uświadomił sobie, że w domu i w ogrodzie jest niezwykle cicho. Gandalf przyczaił się przy oknie. Znienacka jednym susem skoczył naprzód i długą ręką sięgnął na zewnątrz pod parapet. Rozległ się pisk i ukazała się kędzierzawa głowa Sama Gamgee, którego Czarodziej ciągnął w górę za ucho.

– Na moją brodę! – rzekł Gandalf. – A więc to Sam Gamgee? Coś ty tutaj robił?

– Słowo daję, panie Gandalfie! – odparł Sam. – Nic nie robiłem! Właśnie trawę przycinałem pod oknem, o, widzi pan! – I na dowód podniósł z ziemi nożyce.

– Nie – surowo rzekł Gandalf. – Od dłuższego już czasu nie słyszałem szczęku twoich nożyc. Od jak dawna strzygłeś uszami?

– Nie uszami, tylko trawę strzygłem, za przeproszeniem pańskim.

– Nie udawaj durnia. Mów, coś słyszał i dlaczego podsłuchiwałeś? – Oczy Gandalfa ciskały płomienie, brwi zjeżyły się jak szczotki.

– Panie Frodo! – krzyknął Sam, drżąc cały. – Niech mnie pan broni! Niech pan nie pozwoli, żeby on mnie przemienił w jakiego cudaka! Mój stary tatuś nie przeżyłby tego! Słowo daję, że nie miałem nic złego na myśli!

– Gandalf nie zrobi ci krzywdy – rzekł Frodo, z trudem powstrzymując się od śmiechu, jakkolwiek sam był też zaskoczony i trochę zbity z tropu. – Wie równie dobrze jak ja, że nie miałeś z pewnością złych zamiarów. Ale teraz uspokój się i odpowiadaj uczciwie na pytania.

– Ano, proszę pana – rzekł Sam, dygocąc z lekka – słyszałem różne rzeczy, których ani w ząb nie zrozumiałem, o jakimś nieprzyjacielu i o pierścieniach, i o panu Bilbo, i o smokach, i o górze ognistej, i... o elfach, proszę pana! A słuchałem dlatego, że nie mogłem się oderwać, pan chyba wie, jak to bywa. Okropnie lubię takie historie. I wierzę w nie święcie, niech sobie Ted gada, co chce. Najbardziej mi o tych elfów chodzi. Tak bym ich chciał zobaczyć! Czy nie mógłby mnie pan zabrać z sobą i poznajomić z elfami, panie Frodo?

Gandalf wybuchnął śmiechem.

– Chodź no tutaj! – krzyknął i chwyciwszy oburącz zdumionego Sama, wciągnął go przez okno razem z nożycami, źdźbłami obciętej trawy i całą osobą do pokoju i postawił na posadzce. – Zabrać cię do elfów, co? – rzekł, wpatrując się pilnie w oczy chłopaka, lecz już z uśmiechem na wargach. – Więc słyszałeś, że pan Frodo wybiera się w drogę?

– Tak, proszę pana. I dlatego się zachłysnąłem, a wtedy pan mnie usłyszał. Starałem się powstrzymać, ale wyrwało mi się, bo okropnie się zmartwiłem.

– Nie ma innej rady – ze smutkiem powiedział Frodo. Nagle uświadomił sobie, że ucieczka z Shire'u oznacza wiele bolesnych rozstań, a nie tylko pożegnanie z wygodnym własnym domem w Bag End. – Muszę iść w świat. Ale... – spojrzał uważnie na Sama – jeżeli naprawdę jesteś do mnie przywiązany, dotrzymasz sekretu. Rozumiesz? Bo inaczej – gdybyś chociaż słowo pisnął z tego, co tu podsłuchałeś – Gandalf pewnie by cię zmienił w nakrapianą ropuchę, a do ogrodu napuściłby mnóstwo węży.

Sam, drżąc, padł na kolana.

– Wstawaj! – rzekł Gandalf. – Wymyśliłem dla ciebie coś lepszego, coś, co ci zamknie usta, a zarazem ukarze cię za podsłuchiwanie. Pójdziesz razem z panem Frodem.

– Ja? Pójdę? – wrzasnął Sam i zaczął skakać jak pies, kiedy się go zaprasza na spacer. – Zobaczę elfów i wszystko! Hura!

I Sam rozpłakał się z radości.

# Rozdział 3

## *Trzech to już kompania*

– Powinieneś wyruszyć cichcem i powinieneś wyruszyć wkrótce – rzekł Gandalf. Minęło bowiem parę tygodni, a Frodo wcale nie objawiał gotowości do podróży.

– Wiem. Ale trudno spełnić jednocześnie oba te warunki – odparł Frodo. – Jeżeli zniknę jak Bilbo, wieść o tym rozniesie się w mgnieniu oka po całym kraju.

– Oczywiście, że nie możesz tak zniknąć – powiedział Gandalf. – To by wcale nie było dobrze. Powiedziałem: wkrótce, nie: natychmiast. Jeżeli nie możesz znaleźć jakiegoś sposobu, żeby się wymknąć po cichu, tak żeby nie zwrócić powszechnej uwagi, to lepiej już z dwojga złego odwlec trochę wyjazd. Ale nie marudź zbyt długo.

– Może by tak poczekać do jesieni albo do naszych urodzin? – spytał Frodo. – Myślę, że do tego czasu jakoś bym to mógł urządzić.

Prawdę mówiąc, teraz, gdy trzeba już było wprowadzić zamiar w czyn, Frodo z wielką niechęcią myślał o podróży. Bag End nigdy w ciągu tych wszystkich lat nie wydawało mu się tak miłą siedzibą, chciał też nacieszyć się w pełni ostatnim latem spędzonym w Shire. Wiedział, że z nadejściem jesieni bodaj połowa jego serca chętnie skłoni się do myśli o wędrówce, jak zwykle o tej porze roku. W duchu już postanowił sobie opuścić dom w dzień swoich pięćdziesiątych – a Bilba sto dwudziestych ósmych – urodzin. Ten dzień zdawał mu się najodpowiedniejszy do rozpoczęcia przygody i wstąpienia w ślady wuja. Myśl o odszukaniu Bilba zaprzątała go najżywiej i osładzała gorycz wyjazdu. O Pierścieniu i o tym, dokąd

Pierścień może go zaprowadzić, starał się myśleć jak najmniej. Nie wszystkie te myśli zwierzał Gandalfowi. Trudno byłoby powiedzieć, ile z nich Czarodziej odgadywał. Przyglądał się Frodowi z uśmiechem.

– Zgoda – rzekł. – Sądzę, że to dobry pomysł. Ale dłużej nie zwlekaj. Zaczynam się poważnie niepokoić. Tymczasem bądź ostrożny i nikomu ani słówkiem nie wspomnij, dokąd się wybierasz. Przypilnuj też, żeby Sam Gamgee nic nie wypapłał. Bo inaczej musiałbym go naprawdę zamienić w ropuchę.

– Choćbym chciał, nie mogę się wygadać, dokąd się wybieram – rzekł Frodo – bo sam, jak dotąd, nic pewnego nie wiem.

– Nie mów głupstw – odparł Gandalf. – Nie przestrzegam cię, żebyś nie zostawiał adresu w urzędzie pocztowym. Ale nikt nie powinien wiedzieć nawet tego, że opuszczasz Shire, dopóki nie będziesz daleko stąd. A wędrować, czy przynajmniej wyruszyć, musisz na północ, południe, zachód czy wschód, nikomu nie zdradzając celu podróży.

– Tak byłem pochłonięty myślą o rozstaniu z domem i o rozłące z przyjaciółmi, że nawet nie zastanawiałem się nad kierunkiem podróży – rzekł Frodo. – Dokąd bowiem mam iść? Czym się kierować? Czego właściwie szukać? Bilbo ruszał po skarb, wybierał się tam i z powrotem, ale ja mam skarb zgubić i wcale nie wracać; przynajmniej nie widzę tej możliwości przed sobą.

– Niezbyt daleko naprzód umiesz sięgnąć wzrokiem – powiedział Gandalf. – W tym przypadku zresztą ja też nie. Może sam będziesz musiał odnaleźć Szczeliny Zagłady, a może ktoś inny przejmie od ciebie to zadanie. Nie wiem. W każdym razie nie jesteś jeszcze gotów do tej dalekiej podróży.

– Nie jestem – potwierdził Frodo. – Ale jaki kierunek powinienem obrać na początek?

– Naprzeciw niebezpieczeństwu. Nie za pochopnie jednak i nie najprostszą drogą – odparł Czarodziej. – Jeżeli chcesz usłuchać mojej rady, idź do Rivendell. Podróż tam nie powinna być zbyt niebezpieczna, jakkolwiek droga jest teraz trudniejsza niż dawniej, a pod jesień pogorszy się jeszcze.

– Rivendell! – rzekł Frodo. – Doskonale! Ruszę więc na wschód i będę zdążał do Rivendell. Wezmę z sobą Sama w odwiedziny do elfów, chłopak oszaleje z radości.

Mówił to lekkim tonem, lecz serce drgnęło mu w piersi i zapragnął zobaczyć dom Elronda Półelfa, odetchnąć powietrzem tej głębokiej doliny, w której dotychczas mieszkało w spokoju mnóstwo elfów.

Pewnego letniego wieczora zdumiewająca wieść dotarła „Pod Bluszcz" i „Pod Zielonego Smoka". Zapomniano o olbrzymach i wszystkich złowieszczych znakach na pograniczu wobec sprawy o wiele donioślejszej: pan Frodo sprzedaje czy nawet już sprzedał Bag End. I to komu? Bagginsom z Sackville!

– Wziął ładny grosz – mówili jedni.

– Za bezcen oddał – powiadali inni. – Jakżeby inaczej, skoro to pani Lobelia dobijała targu. (Otho zmarł jakiś czas przedtem, w dojrzałym, lecz niezbyt sędziwym wieku stu dwóch lat).

Jeszcze więcej niż o cenie rozprawiano o przyczynach, które mogły skłonić pana Froda do sprzedaży pięknej norki. Ten i ów – opierając się na pewnych napomknieniach i minach pana Bagginsa – twierdził, że Frodo wyczerpał zasoby pieniężne; opuszczał Hobbiton, żeby osiąść w Bucklandzie wśród swoich krewnych Brandybucków i żyć odtąd skromnie z sumy uzyskanej za Bag End.

– Byle jak najdalej od Bagginsów z Sackville – dodawali niektórzy.

Lecz przekonanie o niewyczerpanych bogactwach Bagginsów z Bag End tak było zakorzenione, że większość nie mogła uwierzyć w taki powód decyzji Froda i snuła inne, mniej lub bardziej nieprawdopodobne domysły z własnej fantazji; przeważnie dopatrywano się jakiejś tajemnej i niewykrytej dotychczas intrygi Gandalfa. Jakkolwiek Czarodziej siedział cicho i nie wychodził za dnia z domu – wszyscy wiedzieli, że „przyczaił się w Bag End". Ale czy ta przeprowadzka naprawdę dogadzała zamiarom Czarodzieja, czy nie, jedno było pewne: Frodo Baggins postanowił wrócić do Bucklandu.

– Tak, wyprowadzam się tej jesieni – mówił. – Merry Brandybuck szuka tam dla mnie jakiejś przyjemnej norki albo domku.

Rzeczywiście, za pośrednictwem przyjaciela już wybrał i kupił siedzibę Ustroń, opodal Bucklebury. Wszystkim z wyjątkiem Sama opowiedział, że zamierza tam osiedlić się na stałe. Wpadł na ten pomysł już po decyzji wyruszenia na wschód, Buckland bowiem leżał na wschodnim pograniczu Shire'u, a że Frodo tam właśnie spędził dzieciństwo, zapowiedź powrotu w rodzinne okolice brzmiała przynajmniej wiarygodnie.

Gandalf przebywał w Shire dwa miesiące z górą. Wreszcie pewnego wieczoru pod koniec czerwca, wkrótce po ostatecznym ustaleniu planów Froda, Czarodziej niespodzianie oznajmił, że nazajutrz znów rusza w świat.

– Mam nadzieję, że nie na długo – rzekł. – Idę jednak aż na południową granicę zasięgnąć języka, o ile to się okaże możliwe. Już i tak za długo próżnowałem.

Czarodziej mówił to lekko, Frodowi jednak wydał się niespokojny.

– Czy coś się stało? – zapytał.

– Właściwie nic, ale doszły mnie pewne słuchy, trochę niepokojące i wymagające sprawdzenia. Gdybym doszedł do wniosku, że wskazane jest, byś stąd odszedł niezwłocznie, wrócę sam albo w najgorszym wypadku przyślę ci słówko. Na razie trzymaj się ułożonego planu, lecz postępuj jeszcze ostrożniej niż dotychczas, szczególnie z Pierścieniem. Raz jeszcze powtarzam ci, pamiętaj: nie używaj go!

Ruszył w drogę o świcie.

– Wrócę lada dzień – powiedział. – A najpóźniej – na pożegnalne przyjęcie urodzinowe. Biorąc wszystko pod uwagę, sądzę, że na szlaku będzie ci potrzebne moje towarzystwo.

Początkowo Frodo bardzo był zaniepokojony i często rozmyślał, co też za słuchy mogły dojść do Gandalfa; z czasem jednak niepokój stępiał, a że pogoda była piękna, hobbit na razie odsunął od siebie troski. Rzadko Shire zaznawał równie pogodnego lata i równie urodzajnej jesieni; drzewa uginały się od jabłek, miód przelewał się z plastrów, zboża wyrosły bujnie i kłosy miały ciężkie.

Jesień była już w pełni, zanim Frodo znowu zaczął się niepokoić o Gandalfa. Wrzesień mijał, a Czarodziej nie dawał znaku życia. Dzień urodzin i wyprowadzki zbliżał się, ale Gandalf ani się nie zjawił, ani nie przysyłał wieści. W Bag End zapanował ruch. Do pomocy w pakowaniu rzeczy przybyło kilku przyjaciół Froda: Fredegar Bolger i Folko Boffin, no i oczywiście najserdeczniejsi druhowie, Pippin Tuk i Merry Brandybuck. Kompania ta przewracała po prostu dom do góry nogami.

Dwudziestego września drogą przez most na Brandywinie odjechały w stronę Bucklandu dwa kryte wozy załadowane meblami i rzeczami, których Frodo nie sprzedał wraz z Bag End. Nazajutrz Frodo, nie na żarty już zaniepokojony, przez cały dzień wypatrywał Gandalfa. W czwartek poranek wstał piękny i pogodny, jak ongi w dzień wielkiej urodzinowej zabawy Bilba. Gandalf jednak się nie zjawił. Wieczorem Frodo wydał ucztę pożegnalną, bardzo zresztą skromną, bo do stołu siadło prócz gospodarza jedynie czterech jego pomocników. Frodo wszakże był zatroskany i nie w humorze. Ciążyła mu na sercu myśl, że już wkrótce będzie musiał rozstać się z młodymi przyjaciółmi. Zastanawiał się też, jak im o tym powiedzieć.

Ale czterej hobbici kipieli werwą, toteż po chwili mimo nieobecności Gandalfa wesoły nastrój ogarnął całe towarzystwo. Jadalnia była ogołocona z mebli, został w niej tylko stół i krzesła, lecz kolację podano wyśmienitą, a wina najprzedniejsze, bo Frodo wyłączył swoją piwniczkę z inwentarza rzeczy odstępowanych Bagginsom z Sackville.

– Nie wiem, co się stanie z resztą mojego dobytku, kiedy wpadnie w łapy nowych gospodarzy, ale dla wina znalazłem lepszy schowek – rzekł Frodo, wysączając do dna kieliszek. Była to ostatnia kropla wina ze starych winnic.

Prześpiewali mnóstwo pieśni, nagadali się o wszystkich wspólnych wspomnieniach, a wreszcie wypili zdrowie Bilba, święcąc urodziny wuja razem z urodzinami siostrzeńca wedle przestrzeganego przez Froda zwyczaju. Potem, nim się pokładli do łóżek, wyszli przed norkę odetchnąć świeżym powietrzem i spojrzeć na gwiazdy. Pożegnalna uczta Froda była zakończona, a Gandalf nie przybył.

Nazajutrz ranek przeszedł im na ładowaniu jeszcze jednego wozu resztkami manatków. Zaopiekował się nim Merry i pojechał na wozie wraz z Grubasem, czyli Fredegarem Bolgerem.

– Ktoś musi przygotować nowy dom na twoje przyjęcie – rzekł Merry. – No, do prędkiego zobaczenia pojutrze, jeśli nie zamarudzicie w drodze!

Folko po lunchu wrócił do swego domu, lecz Pippin został. Frodo, niespokojny i niepewny, daremnie nadstawiał ucha, czy nie usłyszy pukania Gandalfa. Postanowił czekać do zmierzchu. Gandalf, jeśliby się zjawił po jego odejściu, a chciał go pilnie widzieć, mógł dopędzić podróżnych w Ustroni, a nawet ich wyprzedzić. Frodo bowiem wyruszał pieszo. Zamierzał dla przyjemności, a bardziej niż z innych powodów dlatego, że chciał raz jeszcze przyjrzeć się dobrze krajowi – wędrować z Hobbitonu do granic Bucklebury bez pośpiechu.

– Będzie to dla mnie zarazem niezła gimnastyka – rzekł, przeglądając się w zakurzonym lustrze na ścianie opustoszałego holu. Od dawna nie uprawiał dalszych marszów i wydał się sobie nieco skapcaniały.

Po lunchu, ku wielkiemu niezadowoleniu Froda, zjawiła się Lobelia w towarzystwie swego płowowłosego syna Lotha.

– Nareszcie to wszystko jest nasze! – powiedziała Lobelia, wkraczając do norki. Nie było to grzeczne odezwanie się, a ponadto, ściśle mówiąc, niezupełnie zgodne z prawdą, bo umowa wchodziła w życie dopiero z wybiciem północy. Lobelia zasługiwała jednak na pewną pobłażliwość, musiała przecież czekać na objęcie Bag End o siedemdziesiąt siedem lat dłużej, niż sobie początkowo obiecywała, i tymczasem dożyła setki. Jakkolwiek bądź, przyszła teraz dopilnować, czy nic z tego, za co zapłaciła, nie wyniesiono z norki, i zażądała kluczy. Nieprędko dała się zaspokoić, przyniosła bowiem dokładny spis nabytych rzeczy i sprawdzała pozycję po pozycji. W końcu odeszła ze swoim Lothem, z zapasowym kluczem oraz z obietnicą, że Frodo zostawi dla niej drugi klucz u Dziadunia Gamgee. Krzywiła się co prawda na to, niedwuznacznie dając do zrozumienia, że nie jest wcale pewna, czy Gamgee do rana nie spłądruje norki. Frodo nie poczęstował Lobelii nawet filiżanką herbaty.

Zjadł podwieczorek w towarzystwie Pippina i Sama Gamgee w kuchni. Oficjalnie ogłoszono, że Sam udaje się do Bucklandu, żeby nadal usługiwać panu Frodowi i zajmować się jego ogródkiem; Dziadunio Gamgee poparł ten projekt, nic wszakże nie mogło go pocieszyć w strapieniu, o jakie przyprawiała go myśl o sąsiadowaniu odtąd z Lobelią.

– Ostatni nasz posiłek w Bag End! – rzekł Frodo, wstając od stołu. Zmywanie pozostawili Lobelii. Pippin i Sam ścisnęli rzemieniami trzy podróżne worki i ustawili je na ganku. Potem Pippin po raz ostatni wyszedł na spacer do ogrodu. Sam zniknął.

Słońce zachodziło. Norka wydawała się smutna, ponura, zaniedbana. Frodo krążył po znajomych pokojach, patrząc, jak blask słoneczny przygasa na ścianach, a cienie wypełzają z kątów. Zrobiło się ciemno. Frodo wyszedł na dwór aż do furtki na końcu ścieżki, a potem kilka kroków drogą w dół Pagórka. Jeszcze się łudził, że może zobaczy Gandalfa wspinającego się w mroku pod górę. Niebo było pogodne, gwiazdy rozbłyskiwały jasno.

– Noc zapowiada się pięknie – powiedział Frodo głośno. – To dobry początek. Mam ochotę już wreszcie wyruszyć. Uprzykrzyło mi się czekanie. Pójdę, a Gandalf niech mnie goni.

Zawrócił, ale natychmiast stanął w miejscu, bo zza zakrętu, od zaułka Bagshot, doszły go jakieś głosy. Jeden z nich należał niewątpliwie do Dziadunia Gamgee, drugi był obcy i nieprzyjemny. Słów nieznajomego Frodo nie rozróżniał, lecz odpowiedzi Dziadunia, trochę krzykliwe, słyszał dobrze. Hamfast Gamgee zdawał się rozdrażniony.

– Nie, pana Bagginsa nie ma w domu. Dzisiaj rano wyruszył w drogę, a mój Sam z nim razem, w każdym razie wywieźli wszystkie rzeczy. Tak, sprzedał gospodarstwo i wyprowadził się, jużem mówił. Dlaczego? To już nie moja sprawa i nie wasza. Dokąd? Owszem, wiem, to nie sekret. Do Bucklebury czy gdzieś w tamte okolice. Tak, tak, szmat drogi. Nigdy nie byłem tak daleko. W Bucklandzie zresztą sami dziwacy mieszkają. Nie, żadnej wiadomości dla nikogo u mnie nie zostawił. Dobranoc!

Kroki zadudniły po stoku Pagórka. Frodo zdziwił się trochę, że odczuł taką ulgę w sercu, stwierdzając, że oddalały się zamiast zbliżać do jego norki. „Pewnie dlatego, że uprzykrzyły mi się już pytania i dociekania na temat moich poczynań – pomyślał. – Ileż to wścibstwa na świecie!" Przyszło mu do głowy, że może warto spytać Dziadunia, z kim rozmawiał, ale – na swoje szczęście czy może nieszczęście – rozmyślił się i szybko wrócił do Bag End.

Pippin siedział pod gankiem na swoim worku. Sama nie było. Frodo przestąpił próg norki i krzyknął w ciemność: – Sam! Już czas w drogę!

– Lecę, lecę, proszę pana! – odpowiedział z głębi norki głos Sama, a w chwilę później ukazał się hobbit, ocierając dłonią usta. Żegnał się z baryłką piwa w piwnicy.

– Zaopatrzyłeś się, co? – spytał Frodo.
– Tak, proszę pana. Na jakiś czas wystarczy.

Frodo zamknął i zaryglował okrągłe drzwiczki, oddał klucz Samowi.

– Skocz no i odnieś to ojcu, Samie – rzekł. – Potem biegnij na przełaj, żebyśmy na ciebie nie czekali u furtki na końcu ścieżki za łąkami. Nie będziemy teraz nocą szli przez miasteczko. Za wiele ciekawych oczu i uszu.

Sam puścił się pędem do ojcowskiego domu.

– No, wreszcie ruszamy! – rzekł Frodo. Zarzucili worki na plecy, wzięli do rąk laski i obeszli od zachodu Bag End.

– Żegnaj! – powiedział Frodo, spoglądając w ciemne, puste okna. Podniósł rękę, a potem odwrócił się (zupełnie jak kiedyś Bilbo, lecz tego Frodo nie wiedział) i pospieszył za Peregrinem ścieżką w dół przez ogród. Przeskoczyli żywopłot w miejscu, gdzie był najniższy, i jak powiew wiatru w trawach weszli w noc.

U stóp Pagórka od zachodniego stoku znaleźli furtkę prowadzącą na wąską dróżkę. Tu zatrzymali się i przyciągnęli rzemienie u worków. Zaraz też biegiem zjawił się zasapany Sam; ciężką pakę niósł przytroczoną wysoko na plecach, a na głowie miał wysoki bezkształtny filcowy worek, który nazywał kapeluszem. W mroku wyglądał zupełnie jak krasnolud.

– Jestem pewien, że najcięższe rzeczy wpakowaliście do mojego worka – powiedział Frodo. – Współczuję ślimakom i wszelkim stworzeniom, które dźwigają swoje domy na własnych grzbietach.

– Ja bym mógł nieść więcej rzeczy, proszę pana. Mój worek jest zupełnie lekki – oświadczył Sam mężnie, choć zgoła niewiarygodnie.

– Nic od niego nie bierz, Samie – rzekł Pippin. – Dobrze mu tak! Niesie tylko to, co kazał zapakować. Rozleniwił się ostatnimi czasy, ale będzie mu wkrótce lżej, jak straci w marszu coś niecoś z własnej wagi.

– Zlituj się nad biednym starym hobbitem! – zaśmiał się Frodo. – Z pewnością będę wiotki jak wierzbowa gałązka, nim dotrzemy do Bucklandu. Żartowałem oczywiście. Podejrzewam, że Sam wziął na siebie o wiele więcej, niżby mu sprawiedliwie powinno przypaść w udziale. Zrobimy z tym porządek na najbliższym popasie. – Ujął w garść laskę. – No, skoro lubimy nocne przechadzki – powiedział – przemaszerujemy kilka mil przed snem.

Szli najpierw na zachód dróżką, lecz wkrótce ją opuścili i skręcili w lewo na pola. Sunęli gęsiego wzdłuż żywopłotów, skrajem zagajników, a noc otulała ich swoim mrokiem. W ciemnych płaszczach stali się tak niewidzialni, jakby wszyscy mieli czarodziejskie pierścienie. Byli hobbitami, a w dodatku starali się iść cicho, więc nawet hobbit nie słyszałby ich kroków, a zwierzęta polne i leśne zaledwie dostrzegały, że ktoś przeszedł obok.

Po jakimś czasie przeprawili się przez Wodę po wąskiej kładce na zachód od Hobbitonu. Struga ciekła tutaj krętą czarną wstążką między pochylonymi olchami. O milę czy dwie dalej na południe pospiesznie przecięli gościniec biegnący przez most na Brandywinie; znaleźli się więc w Tuklandzie i kierując kroki na południo-wschód, zaczęli wspinać się na Zielone Wzgórza. Stąd widzieli miasteczko mrugające światłami w łagodnej dolinie Wody. Wkrótce jednak wśród falistego, okrytego mrokiem terenu zniknął Hobbiton, a potem z kolei osiedle Nad Wodą, rozciągnięte wzdłuż szarego stawu. Kiedy światło ostatniej zagrody zostało daleko za nimi, migocąc wśród drzew, Frodo obejrzał się i ręką zrobił gest pożegnania.

– Chciałbym wiedzieć, czy jeszcze kiedyś w życiu zobaczę tę dolinę – powiedział cicho.

Po trzech godzinach marszu zatrzymali się na odpoczynek. Noc była jasna, chłodna, wygwieżdżona, lecz od strumieni i niskich łąk pasma szarej jak dym mgły pełzły na zbocza wzgórz. Przezroczyste korony brzóz, kołysane lekkim powiewem, rysowały nad głowami wędrowców czarną sieć na tle bladego nieba. Zjedli lekką (jak na hobbitów) kolację i ruszyli dalej. Wkrótce trafili na wąską drogę, która rozwijała się faliście to w górę, to w dół i ginęła w ciemnej dali przed nimi: była to droga do Leśnego Dworu i promu w Bucklebury. Odbiegała w górę od głównego gościńca doliny i wijąc się po zboczach Zielonych Wzgórz, prowadziła do dzikiego Leśnego Zakątka Wschodniej Ćwiartki Shire'u.

Po chwili zanurzyli się w głęboki parów między ścianami smukłych drzew, które w ciemnościach szeleściły suchymi liśćmi. Z początku gawędzili albo chórem nucili cichutko jakąś melodię, znaleźli się bowiem wreszcie z dala od ciekawych uszu. Później maszerowali w milczeniu, a Pippin zaczął odstawać od towarzyszy. W końcu, gdy wspinali się na strome zbocze, zatrzymał się i ziewnął.

– Taki jestem senny – powiedział – że chyba przewrócę się na środku drogi. Czy zamierzacie spać w marszu? Już blisko północ.

– Zdawało mi się, że lubisz nocne spacery – rzekł Frodo. – Ale nie ma po co się zbytnio spieszyć. Merry spodziewa się nas dopiero pojutrze, mamy więc niemal dwa dni rezerwy. Zrobimy popas w najbliższym dogodnym miejscu.

– Wiatr wieje od zachodu – powiedział Sam. – Po tamtej stronie wzgórza będzie zacisznie i dość przytulnie. Jeżeli pamięć mnie nie zawodzi, jest przed nami suchy bór sosnowy.

Sam w promieniu dwudziestu mil wokół Hobbitonu dobrze znał okolicę, na tym wszakże kończyła się jego wiedza geograficzna.

Przekroczywszy szczyt pagórka, zaraz weszli w sosnowy las. Zboczyli ze ścieżki, zanurzyli się między drzewa w głąb pachnących żywicą ciemności i nazbierali suszu oraz szyszek na ognisko. Wkrótce płomień trzaskał wesoło u stóp starej sosny, a trzej podróżni siedzieli przy nim chwilę, póki głowy nie zaczęły im opadać sennie na piersi. Wówczas zawinęli się w płaszcze i koce, ułożyli – każdy w wybranym zagłębieniu między potężnymi korzeniami drzewa – i niemal natychmiast zasnęli. Warty nie wystawiali; nawet Frodo nie obawiał się niczego tutaj, w samym sercu Shire'u. Kiedy ognisko zagasło, zbliżyło się do nich kilka zwierząt leśnych. Lis, spieszący lasem w jakichś sobie tylko wiadomych sprawach, przystanął na parę minut, węsząc. „Hobbici! – pomyślał. – Świat się kończy! Słyszałem, że dziwne rzeczy dzieją się w tym kraju, ale pierwszy raz w życiu widzę, żeby hobbit nocował pod gołym niebem u stóp drzewa. Nawet trzech hobbitów! To jest coś nadzwyczajnego!" Lis miał słuszność; nigdy jednak nie dowiedział się czegoś więcej o tym zagadkowym przypadku.

Ranek wstał blady i mglisty. Frodo zbudził się pierwszy i stwierdził, że korzeń sosny wygniótł mu dziurę w plecach i że kark mu zesztywniał boleśnie. „Spacerek dla przyjemności! Czemuż nie pojechałem wozem? – pomyślał, jak zwykle na początku każdej wycieczki. – I wszystkie moje piękne puchowe piernaty sprzedałem Bagginsom z Sackville! W sam raz dogodziłyby im korzenie sosny!"

Przeciągnął się i zawołał: – Wstawajcie, hobbici! Mamy wspaniały poranek!

– Co w nim widzisz wspaniałego? – spytał Pippin, otwierając jedno oko i zerkając spod koca. – Sam! Śniadanie na pół do dziesiątej, proszę! Czy woda na kąpiel już gorąca?

Sam zerwał się mocno zaspany.

– Nie, proszę pana! Jeszcze nie.

Frodo ściągnął z Pippina koc i zwinął go, a potem wyszedł na skraj lasu. Daleko na wschodzie słońce podnosiło się czerwone z mgieł zalegających gęsto świat. Drzewa, mieniące się karminem i złotem, jakby odcięte od korzeni, płynęły w morzu mgły. Trochę niżej, po lewej ręce Froda, droga opadała stromo w dół i znikała w parowie.

Gdy wrócił, Sam i Pippin już rozpalili ognisko.

– Woda! – krzyknął Pippin. – Gdzie jest woda?

– Nie noszę jej w kieszeniach – odparł Frodo.

– Myśleliśmy, że poszedłeś szukać źródła – rzekł Pippin, krzątając się koło zapasów i wyciągając kubki. – Skocz no chociaż teraz.

– Chodźcie razem ze mną – powiedział Frodo – i weźcie wszystkie manierki.

U stóp wzgórza płynął strumień. Napełnili manierki, a także polowy kociołek pod małym wodospadem, gdzie woda bryzgała z wysokości kilku stóp na próg z szarego kamienia. Zimna była jak lód; hobbici otrząsali się i parskali, myjąc w niej twarze i ręce.

Nim zjedli śniadanie i zwinęli bagaże, minęła godzina dziesiąta; rozpogodziło się i pocieplało, zbiegli ze zbocza, przeprawili się na drugi brzeg potoku w miejscu, gdzie przepływał pod drogą, potem wspięli się na następny stok, w górę, w dół, na drugi łańcuch wzgórz. Płaszcze, koce, woda, prowiant i wszystek sprzęt znowu zaciążyły im nieznośnie na grzbietach.

Marsz zapowiadał się uciążliwy, dzień upalny. Po kilku wszakże milach droga przestała skakać to w górę, to w dół; wspięła się bardzo krętymi zakosami na stromy wał i stąd już ostatni raz miała ich sprowadzić w dolinę. Otworzył się przed nimi widok na rozległą nizinę usianą kępami drzew i ginącą w oddali w brunatnej leśnej mgle. Ponad Leśnym Zakątkiem spoglądali ku Brandywinie. Gościniec rozwijał się jak sznurek z kłębka.

– Droga biegnie bez końca – rzekł Pippin – ale ja nie mogę biec bez odpoczynku. Pora na lunch.

Siadł na wale opodal drogi i patrzył ku wschodowi na mglisty widnokrąg, za którym kryła się rzeka i granica Shire'u, kraju, gdzie spędził całe dotychczasowe życie. Sam stał przy nim. Szeroko otwierał krągłe oczy – wypatrywał nowego horyzontu za nieznajomą krainą.

– Czy w tych lasach mieszkają elfy? – spytał.

– O ile mi wiadomo, nie – odparł Pippin.

Frodo milczał. On także patrzał na wschód i na drogę, jakby ją widział po raz pierwszy. Nagle przemówił głośno, lecz jak gdyby do siebie. Recytował z wolna:

> A droga wiedzie w przód i w przód,
> Choć się zaczęła tuż za progiem –
> I w dal przede mną mknie na wschód,
> A ja wciąż za nią – tak, jak mogę...
> Znużone stopy depczą szlak –
> Aż w szerszą się rozpłynie drogę,
> Gdzie strumień licznych dróg już wpadł...
> A potem dokąd? – rzec nie mogę. [1]

– To coś, jakby wiersze starego Bilba – rzekł Pippin. – Czy może to twoja własna przeróbka? Nie brzmi to zbyt zachęcająco.

– Nie wiem – powiedział Frodo. – Zdawało mi się, że sam w tej chwili układam te wiersze, ale może je słyszałem dawno temu. Z pewnością przypominają mi żywo Bilba z ostatnich lat przed jego zniknięciem. Mawiał często, że jest tylko jedna jedyna droga i że jest jak wielka rzeka: źródło tryska spod każdych drzwi, a każda ścieżka stanowi jej dopływ. „Niebezpiecznie wychodzić za własny próg, mój Frodo! – powiadał nieraz. – Trafisz na gościniec i jeżeli nie powstrzymasz swoich nóg, ani się spostrzeżesz, kiedy cię poniosą. Czy zdajesz sobie sprawę, że to jest ta sama ścieżka, która biegnie przez Mroczną Puszczę, i że jeśli jej pozwolisz, może cię zaprowadzić aż pod Samotną Górę albo nawet dalej i w gorsze jeszcze miejsce?" Miał na myśli dróżkę zaczynającą się od drzwi w Bag End, a zwykle mówił o tym po powrocie z dalekiej przechadzki.

---

[1] Przełożył Włodzimierz Lewik.

– No, mnie gościniec nie porwie, przynajmniej nie wcześniej niż za godzinę – rzekł Pippin, zsuwając worek z pleców. Towarzysze poszli za jego przykładem, oparli bagaże o wał i siedli z nogami wyciągniętymi na drogę. Po odpoczynku zjedli sute drugie śniadanie, a po śniadaniu znowu pozwolili sobie na odpoczynek.

Słońce się zniżyło i blask zachodu rozlał się nad krajem, nim zeszli ze wzgórza. Dotychczas nie spotkali po drodze żywej duszy. Szlak był mało uczęszczany, bo nie nadawał się dla wozów, a zresztą mało kto miał interes do Leśnego Zakątka. Wlekli się jeszcze godzinę, a nawet dłużej, gdy nagle Sam przystanął, nadsłuchując. Byli teraz na równinie i droga, po wielu skrętach, słała się dalej prosto wśród łąk, na których tu i ówdzie wystrzelały smukłe drzewa, forpoczty bliskich już lasów.

– Słychać za nami tętent kuca albo konia – rzekł Sam.

Obejrzeli się, lecz zakręt przesłaniał dalszy widok.

– Może to Gandalf nas goni? – powiedział Frodo, ale bez przekonania; nagle coś go tknęło, żeby się ukryć przed oczyma tego nadciągającego za nimi jeźdźca.

– Pewnie przesadzam – rzekł, jakby się usprawiedliwiając – wolałbym jednak nie pokazywać się tutaj na drodze nikomu. Znudziło mnie się to ciągłe obserwowanie i roztrząsanie każdego mojego kroku. A jeśli to jest Gandalf – dodał na wszelki wypadek – zrobimy mu niespodziankę, żeby odpłacić za spóźnienie. Schowajmy się teraz!

Sam i Pippin szybko skoczyli w lewo i przypadli w małej jamce opodal drogi. Przywarli płasko do ziemi. Frodo wahał się przez sekundę: chęć ukrycia się walczyła w jego sercu z ciekawością czy może jeszcze jakimś innym uczuciem. Tętent kopyt zbliżał się szybko. W ostatniej chwili Frodo rzucił się w gęstą kępę trawy za drzewem ocieniającym drogę. Uniósł trochę głowę i ostrożnie wyglądał zza ogromnego korzenia.

Od zakrętu na drodze ukazał się kary koń, nie hobbicki kuc, lecz rosły wierzchowiec; na nim, jak gdyby skulony w siodle, siedział duży mężczyzna, spowity w suty czarny płaszcz z kapturem, tak że tylko buty, wsunięte w strzemiona, wyglądały spod fałd. Twarzy w cieniu kaptura nie można było dostrzec.

Gdy dojechał do drzewa, za którym krył się Frodo, koń stanął w miejscu. Postać w siodle siedziała zupełnie nieruchomo, pochyliwszy głowę; wydawało się, że nadsłuchuje. Spod kaptura dobył się szmer, jakby jeździec węszył usilnie jakąś nieuchwytną woń; obracał przy tym głową to w jedną, to w drugą stronę.

Nagły ślepy strach zdjął Froda. Wspomniał o Pierścieniu. Ledwie śmiał oddychać, ale pokusa, by wydobyć Pierścień z kieszeni, ogarnęła go z taką siłą, że zaczął przesuwać z wolna rękę. Czuł, że byle wsunął Pierścień na palec – będzie bezpieczny. Rada Gandalfa wydawała się niedorzeczna. Bilbo przecież używał Pierścienia. „Jestem jeszcze w Shire" – pomyślał Frodo, gdy dłoń jego dotknęła łańcuszka, na którym był umocowany Pierścień. W tym momencie jeździec wyprostował się w siodle i potrząsnął wodzami. Koń ruszył naprzód, z początku stępa, potem żwawym kłusem.

Frodo wyczołgał się na skraj drogi i patrzył za jeźdźcem, póki nie zniknął w oddali. Nie był pewny, lecz wydało mu się, że koń skręcił ze szlaku w prawo, między drzewa.

– Bardzo to dziwne i wręcz niepokojące – rzekł Frodo sam do siebie, idąc po towarzyszy. Pippin i Sam przez cały czas leżeli z głowami zanurzonymi w trawie i nic nie widzieli. Frodo więc opisał im jeźdźca i opowiedział o jego niezwykłym zachowaniu.

– Nie umiem wytłumaczyć dlaczego, ale byłem przekonany, że wypatrywał, a raczej węszył mnie. Nie miałem też wątpliwości co do tego, że nie chcę być przez niego dostrzeżony. Nigdy jeszcze w Shire nie widziałem ani nie odczułem nic podobnego.

– Ale po cóż by się któryś z Dużych Ludzi mieszał w nasze sprawy? – spytał Pippin. – I co w ogóle robi w naszych stronach?

– Kręcą się tutaj ludzie – rzekł Frodo. – W Południowej Ćwiartce, o ile mi wiadomo, doszło do pewnych zatargów z nimi. Ale o jeźdźcach takich jak ten w życiu nie słyszałem. Ciekaw jestem, skąd on się tu wziął.

– Z przeproszeniem pańskim – wtrącił się niespodzianie Sam – ja wiem skąd. Przyjechał z Hobbitonu, chyba że ich jest kilku. Wiem także, dokąd on jedzie.

– Co to znaczy? – ostro spytał Frodo, patrząc ze zdumieniem na Sama. – Dlaczego wcześniej nic o tym nie mówiłeś?

– Dopiero teraz sobie wszystko przypomniałem, proszę pana. To było tak: wczoraj wieczorem, kiedy przybiegłem z kluczem do naszej norki, ojciec mi powiedział te słowa: „Toś ty tutaj, Sam? Myślałem, że wyjechałeś rano z panem Frodem. Jakiś obcy człowiek pytał mnie o pana Bagginsa z Bag End. Dopiero co odszedł. Odesłałem go do Bucklebury. Prawdę rzekłszy, nie podobał mi się ów gość. Bardzo się zeźlił, kiedym mu powiedział, że pan Baggins już na dobre się wyprowadził ze swojego starego domu. Syknął, aż mnie dreszcz przeszedł". „Co to był za jeden?" – spytałem Dziadunia. „Nic nie wiem – powiada – ale że nie hobbit, to pewne. Wysoki, czarny, z góry na mnie patrzył. Coś mi się widzi, że to któryś z Dużych Ludzi, zza granicy. Mówił też jakoś śmiesznie". Więcej nie pytałem, proszę pana, spieszyłem się, bo panowie na mnie czekali. Zresztą nie przejąłem się wcale. Ojciec starzeje się, niedowidzi, a musiało już być dość ciemno, kiedy ten gość przyszedł na Pagórek i spotkał mojego staruszka, jak wyszedł odetchnąć trochę przed dom. Mam nadzieję, że ojciec... i ja... nie napytaliśmy panu jakiejś biedy.

– W każdym razie do Dziadunia nie mogę mieć pretensji – rzekł Frodo. – Prawdę mówiąc, słyszałem, jak rozmawiał z jakimś nieznajomym, który o mnie się dopytywał, i o mały włos nie podszedłem, żeby dowiedzieć się, co to za jeden. Szkoda, że tego wówczas nie zrobiłem, i szkoda, żeś mi ty, Samie, wcześniej o tym zdarzeniu nie wspomniał. Byłbym może ostrożniejszy na tej drodze.

– Ale możliwe też, że ten jeździec nie ma nic wspólnego z nieznajomym, który nagabywał Dziadunia – powiedział Pippin. – Opuściliśmy Hobbiton ukradkiem; nie wyobrażam sobie, jakim sposobem mógłby trafić na nasz ślad.

– Może węchem, proszę pana – rzekł Sam. – Ojciec mówił, że ten nieznajomy był cały czarny.

– Szkoda, że nie czekałem na Gandalfa – mruknął Frodo. – No, ale kto wie, czy to nie pogorszyłoby jeszcze sprawy?

– A więc coś wiesz, a przynajmniej czegoś się domyślasz o tym jeźdźcu? – spytał Pippin, który dosłyszał wyszeptane słowa.

– Nie wiem i wolałbym się nie domyślać – odparł Frodo.

– Dobrze, kuzynie. Zachowaj chwilowo sekret przy sobie, skoro lubisz tajemnice. Ale co teraz poczniemy? Chętnie bym coś przegryzł, zdaje mi się jednak, że powinniśmy wynieść się stąd co prędzej. Twoja opowieść o jeźdźcu, który węszy, chociaż nosa mu nie widać, mocno mnie zaniepokoiła.

– Tak, ja też myślę, że trzeba ruszyć zaraz – rzekł Frodo – ale nie pójdziemy już gościńcem, bo jeździec mógłby zawrócić albo mógłby nadjechać drugi. Trzeba dziś jeszcze zrobić porządny skok naprzód. Do Bucklandu zostało nam ładnych kilka mil.

Cienie drzew leżały długie i smukłe na trawie, gdy ruszali znowu. Trzymali się teraz o rzut kamieniem od gościńca, po jego lewej stronie, starając się iść tak, by nikt z drogi nie mógł ich dostrzec. To wszakże utrudniało marsz, bo trawa była gęsta i splątana, grunt wyboisty, a drzewa coraz częściej zbijały się w gąszcz.

Za ich plecami słońce zaszło za wzgórza, wieczór nadciągnął, nim dotarli do końca długiej równiny, przez którą droga biegła prosto. W tym miejscu gościniec skręcał nieco w lewo i zbiegał ku nisko położonym terenom Yale, kierując się dalej w stronę Słupków. Jednakże odchodził tu również szlak w prawo, który, wijąc się przez las starych dębów, zmierzał do Leśnego Dworu.

W pobliżu rozwidlenia natknęli się na ogromny zwalony pień, żywy jeszcze, bo liście nie zwiędły na pędach, które puściły się z połamanych gałęzi. Pień jednak spróchniał i był pusty w środku; olbrzymia dziupla otwierała się na stronę niewidoczną z gościńca. Hobbici wczołgali się do środka i siedli na podściółce z zeschłych liści i próchna. Tu odpoczęli i zjedli lekką kolację, gawędząc z cicha i od czasu do czasu nadstawiając uszu.

– Pójdziemy tędy – powiedział Frodo. Gdy podkradli się znów ku drodze, otaczał ich już półmrok. Zachodni wiatr wzdychał wśród gałęzi, liście szeptały. Wkrótce drogę zaczął łagodnie, lecz wytrwale ogarniać zmierzch. Na ciemniejącym wschodzie, nad drzewami, wzeszła pierwsza gwiazda. Maszerowali w szeregu, noga w nogę, żeby dodać sobie ducha. Po jakimś czasie, kiedy gwiazdy rozmnożyły się i jaśniej rozbłysły na niebie, wędrowców opuścił niepokój i przestali nasłuchiwać tętentu kopyt. Zanucili cichutko, bo hobbici lubią śpiewać w marszu, zwłaszcza gdy nocą po przechadzce zbliżają się ku domowi. Większość hobbitów śpiewa w takich razach piosenkę o kolacji albo o łóżku, lecz nasi trzej bohaterowie nucili piosenkę o wędrówce (jakkolwiek nie omieszkali, oczywiście, wspomnieć w niej również o jedzeniu i spaniu). Jej słowa ułożył Bilbo Baggins do melodii starej jak te wzgórza i nauczył jej Froda podczas wspólnych wycieczek ścieżkami Doliny, gdy opowiadał siostrzeńcowi o swoich przygodach.

*Na kominku ogień gorze,*
*A pod dachem ciepłe łoże;*
*Lecz, że stopy wypoczęte,*
*Może jeszcze za zakrętem*
*Ujrzym drzewo albo kamień*
*Przez nikogo nie widziane...*
    *Kwiat i drzewo, trawa, liść –*
    *Trzeba nam iść, dalej iść,*
    *Woda, niebo, wzgórze, jar –*
    *Naprzód marsz, naprzód marsz.*

*Za zakrętem może czeka*
*Droga nowa i daleka,*
*A choć dziś ją omijamy,*
*Jutro tuż za progiem bramy*
*Może ścieżka nas uwiedzie,*
*Która wprost na księżyc wiedzie...*
    *Jabłko, orzech, cierń i głóg –*
    *Nie żałuj nóg, nie żałuj nóg,*
    *Staw, dolina, piasek, głaz –*
    *Żegnam was, żegnam was.*

*Dom za nami, świat przed nami,*
*Wielu trzeba iść drogami,*
*By w krąg nocy wkroczyć godnie,*
*Nim zapłoną gwiazd pochodnie.*
*Wtedy znów przed nami wrota*
*I powracać w dom ochota...*
    *Cień i chmura, zmierzch i mgła*
    *Niech znikną – sza, cicho – sza.*
    *Piec, wieczerza, lampy blask,*
    *I do snu czas! I do snu czas!*[1]

Piosenka się skończyła.
– Już do snu czas! Już do snu czas! – zaśpiewał Pippin na cały głos.

---

[1] Przełożył Włodzimierz Lewik.

– Pss! – uciszył go Frodo. – Zdaje się, że znów słyszę stuk podków.

Cisi niczym cienie drzew, zatrzymali się w miejscu, nasłuchując. Tętent dochodził z dość daleka, lecz z wiatrem niósł się wyraźnie i powoli przybliżał. Hobbici szybko i cichutko zbiegli z drogi w głębszy mrok pomiędzy dęby.

– Nie odchodźmy zbyt daleko – rzekł Frodo. – Nie chciałbym, żeby ktoś nas zobaczył, ale chcę się przekonać, czy to nie drugi Czarny Jeździec.

– Dobrze – odparł Pippin. – Nie zapominaj jednak, że on węszy.

Podkowy stukały już blisko. Nie było czasu na szukanie kryjówki lepszej niż cień dębiny. Sam i Pippin skulili się za grubym pniem, Frodo zaś podpełznął z powrotem ku drodze i przywarował ledwie o parę kroków od jej brzegu. Szara, blada kreska gościńca jaśniała pośród lasu. Nad nią świeciły gwiazdy, gęsto rozsiane po ciemnym niebie, lecz księżyca nie było.

Tętent umilkł. Wytężając wzrok, Frodo dostrzegł ciemną sylwetkę, która przemknęła na tle jaśniejszej plamy między dwoma drzewami i zatrzymała się nagle. Wyglądało to jak czarny cień konia prowadzonego przez mniejszy czarny cień. Czarny cień stał tuż obok miejsca, w którym hobbici opuścili drogę, i kołysał się na boki. Frodowi wydało się, że słyszy jak gdyby węszenie. Cień przygiął się do ziemi, a potem zaczął się czołgać wprost na hobbita.

I znów ogarnęła Froda pokusa, żeby wsunąć na palec Pierścień, pokusa tym razem silniejsza niż poprzednio. Tak silna, że nim hobbit uświadomił sobie, co robi, jego ręka znalazła się w kieszeni. Lecz w tej samej chwili z lasu doleciał gwar, jakby śpiew i śmiech jednocześnie. Jasne głosy wznosiły się i opadały w rozgwieżdżonej nocy. Czarny cień wyprostował się i cofnął. Skoczył na cień konia i zniknął, jak gdyby utonął w ciemności po drugiej stronie drogi.

Frodo odetchnął.

– Elfowie! – krzyknął ochrypłym szeptem Sam. – Elfowie, proszę pana!

I Sam byłby się wyrwał z mroku lasu w stronę, skąd dolatywały głosy, gdyby towarzysze nie odciągnęli go siłą.

– Tak, to elfowie – rzekł Frodo. – Spotyka się ich czasami w Leśnym Zakątku. Nie mieszkają w Shire, lecz wiosną i jesienią zdarza im się tu zawędrować z własnych krajów, spoza Wieżowych

Wzgórz. Na szczęście! Wyście nic nie widzieli, ale Czarny Jeździec zatrzymał się tuż przy nas i właśnie czołgał się ku nam, kiedy zabrzmiał śpiew elfów. Na ich głos umknął natychmiast.

– A jak będzie z elfami? – spytał Sam, zbyt podniecony, by przejmować się zagadką jeźdźców. – Czy nie moglibyśmy podejść i zobaczyć ich?

– Posłuchaj! Idą tutaj! – rzekł Frodo. – Wystarczy, byśmy na nich zaczekali przy drodze.

Śpiew się przybliżył. Jeden głos wybił się wyraźnie z chóru. Śpiewał w pięknym języku elfów, w języku, który Frodo znał bardzo słabo, a którego dwaj pozostali hobbici nie znali wcale. A jednak dźwięki mowy stopione z melodią układały się w ich myślach w słowa, na pół tylko zrozumiałe. Oto, co usłyszał Frodo:

> *O Śnieżnobiała, Czysta Pani,*
> *Królowo zza Zachodnich Mórz,*
> *Światłości dla nas, zabłąkanych*
> *W świecie splątanych drzew i dróg.*
>
> *Gilthoniel! O Elbereth!*
> *Czysty twój wzrok, jasny twój dech!*
> *O Śnieżnobiała! Tobie nasz śpiew*
> *W kraju dalekim od Wielkich Mórz.*
>
> *O gwiazdy, których w czas Ciemności*
> *Lśniąca twa dłoń rzucała siew;*
> *Wśród wietrznych pól, dziś jaśniejących*
> *Widzimy srebrne kwiecie twe!*
>
> *O Elbereth! Gilthoniel!*
> *Wciąż pamiętamy – w cieniu drzew,*
> *W kraju dalekim pędząc swe dnie –*
> *Światło twych gwiazd wśród Zachodnich Mórz.*[1]

Pieśń ucichła.

---

[1] Przełożył Tadeusz A. Olszański.

– To Elfowie Wysokiego Rodu. Wymówili imię Elbereth! – rzekł Frodo zdumiony. – Nie wiedziałem, że można w Shire spotkać przedstawicieli tego najpiękniejszego ludu. Niewielu ich pozostało w Śródziemiu, na wschód od Wielkiego Morza. Doprawdy, niezwykle szczęśliwy przypadek.

Hobbici siedli w cieniu przy gościńcu. Wkrótce nadciągnęli elfowie, kierując się ku dolinie. Szli wolno, a hobbici zobaczyli odblask gwiazd na ich włosach i w oczach. Nie nieśli pochodni, lecz światło podobne do świetlistej obwódki, która skrzy się nad górami przed wschodem księżyca, słało im się u stóp. Maszerowali teraz w milczeniu, ale ostatni elf, mijając hobbitów, obejrzał się i roześmiał.

– Witaj, Frodo! – krzyknął. – O późnej godzinie wybrałeś się na przechadzkę. A możeś zabłądził?

Potem zawołał głośno na towarzyszy i cała gromada elfów zatrzymała się, otaczając hobbitów.

– A to dziw nad dziwami! – mówili. – Trzech hobbitów nocą w lesie! Czegoś podobnego nie widzieliśmy, odkąd Bilbo wyprowadził się z tych stron. Co to ma znaczyć?

– Znaczy to po prostu, piękni przyjaciele – rzekł Frodo – że wędrujemy tą samą co i wy drogą. Lubię przechadzać się pod gwiazdami. Chętnie też przyłączyłbym się do waszej kompanii.

– Ale nam nie potrzeba niczyjej kompanii, a zresztą hobbici są dość nudni – odpowiedzieli elfowie ze śmiechem. – Dlaczego twierdzisz, że nam wypada ta sama droga, skoro nie wiesz, dokąd idziemy?

– A skąd wy znacie moje imię? – odwzajemnił się Frodo pytaniem.

– My wiemy mnóstwo rzeczy – odpowiedzieli elfowie. – Nieraz widzieliśmy cię dawnymi czasy w towarzystwie Bilba, chociaż ty nas nie widziałeś.

– Kim jesteście i kto wami dowodzi? – spytał Frodo.

– Nazywam się Gildor – powiedział przywódca elfów, ten sam, który pierwszy zagadnął hobbitów. – Gildor Inglorion z domu Finroda. Jesteśmy Wygnańcami, większość naszych pobratymców dawno temu opuściła te strony, a my także nie zabawimy tutaj długo, wrócimy za Wielkie Morze. Ale garstka naszych współplemieńców nadal mieszka spokojnie w Rivendell. A teraz, Frodo, powiedz nam coś o sobie. Wiemy bowiem, że cień lęku padł na ciebie.

— O, mądrzy przyjaciele! — wtrącił się żywo Pippin. — Powiedzcie nam, co wiecie o Czarnych Jeźdźcach.

— O Czarnych Jeźdźcach? — Elfowie ściszyli głosy. — Dlaczego nas o nich pytacie?

— Bo dwaj Czarni Jeźdźcy dogonili nas dzisiaj na drodze... a może to był jeden, który nas dwukrotnie dopędził — rzekł Pippin. — Zaledwie przed chwilą, kiedy się zbliżaliście, umknął.

Elfowie zrazu nie odpowiedzieli, porozumiewając się cicho między sobą we własnym języku. W końcu Gildor zwrócił się do hobbitów.

— Nie będziemy o tym rozmawiali tutaj — rzekł. — Powinniście teraz pójść z nami. Nie jest to zgodne z naszymi zwyczajami, lecz tym razem wyjątkowo gotowi jesteśmy przyjąć was do kompanii i ugościć na dzisiejszą noc, jeżeli chcecie.

— O, piękni przyjaciele! Nie spodziewałem się takiego szczęścia — rzekł Pippin. Sam oniemiał.

— Dziękuję ci, Gildorze Inglorionie! — powiedział, kłaniając się, Frodo. — *Elen síla lúmenn' omentielvo* — „gwiazda błyszczy nad godziną naszego spotkania" — dodał w języku elfów.

— Uważajcie, przyjaciele! — krzyknął ze śmiechem Gildor. — Nie mówcie przy nim sekretów! Oto hobbit uczony w Starodawnej Mowie! Bilbo był dobrym nauczycielem. Witaj, Przyjacielu Elfów! — zwrócił się do Froda z ukłonem. — Chodźcie teraz wszyscy i przyłączcie się do kompanii. A maszerujcie pośrodku kolumny, żeby który nie zabłądził. Zmęczycie się porządnie, zanim staniemy na popas.

— Dlaczego? Dokąd się wybieracie? — spytał Frodo.

— Dzisiaj do lasów na wzgórzach ponad Leśnym Dworem. To kilka mil stąd, ale u celu czeka nas wypoczynek. A jutro za to będziecie mieli krótszą drogę przed sobą.

Ruszyli w milczeniu, sunąc jak cienie i migocąc nikłymi światełkami; elfowie bowiem (jeszcze lepiej niż hobbici) umieją, jeśli chcą, poruszać się bezszelestnie. Pippina wkrótce ogarnęła senność i potknął się raz i drugi, ale smukły elf idący przy nim zawsze w porę otaczał go ramieniem i chronił od upadku. Sam u boku Froda kroczył jak we śnie, z wyrazem ni to lęku, ni to oszołomienia i radości na twarzy.

Las po obu stronach drogi gęstniał teraz, drzewa tu były młodsze i bogaciej podszyte; a gdy droga opadła w kotlinę między dwoma wzgórzami, na stokach pojawiły się bujne kępy leszczyny. Wreszcie elfowie skręcili z drogi. Na prawo odbiegała tu zielona ścieżka, niemal niewidoczna w gąszczu; wspięli się jej krętym tropem przez lesiste zbocze aż na grzbiet wzgórza, wybiegającego daleko w głąb nadrzecznej doliny. Nagle wychynęli z cienia drzew, otwarła się przed nimi rozległa łąka, szara w mroku nocy. Z trzech stron obejmowały ją lasy, lecz od wschodu teren opadał stromo, tak że ciemne czuby drzew rosnących w dole kołysały się u ich stóp. Dalej nizina rozpościerała się mroczna i płaska pod wygwieżdżonym niebem. Bliżej, w wiosce zwanej Leśnym Dworem, mrugało parę światełek.

Elfowie siedli na trawie i zaczęli po cichu naradzać się między sobą; zdawało się, że zapomnieli o hobbitach. Frodo i jego przyjaciele, bardzo senni, owinęli się w płaszcze i koce. Noc zapadła głęboka, światła w dolinie pogasły. Pippin usnął z głową opartą o jakąś kępę. Od wschodu wysoko na niebie pojawiła się konstelacja Remmirath, Sieć Gwiazd; z wolna ponad mgły wypłynął czerwony Borgil, rozżarzony niby ognisty klejnot. Podmuch wiatru rozwiał mgły, jakby unosząc zasłonę, i ukazał się Szermierz Nieba, Menelvagor, przepasany blaskiem, pnący się na krawędź świata. Elfowie wszyscy naraz zaintonowali pieśń. Nagle spod drzew czerwonym światłem wystrzelił w górę ogień.

– Chodźcie! – zawołali na hobbitów elfowie. – Chodźcie! Teraz czas na rozmowy i zabawę.

Pippin usiadł, trąc oczy pięściami. Drżał z chłodu.

– W pałacu ogień płonie i uczta czeka na głodnych gości – powiedział jeden z elfów, stając przed nim.

U południowego krańca polany otwierała się w ścianie leśnej przesieka. Zielony dywan trawy wcinał się w las, wyściełając jakby wielką salę, nad którą sklepiały się gałęzie drzew. Po obu stronach potężne pnie ciągnęły się szeregiem niby kolumny. Pośrodku paliło się ognisko, a na pniach kolumnady równym, srebrnym i złotym płomieniem świeciły łuczywa. Elfowie zasiedli wokół ogniska na trawie lub na pieńkach po ściętych starych drzewach. Kilku kręciło się, roznosząc i napełniając puchary, inni podawali pełne talerze i półmiski.

– Skromna to wieczerza – mówili gospodarze hobbitom – bo kwaterujemy tu chwilowo wśród lasów, z dala od naszych pałaców. Jeżeli będziemy was kiedyś podejmować u siebie w domu, ugościmy was lepiej.

– Mnie się to dzisiejsze przyjęcie wydaje godne urodzinowej uczty – rzekł Frodo.

Pippin nie mógł sobie później przypomnieć, co wówczas jadł i pił, bo tak go oczarował blask bijący od twarzy elfów i piękna różnorodna melodia ich głosów, że przeżył tę noc, jakby śniąc na jawie. Pamiętał jednak chleb, który smakował mu lepiej, niż mogłaby smakować umierającemu z głodu najbielsza bułka, i jagody słodkie jak leśne poziomki, a dorodniejsze niż wszelkie owoce wypielęgnowane w ogrodach; wychylił do dna puchar aromatycznego napoju, świeżego jak źródlana woda, a złocistego jak letnie popołudnie.

Sam nigdy potem nie zdołał w słowach wyrazić ani bodaj uświadomić sobie jasno, co czuł i myślał tej nocy, chociaż zachował ją w pamięci wśród najdonioślejszych wydarzeń swojego życia. Najbliższy był wyrażeniu swoich uczuć, gdy mówił: „Ano, proszę pana, gdybym umiał wyhodować takie jabłka, byłbym pierwszym ogrodnikiem na świecie. Ale do serca bardziej niż wszystko inne trafił mi ich śpiew".

Frodo gawędził, jadł i pił z rozkoszą; przede wszystkim jednak chłonął słowa. Słabo znał język elfów i przysłuchiwał mu się pilnie. Od czasu do czasu odzywał się do usługujących elfów i dziękował im w ich własnej mowie. Uśmiechali się, odpowiadając wesoło: „Oto perła między hobbitami!".

Wkrótce Pippin usnął na dobre, odniesiono go więc na uboczne i ułożono w kolibie pod drzewami; tu na miękkim łożu przespał resztę nocy. Sam nie chciał odstępować swego pana, toteż po zniknięciu Pippina skulił się u nóg Froda, aż w końcu skłonił głowę i zamknął oczy. Frodo czuwał do późna, rozmawiając z Gildorem.

Mówili o wielu sprawach, dawnych i nowych, a Frodo wypytywał Gildora o wszystko, co się działo na szerokim świecie poza granicami Shire'u. Wieści były przeważnie smutne i złowróżbne: o wzmagających się ciemnościach, o wojnach między ludźmi, o ucieczce elfów. W końcu Frodo zadał pytanie, które mu najbardziej ciążyło na sercu:

– Powiedz mi, Gildorze, czy widziałeś Bilba po jego odejściu z Bag End?

Gildor uśmiechnął się.

– Owszem – rzekł. – Widziałem go dwukrotnie. Pożegnał się z nami tutaj, na tym właśnie miejscu. Później spotkałem go znowu, ale daleko stąd. – Więcej nic powiedzieć nie chciał, Frodo zaś umilkł.

– Nie pytałeś mnie o swoje własne sprawy ani mi o nich nie opowiedziałeś – rzekł Gildor. – Ale trochę już o tym skądinąd słyszałem, a trochę czytam z twojej twarzy i zgaduję myśli, ukryte poza twymi pytaniami. Opuszczasz Shire, ale wątpisz, czy znajdziesz to, czego szukasz, czy spełnisz, co zamierzasz, i czy w ogóle wrócisz. Prawda?

– Tak – odparł Frodo. – Myślałem jednak, że moja wyprawa stanowi sekret znany poza mną tylko Gandalfowi i temu oto wiernemu chłopcu – dodał patrząc na Sama, który pochrapywał z cicha.

– My tego sekretu nie wydamy Nieprzyjacielowi – rzekł Gildor.

– Nieprzyjacielowi? – powtórzył Frodo. – A więc znasz powód, dla którego opuszczam Shire?

– Nie wiem, dlaczego Nieprzyjaciel cię ściga – odpowiedział Gildor – lecz wiem, że cię tropi, jakkolwiek wydaje się to niepojęte. I ostrzegam cię, że teraz niebezpieczeństwo jest zarówno przed tobą, jak za tobą i oskrzydla cię ze wszystkich stron.

– Mówisz o jeźdźcach? Właśnie tego się obawiałem, że to słudzy Nieprzyjaciela. Kim są naprawdę Czarni Jeźdźcy?

– Czy Gandalf nic ci o nich nie powiedział?

– Nie wspominał nigdy o takich istotach.

– W takim razie nie sądzę, że powinienem ci coś więcej mówić, bo strach mógłby cię zniechęcić do dalszej podróży. Zdaje mi się, że wyruszyłeś z domu w ostatniej chwili, jeżeli nie za późno. Musisz się teraz bardzo spieszyć, nie wolno ci się zatrzymywać ani cofać. Shire bowiem nie stanowi już dla ciebie bezpiecznego schronienia.

– Nie wyobrażam sobie, żeby jakiekolwiek informacje mogły mnie bardziej przerazić niż te twoje półsłówka i ostrzeżenia! – krzyknął Frodo. – Oczywiście wiedziałem, że niebezpieczeństwo jest przede mną, lecz nie spodziewałem się go spotkać w swoim własnym kraju. Czy hobbit już nie może spokojnie przejść z Nad Wody nad Rzekę?

– Ten kraj nie jest twój własny – rzekł Gildor. – Inne plemię mieszkało tu, nim się zjawili hobbici, inne też będzie tutaj żyło, gdy hobbitów zabraknie. Otacza cię szeroki świat: możesz się w nim zamknąć, lecz nie uda ci się na zawsze od niego odgrodzić.

– Wiem... a jednak ten kraj wydawał mi się zawsze bezpieczny i swojski. Co mam począć? Zamierzałem opuścić Shire tajemnie i podążyć do Rivendell, a tymczasem, zanim jeszcze dotarłem do Bucklandu, wytropiono już mój ślad.

– Myślę, że mimo to powinieneś trzymać się swojego pierwotnego planu – rzekł Gildor. – Nie sądzę, żeby ta droga miała się okazać zbyt ciężką próbą dla twojego męstwa. Ale jeżeli pragniesz dokładniejszej rady, proś o nią Gandalfa. Nie znam powodów twojej ucieczki, nie mogę więc przewidzieć, w jaki sposób twoi prześladowcy mogą cię zaatakować. Gandalf z pewnością to wie. Przypuszczam, że zobaczysz się z nim jeszcze przed opuszczeniem granic Shire'u?

– Mam nadzieję. Ale to właśnie jeden więcej powód mojego zaniepokojenia. Od dawna oczekiwałem Gandalfa. Trzy dni temu minął ostatni wyznaczony przez niego termin odwiedzin w Hobbitonie, lecz Gandalf nie stawił się u mnie. Otóż zastanawiam się wciąż, co mogło mu się przydarzyć. Czy powinienem na niego czekać?

Gildor przez chwilę milczał.

– To mi się nie podoba – rzekł wreszcie. – Spóźnienie Gandalfa nie wróży nic dobrego. Ale przysłowie mówi: „Nie wtrącaj się do spraw czarodziejów, bo są chytrzy i skorzy do gniewu". Sam musisz rozstrzygnąć: iść dalej czy też czekać.

– Jest także inne porzekadło – odparł Frodo. – „Nie pytaj o radę elfów, bo odpowiedzą ci ni to, ni sio".

– Doprawdy? – zaśmiał się Gildor. – Elfowie rzadko udzielają nieopatrznych rad, bo rada to niebezpieczny podarunek, nawet między Mędrcami, a każda może poniewczasie okazać się zła. Ale co ty sam o tym sądzisz? Nie powiedziałeś mi o sobie wszystkiego, jakże więc mógłbym rozstrzygnąć lepiej od ciebie? Jeżeli mimo to prosisz o radę, udzielę ci jej w imię przyjaźni. Myślę, że powinieneś ruszyć w dalszą drogę, i to bez zwłoki. Jeżeli Gandalf nie zjawi się przedtem, radzę ci, nie idź sam. Weź z sobą przyjaciół godnych zaufania i chętnych. Bądź mi wdzięczny, bo wbrew zwyczajom dałem ci tę radę. Elfowie mają własne zadania i własne kłopoty, niezbyt ich obchodzą sprawy hobbitów i wszelkich innych stworzeń na ziemi. Nasze ścieżki rzadko się krzyżują, czy to przypadkiem, czy umyślnie. W tym dzisiejszym spotkaniu jest, być może, coś więcej niż przypadek, ale niezupełnie rozumiem jego cel i boję się powiedzieć za wiele.

– Jestem ci wdzięczny z głębi serca – rzekł Frodo – ale chciałbym, żebyś mi wyraźnie powiedział, kim są Czarni Jeźdźcy. Jeżeli posłucham twojej rady, może nieprędko zobaczę Gandalfa, a powinienem znać niebezpieczeństwo, które mnie ściga.

– Czy nie wystarcza ci wiedzieć, że to są słudzy Nieprzyjaciela? – odparł Gildor. – Uciekaj przed nimi! Nie zamieniaj z nimi ani słowa. Są straszni. Więcej nie pytaj! Ale serce mi mówi, że nim się wszystko dopełni, Frodo, syn Droga będzie wiedział o tych złowrogich sprawach więcej niż Gildor Inglorion. Niech cię Elbereth ma w swej opiece!

– Skąd mam zaczerpnąć odwagi? – spytał Frodo. – Bo niczego mi tak nie trzeba, jak odwagi.

– Odwagę można znaleźć w najmniej spodziewanych miejscach – rzekł Gildor. – Bądź dobrej myśli. Teraz idź spać. Rano już nas tu nie ujrzysz, ale roześlemy po świecie wiadomość o twojej podróży. Dowiedzą się o niej nasze wędrowne kompanie, a wszystkie istoty, które mają jakąś władzę i służą dobrym sprawom, będą w pogotowiu. Mianuję cię Przyjacielem Elfów. Niech gwiazdy świecą u kresu twojej drogi. Nieczęsto ktoś obcy tak nam przypada do serca jak ty, wielka to dla nas radość usłyszeć Starodawną Mowę w ustach innych wędrowców na tym świecie.

Nim jeszcze Gildor skończył tę przemowę, Froda ogarnęła wielka senność.

– Pójdę już spać – rzekł.

Elf zaprowadził go do koliby, a Frodo rzucił się na łoże obok Pippina i natychmiast zapadł w głęboki sen bez marzeń.

# Rozdział 4

## *Skrótem na pieczarki*

Nazajutrz Frodo zbudził się pokrzepiony. Leżał w kolibie uplecionej z żywych gałęzi, zwisających aż do ziemi; łoże, uścielone z paproci i mchów, było miękkie i wonne. Przez drżące, jeszcze zielone liście przeświecało słońce. Frodo zerwał się i wyszedł z koliby.

Opodal skraju lasu siedział w trawie Sam. Pippin, stojąc, patrzył w niebo i badał pogodę. Po elfach nie było ani śladu.

– Zostawili nam owoce, chleb i coś do picia – rzekł Pippin. – Zjedz śniadanie. Chleb smakuje niemal tak samo wybornie jak w nocy. Byłbym nic nie zostawił dla ciebie, ale Sam mnie pilnował.

Frodo usiadł obok Sama i zabrał się do jedzenia.

– Jakie masz plany na dzisiaj? – spytał Pippin.

– Dojść możliwie jak najszybciej do Bucklebury – odparł Frodo, po czym całą uwagę poświęcił śniadaniu.

– Jak sądzisz, czy zobaczymy znów tych jeźdźców? – spytał Pippin beztrosko. W porannym słońcu myśl o spotkaniu choćby armii Czarnych Jeźdźców nie wydawała mu się wcale straszna.

– Prawdopodobnie tak – rzekł Frodo, nierad, że mu o tym przypominano. – Mam jednak nadzieję, że przeprawimy się za rzekę, nim oni nas zobaczą.

– Czy Gildor coś ci o nich mówił?

– Niewiele. Tylko niejasne półsłówka i zagadki – wymijająco powiedział Frodo.

– A czy pytałeś o to węszenie?

– Nie było o tym mowy – rzekł Frodo, mając pełne usta jedzenia.

– Powinieneś był spytać. To z pewnością bardzo ważne.

— Jeżeli tak, to Gildor na pewno odmówiłby mi wyjaśnień — szorstko odparł Frodo. — A teraz dajże mi w spokoju przełknąć bodaj kęs. Nie mam ochoty odpowiadać na całą litanię pytań podczas śniadania. Chciałbym pomyśleć.

— Wielkie nieba! — krzyknął Pippin. — Przy śniadaniu? — I odszedł na skraj polany.

Słoneczna pogoda tego ranka — zwodnicza, jak się zdawało Frodowi — nie rozproszyła w duszy hobbita trwogi przed pogonią. Rozpamiętywał słowa Gildora, gdy dobiegł do jego uszu wesoły głos Pippina, który śpiewał, biegnąc przez zieloną murawę.

— Nie! — powiedział sobie Frodo. — Nie mogę tego zrobić. Można wywabić młodych przyjaciół na włóczęgę po Shire, narazić na trochę głodu i zmęczenia, po którym miło zasiąść do stołu i trafić do łóżka. Ale wziąć ich z sobą na wygnanie, może na beznadziejny głód i trudy — to inna sprawa, choćby nawet chcieli iść ze mną. Dziedzictwo tylko na mnie jednego spada. Zdaje mi się, że nawet i Sama nie powinienem brać w tę drogę.

Spojrzał na Sama Gamgee i spotkał jego oczy wlepione w swoją twarz.

— Słuchaj, Samie — rzekł Frodo. — Jakże będzie? Muszę opuścić Shire, jak się da najszybciej, postanowiłem nawet nie zatrzymywać się ani dnia w Ustroni, jeżeli to nie okaże się konieczne.

— Dobrze, proszę pana.

— A więc wciąż jeszcze trwasz w zamiarze pójścia w świat razem ze mną?

— Tak, proszę pana.

— To będzie bardzo niebezpieczne, Samie. To już jest niebezpieczne! Najprawdopodobniej żaden z nas nie wróci do domu.

— Jeżeli pan nie wróci, to na pewno nie wrócę i ja — rzekł Sam. — „Nie opuszczaj go" — mówili mi. „Ja śmiałbym go opuścić? — odpowiedziałem. — Ani mi to w głowie! Pójdę z nim, choćby się na księżyc zechciał wdrapywać. A jeżeli któryś z tych Czarnych Jeźdźców spróbuje go zatrzymać, zobaczy, co potrafi Sam Gamgee!" Tak powiedziałem, a oni się śmiali.

— O kim... o czym ty mówisz?

— O elfach, proszę pana. Pogadałem z nimi tej nocy. Wiedzieli, że pan wybiera się za granicę, więc nie było sensu zaprzeczać. Wspaniały lud, ci elfowie! Wspaniały!

– To prawda – przyznał Frodo. – A więc elfowie nie rozczarowali cię przy bliższym poznaniu?

– Jak by to powiedzieć, proszę pana? Przekonałem się, że moje lubienie albo nielubienie wcale ich nie dosięga, za wysoko stoją – z namysłem odparł Sam. – Nie wydaje się ważne, co ja o nich myślę. Inni są, niż się spodziewałem, bardzo starzy i jednocześnie młodzi, bardzo weseli i bardzo smutni zarazem.

Frodo popatrzył na Sama trochę zaskoczony; niemal oczekiwał, że ujrzy jakieś zewnętrzne znamię dziwnej odmiany, która się w chłopaku dokonała. Ten głos brzmiał niepodobnie do głosu Sama Gamgee, którego, jak mu się zdawało, znał dobrze. Ale Sam wyglądał zupełnie tak samo jak zawsze, z tą jedynie różnicą, że na twarzy miał wyraz niezwykłej zadumy.

– Czy teraz, kiedy się już ziściło twoje życzenie i zobaczyłeś elfów, nie minęła ci ochota do podróży? – spytał Frodo.

– Nie, proszę pana. Nie umiem tego wyrazić, ale po dzisiejszej nocy patrzę na to inaczej. Jak gdybym widział drogę przed sobą. Wiem, że pójdziemy bardzo daleko, w ciemność. Ale wiem też, że nie mogę zawrócić. Już nie marzę o zobaczeniu elfów ani smoków, ani gór; sam nie wiem dokładnie, czego pragnę, ale na pewno mam jakiś obowiązek do spełnienia, zanim się skończy ta wyprawa, a czeka on na mnie gdzieś poza granicami Shire'u. Muszę to spełnić do końca... pan rozumie.

– Niezupełnie. Ale rozumiem, że Gandalf wybrał mi dobrego towarzysza. Cieszę się z tego. Pójdziemy razem.

Frodo w milczeniu dokończył śniadania. Wstał, rozejrzał się po okolicy i zawołał na Pippina.

– Czy wszystko gotowe do wymarszu? – spytał nadbiegającego przyjaciela. – Trzeba ruszać zaraz. Zaspaliśmy, a mamy przed sobą ładnych kilka mil drogi.

– To ty zaspałeś – rzekł Pippin. – Ja od dawna jestem na nogach. Czekaliśmy, żebyś uporał się ze śniadaniem i z myśleniem.

– Jedno i drugie już załatwione. Chcę iść do promu jak najspieszniej. Nie zboczę ze szlaku, nie wrócę na gościniec, z którego zeszliśmy wczoraj. Pójdę prosto, na przełaj.

– To chyba zamierzasz przefrunąć – odparł Pippin. – W tych stronach nie sposób iść bezdrożem.

– W każdym razie można skrócić drogę – rzekł Frodo. – Prom znajduje się na wschód od Leśnego Dworu, ale gościniec oddala się łukiem w lewo; widać tam, na północy, pętlę. Okrąża północny skraj Moczarów, żeby trafić na groblę ciągnącą się od mostu przez Słupki. Ale w ten sposób nadkłada się kilka mil. Moglibyśmy oszczędzić jedną czwartą drogi, idąc wprost z tego miejsca, na którym stoimy, do promu.

– Kto drogi prostuje, ten w polu nocuje – sprzeciwił się Pippin. – Teren tu wszędzie ciężki, na Moczarach pełno bagien i wszelkiego rodzaju przeszkód, znam tę okolicę. A jeżeli ci chodzi o Czarnych Jeźdźców, to nie pojmuję, dlaczego wolisz ich spotkać w lesie lub w polu niż na gościńcu.

– W lesie lub w polu trudniej wypatrzyć kogoś – rzekł Frodo. – Przy tym, wiedząc, że zamierzałem wędrować gościńcem, będą zapewne szukali mnie na gościńcu, a nie poza nim.

– Dobrze! – przystał Pippin. – Pójdę za tobą, choćby przez mokradła i wyboje. Ale to ciężka droga. Liczyłem, że przed zachodem słońca wstąpimy do „Pod Złotym Okoniem" w Słupkach. Najlepsze piwo we Wschodniej Ćwiartce, przynajmniej takie było przed laty, bo nie próbowałem go już od dawna.

– Otóż to! – rzekł Frodo. – Może prawda, że kto drogi prostuje, ten w polu nocuje, ale i tak mniej czasu traci niż na popas w gospodzie. Za wszelką cenę musimy ominąć z dala „Złotego Okonia". Chcemy przecież dotrzeć do Bucklebury przed zmrokiem. A co ty powiesz o tym, Samie?

– Pójdę z panem, panie Frodo – oświadczył Sam, tając w sercu złe przeczucia oraz głęboki żal, że nie spróbuje najlepszego we Wschodniej Ćwiartce piwa.

– Skoro mamy brnąć przez bagna i ciernie, ruszajmy co żywo – rzekł Pippin.

Było już znów niemal tak gorąco jak poprzedniego dnia, lecz od zachodu płynęły chmury. Wyglądało na to, że dzień nie przeminie bez deszczu. Hobbici zsunęli się stromą zieloną skarpą i zanurzyli w gąszcz drzew. Stosownie do obranej drogi, mieli z Leśnego Dworu skręcić w lewo i skosem przeciąć lasy ciągnące się wzdłuż wschodniego zbocza góry, by dotrzeć na równiny. Potem mogliby już skierować się do promu krajem otwartym, gdzie nie spodziewali się innych przeszkód jak płoty i rowy. Frodo wyliczył, że w prostej linii mają do przejścia osiemnaście mil.

Wkrótce jednak przekonał się, że gąszcz jest bardziej zbity i splątany, niż się z pozoru zdawało. Nie było ścieżek, totež nie mogli posuwać się szybko. Przedarłszy się po skarpie na sam dół, stanęli nad strumieniem, który ze wzgórz spływał w głęboki parów o stromych, oślizłych brzegach, zarośniętych jeżynami. Parów, jak na złość, zagradzał wybrany szlak. Nie mogli go przeskoczyć ani też przeprawić się inaczej niż kosztem przemoknięcia, mnóstwa zadraśnięć i umazania w błocie. Stanęli, zastanawiając się, co robić.

– Pierwsza przeszkoda – rzekł Pippin z kwaśnym uśmiechem.

Sam Gamgee spojrzał w górę. Pomiędzy drzewami dostrzegł skraj zielonej polany, z której przed chwilą zeszli.

– Patrzcie! – szepnął, chwytając Froda za ramię. Wszyscy podnieśli wzrok i wysoko nad sobą zobaczyli rysującą się na tle nieba sylwetkę konia. Obok niego stała pochylona nad krawędzią czarna postać. Hobbitom od razu odechciało się powrotu na górę. Frodo pierwszy ruszył naprzód, błyskawicznie dając nura w gęste zarośla nad strumieniem.

– Uff! – powiedział do Pippina. – Obaj mieliśmy rację. Prosta droga już się nam zaplątała; ale skryliśmy się w samą porę. Ty masz czujny słuch, Samie, czy słyszysz czyjeś kroki za nami?

Przystanęli w ciszy, niemal wstrzymując dech, i nasłuchiwali, lecz żaden szmer nie zdradzał pogoni.

– Nie wyobrażam sobie, żeby zechciał ryzykować sprowadzanie konia tą stromą skarpą – rzekł Sam. – Ale nie zdziwiłbym się, gdyby zgadł, że zeszliśmy na dół. Zabierajmy się stąd co prędzej.

Okazało się to wcale niełatwe. Wędrowcy dźwigali bagaże, a zarośla i ożyny zagradzały im drogę. Stok za ich plecami osłaniał od wiatru, w parowie było nieprzewiewnie i duszno. Nim przedarli się na nieco bardziej otwarty teren, zgrzali się, zmęczyli, pokaleczyli, a co gorsza, stracili orientację i nie wiedzieli na pewno, w jakim powinni iść kierunku. Brzegi strumienia obniżały się w miarę, jak spływał na równinę, nurt rozlewał się szerzej i płycej, dążąc ku Moczarom i Rzece.

– Ależ to strumień Słupianka! – rzekł Pippin. – Jeżeli chcemy wrócić na szlak, musimy zaraz przeprawić się na drugi brzeg i skręcić w prawo.

W bród przeszli strumień i biegiem przebyli otwartą, bezdrzewną, porośniętą tylko sitowiem przestrzeń na jego drugim brzegu. Dopiero dalej znów trafili na pierścień drzew, przeważnie wielkich dębów, między którymi tu i ówdzie rósł wiąz lub jesion. Grunt tutaj był dość równy, poszycie lasu skąpe. Drzewa jednak stały tak gęsto, że wędrowcy nie widzieli drogi przed sobą. Wiatr dmuchnął nagle, rozwiewając liście i z chmurnego nieba spadły pierwsze krople deszczu. Potem wiatr ucichł, a deszcz lunął rzęsiście. Hobbici brnęli naprzód, jak się dało najspieszniej, przez kępy traw, przez zwały uschłych liści, a deszcz szumiał i pluskał dokoła. Nie mówili nic, oglądali się tylko wciąż to za siebie, to na boki. Po półgodzinie odezwał się Pippin:

– Mam nadzieję, że nie zboczyliśmy zanadto na południe i nie idziemy wzdłuż lasu. Pas drzew nie jest zbyt szeroki, o ile mi wiadomo, mierzy w najszerszym miejscu zaledwie milę, powinniśmy już wyjść na otwarty teren.

– Na nic się nie zda kręcić zakosami – powiedział Frodo. – To by nam już teraz nie pomogło. Trzymajmy się obranego kierunku. Nie jestem wcale pewien, czy pilno mi znaleźć się na odsłoniętej przestrzeni.

Szli więc dalej milę czy dwie, nie zbaczając z kursu. Wreszcie między postrzępionymi chmurami wybłysło słońce, deszcz nieco złagodniał. Minęło południe, wędrowcy bardzo już tęsknili do lunchu. Zatrzymali się pod wiązem; liście, chociaż wcześnie pożółkłe, były jeszcze dość gęste, dawały więc schronienie, tym lepsze, że ziemia pod nimi została prawie sucha. Zabierając się do posiłku, hobbici stwierdzili, że elfowie napełnili im manierki przezroczystym złotawym trunkiem, który pachniał jak miód zbierany z różnych kwiatów i pokrzepiał cudownie. Wkrótce wszyscy trzej śmiali się, lekceważąco machając ręką na deszcz i na Czarnych Jeźdźców. Nie wątpili, że prędko pokonają kilka ostatnich mil. Frodo oparł się plecami o pień wiązu i przymknął oczy. Sam i Pippin siedli tuż obok i zaczęli nucić, a potem śpiewać z cicha:

*Ho, ho, ho – i gul-gul-gul!*
*By uleczyć serca ból...*
*Niech deszcz pada, wieje wiatr,*
*A przed nami drogi szmat –*
*Wolę leżeć w cieniu drzewa,*
*A wiatr chmury niech rozwiewa...*[1]

– Ho! Ho! Ho! – podjęli głośniej. Ale urwali natychmiast. Frodo zerwał się na równe nogi. Z wiatrem doleciał ich uszu przeciągły skowyt, jakby krzyk jakiegoś złośliwego i samotnego stworzenia. Wzbił się wyżej, opadł i zakończył ostrą, przenikliwą nutą.

Hobbici – czy który stał, czy siedział – zastygli jak lodem ścięci, a tymczasem drugi skowyt odpowiedział pierwszemu, cichszy, dalszy, lecz tak samo mrożący krew w żyłach. Potem zapadła cisza, której nie mąciło nic prócz szelestu wiatru wśród liści.

– Jak wam się zdaje, co to było? – spytał wreszcie Pippin, siląc się na lekki ton, chociaż głos drżał mu trochę. – Może ptak, ale przyznam się, że nigdy w życiu nie słyszałem takiego ćwierkania w Shire.

– Nie był to ptak ani zwierzę – odparł Frodo – ale wołanie czy może sygnał. W tym krzyku dźwięczały jakieś słowa, jakkolwiek nie zdołałem ich pojąć. W każdym razie takiego głosu nie dobyłby z siebie żaden hobbit.

Więcej o tym nie mówili. Wszyscy trzej pomyśleli o Jeźdźcach, lecz nikt się nie odezwał. Wzdragali się teraz zarówno przed dalszym marszem, jak i przed pozostaniem na miejscu. Wcześniej lub później musieli wszakże przebyć otwartą przestrzeń dzielącą ich od promu, a lepiej było zrobić to za dnia niż nocą. Toteż po krótkiej chwili załadowali worki na plecy i ruszyli znowu.

Wkrótce stanęli niespodzianie na skraju lasu. Przed ich oczyma otwarły się rozległe łąki. Teraz dopiero przekonali się, iż rzeczywiście zboczyli zanadto na południe. W dali, nad równiną majaczyło wzniesione za rzeką niskie wzgórze Bucklebury, nie na wprost jednak, lecz na lewo od miejsca, gdzie wyszli z lasu. Ostrożnie

---

[1] Przełożył Włodzimierz Lewik.

wychynęli spod drzew i co sił w nogach pobiegli przez odsłonięty teren.

Z początku ze strachem oddalali się od leśnego schronu. Daleko za nimi widniała wysoka polana, na której tego ranka jedli śniadanie. Frodo niemal spodziewał się, że na jej krawędzi zobaczy małą z tej odległości na tle nieba sylwetkę Jeźdźca; lecz nie było już po nim ani śladu. Słońce, zniżając się nad wzgórza, które wędrowcy zostawili już za sobą, wymknęło się spośród rozdartych chmur i świeciło znowu jasno. Hobbici pozbyli się strachu, ale niepokój ich nie opuszczał.

Kraj jednak zdawał się coraz mniej dziki, coraz lepiej zagospodarowany. Po jakimś czasie znaleźli się wśród porządnie uprawionych pól i łąk, zobaczyli żywopłoty, furtki, groble i rowy odprowadzające wodę. Wszystko tutaj tchnęło ładem i spokojem, jak w zwykłym, cichym zakątku Shire'u. Z każdym krokiem naprzód w serca wędrowców wstępowała otucha. Linia rzeki przybliżała się, Czarni Jeźdźcy wydawali się teraz widmami straszącymi w lasach, które zostały daleko w tyle.

Skrajem ogromnego pola rzepy doszli do potężnej bramy. Za nią ujrzeli bitą drogę biegnącą między nisko strzyżonymi żywopłotami ku odległej kępie drzew. Pippin stanął.

– Poznaję te pola i tę bramę! – zawołał. – To Bamfurlong, farma starego Maggota. Tam, gdzie te drzewa, kryje się jego zagroda.

– Nowa bieda! – rzekł Frodo z miną tak przerażoną, jak gdyby Pippin oznajmił, że dróżka prowadzi do smoczej jamy. Towarzysze spojrzeli na niego zdumieni.

– Co masz przeciwko staremu Maggotowi? – spytał Pippin. – To serdeczny przyjaciel wszystkich Brandybucków. Oczywiście, jest postrachem dla natrętów i trzyma złe psy, ale to zrozumiałe: mieszkańcy pogranicza muszą się mieć na baczności.

– Wiem – odparł Frodo. – Mimo to – dodał, śmiejąc się z zawstydzeniem – boję się Maggota i jego psów. Unikałem tej zagrody przez długie lata. Kiedy za młodu mieszkałem w Brandy Hallu, Maggot często przyłapywał mnie w szkodzie w swoich pieczarkach. Za ostatnim razem spuścił mi porządne lanie, a potem przedstawił psom: „Patrzcie, dzieci – powiedział. – Jeżeli jeszcze kiedyś noga tego smarkacza postanie na mojej ziemi, wolno go wam zjeść.

A teraz wyproście go stąd!". I psy goniły mnie aż do promu. Po dziś dzień nie ochłonąłem z tego strachu, chociaż muszę przyznać, że bestie były dobrze wytresowane i nie tknęły mnie nawet.

Pippin roześmiał się.

– Ano, pora, żebyś się z nimi wreszcie pogodził. Tym bardziej że masz się znowu osiedlić w Bucklandzie. Stary Maggot jest naprawdę zacnym sąsiadem, byle nie dobierać się do jego pieczarek. Jeżeli pójdziemy dróżką, nie będzie mógł nas posądzać o wdzieranie się ukradkiem na jego teren. W razie spotkania ja sam wszystko mu wytłumaczę. Maggot przyjaźni się z Merrym, w którego towarzystwie często odwiedzałem ten dom.

Poszli dróżką i wkrótce ukazała im się wśród drzew słomiana strzecha dużego domu i budynki gospodarcze. Maggotowie, podobnie jak Puddifootowie ze Słupków i jak większość hobbitów z Moczarów, mieszkali w domach; farma była porządnie zbudowana z cegieł i otoczona wysokim murem. Szeroka drewniana brama widniała na końcu dróżki.

Nagle, gdy trzej wędrowcy zbliżyli się do bramy, rozległo się straszliwe wycie i szczekanie, a donośny głos krzyknął:

– Łapaj! Trzymaj! Wilk! Do mnie, dzieci!

Frodo i Sam stanęli jak wryci, lecz Pippin posunął się parę kroków naprzód. Brama otwarła się, trzy wielkie brytany wypadły na drogę i szczekając wściekle, rzuciły się na przybyszów. Na Pippina wcale nie zwróciły uwagi, ale Sama, który przywarł do muru, osaczyły dwa podobne do wilków psiska i węsząc podejrzliwie, szczerzyły kły, ilekroć próbował się poruszyć. Największy i najgroźniejszy brytan stanął przed Frodem, jeżąc sierść i warcząc.

W bramie ukazał się tęgi, przysadzisty hobbit z krągłą, rumianą twarzą.

– Hej! Coście za jedni i czego tu chcecie? – spytał.

– Dobry wieczór, panie Maggot – powiedział Pippin.

Gospodarz spojrzał na niego uważnie.

– A niechże mnie! Przecież to pan Pippin! Pan Peregrin Tuk, chciałem rzec... – zawołał i twarz rozchmurzyła mu się w uśmiechu. – Kopę lat pana tu nie widzieliśmy. Szczęście, że pana poznałem.

Byłbym poszczuł moje pieski jak na obcych. Dziwne rzeczy dzieją się tu dzisiaj. Oczywiście, widujemy rozmaitych podróżnych w tych stronach. Za blisko stąd do Rzeki! – rzekł kiwając głową. – Ale nie zdarzyło mi się w życiu zobaczyć gościa tak dziwacznego jak ten, co dziś mi się trafił. Już on drugi raz nie przejdzie bez pozwolenia przez mój teren, póki ja tu gospodarzę.

– O kim to mówicie?

– A wyście go nie widzieli? – odpowiedział farmer. – Dopiero co tu był i odjechał tą dróżką w stronę promu. Dziwny gość i dziwne zadawał pytania. Ale może panowie wejdą do środka, pogadamy wygodniej. Znajdzie się kropelka dobrego piwa w beczce, jeżeli pańscy przyjaciele nie pogardzą.

Zrozumieli, że farmer powie im coś więcej, jeżeli dadzą mu po temu czas i sposobność, przyjęli więc skwapliwie zaproszenie.

– A co będzie z psami? – zaniepokoił się Frodo.

Farmer roześmiał się.

– Nie zrobią nikomu krzywdy, chyba że na mój rozkaz. Do nogi, Łapaj! Do nogi, Trzymaj! – krzyknął. – Do nogi, Wilk!

Frodo i Sam odetchnęli z ulgą, kiedy psy odstąpiły, zwracając im swobodę ruchów. Pippin przedstawił gospodarzowi obu swoich towarzyszy.

– Pan Frodo Baggins – rzekł. – Może go nie pamiętacie, ale mieszkał ongi w Brandy Hallu.

Na dźwięk nazwiska „Baggins" farmer wzdrygnął się i obrzucił Froda bystrym spojrzeniem. Frodowi przemknęło przez głowę, że Maggot przypomniał sobie kradzione pieczarki i zaraz poszczuje go psami. Ale Maggot ujął hobbita pod ramię.

– No, proszę! – zakrzyknął. – A więc to jeszcze dziwniejsza sprawa, niż mi się zdawało! Pan Baggins! Niech panowie wejdą do domu, musimy pogadać.

Weszli do kuchni i siedli przy wielkim kominie. Pani Maggot przyniosła ogromny dzban piwa i napełniła cztery spore kufle. Piwo było doskonałe, toteż Pippin przestał żałować, że ominęli gospodę „Pod Złotym Okoniem". Sam sączył piwo podejrzliwie. We krwi miał nieufność do mieszkańców innych prowincji Shire'u i nie był pochopny do zawierania przyjaźni z kimś, kto ongi zbił jego pana, choćby nie wiadomo ile lat temu.

Po wstępnych uwagach o pogodzie i urodzajach (nie gorszych niż zazwyczaj) Maggot odstawił kufel i powiódł wzrokiem po twarzach gości.

– Niech no mi pan teraz powie, panie Tuku – zwrócił się do Peregrina – skąd przybyliście i dokąd zmierzacie? Czy do mnie w odwiedziny? Bo jeśli tak, to muszę przyznać, żem was nie zauważył u furty.

– Nie – odparł Pippin. – Skoro sami zgadliście prawdę, nie będę taił, że przyszliśmy dróżką od jej drugiego końca, przez wasze pola. Ale stało się to przypadkiem. Zabłądziliśmy w lasach, idąc od Leśnego Dworu na przełaj do promu.

– Jeżeli wam się spieszyło, byłoby skuteczniej trzymać się drogi – rzekł farmer. – Nie o to wszakże mi chodzi. Pan, panie Pippinie, ma raz na zawsze wstęp wolny na moje pola. A pan, panie Baggins, także, chociaż pewnie pan wciąż jeszcze lubi pieczarki. – Maggot roześmiał się. – Tak, tak, zapamiętałem pańskie nazwisko. Nie zapomniałem tych czasów, kiedy młody Frodo Baggins był jednym z najgorszych urwisów w Bucklandzie. Ale nie pieczarki miałem teraz na myśli. Na chwilę przed waszym przyjściem słyszałem pańskie nazwisko, panie Baggins. Nie zgadnie pan, o co mnie pytał tamten dziwny gość.

Trzej hobbici w napięciu czekali na dalszy ciąg.

– Ano – podjął farmer bez pośpiechu, rozkoszując się efektem swoich słów – podjechał na wielkim czarnym koniu do furty, która przypadkiem była właśnie uchylona, i stanął tuż przed drzwiami domu. Cały czarny, zawinięty w płaszcz z kapturem, jakby nie chciał, żeby go kto poznał. „Czego, u licha, chce ode mnie?" – pomyślałem. Po tej stronie granicy rzadko widujemy Dużych Ludzi, a już o nikim podobnym do tego czarnego stwora w życiu nie słyszałem. „Dzień dobry – powiadam, wychodząc na próg. – Ta ścieżka nigdzie dalej nie prowadzi; dokądkolwiek się wybieracie, najszybciej tam traficie, jeżeli wrócicie na drogę". Nie podobał mi się ten jeździec, a kiedy się zbliżył, Łapaj raz tylko pociągnął nosem i szczeknął, jakby go kto żądłem ukłuł; podkulił ogon i uciekł, skowycząc. Czarny typ ani drgnął w siodle.

„Stamtąd jadę" – rzekł, wymawiając słowa powoli i twardo, i pokazał na zachód, ponad moim własnym polem, jakby nigdy nic.

„Czy nie widziałeś Bagginsa?" – spytał niesamowitym głosem i pochylił się ku mnie. Twarzy nie zobaczyłem, bo kaptur miał naciągnięty nisko, ale ciarki mi przeszły po krzyżach. Wciąż jednak nie mogłem pogodzić się z tym, że tak bezczelnie obcy wtargnął do mojej zagrody.

„Zabierajcie się stąd! – rzekłem. – Nie ma tu żadnych Bagginsów. Trafiliście nie do tej, co trzeba, prowincji Shire'u. Wracajcie lepiej na zachód, do Hobbitonu, ale gościńcem, nie przez moje pola!".

„Baggins opuścił Hobbiton – odpowiedział mi szeptem. – Idzie tu, jest już niedaleko. Chcę go odnaleźć. Jeżeli będzie tędy przechodził, czy mi o tym powiesz? Wrócę tu ze złotem".

„Nie – odparłem. – Wrócisz tam, skąd przyszedłeś, i to zaraz. Bo za minutę zawołam wszystkie moje pieski".

Na to jeździec wydał jakby syk. Może to był śmiech, może nie. Naparł na mnie koniem tak, że ledwie zdążyłem odskoczyć. Krzyknąłem na psy, ale on zawrócił konia i runął niby piorun przez furtę, a potem drogą ku grobli. No i co o tym wszystkim myślicie?

Frodo chwilę milczał, wpatrując się w ogień na kominie; myślał jednak wyłącznie o tym, jakim cudem zdoła dostać się do promu.

– Nie wiem, co o tym myśleć – powiedział wreszcie.

– W takim razie ja wam powiem, co powinniście myśleć – rzekł Maggot. – Nie trzeba było, panie Frodo, zadawać się z mieszkańcami Hobbitonu. To dziwni hobbici. – Sam wzdrygnął się i popatrzył na farmera nieprzychylnym okiem. – Ale z pana zawsze był lekkoduch. Kiedy się dowiedziałem, że pan opuścił Brandybucków i przeprowadził się do starego pana Bilba, od razu mówiłem, że pan napyta sobie biedy. Zapamiętajcie moje słowa, cały ten kłopot wynikł z dziwactw pana Bilba. Gadają, że podejrzanym sposobem zdobył majątek w dalekich krajach. Może ktoś chce się teraz dowiedzieć, co się stało ze złotem i klejnotami, zakopanymi, jak słyszałem, pod Pagórkiem w Hobbitonie?

Frodo nic na to nie odpowiedział, zaskoczony przenikliwością tego domysłu.

– Tak, panie Frodo – ciągnął dalej Maggot – cieszę się, że pan posłuchał głosu rozsądku i wrócił do Bucklandu. Radzę panu z nami pozostać. I nie zadawać się z tymi obcymi dziwakami. W naszych stronach znajdzie pan przyjaciół. A gdyby któryś z tych czarnych przybłędów szukał znów pana tutaj, już ja się z nim rozprawię. Powiem, że pan umarł albo wyjechał z kraju, czy coś innego w tym guście. Może nawet nie będzie to kłamstwo, bo kto wie, czy dopytując się, nie mieli pana Bilba na myśli.

– Możliwe – rzekł Frodo, unikając wzroku farmera i uparcie patrząc w ogień. Maggot przyglądał mu się zatroskany.

– Widzę, że pan ma o tym swoje zdanie – powiedział. – Jasne jak słońce, że nie przypadek sprowadził do mnie i pana, i tego jeźdźca w ciągu jednego popołudnia. Może też nowiny, które wam opowiedziałem, wcale nie były dla was nowe. Nie pytam o nic takiego, co byście woleli zachować przy sobie, ale rozumiem, że pan jest w jakichś tarapatach. Może rozmyśla pan nad tym, jak się dostać do promu, żeby po drodze nie wpaść tamtemu w łapy?

– Właśnie o tym myślałem – przyznał Frodo. – W każdym razie musimy zaryzykować i dotrzeć do celu. A nie osiągniemy go, siedząc i rozmyślając. Niestety, trzeba ruszać co prędzej. Dziękuję bardzo za życzliwość. Przez trzydzieści lat bałem się naprawdę was i waszych psów, chociaż śmialiście się, kiedy to powiedziałem. Szkoda! Straciłem trzydzieści lat przyjaźni z zacnym hobbitem. Przykro mi, że tak prędko muszę się z wami dzisiaj rozstać. Wrócę może kiedyś... jeżeli los pozwoli.

– Będzie pan miłym gościem, kiedykolwiek się pan zjawi – odparł Maggot. – Ale mam pomysł! Słońce już zachodzi, pora na wieczerzę. Zwykle kładziemy się spać zaraz po zachodzie słońca. Gdyby pan i pan Peregrin, i wasz towarzysz zechcieli przegryźć coś razem z nami, byłoby nam bardzo przyjemnie.

– Nam tym bardziej! – rzekł Frodo. – Niestety, musimy ruszać w drogę natychmiast. Już i tak nie zajdziemy przed zmrokiem do promu.

– Niechże pan poczeka chwileczkę! Nie skończyłem jeszcze. Po wieczerzy mógłbym zaprząc kuce do wózka i odwieźć panów na miejsce. Oszczędziłoby to wam czasu, a kto wie, czy nie innych kłopotów także.

Ku uciesze Pippina i Sama Frodo przyjął propozycję z wdzięcznością. Słońce już się skryło za wzgórza na zachodzie. Zmierzch szybko gęstniał. Zjawili się dwaj synowie Maggota oraz trzy jego córki, na długim stole zastawiono sutą wieczerzę. W kuchni błysnęły świece, ogień na kominku rozpalił się żywiej. Pani Maggot krzątała się po domu. Nadeszło paru hobbitów, domowników gospodarza. Wkrótce czternaście osób siedziało za stołem. Piwa było w bród, na półmisku piętrzyła się góra pieczarek z boczkiem, nie brakowało też innych posilnych wiejskich dań. Psy leżały przy ogniu, ogryzając kości i skórki.

Po kolacji farmer z synami wyszedł pierwszy, żeby przy świetle latarni zaprząc kuce. Na dziedzińcu było już ciemno, kiedy z kolei wyszli z domu goście. Rzucili na wóz pakunki, potem wsiedli sami. Maggot z kozła smagnął parę tłustych kuców biczem. Jego żona stała w jasnym prostokącie otwartych drzwi.

– Uważaj na siebie, Maggot! – zawołała. – Nie gadaj z obcymi i wracaj prosto do domu!

– Dobrze, dobrze! – odparł, wyjeżdżając z bramy. Najlżejsze bodaj tchnienie wiatru nie zakłócało ciszy, noc była pogodna i spokojna, bardzo chłodna. Posuwali się wolno, bez świateł. O milę czy dwie dalej dróżkę przecinał głęboki rów, a za nim wznosił się nasyp wysokiej grobli.

Maggot zlazł z wozu i uważnie przepatrzył drogę w obie strony, na północ i na południe, ale nic nie było widać w ciemnościach, a ciszy nie mącił żaden szmer. Cienkie pasemka mgły znad rzeki snuły się nad rowami i rozpełzały po polach.

– Będzie źle widać – rzekł Maggot – ale nie zapalę latarni, aż dopiero w powrotnej drodze. Gdyby ktoś nadjeżdżał, usłyszymy go na długo wcześniej, niż zobaczymy.

Pięć mil z okładem dzieliło dróżkę Maggota od promu. Hobbici zawinęli się w płaszcze, lecz wytężali słuch, czujni na każdy odgłos, który nie był skrzypieniem kół ich wozu lub niespiesznym, rytmicznym stukiem podków kucyków. Wóz zdawał się Frodowi ślamazarny jak ślimak. Siedzący obok Pippin kiwał się sennie, lecz Sam miał oczy otwarte i utkwione we mgle unoszącej się nad drogą przed nimi.

Wreszcie dotarli do alei, która prowadziła na prom. Dwa białe słupy stojące u wjazdu wyłoniły się znienacka z ciemności po ich prawej ręce. Maggot ściągnął kuce, wóz zatrzymał się ze zgrzytem. Hobbici już się zaczęli z niego gramolić na ziemię, gdy nagle usłyszeli to, czego wszyscy lękali się najbardziej: stukot kopyt. Jeździec zbliżał się od strony rzeki.

Maggot zeskoczył z wozu i stojąc przy łbach swoich kuców, wpatrzył się w mrok. Klip-klap, klip-klap – dźwięczało coraz bliżej. Uderzenia podków rozległy się głośno w ciszy i mgle.

– Niech się pan lepiej schowa, panie Frodo – powiedział zatroskany Sam. – Niech pan się położy na dnie wozu i przykryje derką, a my tymczasem pozbędziemy się jakoś tego Jeźdźca.

Sam zeskoczył na ziemię i stanął u boku farmera. Czarni Jeźdźcy musieliby przez niego przeskoczyć, żeby się zbliżyć do wozu. Klip-klap, klip-klap. Jeździec był tuż przed nimi.

– Hej tam! – krzyknął Maggot. Stukot urwał się, jakby koń stanął w miejscu. Hobbitom zdawało się, że rozróżniają majaczącą o parę kroków przed nimi we mgle postać w ciemnym płaszczu.

– Trzymaj – rzekł farmer do Sama, rzucając mu lejce i występując naprzód. – Ani kroku dalej! Czego tu chcesz i dokąd jedziesz?

– Szukam pana Bagginsa. Czyście go nie widzieli? – odezwał się głos przytłumiony, lecz niewątpliwie należący do Meriadoka Brandybucka. Snop światła odsłoniętej latarni padł prosto na zdumioną twarz farmera.

– Pan Merry! – krzyknął Maggot.

– Oczywiście, że ja! A za kogoście mnie wzięli? – spytał Merry, podchodząc bliżej. Wyłonił się z mgieł i w oczach hobbitów, gdy ochłonęli ze strachu, jakby nagle zmalał do zwyczajnego hobbickiego wzrostu. Siedział na kucyku, a szyję i brodę miał okutaną szalikiem dla ochrony przed mgłą. Frodo zeskoczył z wozu, by się przywitać.

– Jesteś nareszcie! – zawołał Merry. – Już zaczynałem wątpić, czy się dzisiaj zjawisz, i chciałem wracać na kolację. Kiedy nadciągnęła mgła, wybrałem się za rzekę i podjechałem do Słupianki, żeby się upewnić, czy nie wpadłeś gdzieś do rowu. Nie pojmuję, jakimi drogami szedłeś. Skądżeście ich wyłowili, Maggot? Może z waszego kaczego stawku?

– Nie. Przydybałem tych hobbitów w szkodzie. Jużem chciał psy na nich poszczuć. Ale pewnie sami panu opowiedzą tę historię. Bo ja, z przeproszeniem pana Froda, pana Meriadoka i całej kompanii, wolałbym, nie zwlekając, wracać do domu. Żona się niepokoi, a mgła coraz gorsza.

Zawrócił wozem.

– Dobranoc! – zawołał. – Nie ma co, dzień był niepowszedni. Ale wszystko dobre, co się dobrze kończy... chociaż tego nie powinno się mówić, póki wszyscy nie staniemy u drzwi własnych domów. Nie wypieram się, że będę rad, kiedy się tam wreszcie znajdę. – Zapalił latarnię u wozu i wsiadł. Niespodzianie sięgnął pod kozioł i wydobył stamtąd spory koszyk. – O mały włos byłbym zapomniał – rzekł. – Żona kazała mi oddać to panu Bagginsowi z pozdrowieniem od niej.

Podał Frodowi kosz i ruszył w swoją drogę, żegnany chórem podziękowań i życzeń dobrej nocy.

Długą chwilę patrzyli na blade kręgi światła jego latarni, migocącej w nocnej mgle. Nagle Frodo wybuchnął śmiechem: spod pokrywy kosza zapachniały mu pieczarki.

# Rozdział 5

## *Wykryty spisek*

– My także lepiej zrobimy, jeśli teraz pospieszymy do domu – rzekł Merry. – Widzę, że jest w tej całej historii coś dziwnego, ale pomówimy o tym dopiero na miejscu.

Skręcili na prostą, porządnie utrzymaną ścieżkę, obrzeżoną dużymi bielonymi kamieniami. Doprowadziła ich ona o jakieś sto kroków dalej na brzeg rzeki do przystani i szerokiego, zbitego z desek pomostu. Przycumowany do niego czekał płaski prom. Białe słupy wbite nad samą wodą jaśniały w blasku dwóch wysoko umocowanych latarni. Za plecami wędrowców na niskich polach mgła już unosiła się nad żywopłotami, lecz przed nimi woda lśniła czernią, tylko w przybrzeżnym sitowiu błąkały się tu i ówdzie skłębione niby dym opary. Na drugim brzegu mgła zdawała się rzadsza. Merry sprowadził wierzchowca po kładce na prom, reszta kompanii poszła za nim. Merry ujął długą tykę i pchnął prom w poprzek nurtu. Brandywina płynęła przed ich oczyma z wolna, szeroko rozlana. Przeciwny brzeg wznosił się stromo, od przystani kręta ścieżka wiła się w górę ku migocącym światłom. Dalej majaczyło wzgórze Buck, a na nim, przeświecając przez rozproszone mgły, błyszczało mnóstwo okrągłych okien, żółtych i czerwonych. To były okna Brandy Hallu, starej siedziby Brandybucków.

Przed wiekami Gorhendad Oldbuck – głowa rodu Oldbucków, zaliczanego do najstarszych w prowincji Moczarów, a może i w całym Shire – przeprawił się przez Rzekę, która podówczas wyznaczała wschodnią granicę kraju. Zbudował (i wykopał) Brandy

Hall, zmienił nazwisko na Brandybuck i osiadł tu, władając obszarem, który stanowił niemal samodzielne księstewko. Rodzina rozrastała się i nie przestała rozrastać po śmierci Gorhendada, aż wreszcie Brandy Hall zajął całe wzgórze, szczycąc się trzema wielkimi bramami, mnóstwem bocznych drzwi i blisko setką okien. Brandybuckowie oraz ich liczni podwładni zaczęli wtedy kopać nory, a w późniejszych czasach budować domy wszędzie dookoła wzgórza. Tak powstał Buckland, gęsto zaludniony pas ziemi między rzeką a Starym Lasem, niejako kolonia Shire'u. Główne miasteczko Bucklebury tuliło się na zboczach za Brandy Hallem.

Ludność Moczarów żyła z Bucklandczykami w przyjaźni, a farmerzy gospodarujący między Słupkami a Łoziną dotychczas uznawali władzę Dziedzica z Hallu – jak nazywano głowę rodziny Brandybucków. Większość wszakże obywateli starego Shire'u poczytywała Bucklandczyków za dziwaków, prawie za cudzoziemców. W rzeczywistości nie różnili się oni wiele od innych hobbitów z czterech Ćwiartek. Z jednym jedynym wyjątkiem: lubili wodę, a niektórzy nawet umieli pływać.

Kraj ich początkowo był bezbronny od wschodu, potem ogrodzono go z tej strony żywopłotem, zwanym Zielonym Murem. Żywopłot, pielęgnowany stale przez kilka pokoleń hobbitów, wyrósł wysoko i rozkrzewił się szeroko. Zaczynał się od mostu na Brandywinie, olbrzymim łukiem odbiegał od rzeki i sięgał aż do Ostatniej Łąki (gdzie płynąca z lasu Wija wpadała do Brandywiny), miał więc ponad dwadzieścia mil długości. Nie zapewniał oczywiście niezawodnego bezpieczeństwa. Las w wielu miejscach wysuwał się pod sam Mur. Toteż Bucklandczycy po zmroku ryglowali drzwi swoich domów, co w Shire nie było w zwyczaju.

Prom sunął z wolna po wodzie. Brzeg bucklandzki zbliżał się ku nim. Z całej kompanii tylko Sam nigdy dotychczas nie był za rzeką. Patrząc, jak leniwy nurt z chlupotem przelewa się wzdłuż burty, Sam miał dziwne wrażenie: życie zostawało za nim we mgle, a przed nim była ciemność i przygoda. Podrapał się w głowę i przemknęła mu myśl, że jednak lepiej by było, gdyby pan Frodo nadal spokojnie siedział w Bag End.

Czterej hobbici zeszli na ląd. Merry wiązał prom, a Pippin już prowadził kuca ścieżką pod górę, gdy Sam (który obejrzał się, jakby żegnając Shire) szepnął ochryple:

– Niech pan się obejrzy, panie Frodo. Czy pan coś widzi?

Na drugim brzegu, w przystani, pod odległymi latarniami majaczył jakiś kształt; wyglądało to jak czarny tłumoczek zapomniany przez podróżnych. Lecz gdy się wpatrzyli lepiej, poruszył się, zakołysał, jakby węsząc przy ziemi. Potem wyczołgał się czy może pobiegł skulony z powrotem w mrok poza krąg światła.

– A to co, u licha?! – wykrzyknął Merry.

– Coś, co szło naszym tropem – rzekł Frodo. – O więcej na razie nie pytaj. Chodźmy stąd i to natychmiast.

Pospieszyli ścieżką na wysoką skarpę, lecz gdy znów z góry spojrzeli na Rzekę, drugi brzeg skrył się we mgle tak, że nic widać nie było.

– Szczęście, że na zachodnim brzegu nikt nie trzyma łodzi! – powiedział Frodo. – Czy konno można przebyć rzekę w bród?

– Można przejść mostem o dwadzieścia mil na północ stąd albo przeprawić się wpław – odparł Merry. – Co prawda nigdy nie słyszałem, żeby jakiś koń przepłynął Brandywinę. Ale skąd ci przyszły na myśl konie?

– Wytłumaczę ci to później. Pogadamy w czterech ścianach.

– Słusznie. Obaj z Pippinem znacie drogę, ja więc pojadę naprzód i zawiadomię Grubasa o waszym przybyciu. Przygotujemy kolację i tak dalej.

– Jedliśmy wczesną wieczerzę u Maggota – rzekł Frodo – ale znajdzie się miejsce na drugą.

– Dostaniecie ją na pewno! Daj mi ten koszyk! – I Merry zniknął w ciemnościach.

Od Brandywiny do nowego domu Froda w Ustroni było dość daleko. Zostawili po lewej ręce Wzgórze Buck i Brandy Hall, a minąwszy Bucklebury, weszli na główny gościniec Bucklandu, biegnący od mostu na południe. Posuwając się ku północy, pół mili dalej skręcili w prawo na boczną dróżkę, która poprowadziła ich przez dalsze dwie mile, to wspinając się w górę, to opadając w dół wśród pól.

Wreszcie stanęli przed ciasną bramą w gęstym żywopłocie. Domu w ciemnościach nie mogli dostrzec, bo krył się w głębi, pośrodku wielkiego kolistego trawnika, otoczony pierścieniem karłowatych drzew, posadzonych wzdłuż żywopłotu. Frodo wybrał ten dom, ponieważ stał w cichym zakątku, z dala od ruchliwych szlaków i z dala od wszelkiego sąsiedztwa. Można tu było wchodzić i wychodzić niepostrzeżenie. Zbudowali go przed wielu laty Brandybuckowie na siedzibę dla gości lub członków rodziny, którzy pragnęli czas jakiś odpocząć od gwaru ludnego Brandy Hallu. Był to staroświecki wiejski dom, wzorowany jak najściślej na hobbickiej norce: długi, niski, bez piętra; dach miał darniowy, a okienka i drzwi okrągłe.

Idąc spod furtki zieloną ścieżką, nie widzieli świateł. Okna były ciemne, zasłonięte okiennicami. Frodo zapukał do drzwi, otworzył mu Grubas Bolger. Z wnętrza płynął strumień przyjaznego blasku. Wsunęli się szybko i zaraz odgrodzili znów drzwiami siebie i światło od ciemności zewnętrznych. Znaleźli się w obszernej sieni, z której na dwie strony otwierały się drzwi do pokojów. Przez środek domu biegł korytarz.

– No, co powiesz? – spytał Merry, nadchodząc z głębi korytarza. – Zrobiliśmy wszystko, co się dało zrobić w tak krótkim czasie, żeby ten dom zagospodarować. Pamiętaj, że zaledwie wczoraj przyjechaliśmy tu wraz z Grubasem na ostatnim wozie z rzeczami.

Frodo rozejrzał się wkoło. Dom wyglądał przytulnie. Postarano się w miarę możliwości ustawić meble tak samo, jak stały w Bag End. Były to przeważnie jego własne meble, a właściwie meble Bilba, i Frodowi, gdy je zobaczył w tym nowym otoczeniu, Bilbo jak żywy stanął przed oczyma. Miła, wygodna, przyjazna siedziba! Żal ogarnął hobbita, że nie przybywa tu po to, by osiąść w spokoju na stałe. Wyrzucał też sobie, że naraził przyjaciół na tyle trudów, i łamał sobie głowę, jak im powiedzieć, że musi opuścić ten dom wkrótce, a nawet – natychmiast. Ale rozumiał, że trzeba im oznajmić tę złą nowinę jeszcze tej nocy, nim wszyscy pójdą spać.

– Uroczy dom! – powiedział, wreszcie zdobywając się na słowa. – Mam wrażenie, jakbym się wcale nie przeprowadził z Bag End.

Podróżni powiesili płaszcze i złożyli bagaże na podłodze w sieni, a Merry poprowadził ich korytarzem i otworzył drzwi w głębi. Buchnęło zza nich ciepło ogniska i kłąb pary.

– Kąpiel! – krzyknął Pippin. – O, zacny Meriadoku!

– W jakiej kolejności będziemy się kąpali? – spytał Frodo. – Czy pierwszy wejdzie najstarszy, czy najszybszy? W każdym przypadku ty, mości Peregrinie, znajdziesz się na szarym końcu.

– Nie znasz mnie, jeżeli myślisz, że nie wymyśliłem lepszego rozwiązania – rzekł Merry. – Nie możemy zaczynać życia w Ustroni od kłótni o wannę. W tym pokoju są trzy wanny i kocioł pełen wrzątku. Nie brakuje też ręczników, mat pod nogi i mydła. Idźcie wszyscy trzej naraz i nie marudźcie.

Merry i Grubas zajęli się tymczasem ostatnimi przygotowaniami do kolacji w kuchni, leżącej po drugiej stronie korytarza. Z łazienki dobiegały urywki trzech rywalizujących ze sobą pieśni, plusk i chlupotanie. Nagle jednak głos Pippina wybił się ponad inne i rozbrzmiała ulubiona kąpielowa śpiewka Bilba:

> *Słodką kąpiółkę śpiewaj o zmierzchu.*
> *Co wszelkie błoto obmywa z wierzchu!*
> *Kto nie chce śpiewać – z takim precz,*
> *Gorąca woda to piękna rzecz!*
>
> *Słodki deszcz, który pluszcze powoli,*
> *I szmer potoku, co mknie wśród dolin,*
> *Lecz nad oboma wciąż wiedzie prym*
> *Gorącej wody para i dym!*
>
> *Gdy nas pragnienie mocno przyparło,*
> *Lać zimną wodę możemy w gardło,*
> *Lecz lepsze piwo, gdy chce się pić,*
> *Lub ciepłej wody po plecach nić!*
>
> *Czysta jest woda, co w czas poranny*
> *Strzela pod niebo snopem fontanny,*
> *Ale nad słodki fontanny plusk*
> *Milszy mi wody gorącej chlust!* [1]

Potem dał się słyszeć okropny plusk i triumfalny krzyk Froda. Woda z wanny Pippina wystrzeliła na kształt fontanny aż pod sufit.

Merry podszedł do drzwi łazienki.

– Czy wam wcale nie pilno do kolacji i kufelka piwa? – spytał.

---

[1] Przełożył Włodzimierz Lewik.

Wyszedł Frodo, wyżymając mokre włosy.

– Tu jest tyle wody w powietrzu, że wolę osuszyć się w kuchni – oświadczył.

– Rzeczywiście! – przyznał Merry, zaglądając do łazienki. Kamienna podłoga tonęła w powodzi. – Wytrzesz to wszystko, Peregrinie, zanim dostaniesz coś do zjedzenia. A spiesz się, bo nie będziemy na ciebie czekali.

Zjedli kolację w kuchni, przysunąwszy stół do kominka.

– Mam nadzieję, że z was trzech żaden nie zechce jeść znowu pieczarek? – spytał bez wielkiego przekonania Fredegar.

– Ależ owszem, zechcemy! – krzyknął Pippin.

– To moje pieczarki – rzekł Frodo. – Nie kto inny, lecz ja dostałem je w prezencie od pani Maggot, perły wiejskich gospodyń. Trzymajcie ręce przy sobie, łakomczuchy, sam wydzielę wam porcje.

Hobbici w upodobaniu do pieczarek prześcigają najwybredniejszych nawet smakoszy wśród Dużych Ludzi. Temu należy przypisać młodzieńcze wyprawy Froda na słynne pola Maggota i gniew skrzywdzonego farmera. Owego wszakże wieczora – mimo sławnego hobbickiego apetytu – starczyło pieczarek dla wszystkich. Były zresztą liczne inne dania, toteż kończąc kolację, Grubas Bolger westchnął z lubością. Odstawili stół, przyciągnęli fotele bliżej ognia.

– Sprzątniemy później – rzekł Merry. – Teraz opowiedzcie wszystko! Domyślam się, że mieliście przygody, a to nieładnie, skoro mnie z wami nie było. Żądam szczegółowego sprawozdania, a zwłaszcza jestem ciekaw, co ugryzło starego Maggota, że się do mnie odezwał w ten sposób. Miałem wrażenie, że był wystraszony, o ile jest zdolny do strachu.

– Wszyscy byliśmy wystraszeni – odparł Pippin po chwili milczenia, podczas gdy Frodo bez słowa wpatrywał się w ogień. – Też byś miał stracha, gdyby przez dwa dni z rzędu ścigali cię Czarni Jeźdźcy.

– A któż to taki?

– Czarne postacie na czarnych koniach – odrzekł Pippin. – Jeżeli Frodo nie chce mówić, ja ci opowiem całą historię od początku.

I opowiedział dokładnie o podróży, zaczynając od opuszczenia Hobbitonu. Sam potwierdzał jego słowa, wtrącając co chwila wykrzykniki i przytakując. Frodo milczał.

– Myślałbym, że to bajka – rzekł Merry – gdybym nie widział na własne oczy tego czarnego stwora na przystani i nie słyszał na własne uszy niezwykłego tonu w głosie Maggota. Co ty o tym wszystkim sądzisz, Frodo?

– Kuzyn Frodo dotychczas był bardzo tajemniczy – powiedział Pippin. – Pora, żeby otworzył usta. Na razie nie mamy żadnych danych prócz domysłów Maggota, który wiąże te wypadki z legendą o bogactwach starego Bilba.

– To tylko domysł – żywo odparł Frodo. – Maggot o niczym nie wie.

– Stary Maggot to bardzo tęga głowa – rzekł Merry. – Za tą pyzatą twarzą kryje się więcej rozumu, niżby można sądzić z tego, co stary farmer mówi. Słyszałem, że dawniej chadzał do Starego Lasu i podobno zna się na różnych dziwnych sprawach. Ale powiedz nam wreszcie, Frodo, czy Maggot, twoim zdaniem, odgadł trafnie, czy nie?

– Myślę – powiedział Frodo – że domysł Maggota w pewnej mierze jest trafny. Istnieje jakiś związek między naszą przygodą a dawnymi przygodami Bilba; jeźdźcy szukają – czy może wręcz ścigają – Bilba albo mnie. Jeżeli chcecie wiedzieć prawdę, to boję się, że to gra nie na żarty i że nie jestem bezpieczny ani w tym domu, ani w żadnym innym.

I Frodo rozejrzał się po oknach i ścianach, jakby w obawie, że się nagle otworzą. Przyjaciele patrzyli na niego w milczeniu i wymieniali między sobą porozumiewawcze spojrzenia.

– Teraz już wszystko się wyda – szepnął Pippin do Merry'ego. Merry skinął głową.

– No, tak! – rzekł wreszcie Frodo, prostując się w fotelu, jakby powziął jakąś ważną decyzję. – Nie będę przed wami dłużej taił prawdy. Mam wam coś do powiedzenia. Ale nie wiem, od czego zacząć.

– Zdaje się, że będę mógł ci pomóc – spokojnie odezwał się Merry – mówiąc przynajmniej część za ciebie.

– Co to ma znaczyć? – spytał Frodo zaniepokojony.

– To, mój drogi, że martwisz się, ponieważ nie wiesz, jak nam powiedzieć do widzenia. Chciałeś oczywiście opuścić Shire. Ale spotkałeś się z niebezpieczeństwem wcześniej, niż przewidywałeś, dlatego teraz postanowiłeś ruszyć w dalszą drogę bez zwłoki. Wcale jednak nie masz na to ochoty. Bardzo ci wszyscy współczujemy.

Frodo otworzył usta, lecz zamknął je natychmiast. Jego zdumiona mina była tak zabawna, że przyjaciele wybuchnęli śmiechem.

– Kochany stary Frodo! – zawołał Pippin. – Czy naprawdę łudziłeś się, że zamydliłeś nam oczy? Nie, nie byłeś dość ostrożny ani dość sprytny, żeby nas wyprowadzić w pole. Już od kwietnia było oczywiste, że zamyślasz o porzuceniu Hobbitonu i żegnasz się z wszystkim, co tak lubiłeś. Ustawicznie mruczałeś: „Ciekaw jestem, czy też jeszcze kiedy w życiu zobaczę znów tę dolinę!" i tym podobne rzeczy. A potem ta komedia, że niby kończą ci się pieniądze, i sprzedaż ukochanej siedziby Bagginsom z Sackville! I te ciągłe tajne narady z Gandalfem!

– Wielkie nieba! – westchnął Frodo. – Zdawało mi się, że działam bardzo przezornie i chytrze. Co teraz Gandalf powie? Czy to znaczy, że cały Shire gada już o mojej wyprawie?

– Och, nie! – odparł Merry. – O to możesz być spokojny. Pewnie sekret nie utrzyma się długo, tymczasem jednak nie zna go, jak sądzę, nikt prócz nas – spiskowców. Pamiętaj, że my, bądź co bądź, znamy cię dobrze i wiele z tobą przebywamy. Zwykle umiemy zgadywać twoje myśli. Ja zresztą znałem także Bilba. Mówiąc szczerze, obserwowałem cię pilnie od czasu zniknięcia Bilba. Przypuszczałem, że wcześniej lub później zechcesz pójść za nim; a nawet spodziewałem się, że zrobisz to wcześniej, i ostatnio wszyscy się niepokoiliśmy. Baliśmy się, żebyś nam nie umknął, ruszając w świat znienacka i samotnie, jak Bilbo. Dlatego od wiosny nie spuszczaliśmy cię z oka i ze swej strony także układaliśmy różne plany. Nie, nie uciekniesz nam tak łatwo.

– Ależ ja muszę odejść – rzekł Frodo. – Nie ma innej rady, moi drodzy. Wielka to przykrość dla nas wszystkich, nie próbujcie jednak mnie zatrzymać. Skoro zgadliście tak wiele, pomóżcie mi, zamiast przeszkadzać.

– Nie zrozumiałeś nas! – odparł Pippin. – Musisz iść w świat, a więc my także, Merry i ja, pójdziemy z tobą. Sam to wspaniały chłopak, gotów z pewnością w twojej obronie skoczyć bodaj smokowi w paszczę... chyba że potknąłby się przy tym o własne nogi. Ale w tak niebezpiecznej wyprawie będziesz potrzebował liczniejszej kompanii.

– Moi drodzy, najmilsi hobbici! – powiedział Frodo, wzruszony do głębi. – Ależ ja do tego nie mogę dopuścić! Zresztą dawno już to postanowiłem. Mówicie o niebezpieczeństwie, nie rozumiecie go jednak. To nie jest poszukiwanie skarbów, wyprawa tam i z powrotem. Uciekam przed jedną śmiertelną grozą w inną śmiertelną grozę.

– Rozumiemy to, oczywiście! – stanowczo oświadczył Merry. – Właśnie dlatego zdecydowaliśmy się iść z tobą. Wiemy, że sprawa Pierścienia to nie żarty. Zrobimy jednak wszystko, co w naszej mocy, żeby ci pomóc przeciw Nieprzyjacielowi.

– Sprawa Pierścienia! – powtórzył Frodo, zupełnie już teraz oszołomiony.

– Tak, Pierścienia – rzekł Merry. – Mój kochany, zapomniałeś o przenikliwości swoich przyjaciół! Od wielu lat – jeszcze przed zniknięciem Bilba – wiedziałem o istnieniu Pierścienia. Ponieważ jednak było jasne, że Bilbo pragnie to zachować w tajemnicy, nie zdradzałem się z moimi wiadomościami, dopóki nie zawiązaliśmy naszego spisku. Co prawda nie znałem tak dobrze Bilba jak ciebie; ja byłem za młody, a Bilbo ostrożniejszy niż ty, chociaż także nie dość jeszcze ostrożny. Jeżeli chcesz, powiem ci, w jaki sposób po raz pierwszy odkryłem sekret.

– Mów! – szepnął Frodo.

– Zgubą Bilba, jak zawsze, stali się Bagginsowie z Sackville. Pewnego dnia, na rok przed urodzinowym przyjęciem, szedłem drogą i zobaczyłem przed sobą Bilba. Nagle w oddali ukazała się para Bagginsów z Sackville, idących w naszą stronę; Bilbo zwolnił kroku i... hop! Zniknął! Tak byłem zaskoczony, że ledwie zdobyłem się w ostatniej chwili na jakiś pomysł, by także się schować, chociaż w bardziej naturalny sposób. Dałem nurka w żywopłot i dalej posuwałem się pod jego osłoną wzdłuż drogi. Wyjrzałem zza krzaków na drogę, gdy wreszcie Bagginsowie z Sackville przeszli, i w miejscu, w którym właśnie zatrzymałem wzrok, wyrósł znienacka Bilbo. Dostrzegłem błysk złota, kiedy wsuwał jakiś mały przedmiot do kieszeni spodni.

Od tego dnia miałem oczy stale otwarte. Powiem, nie owijając w bawełnę: szpiegowałem Bilba. Przyznasz chyba, że zagadka była naprawdę korcąca, a ja przecież byłem młodzikiem. Prócz ciebie, Frodo, jestem pewnie jedynym w Shire hobbitem, który widział tajną księgę starego Bilba.

– Czytałeś jego księgę? – krzyknął Frodo. – Wielkie nieba! A więc nic nie da się przed światem ukryć?

– Niełatwo coś ukryć, jak się zdaje – odparł Merry. – Zdołałem tylko rzucić okiem na tę księgę, a i to przyszło mi z wielkim trudem. Bilbo nigdy nie zostawiał jej na wierzchu. Ciekaw jestem, co się z nią stało. Chętnie bym do niej zajrzał znowu. Może ty ją masz, Frodo?

– Nie. Nie było jej w Bag End. Pewnie Bilbo wziął ją z sobą.

– A więc, jak mówiłem – ciągnął dalej Merry – trzymałem język za zębami aż do wiosny tego roku, kiedy to wytworzyła się już poważna sytuacja. Wówczas zawiązaliśmy spisek, a że my także traktowaliśmy sprawę poważnie i byliśmy zdecydowani na wszystko, nie bawiliśmy się w zbytnie skrupuły. Z ciebie, Frodo, twardy orzech do zgryzienia, a z Gandalfa – jeszcze twardszy. Jeśli chcesz poznać naszego głównego wywiadowcę, mogę ci go przedstawić.

– Gdzież on jest? – spytał Frodo i rozejrzał się dokoła, jakby oczekiwał, że z którejś szafy wyłoni się ponura postać szpiega w masce.

– Wystąp, Sam! – rzekł Merry. Sam wstał, zaczerwieniony po uszy. – Oto nasz informator! Zapewniam cię, że dostarczał nam mnóstwa wiadomości, nim wreszcie został przyłapany. Wiedz, że po tym zdarzeniu zachował się tak, jakby się czuł związany słowem honoru i odtąd nie wyciągnęliśmy z niego nic więcej.

– Sam! – zawołał Frodo. Nic w świecie nie mogłoby go bardziej zdumieć, nie umiałby też powiedzieć, czy to, co czuje, jest gniewem, zaciekawieniem, ulgą czy tylko wstydem, że się dał tak wystrychnąć na dudka.

– Tak, proszę pana – rzekł Sam. – Bardzo pana przepraszam. Ale naprawdę nie miałem złych zamiarów względem pana i pana Gandalfa. On zresztą bardzo rozumnie radził. Kiedy pan mówił: „Muszę iść sam", powiedział: „Nie! Weź z sobą kogoś, komu możesz zaufać".

– Okazuje się jednak, że nikomu ufać nie można – odparł Frodo. Sam spojrzał na niego strapionymi oczyma.

– To zależy, czego od przyjaciół oczekujesz – odezwał się Merry. – Możesz nam zaufać; że cię nie opuścimy w dobrej czy złej doli, choćby do najgorszego końca. Możesz nam też ufać, że strzec będziemy twojej tajemnicy lepiej, niż ty sam jej strzegłeś. Ale nie licz na to, żebyśmy ci pozwolili samotnie stawiać czoło niebezpieczeństwu i odejść od nas bez słowa. Jesteśmy twoimi przyjaciółmi. W każdym razie tak się rzecz przedstawia: wiemy bardzo wiele z tego, co ci Gandalf powiedział. Wiemy dużo o Pierścieniu. Boimy się okropnie, ale pójdziemy z tobą albo za tobą, jak psy za tropem.

– Bądź co bądź – dodał Sam – powinien pan słuchać rady elfów. Gildor radził, żeby pan wziął z sobą przyjaciół, jeżeli zechcą panu towarzyszyć. Nie może pan zaprzeczyć!

– Nie przeczę – rzekł Frodo, patrząc w oczy Samowi, który teraz szczerzył zęby w uśmiechu. – Nie przeczę, lecz nigdy już nie uwierzę, że śpisz, choćbyś nie wiem jak głośno chrapał. Odtąd, żeby się upewnić, będę cię w takich razach częstował kopniakiem.

Banda podstępnych hultajów! – krzyknął, zwracając się do pozostałych. – Ale niech tam! – rzekł, wstając i ze śmiechem machając ręką. – Kapituluję! Posłucham rady Gildora. Gdyby nie czyhało na nas tak groźne niebezpieczeństwo, skakałbym z radości. A nawet wiedząc o niebezpieczeństwie, mimo wszystko jestem szczęśliwy, tak szczęśliwy, jak dawno już się nie czułem. Lękałem się tego wieczora!

– Doskonale! A więc sprawa ubita. Trzy razy wiwat na cześć kapitana Froda i jego drużyny! – krzyknęli wszyscy i zaczęli tańczyć wokół niego. Merry i Pippin zaśpiewali pieśń, najwidoczniej przygotowaną z góry na tę uroczystość. Ułożyli ją na wzór tej pieśni krasnoludów, która Bilba niegdyś skusiła na wyprawę, i śpiewali na tę samą melodię:

*Bezpieczny domu, żegnaj już nam!*
*Choć deszcz spaść może, dąć może wiatr,*
*Musimy ruszać stąd skoro świt*
*Hen poza lasy, za góry szczyt.*

*Do domu elfów, do Rivendell*
*Wśród łąk wtulonych w cień skał i mgieł*
*Trzeba nam spieszyć przez chłodny step,*
*A stamtąd – sami nie wiemy, gdzie.*

*Przed nami wrogi, za nami – strach,*
*Pod niebem nieraz przyjdzie nam spać*
*Nim w końcu droga swój znajdzie kres,*
*Wędrówka nasza osiągnie cel.*

*Musimy ruszać, najwyższy czas!*
*Ruszamy jeszcze przed zorzą dnia!*[1]

– Słusznie – powiedział Frodo. – Ale w takim razie mamy mnóstwo roboty, nim pójdziemy do łóżek... bo tę noc przynajmniej możemy jeszcze przespać pod dachem.

– Och, to przecież tylko poezja! – zawołał Pippin. – Czy naprawdę zamierzasz wyruszyć przed świtem?

– Nie wiem – odpowiedział Frodo. – Boję się Czarnych Jeźdźców i jestem pewien, że nie jest bezpiecznie zatrzymywać się dłużej na jednym miejscu, tym bardziej w tym domu, skoro wszyscy wiedzą, że tu się wybierałem. Gildor także przestrzegał mnie przed zwlekaniem. Ale bardzo bym chciał spotkać się z Gandalfem. Zauważyłem, że nawet Gildor stropił się, kiedy mu powiedziałem, że Gandalf nie stawił się na umówione spotkanie. Wszystko zależy od odpowiedzi na dwa pytania: Jak prędko Czarni Jeźdźcy mogą dostać się do Bucklebury? I jak prędko my możemy być gotowi do dalszej podróży? Wymaga to chyba wielu przygotowań.

– Na drugie pytanie zaraz ci odpowiem – rzekł Merry. – Moglibyśmy wyruszyć już za godzinę. Wszystko właściwie przygotowałem. W stajni stoi sześć kuców; żywność i cały sprzęt zapakowane, z wyjątkiem może jeszcze jakichś ubrań i mniej trwałych prowiantów.

– Spisek, jak widzę, pracował sprawnie – rzekł Frodo. – Ale co powiecie o Czarnych Jeźdźcach? Czy można bez ryzyka czekać bodaj dzień jeszcze na Gandalfa?

– A jak myślisz, co jeźdźcy by zrobili, gdyby cię tutaj znaleźli? Decyzja od tego zawisła – odparł Merry. – Oczywiście przyjechaliby już do tej pory, gdyby ich nie zatrzymano przy Północnej Bramie, w miejscu, gdzie Zielony Mur sięga brzegu rzeki, tuż przy

---

[1] Przełożył Tadeusz A. Olszański.

moście. Straż u bramy nie przepuściłaby ich w nocy, choć mogliby się przedrzeć przez żywopłot. Za dnia zresztą strażnicy również staraliby się nie dopuścić obcych jeźdźców, przynajmniej dopóty, dopóki by nie wrócił wysłaniec z rozkazem Dziedzica z Hallu, bo ci goście nie wyglądają przyjaźnie i wzbudziliby z pewnością przerażenie. Ale, rzecz jasna, ten kraj nie zdołałby opierać się długo, gdyby napastnicy uderzyli większą siłą. Możliwe też, że rano otwarto by bramę nawet Czarnemu Jeźdźcowi, który by spytał o pana Bagginsa. Wszyscy niemal wiedzą, że postanowiłeś tu wrócić i zamieszkać w Ustroni.

Frodo przez długą chwilę milczał zamyślony.
– Zdecydowałem się – rzekł wreszcie. – Wyruszę jutro o brzasku. Ale nie pojadę gościńcem, to byłoby jeszcze mniej bezpieczne niż pozostawanie w tym domu. Jeżeli opuszczę Buckland przez Północną Bramę, wieść o tym rozejdzie się natychmiast, a przecież można by przynajmniej na kilka dni zataić mój wyjazd. Poza tym most i gościniec na wschód będą niechybnie pod obserwacją, niezależnie od tego, czy któryś z jeźdźców dostanie się do Bucklandu, czy też nie. Nie wiemy, ilu ich jest: co najmniej dwóch, a może znacznie więcej. Jedyna rada – wyruszyć w kierunku zgoła nieoczekiwanym.
– Ależ to by znaczyło zapuścić się w Stary Las! – zawołał ze zgrozą Fredegar. – Tego chyba nie zamierzasz zrobić? Las jest równie groźny jak Czarni Jeźdźcy.
– Niezupełnie – rzekł Merry. – Plan Froda tylko pozornie wydaje się rozpaczliwy, w gruncie rzeczy jest dobry. To rzeczywiście jedyny sposób, żeby wyruszając, nie mieć od razu pościgu na karku. Przy odrobinie szczęścia możemy odsadzić się dość daleko, nim się tamci spostrzegą.
– W Starym Lesie nie liczcie na szczęście – odparł Fredegar. – Tam ono nikomu nie sprzyja. Zabłądzicie na pewno. Nikt tam się nie zapuszcza.
– Cóż znowu! – zawołał Merry. – Brandybuckowie chadzają do lasu, ilekroć im przyjdzie fantazja. Mamy swoją prywatną furtkę. Przed laty Frodo także był kiedyś w lesie, a ja bywałem wiele razy, oczywiście zwykle w biały dzień, kiedy drzewa są senne i dość spokojne.

– Róbcie, jak uważacie – powiedział Fredegar. – Co do mnie, to boję się Starego Lasu bardziej niż wszystkiego na świecie. Krążą o nim koszmarne historie. Ale mój głos nie liczy się, skoro nie biorę udziału w wyprawie. Mimo to rad jestem, że zostanie tutaj ktoś, kto powie o waszym postanowieniu Gandalfowi, kiedy się zjawi, bo z pewnością zjawi się niebawem.

Grubas Bolger, chociaż szczerze do Froda przywiązany, nie miał wcale ochoty porzucać Shire'u i nie był ciekawy zagranicznych krajów. Rodzina jego pochodziła ze Wschodniej Ćwiartki, ściśle mówiąc z Budgeford w Bridgefields, lecz Grubas nigdy dotychczas nie przekroczył mostu na Brandywinie. Według pierwotnego planu spiskowców miał pozostać w kraju, odprawiać wścibskich gości i jak najdłużej podtrzymywać legendę, że pan Baggins przebywa nadal w Ustroni. Grubas przywiózł tu nawet stare ubranie Froda, by tym lepiej odegrać swoją rolę. Nikomu do głowy nie przyszło, że ta rola może okazać się niebezpieczna.

– Wspaniale! – rzekł Frodo, gdy zorientował się w całym planie. – Inaczej nie moglibyśmy przekazać Gandalfowi żadnej wieści. Nie wiem, czy Jeźdźcy umieją czytać, czy nie, ale nie zaryzykowałbym zostawienia listu, bo a nuż wtargnęliby tutaj i przeszukali dom. Skoro Grubas podejmuje się bronić tej fortecy, jestem spokojny, że Gandalf dowie się, którą drogę obrałem, a to utwierdza mnie w mojej decyzji. Jutro o świcie ruszam do Starego Lasu.

– A więc rzecz postanowiona – odezwał się Pippin. – Biorąc wszystko w rachubę, wolę swój los niż Grubasa, który ma tutaj czekać na Czarnych Jeźdźców.

– Inaczej zaśpiewasz, jak się znajdziesz w głębi lasu – odparł Fredegar. – Jutro o tej porze będziesz żałował, że nie siedzisz tu razem ze mną.

– Nie ma już co o tym rozprawiać – rzekł Merry. – Teraz trzeba jeszcze posprzątać i ukończyć pakowanie, a potem pójdziemy spać. Zbudzę was wszystkich przed świtem.

Frodo, znalazłszy się wreszcie w łóżku, długo nie mógł zasnąć. Bolały go nogi. Rad był, że nazajutrz kuc poniesie go na grzbiecie. W końcu zapadł w półsen i zwidziało mu się, że przez okno patrzy z wysoka na czarne morze splątanych drzew. W dole, między korzeniami, czołgały się przy ziemi jakieś stwory i węszyły pilnie. Frodo był pewien, że wywęszą go wcześniej czy później.

Potem jakiś hałas dobiegł z oddali. Zrazu Frodo myślał, że to potężny wiatr nadlatuje wśród liści z głębi lasu. Potem zrozumiał, że to nie jest szum liści, lecz odległego Morza – szum, którego nigdy jeszcze nie słyszał, ale który często nawiedzał go w niespokojnych snach. Nagle zauważył, że stoi na otwartym polu. Dokoła nie było wcale drzew. Znalazł się w ciemności wśród wrzosowisk, a powietrze miało dziwny słony zapach. Podniósłszy wzrok, ujrzał przed sobą smukłą białą wieżę, wystrzelającą samotnie nad wysokim wzgórzem. Zdjęła go chęć, by wdrapać się na szczyt wieży i zobaczyć Morze. Zaczął się wspinać na wzgórze ku wieży, gdy nagle niebo rozbłysło i huknął grzmot.

# Rozdział 6

## *Stary Las*

Frodo zbudził się gwałtownie. W pokoju było jeszcze ciemno. Merry stał w progu: w jednej ręce trzymał świecę, drugą bębnił w drzwi.

– Dobrze, już dobrze! Co się stało? – spytał Frodo, wstrząśnięty i oszołomiony.

– Jak to co? – odparł Merry. – Pora wstawać. Wybiło już pół do piątej, mgła gęsta na dworze. Ruszaj się! Sam przygotowuje śniadanie. Nawet Pippin już wstał. Idę siodłać kuce i przyprowadzę tego, który ma dźwigać juki. Zbudź leniucha Fredegara. Niechże nas przynajmniej odprowadzi.

Nieco po szóstej pięciu hobbitów było gotowych do drogi. Grubas Bolger nie przestawał ziewać. Wymknęli się cicho z domu. Pierwszy szedł Merry, prowadząc objuczonego kuca ścieżką, która biegła za domem przez zagajnik, a potem na przełaj polami. Liście na drzewach błyszczały, z gałązek kapało, trawa srebrzyła się od zimnej rosy. Było bardzo cicho, każdy głos z oddali dochodził wyraźny i czysty: gdakanie drobiu z jakiegoś podwórka, trzask drzwi zamykanych w którymś z odległych domów.

W stajni czekały kuce, krzepkie małe wierzchowce, takie, jakie hobbici lubią najbardziej: niezbyt szybkie, lecz wytrwałe. Skoczyli na siodła i wkrótce zanurzyli się we mgle, która otwierała się przed nimi jakoś opornie, a zamykała za ich plecami jakoś nieprzyjemnie. Przez godzinę jechali tak, powoli i w milczeniu, gdy nagle zamajaczył im przed oczyma Zielony Mur. Był wysoki i osnuty u szczytu srebrną pajęczyną.

– Jak wy się przedostaniecie? – spytał Fredegar.

– Jazda za mną – rzekł Merry – a zaraz się przekonasz.

Skręcił w lewo wzdłuż żywopłotu i wkrótce znaleźli się wszyscy w miejscu, gdzie Mur wyginał się, okrążając głęboką kotlinkę. W pewnej odległości od niego otwierał się wykop łagodnie opadający w dół. Z dwóch stron osłaniał go mur z cegieł, stopniowo coraz wyższy, aż wreszcie sklepiał się, tworząc tunel, który wrzynał się w głąb ziemi pod żywopłotem i wynurzał znów poza nim w drugiej kotlinie.

Grubas Bolger wstrzymał kuca.

– Żegnaj, Frodo! – powiedział. – Wolałbym, żebyś nie wchodził do tego lasu. Miejmy nadzieję, że nie będziesz wołał o ratunek, nim ten dzień przeminie. Ale życzę ci szczęścia – dzisiaj i zawsze!

– Będę szczęśliwy – odparł Frodo – jeżeli nie spotkam po drodze nic gorszego niźli Stary Las. Powiedz Gandalfowi, żeby mnie gonił Wschodnim Gościńcem, bo wrócimy na niego, jak się da najspieszniej.

– Do widzenia! – krzyknęli hobbici, zjeżdżając wykopem w dół i znikając sprzed oczu Fredegara w tunelu. Było tu ciemno i wilgotno. W drugim końcu zagradzała wylot mocna brama z żelaznej kraty. Merry zeskoczył z siodła, odryglował bramę, a gdy wszyscy znaleźli się poza nią, zatrzasnął z powrotem. Rygle opadły z głośnym szczękiem, a dźwięk ten wydał się złowrogi.

– Stało się! – rzekł Merry. – Opuściłeś Shire, jesteś poza granicą kraju, na brzegu Starego Lasu.

– Czy to prawda, co o nim opowiadają? – spytał Pippin.

– Nie wiem, co masz na myśli – odparł Merry. – Jeżeli ci chodzi o stare bajki o goblinach, wilkach i tym podobnych potworach, którymi niańki straszyły Grubasa, to raczej nieprawda. A przynajmniej ja w te historie nie wierzę. Prawda jednak, że las jest niesamowity. Można by powiedzieć, że wszystko żyje w nim bujniej i śledzi czujniej wydarzenia, niż my przywykliśmy w Shire. Drzewa nie lubią obcych. Patrzą na ciebie. Zazwyczaj poprzestają na tym i póki słońce świeci, nie robią nic więcej. Tylko od czasu do czasu któreś, bardziej od innych złośliwe, rzuci gałąź pod nogi, wysunie korzeń na ścieżkę, oplącze cię powojem. Nocą jednak bywa podobno gorzej. Sam ledwie raz i drugi znalazłem się w lesie po zmroku, a i to na skraju, tuż za Murem. Zdawało mi się, że drzewa szepczą coś między sobą, przekazują jakieś nowiny, zmawiają się w niezrozumiałym języku; gałęzie kołysały się i gięły, chociaż wiatru nie było. Powiadają, że drzewa wręcz poruszają się, że umieją okrążyć i zamknąć niepożądanych gości. Rzeczywiście, przed laty zaatakowały kiedyś Zielony Mur: stanęły tuż, schyliły się ponad nim aż na drugą stronę. Przyszli jednak zaraz hobbici z siekierami, wyrąbali setki drzew, rozniecili wielkie ognisko w lesie, wyrąbali długi pas ziemi na wschód od Muru. Drzewa już potem nie powtórzyły napaści, ale stały się bardzo dla nas nieżyczliwe. Po dziś dzień szeroka łysina znaczy to miejsce, gdzie podówczas płonęło ognisko.

– Czy tylko ze strony drzew grozi niebezpieczeństwo? – spytał Pippin.

– W głębi lasu i na jego dalszych krańcach żyją rozmaite dziwne stwory – odparł Merry. – Tak przynajmniej słyszałem, bo nigdy ich na własne oczy nie widziałem. Ktoś wycina ścieżki. Ilekroć wejdziesz w las, znajdziesz otwarte przesieki, ale niepojętym sposobem dróżki te przesuwają się i zmieniają od czasu do czasu. Nieopodal naszego tunelu zaczyna się – albo może zaczynała się – szeroka ścieżka, która wiedzie na polanę po ognisku, a dalej mniej więcej w pożądanym dla nas kierunku, na wschód i trochę ku północy. Tę właśnie ścieżkę spróbuję odnaleźć.

Hobbici, wychynąwszy z tunelu, posuwali się w poprzek szerokiej kotliny. Nikła ścieżyna prowadziła z niej w górę do skraju lasu, który był tutaj o dobre sto jardów oddalony od Muru. Ścieżyna urywała się jednak, gdy znaleźli się pod drzewami. Oglądając się, dostrzegali poprzez gęste gałęzie ciemną kreskę żywopłotu; patrząc przed siebie, widzieli tylko pnie najróżniejszych wielkości i kształtów: proste lub pochyłe i koślawe, grube lub smukłe, gładkie lub sękate i rozgałęzione, a wszystkie gałęzie były zielone albo siwe od mchu i oślizłych, kosmatych porostów.

Wśród hobbitów jeden tylko Merry zachował dość pogodną minę.

– Prowadź nas i znajdź tę ścieżkę – zwrócił się do niego Frodo. – Uważajmy, żeby się nie pogubić i nie zapomnieć, w której stronie jest Mur.

Torowali więc sobie drogę wśród drzew, a kuce stąpały ostrożnie, omijając splątane i wijące się po ziemi korzenie. Las nie był tu podszyty. Teren wciąż się wznosił, a w miarę jak wędrowcy posuwali się naprzód, drzewa zdawały się coraz wyższe, ciemniejsze i gęściej zbite. Nie słyszeli nic prócz szelestu kropel kapiących od czasu do czasu z nieruchomych liści. Na razie nie zauważyli żadnych szeptów ani ruchów wśród gałęzi, lecz wszyscy mieli niepokojące wrażenie, że ktoś patrzy na nich niechętnie i że ta niechęć z każdą chwilą pogłębia się, zmienia w antypatię, a nawet we wrogość. Odczuwali to coraz wyraźniej, aż wreszcie zaczęli zerkać to w górę, to przez ramię za siebie, jakby oczekując, że lada chwila spadnie na nich znienacka jakiś cios.

Ścieżki wciąż nie było widać ani śladu, drzewa ustawicznie zastępowały im drogę. Nagle Pippin, nie mogąc dłużej znieść napięcia, wybuchnął niespodzianie krzykiem:

– Hej! Hej! – zawołał. – Nic złego tu nie zrobię! Pozwólcie mi tylko przejść!

Hobbici zaskoczeni przystanęli, krzyk jednak urwał się, jakby zduszony ciężką zasłoną. Nie odpowiedziało mu ani echo, ani głos żaden, las wszakże jakby się jeszcze bardziej zagęścił i jeszcze czujniej wpatrzył w natrętów.

– Na twoim miejscu nie wrzeszczałbym – powiedział Merry. – Więcej to nam zaszkodzi, niżli pomoże.

Frodo zaczynał już powątpiewać, czy można przedrzeć się przez las i czy dobrze zrobił, wciągając przyjaciół w ten okropny gąszcz. Merry rozglądał się na wszystkie strony i zdawało się, że nie jest już pewny, jaki kierunek obrać. Spostrzegł to Pippin.

– Prędko zdążyłeś zmylić drogę – rzekł. W tej samej jednak chwili Merry gwizdnął z zadowolenia i wskazał coś przed sobą:

– No, no! – powiedział. – A więc te drzewa naprawdę się ruszają. Oto przed nami jest polana po ognisku... przynajmniej mam nadzieję, że to ona... ale ścieżka jakby się od niej odsunęła.

W miarę jak szli naprzód, rozjaśniało się wokół nich. Nagle wydostali się spomiędzy drzew i znaleźli na rozległej kolistej polanie. Nad głowami zobaczyli niebo błękitne i czyste, co ich zdziwiło, bo pod sklepieniem lasu nie mogli zauważyć, jak ranek się rozpogadzał i jak mgła podnosiła się w górę. Słońce wszakże nie stało jeszcze dość wysoko, by zalać blaskiem polanę, chociaż jego promienie sięgały już czubów drzew. Wokół polany drzewa miały liście gęściejsze i zieleńsze, zamykając ją nieprzeniknioną prawie ścianą, na niej za to nie rosło ani jedno drzewo, tylko szorstka trawa i przeróżne zielska: badylasta, spłowiała cykuta, dzika pietruszka, mlecze rozsiewające puszysty popiół, wybujałe pokrzywy i osty.

Ponure to było miejsce, a jednak wydawało im się uroczym, wesołym ogrodem w porównaniu z leśnym gąszczem.

Hobbici nabrali otuchy i z nadzieją spoglądali w niebo, po którym blask dnia coraz szerzej się rozlewał. W głębi polany ściana drzew rozstępowała się nieco, ukazując wyraźną ścieżkę. Biegła w głąb lasu, miejscami szeroka i otwarta od góry, chociaż tu i ówdzie drzewa ją zacieśniały i ocieniały pułapem gałęzi. Pojechali tą ścieżką. Wciąż pięli się nieco pod górę, lecz teraz posuwali się znacznie szybciej i raźniej, myśleli bowiem, że las dał się ułagodzić i wreszcie przestanie im bronić przejazdu.

Po chwili wszakże zrobiło się na ścieżce gorąco i duszno. Drzewa z obu stron zbiegły się ciasno i podróżni znów niewiele drogi widzieli przed sobą. Silniej jeszcze niż poprzednio wyczuli otaczającą ich wrogość lasu. A las był tak cichy, że szelest suchych liści pod kopytami kuców lub szczęk podkowy o zdradzieckie korzenie dudnił w uszach. Frodo próbował zaśpiewać, żeby dodać towarzyszom serca, ale wydobył zaledwie szept z gardła:

> O, wędrujący przez mroczną krainę,
> nie rozpaczajcie! Choć ciemne są lasy
> muszą się kiedyś skończyć i przeminąć,
> ujrzeć nad sobą niebo słońca pełne:
> zachodzącego i powstającego,
> w porze świtania czy o dnia wieczorze.
> Bo lasom wszystkim kres w końcu być musi...[1]

Ostatnie słowo rozpłynęło się w ciszy. Powietrze zdawało się ciężkie, słowa nie chciały się kleić. Tuż za nimi ogromna gałąź

---

[1] Przełożył Tadeusz A. Olszański.

nachylonego nad ścieżką starego drzewa z łoskotem spadła na ziemię. Przed nimi las zastępował drogę.

– Nie podoba mu się twoja piosenka o tym, że nastanie jego kres i zginie – rzekł Merry. – Lepiej dajmy na razie spokój śpiewom. Poczekajmy, aż dotrzemy na skraj lasu, a wtedy pożegnamy go gromkim chórem.

Mówił to wesoło; jeśli nawet czuł jakiś poważny niepokój, nie zdradził się niczym. Przyjaciele nie odpowiedzieli ani słowem. Byli zgnębieni. Wielki ciężar przytłaczał serce Froda, który z każdym krokiem bardziej żałował, że wpadł na pomysł stawienia czoła grozie lasu. Ale w chwili, gdy już chciał zatrzymać się i zaproponować odwrót (o ile to jeszcze było możliwe), widok zmienił się nagle. Ścieżka, dotąd wciąż wspinająca się do góry, biegła teraz niemal poziomo. Ciemne drzewa rozstąpiły się, ukazując w perspektywie odcinek prostej drogi. W pewnym oddaleniu wznosił się przed wędrowcami zielony pagórek, bezdrzewny, sterczący niby łysa głowa w wieńcu drzew. Ścieżka, jak się zdawało, wiodła wprost na ten pagórek.

Przyspieszyli kroku, uradowani nadzieją, że bodaj na chwilę wydostaną się ponad sklepienie lasu. Ścieżka biegła w dół, potem znowu pod górę, aż doprowadziła ich wreszcie do stóp stromego zbocza; tu pozbywała się drzew, niknąc w trawie. Las otaczał wzgórze niby bujne włosy, wśród których wygolono kolistą łysinę.

Hobbici poprowadzili kuce zakosami pod górę aż na szczyt. Tu stanęli i rozejrzeli się wkoło. Powietrze było pełne słonecznego blasku, lecz mimo to tak przymglone, że nie mogli sięgnąć wzrokiem daleko. W pobliżu jednak mgła zniknęła prawie zupełnie, zalegała jeszcze tylko leśne zapadliska i snuła się niby kłęby pary lub pasma białego dymu w południowej stronie, nad głęboką fałdą terenu, która przecinała las.

– Tam – rzekł Merry, wskazując ręką – widzicie linię rzeki Wii. Spływa ona ze wzgórz, tocząc swe wody na południo-zachód, środkiem lasu, aby pod Ostatnią Łąką wpaść do Brandywiny. Nie pójdziemy tamtędy! Dolina Wii jest podobno najbardziej niesamowitym zakątkiem, jak gdyby ośrodkiem, z którego promieniują wszystkie leśne dziwy.

Przyjaciele spojrzeli w kierunku wskazanym przez Meriadoka, lecz nie widzieli nic prócz mgły nad wilgotną, zapadłą doliną; za tą mgłą ginęła z oczu południowa część lasu.

Na szczycie pagórka słońce przygrzewało już mocno. Musiało być blisko południa, ale jesienne opary wciąż jeszcze zasłaniały ze wszystkich stron dalsze widoki. Na zachodzie nie mogli odróżnić ani linii Muru, ani doliny Brandywiny. Na północy, ku której zwrócili wzrok z najżywszą nadzieją, nie zobaczyli nic, co mogłoby być Wschodnim Gościńcem – celem ich wędrówki. Stali na wyspie pośród morza drzew, a horyzont był ukryty za zasłoną.

Od południo-wschodu teren opadał bardzo stromo, jak gdyby stok wzgórza przedłużał się daleko w głąb lasu, niby zstępujące w morze brzegi wyspy, która jest w rzeczywistości górą sterczącą z głębiny. Hobbici siedli na trawiastej krawędzi i zjedli południowy posiłek, patrząc ponad lasem ciągnącym się u ich stóp. Kiedy słońce, wznosząc się, mijało zenit, otworzył im się na chwilę od wschodu widok na odległe szarozielone kopuły Kurhanów, które ciągnęły się w tej stronie za Starym Lasem. Ucieszyli się, bo miło było dostrzec cokolwiek poza granicą drzew, nie zamierzali jednak wędrować tą drogą; Kurhany w legendach hobbitów miały sławę równie ponurą jak Stary Las.

W końcu postanowili ruszać znowu. Ślad ścieżki, który przywiódł ich na pagórek, ukazywał się dalej na północnym zboczu, ledwo jednak posunęli się parę kroków, zauważyli, że dróżka odchyla się wciąż w prawo. Wkrótce też zaczęła opadać gwałtownie w dół i można było już zorientować się, że prowadzi ku dolinie Wii, czyli w niepożądanym zupełnie kierunku. Po krótkiej naradzie zdecydowali się opuścić zwodniczą ścieżkę i skręcić na północ, bo chociaż nie zdołali ze szczytu pagórka wypatrzyć gościńca, sądzili, że musi przebiegać on w tej stronie i nie dalej niż o kilka mil stąd. Zresztą od północy, po lewej stronie ścieżki, teren wydawał się suchszy i bardziej dostępny, sfalowany wzgórzami, na których las był rzadszy i gdzie rosły sosny oraz świerki zamiast dębów, jesionów i przeróżnych dziwnych, bezimiennych drzew zaludniających gąszcze.

Początkowo mieli wrażenie, że zrobili dobry wybór, słońce, które od czasu do czasu migało im w prześwicie wśród gałęzi, niepojętym sposobem cofało się jak gdyby ku wschodowi, a wędrowcy mogli teraz posuwać się dość szybko. Ale wkrótce drzewa znów zaczęły gęstnieć wokół nich, i to w miejscu, w którym z daleka las wydawał się rzadszy i mniej niż gdzie indziej splątany. Potem niespodzianie trafili na głębokie parowy, jakby koleiny wyżłobione przez koła olbrzymich wozów lub fosy czy też zapadnięte drogi z dawna nieużywane i zarosłe kolczastymi chaszczami. Parowy te najczęściej przecinały im drogę tak, że nie chcąc zboczyć z wytkniętego kierunku, musieli w nie zstępować, a później wdzierać się znów pod górę, co było uciążliwe i trudne dla kucyków. Ilekroć zapuszczali się w parów, zbite zarośla i skłębione zielska stawiały opór, jeżeli chcieli iść w lewo, rozstępowały się natomiast, kiedy skręcali w prawo; musieli też zawsze przedzierać się dość długo dnem jaru, nim znaleźli możliwość wydostania się na jego drugi brzeg. Ilekroć zaś wychodzili z parowu, zanurzali się w gęstszy jeszcze i ciemniejszy las. Stale też coś przeszkadzało iść w lewo i pod górę, zmuszając ich do zbaczania w prawo i schodzenia w dół.

Po godzinie czy może dwóch stracili zupełnie orientację, ale pewni byli, że od dawna nie posuwają się w kierunku północnym. Odciągnięto ich z obranego szlaku, wytknięto inny, na południowo--wschód – nie ku skrajowi lasu, lecz w jego głąb.

Późnym popołudniem z trudem i mozołem zleźli w parów szerszy i głębszy niż wszystkie poprzednie. Ściany miał tak strome i zarośnięte, że nie było mowy o wspinaczce pod górę; ani cofnąć się, ani naprzód pójść nie mogli, chyba że porzuciliby tutaj kucyki i bagaże. Jedyna możliwa droga wiodła dnem parowu w dół. Pod nogami mieli teraz grunt miększy, miejscami nawet grząski; na zboczach pojawiły się strumyki i wkrótce już wędrowali brzegiem potoku, który szemrząc, sączył się wśród zielska. Nagle teren zaczął gwałtownie opadać, a potok, teraz już obfitszy, z pluskiem, wartko i hałaśliwie pędził w dół. Hobbici znaleźli się w głębi mrocznego wąwozu, pod sklepieniem gałęzi rosnących na jego wysokich brzegach drzew.

Czas jakiś wlekli się wzdłuż potoku, gdy niespodzianie wynurzyli się z ciemności. Jakby w wylocie bramy ujrzeli przed sobą znowu blask słońca. Wydostawszy się pod otwarte niebo, stwierdzili, że zeszli żlebem z wysokiego, stromego zbocza, nieomal urwiska. U jego stóp ciągnęła się szeroka dolina porośnięta trawą i sitowiem, a w dali widać było przeciwległy stok, prawie równie niedostępny.

Złote przedwieczorne słońce wypełniało sennym ciepłem ukryty w taki sposób zakątek. Przez środek, między dwoma szeregami starych wierzb, ciemna rzeka sączyła leniwie bure wody; wierzby splatały nad nią korony, wierzby zwalone zagradzały jej nurt, wierzby rzucały w nią tysiące zwiędłych liści; ciepły, łagodny wietrzyk lekko tchnął nad doliną, trzciny szeleściły, a gałązki wierzbowe skrzypiały z cicha.

– No, teraz wreszcie zaczynam rozumieć, gdzie jesteśmy! – rzekł Merry. – Zaszliśmy w odwrotnym kierunku, niż zamierzaliśmy. To jest Wija! Pójdę naprzód i zbadam teren.

Wybiegł na blask słoneczny i zniknął w wysokiej trawie. Po chwili wrócił z wiadomością, że grunt między urwiskiem a rzeką wydaje się dość pewny i można znaleźć suche przejścia aż na sam brzeg.

– Co więcej – dodał – wzdłuż tego brzegu widać ślady jak gdyby ścieżki. Jeżeli skręcimy w lewo i pójdziemy tą ścieżką, pewnie w końcu dotrzemy na wschodni skraj lasu.

– Pewnie! – rzekł Pippin – chyba że ścieżka nie prowadzi aż tak daleko i po prostu urywa się w jakimś bagnie. Jak myślisz, kto wydeptał ten ślad i po co? Ręczę ci, że nie zrobił tego przez uprzejmość dla nas. Nauczyłem się nieufności do tego lasu i wszystkiego co tu żyje; zaczynam też wierzyć w historie, które o nim opowiadają. Czy masz bodaj przybliżone pojęcie, jak długo stąd będzie trzeba iść na wschód?

– Nie – odparł Merry. – Nie mam pojęcia. Nie wiem wcale, jak daleko stąd jest ujście rzeki, nie wiem też, kto może chodzić tędy tak często, że wydeptał ścieżkę wzdłuż brzegu. Ale innej drogi, by się stąd wydostać, nie widzę ani się nie domyślam.

Wobec tego ruszyli jeden za drugim, a Merry zaprowadził ich ku wypatrzonej ścieżce. Wszędzie trzciny i trawy były bujne i wysokie, miejscami sięgały ponad ich głowy; lecz ścieżka, gdy wreszcie na nią trafili, okazała się łatwa i wyraźna; wiła się po suchym gruncie, omijając bagna i kałuże. Tu i ówdzie przecinał ją strumyk spływający z lasów położonych wyżej od rzeki, ale wszędzie w tych miejscach pnie drzew lub wiązki chrustu tworzyły wygodne kładki.

Hobbitom dokuczał teraz upał. Chmary much przeróżnych odmian brzęczały im koło uszu, a popołudniowe słońce piekło w plecy. W końcu osłonił ich niespodzianie lekki cień; ogromne siwe gałęzie splatały się nad ścieżką. Z każdym krokiem jednak trudniej było się posuwać naprzód. Jak gdyby senna ociężałość wypełzała spod ziemi, lepiła im się do nóg, unosiła się w powietrzu, ogarniała głowy i oczy. Frodo spostrzegł, że broda mu opada na piersi, a głowa chwieje się bezwładnie. Idący przed nim Pippin padł na kolana. Frodo przystanął. Usłyszał głos Merry'ego, który mówił:

– Nic z tego. Nie pójdę ani kroku dalej, póki nie odpocznę. Muszę się choć trochę przespać. Pod wierzbami jest rześko. Mniej much.

Froda tknęło złe przeczucie.

– Naprzód! – krzyknął. – Jeszcze nam nie wolno zasnąć. Najpierw trzeba się wydostać z lasu.

Tamci jednak byli zbyt senni, żeby zważać na przestrogi. Sam stał przy nich z ogłupiałą miną, ziewając i mrużąc oczy.

Nagle Froda także opanowała senność. W głowie mu się zakręciło. Dokoła zaległa niemal zupełna cisza. Muchy przestały brzęczeć. Tylko ledwie dosłyszalny, miły szum, jakby nikła melodia szeptanej piosenki, dolatywał spomiędzy gałęzi sklepionych nad ścieżką. Frodo uniósł ciężkie powieki i zobaczył nad sobą schyloną ogromną wierzbę, sędziwą i omszałą. Wydała mu się olbrzymia, a jej rozłożyste konary sięgały ku niemu jak chciwe ramiona o stu dłoniach i tysiącach długich palców; sękaty, koślawy pień ział szerokimi szczelinami, które trzeszczały z cicha, ilekroć poruszyły się gałęzie. Liście migocące na tle słonecznego nieba olśniły wzrok Froda. Potknął się i runął w trawę.

Merry i Pippin powlekli się parę kroków dalej i położyli, opierając plecy o pień wierzby. Drzewo kołysało się i skrzypiało, a za sennymi hobbitami szpary rozwierały się w pniu, jakby zapraszając do wnętrza. Popatrzyli w górę na szare i zielone liście, drżące w rozświetlonym powietrzu i śpiewające cicho. Zamknęli oczy i wydało im się, że słyszą słowa pieśni, słowa kojące, opowiadające o wodzie i śnie. Poddali się ich urokowi i zapadli w głęboki sen u stóp olbrzymiej siwej wierzby.

Frodo, leżąc na ścieżce, przez chwilę walczył ze snem, który go obezwładniał. Wreszcie przemógł się i z wysiłkiem wstał. Nie zdołał się jednak oprzeć pokusie chłodnej wody.

– Poczekaj na mnie, Samie – mruknął. – Muszę choć na minutę zanurzyć stopy w rzece.

Na pół przytomny posunął się naprzód, obchodząc wierzbę od strony rzeki w miejscu, gdzie wielkie, kręte korzenie wysuwały się ku wodzie, niby sękate małe smoki pełznące do wodopoju. Siadł okrakiem na jednym z tych korzeni, plusnął rozprażonymi stopami w chłodną, brunatną wodę – i nagle on także zasnął, oparty plecami o drzewo.

Sam usiadł i skrobiąc się po głowie, ziewnął szeroko. Był niespokojny.

Wieczór się zbliżał, a gwałtowna senność, która napadła całą kompanię, wydała mu się podejrzana.

– Jest tu jakaś inna przyczyna – szepnął do siebie – nie tylko słońce i upał. Nie podoba mi się to wielkie stare drzewo, nie mam do niego zaufania. Jak to śpiewa! A wciąż o spaniu. Nic dobrego z tego nie wyniknie.

Dźwignął się z trudem i powlókł, żeby zobaczyć, co porabiają kucyki. Stwierdził, że dwa odbiegły ścieżką daleko naprzód; złapał je i sprowadził z powrotem, i w tym momencie usłyszał dwa dziwne odgłosy: jeden gwałtowny, drugi łagodny, lecz wyraźny. Pierwszy – to był plusk, jakby coś ciężkiego wpadło do wody. Drugi przypominał szczęk zamka w zatrzaskiwanych drzwiach.

Sam skoczył na brzeg rzeki. Frodo był już w wodzie, ale tuż przy brzegu; ogromny korzeń obejmował go i wciskał w głąb, on jednak wcale się nie bronił. Sam chwycił go za kurtkę i wyciągnął spod korzenia, potem wyholował na trawę. Niemal natychmiast Frodo ocknął się, zakaszlał, wykrztusił wodę z gardła.

– Czy wiesz, Samie – powiedział wreszcie – że to niegodziwe drzewo wrzuciło mnie do rzeki? Czułem dobrze. Ogromny korzeń oplątał mnie i zepchnął.

– Śniło się panu pewnie – rzekł Sam. – Nie trzeba sadowić się w takim miejscu, kiedy sen ogarnia.

– A co z tamtymi dwoma? Ciekawym, co im się przyśniło?

Obeszli drzewo i wtedy dopiero Sam zrozumiał, co to za szczęk słyszał przed chwilą. Pippin zniknął. Szpara w pniu, przy której leżał, zamknęła się tak, że nie zostało ani znaku. Merry był w potrzasku: druga szpara zacisnęła się, obejmując go w pasie; nogi sterczały mu na zewnątrz, reszta ciała tkwiła we wnętrzu pnia, a krawędzie dziupli trzymały ją niby kleszcze.

Frodo i Sam zaczęli najpierw walić pięściami drzewo w tym miejscu, gdzie był uwięziony Pippin. Potem gorączkowo jęli szarpać paszczę wchłaniającą biedaka Merry'ego, usiłując ją rozewrzeć. Wszystko jednak na próżno!

– Co za haniebny przypadek! – krzyknął wzburzony Frodo. – Czemuż nie zostaliśmy w Ustroni!

I kopnął wierzbę z rozmachem, bez litości dla własnej nogi. Ledwie dostrzegalny dreszcz przebiegł przez pień w górę ku koronie liści, które zadrżały i zaszeleściły, lecz teraz ich głos zabrzmiał jak cichy, odległy wybuch śmiechu.

– Nie mamy chyba siekiery w naszych tobołkach? – spytał Sam.

– Wziąłem z sobą mały czekanik do rąbania drew na ognisko – odparł Frodo. – Nie na wiele się zda.

– Chwileczkę! – zawołał Sam, jakby wzmianka o ognisku natchnęła go jakimś pomysłem. – Może by ogień coś tu poradził?

– Może – z powątpiewaniem rzekł Frodo. – Udałoby się nam pewnie upiec Pippina żywcem.

– Moglibyśmy na początek spróbować, czy drzewo nie zlęknie się i nie ustąpi z bólu – zapalczywie tłumaczył Sam. – Jeżeli nie popuści, zwalę je, choćbym miał gryźć pień własnymi zębami.

Pobiegł do kuców i w mig wrócił z krzesiwem i czekanikiem. Szybko zgarnęli suchą trawę, liście, okruchy kory, chrustu i połamanych patyków. Usypali stos tuż pod drzewem, ale jak najdalej od dwóch więźniów. Ledwie Sam skrzesał iskrę na hubce, sucha trawa zajęła się ogniem, buchnęły w górę płomienie i dym. Gałęzie zatrzeszczały. Drobne piekące palce ognia zmacały suchą i spękaną korę sędziwego drzewa. Wierzba od korzeni po czub zadygotała. Zdawało się, że liście w górze syknęły z bólu i gniewu. Merry krzyknął, a z wnętrza pnia dobył się stłumiony jęk Pippina.

– Zgaście ogień! Zgaście! – wołał Merry. – Przetnie mnie na pół, jeżeli nie posłuchacie. Tak powiedziała.

– Co? Kto powiedział?

– Zgaście! Zgaście! – błagał Merry. Wierzba gwałtownie zakołysała gałęziami. Szum się rozległ, jakby wiatr się zerwał i niósł poprzez gałęzie wszystkich drzew wkoło coraz dalej; rzekłby kto, że cisnęli kamień w uśpioną wodę i gniew marszczy morze lasu nad całą doliną. Sam kopniakiem rozrzucił małe ognisko i zadeptał żar.

Frodo tymczasem, nie bardzo wiedząc, dlaczego tak robi i co sobie po tym obiecuje, wybiegł na ścieżkę wrzeszcząc: „Na pomoc! Na pomoc!". Nie słyszał prawie własnego przeraźliwego krzyku, bo ledwie słowa wyfruwały z jego ust, gdy wiatr huczący wśród wierzb porywał je i topił w szumie liści. Frodo był zrozpaczony. Stracił głowę i nie widział ratunku.

Nagle stanął. Czy mu się wydało, czy też naprawdę ktoś odpowiedział na jego wołanie? Z daleka, z głębi lasu dolatywał jakiś głos; Frodo odwrócił się i wsłuchał; nie mógł dłużej wątpić: ktoś śpiewał. Głęboki radosny głos śpiewał wesoło i beztrosko, ale bez sensu:

> *Hej dol merry dol, ...dziń-dzi-liń-dziń-dillo!*
> *Ding i dong, hop w snop – wierzbo wydziwiłło!*
> *Tom Bom, zuch ten Tom, Tomek Bombadillo!* [1]

Na pół z nadzieją, na pół ze strachem, że zjawi się nowe niebezpieczeństwo, Frodo i Sam zamarli na ścieżce. Nagle, po tej kaskadzie niedorzecznych – jak im się zdawało – dźwięków – głos wzbił się donośnie i wyraźnie słowami takiej oto pieśni:

> *Hej, chodź, merry dol, derry – serce skacze,*
> *Lekko chodzi wiatr – upierzony szpaczek,*
> *A tu koło wzgórza lśniąca w blaskach słońca*
> *Na poświatę gwiezdną w progu czekająca*
> *Moja piękna pani, Rzeki córka młoda*
> *Śmiglejsza niż witka i czystsza niż woda.*
> *Stary Bombadil – od drzewa do drzewa –*
> *Niosąc wodne lilie skacze i tak śpiewa:*
> *Hej, chodź, merry dol, derry dol... jak młodo!*
> *Złociutka, żółciutka – o Złota Jagodo!*
> *Wierzba Staruszeczka już gałązki zniża,*
> *Tom się bardzo spieszy, bo się wieczór zbliża.*
> *Tom z liliami skacze od drzewa do drzewa –*
> *Hej, chodź, derry dol dong – słyszycie, jak śpiewa?* [2]

---

[1] Przełożył Włodzimierz Lewik.
[2] Przełożył Włodzimierz Lewik.

Frodo i Sam stali jak urzeczeni. Wiatr ucichł. Liście znów zwisły spokojnie ze sztywnych gałęzi. Nowy wybuch pieśni i nagle w tanecznych podskokach wynurzył się spośród sitowia stary, pognieciony kapelusz z wysoką główką i z długim niebieskim piórem zatkniętym za wstążkę. Jeszcze jeden podskok – i ukazał się człowiek – czy może ktoś bardzo do człowieka podobny. Ktoś większy i cięższy niż hobbici, lecz mniejszy, niż bywają zazwyczaj ludzie; hałasował wszakże co najmniej jak człowiek, przytupywał tęgimi nogami obutymi w ogromne żółte buty i gnał przez trawy i trzciny jak krowa do wodopoju. Ubrany był w niebieski kubrak i miał długą kasztanowatą brodę. Niebieskie oczy iskrzyły się jasno, twarz była rumiana jak dojrzałe jabłko, lecz śmiech rysował na niej siatkę wesołych zmarszczek. W ręku niósł na szerokim liściu jak na tacy bukiecik lilii wodnych.

– Na pomoc! – krzyknęli Frodo i Sam, biegnąc na spotkanie nieznajomego z rozpostartymi ramionami.

– Ho! Ho! Spokojnie! – zawołał człowieczek, podnosząc jedną rękę. Stanęli jak wryci. – No, co tam, malcy? Gdzież to tak pędzicie, sapiąc niczym miechy? Co się tu dzieje? Czy wiecie, kim jestem? Tom Bombadil. Powiedzcie, co się wam przydarzyło. Tom się bardzo spieszy. A nie zgniećcie moich lilii.

– Wierzba chwyciła moich przyjaciół! – krzyknął bez tchu Frodo.

– Pan Merry uwięziony w dziupli! – krzyknął Sam.

– Co takiego? – zawołał Tom Bombadil, podskakując wysoko. – Stara Wierzba płata figle? Nic gorszego się nie stało? No, poradzimy na to zaraz. Znam jej piosenkę. Stara, siwa wierzba! Zamrożę jej szpik w kościach, jeśli się nie uspokoi. Tak jej zaśpiewam, że korzenie trzasną, taki wicher rozkołyszę, że jej liście i gałęzie opadną. Starucha!

Ostrożnie położył swoje lilie na trawie, podbiegł do drzewa. Wówczas zobaczył nogi Merry'ego, sterczące jeszcze na zewnątrz: resztę już wierzba wciągnęła do dziupli. Przyłożył usta do szpary w pniu i zanucił cichutko. Hobbici nie mogli dosłyszeć słów, ale Merry najwidoczniej się ożywił, bo wierzgał teraz gwałtownie. Tom odskoczył, ułamał zwisającą gałąź i zaczął nią chłostać wierzbę.

– Wypuść ich, Starucho! – mówił. – Co sobie myślisz? Niepotrzebnie się zbudziłaś. Jedz ziemię! Drąż głęboko! Pij wodę! Śpij! Bombadil do ciebie przemawia.

Potem chwycił Merry'ego za nogi i wyciągnął go przez rozszerzoną nagle szparę.

Rozległ się trzask pękającej kory i rozwarła się druga szpara; Pippin wyskoczył tak żywo, jakby go ktoś z wnętrza pnia wypchnął kopniakiem. Potem obie szpary znowu się zamknęły z łoskotem. Dreszcz przebiegł po drzewie od korzeni po koronę i zaległa cisza.

– Dziękujemy! – powiedzieli hobbici, wszyscy po kolei.

Tom Bombadil wybuchnął śmiechem.

– A teraz, mali przyjaciele – rzekł schylając się, żeby im zajrzeć w oczy – pójdziecie ze mną do mojego domu. Stół czeka zastawiony żółtą śmietaną, plastrami miodu, białym chlebem i masłem. Czeka też Złota Jagoda. Będzie dość czasu na wszystkie pytania, gdy siądziemy do wieczerzy. Idźcie za mną, a wyciągajcie nogi, jak umiecie.

To rzekłszy, Tom podniósł z trawy swoje lilie, skinął hobbitom ręką i pobiegł w tanecznych podskokach ścieżką, wyśpiewując bardzo głośno, lecz od rzeczy. Hobbici tak byli zdumieni i radzi z ocalenia, że bez słowa ruszyli za nim, jak mogli najspieszniej. Nie dość jednak szybko, bo wkrótce Tom zniknął im z oczu, a śpiew dolatywał do ich uszu coraz cichszy i coraz odleglejszy. Nagle głos znów się przybliżył w donośnym okrzyku.

*Hopsa w czysty nurt Wii, hopsa, byle dalej!*
*Tom was, chłopcy, prowadzi i świeczkę zapali.*
*Słońce wkrótce już zajdzie – i mrok was omota.*
*Gdy nocy cień zapadnie – otworzą się wrota,*
*Skroś przez szyby zamruga płomyk migotliwy,*
*Nie bójcie się olszyny ani wierzby siwej,*
*Nie bójcie się korzeni – Tom idzie przed wami*
*Hopsa, hej merry derry – zaczeka przed drzwiami.*[1]

---

[1] Przełożył Włodzimierz Lewik.

Potem nie usłyszeli już nic więcej. Niemal natychmiast słońce zapadło za drzewa poza plecami wędrowców. Wspomnieli skośne wieczorne promienie lśniące na wodzie Brandywiny i okna Bucklebury odbłyskujące setką świateł. Długie cienie przecięły ścieżkę, pnie i gałęzie drzew schyliły się nad nią, czarne i groźne. Biała mgła podniosła się i skłębiła nad powierzchnią rzeki i rozsnuła wśród korzeni u jej brzegów. Z ziemi, spod nóg hobbitów, wstawały siwe opary i rozpływały się w gęstniejącym szybko zmierzchu.

Teraz już z trudem rozróżniali ścieżkę, zmogło ich zmęczenie. Nogi ciążyły jak ołowiane. Po obu stronach przez zarośla i sitowie przebiegały jakieś dziwne, nieuchwytne szmery, a gdy hobbici podnosili wzrok w górę, ku bladremu niebu, majaczyły im w oczach osobliwe sękate twarze, ciemne i ponure w półmroku wyzierające z wysokich brzegów i ze skraju lasu. Wydało się hobbitom, że cała ta kraina jest nierzeczywista, że wędrują mozolnie przez świat złowrogiego snu, z którego nie ma przebudzenia.

Nogi niosły ich coraz wolniej i właśnie już ustawały, gdy spostrzegli, że teren zaczyna się łagodnie wznosić, a woda w rzece szemrać. W miejscu, gdzie rzeka spadała z niezbyt wysokiego progu, pośród ciemności perliła się biała piana. Niespodzianie wyszli spomiędzy drzew i zostawili mgłę za sobą. Wydostali się z lasu na rozległą, falistą przestrzeń traw. Rzeka, tutaj wąska i bystra, z wesołym pluskiem biegła na ich spotkanie, błyskając tu i ówdzie odbiciem gwiazd, które już wzeszły na niebie.

Poczuli pod stopami trawę gładką i niską, jakby koszoną czy strzyżoną. Korony drzew na skraju lasu były przycięte regularnie na kształt żywopłotu. Ścieżka słała się stąd równa, dobrze utrzymana, obrzeżona kamieniami. Prowadziła ślimakiem pod górę na trawiasty kopczyk, szary w bladym świetle gwiaździstej nocy. Na przeciwległym stoku, wciąż jeszcze wysoko nad nimi, mrugały jasne okna jakiegoś domu. Ścieżka zbiegła w dół, potem znów wspięła się ku światłom po łagodnym, długim zboczu porosłym murawą. Nagle z otwierających się drzwi wypłynął szeroki snop promieni. Dom Toma Bombadila czekał ich na stoku następnego pagórka. Za nim nagi i szary teren opadał dość stromo, a dalej na wschód od tła nieba odbijały czarne sylwety Kurhanów.

I hobbici, i kuce przyspieszyli kroku. Pozbyli się od razu co najmniej połowy zmęczenia i całego strachu. „Hej! Bywajcie, wesoło, hop!" – pozdrawiała ich z daleka już pieśń.

> *Hej tam, hop, merry dol dong – stratujmy murawę!*
> *Hobbity i koniki wszak lubią zabawę.*
> *Uśmiejemy się setnie – zaśpiewamy chórem.* [1]

A potem inny jeszcze głos, młody i odwieczny zarazem, jak żywe źródło, jak radosny śpiew wody spływającej w noc z blasku górskiego poranka, zadźwięczał srebrzyście na powitanie gości:

> *Zaśpiewajmy wesoło, zaśpiewajmy w chórze –*
> *O słońcu i o gwiazdach, mgłach, deszczu, wichurze,*
> *O promyku na pączkach i na piórkach rosie,*
> *O wietrze na pagórku i dzwonkach we wrzosie,*
> *O sitowiu nad stawem, o liliach na wodzie,*
> *O Tomie Bombadilu i Złotej Jagodzie.* [2]

Przy wtórze tych słów hobbici stanęli w progu domu i objęła ich złocista fala światła.

---

[1] Przełożył Włodzimierz Lewik.
[2] Przełożył Włodzimierz Lewik.

# Rozdział 7

## *W domu Toma Bombadila*

Czterej hobbici przekroczyli szeroki kamienny próg i zatrzymali się olśnieni. Byli w długiej, niskiej sali, jarzącej się światłem lamp, które zwisały od belek stropu. Na ciemnym gładkim stole paliły się wysokie żółte świece.

W głębi, twarzą zwrócona ku wejściu, siedziała w fotelu kobieta. Długie jasne włosy spływały jej na ramiona, suknię miała zieloną, koloru młodego tataraku, naszywaną srebrnymi perełkami niczym kropelkami rosy, ściągniętą złotym paskiem wykutym na kształt łańcucha splecionych lilii i wysadzanym bladoniebieskimi kamieniami w kolorze niezapominajek. U jej stóp w ogromnych zielonych glinianych misach kołysały się lilie wodne, a ona sama zdawała się królować pośród jeziora.

– Wejdźcie, mili goście! – powiedziała, a hobbici poznali srebrzysty głos, którego śpiew przedtem słyszeli. Nieśmiało posunęli się parę kroków naprzód i złożyli niski ukłon, zaskoczeni i zakłopotani, jak ktoś, kto zapukał do wiejskiej chaty z prośbą o szklankę wody, a znalazł się przed piękną, młodą królową elfów, ustrojoną w żywe kwiaty. Nim zdobyli się na jakieś słowo, kobieta lekko przeskoczyła nad misami lilii i ze śmiechem podbiegła do gości; suknia jej w biegu zaszeleściła miękko, jak wietrzyk w ziołach kwitnących na brzegu rzeki.

– Wejdźcie, moi mili! – powiedziała, ujmując Froda za rękę. – Śmiejcie się i weselcie! Jestem Złota Jagoda, córka Rzeki! – Minęła ich lekkim krokiem, zamknęła drzwi, odwróciła się twarzą do sali, rozpostarła szeroko ramiona. – Niech noc zostanie za zamkniętymi drzwiami – rzekła. – Bo może wciąż jeszcze lękacie się mgły i cieni drzew, i głębokiej wody, i nieoswojonych stworzeń. Nie bójcie się niczego! Dzisiejszej nocy jesteście pod dachem Toma Bombadila.

Hobbici patrzyli na nią w zachwycie, ona z uśmiechem przyjrzała się każdemu z nich po kolei.

– Piękna pani! – przemówił wreszcie Frodo, którego ogarnęła jakaś nieznana dotychczas radość. Stał urzeczony, tak jak nieraz, gdy słuchał czarodziejskiego głosu elfów, lecz urok, który nim teraz zawładnął, był inny: napełniał rozkoszą mniej ostrą i mniej wzniosłą, lecz głębszą i bliższą śmiertelnemu sercu; był cudowny, ale nie obcy.

– Piękna pani! – powtórzył Frodo. – Teraz wreszcie lepiej rozumiemy radość, ukrytą w pieśni, którą zasłyszeliśmy w drodze.

*O smukła jak wierzbina! Od wód czystszych czystsza!*
*Trzcino u wody żywej! Rzeki Córo śliczna!*
*Poro wiosny i lata, i znów czasie wiosny!*
*Wietrze u wodospadu, liści śmiechu lśniący!* [1]

Urwał nagle, zająknął się ze zdumienia, że niespodzianie dla samego siebie przemawia takim językiem. Ale Złota Jagoda roześmiała się wesoło.

– Witajcie! – rzekła. – Nie wiedziałam, że mieszkańcy Shire'u znają tak słodką mowę. Ale ty jesteś, jak widzę, przyjacielem elfów: zdradza cię blask oczu i dźwięk głosu. Jakże miłe spotkanie! Siądźcie i poczekajcie na pana tego domu. Wkrótce się zjawi, opatruje teraz wasze zmęczone kucyki.

Hobbici chętnie usiedli na niskich wyplatanych trzciną krzesełkach, a Złota Jagoda zakrzątnęła się około stołu. Wodzili za nią wzrokiem, bo widok smukłej postaci i zwinnych ruchów napełniał im serca cichym weselem. Gdzieś spoza domu dolatywał śpiew. Pośród licznych „diri do", „miri do", „ring, ding, dillo" łowili uchem powtarzające się słowa:

*Stary Tom Bombadil to kompan milutki,*
*Ma niebieski kabacik i żółte ma butki.* [2]

---

[1] Przełożył Tadeusz A. Olszański.
[2] Przełożył Włodzimierz Lewik.

– Piękna pani – zagadnął po chwili Frodo – jeżeli to pytanie nie wydaje ci się zbyt niedorzeczne, powiedz mi, kim właściwie jest Tom Bombadil?

– Jest tym, kim jest – odparła z uśmiechem Złota Jagoda, przerywając na chwilę swoje zajęcia.

Frodo spojrzał na nią pytająco.

– Jest taki, jakim go widzisz – odpowiedziała na to spojrzenie. – Jest panem lasu, wody i wzgórz.

– A więc do niego należy cała ta dziwna kraina?

– Och, nie! – odparła i uśmiech zniknął z jej warg. – To byłoby doprawdy zbyt ciężkie brzemię – dodała cicho, jakby nie dla słuchaczy. – Drzewa, trawy, wszystko, co rośnie i żyje na tej ziemi, samo do siebie tylko należy. Tom Bombadil jest tutaj panem. Nikt jeszcze nie doścignął starego Toma, czy chodzi on po lesie, czy brodzi po wodzie, czy skacze po szczytach pagórków, za dnia ani w nocy. Tom Bombadil nie zna strachu. Jest tu panem.

Drzwi się otwarły i wszedł Tom Bombadil. Zdjął kapelusz, na bujnych kasztanowatych włosach miał wieniec z jesiennych liści. Ze śmiechem podszedł do Złotej Jagody i wziął ją za rękę.

– Oto moja śliczna pani – rzekł, kłaniając się hobbitom – moja Złota Jagoda w srebrze i zieleni, przepasana kwiatami. Czy stół już nakryty? Widzę śmietanę i miód, biały chleb i masło, mleko, ser, świeże zioła i dojrzałe jagody. Czy to wam wystarczy? Czy kolacja gotowa?

– Tak – odpowiedziała Złota Jagoda. – Ale może goście jeszcze niegotowi?

Tom klasnął w dłonie i zawołał:

– Tomie, Tomie! Goście są znużeni, a tyś omal o tym nie zapomniał! Chodźcie za mną, przyjaciele, Tom pomoże wam się odświeżyć. Umyjecie brudne ręce, opłuczecie uznojone twarze. Zrzucicie zabłocone płaszcze i przeczeszecie zmierzwione włosy.

Poszli za nim krótkim korytarzem, który skręcił zaraz ostro. Znaleźli się w niskiej izbie o spadzistym stropie (była to, jak się zdawało, mansardowa przybudówka w północnym szczycie domu). Kamienne ściany niemal całkowicie ginęły pod zielonymi plecionkami i żółtymi zasłonami. Podłogę z płyt wysypano świeżym tatarakiem. Pod jedną ścianą leżały cztery grube materace, a na nich śnieżnobiała pościel. Pod drugą, na długiej ławie, stały wielkie gliniane misy i brunatne dzbany, pełne wody zimnej albo gorącej, do wyboru. Przy każdym posłaniu przygotowano miękkie zielone pantofle.

Wkrótce przyjaciele, umyci i orzeźwieni, zasiedli u stołu, parami z każdej strony, a Złota Jagoda i pan domu zajęli miejsca na dwóch końcach. Wieczerza trwała długo i była wesoła. Czterej goście jedli tak, jak tylko wygłodzeni hobbici potrafią, mimo to niczego nie zabrakło. Napój w kubkach wyglądał jak czysta zimna woda, lecz rozgrzewał serce i gardło jak wino. Goście ani się spostrzegli, gdy już śpiewali radośnie, bo śpiew wydawał się łatwiejszy i naturalniejszy niż zwykła mowa.

Wreszcie Tom i Złota Jagoda wstali i szybko sprzątnęli ze stołu. Gościom zalecili siedzieć spokojnie w fotelach i podsunęli stołeczki pod ich znużone stopy. W obszernym kominku zapłonął ogień, tak słodko pachnący, jakby weń rzucono gałęzie jabłoni. Gdy sala była już uporządkowana, zgaszono wszystkie światła z wyjątkiem jednej lampy i dwóch świec, rozstawionych na dwóch krańcach półki nad kominkiem. Złota Jagoda stanęła przed gośćmi ze świecą w ręku, życząc im dobrej nocy i głębokiego snu.

– Możecie spać spokojnie – powiedziała – aż do rana. Nie zważajcie na nocne hałasy. Przez nasze drzwi i okna nie przedostanie się nic prócz blasku księżyca i gwiazd, prócz podmuchu od gór. Dobranoc!

Wyszła, lśniąc i szeleszcząc suknią. Słyszeli jej kroki, tak jak w ciszy nocnej słyszy się szmer strumyka spływającego łagodnie z gór po chłodnych kamieniach.

Tom chwilę jeszcze siedział w milczeniu z gośćmi, a każdy z nich usiłował zdobyć się na odwagę i zadać któreś z wielu pytań, cisnących się im na usta od początku wieczerzy. Sen już kleił powieki. W końcu odezwał się Frodo:

– Czy usłyszałeś moje wołanie, czy też przypadek sprowadził cię do nas w najwłaściwszym momencie?

Tom wzdrygnął się, jakby go zbudzono z przyjemnych snów.

– Co? – spytał. – Czy słyszałem twoje wołanie? Nie, nic nie słyszałem, byłem zajęty śpiewem. Sprowadził mnie do was przypadek, jeśli tak chcecie go nazwać. Nie odbyło się to według mojego planu, chociaż was oczekiwałem. Doszły tu wieści o was i wiedzieliśmy, że jesteście w drodze. Domyślaliśmy się, że przyjdziecie niezadługo nad rzekę. Wszystkie ścieżki prowadzą nad Wiję. Śpiew siwej Starej Wierzby ma wielką moc; niełatwo jest małemu ludkowi uniknąć jej chytrych pułapek. Ale Tom miał tam swoje własne sprawy, w których Stara Wierzba nie śmie mu przeszkadzać.

Tom kiwnął głową, jakby go znowu sen zmorzył, zaczął jednak nucić cichym głosem:

> *Mam tutaj zbierać liście i rwać wodne lilie,*
> *Białe lilie, by pięknej pani się spodobać,*
> *Ostatnie lilie, które z daleka od zimy*
> *U stóp jej będą kwitnąć, póki śnieg nie staje.*
> *Rokrocznie z końcem lata zrywam dla niej lilie*
> *W wodzie czystej jak kryształ nad brzegami Wii;*
> *Tam pierwsze kwitną z wiosną i ostatnie więdną.*
> *Kiedyś tutaj znalazłem piękną córkę Rzeki,*
> *Śliczną Złotą Jagodę, w szumiącym sitowiu.*
> *Jakże pięknie śpiewała, jak biło jej serce!* [1]

Podniósł powieki i spojrzał na hobbitów z niespodzianie błękitnym błyskiem w oczach:

> *Dla was dobrze się stało, bo nie będę więcej*
> *Wędrował tak daleko z biegiem leśnej rzeki,*
> *Póki rok się starzeje. Ani nie odwiedzę*
> *Starej Wierzby domostwa po tej wiosny stronie,*
> *Nim nastanie wesoła, zanim Rzeki Córa*
> *Szlak przetańczy wierzbowy, by się kąpać w wodzie.* [2]

Znów umilkł, lecz Frodo nie mógł się powstrzymać od jednej jeszcze pytania, na które najgoręcej pragnął odpowiedzi.

– Powiedz nam coś o Starej Wierzbie – rzekł. – Co to za jedna? Nigdy o niej dotychczas nie słyszałem.

---

[1] Przełożył Włodzimierz Lewik.
[2] Przełożył Tadeusz A. Olszański.

– Nie! – krzyknęli równocześnie Merry i Pippin, podrywając się nagle.
– Nie mów tego! Przynajmniej nie teraz, przed nocą!

– Macie rację – odparł stary Tom. – Teraz pora na odpoczynek. Pewnych historii nie należy słuchać, póki cień leży nad światem. Prześpijcie się do białego dnia, złóżcie głowy na poduszkach. Nie zważajcie na hałasy nocne! Nie lękajcie się siwej Wierzby!

Z tymi słowy ściągnął w dół lampę, zdmuchnął ją, a potem, niosąc świecę w każdej ręce, wyprowadził hobbitów z sali.

Materace i poduszki okazały się miękkie niby puch, koce były z białej wełny. Zaledwie się ułożyli na swoich posłaniach, ledwie naciągnęli na siebie lekkie nakrycia, posnęli wszyscy.

Pośród najgłębszej nocy Frodo pogrążony był w śnie bez świateł. Potem zobaczył wschodzący księżyc, a w bladej poświacie zamajaczyła czarna skała i ziejący w jej ścianie sklepiony otwór niby ogromna brama. Zdawało się Frodowi, że się wznosi w górę i ponad skałą widzi, że ściana jest częścią pierścienia gór otaczających równinę, a pośrodku równiny sterczy kamienny szczyt niczym potężna wieża, której nie zbudowały jednak niczyje ręce. Na szczycie stał starzec. Księżyc, wznosząc się na niebie, zawisł na chwilę nad jego głową, a białe włosy zalśniły w podmuchu wiatru. Z dołu, z równiny, wzbijały się dzikie wrzaski i wycie wilczego stada. Nagle ogromny cień, jakby rozpostartych skrzydeł, przesunął się przez tarczę księżyca. Człowiek podniósł ramiona i z różdżki, którą trzymał w ręku, wystrzeliła błyskawica. Olbrzymi orzeł zniżył się w locie i uniósł go z sobą. Głosy z równiny zaskowyczały, wilki zawyły żałośnie. Szum się zerwał, jakby wichury, a w nim zadźwięczał tętent kopyt mknących galopem od wschodu. „Czarni Jeźdźcy" – pomyślał Frodo i zbudził się z echem tętentu pulsującym jeszcze w głowie. Zadał sobie w duchu pytanie, czy odważy się kiedykolwiek opuścić schronienie kamiennych ścian tego domu. Leżał bez ruchu, wsłuchany w noc, ale było już teraz zupełnie cicho, wreszcie więc hobbit obrócił się na drugi bok i znów usnął czy może raczej zawędrował w świat innych snów, których nie zapamiętał do rana.

U jego boku leżał Pippin, pogrążony w miłych marzeniach, lecz nagle coś się w nich chyba odmieniło, bo śpiący poruszył się z jękiem. Ocknął się gwałtownie, a może tak mu się tylko zdawało, lecz słyszał wciąż jeszcze w ciemnościach hałas, który zakłócił mu poprzednie marzenia: krk, krk, krk – trzeszczenie gałązek na wietrze, palce gałęzi obmacujące ściany i pukające do okien: krk, krk, krk. Próbował sobie przypomnieć, czy w pobliżu domu Toma rosną wierzby. Nagle zdjął go strach, wydało mu się, że nie znajduje się w zwykłym domu, lecz we wnętrzu wierzby, i nasłuchuje okropnego, suchego, skrzypliwego śmiechu, który szydzi z jego nieszczęścia. Siadł w pościeli, ale poduszki miękko ugięły się pod jego ręką, więc opadł na nie z westchnieniem ulgi. Miał wrażenie, że słyszy dzwoniące w uszach echo słów: „Nie bój się niczego! Nie zważaj na nocne hałasy! Możesz spać spokojnie do rana!". I usnął znowu.

Merry pośród spokojnego snu usłyszał nagle plusk wody; spływała zrazu łagodnie, potem zaczęła wzbierać niepowstrzymanie, aż otoczyła cały dom ciemnym, bezbrzeżnym jeziorem. Bulgotała pod ścianami, podnosiła się z wolna, ale wytrwale, coraz wyżej. „Utonę! – pomyślał Merry. – Woda przedostanie się do domu, a wtedy utonę". Wydało mu się, że leży w miękkim, oślizłym bagnie, więc zerwał się i trafił stopą na zimną kamienną płytę podłogi. Przypomniał sobie, gdzie jest, i położył się z powrotem. W uszach, a może tylko w pamięci, zadźwięczały mu słowa: „Przez nasze drzwi i okna nie przedostanie się nic prócz blasku księżyca i gwiazd, prócz podmuchu od gór". Łagodny powiew poruszył firankami. Merry odetchnął głęboko i usnął znowu.

Sam nie pamiętał z tej nocy nic prócz tego, że przespał ją rozkosznie – o ile kłoda może odczuwać rozkosz.

Zbudzili się wszyscy czterej jednocześnie w blasku poranka. Po izdebce kręcił się Tom, gwiżdżąc jak szpak. Kiedy usłyszał, że goście ruszają się w łóżkach, klasnął w dłonie i krzyknął: – O hej! miri do, diri do! Wstawajcie, najmilsi! – Rozsunął żółte zasłony i hobbici przekonali się, że kryły one okna w dwóch przeciwległych ścianach: od wschodu i od zachodu.

Zerwali się rześcy. Frodo pobiegł do wschodniego okna i ujrzał ogród warzywny, siwy od rosy. Niemal był pewny, że zobaczy sięgającą aż pod ściany domu murawę stratowaną kopytami koni. W rzeczywistości rząd smukłych tyczek oplecionych pędami fasoli zasłonił mu widok na świat. Tylko ponad nimi w dali dostrzegł szare kopuły wzgórz ciemniejące na tle porannej zorzy. Ranek był przymglony, na wschodzie poza wałem chmur, rozciągniętych niby długie pasma brudnej wełny poplamionej na brzegach czerwienią, przebłyskiwało żółte światło. Niebo wróżyło deszcz, lecz dzień rozjaśniał się szybko, a czerwone kwiatki fasoli lśniły wśród wilgotnych zielonych listków.

Pippin wyjrzał przez zachodnie okno na jezioro mgieł. Las ginął w ich zasłonie. Pippin miał wrażenie, że spogląda z góry na pochyły dach chmur. Przecinała go jak gdyby podłużna fałda czy wąwóz, nad którym obłoki rozszczepiały się w tysiące piór i kosmyków: to była dolina Wii. Na lewo od domu ze wzgórza spływał strumień i niknął w mlecznym cieniu. Tuż pod ścianą kwitły kwiaty i ciągnął się strzyżony żywopłot osnuty srebrzystą pajęczyną, a za nim szarzała niska trawa, pobielona kroplami rosy. Nigdzie w pobliżu nie rosły wierzby.

– Dzień dobry, weseli przyjaciele! – zawołał Tom, otwierając na oścież wschodnie okno. Powiało chłodem, zapachniało deszczem. – Myślę, że słońce dzisiaj nie zechce nam pokazać swojej twarzy. Chodziłem już dziś daleko, przebiegłem wszystkie wzgórza, od pierwszego brzasku węszyłem wiatr i pogodę, deptałem po mokrej trawie i skakałem pod mokrym niebem. Zbudziłem Złotą Jagodę, śpiewając pod jej oknem, ale nic nie zdoła obudzić hobbitów o świcie. Mały ludek zrywa się nocą ze snu, czuwa w ciemnościach, ale śpi, gdy słońce wstaje. Ring, ding, dillo! Ocknijcie się wreszcie, przyjaciele! Zapomnijcie o nocnych hałasach. Ring, ding, dillo del! Najmilsi! Jeżeli się pospieszycie, zastaniecie śniadanie na stole. Jeżeli się spóźnicie, dostaniecie trawę i wodę deszczową!

Nie trzeba chyba zapewniać, że – chociaż groźba Toma nie brzmiała bardzo poważnie – hobbici pospieszyli się, potem zaś nieprędko wstali od stołu – właściwie dopiero wtedy, kiedy półmiski opustoszały. Ani Tom, ani Złota Jagoda nie dotrzymywali im przy śniadaniu towarzystwa. Słyszeli tylko, że Tom krząta się po domu, hałasuje w kuchni, tupie na schodach, biegając to w górę, to w dół, i śpiewa to tu, to tam. Okno jadalni wychodziło na wschód, na spowitą w mgły dolinę, i było otwarte. Z nawisłej strzechy kapały krople. Nim przyjaciele skończyli śniadanie, chmury na niebie sklepiły się w szczelny strop i deszcz zaczął padać prostymi szarymi strugami, miarowo i wytrwale. Las ukrył się całkowicie za ich gęstą zasłoną.

Kiedy tak patrzyli przez okno, spłynął skądś z góry, jak gdyby na miękkiej fali deszczu, czysty głos Złotej Jagody. Nie rozumieli słów, ale było dla nich oczywiste, że to pieśń o deszczu, miła jak deszcz roszący wyschłe pagórki, opowieść o rzece dążącej z gór ku morzu. Słuchali z rozkoszą, a Frodo cieszył się w głębi serca, błogosławiąc łaskawą niepogodę, która odraczała chwilę pożegnania z tym domem. Myśl o wyjeździe ciążyła mu od momentu przebudzenia, teraz zrozumiał, że przynajmniej tego dnia jeszcze nie będzie musiał wyruszać w dalszą drogę.

Wiatr dmący górą od zachodu wznosił się, a chmury coraz gęściejsze, coraz bardziej nasiąkłe wodą, przetaczały się, zlewając deszczem łyse głowy kopulastych pagórków. Wokół domu nie było widać nic prócz strug deszczu. Frodo stał w pobliżu otwartych drzwi i patrzył, jak biała wapienna ścieżka zamienia się w mleczną strugę i pieniąc się, spływa ku dolinie. Zza narożnika domu wybiegł Tom Bombadil. Wymachiwał rękami, jakby odpędzał deszcz, i rzeczywiście wydawał się zupełnie suchy, gdy przeskoczył przez próg, tylko buty miał mokre. Ściągnął je i postawił w kącie przy kominku. Siadł w największym fotelu, zwołując hobbitów do siebie.

– Złota Jagoda urządza dzisiaj pranie – rzekł – i jesienne porządki. Za mokro dla hobbitów, niechże sobie odpoczną, póki można. W sam raz dzień na długie opowieści, na pytania i odpowiedzi, więc Tom pierwszy ma głos.

Opowiedział im wiele niezwykłych historii, a mówił jakby do siebie, lecz od czasu do czasu nagle podnosił na nich oczy, żywe i błękitne pod krzaczastymi brwiami. Często jego głos przechodził w śpiew, nieraz też Tom zrywał się i tańczył po pokoju. Opowiadał o pszczołach i kwiatach, o zwyczajach drzew, o dziwnych stworach mieszkających w Starym Lesie, o złych i dobrych siłach, o przyjaciołach i wrogach, okrutnikach i poczciwcach, o tajemnicach ukrytych w leśnych chaszczach.

Słuchając, zaczęli rozumieć, że las żyje, niezależny od nich, a nawet poczuli się intruzami wobec tych wszystkich istot, dla których las był domem. W tych opowieściach wciąż powracała Stara Wierzba i Frodo dowiedział się o niej wszystkiego, co chciał wiedzieć, a nawet trochę więcej, bo nie była to przyjemna historia. W słowach Toma objawiły się w całej nagości serca drzew, a także ich myśli, często posępne i złowrogie, nabrzmiałe nienawiścią do wszystkiego, co po ziemi chodzi wolne i może gryźć, rąbać, łamać, palić – do niszczycieli i uzurpatorów. Stary Las nie darmo nosił swoją nazwę, był rzeczywiście bardzo stary, zachował się jako szczątek rozległych, zapomnianych puszcz. Przetrwały w nim dotąd sędziwe drzewa, starzejące się równie wolno jak góry, pradziadowie dzisiejszych drzew, pamiętający czasy, gdy las panował na ziemi. W ciągu nieprzeliczonych lat nasyciły się dumą, zakorzenioną wiedzą i przebiegłością. Ale żadne z drzew nie było tak groźne jak siwa Wierzba: serce jej bowiem spróchniało, podczas gdy siły pozostały młodzieńcze. Była podstępna, władała wiatrem, jej pieśń i jej wola rządziły lasem po obu brzegach rzeki. Chciwa, posiwiała dusza Wierzby czerpała moc z ziemi i rozpościerała szeroko pod ziemią delikatne nici korzeni, a niewidzialne palce liści w powietrzu, aż ujarzmiła całe królestwo drzew – od Muru aż po Kurhany.

Nagle opowieść Toma porzuciła lasy i z biegiem młodego strumienia, poprzez perlące się wodospady, poprzez kamienne i zwietrzałe skały, między drobnym kwieciem ukrytym w trawie, po wilgotnych rozpadlinach powędrowała aż na Kurhany. Hobbici usłyszeli o Wielkich Kurhanach, o zielonych kopcach, o kamiennych koronach wieńczących pagórki, o jamach ziejących między nimi. Usłyszeli beczące stada owiec. Ujrzeli mury zielone i białe. Na pagórkach wznosiły się twierdze. Królowie małych państewek walczyli ze sobą, a młode słońce błyskało ogniem w czerwonych ostrzach ich nowych krwiożerczych mieczów. Były zwycięstwa i klęski. Wieże padały, grody płonęły, pożary wzbijały się pod niebo. Złoto piętrzyło się na trumnach zmarłych królów i królowych, Kurhany kryły je w swoim wnętrzu za zatrzaśniętymi kamiennymi drzwiami, aż wszystko zarosła trawa. Czas jakiś pasły się tam owce, lecz wkrótce wydmy znów opustoszały. Z dalekich ciemnych krain nadciągnął cień i kości drgnęły w grobowcach. Po rozpadlinach zaczęły się zjawiać upiory Kurhanów, na ich zimnych palcach dzwoniły pierścienie, złote łańcuchy pobrzękiwały w podmuchach wiatru. Kamienne korony sterczały z ziemi i w poświacie księżyca lśniły jak wyszczerzone połamane zęby.

Dreszcz przejął hobbitów. Pogłoski o upiorach Kurhanów i o tym pustkowiu, ciągnącym się za Starym Lasem, dotarły nawet do Shire'u. Lecz żaden w świecie hobbit nie lubi tego rodzaju historii, choćby ich słuchał z daleka, przy miłym kominku. Czterej przyjaciele nagle przypomnieli sobie to, o czym w radosnym nastroju tego domostwa nie myśleli dotychczas: dom Toma Bombadila przycupnął tuż pod wysuniętym ramieniem tych straszliwych wzgórz. Zerkając ukradkiem jeden na drugiego, kręcili się niespokojnie i zgubili na chwilę wątek opowieści.

Kiedy go znowu pochwycili, Tom już wędrował po dziwnych krajach, poza granicami ich pamięci i poza granicami tego, co wypełniało ich myśli na jawie; mówił o czasach, kiedy świat był rozleglejszy, a morza sięgały aż po Zachodni Brzeg; ale i wówczas Tom chadzał to tu, to tam pod odwiecznymi gwiazdami, nocą, gdy dopiero przebudzili się praojcowie elfów. Nagle przerwał opowieść i słuchaczom wydało się, że usnął, bo spuścił głowę na piersi. Siedzieli w milczeniu, w zachwycie; a wtedy, jakby pod czarem słów Toma, wiatr ucichł, chmury obeschły, dzień zagasł, noc nadciągnęła od wschodu i od zachodu, całe zaś niebo zajaśniało od białego światła gwiazd.

Frodo nie umiałby powiedzieć, czy minął jeden ranek i wieczór, czy też wiele dni. Nie czuł głodu ani zmęczenia, nie czuł nic prócz ciekawości. Gwiazdy świeciły za oknami, cisza niebios otaczała go dokoła. Wreszcie dał wyraz temu zdumieniu i lękowi, którym go nagle przejęła ta cisza.

– Kim jesteś, Panie? – spytał.

– Co takiego? – rzekł Tom, prostując się w fotelu i błyskając oczyma w mroku. – Czyż nie znasz mojego miana? W nim cała odpowiedź. Powiedz mi, kim ty jesteś, ty sam, bezimienny? Ale ty jesteś młody, a ja – stary. Najstarszy, zważcie moje słowa, przyjaciele: Tom był tu wcześniej niż rzeka i drzewa; Tom pamięta pierwszą kroplę deszczu i pierwszy żołądź. Tom budował ścieżki wcześniej niż Duzi Ludzie i był tutaj, kiedy przyszli Mali Ludkowie. Był wcześniej niż królowie i groby, i upiory Kurhanów. Kiedy elfowie wędrowali na Zachód, Tom już tu był, zanim powierzchnia mórz się zakrzywiła. Znał ciemność gwiezdnych nocy, gdy jeszcze nie było w nich strachu – zanim Czarny Władca przybył spoza Granic.

Jak gdyby cień przemknął za oknem. Hobbici żywo obejrzeli się, a kiedy znowu zwrócili oczy na salę, zobaczyli Złotą Jagodę, która stała na progu w aureoli światła. Miała w ręku świecę i osłaniała płomień od podmuchu, a blask przeświecał przez dłoń jak słońce przez białą muszlę.

– Deszcz się skończył – powiedziała. – Świeża woda płynie ze wzgórz, pod gwiazdami. Śmiejmy się i weselmy!

– Jedzmy i pijmy! – zawołał Tom. – Długie opowieści wysuszają gardło. A pilni słuchacze poszczą rano, w południe i wieczorem!

Z tymi słowy zerwał się z fotela, podskoczył, chwycił z półki nad kominkiem świecę i zapalił ją od płomienia świecy przyniesionej przez Złotą Jagodę. Potem obtańczył stół wokoło, dał nagle susa przez próg i zniknął.

Wrócił po chwili z dużą zastawioną tacą. Wraz ze Złotą Jagodą zabrał się do nakrywania stołu, a hobbici przyglądali się temu na pół z zachwytem, na pół ze śmiechem, bo Złota Jagoda była urocza, a podskoki Toma niezwykłe i zabawne. Każde z nich wykonywało jak gdyby własny taniec, nie przeszkadzając jednak drugiemu, to wybiegając z pokoju, to wracając, to okrążając stół. Tym sposobem w mig przygotowali talerze, sztućce i półmiski, a sala zajaśniała od świec białych i żółtych. Tom ukłonił się gościom.

– Prosimy na kolację – powiedziała Złota Jagoda.

Dopiero teraz hobbici zauważyli, że pani domu ma na sobie suknię srebrną przepasaną białą szarfą, a na nogach trzewiczki jakby z rybich łusek; Tom natomiast ubrał się na niebiesko, w strój o kolorze spłukanych deszczem niezabudek, tylko pończochy włożył zielone.

Kolacja okazała się jeszcze lepsza niż poprzedniego wieczora. Hobbici pod urokiem opowiadań Toma mogli zapomnieć o obiedzie i podwieczorku, kiedy jednak wreszcie zasiedli do stołu, powetowali sobie stratę tak, jakby od tygodnia nic w ustach nie mieli. Nie śpiewali, nie odzywali się nawet przez dość długą chwilę, całą uwagę poświęcając najpilniejszej sprawie. Po jakimś czasie wszakże, gdy pokrzepili serca i umysły, znów zapanował przy stole wesoły gwar i śmiech.

Po wieczerzy Złota Jagoda śpiewała im różne pieśni, a wszystkie zaczynały się radośnie na wyżynach i spływały łagodnie w ciszę; w tych cichych pauzach słuchacze widzieli oczyma wyobraźni jeziora, wody ogromne, jakich w życiu nie spotkali, a zaglądając w nie, dostrzegali niebo i gwiazdy niby klejnoty w głębinie. Potem Złota Jagoda, tak jak poprzedniego dnia, życzyła im dobrej nocy i odeszła, zostawiając hobbitów z Tomem przy kominku. Ale Tom wyzbył się teraz senności i zasypał ich pytaniami.

Okazało się, że wie już dość dużo o nich, o ich rodzinach, nawet o dziejach i poczynaniach ich ojczystego kraju, i to od czasów przez samych hobbitów nieledwie zapomnianych. Teraz jednak już ich to nie dziwiło; Tom zresztą nie taił, że najnowsze wiadomości zawdzięcza głównie staremu Maggotowi, którego uważał, jak się zdawało, za osobistość znacznie ważniejszą, niż sądzili hobbici.

– Maggot chodzi po ziemi, ręce nurza w glinie, mądrość ma w szpiku kości, oczy zaś zawsze otwarte – powiedział Tom. Jasne też było, że Tom utrzymuje stosunki z elfami i że jakimś sposobem dostał od Gildora wieści o ucieczce Froda.

Doprawdy, Tom tyle wiedział i tak przebiegle zadawał pytania, że Frodo ani się spostrzegł, gdy mu zwierzył historię Bilba oraz własne nadzieje i obawy, i to szczerzej nawet niż Gandalfowi.

Tom kiwał głową i błyskał oczami, kiedy usłyszał o Czarnych Jeźdźcach.

– Pokaż mi ten bezcenny Pierścień! – rzekł niespodzianie, przerywając Frodowi opowiadanie. I Frodo, ku swemu zdumieniu, od razu wyciągnął z kieszeni łańcuszek, odczepił Pierścień i podał Tomowi.

Pierścień jak gdyby urósł, leżąc przez chwilę na dużej, śniadej ręce Toma. Nagle Tom podniósł go do oka i wybuchnął śmiechem. Na jedno mgnienie hobbitom ukazał się widok zarazem przerażający i komiczny: jasne, błękitne oko błyszczące w złotej oprawie. Potem Tom wsunął Pierścień na czubek małego palca i podniósł go w światło świecy. W pierwszym momencie hobbici nie spostrzegli w tym geście nic niezwykłego. W następnym – dech im zaparło z wrażenia. Nie przestali widzieć Toma!

Tom znów się roześmiał i podrzucił w górę Pierścień, który błysnął w powietrzu i znikł. Frodo krzyknął, a Tom wychylił się z fotela i z uśmiechem zwrócił mu klejnot.

Frodo przyjrzał mu się z bliska, trochę podejrzliwie – jak widz, który podczas przedstawienia pożyczył kuglarzowi swoją własność. To był ten sam Pierścień, a przynajmniej nie zmienił wyglądu ani wagi: Frodowi zawsze wydawał się dziwnie ciężki. Coś wszakże kusiło hobbita, żeby się jeszcze upewnić. Trochę może rozdrażniło go zachowanie Toma, który tak zlekceważył przedmiot uznany przez Gandalfa za śmiertelną groźbę. Frodo więc doczekał sposobnej chwili, kiedy rozmowa znów się ożywiła, a Tom rozpowiadał jakąś niedorzeczną historię o borsukach i borsuczych obyczajach – i wsunął Pierścień na palec.

Merry zwrócił właśnie ku niemu twarz, żeby o coś zapytać, i wzdrygnął się tłumiąc okrzyk. Frodo ucieszył się (w pewnym sensie): nie odmieniono mu Pierścienia! Merry patrzył ogłupiałym wzrokiem wprost na jego fotel i najoczywiściej go nie widział. Frodo wstał i bezszelestnie cofnął się od kominka w stronę drzwi wyjściowych.

– Ejże, Frodo! – krzyknął Tom, spoglądając na niego doskonale widzącymi, bystrymi oczyma. – Ej! Chodź no tutaj! Dokąd się wybierasz? Stary Tom Bombadil jeszcze nie oślepł. Zdejmij swój złoty Pierścień. Twoja ręka jest bez niego o wiele ładniejsza. Wracaj! Daj spokój figlom i siadaj przy mnie. Musimy jeszcze trochę pogawędzić i pomyśleć o jutrze. Tom chce was nauczyć właściwej drogi, żebyście nie błądzili po bezdrożach.

Frodo zaśmiał się (wmawiając sobie, że jest zadowolony), zdjął Pierścień i usiadł znów wśród przyjaciół. Tom zaczął teraz mówić o tym, że spodziewa się nazajutrz słonecznej pogody i pięknego poranka, rokującego wędrowcom jak najlepsze nadzieje. Radził jednak ruszać wcześnie, bo w tych okolicach nawet on nie mógł na pewno przepowiedzieć pogody na dłuższy czas, zmieniała się niekiedy tak błyskawicznie, że nie nadążał z przebieraniem się.

– Nie jestem panem pogody – rzekł. – Nie jest jej panem nikt, kto chodzi po ziemi.

Za radą Toma postanowili skierować się z jego domu wprost na północ przez zachodnie, niższe stoki wydm; w ten sposób mogli mieć nadzieję, że osiągną Wschodni Gościniec w ciągu jednego dnia i ominą Kurhany. Tom mówił im, żeby się niczego nie bali, lecz wyłącznie zajęli swoją sprawą.

– Trzymajcie się zielonej trawy. Niech was nie obchodzą stare kamienie, zimne upiory, nie bądźcie ciekawi ich siedzib, chyba że czujecie w sobie wielkie siły i niezawodną odwagę.

Powtarzał to kilka razy i zalecił obchodzić Kurhany od zachodniej strony, gdyby zabłądzili w pobliże któregoś z nich. Nauczył ich też słów piosenki, którą mieli śpiewać, jeśliby nieszczęśliwym przypadkiem znaleźli się nazajutrz w niebezpieczeństwie lub kłopocie.

*Ho, Tomie Bombadilu, Bombadilu Tomie!*
*Na wierzbę i na rzekę, na wodę i płomień,*
*Na słońce i na księżyc – posłuchaj, sąsiedzie,*
*I przybądź do nas, Tomie, bo jesteśmy w biedzie!* [1]

Prześpiewali tę zwrotkę chórem za przewodem Toma, potem gospodarz ze śmiechem klepnął kolejno każdego po łopatce i ze świecą w ręku zaprowadził do sypialni.

---
[1] Przełożył Włodzimierz Lewik.

# Rozdział 8

## *Mgła na Kurhanach*

Tej nocy nie słyszeli żadnych hałasów. Ale Frodowi – sam nie wiedział, czy we śnie, czy na jawie – miły śpiew dzwonił w uszach; pieśń jak nikłe światło przebijała zza szarej zasłony deszczu, a potem tak przybrała na sile, że zasłona stała się przejrzysta, jak gdyby srebrna i szklana, aż wreszcie rozsunęła się, ukazując oczom hobbita odległy zielony kraj w blasku wschodzącego słońca.

Z tą wizją w oczach Frodo się zbudził. Tom gwizdał jak drzewo pełne ptactwa, słońce świeciło już nad wzgórzem i skośne promienie wpadały przez otwarte okno. Na dworze wszystko było zielone i złociste.

Po śniadaniu, które hobbici znów zjedli sami, zaczęli się przygotowywać do pożegnania, z ciężkim sercem, o ile serce mogło być ciężkie w tak cudny ranek: świeży, jasny, czysty pod zmytym przez deszcz jesiennym niebem z przezroczystego błękitu. Chłodny podmuch ciągnął od północo-zachodu. Stateczne kucyki niemal się rozbrykały, prychając i drepcąc niespokojnie. Tom wyszedł z domu, pomachał kapeluszem, zatańczył na progu, nakłaniając hobbitów, żeby ruszali w drogę co żywo.

Pojechali ścieżką, odbiegającą zza domu skosem ku północnemu krańcowi grzebienia, pod którym tuliła się siedziba Toma Bombadila. Zeskoczyli z siodeł, żeby wprowadzić kucyki na ostatni stromy stok, gdy nagle Frodo się zatrzymał.

– Złota Jagoda! – krzyknął. – Cudna pani w srebrze i zieleni! Nie pożegnaliśmy się z nią, nie widzieliśmy jej od wczorajszego wieczora!

Tak był zrozpaczony, że chciał zawrócić z drogi. Lecz w tej samej chwili dobiegł ich uszu czysty, perlisty głos. Przed nimi na grani stała Złota Jagoda i gestem wzywała ich ku sobie; rozpuszczone włosy lśniły i świeciły w słońcu. Tańczyła, a na zroszonej trawie u jej stóp światło migotało jak na wodzie.

Spiesznie wbiegli na ostatnią stromiznę i bez tchu stanęli przed Złotą Jagodą. Skłonili się, lecz ona dała im znak ręką, żeby się obejrzeli wkoło. Spojrzeli więc ze szczytu na okolicę w blasku poranka. W czystym powietrzu otwierał się rozległy widok na świat, który był zasnuty mgłą i niewidzialny, kiedy patrzyli nań w Starym Lesie z pagórka, teraz wyłaniającego się jasnozieloną kopułą znad ciemnych drzew na zachodzie. W tej stronie teren falował lesistymi pasmami wzgórz, które mieniły się, zielone, żółte i rude w słońcu, przesłaniając dolinę Brandywiny. Na południe, poza linią Wii, coś błyskało w oddali niby lustro; tam Brandywina zataczała olbrzymią pętlę na nizinie i odpływała w kraj nieznany hobbitom. Na północ ciągnęła się równina, szara, zielona i brunatna, przecięta tu i ówdzie garbami, i rozpływała się na widnokręgu w bezkształtną ciemną plamę. Od wschodu wyżyna Kurhanów piętrzyła łańcuchy wzgórz jedne za drugimi, kryjąc przed wzrokiem hobbitów dalszy plan; ledwie odgadywali błękitniejący, odległy biały blask stopiony z rąbkiem nieba, i domyślali się dalekich, wysokich gór.

Wciągnęli głęboko w płuca powietrze z uczuciem, że jeden skok i kilka energicznych kroków zaprowadziłoby ich wszędzie, gdzie zechcą. Wydało im się małodusznością mozolnie kluczyć postrzępionym skrajem wyżyny ku gościńcowi, skoro powinni raczej, wzorem dziarskiego Toma, w podskokach sadzić z pagórka na pagórek wprost ku górom.

Złota Jagoda przywołała ich oczy i myśli do rzeczywistości.

– Jedźcie, mili goście! – rzekła. – Wytrwajcie w zamiarach! Kierujcie się na północ, tak by wiatr mieć od lewej strony, i niech szczęście sprzyja wszystkim waszym krokom. Spieszcie się, póki słońce świeci! – Zwróciła się do Froda: – Do widzenia, Przyjacielu Elfów, radosne to było spotkanie.

Frodo nie znalazł odpowiedzi. Ukłonił się nisko, dosiadł wierzchowca i na czele przyjaciół ruszył z wolna łagodnym zboczem w dół. Dom Toma Bombadila, dolina i las zginęły im z oczu. Między zielonymi ścianami wzgórz było cieplej, a od murawy bił mocny, słodki zapach. Dotarłszy na dno trawiastej kotliny, odwrócili się i zobaczyli Złotą Jagodę, małą, smukłą sylwetkę na tle nieba, jak kwiat w słońcu; patrzyła na odjeżdżających, wyciągała ku nim ręce. Gdy się obejrzeli, zawołała raz jeszcze swoim czystym głosem, podniosła ramiona, obróciła się i zniknęła za wzgórem.

Ścieżka wiła się dnem kotlinki, okrążała zielone podnóża stromego pagórka i zbiegała w następną, głębszą i szerszą dolinę, potem zaś wydostawała się na grzbiety dalszych wzgórz, schodziła ich wydłużonym ramieniem w dół, oplatała strome zbocza, pięła się na nowe szczyty, opadała w nowe wąwozy. Nie widzieli nigdzie drzew ani wody, była to kraina traw i niskiej, sprężystej darni, a ciszę mącił tylko szept wiatru i od czasu do czasu samotny krzyk nieznanego ptaka. Hobbici jechali naprzód, a tymczasem słońce podniosło się na niebie i grzało mocno. Na każdym nowym grzbiecie witał ich słabszy niż na poprzednim powiew wiatru. Gdy popatrzyli z góry na zachód, wydało im się, że daleki las dymi, jakby wczorajszy deszcz parował z liści, korzeni i mchów. Cień zalegał teraz widnokrąg mrocznym wieńcem, nad którym kopuła nieba tkwiła niby błękitna czapka, gorąca i ciężka.

Około południa znaleźli się na wzgórzu, którego wierzchołek był szeroki i spłaszczony, podobny do płytkiej miski o zielonych wypukłych brzegach. Powietrze stało tu nieruchome, a niebo wisiało jak gdyby tuż nad głowami. Wyjechali na przeciwległą krawędź i spojrzeli ku północy. Otucha wstąpiła w ich serca, bo wydawało się oczywiste, że przebyli już więcej drogi, niż się spodziewali. Co prawda dalszy widok był teraz przymglony i zwodniczy, lecz niewątpliwie już niebawem powinni opuścić obszar wzgórz. U ich stóp długa dolina ciągnęła się ku północy aż do bramy otwartej między dwoma stromymi grzbietami. Za nią, jak się zdawało, nie było już wzniesień. Patrząc wprost na północ, dostrzegali niewyraźną czarną kreskę.

– To musi być linia drzew – powiedział Merry – znacząca gościniec. Na wschód od mostu drzewa ciągną się wzdłuż drogi przez wiele mil. Podobno zasadzono je w dawnych czasach.

– Wspaniale! – rzekł Frodo. – Jeżeli w ciągu popołudnia będziemy się posuwali równie szybko jak od rana, wyjedziemy poza wzgórza przed zachodem słońca i bez pośpiechu wyszukamy miejsce na nocleg.

Lecz nim skończył mówić, zwrócił wzrok ku wschodowi i spostrzegł, że z tej strony wyższe wzgórza piętrzą się nad nimi, a każde uwieńczone zielonym kopcem; z niektórych też głazy sterczały w niebo jak wyszczerzone zęby z zielonych dziąseł.

Zaniepokoili się tym widokiem, więc odwrócili od niego oczy i zeszli z krawędzi z powrotem w głąb niecki. Tu na środku tkwił samotny wysoki głaz; słońce świeciło wprost nad nim, toteż o tej godzinie nie rzucał wcale cienia. Głaz był bezkształtny, a mimo to wymowny jak znak graniczny, jak palec wskazujący, a może bardziej jeszcze – jak przestroga. Wędrowcy wszakże byli głodni, a słońce w zenicie odpędzało wszelkie strachy, siedli więc, oparli się plecami o wschodnią ścianę kamienia, wydobyli zapasy i pod gołym niebem zjedli obiad, który mógł zadowolić najwybredniejsze nawet podniebienia. Jedzenie bowiem i napoje pochodziły z domu pod wzgórzem. Tom zaopatrzył ich sowicie w żywność na ten dzień. Kucyki, rozjuczone, błąkały się po trawie.

Jazda przez wzgórza, pełne żołądki, gorące słońce i zapach trawy, trochę przydługi odpoczynek z wyciągniętymi nogami i z oczyma utkwionymi w niebo nad głową – oto wystarczające chyba wyjaśnienie tego, co się stało. Bo stało się tak: ocknęli się nagle i nieprzyjemnie ze snu, który, nie wiedzieć kiedy i jak, zmorzył ich wbrew woli. Kamień sterczący za ich plecami był zimny i rzucał długi, nikły cień w stronę wschodu. Słońce, blade, żółtawe, lśniło zza mgieł tuż nad zachodnią krawędzią zagłębienia, w którym leżeli. Od północy, południa i wschodu zza skraju miski podnosiła się gęsta, zimna biała mgła. Powietrze było nieruchome, ciężkie i lodowate. Kucyki, zbite w gromadkę, stały ze zwieszonymi łbami.

Hobbici, przerażeni, zerwali się na równe nogi i pobiegli na wschodnią stronę wzgórza. Stwierdzili, że znajdują się na wyspie pośród mgły. W chwili, gdy z rozpaczą zwrócili wzrok na zachód, ujrzeli, jak słońce zapada w mleczne morze; jednocześnie za ich plecami zimny, szary cień wypłynął na niebo od wschodu. Mgła wspięła się nad brzegi zagłębienia, podniosła w górę i nad głowami hobbitów sklepiła się niczym dach. Znaleźli się jakby w sali, której ściany i sufit stanowiła mgła, a sterczący pośrodku głaz był filarem podpierającym strop.

Czuli się jak w pułapce, zamykającej się właśnie wokół nich; nie stracili jednak resztek nadziei. Nie zapomnieli bowiem obiecującego widoku, jaki im się przedtem ukazał, i jeszcze pamiętali, w której stronie widzieli linię gościńca. W każdym zaś razie niecka na szczycie wzgórza z umieszczonym pośrodku głazem budziła w nich teraz tak wielką odrazę, że myśl o zatrzymaniu się tutaj dłużej nawet w głowie im nie postała. Spakowali rzeczy, jak zdołali najszybciej skostniałymi palcami.

Wkrótce już przeprowadzali kuce przez krawędź i zaczęli gęsiego schodzić północnym stokiem w dół, w morze mgły. W miarę jak spuszczali się niżej, mgła była coraz zimniejsza i bardziej wilgotna, tak że po chwili włosy w mokrych kosmykach oblepiły im skronie. Nim doszli do stóp pagórka, zziębli tak, że zatrzymali się, by wydobyć z worków płaszcze i kaptury – na których zresztą zaraz zalśniły grube szare krople. Potem dosiedli kuców i ruszyli z wolna dalej, orientując się jedynie wedle spadków i wzniesień terenu. Starali się w miarę możności kierować w stronę bramy, którą tego ranka dostrzegli w odległym północnym krańcu doliny. Liczyli, że jeśli raz wydostaną się za tę bramę i zdołają potem utrzymać mniej więcej prosty kurs, trafią wreszcie niechybnie na gościniec. Dalej nie wybiegali myślą, mieli jednak trochę nadziei, że mgła skończy się za obszarem wzgórz.

Posuwali się bardzo wolno. Bojąc się rozdzielić i zabłądzić, trzymali się blisko jeden tuż za drugim; Frodo na czele, potem Sam, Pippin, a ostatni Merry. Dolina ciągnęła się bez końca. Nagle Frodo spostrzegł przed sobą coś, co obudziło w nim nadzieję: po obu stronach poprzez mgłę majaczyły jakieś ciemniejsze kształty. Mogło to znaczyć, że zbliżyli się wreszcie do otwartej między wzgórzami północnej bramy. Gdyby im się udało ją przebyć, byliby uratowani.

– Naprzód! Za mną! – krzyknął przez ramię do towarzyszy i popędził kuca. Lecz nadzieja prędko ustąpiła miejsca zdumieniu i rozczarowaniu. Ciemne sylwetki wystąpiły wyraźniej, lecz zmalały i niespodzianie Frodo ujrzał tuż przed oczyma spiętrzone złowrogo i lekko pochylone ku sobie wzajem dwie wielkie sterczące skały, niby filary nieskłepionej u góry bramy. Nic podobnego, o ile mógł sobie przypomnieć, nie dostrzegł w dolinie, kiedy się jej przyglądał w południe ze szczytu wzgórza. Przejechał między dwiema skałami, sam nie wiedząc kiedy i jak; natychmiast otoczyły go ciemności. Kucyk chrapnął i stanął dęba, Frodo spadł z siodła. Obejrzał się i stwierdził, że jest zupełnie sam: przyjaciele gdzieś zniknęli.

– Sam! – krzyknął. – Pippin! Merry! Do mnie! Czemu się nie trzymacie razem?

Nie było odpowiedzi. Zdjęty strachem Frodo przebiegł z powrotem przez kamienną bramę, krzycząc dzikim głosem: „Sam! Sam! Merry! Pippin!". Kucyk skoczył we mgłę i zniknął. Frodowi wydało się, że gdzieś daleko ktoś zawołał: „Hej! Frodo! Hej!". Stał przed sterczącym ogromnym głazem wpatrzony, wsłuchany w ciemność. Głos szedł jakby od wschodu, od lewej strony. Rzucił się w tym kierunku i biegnąc zauważył, że pnie się stromo pod górę.

Piął się i nie przestawał nawoływać przyjaciół, krzycząc coraz bardziej gorączkowo; jakiś czas nie było odpowiedzi, wreszcie skądsiś, z wysoka i z daleka, poprzez mgłę doszło słabe, nikłe wołanie: „Frodo! Hej!" – i zaraz potem krzyk, jakby: „Ratunku!", powtórzony raz, drugi i trzeci; za ostatnim razem zabrzmiało to jak przeciągły jęk, nagle urwany. Frodo, kierując się tym głosem, parł naprzód co sił, lecz ciemność zapadła już zupełna, noc czarna zwierała się wokół niego, tak że nie był pewien kierunku. Miał wrażenie, że idzie nieustannie pod górę.

W pewnej chwili poczuł pod stopami poziomy teren i tylko to pozwoliło mu zorientować się, że osiągnął wreszcie grań grzbietu czy może szczyt pagórka. Mimo że zmęczony i spocony – drżał z zimna. Dokoła zalegała nieprzenikniona ciemność.

– Gdzie jesteście?! – zawołał zrozpaczony.

Nikt nie odpowiedział. Frodo nasłuchiwał. Nagle uprzytomnił sobie, że jest coraz zimniej i że wiatr się podnosi, lodowaty wiatr. Pogoda się zmieniała. Mgła przepływała teraz koło niego poszarpana na strzępy i włókna. Widział parę własnego oddechu, ciemność jakby się odsunęła i zrzedła. Frodo spojrzał w górę i zobaczył ze zdziwieniem, że blade gwiazdy ukazują się między pasmami pędzących z wiatrem chmur i mgieł. Wiatr już świstał w trawie.

Wydało mu się znów, że słyszy stłumiony krzyk, i ruszył w tę stronę; w tej samej chwili mgła zwinęła się i rozstąpiła, odsłaniając wygwieżdżone niebo. Jednym rzutem oka Frodo zorientował się, że zwrócony jest twarzą ku południowi i znajduje się na kopulastym szczycie, na który wspiął się od północnego wschodu. Po prawej ręce, na tle zachodniej części nieba, dostrzegł czarny kopiec: wznosił się tam ogromny Kurhan.

– Gdzie jesteście?! – krzyknął raz jeszcze, rozdrażniony i wylękły.

– Tutaj! – odpowiedział głęboki zimny głos, dobywający się jakby spod ziemi. – Czekam na ciebie.

– Nie! – powiedział Frodo, ale nie uciekł. Kolana ugięły się pod nim, padł na ziemię. Zrazu nic się nie stało, nie odezwał się najlżejszy bodaj szmer. Kiedy jednak, drżąc cały, podniósł wzrok, ujrzał wysoką postać niby cień przesłaniający gwiazdy. Postać schyliła się nad nim. Zobaczył oczy okropnie zimne, chociaż rozjarzone blaskiem przenikającym jak gdyby z wielkiej dali. Poczuł uścisk rąk, zimniejszych i twardszych niż żelazo. Od lodowatego dotknięcia mróz przeszedł mu po kościach i Frodo stracił przytomność.

Gdy ją znowu odzyskał, zrazu nie mógł sobie przypomnieć nic prócz uczucia zgrozy. Potem nagle zrozumiał, że jest uwięziony bez ratunku. Znalazł się pod Kurhanem. Porwał go Upiór Kurhanu i zapewne już obezwładnił strasznymi czarami, o których tyle mówiły legendy, opowiadane lękliwym szeptem. Frodo nie śmiał poruszyć się, leżał tak, jak się ocknął: na wznak, z plecami przylgniętymi do zimnego kamienia, z rękami złożonymi na piersi. Strach Froda był tak wielki, że wydawał mu się cząstką otaczających ciemności, a mimo to hobbit wspomniał Bilba i historie, które wuj opowiadał, wspólne włóczęgi po ścieżkach Shire'u, opowieści o wędrówkach i przygodach. Ziarenko odwagi żyje utajone (nieraz, co prawda, dość głęboko) w sercu najbardziej nawet spasionego i nieśmiałego hobbita i czeka na moment jakiegoś ostatecznego i rozpaczliwego niebezpieczeństwa, żeby zakiełkować. Frodo nie był ani bardzo spasiony, ani szczególnie nieśmiały; przeciwnie – chociaż sam o tym nie wiedział – Bilbo (a także Gandalf) uważał go za najdzielniejszego hobbita w kraju. Pomyślał, że to koniec przygody, koniec okropny, ale ta myśl dodała mu sił. Sprężył się jak do skoku, nie leżał już biernie jak bezwolna ofiara.

Gdy tak leżąc, rozmyślał i skupiał siły, spostrzegł nagle, że ciemność zaczyna z wolna ustępować, a dokoła narasta blade, zielonkawe światło. Zrazu nie pomogło mu to w rozeznaniu miejsca, w którym się znajdował, bo światło jak gdyby promieniowało z jego ciała i z ziemi wokół niego, nie dosięgając jeszcze stropu ani ścian. Obrócił się na bok i w zimnym blasku zobaczył Sama, Pippina i Merry'ego. Spoczywali tuż, wyciągnięci na plecach, twarze mieli śmiertelnie blade, ubrani byli w biel. Wszędzie wkoło nich błyszczały klejnoty, może szczere złoto, chociaż w tym świetle wydawało się zimne i wcale niepiękne. Na głowach hobbitów lśniły diademy, na piersi złote łańcuchy, na palcach pierścienie. U ich boku leżały miecze, u stóp tarcze. Lecz jeden długi, obnażony miecz leżał w poprzek na szyjach wszystkich trzech przyjaciół.

Wtem rozległ się śpiew; zimny śpiewny szept to podnosił się, to opadał. Głos dochodził jakby z bardzo daleka, chwilami brzmiał wysokim tonem w powietrzu, chwilami jęczał głucho spod ziemi. Bezkształtny strumień dźwięków smutnych i przeraźliwych układał się od czasu do czasu w jakieś słowa, a wszystkie ponure, twarde, zimne, bezlitosne i pełne bólu. Noc złorzeczyła porankowi, który ją osierocił, mróz przeklinał ciepło, którego pożądał. Froda dreszcz przejął do szpiku kości. Po chwili pieśń zabrzmiała wyraźniej i hobbit z przerażeniem w sercu zrozumiał, że śpiew przeszedł w zaklęcia:

> *Zimna niech będzie kość, serce i ramię,*
> *zimny niech będzie sen pod ciężkim głazem,*
> *nigdy niech się nie zbudzą na łożu z kamienia,*
> *póki słońce nie zgaśnie, nie przepadnie księżyc.*
> *W czarnej wichurze wszystkie zgasną gwiazdy,*
> *a oni nadal spać będą wśród skarbów,*
> *nim czarny władca nie wzniesie swej ręki*
> *nad martwym morzem, spustoszoną ziemią.* [1]

---

[1] Przełożył Tadeusz A. Olszański.

Usłyszał za swoją głową jakiś szmer, lekkie szuranie i chrobotanie. Unosząc się na łokciu, spojrzał i teraz dopiero, w nikłym świetle, stwierdził, że leży wraz z towarzyszami w korytarzu, który tuż za nimi skręca w bok. Zza tego zakrętu wysuwała się długa ręka; przebierając palcami, pełzła w kierunku Sama, leżącego najbliżej, i sięgała po rękojeść spoczywającego na jego szyi miecza.

W pierwszym momencie Frodo skamieniał z trwogi, jak gdyby go obezwładnił czar zaklęcia. Potem błysnął mu szalony pomysł ratunku. Przyszło mu do głowy, że jeśli wsunie na palec Pierścień, może skryje się przed wzrokiem Upiora i znajdzie jakieś wyjście. Biegałby znów po zielonej trawie, wprawdzie opłakując Merry'ego, Sama i Pippina, ale żywy i wolny. Gandalf musiałby mu przyznać, że nie mógł w tym położeniu zrobić nic innego.

Ale męstwo, które ocknęło się w hobbicie, już zdążyło okrzepnąć i nie pozwoliło mu porzucić przyjaciół na pastwę losu. Zawahał się i pomacał ręką kieszeń, ale zaraz znów zwalczył pokusę. Tymczasem ręka Upiora podpełzła bliżej. Nagle Frodo zdecydował się, chwycił krótki mieczyk leżący u jego boku i klęknął, pochylając się nad ciałami przyjaciół. Zebrał wszystkie siły, na jakie go było stać, i ciął mieczykiem przegub skradającej się ręki. Dłoń odpadła od ramienia, ale w tym samym momencie mieczyk pękł aż po rękojeść. Buchnął wrzask i światło znikło. W ciemności rozległ się chrapliwy pomruk.

Frodo padł na ciało Merry'ego, dotknął zimnej twarzy przyjaciela. I nagle zbudziło się w nim wspomnienie, uśpione, odkąd wkroczyli w mgłę, wspomnienie domu pod wzgórzem i śpiewającego Toma. Przypomniał sobie piosenkę, której ich Tom nauczył. Cienkim desperackim głosem zaczął: „Ho, Tomie Bombadilu!" i ledwie wymówił to imię, głos mu zmężniał, nabrał pełni tonu i siły, aż ciemna komora rozbrzmiała echem, niby graniem trąb i werblem bębnów:

*Ho, Tomie Bombadilu, Bombadilu Tomie!*
*Na wierzbę i na rzekę, na wodę i płomień,*
*Na słońce i na księżyc – posłuchaj sąsiedzie,*
*I przybądź do nas, Tomie, bo jesteśmy w biedzie!* [1]

---

[1] Przełożył Włodzimierz Lewik.

Zapadła cisza tak głęboka, że Frodo słyszał bicie własnego serca. I po długiej, nużącej chwili doszedł jego uszu wyraźny, chociaż daleki głos, jakby przedzierający się przez warstwy ziemi czy przez grube mury. Głos ten śpiewał:

*Stary Tom Bombadil to kompan milutki,*
*Ma niebieski kabacik i żółte ma butki.*
*Nikt go jeszcze nie złapał, bo sprytny to chłopak*
*I w piosenkach mocniejszy, i śmiglejszy w stopach.* [1]

Rozległ się rumor, jak gdyby kamienie gdzieś blisko toczyły się i waliły, a potem nagle w ciemność spłynął strumień światła, prawdziwego, zwykłego światła dziennego. W głębi komory, u stóp Froda, otwarły się niskie drzwi; w ich obramowaniu na tle czerwonego wschodu słońca pojawiła się głowa Toma – kapelusz, piórko, cały Tom! Światło padło na dno komory, na twarze trzech hobbitów, leżących obok Froda. Nie poruszyli się, ale chorobliwa bladość zniknęła z ich policzków. Wyglądali teraz jak pogrążeni w głębokim, zdrowym śnie.

Tom pochylił się, zdjął kapelusz, wszedł do mrocznej komory, śpiewając:

*Wynoś się, Widmo stare! Na słońcu się rozwiej!*
*Idź łkać pomiędzy wiatry, wyschnij jak mgła chłodna,*
*Hen, na ziemie jałowe idź, aż poza góry!*
*Nie śmiej nigdy tu wrócić! Kurhan zostaw pusty!*
*Przepadnij w zapomnieniu, od mroku ciemniejszym,*
*Gdzie bramy są zawarte, nim świat się uleczy.* [2]

Odpowiedział mu krzyk i część pieczary w głębi zapadła się z łoskotem. Przeciągły wrzask zamarł, oddalając się w nieodgadnione czeluście, i wszystko ucichło.

– Chodź, Frodo – rzekł Tom. – Wyjdziemy na czystą trawę. Pomóż mi dźwigać swoich przyjaciół.

We dwóch wynieśli Merry'ego, Pippina i Sama. Opuszczając Kurhan, Frodo po raz ostatni odwrócił się i wydało mu się, że widzi

---

[1] Przełożył Włodzimierz Lewik.
[2] Przełożył Tadeusz A. Olszański.

odrąbaną dłoń, jeszcze drgającą jak zraniony pająk, na kupie zwalonej ziemi. Kiedy Tom wrócił do komory, dał się tam słyszeć głośny tupot i łomotanie, a kiedy wyszedł, okazało się, że wydobył z Kurhanu ciężkie brzemię skarbów: mnóstwo przedmiotów ze złota, srebra, miedzi i brązu, drogie kamienie, naszyjniki i rozmaite drogocenne ozdoby. Wspiął się na zielony kopiec i złożył to wszystko na szczycie, w blasku słońca.

Stanął, trzymając kapelusz w ręku, z rozwianym włosem, i spojrzał w dół na trzech hobbitów, którzy leżeli na wznak w trawie na zachodnim stoku wzgórza. Podniósł prawą rękę i jasnym, rozkazującym głosem zaśpiewał:

*Hej, wstawajcie, kompany! Posłuchajcie pobudki,*
*Zimny kamień z was opadł! Krzepcie członki i serca!*
*Mroczne drzwi otworzone – martwa ręka złamana,*
*Noc w mrok Nocy się skryła – Brama stoi otworem!*[1]

Ku radości Froda hobbici poruszyli się, rozprostowali ramiona, przetarli oczy i nagle skoczyli na równe nogi. Ze zdumieniem spojrzeli najpierw na Froda, potem na Toma, który w całej okazałości górował nad nimi na szczycie kopca; wreszcie popatrzyli po sobie i zobaczyli, że są ubrani w lekkie białe szaty, ustrojeni w diademy, pasy z bladego złota i brzęczące świecidła.

– Co, u licha... – zaczął Merry, dotykając złotej przepaski, która zsunęła mu się na jedno oko. Urwał, cień przemknął mu po twarzy. Merry zmrużył powieki. – Oczywiście, pamiętam – rzekł. – Nocą dopadli nas i pokonali ludzie z Carn Dûm. Ach, to ostrze w moim sercu! – Chwycił się za pierś. – Ale co ja mówię? Śniłem widocznie. Gdzieś ty się podziewał, Frodo?

– Zdawało mi się, że zbłądziłem – odparł Frodo – ale wolę o tym nie mówić na razie. Zastanówmy się lepiej, co teraz zrobimy. Chodźmy stąd!

– W tym stroju, proszę pana? – odezwał się Sam. – Gdzie moje ubranie? – Rzucił w trawę diadem, pas i pierścienie, rozejrzał się bezradnie, jakby w nadziei, że płaszcz, kurtka i spodnie oraz inne szczegóły zwykłej hobbickiej garderoby leżą gdzieś w pobliżu.

---

[1] Przełożył Włodzimierz Lewik.

— Nie znajdziecie już nigdy swojego ubrania — rzekł Tom, zbiegając z kopca i ze śmiechem tańcząc wokół hobbitów w blasku słońca. Można by pomyśleć, że nie przeżyli żadnych niebezpieczeństw ani okropności, bo cała groza ulotniła się z ich serc, kiedy popatrzyli na Toma i zobaczyli wesołe iskry w jego oczach.

— Jak to? — spytał Pippin na pół zaintrygowany, na pół ubawiony. — Dlaczego już nie znajdziemy?

Tom potrząsnął głową.

— Odnaleźliście siebie, wróciliście z wielkich głębi. Ubranie — to mała strata, skoro sami ocaleliście z toni. Radujcie się, moi mili, grzejcie w słońcu dusze i ciała. Zrzućcie te zimne szmaty. Pobiegajcie nago po trawie, a Tom tymczasem ruszy na łowy.

W podskokach zbiegł ze wzgórza, gwiżdżąc i nawołując. Frodo, śledząc go wzrokiem, stwierdził, że Tom pędzi na południe wzdłuż zielonej rozpadliny, dzielącej ich wzgórze od następnego, i usłyszał, jak wciąż pogwizduje i woła:

> *Hej, tam — hej, chodźcie! Hej, gdzież to się goni?*
> *Daleko, blisko, z tej czy z tamtej strony?*
> *Uszko, Ogon, Nos, Ciura — i w komplecie*
> *Z Białym Kopytkiem ty, miły Pulpecie!*[1]

Śpiewał w biegu, podrzucał w górę kapelusz i chwytał go, w powietrzu, aż wreszcie zniknął za garbem terenu, tylko okrzyki: „Hej, hej!" dolatywały z wiatrem, wiejącym teraz od południa.

Słońce już dobrze przygrzewało. Hobbici, posłuszni radom Toma, przez długą chwilę biegali po trawie. Potem legli, rozkoszując się ciepłem słońca jak ktoś, kogo nagle przeniesiono z kraju srogiej zimy pod łaskawsze niebo, albo jak chory, który po długim leżeniu w łóżku budzi się niespodzianie pewnego ranka zupełnie zdrów i wita nowy dzień z nadzieją.

Nim Tom wrócił, odzyskali siły (i apetyt). Najpierw nad krawędzią wzgórza ukazał się kapelusz, potem cały Tom, a za nim kroczyło posłusznie sześć kucyków: pięć wierzchowców hobbitów

---

[1] Przełożył Włodzimierz Lewik.

i jeden obcy. Był to oczywiście stary Pulpet, kuc większy, silniejszy, tłuściejszy (i starszy) od pozostałych. Merry, właściciel pięciu kuców, nie nadał im nigdy imion, ale od owego dnia aż do końca swego życia przybiegały zawsze na dźwięk przezwisk, którymi je Tom obdarzył. Wywoływane przez Toma, kolejno wspinały się na szczyt wzgórza i ustawiały w szeregu. Tom złożył ukłon hobbitom.

– Proszę, oto wasze kucyki – rzekł. – Okazały się rozsądniejsze (przynajmniej pod pewnymi względami) od wędrownych hobbitów, lepszy mają węch. Wyczuły nosem niebezpieczeństwo, w które wy wpadliście na oślep, a ratując się ucieczką, uciekły we właściwym kierunku. Wybaczcie im, bo chociaż serca mają wierne, nie są stworzone do stawiania czoła przeraźliwym Upiorom Kurhanów. Spójrzcie, wróciły do was i przyniosły nienaruszone bagaże.

Merry, Sam i Pippin ubrali się w zapasową odzież wydobytą z worków; wkrótce zresztą się spocili, bo musieli powkładać grubsze, cieplejsze rzeczy, zabrane w przewidywaniu bliskiej już zimy.

– A skąd się wziął ten stary kuc, ów Pulpet? – spytał Frodo.

– To mój kucyk – odparł Tom – mój czworonogi przyjaciel. Rzadko co prawda go dosiadam, najczęściej wędruje sobie do woli po stokach. Wasze kucyki zawarły z nim znajomość w mojej stajni; a tej nocy zwęszyły go w ciemnościach i co prędzej pobiegły do niego. Wiedziałem, że Pulpet zaopiekuje się nimi i znajdzie słowa mądrości, by zażegnać ich strach. Teraz, mój miły Pulpecie, stary Tom pojedzie na twoim grzbiecie. Hej! chcę odprowadzić hobbitów kawałek, żeby trafili na gościniec, więc potrzeba mi wierzchowca. Bo niełatwo byłoby mi rozmawiać z hobbitami, gdyby oni jechali konno, a ja goniłbym za nimi na własnych nogach.

Hobbici z radością przyjęli te słowa i zaczęli Tomowi dziękować; odpowiedział im ze śmiechem, że gości, którzy taki mają talent do błądzenia, musi odstawić bezpiecznie do granic swojej krainy, bo inaczej nie zaznałby spokoju.

– A mam mnóstwo roboty – rzekł. – Muszę się krzątać, muszę śpiewać, gadać, wędrować, strzec okolicy. Nie zawsze będziecie mieli Toma na zawołanie, kiedy trzeba otwierać lochy albo dziuple w wierzbie. Tom ma własne sprawy, a Złota Jagoda czeka na niego w domu.

Słońce jeszcze nie podniosło się zbyt wysoko, było zapewne trochę po dziewiątej, hobbici pomyśleli więc o jedzeniu. Ostatnim ich posiłkiem był lunch zjedzony w południe poprzedniego dnia pod sterczącym głazem. Teraz zjedli resztkę zapasów, które zabrali z domu Toma i przeznaczali na wczorajszą kolację, z dodatkiem prowiantów przyniesionych przez Toma. Nie za wiele tego było – zważywszy okoliczności oraz hobbickie apetyty – lecz pokrzepili się nieźle. Gdy się tym zabawiali, Tom wszedł na szczyt wzgórza i przejrzał zgromadzone tam skarby. Większość ich ułożył w stos, błyszczący i skrzący się wśród trawy. Kazał im tam czekać na „jakiegokolwiek znalazcę, czy to będzie ptak, zwierz, elf, człowiek czy inne stworzenie". W ten sposób miał zostać zniweczony zły urok Kurhanu, by nigdy już tutaj Upiór nie powrócił. Dla siebie wybrał ze stosu broszę, w której błękitne kamienie mieniły się rozmaitymi odcieniami, jak łan lnu albo skrzydła niebieskiego motyla. Tom długo przyglądał się broszy, jakby w nim budziła jakieś wspomnienia, i kiwał głową, a wreszcie powiedział:

– Oto ładna zabawka dla Toma i jego pani! Piękna była ta, co przed laty nosiła ten klejnot na ramieniu. Teraz będzie go nosiła Złota Jagoda, ale nie zapomnimy o tamtej pięknej pani.

Każdy z hobbitów dostał sztylet, długi, cienki jak liść, ostry, cudownej roboty, z damaskinażem w złote i czerwone wężowe desenie. Kiedy je Tom wyciągał z czarnych pochew, lśniły, bo wykuto je z nieznanego szlachetnego kruszcu, lekkiego a mocnego, i ozdobiono bogato drogimi kamieniami. Czy pochwy były szczelne, czy działał tu czar Kurhanu, dość że ostrza zdawały się nietknięte zębem czasu, bez śladu rdzy, niestępione i błyszczące w słońcu.

– Stare noże dość są długie, żeby hobbitom służyć za miecze – powiedział Tom. – Warto mieć u boku takie ostrze, jeśli ktoś z Shire'u wędruje na wschód lub na południe, daleko w ciemność, naprzeciw niebezpieczeństwu.

I powiedział im, że taką broń kuli przed wiekami ludzie z Westernesse, którzy byli wrogami Czarnego Władcy, lecz potem zostali pokonani przez złego króla z Carn Dûm w Krainie Angmar.

– Mało kto w naszych czasach ich pamięta – mruczał Tom – a przecież można spotkać po dziś dzień synów zapomnianych królów, którzy samotnie wędrują po świecie i strzegą nieopatrznych wędrowców przed złymi siłami.

Hobbici nie rozumieli jego słów, ale słuchając ich, ujrzeli oczyma wyobraźni rozległą przestrzeń minionych wieków jak szeroką, zasnutą cieniem równinę, po której cwałowali mężowie rośli i posępni, z mieczami lśniącymi u boku, a na końcu jechał rycerz z gwiazdą na czole. Wizja zniknęła, ocknęli się znów na słonecznym stoku wzgórza. Pora było ruszać w drogę. Spakowali manatki, osiodłali kucyki. Nowe miecze obciągały im skórzane pasy pod kurtkami i hobbici czuli się trochę nieswojo, zadając sobie w duchu pytanie, czy ta broń zda się na coś. Żadnemu z nich nie przyszło dotychczas nigdy do głowy, że wśród przygód, w jakie pchnie ich ta wyprawa, może się także zdarzyć zbrojna walka.

Wreszcie ruszyli. Sprowadzili kuce do stóp wzgórza, tam dopiero skoczyli na siodła i pokłusowali wzdłuż doliny. Kiedy się obejrzeli za siebie, zobaczyli starożytny kopiec na wzgórzu i blask słońca niby żółty płomień bijący od stosu złota. Potem odwrócili się tyłem do Kurhanów i kopiec znikł im z oczu.

Frodo uważnie rozglądał się na wszystkie strony; nie dostrzegł jednak ani śladu wielkich skał, sterczących na kształt bramy; wkrótce podróżni dotarli do północnego wylotu doliny, minęli go szybko i zobaczyli przed sobą otwarty, opadający ku nizinie teren. Wesoła to była jazda w towarzystwie Toma Bombadila, który na swoim tłustym kucu często ich wyprzedzał, bo Pulpet ruszał się znacznie żwawiej, niżby można się spodziewać po jego tuszy. Tom prawie nieustannie śpiewał, lecz przeważnie od rzeczy albo może tylko w niezrozumiałym dla hobbitów, dziwnym języku, w starożytnej mowie, której wszystkie niemal słowa wyrażały podziw i radość.

Posuwali się naprzód raźno, ale wkrótce zrozumieli, że gościniec znajduje się o wiele dalej, niż im się wydawało. Gdyby nawet nie ogarnęła ich mgła, po zbyt długiej południowej drzemce nie byliby zdążyli poprzedniego dnia dojechać do niego przed zapadnięciem nocy. Czarna kreska, którą brali za linię przydrożnych drzew, okazała się pasmem zarośli na skraju głębokiej fosy, odgrodzonej po drugiej stronie murem. Tom wyjaśnił, że ongi, bardzo dawno temu, tutaj biegła granica królestwa. Powiedział to tak, jakby wiązał z tym miejscem jakieś smutne wspomnienie i nie chciał mówić wiele.

Zjechali w fosę, wspięli się na przeciwległy jej brzeg, przedostali przez wyłom w murze, a wówczas Tom skierował marszrutę wprost ku północy, zboczyli bowiem nieco zanadto na zachód. Teren był tutaj otwarty i dość równy, mogli więc przyspieszyć kroku, ale słońce stało już nisko na niebie, gdy wreszcie ujrzeli przed sobą linię strzelistych drzew i zrozumieli, że w końcu, po tylu nieprzewidzianych przygodach, wrócili na gościniec. Ostatni odcinek przebyli galopem i zatrzymali się dopiero w cieniu drzew. Stali na szczycie nasypu opadającego skosem ku drodze, która wiła się u ich stóp i umykała w dal, szarzejąc w zmierzchu. Na tym odcinku prowadziła niemal dokładnie z południo-zachodu na północo-wschód, a na prawo od tego miejsca opadała stromo w rozległą kotlinę. Znaczyły ją głębokie koleiny, a po niedawnej ulewie wszystkie zagłębienia i wyboje zamieniły się w kałuże.

Podróżni zjechali z nasypu i rozejrzeli się na obie strony. Nigdzie wszakże nie było nic widać.

– No, jesteśmy wreszcie na gościńcu – rzekł Frodo. – Zdaje się, że nie straciliśmy więcej niż dwa dni na moim pomyśle skrócenia drogi przez las. Ale kto wie, może ta zwłoka wyjdzie nam na dobre, jeżeli tamci zgubili dzięki temu nasz ślad.

Przyjaciele spojrzeli na niego. Cień strachu przed Czarnymi Jeźdźcami nagle znowu legł na ich sercach. Odkąd wjechali w Stary Las, myśleli niemal wyłącznie o tym, żeby się z powrotem wydostać na gościniec; dopiero teraz, mając go już pod stopami, przypomnieli sobie o niebezpieczeństwie, które ich ściga i bardzo możliwe, że czyha na nich w zasadzce na tej właśnie drodze. Lękliwie obejrzeli się w stronę, gdzie słońce zachodziło, lecz brunatny pas gościńca był pusty.

– Czy myślisz... – spytał niepewnie Pippin – czy myślisz, że mogą nas ścigać tej nocy?

– Nie, mam nadzieję, że tej nocy jeszcze was nie będą napastować – odparł Tom Bombadil – a może i przez jutrzejszy dzień będziecie mieli spokój. Nie ufajcie jednak zbytnio mojej przepowiedni, bo nie twierdzę tego na pewno. Na wschód od tego miejsca moja wiedza zawodzi. Tom nie jest panem Jeźdźców z Czarnego Kraju poza granicami swojej dziedziny.

Mimo to hobbici bardzo pragnęli, żeby Tom pojechał z nimi dalej. Byli przekonani, że jeśli ktoś umie poradzić sobie z Czarnymi

Jeźdźcami – to właśnie Tom. Wkrótce mieli się znaleźć w krajach zupełnie nieznanych, o których ledwie jakieś niejasne, odległe echa legend docierały do Shire'u, toteż w zapadającym zmierzchu ogarnęła ich tęsknota za domem. Poczuli się bardzo samotni i zbłąkani. Stali w milczeniu, wzdragając się przed myślą o nieodwołalnym rozstaniu, i nie od razu zrozumieli, że Tom już się z nimi żegna, zaleca uzbroić serca i jechać dalej bez popasu aż do nocy.

– Tom pokieruje wami dobrą radą do końca dzisiejszego dnia, potem musicie już zdać się na własne szczęście: o cztery mile stąd zobaczycie przy drodze miasteczko Bree pod wzgórzem Bree, gdzie drzwi domów otwierają się na zachód. Znajdziecie tam starą gospodę „Pod Rozbrykanym Kucykiem". Jej zacny gospodarz nazywa się Barliman Butterbur. Możecie u niego przenocować, ale nazajutrz skoro świt pospieszcie naprzód w swoją drogę. Bądźcie odważni, lecz i ostrożni! Zachowajcie wesele w sercu i jedźcie na spotkanie swego losu.

Prosili go, żeby ich odprowadził bodaj do tej gospody i raz jeszcze wypił z nimi strzemiennego, lecz Tom ze śmiechem odmówił:

*Tu się kończy kraj Toma, który stąd zawróci,*
*Bowiem w domu nań czeka już Złota Jagoda.*[1]

Obrócił się na pięcie, podrzucił w górę kapelusz, skoczył na grzbiet Pulpeta, wjechał na przydrożny nasyp i głośno śpiewając, ruszył w zmierzch.

Hobbici wspięli się na wał, żeby patrzeć za odjeżdżającym, póki im nie zniknął z oczu.

– Szkoda, że się rozstaliśmy z panem Bombadilem – powiedział Sam. – Dziwna z niego osoba; słowo daję. Choćbyśmy nie wiem jak daleko zajechali, nie spotkamy zacniejszego przyjaciela ani większego cudaka. A nie wypieram się, że mi pilno zobaczyć tego „Rozbrykanego Kucyka", o którym wspominał. Mam nadzieję, że to coś w rodzaju naszego „Zielonego Smoka". Kto mieszka w Bree?

---

[1] Przełożył Włodzimierz Lewik.

– Hobbici – odparł Merry – a także i Duzi Ludzie. Myślę, że się tam będziemy czuli swojsko. Gospoda „Pod Kucykiem" jest na pewno bardzo porządna. Moi krewniacy bywają w niej od czasu do czasu.

– Niechby nawet była jak najmilsza – rzekł Frodo – ale znajduje się poza granicami Shire'u. Nie pozwalajcie tam sobie jak w domu! Proszę was, pamiętajcie – mówię do wszystkich! – że nie wolno nikomu wymówić nazwiska Baggins. Jeżeli będzie trzeba się przedstawić, jestem pan Underhill.

Dosiedli kucyków i milcząc, ruszyli w wieczornym zmroku. Jechali to z góry, to pod górę; wkrótce noc zapadła, aż wreszcie zobaczyli w pewnym oddaleniu przed sobą migocące światła. Zagradzało im drogę wzgórze Bree, czarna sylwetka na tle przymglonych gwiazd. Na zachodnim stoku rozłożyło się spore miasteczko. Pospieszyli ku niemu, stęsknieni za ciepłem kominka i radzi odgrodzić się zamkniętymi drzwiami od ciemności nocy.

# Rozdział 9

## *"Pod Rozbrykanym Kucykiem"*

Bree było największym miasteczkiem kraju tej samej nazwy, małego kraiku leżącego niby wyspa pośród bezludnej okolicy. Prócz Bree istniały trzy inne osiedla: Staddle na przeciwnym stoku wzgórza, Combe w głębokiej dolinie, wysunięte trochę dalej na wschód, i Archet na skraju lasu Chetwood. Wzgórze i osiedla otaczał pierścień pól uprawnych i zagospodarowanych zagajników, zaledwie na parę mil szeroki.

Ludzie tutejsi, ciemnowłosi, tędzy, trochę krępej budowy, usposobienia mieli pogodne i niezależne; nikomu nie podlegali, lecz przyjaźnili się i znali z hobbitami, krasnoludami i elfami oraz innymi mieszkańcami okolicy bliżej, niż to na ogół było (i jest) w ludzkim zwyczaju. Twierdzili, że są pierwotnymi mieszkańcami tego kraju i potomkami pierwszych ludzi, którzy zawędrowali na zachód obszaru Śródziemia. Niewielu z nich przetrwało burze Dawnych Dni, lecz kiedy królowie powrócili zza Wielkich Mórz, zastali ludzi w Bree, a nawet o wiele później, gdy pamięć o starych królach przeminęła, lud ten żył jeszcze na tym samym miejscu.

W owych czasach żadne inne ludzkie plemię nie obrało sobie siedziby tak daleko wysuniętej na zachód ani też nie zamieszkało bliżej niż o sto staj od Shire'u. Lecz na dzikich obszarach poza Bree spotykało się tajemniczych wędrowców. Mieszkańcy Bree nazywali ich Strażnikami i nic nie wiedzieli o ich pochodzeniu. Byli od ludzi z Bree roślejsi i bardziej smagli, podobno obdarzeni niezwykłą siłą wzroku i słuchu i znający mowę zwierząt i ptaków. Wędrowali swobodnie na południe i na wschód aż pod Góry Mgliste, lecz niewielu ich było i rzadko się pokazywali. Jeżeli się zjawiali, przynosili wieści z daleka i opowiadali dziwne, zapomniane historie, których słuchano chciwie; mimo to mieszkańcy Bree nie przyjaźnili się ze Strażnikami.

Żyło też w Bree wiele rodzin hobbitów, którzy utrzymywali, że oni właśnie są najstarszym ośrodkiem hobbickim w świecie, założonym przed wiekami, zanim jeszcze plemię to przekroczyło Brandywinę i skolonizowało Shire. Najwięcej hobbitów skupiło się w Staddle, lecz nie brakowało ich i w samym Bree, zwłaszcza na wyższych stokach wzgórza, ponad domami ludzkimi. Dużych i Małych Ludzi – jak się wzajemnie nazywali – łączyły przyjazne stosunki, każde plemię pilnowało własnych spraw i załatwiało je wedle własnego obyczaju, lecz oba uważały się za równoprawnych i rdzennych obywateli kraju. W żadnym innym kraju świata nie istniał tak niezwykły (a przy tym doskonały) układ.

Mieszkańcy Bree – Duzi czy Mali – niewiele podróżowali; interesy ich ograniczały się właściwie do czterech osiedli. Od czasu do czasu któryś z tutejszych hobbitów zapuszczał się aż do Bucklandu albo do Wschodniej Ćwiartki. Ale hobbici z Shire'u tymi czasy bardzo rzadko odwiedzali nawzajem ich kraik, chociaż był on ledwie o dzień jazdy oddalony od mostu na Brandywinie. Niekiedy jakiś Bucklandczyk albo żądny przygód Tuk zatrzymywał się na noc lub dwie w tutejszej gospodzie. Lecz i te wycieczki zdarzały się ostatnio coraz rzadziej. Hobbici z Shire'u nazywali swoich pobratymców żyjących w Bree i wszystkich ościennych krajach Obcymi; mało się nimi interesowali, uważając ich za tępych prostaków. Na zachodzie żyło wówczas zapewne w rozproszeniu więcej tych „obcych" hobbitów, niż przypuszczali obywatele Shire'u. Byli między nimi oczywiście włóczędzy, gotowi wykopać byle jaką norkę w jakimkolwiek pagórku i mieszkać w niej dopóty, dopóki im się nie sprzykrzyła. Ale w Bree – jeśli już nie gdzie indziej – żyli hobbici stateczni i zamożni, wcale nie gorzej okrzesani niż ich przeciętni daleccy krewniacy z Shire'u. Nie wygasła też tutaj pamięć czasów, kiedy ruch między dwoma krajami był bardzo ożywiony. W każdym razie w żyłach Brandybucków niewątpliwie płynęła krew plemienia z Bree.

Miasteczko Bree liczyło koło setki kamiennych domów Dużych Ludzi, skupionych przeważnie nad gościńcem, uczepionych stoku wzgórza i zwróconych oknami ku zachodowi. Od tej strony biegł łukiem, niemal zamkniętym kołem, głęboki rów, zaczynający się na zboczu i na zboczu powracający, a na wewnętrznym jego brzegu rósł żywopłot. Gościniec biegł po grobli nad rowem, lecz docierając do żywopłotu, trafiał na ogromną zamkniętą bramę. Druga taka brama zagradzała wylot gościńca z miasteczka. Obie bramy zamykano z zapadnięciem nocy, lecz w małych domkach tuż za nimi czuwali odźwierni.

Dalej, w miejscu gdzie gościniec, okrążając wzgórze, skręcał w prawo, stała obszerna gospoda. Zbudowano ją dawno temu, kiedy ruch był znacznie bardziej ożywiony. Bree znajdowało się bowiem na skrzyżowaniu starych szlaków; po zachodniej stronie wioski, opodal fosy, przecinała Wschodni Gościniec druga droga, ongi bardzo uczęszczana przez ludzi i wszelkie inne plemiona. We Wschodniej Ćwiartce zachowało się porzekadło: „Dziwne jak nowiny z Bree", pochodzące z owych czasów, kiedy w gospodzie można było posłyszeć wieści z północy, południa i wschodu, a hobbici z Shire'u często zaglądali tutaj, by się czegoś dowiedzieć. Od dawna wszakże kraje północne opustoszały, a gościniec z północy, nieużywany, zarósł trawą tak, że go w Bree nazwano Zieloną Ścieżką.

Gospoda jednak stała tu nadal, a jej właściciel był ważną osobistością. W jego domu spotykali się wszyscy próżniacy, gaduły, wścibscy spośród małych i dużych mieszkańców czterech osiedli; tutaj też zatrzymywali się Strażnicy oraz inni wędrowcy czy podróżni (przeważnie krasnoludowie), którzy się jeszcze kręcili po Wschodnim Gościńcu, idąc w stronę gór lub stamtąd powracając.

Ciemno już było i białe gwiazdy świeciły, gdy Frodo ze swoją kompanią dojechał wreszcie do skrzyżowania gościńca i Zielonej Ścieżki i zbliżył się do miasteczka. Stanęli pod Zachodnią Bramą i zastali ją zamkniętą, ale na progu swego domku za bramą siedział odźwierny. Zerwał się na ich widok i wznosząc do góry latarnię, ze zdumieniem spojrzał przez bramę na przybyszy.

– Czego chcecie i skąd jesteście? – spytał szorstko.

– Chcemy się dostać do gospody – odpowiedział Frodo. – Podróżujemy na wschód i nie możemy nocą jechać dalej.

– Hobbici! Czterech hobbitów! A na dobitkę hobbici z Shire'u, sądząc z wymowy! – rzekł odźwierny z cicha, jakby do siebie. Przez chwilę przyglądał im się ponuro, potem niespiesznie otworzył wrota i pozwolił im wjechać. – Rzadko teraz widujemy nocą na gościńcu mieszkańców Shire'u – powiedział, kiedy zatrzymali się pod drzwiami jego domku. – Wybaczcie, ale bardzo jestem ciekawy, po co wybieracie się dalej na wschód od Bree. Czy wolno zapytać o nazwiska?

– Po co jedziemy i jak się nazywamy to już nasza sprawa. Nie pora i nie miejsce na gawędy – odparł Frodo, któremu się nie podobała mina i ton odźwiernego.

– Pewnie, że to wasza sprawa – rzekł tamten – ale moja sprawa wypytywać gości, którzy przyjeżdżają po nocy.

– Jesteśmy hobbici z Bucklandu, podróżujemy, bo tak nam się podoba, i chcemy przenocować w tej gospodzie – wtrącił się Merry. – Nazywam się Brandybuck. Czy to ci wystarczy? Mieszkańcy Bree słynęli dawniej z grzeczności dla podróżnych, tak przynajmniej słyszałem.

– Dobrze, już dobrze – odparł odźwierny. – Nie chciałem was urazić. Ale zapewne przekonacie się, że nie tylko Harry spod bramy lubi zadawać pytania. Kręcą się tu dziwne osoby. Jeżeli zajedziecie „Pod Rozbrykanego Kucyka", nie będziecie tam jedynymi gośćmi.

Życzył im dobrej nocy, oni zaś nie wdawali się więcej w rozmowę. Frodo jednak zauważył w świetle latarni, że odźwierny wciąż jeszcze przygląda się im ciekawie, totéż rad był, gdy usłyszał szczęk zamykanej bramy i gdy się wszyscy wreszcie od niej oddalili. Zastanawiała go podejrzliwość tego człowieka; przyszło mu na myśl, że może ktoś za dnia wypytywał go, czy nie widział podróżującej kompanii hobbitów. Może Gandalf? Czarodziej mógł przecież dotrzeć tutaj w tym czasie, który czterej przyjaciele zmarudzili w Starym Lesie i na Kurhanach. Coś jednak w minie i głosie odźwiernego niepokoiło Froda.

Odźwierny chwilę patrzył za hobbitami, potem wszedł do wnętrza domku. Ledwie się odwrócił, jakaś ciemna postać szybko wspięła się przez bramę i zniknęła w ciemnej uliczce osiedla.

Hobbici łagodnym zboczem wjechali na wzgórze, minęli kilka rozproszonych domów i stanęli przed gospodą. Domy tu wydawały się im się bardzo duże i dziwaczne. Gdy Sam zobaczył trzypiętrową gospodę z mnóstwem okien, poczuł, że opuszcza go odwaga. Spodziewał się, że w tej podróży spotka może olbrzymów wyższych niż drzewa oraz inne, jeszcze bardziej przerażające istoty; lecz w tym momencie widok Dużych Ludzi i ich ogromnych domów zupełnie mu wystarczył, a nawet przepełnił miarę ponurych i nużących przeżyć ostatnich dni. Zdawało mu się, że w ciemnych zakamarkach dziedzińca stoją w pogotowiu osiodłane czarne rumaki, a Czarni Jeźdźcy śledzą przybyszów, ukryci w ciemnych oknach na górnych piętrach gospody.

– Chyba nie zostaniemy tutaj na noc, prawda, proszę pana?! – wykrzyknął. – Skoro tu mieszkają hobbici, czemu nie poszukać u któregoś z nich gościny? Byłoby nam o wiele bardziej swojsko.

– Co ci się nie podoba w tej gospodzie? – spytał Frodo. – Tom Bombadil ją polecał. Mam nadzieję, że jej wnętrze okaże się przytulne.

Nawet i z zewnątrz dla oswojonego oka gospoda wyglądała mile. Frontem zwrócona do gościńca, dwoma skrzydłami wcinała się w stok wzgórza, tak że okna, które od tej strony spoglądały z wysokości drugiego piętra, od drugiej znajdowały się na równi z ziemią. Między obu skrzydłami szeroka sklepiona brama, do której wiodło kilka wygodnych schodów, prowadziła na dziedziniec. Drzwi stały otworem i bił z nich snop światła. Nad bramą wisiała zapalona latarnia, a niżej kołysał się szyld z godłem gospody: spasionym białym kucykiem stojącym dęba. Napis wielkimi białymi literami głosił: „Pod Rozbrykanym Kucykiem – Gospoda Barlimana Butterbura". Z licznych okien parteru zza grubych zasłon przenikało światło.

Gdy hobbici stali w rozterce po ciemku pod bramą, ktoś we wnętrzu domu zaczął śpiewać wesoło i zaraz przyłączył się do pieśni chór rozbawionych głosów. Podróżni chwilę przysłuchiwali się tym wabiącym dźwiękom; potem zsiedli z kuców. Pieśń skończyła się, buchnęły śmiechy i oklaski.

Hobbici wprowadzili kucyki przez bramę i zostawili je na dziedzińcu, a sami wbiegli na schody. Frodo szedł pierwszy i omal nie zderzył się z małym łysym grubasem o rumianej twarzy. Przepasany białym fartuchem grubas wybiegał z jednych drzwi i zmierzał ku drugim, niosąc na tacy pełne kufle.

– Czy moglibyśmy... – zaczął Frodo.

– Chwileczkę, przepraszam! – krzyknął grubas przez ramię i zniknął w zgiełku i obłokach dymu. Po minucie wrócił, ocierając fartuchem ręce.

– Dobry wieczór, paniczu – powiedział, kłaniając się Frodowi. – Czym możemy służyć?

– Prosimy o nocleg dla czterech osób i stajnię dla pięciu kucyków, jeśli to możliwe. Czy z panem Butterburem mam przyjemność?

– Tak jest! Na imię mi Barliman. Barliman Butterbur do usług. Panowie z Shire'u, czy tak? – To mówiąc, nagle plasnął się dłonią w czoło, jakby usiłując sobie coś przypomnieć. – Hobbici! – zawołał. – Coś mi to przypomina, ale co? Czy wolno spytać o nazwiska?

– Pan Tuk i pan Brandybuck – rzekł Frodo – a to jest Sam Gamgee. Ja nazywam się Underhill.

– No, proszę! – krzyknął pan Butterbur, przytykając palcami. – Już miałem i znów mi uciekło! Ale wróci, żebym tylko miał wolną chwilę, to pozbieram myśli. Nóg wprost nie czuję, ale zrobię dla panów, co się da. Nieczęsto miewamy gości z Shire'u ostatnimi czasy, nie darowałbym sobie, gdybym panów godnie nie przyjął. Tylko że tłok dzisiaj w domu, jakiego już dawno nie było. Jak to u nas mówimy, wprawdzie nie pada, ale za to leje... Hej! Nob! – krzyknął. – Gdzie się podziewasz, marudna niedojdo? Nob!

– Już lecę, już lecę!

Z sali wypadł hobbit miłej powierzchowności i na widok podróżnych stanął jak wryty, wlepiając w nich wzrok z żywym zainteresowaniem.

– Gdzie jest Bob? – spytał gospodarz. – Nie wiesz? No, to go poszukaj. Migiem! Ja także nie mam trzech par nóg ani oczu. Powiedz Bobowi, że trzeba wziąć pięć kucyków na stajnię. Musi dla nich znaleźć miejsce.

Nob uśmiechnął się, mrugnął porozumiewawczo i wybiegł pędem.

– Zaraz, zaraz, co to ja chciałem rzec? – odezwał się pan Butterbur, znów klepiąc się po czole. – Można powiedzieć, że jedno wygania drugie z pamięci. Takie mam dziś tutaj urwanie głowy!

Najpierw wczoraj wieczorem przyjechała cała kompania Zieloną Ścieżką z południa, a to już był nadzwyczajny początek. Potem dziś po południu zjawili się wędrowni krasnoludowie ciągnący na zachód. A teraz wy! Żeby nie to, żeście hobbici, chyba już bym was nie przyjął na kwaterę. Ale mam w północnym skrzydle parę pokoi specjalnie swego czasu dla hobbitów zbudowanych. Na parterze, jak to hobbici lubią. Okna okrągłe, a wszystkie wedle hobbickiego gustu. Mam nadzieję, że wam będzie wygodnie. Nie wątpię, że chcecie też dostać kolację. Postaramy się coś zrobić naprędce. Proszę tędy!

Zaprowadził ich przez krótki korytarz, otworzył jakieś drzwi.

– Tu jest przyjemny salonik – rzekł. – Spodziewam się, że panów zadowoli. A teraz proszę wybaczyć. Mam tyle roboty... Ani chwilki, żeby porozmawiać! Muszę się uwijać. Za dużo doprawdy na jedną parę nóg, a mimo to brzuch mi nie chce spaść. Zajrzę tu później. Jeśliby panowie czegoś potrzebowali, proszę dzwonić, a Nob zaraz przybiegnie. Gdyby nie przybiegł, dzwońcie i krzyczcie.

Wyszedł wreszcie, zostawiając ich nieco oszołomionych. Barliman Butterbur miał widać niewyczerpane zasoby wymowy, której nawet nadmiar pracy nie mógł powstrzymać. Hobbici znaleźli się w małym, przytulnym pokoju. Przy kominku, na którym płonął jasno niewielki ogienek, stały wygodne niskie fotele. Okrągły stół był już nakryty białym obrusem, co prawda na razie figurował na nim tylko ogromny ręczny dzwonek. Wkrótce jednak służący hobbit imieniem Nob, nie czekając na dzwonek, przybiegł, niosąc świece i talerze na tacy.

– Co panowie każą podać do picia? – spytał. – Może zechcą panowie obejrzeć sypialnie, póki kolacja nie gotowa?

Zdążyli się umyć i wypić po pół sporego kufla piwa, nim zjawili się znowu pan Butterbur i Nob. W mig nakryli do stołu. Na kolację była gorąca zupa, zimne mięso, ciasto z jagodami, świeży chleb, masło, twarożek – słowem, proste, smaczne potrawy, jakich by się Shire nie powstydził, a tak swojskie, że nieufność Sama (znacznie już uśmierzona wybornym piwem) rozwiała się do reszty. Gospodarz krzątał się koło nich przez chwilę, po czym zaczął się zbierać do odejścia.

– Nie wiem, czy panowie będą mieli ochotę po kolacji przyłączyć się do całego towarzystwa – rzekł, stojąc już w progu. – Może wolą panowie wcześnie się położyć. Gdybyście jednak łaskawie zechcieli, wszyscy będą wam radzi. Nieczęsto widujemy tu obcych... to jest, chciałem powiedzieć, gości z Shire'u, chętnie posłuchamy nowin albo opowieści czy pieśni, wszystkiego, na co panom przyjdzie chęć. Oczywiście, panów wola! Proszę dzwonić, gdyby czegoś brakowało.

Po kolacji (czyli po trzech kwadransach solidnej roboty, nie zakłócanej czczymi rozmowami) tak się czuli pokrzepieni i rozochoceni, że Frodo, Pippin i Sam postanowili przyłączyć się do towarzystwa bawiącego w gospodzie. Tylko Merry oświadczył, że nie lubi tłoku.

– Posiedzę sobie spokojnie przy kominku, a później może wyjdę odetchnąć świeżym powietrzem. Bądźcie tam grzeczni i nie zapomnijcie, że ponoć wymknęliśmy się w tajemnicy i że jesteśmy jeszcze w drodze, wcale niedaleko od Shire'u!

– Dobrze, dobrze! – odparł Pippin. – Ty bądź też grzeczny! Nie zgub się, nie zabłądź i nie zapomnij, że najbezpieczniej siedzieć w czterech ścianach.

Cała kompania zebrała się w dużej sali gospody. Towarzystwo było liczne i mieszane, jak stwierdził Frodo, gdy oczy jego oswoiły się ze światłem. Dostarczały go głównie polana płonące jasno na kominku, bo trzy lampy zawieszone u belek pod pułapem świeciły mętnie i przesłaniał je gęsty dym. Barliman Butterbur stał w pobliżu kominka, rozmawiając z kilku krasnoludami oraz paru ludźmi dziwacznej powierzchowności. Na ławach rozsiedli się rozmaici goście: ludzie z Bree, gromadka miejscowych hobbitów (trzymająca się razem i zatopiona w pogawędce), jeszcze paru krasnoludów, a także jakieś niewyraźne postacie, które trudno było rozpoznać w mrocznych kątach.

Kiedy hobbici z Shire'u weszli, mieszkańcy Bree powitali ich przyjaznym chórem. Obcy goście, a zwłaszcza ci, którzy przyjechali Zieloną Ścieżką z południa, przyglądali im się ciekawie. Gospodarz zapoznał nowo przybyłych ze swoimi rodakami, ale załatwił to tak szybko, że nie mogli się zorientować, które nazwisko do kogo należy. Wszystkie niemal nazwiska ludzi z Bree przypominały nazwy botaniczne i brzmiały dla uszu hobbitów z Shire'u dość dziwacznie, jak Rushlight, Goatleaf, Heathertoes, Appledore, Thistlewool czy Ferny (nie mówiąc o Butterburze). Niektórzy spośród hobbitów nazywali się podobnie jak ludzie, licznie, na przykład, reprezentowani byli Mugwortowie. Większość jednak nosiła zwyczajne hobbickie nazwiska, a więc Banks, Brockhouse, Longhole, Sandheaver czy Tunnely, rozpowszechnione również w Shire. Znalazło się kilku Underhillów ze Staddle, a że nie wyobrażali sobie wspólnoty nazwiska bez pokrewieństwa, przygarnęli od razu Froda jak odzyskanego kuzyna.

Hobbici z Bree byli z natury przyjacielscy i dociekliwi, toteż Frodo wkrótce zrozumiał, że nie wymiga się od wyjaśnień na temat swoich poczynań. Wyznał więc, że interesuje się historią oraz geografią (co przyjęli, kiwając z zapałem głowami, jakkolwiek żadne z tych słów nie było pospolite w tutejszym dialekcie). Powiedział, że zamierza napisać książkę (na co oniemieli ze zdumienia) i że wraz z przyjaciółmi zbiera wiadomości o życiu hobbitów poza granicami Shire'u, szczególnie w krajach wschodnich.

Wówczas zaczęli gadać wszyscy naraz. Gdyby Frodo naprawdę chciał napisać książkę i gdyby miał więcej niż jedną parę uszu, zebrałby w ciągu pięciu minut materiał do kilku rozdziałów. Jeśliby mu to nie wystarczyło, gotowi byli sporządzić długą listę osób – z „kochanym starym Barlimanem" na czele – zdolnych udzielić bardziej szczegółowych informacji. Ponieważ jednak Frodo nie zdradzał ochoty tworzenia swego dzieła natychmiast i w sali gospody, hobbici powrócili do pytań o nowiny z Shire'u. Frodo odpowiadał niezbyt skwapliwie, toteż wkrótce znalazł się osamotniony w kącie i zaczął się przysłuchiwać oraz przyglądać towarzystwu.

Ludzie i krasnoludowie mówili przeważnie o wydarzeniach odległych i powtarzali sobie wiadomości, z którymi Frodo zdążył się już aż nadto oswoić. Gdzieś daleko na południu źle się działo; ludzie, którzy przybyli Zieloną Ścieżką, wynieśli się stamtąd i szukali, jak się zdawało, kraju, gdzie mogliby osiąść spokojnie. Mieszkańcy Bree wprawdzie szczerze im współczuli, lecz najwyraźniej nie mieli ochoty przyjmować większej liczby cudzoziemców do swojej małej ojczyzny. Jeden z podróżnych, człowiek szpetny i zezowaty, prorokował na najbliższą przyszłość wielki napływ zbiegów z południa.

– Jeżeli im nie udzielicie miejsca, znajdą je sobie sami. Mają takie samo prawo do życia jak inni – powiedział głośno.

Mieszkańcy Bree kwaśnymi minami pokwitowali tę przepowiednię. Hobbici puszczali mimo ucha owe rozmowy, które na razie ich nie dotyczyły. Duzi Ludzie nie mogą przecież szukać kwater w hobbickich norach. Znacznie bardziej interesowali ich Sam i Pippin, którzy, zupełnie już w gospodzie zadomowieni, wesoło rozpowiadali nowiny z Shire'u. Pippin wywołał wiele śmiechu historyjką o zawaleniu się stropu ratusza w Michel Delving: burmistrz, Will Whitfoot, najgrubszy hobbit w całej Zachodniej Ćwiartce, zasypany został tynkiem tak, że wylazłszy, przypominał przyprószony cukrem pączek. Zadawano jednak także pytania kłopotliwe dla Froda. Jeden z miejscowych hobbitów, który widać nieraz bywał w Shire, koniecznie chciał wiedzieć, gdzie mieszkała rodzina Underhillów i jakie miała koligacje.

Nagle Frodo spostrzegł, że siedzący w cieniu pod ścianą mężczyzna, z wyglądu cudzoziemiec, ogorzały od słońca i wiatru, przysłuchuje się tej pogawędce z niezwykłą uwagą. Obcy człowiek popijał z wysokiego kufla i ćmił fajkę na długim, dziwnie rzeźbionym cybuchu. Nogi wyciągnął przed siebie, pokazując buty z cholewami sporządzone z miękkiej skóry i zgrabnie przylegające do łydek, lecz mocno zniszczone i zabłocone. Otulony był w dobrze wysłużony gruby ciemnozielony płaszcz i mimo gorąca w izbie naciągnął kaptur na głowę, tak że twarz niknęła w jego cieniu, tylko błysk oczu zdradzał zainteresowanie, z jakim śledził hobbitów.

– Co to za jeden? – spytał Frodo, gdy udało mu się szepnąć słówko panu Butterburowi. – Nie pamiętam, żebyście go nam przedstawili.

– Ten tam? – również szeptem odpowiedział gospodarz, zerkając nieznacznie spod oka. – Nie wiem nic pewnego. Jeden z tych wędrowców, nazywamy ich Strażnikami. Małomówny gość, ale jeżeli się odezwie, zawsze ma coś ciekawego do opowiedzenia. Znika na miesiąc albo na rok, potem znów tutaj zagląda. Wiosną kręcił się tutaj ustawicznie, ale ostatnimi czasy jakoś go nie widziałem. Prawdziwego jego nazwiska nigdy nie słyszałem, znają go w okolicy wszyscy z przezwiska Obieżyświat. Chodzi wielkimi krokami, nogi ma długie, ale nikomu się nie zwierza, dokąd mu tak pilno i dlaczego. Kto by tam zresztą zrozumiał dziwaków ze wschodu i zachodu, jak to się mówi w Bree, mając na myśli Strażników i hobbitów

213

z Shire'u, z pańskim przeproszeniem. Zabawny zbieg okoliczności, że pan o niego pyta, bo... – Ale w tej chwili ktoś odwołał gospodarza, domagając się piwa, i pan Butterbur nie wytłumaczył Frodowi, co w tym dostrzegł zabawnego.

Frodo zauważył, że Obieżyświat patrzy teraz wprost na niego, jakby się domyślił, że o nim była mowa. Skinął ręką i wskazał głową, zapraszając Froda do swojego stołu. Kiedy hobbit przysunął się, obcy człowiek zrzucił kaptur, odsłaniając potargane bujne włosy, ciemne, lecz przetykane siwizną, i ukazując bladą, surową twarz o bystrych szarych oczach.

– Zowią mnie Obieżyświat – rzekł ściszonym głosem. – Bardzo mi miło poznać pana, panie... Underhill, jeżeli stary Butterbur nie pomylił nazwiska.

– Nie pomylił – chłodno odpowiedział Frodo. Bardzo nieswojo się czuł pod przenikliwym spojrzeniem tych szarych oczu.

– Na pańskim miejscu – ciągnął Obieżyświat – powstrzymałbym młodych przyjaciół, którzy zanadto rozpuszczają języki. Piwo, ogień na kominku, przypadkowe znajomości – to rzeczy przyjemne, ale... ale nie jesteśmy w Shire. Kręcą się tu rozmaite dziwne figury. Pewnie myśli pan, że kto jak kto, ale ja nie mam prawa tego mówić? – dodał, wykrzywiając usta w uśmiechu, zauważywszy widać wyraz oczu Froda. – Pokazali się w ostatnich dniach jeszcze dziwniejsi goście w Bree – powiedział, bystro patrząc w twarz hobbitowi.

Frodo odwrócił wzrok, ale nic nie rzekł, a tamten przestał nalegać. Całą uwagę poświęcił teraz Pippinowi. Frodo z przerażeniem uświadomił sobie, że lekkomyślny młody Tuk, zachęcony sukcesem, jaki odniosła jego anegdotka o grubym burmistrzu z Michel Delving, popisuje się z kolei humorystycznym opowiadaniem o pożegnalnym przyjęciu urodzinowym Bilba. Właśnie naśladował Bilba wygłaszającego mowę i zbliżał się do największego efektu – tajemniczego zniknięcia.

Zirytowało to Froda. Oczywiście, dla większości miejscowych hobbitów była to dość nieszkodliwa historia, po prostu jedna z wielu dykteryjek o dziwakach zza Rzeki; lecz niektórzy z obecnych (na przykład Butterbur) mogli to i owo wiedzieć, słyszeli zapewne niegdyś pogłoski krążące o tej sprawie. Opowiadanie Pippina przypomni im nazwisko Baggins, tym bardziej jeśli ktoś w Bree dopytywał się o nie w ostatnich czasach.

Frodo siedział jak na szpilkach, nie wiedząc, co począć. Pippin był najwidoczniej ogromnie zadowolony, że skupia na sobie powszechną uwagę, i zupełnie zapomniał o niebezpieczeństwie. Frodo nagle się zląkł, że w tym nastroju przyjaciel może nawet napomknąć o Pierścieniu – a to już oznaczałoby niechybną katastrofę.

– Zrób coś, i to zaraz! – szepnął Frodowi do ucha Obieżyświat.

Frodo zerwał się, wskoczył na stół i zabrał głos. W ten sposób rozproszył uwagę słuchaczy Pippina. Ten i ów hobbit spojrzał na Froda, roześmiał się i przyklasnął, myśląc, że panu Underhillowi piwo zaprószyło głowę.

Frodo zaraz się speszył i – jak to było jego zwyczajem, ilekroć przemawiał – zaczął nerwowo przebierać palcami w kieszeniach. Wymacał Pierścień na łańcuszku i nagle, nie wiadomo dlaczego, ogarnęła go ochota, żeby wsunąć Pierścień i zniknąć, ratując się w ten sposób z głupiej sytuacji. Miał niejasne wrażenie, że takie wyjście ktoś mu podpowiada, ktoś – czy może coś – w tej izbie. Oparł się pokusie stanowczo, zacisnął Pierścień w garści, jakby go chciał powstrzymać od ucieczki i od wszelkich złośliwych figlów. W każdym razie to dodało mu natchnienia. Wygłosił stosownie do okoliczności „słów kilkoro" – jak mawiano w Shire:

– Wszyscy jesteśmy bardzo wzruszeni serdecznością waszego przyjęcia i ośmielam się wyrazić nadzieję, że moja krótka wizyta przyczyni się do odnowienia starych więzów przyjaźni między Shire'em a Bree. – To rzekłszy, zawahał się i odkaszlnął.

– Zaśpiewaj! – krzyknął któryś z hobbitów.

– Zaśpiewaj! Zaśpiewaj! – podjęli inni. – Dalejże, zaśpiewaj nam jakąś nową piosenkę!

Frodo chwilę stał oszołomiony. Potem, w desperacji, zaczął śpiewać śmieszną piosenkę, którą Bilbo lubił (i którą się wręcz chełpił, bo sam ułożył do niej słowa). Była to piosenka o gospodzie, dlatego zapewne przyszła w tej chwili Frodowi na myśl. Na ogół pamięta się dziś z niej ledwie kilka słów. Oto jej wszystkie zwrotki:

*Jest taka knajpa (powiem gdzie,*
*Gdy ktoś mnie pięknie zapyta) –*
*Taki w niej warzą piwny lek,*
*Że raz z Księżyca spadł tam Człek,*
*By sobie popić do syta.*

W tej knajpie żył pijany kot,
Co grał wspaniale na skrzypkach.
Z rozmachem smyka ciągnął włos
To piszcząc piii, to burcząc w głos –
To z wolna grając, to z szybka.

Gospodarz trzymał także psa,
Co strasznie lubił kawały.
Gdy nagle rósł u stołu gwar,
On chytrze każdy łowił żart
I śmiał się, aż szyby drżały.

Była i krowa (miała coś
Wielkopańskiego w postawie);
Muzyczny mając słuch (to fakt)
Ogonem wciąż machała w takt,
Gdy hops – hopsała po trawie.

Talerzy srebrnych był też stos
I łyżek srebrnych i złotych.
By na niedzielę[1] serwis lśnił,
Polerowano go co sił
Popiołem każdej soboty.

Pociągnął łyk z Księżyca Człek,
Kot przeraźliwie zamiauczał,
A talerz z łyżką dzyń i dzeń,
A krowa w sadzie hop na pień,
A pies się śmiał (był to czau-czau).

Z Księżyca Człek łyk drugi dzban –
Pod stół zwaliło się ciało;
I śnił o piwie, i mruczał w śnie,
Aż zbladła noc na nieba dnie
I pomalutku świtało.

---

[1] Por. tom III, Dodatek D, przyp. 1 na s. 510.

*Do kota więc gospodarz rzekł:*
*Patrz – białe konie Księżyca*
*Wędzideł gryzą stal i rżą –*
*Ich pan pod stołem znalazł dom*
*A Słońce szczerzy już lica.*

*Więc zagrał kot ti – dudli – da,*
*Że ożyłby duch w nieboszczyku,*
*I smykiem w struny siekł i siekł*
*Lecz ani drgnął z Księżyca Człek –*
*„Już trzecia, wstawaj no, pryku".*

*Pod góry go już toczą szczyt*
*I wio na Księżyc, braciszku!*
*A konie naprzód człap, człap, człap,*
*A krowa w susach niby cap*
*I talerz na końcu szedł z łyżką.*

*A skrzypce szybciej dudli – da,*
*Pies ryczy groźnie i srodze,*
*Na głowie stają krowa i koń,*
*A goście z łóżek (Bóg ich broń)*
*I w hopki po podłodze.*

*Aż nagle struny pąg – bąg – prask,*
*A krowa hop ponad Księżyc!*
*Niedzielny talerz w czworo pękł,*
*Sobotnia łyżka z żalu brzdęk,*
*A pies ze śmiechu aż rzęzi.*

*A Księżyc stoczył się za szczyt,*
*Gdy Słońce było już w górze,*
*Więc pomyślało: cóż to, cóż?*
*Już w krąg aż złoto jest od zórz –*
*A wszyscy kładą się do łóżek!*[1]

---

[1] Przełożył Włodzimierz Lewik.

Przyjęto pieśń długotrwałymi, gromkimi oklaskami. Frodo miał dobry głos, a słowa przypadły słuchaczom do gustu.

– Gdzie jest stary Barliman? – wołano. – Niechby tego posłuchał! Powinien nauczyć swojego kota gry na skrzypcach, żebyśmy mogli zatańczyć!

Wszyscy też upominali się o więcej piwa, krzycząc:

– Napijemy się jeszcze! Dalejże! Jeszcze jednego!

Namówili Froda na nowy kufelek, a potem uprosili, żeby powtórzył piosenkę; wiele głosów przyłączyło się do chóru; melodię znali z dawna, a słowa chwytali szybko. Teraz Frodo rad był z siebie. Brykał po stole, a kiedy znów doszedł do słów „A krowa hop ponad Księżyc!", podskoczył wysoko w powietrze. O wiele za wysoko, bo spadł na tacę zastawioną kuflami, poślizgnął się, stoczył ze stołu wśród łoskotu, brzęku i huku. Widzowie otworzyli szeroko usta, by wybuchnąć śmiechem, i zastygli w zdumieniu: śpiewak zniknął. Jakby się pod ziemię zapadł, chociaż nie wybił dziury w podłodze.

Miejscowi hobbici chwilę patrzyli na to osłupiali, potem zerwali się z ław i zaczęli wołać gospodarza. Wszyscy odsunęli się od Pippina i Sama, osamotnionych w kącie, i zerkali ku nim ponuro i nieufnie. Jasne było, że większość obecnych uważa ich teraz za kompanów wędrownego magika, którego władzy ani zamiarów nikt tutaj nie znał. Jeden tylko smagły mężczyzna spoglądał na nich z taką miną, jakby dobrze rozumiał, o co chodzi, a przy tym uśmiechał się szyderczo, co wprawiało przyjaciół Froda w wielkie zakłopotanie. Wkrótce wymknął się z izby, a za nim pospieszył zezowaty przybysz z południa; ci dwaj zresztą szeptali z sobą przez cały wieczór. Odźwierny Harry poszedł zaraz w ich ślady.

Frodo stracił głowę. Nie wiedząc, co począć, wypełznął spomiędzy stołów w ciemny kąt, gdzie Obieżyświat siedział nieruchomy, niczym nie zdradzając swoich myśli. Frodo oparł się o ścianę i zdjął z palca Pierścień. Nie miał pojęcia, jakim sposobem klejnot znalazł się na jego palcu. Przypuszczał, że śpiewając, bawił się nim bezwiednie w kieszeni i że wsunął Pierścień przypadkiem, kiedy przewracając się, szarpnął ręką, gdy próbował chwycić równowagę. Przemknęło mu też podejrzenie, czy Pierścień nie spłatał mu umyślnie figla: może chciał się ujawnić, odpowiadając na życzenie albo nawet rozkaz kogoś z obecnych na sali. Trzej ludzie, którzy opuścili przed chwilą gospodę, nie budzili wcale zaufania.

– No i co? – spytał Obieżyświat, kiedy Frodo znów się pokazał. – Dlaczego to zrobiłeś? Toż to gorsze niż wszystkie głupstwa, jakie mogli palnąć twoi towarzysze. Paskudnie wdepnąłeś... a raczej wetknąłeś palec... prawda?

– Nie rozumiem, o czym mowa – rzekł Frodo, zły i przestraszony.

– Ależ rozumiesz doskonale! – odparł Obieżyświat. – Teraz lepiej poczekajmy, aż się ten zgiełk uciszy. A potem, jeśli łaska, panie Baggins, chciałbym z tobą zamienić parę słów na osobności.

– O czym? – spytał Frodo, nie zdradzając zaskoczenia na niespodziewany dźwięk swego nazwiska.

– O sprawie dość ważnej... dla nas obu – rzekł Obieżyświat, patrząc mu prosto w oczy. – Usłyszysz może coś, co ci się przyda.

– Dobrze – powiedział Frodo, siląc się na obojętną minę. – Pogadamy zatem później.

Tymczasem przy kominku toczył się spór. Pan Butterbur, który właśnie nadbiegł, próbował coś zrozumieć ze sprzecznych relacji gości, przekrzykujących się wzajem.

– Widziałem na własne oczy! – mówił jeden z hobbitów – a właściwie nie widziałem, rozumie mnie pan chyba, panie Butterbur. Zniknął w powietrzu.

– Nie może być, panie Mugwort! – ze zdumieniem zawołał gospodarz.

– Właśnie że może, skoro było! – odparł Mugwort. – Skoro mówię, to powiadam.

– Musiała tu zajść jakaś pomyłka – rzekł Butterbur, kręcąc głową. – Pan Underhill nie jest taki lekki, żeby się rozpłynąć w powietrzu, z pewnością gdzieś tu się skrył na sali.

– A gdzie? A gdzie? – wykrzyknęło kilka głosów.

– Skądże mam wiedzieć? Wolno mu być, gdzie chce, byle rano zapłacił za nocleg. Proszę, pan Tuk jest tutaj, nie powiecie, że zniknął.

– Co widziałem, to widziałem, a widziałem, że go nie było widać – upierał się Mugwort.

– A ja mówię, że to pomyłka – powtórzył Butterbur, zbierając na tacę potłuczone kufle.

– Oczywiście, że pomyłka – odezwał się Frodo. – Nie zniknąłem wcale! Jestem tutaj! Rozmawiałem w kącie z Obieżyświatem.

Wysunął się w krąg światła padającego od kominka, lecz większość towarzystwa cofnęła się przed nim, jeszcze bardziej teraz zdumiona. Nie zadowoliło ich tłumaczenie, że przewróciwszy się, podpełznął szybko pod stołami w kąt. Gromada wzburzonych i zaniepokojonych ludzi i hobbitów zaraz wyniosła się z gospody, straciwszy chęć do dalszej zabawy tego wieczora. Ten i ów rzucił Frodowi nieżyczliwe spojrzenie, a wszyscy szeptali coś między sobą. Krasnoludowie i obcy ludzie, których paru tu nocowało, powiedzieli dobranoc gospodarzowi, lecz Froda i jego przyjaciół zbyli milczeniem. Wkrótce tylko Obieżyświat, na którego nikt nie zwracał uwagi, został pod ścianą.

Pan Butterbur nie wydawał się zbytnio zmartwiony. Zapewne liczył, że w jego gospodzie przez następnych kilka wieczorów będzie pełno, póki cała okolica nie obgada gruntownie tajemniczego zdarzenia.

– No i co pan zrobił, panie Underhill? – zwrócił się do Froda. – Wystraszył mi pan gości i potłukł kufle swoim brykaniem!

– Bardzo mi przykro, że sprawiłem tyle zamieszania – rzekł Frodo. – Doprawdy, nie miałem wcale takich zamiarów. To bardzo nieszczęśliwy przypadek.

– Już dobrze, dobrze, panie Underhill. Ale następnym razem, jeśli pan zechce fikać koziołki czy też pokazywać magiczne sztuki, niech pan lepiej uprzedzi całe towarzystwo, a przede wszystkim mnie. My tu trochę podejrzliwie odnosimy się do wszelkich dziwactw... czy cudów. I nie lubimy niespodzianek.

– Nic podobnego nigdy już nie zrobię, obiecuję panu, panie Butterbur. A teraz pójdę chyba do łóżka. Chcemy ruszyć jutro jak najwcześniej. Czy będzie pan łaskaw dopilnować, żeby kucyki były gotowe na ósmą rano?

– Oczywiście. Ale nim się pożegnamy, poproszę o chwilkę rozmowy w cztery oczy, panie Underhill. Coś mi się właśnie przypomniało, co muszę panu powiedzieć. Mam nadzieję, że mi pan tego nie weźmie za złe. Załatwię jeszcze to i owo, a później przyjdę do pańskiego pokoju, jeśli pan pozwoli.

– Proszę bardzo! – odparł Frodo, ale serce w nim zadrżało. Ciekaw był, ile jeszcze rozmów w cztery oczy przyjdzie mu odbyć i czego się jeszcze dowie, zanim będzie mógł pójść spać. Czyżby wszyscy sprzysięgli się przeciw niemu? Zaczął podejrzewać, że nawet pyzate oblicze starego Barlimana kryje jakieś złowrogie zamiary.

# Rozdział 10

## *Obieżyświat*

Frodo, Pippin i Sam powrócili do saloniku. Zalegały go ciemności. Merry wyszedł, a ogień na kominku przygasł. Dopiero gdy hobbici rozdmuchali żar i dorzucili parę trzasek, okazało się, że Obieżyświat jest tutaj także. Siedział sobie spokojnie tuż przy drzwiach!

– Hej! – zawołał Pippin. – Coś ty za jeden i czego tu chcesz?

– Nazywają mnie Obieżyświatem – odpowiedział – a wasz przyjaciel obiecał mi chwilę poufnej rozmowy, chociaż możliwe, że o tym zapomniał.

– Tyś mi nawzajem obiecał, o ile pamiętam, że usłyszę coś, co mi się może przydać – rzekł Frodo. – Cóż więc masz mi do powiedzenia?

– Dużo różnych rzeczy – odparł Obieżyświat – ale, oczywiście, nie za darmo.

– Co to ma znaczyć? – żywo spytał Frodo.

– Nie bój się! Znaczy to tylko tyle: powiem ci, co wiem, i dam ci dobrą radę, ale zażądam nagrody.

– Jakiej mianowicie? – spytał Frodo. Podejrzewał teraz, że trafił na łotrzyka, i z zakłopotaniem uświadomił sobie, że wziął z domu bardzo niewiele pieniędzy. Cała zawartość jego kasy nie wystarczy zapewne, by zaspokoić łajdaka, a na dalszą podróż nic nie zostanie.

– Takiej, na jaką na pewno będzie cię stać – odparł Obieżyświat z nikłym uśmiechem, jakby odgadł myśli Froda. – Po prostu: weźmiesz mnie z sobą i pozwolisz sobie towarzyszyć, póki sam nie zechcę cię porzucić.

– Och, doprawdy! – rzekł Frodo zdumiony, lecz niezbyt uspokojony. – Nawet gdybym miał zamiar powiększyć kompanię, musiałbym wiedzieć znacznie więcej, niż wiem o tobie i twoich sprawach, zanimbym się na coś podobnego zgodził.

– Świetnie! – wykrzyknął tamten, zakładając nogę na nogę i rozpierając się wygodniej w fotelu. – Widzę, że odzyskałeś rozsądek, a to się bardzo chwali. Dotychczas byłeś zbyt lekkomyślny. A więc dobrze! Powiem ci, co wiem, a nagrodę pozostawię do twojego uznania. Może będziesz rad mi ją przyznać, jak mnie wysłuchasz.

– Mów zatem – rzekł Frodo. – Co ci wiadomo?

– Wiele... aż za wiele o ponurych sprawach – chmurnie odparł Obieżyświat. – Ale jeśli o ciebie chodzi... – Wstał, szybko otworzył drzwi, wyjrzał na korytarz. Potem cicho zamknął drzwi, usiadł znowu i ciągnął, zniżając głos: – Mam dobry słuch, a chociaż nie umiem znikać, dużo w życiu polowałem na rozmaite dzikie i czujne stworzenia; potrafię, jeżeli chcę, ukryć się dobrze. Otóż siedziałem za żywopłotem przy gościńcu na zachód od Bree dzisiejszego wieczora, kiedy czterej hobbici nadjechali od strony Kurhanów. Nie muszę wam chyba powtarzać, co mówili do starego Toma Bombadila i między sobą, coś wszakże zainteresowało mnie w tych rozmowach szczególnie. „Pamiętajcie – rzekł jeden z nich – że nie wolno wam wymieniać nazwiska Baggins. Jeżeli już koniecznie będziemy musieli się przedstawić, jestem pan Underhill". To mnie tak zaciekawiło, że poszedłem ich tropem aż tutaj. Tuż za nimi przebyłem bramę. Pan Baggins ma pewnie jakieś uczciwe powody, żeby zgubić po drodze swoje nazwisko, ale w takim razie doradzałbym jego przyjaciołom większą ostrożność.

– Nie rozumiem, dlaczego moje nazwisko miałoby kogokolwiek w Bree interesować – z gniewem odparł Frodo – i nie dowiedziałem się jeszcze, dlaczego interesuje ono ciebie. Pan Obieżyświat zapewne ma jakieś uczciwe powody, żeby podsłuchiwać i szpiegować, ale w takim razie doradzałbym mu je wyjaśnić.

– Świetna odpowiedź! – zaśmiał się Obieżyświat. – Wyjaśnienie jest bardzo proste: właśnie szukałem hobbita nazwiskiem Frodo Baggins. Pilno mi było go odnaleźć. Dowiedziałem się bowiem, że wynosi on z Shire'u pewien... pewien sekret, który obchodzi mnie i moich przyjaciół.

– Nie! Źle mnie zrozumiałeś! – krzyknął, widząc, że Frodo wstaje, a Sam zrywa się z gniewnym grymasem na twarzy. – Lepiej będę strzegł tego sekretu niż wy. A musimy go strzec pilnie! – Pochylił się i spojrzał im w oczy. – Uważajcie na każdy cień! – szepnął. – Czarni Jeźdźcy przejeżdżali przez Bree. Słyszałem, że w poniedziałek jeden z nich nadjechał Zieloną Ścieżką od północy, a drugi zjawił się wkrótce po nim od południa.

Zapadło milczenie. Wreszcie Frodo zwrócił się do Pippina i Sama:
– Powinienem był się tego domyślić z tonu, jakim nas przyjął odźwierny przy bramie – rzekł. – Zdaje się, że tutejszy gospodarz także coś wie. Dlaczego nalegał, żebyśmy się przyłączyli do kompanii w gospodzie? I dlaczego, do licha, zachowaliśmy się tak głupio! Trzeba było siedzieć cicho w swojej kwaterze!
– Pewnie, że byłoby lepiej – rzekł Obieżyświat. – Gdybym mógł, odradziłbym wam przychodzenie do wspólnej sali, ale gospodarz nie chciał mnie do was dopuścić ani przekazać wam ode mnie słówka.
– Czy sądzisz, że... – zaczął Frodo.
– Nie, o nic złego nic posądzam starego Barlimana. Po prostu nie lubi tajemniczych włóczęgów mojego pokroju. – Frodo przyjrzał mu się zaskoczony. – No, wyglądam przecież na łotrzyka, prawda? – spytał Obieżyświat, wykrzywiając usta i dziwnie błyskając oczyma. – Mam jednak nadzieję, że się poznamy bliżej, a wtedy może zechcesz mi wytłumaczyć, co się właściwie stało na zakończenie twojej piosenki. Bo ten wybryk...
– To był czysty przypadek! – przerwał mu Frodo.
– Ciekawa rzecz! – powiedział tamten. – A więc przypadek. Ale wskutek tego przypadku znalazłeś się w bardzo niebezpiecznej sytuacji.
– W dość niebezpiecznej sytuacji byłem już przedtem – odparł Frodo. – Wiedziałem, że mnie Jeźdźcy gonią. Teraz jednak zdaje się, że mnie przegapili, skoro pojechali dalej.
– Na to nie licz! – żywo zawołał Obieżyświat. – Wrócą na pewno. Zjawi się ich nawet więcej. Bo jest ich wielu. Wiem ilu. Znam tych Jeźdźców! – Umilkł na chwilę, oczy miał zimne i srogie. – Są w Bree ludzie, którym nie wolno ufać – dodał. – Na przykład Bill Ferny.

Ten ma złą sławę w całym kraju i wiadomo, że odwiedzają go dziwni goście. Zauważyliście może Billa w gospodzie: smagły, chytrze uśmiechnięty chłop. Kumał się z jednym spośród przybyszy z południa i razem się wymknęli z domu zaraz po twoim „przypadku". Nie wszyscy południowcy przyjeżdżają tu w dobrych zamiarach, a Bill Ferny gotów wszystko każdemu sprzedać albo dla samej zabawy szkodzić innym.

– Cóż tu może Ferny sprzedać i co ma wspólnego mój przypadek z jego osobą? – spytał Frodo, nadal uparcie udając, że nie rozumie, o co tamtemu chodzi.

– Sprzedać może wiadomości o tobie – odparł Obieżyświat. – Opowiadanie o twoim popisowym numerze na pewno bardzo zainteresuje pewne osoby. Jak o tym usłyszą, nie będą już nawet dociekać twojego prawdziwego nazwiska. A wydaje mi się bardzo prawdopodobne, że usłyszą tę historię jeszcze dzisiejszej nocy. Czy to ci wystarcza? Teraz możesz rozstrzygnąć o mojej nagrodzie: albo weź mnie za przewodnika, albo nie. Ale muszę ci jeszcze oświadczyć, że dobrze znam wszystkie kraje między Shire'em a Górami Mglistymi, bo wędruję po nich od wielu lat. Starszy jestem, niż wyglądam. Mogę się okazać użyteczny. Nie będziesz mógł odtąd jechać otwartym gościńcem, bo jeźdźcy nie spuszczą już z niego oka w dzień ani w nocy. Może zdołasz umknąć z Bree i pozwolą ci jechać naprzód, póki słońce będzie wysoko. Ale nie zajedziesz daleko. Zaskoczą cię na pustkowiu, w jakimś ciemnym kącie, gdzie nie znajdziesz ratunku. Czy chcesz, żeby cię dopadli? Są straszni!

Hobbici spojrzeli na Obieżyświata i ze zdumieniem zobaczyli, że twarz mu się ściągnęła boleśnie, a ręce zacisnął kurczowo na poręczach fotela. W pokoju było bardzo cicho, światło jak gdyby zmętniało. Obieżyświat siedział chwilę, niewidzącymi oczyma wpatrzony w jakąś odległą przeszłość, a może wsłuchany w najdalsze odgłosy nocy.

– Ach, tak! – wykrzyknął wreszcie, przecierając dłonią czoło. – Może więcej wiem o waszych prześladowcach niż wy. Boicie się ich, ale nie dość jeszcze. Jutro musicie stąd uciekać, jeśli się uda. Obieżyświat pokaże wam ścieżki, którymi mało kto chodzi. Weźmiecie go z sobą?

Zaległo ciężkie milczenie. Frodo nie odpowiadał, w rozterce zwątpienia i strachu. Sam chmurnie patrzył w twarz swego pana, w końcu wybuchnął:

– Za pozwoleniem, panie Frodo, ja bym się nie zgodził! Ten człowiek ostrzega nas i powiada: strzeżcie się! Na to zgoda, ale zacznijmy od tego, żeby się jego strzec. Przyszedł tu z pustkowi, a nic dobrego nigdy nie słyszałem o przybyszach stamtąd. Coś wie, to jasne, więcej nawet, niżbym mu chciał powiedzieć, ale to jeszcze nie racja, żebyśmy go brali za przewodnika i pozwolili się prowadzić w jakieś ciemne kąty, gdzie nie ma znikąd ratunku, jak sam mówi.

Pippin kręcił się na krześle zmieszany. Obieżyświat nie replikował Samowi, ale przenikliwy wzrok zwrócił na Froda. Pod tym wejrzeniem Frodo odwrócił oczy.

– Nie – powiedział. – Nie zgadzam się. Myślę... myślę, że nie jesteś tym, za kogo się podajesz. Na początku mówiłeś ze mną tak, jak mówią ludzie z Bree, ale teraz głos ci się zmienił. Sam ma rację: nie rozumiem, jak możesz radzić nam wielką ostrożność, a jednocześnie żądać, żebyśmy ci zawierzyli na słowo. Dlaczego się maskujesz? Kim jesteś? Co wiesz naprawdę o moim... o mojej sprawie? I skąd to wiesz?

– Nauka ostrożności, jak widzę, nie poszła w las – rzekł Obieżyświat z posępnym uśmiechem. – Ale co innego ostrożność, a co innego niezdolność do śmiałej decyzji. Nigdy o własnych siłach nie dojedziesz do Rivendell, nie masz innego wyboru, jak mi zaufać. Musisz się zdecydować. Odpowiem na część twoich pytań, jeżeli to ci coś pomoże. Czemuż jednak miałbyś uwierzyć moim słowom, skoro nie ufasz temu, co już powiedziałem? Mimo wszystko, powiem...

W tej chwili rozległo się pukanie do drzwi. Pan Butterbur zjawił się ze świecami w ręku, a za nim Nob z dzbankami gorącej wody. Obieżyświat cofnął się w najciemniejszy kąt.

– Przyszedłem życzyć panom dobrej nocy – rzekł gospodarz, stawiając świece na stole. – Nob! Zanieś wodę do sypialni.

I pan Butterbur zamknął za sobą drzwi.

– Tak się rzecz przedstawia – powiedział z wahaniem i troską w głosie. – Jeżeli nawarzyłem piwa, to bardzo mi przykro, doprawdy. Ale jedno z drugim wszystko się plącze, wiedzą panowie, jak to bywa, a ja mam tutaj istne urwanie głowy. W tym tygodniu jednakże to i owo, jak mówią, tknęło mnie, żem sobie przypomniał, a mam nadzieję, że nie poniewczasie. Widzi pan, prosił mnie ktoś, żebym uważał na hobbitów, którzy przyjdą z Shire'u, a szczególnie na jednego, nazwiskiem Baggins.

– A cóż to ma ze mną wspólnego? – spytał Frodo.

– To już pan wie lepiej ode mnie – znacząco odparł gospodarz. – Nie wydam pana, ale powiedziano mi, że ów Baggins podróżuje pod nazwiskiem Underhill, i opisano jego wygląd, a ten opis pasuje do pana jak ulał, z pańskim przeproszeniem.

– Doprawdy! Jakże to ów hobbit miał wyglądać? – przerwał mu nierozważnie Frodo.

– „Mały grubas z rumianymi policzkami" – oświadczył uroczyście pan Butterbur. Pippin zachichotał, ale Sam wyglądał na oburzonego. – „To ci, co prawda, niewiele pomoże, Barley – tak mi rzekł – bo wszyscy hobbici są mniej więcej tacy – ciągnął pan Butterbur, zerkając na Pippina – ale ten jest trochę od innych wyższy, włosy ma jaśniejsze, a w brodzie dołek; bardzo wesoły, oczy mu się śmieją". Wybaczy pan, ale to on powiedział, nie ja.

– Co za on? Kto? – spytał żywo Frodo.

– Ano Gandalf, proszę pana. Czarodziej, jak mówią, ale dla mnie to bez znaczenia, bo to mój wielki przyjaciel. Co on ze mną zrobi teraz, jak się znów zjawi, pojęcia nie mam; nie zdziwiłbym się, gdyby mi piwo skisił albo mnie samego w kłodę zamienił. Trochę jest prędki. No, ale co się stało, to się już nie odstanie.

– A co się właściwie stało? – zapytał Frodo, którego już niecierpliwiło, że Butterbur tak kołuje, zamiast mówić po prostu.

– O czym to ja mówiłem? – rzekł gospodarz, namyślając się i przytykając palcami. – Aha! O Gandalfie. Więc wszedł bez pukania do mojego pokoju, będzie temu ze trzy miesiące. „Barley – powiada – rano wyruszam w drogę. Chcesz mi wyświadczyć przysługę?" A ja na to: „Wszystko, czego sobie życzysz". Wtedy on znowu: „Bardzo mi się spieszy i nie zdążę zajść do Shire'u, a mam tam pilną wiadomość do przesłania. Mógłbyś znaleźć pewnego posłańca, któremu ufasz?". „Mogę – powiedziałem. – Wyślę jutro albo najdalej pojutrze". „Jutro, nie później!" – mówi Gandalf. I dał mi ten list.

– Adres całkiem wyraźny – dodał pan Butterbur, wyciągając list z kieszeni i z wolna, z niejaką dumą (cenił sobie reputację wykształconego człowieka) odczytał: – „Pan Frodo Baggins, Bag End, Hobbiton, Shire".

– List do mnie od Gandalfa! – krzyknął Frodo.

– Aha! – rzekł pan Butterbur. – Więc się nazywasz Baggins?

– Tak – odparł Frodo. – Dawajże mi ten list co prędzej i wytłumacz się, czemuś go wcześniej nie posłał. Po to chyba tu przyszedłeś, chociaż trzeba przyznać, że nie kwapiłeś się zanadto.

Nieborak pan Butterbur zdawał się bardzo zafrasowany.

– Racja, proszę pana – rzekł – i najmocniej za to przepraszam. Umieram ze strachu, jak pomyślę, co Gandalf powie, jeżeli z tego jakaś bieda wyniknie. Ale nie przetrzymywałem listu umyślnie. Schowałem go w bezpieczne miejsce. Tamtego dnia ani nazajutrz, ani po dwóch dniach nikogo nie mogłem znaleźć, kto by chciał iść do Shire'u, a z moich domowników żaden od roboty nie mógł się oderwać. No i tak jedno z drugim – wyleciało mi z pamięci. Okropne mam tutaj urwanie głowy. Wszystko zrobię, co będę mógł, żeby ten błąd naprawić, a jeżeli w czymś mogę dopomóc, niech pan mną rozporządza. Zresztą list listem, a Gandalfowi jeszcze coś więcej obiecałem. „Barley – powiada – ten mój przyjaciel z Shire'u pewnie wkrótce będzie tędy jechał, może w kompanii. Przedstawi się jako pan Underhill. Zapamiętaj! Ale nie zadawaj mu żadnych pytań. Jeżeli mnie przy nim nie będzie, może się znaleźć w kłopotach i potrzebować pomocy. Zrób dla niego wszystko, co możesz, a zyskasz sobie moją wdzięczność". Tak mówił. No i rzeczywiście przyjechałeś tutaj, a wygląda mi na to, że kłopotów także już tylko patrzeć.

– Co chcesz przez to powiedzieć? – spytał Frodo.

– Jacyś czarni przepytują się o Bagginsa – odparł gospodarz, zniżając głos. – A jeżeli oni mają dobre zamiary, to ja jestem hobbit. Kiedy pokazali się tu w poniedziałek, wszystkie psy wyły, a gęsi gęgały. To jakaś niesamowita historia. Przybiegł Nob i powiada, że dwaj czarni są przed drzwiami i pytają o hobbita nazwiskiem Baggins. Nobowi włosy dęba stanęły na głowie. Wyprosiłem tych czarnych, drzwi za nimi zatrzasnąłem. Ale słyszałem, że powtarzali to samo pytanie wszędzie, od domu do domu, aż do Archet. Ten

Strażnik, Obieżyświat, także mnie brał na spytki. Chciał się tutaj koniecznie dostać, zanim jeszcze podałem wam kolację.

– Chciał! – odezwał się znienacka Obieżyświat, występując naprzód w krąg światła. – I wielka szkoda, żeś go nie dopuścił, Barlimanie, oszczędziłbyś wszystkim kłopotu.

Gospodarz wzdrygnął się zaskoczony.

– Ty tutaj! – krzyknął. – Zawsze wyskakujesz, kiedy się nikt nie spodziewa. Czego tu szukasz?

– Obieżyświat jest tutaj za moim pozwoleniem – oświadczył Frodo. – Przyszedł zaofiarować mi pomoc.

– No, pańska sprawa – powiedział pan Butterbur, nieufnie przyglądając się obcemu. – Ale na pana miejscu nie bratałbym się ze Strażnikami.

– A z kim? – spytał Obieżyświat. – Ze spasionym oberżystą, który tylko dlatego nie zapomniał jeszcze, jak się nazywa, że przez cały dzień goście wołają go po nazwisku? Ci hobbici nie mogą przecież ani kwaterować „Pod Kucykiem" na wieki, ani też zawrócić do domu. Mają przed sobą daleką podróż. Czy pojedziesz z nimi i obronisz ich przed tymi czarnymi?

– Ja? Wyjechać z Bree? Nie, za żadne skarby! – odparł pan Butterbur, szczerze wystraszony. – Ale czemuż byście nie mieli tu posiedzieć spokojnie przez czas jakiś? Co to wszystko znaczy? Czego właściwie szukają owi czarni? Skąd się tu wzięli, chciałbym wiedzieć?

– Niestety, nie wszystko mogę ci wyjaśnić – rzekł Frodo. – Jestem znużony i bardzo strapiony, a to długa historia. Ale jeśli naprawdę chcesz mi pomóc, muszę cię ostrzec, że sam także jesteś w niebezpieczeństwie, póki mnie gościsz pod swoim dachem. To są Czarni Jeźdźcy. Nie wiem na pewno, przypuszczam jednak, że przybyli z...

– Przybyli z Mordoru – ściszając głos, dokończył Obieżyświat. – Z Mordoru, Barlimanie, chyba ta nazwa coś ci mówi!

– Biada nam! – krzyknął pan Butterbur, blednąc; widocznie znał tę nazwę dobrze. – To najgorsza z nowin, jakie za mojego życia dotarły do Bree.

– Tak jest – powiedział Frodo. – Czy wobec tego nadal chcesz mi pomagać?

— Chcę! — rzekł pan Butterbur. — Tym bardziej! Chociaż nie wyobrażam sobie, co taki człowiek jak ja może zdziałać przeciw... przeciw... — głos mu się załamał.

— Przeciw Cieniowi ze Wschodu — spokojnie powiedział Obieżyświat. — Niewiele możesz zdziałać, ale każda pomoc jest cenna. Możesz bądź co bądź zatrzymać na dzisiejszą noc w gospodzie pana Underhilla i zapomnieć o nazwisku Baggins, dopóki pan Underhill nie znajdzie się daleko stąd.

— To oczywiście zrobię — rzekł Butterbur. — Obawiam się jednak, że tamci bez mojej pomocy dowiedzą się o jego obecności. Źle się stało, że pan Baggins dziś wieczorem ściągnął na siebie — wyrażając się najłagodniej — powszechną uwagę. Historia pana Bilba znana już była w Bree nie od wczoraj. Nawet mój Nob coś niecoś skombinował w swojej ciężkiej mózgownicy, a przecież znajdą się w Bree sprytniejsi od niego.

— No, cóż, miejmy nadzieję, że Jeźdźcy nie zaraz tutaj wrócą — rzekł Frodo.

— Miejmy nadzieję! — powtórzył Butterbur. — W każdym zaś razie, czy to duchy, czy nie duchy, ale łatwo się „Pod Kucyka" nie dostaną. Nie kłopoczcie się przynajmniej do rana. Nob o niczym słówka nie piśnie. A póki ja się jeszcze trzymam na nogach, żaden czarnolud nie przestąpi tego progu. Będę czuwał razem z moimi domownikami przez całą noc, ale wy lepiej prześpijcie się, póki możecie.

— O świcie w każdym razie musisz nas zbudzić — rzekł Frodo. — Trzeba nam ruszyć jak najwcześniej. Prosimy o śniadanie na pół do siódmej.

— Słucham pana. Przypilnuję wszystkiego! — odparł gospodarz. — Dobranoc, panie Baggins... to jest Underhill, chciałem powiedzieć. Dobranoc... Ale, ale! Gdzież to pański przyjaciel, pan Brandybuck?

— Nie wiem — powiedział Frodo, tknięty nagle niepokojem. Zapomnieli o Meriadoku, a tymczasem noc zapadła głęboka. — Obawiam się, że nie ma go w domu. Wspominał coś, że pójdzie zaczerpnąć trochę świeżego powietrza.

— No, widzę, że wam się naprawdę przyda opieka! Zachowujecie się jak na majówce! — rzekł Butterbur. — Muszę co prędzej zaryglować już teraz drzwi, ale zarządzę, żeby pana Brandybucka wpuszczono, gdyby wrócił. Poślę zresztą Noba, niech go poszuka. Dobranoc! – I pan Butterbur wyniósł się w końcu, rzuciwszy jeszcze raz podejrzliwe spojrzenie na Strażnika i pokręciwszy głową. Słyszeli jego oddalające się kroki w korytarzu.

– No, jakże? – spytał Obieżyświat. – Kiedy otworzysz ten list?
Frodo uważnie zbadał pieczęć, nim ją przełamał. Nie ulegało wątpliwości, że list był od Gandalfa. Wewnątrz, energicznym, lecz zarazem pięknym charakterem Czarodzieja, wypisane były następujące słowa:

*„POD ROZBRYKANYM KUCYKIEM"*
*BREE*
*Dzień Środka Roku*
*Rok wg kalendarza Shire'u 1418*

*Kochany Frodo!*
*Złe wieści mnie tu dosięgły. Muszę natychmiast ruszać w podróż. Radzę ci opuścić Shire co prędzej, najpóźniej do końca lipca. Wrócę jak zdołam najspieszniej i dogonię cię, gdybyś przedtem wyjechał. Jeżeli ci droga wypadnie przez Bree, zostaw mi tutaj wiadomość. Gospodarzowi – Butterburowi – możesz ufać. Zapewne spotkasz na gościńcu mojego przyjaciela: chudy, ciemnowłosy, wysoki człowiek, a zwą go Obieżyświatem. Zna on nasze sprawy i chce ci pomóc. Podążaj do Rivendell. Mam nadzieję, że się tam zobaczymy. Gdybym się nie zjawił, słuchaj rad Elronda.*
*Twój oddany, choć w wielkim pośpiechu*
*Gandalf.* ᚹ

*PS. Pod żadnym pozorem nie użyj Tego po raz wtóry! Nie podróżuj nocami!* ᚹ
*PPS. Upewnij się, czy to naprawdę Obieżyświat. Na gościńcach włóczą się różne podejrzane typy. Prawdziwe imię Obieżyświata brzmi Aragorn.* ᚹ

*Nie każde złoto jasno błyszczy,*
*Nie każdy błądzi, kto wędruje,*

*Nie każdą siłę starość zniszczy.*
*Korzeni w głębi lód nie skuje,*
*Z popiołów strzelą znów ogniska,*
*I mrok rozświetlą błyskawice.*
*Złamany miecz swą moc odzyska,*
*Król tułacz wróci na stolicę.* [1]

PPPS. *Liczę, że Butterbur wyśle ten list bez zwłoki. To zacny człowiek, ale w jego pamięci jak w rupieciarni: najpilniej potrzebne rzeczy zawsze są na dnie. Gdyby przegapił tę sprawę, upiekę go żywcem.*
*Szczęśliwej drogi!*

Frodo najpierw sam przeczytał list po cichu, następnie podał go Samowi i Pippinowi.

– Stary Butterbur rzeczywiście narobił zamieszania! – rzekł. – Zasłużył na rożen. Gdybym ten list dostał w porę, już byśmy pewnie dziś siedzieli bezpiecznie w Rivendell. Ale co się mogło przytrafić Gandalfowi? Pisze tak, jakby ruszał na spotkanie wielkiego niebezpieczeństwa.

– Spotyka się z wielkim niebezpieczeństwem stale już od lat – powiedział Obieżyświat.

Frodo obrócił ku niemu wzrok i zamyślił się nad drugim dopiskiem listu.

– Dlaczegoś mi od razu nie powiedział, że jesteś przyjacielem Gandalfa? – spytał. – Nie tracilibyśmy próżno czasu.

– Tak sądzisz? A czy któryś z was uwierzył mi przedtem? – odparł Strażnik. – Nic nie wiedziałem o tym liście. Myślałem tylko, że muszę was skłonić, byście zaufali memu słowu, bo inaczej nie będę wam mógł pomóc. Nie chciałem też od początku mówić wam całej prawdy o sobie. Najpierw musiałem was dobrze wybadać i upewnić się, z kim mam do czynienia. Nieprzyjaciel nieraz już zastawiał na mnie pułapki. Ale gotów byłem wyznać wam wszystko, gdy już pozbędę się własnych wątpliwości. Co prawda – dodał

---

[1] Przełożył Włodzimierz Lewik.

z nieco wymuszonym śmiechem – spodziewałem się, że mi uwierzycie na słowo. Człowiek ścigany czuje się często tak zmęczony nieufnością, że tęskni za przyjaźnią. No, ale moja powierzchowność przemawia przeciw mnie.

– To prawda... przynajmniej w pierwszej chwili – zaśmiał się Pippin, któremu po przeczytaniu listu Gandalfa kamień spadł z serca. – Ale pozory mylą, jak powiadają w Shire. Zresztą my sami będziemy wkrótce do ciebie podobni, jak spędzimy kilka dni w rowach i pod żywopłotami.

– Kilka dni ani kilka tygodni, ani nawet kilka lat wędrówki po pustkowiach nie wystarczy, żeby się upodobnić do Obieżyświata – odparł tamten. – Wcześniej byście ducha wyzionęli, chyba że ulepiono was z twardszej gliny, niż się na oko wydaje.

Pippin skapitulował, lecz Sam, nieprzejednany w dalszym ciągu, zerkał na obcego podejrzliwie.

– Skąd możemy mieć pewność, że to o tobie mowa w liście Gandalfa? – spytał. – Tyś o Gandalfie nie pisnął słowa, póki nie przeczytaliśmy listu. Kto wie, czy nie grasz komedii i nie jesteś szpiegiem, który chce nas wywieść w pole. Możeś sprzątnął prawdziwego Obieżyświata i przybrał się w jego strój? Co mi na to odpowiesz?

– Że zuch z ciebie, Samie Gamgee – rzekł Obieżyświat – ale nic więcej nie mogę ci odpowiedzieć, niestety. Gdybym zabił prawdziwego Obieżyświata, mogłem przecież zabić was także. I byłbym to zrobił, nie gadając tak wiele. Gdybym chciał zrabować Pierścień, mógłbym was jeszcze w tej chwili pozabijać.

Wstał i nagle jakby urósł: w oczach zapalił mu się błysk przenikliwy i władczy. Odrzucił płaszcz i rękę położył na głowicy miecza, który miał u boku ukryty pod fałdami wierzchniego okrycia. Hobbici nie śmieli bodaj drgnąć. Sam otworzył usta i patrzył na Obieżyświata osłupiały.

– Ale na szczęście jestem prawdziwym Obieżyświatem – powiedział tamten, rozjaśniając nagle twarz uśmiechem. – Nazywam się Aragorn, syn Arathorna, i będę was bronił, choćby za cenę życia.

Długo trwało milczenie. Wreszcie Frodo odezwał się niepewnie:
– Uwierzyłem, że jesteś mi przyjacielem, zanim dostałem ten list – powiedział – a w każdym razie chciałem w to wierzyć. Kilka razy w ciągu tego wieczora przeraziłeś mnie, lecz nigdy tak, jak przerażają słudzy Nieprzyjaciela... o ile mi wiadomo. Sądzę, że jego szpieg

wyglądałby... no, wyglądałby piękniej z pozoru, ale czułoby się w nim szpetotę... Nie wiem, czy dobrze to wyraziłem.

– Rozumiem! – zaśmiał się Obieżyświat. – Ja wyglądam szpetnie, a czuje się we mnie piękno! Czy tak? „Nie każde złoto jasno błyszczy, nie każdy błądzi, kto wędruje..."

– A więc to o tobie mówi ten wiersz? – spytał Frodo. – Nie mogłem zgadnąć, do czego się te słowa odnoszą. Ale skąd wiesz, że Gandalf je umieścił w swoim liście, skoro go nie czytałeś?

– Nie wiedziałem tego – odparł Obieżyświat. – Nazywam się Aragorn, a ten wiersz związany jest z moim imieniem. – Dobył miecza i zobaczyli ostrze złamane o stopę poniżej rękojeści. – Widzisz, Samie, nie na wiele zda się ten miecz. Zbliża się jednak dzień, kiedy zostanie przekuty na nowo.

Sam nic nie odpowiedział.

– A teraz – ciągnął Obieżyświat – jeśli Sam się nie sprzeciwi, zakończmy na tym sprawę. Będę waszym przewodnikiem. Czeka nas jutro ciężka droga. Jeżeli nawet uda się nam opuścić Bree bez przeszkód, wątpię, czy wymkniemy się niepostrzeżenie. Postaram się wszakże zatrzeć trop jak najprędzej. Znam parę ścieżek oprócz głównej drogi. A jak tylko zmylimy pościg, skierujemy się na Wichrowy Czub.

– Wichrowy Czub? – powtórzył Sam. – Co to takiego?

– Wzgórze na północ od gościńca, mniej więcej w połowie drogi stąd do Rivendell. Widok z niego jest bardzo rozległy, będziemy mogli się rozejrzeć dokoła. Gandalf, jeśliby nas chciał doścignąć, szedłby z pewnością tamtędy. Za Wichrowym Czubem zacznie się trudniejsza część podróży, przyjdzie nam wybierać między różnymi niebezpieczeństwami.

– Kiedy widziałeś ostatnio Gandalfa? – zagadnął Frodo. – Czy wiesz, gdzie on przebywa i co porabia?

– Nie wiem – odparł Obieżyświat bardzo poważnie. – Wiosną razem z nim przyszedłem na zachód. W ciągu kilku ostatnich lat często pełniłem straż na granicach Shire'u, kiedy Gandalf był zajęty gdzie indziej. Rzadko pozostawia on ten kraj bez straży. Spotkaliśmy się pierwszego maja u Brodu Sarn nad Brandywiną. Powiedział mi, że załatwił z tobą sprawę pomyślnie i że w końcu września wyruszysz do Rivendell. Wiedząc, że Gandalf jest z tobą, oddaliłem się z tych stron w swoich osobistych sprawach. Okazuje się, że źle zrobiłem, bo nie byłem pod ręką, żeby mu dopomóc, kiedy dostał jakieś złe nowiny.

Pierwszy raz, odkąd znam Gandalfa, jestem o niego niespokojny. Nawet jeżeli nie mógł się stawić sam, powinniśmy mieć o nim wiadomości. Jakiś czas temu, gdy tu powróciłem, doszły mnie złe wieści. Rozeszła się szeroko pogłoska, że Gandalf zaginął i że po drogach kręcą się jeźdźcy. Mówili mi o tym elfowie, towarzysze Gildora. Oni też później dali mi znać, że wyruszyliście z domu, ale na próżno czekałem potem na wieść, że już opuściliście Buckland. Czatowałem więc na Wschodnim Gościńcu, pełen niepokoju.

– Czy myślisz, że Czarni Jeźdźcy mają coś wspólnego z... z nieobecnością Gandalfa? – spytał Frodo.

– Nie wyobrażam sobie, żeby coś innego mogło go zatrzymać, chyba sam Nieprzyjaciel – odparł Obieżyświat. – Nie traćmy jednak nadziei! Gandalf jest potężniejszy, niż się zdaje wam, hobbitom z Shire'u; na ogół dostrzegaliście tylko jego żarty i zabawki. Ale ta nasza wyprawa będzie największym z dzieł Gandalfa.

Pippin ziewnął.

– Przepraszam – rzekł – ale jestem śmiertelnie zmęczony. Mimo wszelkich niebezpieczeństw i zmartwień muszę iść do łóżka, bo inaczej usnę tu, w fotelu. Gdzie się podział ten niemądry Merry? To by mnie już dobiło, gdybyśmy musieli teraz wyjść i po nocy szukać w ciemnościach.

Ledwie to powiedział, gdzieś w głębi domu trzasnęły drzwi, a potem w korytarzu zadudniły szybkie kroki. Wpadł Merry, a za nim Nob. Merry pospiesznie zamknął drzwi i oparł się o nie plecami. Przez chwilę nie mógł złapać tchu. Przyjaciele patrzyli na niego przestraszeni. Wreszcie Merry przemówił zdyszanym głosem:

– Frodo, widziałem ich. Widziałem Czarnych Jeźdźców!

– Czarnych Jeźdźców! – krzyknął Frodo. – Gdzie?

– Tutaj. W miasteczku. Przesiedziałem w pokoju z godzinę, ale że was nie było widać, wyszedłem na mały spacer. Już wracałem, nim jednak znalazłem się na oświetlonym dziedzińcu, stanąłem, żeby spojrzeć w gwiazdy. I nagle dreszcz mnie przebiegł, wyczułem, że koło mnie pełznie jakiś okropny stwór: jakby ciemniejszy cień wśród cieni przeczołgał się w poprzek drogi, tuż poza kręgiem światła latarni. Bez szmeru wśliznął się natychmiast w ciemność. Nie był to koń.

– W którą stronę poszedł? – spytał nagle i ostro Obieżyświat.

Merry wzdrygnął się, teraz dopiero spostrzegając wśród przyjaciół obcego człowieka. – Możesz mówić – rzekł Frodo. – To przyjaciel Gandalfa. Później ci wszystko wytłumaczę.

– Skierował się jak gdyby w górę gościńca, na wschód – ciągnął Merry dalej. – Próbowałem go ścigać. Zniknął mi zaraz z oczu, ale minąłem zakręt i doszedłem aż do ostatniego domu przy drodze.

Obieżyświat spojrzał na niego z uznaniem.

– Jesteś odważny – rzekł – ale zachowałeś się lekkomyślnie.

– Nie wiem – powiedział Merry. – Nie zdaje mi się, bym działał odważnie albo lekkomyślnie. Po prostu nie mogłem nic innego zrobić. Jakby mnie coś tam ciągnęło. W każdym razie poszedłem i niespodzianie usłyszałem głosy zza żywopłotu. Jeden z tych głosów brzmiał jak pomruk, drugi jak szept czy nawet syk. Słów nie mogłem rozróżnić. Nie podsunąłem się bliżej, bo zacząłem nagle dygotać na całym ciele. Przeraziłem się, zawróciłem, chciałem umknąć do gospody, kiedy znienacka coś stanęło za moimi plecami i... padłem na ziemię.

– I ja go tak znalazłem – uzupełnił relację Nob. – Pan Butterbur posłał mnie z latarnią. Poszedłem najpierw do Zachodniej Bramy, potem zawróciłem ku Wschodniej. Jakoś niedaleko od domu Billa Ferny wydało mi się, że coś leży na drodze. Przysiąc nie przysięgnę, ale wyglądało to tak, jakby dwóch schylonych ludzi usiłowało coś dźwignąć z ziemi. Krzyknąłem, ale kiedy dobiegłem do tego miejsca, nie było już ani śladu tamtych dwóch, tylko pan Brandybuck leżał przy drodze i jakby spał. Potrząsnąłem nim, ocknął się i mówi: „Myślałem, że wpadłem do głębokiej wody". Był jakiś dziwny i ledwie go rozbudziłem, zaraz pognał jak zając tu, do gospody.

– Boję się, to prawda – rzekł Merry. – Chociaż nie wiem, co mówiłem Nobowi. Miałem straszny sen, ale go nie pamiętam. Załamałem się zupełnie. Nie mam pojęcia, co mnie ogarnęło.

– Ale ja wiem – rzekł Obieżyświat. – Ogarnął cię Czarny Dech. Jeźdźcy widać zostawili konie za osiedlem i tajemnie wśliznęli się przez Południową Bramę z powrotem. Teraz już dowiedzieli się najnowszych wiadomości, skoro byli u Billa Ferny. Prawdopodobnie ten gość z południa był też ich szpiegiem. Może się coś zdarzyć jeszcze tej nocy, zanim opuścimy Bree.

– Co takiego? – spytał Merry. – Czy napadną gospodę?

– Tego się nie spodziewam – odparł Obieżyświat. – Jeszcze nie wszyscy się tu zebrali. A zresztą to do nich niepodobne. Najpotężniejsi są w ciemnościach i na pustkowiu. Nie napadną otwarcie domu pełnego ludzi i jasno oświetlonego, chyba w ostateczności, ale jeszcze nie teraz, gdy mamy przed sobą wiele staj drogi przez Eriador. Ich siła opiera się jednak na przerażeniu, jakie budzą; już chwycili w jego szpony kilku mieszkańców Bree. Tych mieszkańców podjudzą do jakiejś zbrodni. Pewnie to będzie Bill Ferny, paru cudzoziemców, może odźwierny. Rozmawiali z nim w poniedziałek przy Zachodniej Bramie. Odźwierny był blady i trząsł się ze strachu po tej rozmowie.

– Jak się zdaje, zewsząd okrążają nas wrogowie – rzekł Frodo. – Co robić?

– Zostać tutaj, nie nocować w sypialni! Z pewnością wiedzą, który pokój zajmujecie. Izby przeznaczone dla hobbitów mają okna od północy i tuż nad ziemią. Zostaniemy tu wszyscy razem i zabarykadujemy drzwi i okno. Najpierw jednak Nob pomoże mi ściągnąć tu wasze rzeczy.

Kiedy Obieżyświat wyszedł, Frodo pokrótce opowiedział Meriadokowi o wszystkim, co się zdarzyło po kolacji. Merry jeszcze był zajęty odczytywaniem i rozważaniem listu Gandalfa, gdy Strażnik i Nob powrócili.

– A więc, proszę panów – oznajmił Nob – rozburzyłem pościel i w każdym łóżku ułożyłem wałek pośrodku. A pańską głowę, panie Bag... panie Underhill, pięknie uwinąłem z brązowej wełnianej wycieraczki – dodał ze śmiechem.

Pippin mu zawtórował.

– Będzie jak żywa! – rzekł. – Ale co się stanie, jeśli tamci poznają się na maskaradzie?

– Zobaczymy! – powiedział Obieżyświat. – Miejmy nadzieję, że utrzymamy fortecę do rana.

– Dobranoc panom – rzekł Nob i poszedł dołączyć się do straży czuwającej u wejścia gospody.

Hobbici spiętrzyli swoje podróżne worki i sprzęt na podłodze saloniku. Zastawili drzwi niskim fotelem i zamknęli okno. Wyglądając przez nie, Frodo stwierdził, że noc jest pogodna. Sierp[1] błyszczał nad wzgórzem Bree. Zabezpieczyli okno grubymi wewnętrznymi okiennicami i zaciągnęli szczelnie zasłony. Obieżyświat poprawił drwa na kominku i zdmuchnął wszystkie świece.

Hobbici ułożyli się na kocach, nogami zwróceni do paleniska, ale Obieżyświat siadł w fotelu pod drzwiami. Chwilę jeszcze gawędzili, bo Merry zadawał mnóstwo pytań.

– Przeskoczył przez księżyc! – chichotał, owijając się w pled. – Zbłaźniłeś się, mój Frodo! A swoją drogą żałuję, że tego nie widziałem. Szanowni obywatele Bree będą o tym zdarzeniu mówić przez następnych sto lat.

– Mam nadzieję! – rzekł Obieżyświat.

Wreszcie umilkli wszyscy i hobbici jeden po drugim zapadli w sen.

---

[1] Sierp – tak hobbici nazywają Wielki Wóz, czyli Wielką Niedźwiedzicę.

# Rozdział 11

## *Ostrze w ciemnościach*

Gdy hobbici w gospodzie „Pod Rozbrykanym Kucykiem" w Bree przygotowywali się do snu, nad Bucklandem zalegały ciemności, a mgła snuła się w rozpadlinach i nad rzeką. Dom w Ustroni stał cichy. Grubas Bolger ostrożnie uchylił drzwi i wyjrzał na dwór. Przez cały dzień lęk rósł w jego sercu coraz większy, tak że wieczorem Grubas nie mógł sobie znaleźć miejsca ani uleżeć w łóżku. W bezwietrznej nocnej ciszy czaiła się jakaś groźba. Grubas wpatrywał się w pomrokę i nagle zobaczył czarny cień sunący pod drzewami; furtka otwarła się jakby sama i bez szmeru ponownie zamknęła. Strach chwycił hobbita. Cofnął się i długą chwilę stał, drżąc, w sieni. Wreszcie zatrzasnął i zaryglował drzwi.

Noc trwała. Miękko, ledwie dosłyszalnie zadudniły na ścieżce kopyta przeprowadzanych chyłkiem koni. Przy furtce zatrzymały się, a trzy czarne postacie, trzy cienie nocne wśliznęły się do ogrodu. Jeden podszedł do drzwi, dwa stanęły po obu rogach domu. Zamarli tam niby cienie głazów, a tymczasem noc z wolna upływała. Dom i nieruchome drzewa jakby na coś czekały, wstrzymując oddech.

Lekki powiew zaszeleścił wśród liści, gdzieś daleko zapiał kogut. Mijała zimna godzina przedświtu. Postać u drzwi poruszyła się, w ciemnościach tej bezksiężycowej i bezgwiezdnej nocy błysnęło dobyte ostrze, jakby ktoś obnażył z osłon lodowate światełko. Pod głuchym, ale ciężkim uderzeniem drzwi się zachwiały.

– W imię Mordoru, otwierać! – zawołał wysoki, groźny głos.

Pod drugim uderzeniem drzwi ustąpiły i runęły do wnętrza, belki pękły, rygle prysnęły. Czarne postacie błyskawicznie skoczyły do sieni.

W tej samej sekundzie wśród pobliskich drzew zagrał róg. Jego głos rozdarł noc jak płomień buchający ze szczytu góry.

POBUDKA! GORE! GORE! DO BRONI!

Grubas Bolger nie próżnował. Kiedy spostrzegł czarne cienie sunące przez ogród, zrozumiał od razu, że musi umknąć przed nimi albo zginie. Umknął więc przez tylne drzwiczki, a potem ogrodem i polem. Biegł milę z okładem, nim dotarł do najbliższego domu i tam padł na progu.

– Nie, nie, nie! – krzyczał. – Nie, to nie ja! Ja go nie mam!

Długa chwila upłynęła, nim ktoś zdołał zrozumieć, o co mu chodzi. Wreszcie sąsiedzi pojęli, że wróg wdarł się do Bucklandu, że jakaś straszna napaść ze Starego Lasu zaskoczyła kraj. A wtedy zaczęli działać, nie tracąc dłużej ani chwili.

GORE, GORE, GORE!

Brandybuckowie grali na rogu sygnał alarmowy, który ostatni raz słyszano tutaj sto lat temu, kiedy to podczas Srogiej Zimy białe wilki przeszły po zamarzniętej Brandywinie.

POBUDKA! POBUDKA!

Z dala odezwały się w odpowiedzi inne rogi. Alarm się szerzył. Czarne postacie wybiegły z domu. Jedna z nich w pędzie upuściła na progu płaszcz Froda. Na ścieżce znów zadudniły kopyta, konie przeszły w galop i wkrótce tętent przegrzmiał i zginął w ciemnościach. Wokół Ustroni grały rogi, rozlegała się wrzawa i tupot spiesznych kroków. Ale Czarni Jeźdźcy umknęli jak burza w stronę Północnej Bramy. Niech sobie pohałasują małe hobbity! Sauron zajmie się nimi później. Jeźdźcy mieli na razie inne zadanie: wiedzieli już, że dom w Ustroni jest pusty, że Pierścień wywieziono gdzieś dalej. Stratowali wartę przy bramie i opuścili granicę Shire'u.

Noc jeszcze była wczesna, gdy Frodo ocknął się nagle, jakby go zbudził jakiś szmer czy może czyjaś obecność. Zobaczył Obieżyświata, który czujnie wyprostowany siedział w fotelu; w jego oczach odbijał się blask płomieni, bo ogień na kominku, świeżo widać podsycony, palił się jasno, ale Obieżyświat nie drgnął, nie dał Frodowi żadnego znaku.

Frodo wkrótce znów usnął, lecz znowu szum wiatru i tętent galopujących koni zakłócił mu sen. Wiatr jak gdyby wirował dokoła domu i wstrząsał ścianami, a gdzieś, bardzo daleko, ktoś rozpaczliwie dął w róg. Frodo otworzył oczy, z podwórka gospody dobiegło jego uszu wesołe pianie koguta. Obieżyświat rozsunął zasłony i z łoskotem otworzył okiennice na oścież. Szary brzask wschodzącego dnia wypełnił pokój, chłód ciągnął od otwartego okna.

Zbudziwszy hobbitów, Obieżyświat zaprowadził ich zaraz do sypialni. Na jej widok uświadomili sobie, jak dobrze zrobili, słuchając rady tego przewodnika: wyłamane okna trzaskały na wietrze, firanki łopotały, łóżka były w straszliwym nieładzie, a rozdarte wałki poniewierały się na ziemi; z brązowej wełnianej wycieraczki zostały tylko strzępy.

Obieżyświat natychmiast pobiegł po gospodarza. Nieborak pan Butterbur miał minę zaspaną i przerażoną. Nie zmrużył oka przez całą noc – jak twierdził – lecz nie słyszał żadnych hałasów.

– W życiu mi się nic podobnego nie zdarzyło! – krzyczał, wznosząc ze zgrozą ramiona. – Żeby moi goście nie mogli spędzić nocy w swoich łóżkach! I takie porządne wałki zniszczone, i w ogóle wszystko! Do czego to dojdzie?

– Do ciężkich czasów – rzekł Obieżyświat. – Ale na razie odzyskasz spokój, skoro nas się stąd pozbędziesz. Wyjeżdżamy natychmiast. Nie troszcz się o śniadanie, byle co łykniemy i przekąsimy, nie siadając do stołu. Za parę minut będziemy spakowani.

Pan Butterbur wybiegł, żeby dopilnować siodłania kuców i przynieść jakąś przekąskę. Wrócił jednak po chwili zrozpaczony. Kuce zniknęły! Ktoś w nocy otworzył stajnię i wypuścił nie tylko kucyki Merry'ego, lecz również wszystkie wierzchowce, jakie były w gospodzie.

Nowina przygnębiła Froda. Jakże mogli liczyć, że na własnych nogach dostaną się do Rivendell, ścigani przez nieprzyjaciół na koniach? Równie dobrze mogliby się wybierać na księżyc. Obieżyświat długą chwilę milczał, przyglądając się hobbitom, tak jakby ważył ich siły i odwagę.

– Kucyki nie pomogłyby nam umknąć przed końmi – powiedział wreszcie, jakby czytając w myślach Froda. – Tymi drogami, które zamierzam wybierać, niewiele wolniej idzie się pieszo. Ja zresztą i tak miałem iść. Martwię się tylko o prowiant i sprzęt. Nigdzie po drodze stąd do Rivendell nie dostaniemy nic do jedzenia prócz tego, co będziemy mieli ze sobą. A trzeba wziąć spore zapasy, bo może się zdarzyć zwłoka albo konieczność nadłożenia drogi i zboczenia daleko od prostego szlaku. Ile gotowi jesteście dźwigać na plecach?

– lle trzeba – odparł Pippin; był markotny, lecz usiłował wmówić sobie, że jest bardziej zahartowany, niż wygląda (i niż się czuje).

– Ja mogę dźwigać za dwóch – oświadczył zuchowato Sam.

– Czy nic się nie da zrobić? – zwrócił się Frodo do gospodarza. – Czy nie znalazłoby się we wsi pary lub chociaż jednego kuca, żeby załadować bagaż? Nie moglibyśmy ich najmować, ale kupilibyśmy – dodał niepewnie, bo nie wiedział, czy mu starczy pieniędzy.

– Wątpię – odparł strapiony pan Butterbur. – Tych kilka kucyków nadających się pod wierzch, jakie Bree posiada, stało w mojej stajni; te, jak wiadomo, zginęły. Poza tym zwierząt pociągowych, czy to koni, czy kuców, jest u nas bardzo mało i nikt nie ma ich na zbyciu. Ale zrobię, co się da. Poślę Boba jak najspieszniej, żeby przepytał się wszędzie.

– Tak – niechętnie zgodził się Obieżyświat. – Trzeba spróbować. Obawiam się, że bez jednego przynajmniej kucyka nie damy sobie rady. To wszakże przekreśla wszelkie nadzieje na wczesny wymarsz i na wyśliźnięcie się stąd ukradkiem! Jak gdybyśmy otrąbili swój odjazd. Niewątpliwie tego sobie właśnie tamci życzyli.

– Jest w tym jednak okruch pociechy – rzekł Merry – a nawet, miejmy nadzieję, więcej niż okruch! Bo czekając na kuca, możemy spokojnie zasiąść do śniadania! Wołajcie zaraz Noba!

Ostatecznie zmarudzili z górą trzy godziny. Bob wrócił z wiadomością, że ani z miłości, ani z chciwości nikt w okolicy nie chce sprzedać konia lub kucyka, z jednym jedynym wyjątkiem: Bill Ferny jest, jak się zdaje, skłonny do rokowań.

– To stara zagłodzona szkapa – powiedział Bob – ale o ile dobrze znam Billa, nie odstąpi jej taniej niż za potrójną cenę, bo wie, w jakim panowie są położeniu.

– Bill Ferny? – spytał Frodo. – Czy to aby nie nowy podstęp? Może ta bestia ucieknie z powrotem do niego z całym naszym dobytkiem albo pomoże nas wytropić czy coś w tym rodzaju.

– Nie wiem – rzekł Obieżyświat – ale nie wyobrażam sobie, żeby jakiekolwiek zwierzę, raz wyzwolone, zechciało wrócić do tego człowieka. Myślę, że to raczej dodatkowy pomysł łaskawego pana Billa: zachciało mu się powiększyć jeszcze w ten sposób zysk z całej awantury. Boję się raczej tego, że to biedne stworzenie zdechnie lada chwila. Ale nie mamy wyboru. Ile on żąda?

Bill Ferny żądał dwunastu srebrnych groszy, co stanowiło co najmniej trzykrotną cenę kucyka w tych stronach. Kuc okazał się kościstym, zagłodzonym, apatycznym zwierzakiem, ale zdychać, jak się zdawało, jeszcze nie zamierzał. Pan Butterbur za niego zapłacił i ofiarował Merry'emu gotówką osiemnaście srebrnych groszy jako odszkodowanie za stracone wierzchowce. Był człowiekiem uczciwym i zamożnym – na miarę tego kraju. Ale trzydzieści srebrnych groszy stanowiło dla niego poważny ubytek, tym boleśniejszy do zniesienia, że to Bill Ferny go okpił.

Jak się okazało, nie wyszedł na tym w końcu źle. Później bowiem wyjaśniło się, że naprawdę skradziono jednego tylko konia. Inne zwierzęta wypłoszono ze stajni czy może one same w panice się rozbiegły, ale i po kilku dniach znaleziono je błąkające się w różnych zakątkach Bree. Kucyki Merry'ego uciekły na dobre, lecz dały dowód wielkiego rozumu, bo skierowały się na wzgórza i odszukały Pulpeta. Przebyły więc czas jakiś pod opieką Toma Bombadila i dobrze im się działo. Gdy jednak do uszu Toma doszła wieść o wydarzeniach w Bree, odesłał on kucyki panu Butterburowi, który tym sposobem zyskał pięć pięknych wierzchowców za bardzo umiarkowaną cenę. Kuce w Bree musiały ciężej pracować, ale Bob obchodził się z nimi jak najlepiej. W ostatecznym obrachunku można by powiedzieć, że wygrały szczęśliwy los, skoro ominęła je ponura i niebezpieczna wyprawa. Ale też nigdy nie poznały Rivendell.

Na razie jednak pan Butterbur nie wiedział jeszcze tego wszystkiego i uważał swoje pieniądze za stracone bezpowrotnie. Miał ponadto inne kłopoty. Gdy bowiem pozostali goście zbudzili się i dowiedzieli o napadzie na gospodę, powstał nie lada zamęt. Podróżni z południa, którym zginęło kilka koni, głośno oskarżali gospodarza, póki się nie wydało, że jeden z ich własnych kompanów zniknął również tej nocy: nie kto inny, lecz zezowaty wspólnik Billa Ferny. Zaraz też całe podejrzenie padło na niego.

– Jeżeli zadajecie się z koniokradem i wprowadzacie go do mojego domu – rzekł z oburzeniem pan Butterbur – powinniście z własnej kiesy zapłacić wszystkie szkody, zamiast krzyczeć na mnie. Idźcie i spytajcie Billa Ferny, gdzie się podziewa ten wasz szacowny przyjaciel.

Nikt jednak nie przyznawał się do przyjaźni z zezowatym człowiekiem i nikt nie mógł sobie przypomnieć, gdzie i kiedy dołączył on do kompanii.

Po śniadaniu hobbici przepakowali worki i zgromadzili większe zapasy, przewidując podróż dłuższą niż pierwotnie planowano. Dochodziła już godzina dziesiąta, kiedy wreszcie mogli ruszyć w drogę. Ale o tej porze całe osiedle już huczało podnieceniem. Sztuczka Froda, zjawienie się Czarnych Jeźdźców, kradzież koni, a w dodatku wieść, że Strażnik zwany Obieżyświatem połączył się z tajemniczymi hobbitami – wszystko to składało się na sensację, która mogła wypełnić kilka ubogich w zdarzenia lat. Większość mieszkańców Bree i Staddle, a nawet sporo obywateli z Combe i Archet zgromadziło się na drodze, żeby zobaczyć wyjeżdżających hobbitów. Goście z „Rozbrykanego Kucyka" cisnęli się w progu gospody i w jej oknach.

Obieżyświat zmienił plan i postanowił wyjść z Bree gościńcem. Jakakolwiek próba wymknięcia się na przełaj polami pogorszyłaby tylko sprawę: połowa tutejszej ludności poszłaby za nimi, żeby się przekonać, jakie mają zamiary i czy nie robią szkód na ich polach.

Pożegnali Noba i Boba, podziękowali serdecznie panu Butterburowi.

– Mam nadzieję – rzekł Frodo – że się jeszcze spotkamy w weselszych okolicznościach. Bardzo bym chciał spędzić jakiś czas spokojnie w twoim domu.

Niespokojni, przygnębieni, ruszyli śledzeni przez setki oczu. W tłumie nie wszystkie twarze były przyjazne, wśród okrzyków nie wszystkie życzliwe. Ale dla Obieżyświata większość tutejszych obywateli żywiła, jak widać, respekt, bo każdy, na kogo spojrzał, zamykał usta i wycofywał się co prędzej. Obieżyświat szedł na czele wraz z Frodem, za nimi Merry z Pippinem, a na końcu Sam prowadził kucyka, któremu załadowano na grzbiet tyle worków, na ile miłosierdzie dla zwierzęcia pozwalało. Kucyk jednak wyglądał już mniej nieszczęśliwie, jak gdyby zadowolony ze zmiany losu. Sam w zamyśleniu gryzł jabłko. Miał kieszenie wypchane jabłkami dzięki pożegnalnym darom Noba i Boba.

– Nie ma jak jabłka w marszu, a fajka na popasie – mówił Sam. – Ale zdaje się, że wkrótce będę się musiał wyrzec obu tych przyjemności.

Hobbici nie zwracali uwagi na wścibskich, którzy wyglądali zza drzwi, wytykali głowy zza murów i płotów. Kiedy jednak zbliżali się już do bramy w drugim końcu osiedla, Frodo zauważył ciemny, zaniedbany dom, ukryty za gęstym żywopłotem: ostatni dom w Bree. W jednym z okien mignęła mu smagła twarz z chytrymi, zezowatymi oczyma, lecz zaraz zniknęła. „A więc tu się ukrywa ten południowiec – pomyślał Frodo. – Wygląda mi niemal na goblina". Zza żywopłotu przypatrywał się podróżnym zuchwale inny mężczyzna. Miał krzaczaste czarne brwi i ciemne, pogardliwie spoglądające oczy, a grube wargi skrzywione złośliwym uśmiechem; ćmił krótką czarną fajkę. Gdy wędrowcy mijali go, wyjął z ust cybuch i splunął.

– Dzień dobry, Długonogi! – powiedział. – Wcześnie wstałeś. Znalazłeś sobie wreszcie nowych przyjaciół, co?

Obieżyświat skinął głową, lecz nic nie odrzekł.

– Dzień dobry, malcy! – zagadał tamten do hobbitów. – Mam nadzieję, że wiecie, kogo wzięliście do kompanii? To Niepowstrzymany Obieżyświat we własnej osobie! Co prawda znam też jego inne, mniej piękne przezwiska. Pilnujcie się zwłaszcza w nocy! A ty, Samie, nie dręcz mojego biednego, starego kucyka! – I splunął znowu.

Sam odwrócił się żywo.

– A ty, Ferny – odparł – zabierz stąd prędko swoją szpetną gębę, bo ci ją ktoś jeszcze uszkodzi. – Niespodzianie jabłko strzeliło z jego ręki prosto w nos Billa, który uchylił się, ale poniewczasie. Zza żywopłotu bluznęły przekleństwa.

– Szkoda dobrego jabłka – rzekł z żalem Sam i pomaszerował dalej.

W końcu miasteczko zostało za nimi. Gromada dzieciaków eskortujących pochód zmęczyła się wreszcie i zawróciła spod Południowej Bramy. Hobbici przekroczyli ją i szli kilka mil gościńcem.

Droga skręcała w lewo, zataczała łuk, okrążając wzgórze Bree i spadała dość stromo ku lasom na wschodzie. Podróżni mieli teraz po lewej ręce łagodne południowe stoki, na których rozsypane były domy hobbickiego osiedla w Staddle; spoglądając ku północy, widzieli nad głęboką kotliną smugi dymu, wskazujące, gdzie znajduje się Combe; Archet kryło się dalej w kępie drzew.

Droga sprowadziła ich w dół, wzgórze Bree wznosiło się teraz za ich plecami, wysokie i brunatne, a przed nimi ukazała się wąska ścieżka, odbiegająca od gościńca ku północy.

– Tu zejdziemy z otwartego traktu i zaszyjemy się w terenie – oznajmił Obieżyświat.

– Byleśmy nie szli na skróty – rzekł Pippin. – Nasza poprzednia próba skrócenia drogi przez lasy omal nie skończyła się katastrofą.

– Ale wtedy mnie z wami nie było – roześmiał się Obieżyświat. – Kto ze mną drogi prostuje, ten w polu nie nocuje.

Przepatrzył uważnie gościniec przed sobą i za sobą. Nie było widać nigdzie żywego ducha. Szybko sprowadził hobbitów w dół, ku zalesionej dolinie.

Nie znając okolicy, domyślali się jednak, że przewodnik zamierza najpierw kierować się w stronę Archet, potem jednak skręcić w prawo i obejść wieś od wschodu, aby dalej, kierując się możliwie na wprost, przebyć dziką krainę dzielącą ich od Wichrowego Czuba. Tym sposobem – o ile plan by się udał – oszczędziliby sobie sporo drogi, bo gościniec robił wielką pętlę, okrążając od południa Komarowe Bagniska. Co prawda musieliby wówczas przebyć moczary, które Obieżyświat opisał im wcale niezachęcająco.

Tymczasem wszakże marsz nie był przykry. A nawet, gdyby nie groźne przeżycia poprzedniej nocy, można by ten etap uznać za najmilszy z całej dotychczasowej podróży. Słońce świeciło jasno, ale nie doskwierało upałem. Lasy w dolinie jeszcze nie straciły liści i mieniły się kolorami, a wydawały się spokojne i tchnące zdrowiem. Obieżyświat bez wahania wybierał drogę; sami hobbici na pewno zabłąkaliby się wkrótce wśród bocznych, krzyżujących się ścieżek.

Przewodnik kluczył umyślnie, żeby zmylić pościg.

– Bill Ferny niechybnie śledził, w którym miejscu opuściliśmy gościniec – rzekł. – Nie myślę jednak, by szedł za nami. Zna wprawdzie nieźle okolicę, ale wie, że nie może się ze mną mierzyć w lesie. Boję się tylko tego, że tamtym powie o nas. Bo tamci chyba są niedaleko. Jeżeli uwierzą, że idziemy do Archet, tym lepiej dla nas.

Może dzięki zręczności Obieżyświata, a może z innych przyczyn, dość, że przez cały ten dzień nie zobaczyli śladu ani nie usłyszeli głosu żywego stworzenia: ani dwunogiego – prócz ptaków, ani czworonogiego – prócz jednego lisa i paru wiewiórek. Nazajutrz skierowali się już wyraźnie na wschód, ale w dalszym ciągu otaczała ich cisza i spokój. Trzeciego dnia od opuszczenia Bree wyszli z lasu Chetwood. Od miejsca, w którym skręcili z gościńca, teren wciąż opadał, a teraz znaleźli się na rozległej płaszczyźnie, gdzie czekały ich większe trudności. Byli już daleko za granicami Bree na bezdrożach dzikiej krainy, zbliżali się do Komarowych Bagnisk. Mieli tu już pod nogami grunt podwilgły, miejscami grząski, a tu i ówdzie trafiali na rozlewiska i wielkie kępy trzcin i sitowia, pełne świergotu drobnego, schowanego w gęstwinie ptactwa. Musieli bardzo ostrożnie wybierać drogę, żeby przejść suchą nogą, a zarazem nie zboczyć z wytkniętego kierunku. Zrazu posuwali się dość szybko, ale z każdą godziną marsz stawał się mozolniejszy i bardziej niebezpieczny. Moczary były zwodnicze i zdradzieckie, nawet Strażnik nie znał wśród zmiennych trzęsawisk stałej ścieżki i musiał jej za każdym razem szukać. Wędrowców zaczęły nękać muchy, w powietrzu zaroiło się od chmar drobniutkich komarów, wciskających się w rękawy, nogawki spodni i we włosy.

– Żywcem mnie pożerają! – krzyczał Pippin. – Komarowe Bagniska! Więcej tu komarów niż wody.

– Czym one się żywią, kiedy nie mają hobbitów pod ręką? – pytał Sam, drapiąc się w kark.

Spędzili bardzo niemiły dzień w pustej, brzydkiej okolicy. Obóz rozbili na miejscu podmokłym, zimnym, niewygodnym, a dokuczliwe owady nie dały im oka zmrużyć. W trzcinach i trawach gnieździły się jakieś szkaradne stworzenia, sądząc z głosów, gorsza odmiana świerszczy. Były ich tysiące, a ćwierkały: „skręć-kark, skręć-kark" niezmordowanie przez całą noc, doprowadzając hobbitów niemal do szaleństwa.

Następny dzień - czwarty - nie przyniósł większej poprawy, a nocleg, podobnie jak poprzedni, nie dał wędrowcom odpoczynku. „Skręcikarki" - jak je przezwał Sam - wprawdzie zostały za nimi, ale komary prześladowały ich dalej.

Frodo leżał zmęczony, lecz niezdolny zmrużyć oka, gdy nagle wydało mu się, że w oddali na wschodzie niebo rozświetla się dziwnie; światło błysnęło i zgasło kilka razy. Nie mógł to być blask świtu, bo do rana było jeszcze daleko.

- Co to za światło? - spytał Obieżyświata, który podniósł się i stał wpatrzony w noc.

- Nie wiem - odparł tamten. - Za daleko, żeby coś rozeznać. Wygląda jak błyskawica strzelająca ze szczytu pagórka.

Frodo położył się znów, ale przez długą chwilę widział jeszcze białe rozbłyski, a na ich tle wysoką, czarną sylwetkę Obieżyświata, nasłuchującego czujnie wśród ciszy. Wreszcie hobbit zapadł w niespokojny sen.

Piątego dnia po krótkim marszu wydostali się w końcu spośród rozlewisk, sitowia i bagien. Teren przed nimi znowu zaczął się wznosić. Na wschodnim horyzoncie dostrzegli pasmo wzgórz. Jedno z nich, odosobnione w prawym końcu łańcucha, górowało nad innymi. Jego wierzchołek miał kształt nieco spłaszczonego stożka.

- To Wichrowy Czub - powiedział Obieżyświat. - Stary Gościniec, który zostawiliśmy daleko po prawej ręce, omija szczyt od południa i przebiega nieopodal jego podnóży. Jeżeli pójdziemy na wprost, będziemy chyba jutro w południe na miejscu. Sądzę, że trzeba się o to postarać.

- Co masz na myśli? - spytał Frodo.

- To, że wcale nie jestem pewien, co tam zastaniemy. Góra leży trochę za blisko gościńca.

- Ale przecież mamy nadzieję spotkać się tam z Gandalfem?

- Owszem, lecz to słaba nadzieja. Nawet jeżeli Gandalf rzeczywiście wędrował tym szlakiem, mógł ominąć Bree, a w takim razie nic nie wie o nas. Zresztą byłby to wyjątkowy przypadek, gdybyśmy się właśnie w tym miejscu zeszli jednocześnie; bardziej prawdopodobne, że się rozminiemy. Ani dla niego, ani dla nas nie byłoby bezpiecznie czekać wzajem na siebie zbyt długo. Jeźdźcy, jeżeli im się nie uda zdybać nas na pustkowiu, zapewne także skierują się na Wichrowy Czub. Ze szczytu jest rozległy widok na wszystkie strony. Kto wie, czy mnóstwo tutejszych ptaków i zwierząt nie widzi nas stamtąd w tej chwili. A nie wszystkie ptaki zasługują na zaufanie; są też inni szpiedzy, znacznie groźniejsi.

Hobbici z trwogą spojrzeli na odległe wzgórza. Sam popatrzył w blade niebo, jakby lękając się, że już nad nim krążą sokoły albo orły i śledzą ich bystrymi, nieprzyjaznymi oczyma.

– Bardzo mi się zrobiło nieswojo po tym, coś powiedział – rzekł do Obieżyświata.

– Co nam radzisz? – spytał Frodo.

– Myślę – z namysłem, jakby niepewnie odparł przewodnik – że najlepiej będzie iść możliwie najprostszą drogą ku wschodowi, żeby dotrzeć do wzgórz, ale nie wprost na Wichrowy Czub. Znam tam ścieżkę biegnącą u podnóży łańcucha. Zaprowadzi nas ona na Czub od północy, mniej otwartym stokiem. No, a potem zastanowimy się, co dalej robić.

Przez cały dzień brnęli naprzód, póki nie zapadł wczesny, zimny wieczór. Grunt tu już był suchszy i mniej zarośnięty, ale mgły i opary zalegały nad bagniskami, które wędrowcy mieli za sobą. Niekiedy odzywał się piskliwie i żałośnie jakiś smutny ptak, lecz gdy czerwona tarcza słońca z wolna skryła się w cieniu zachodu, cały kraj ogarnęła głucha cisza. Hobbici myśleli o miłym blasku zachodu przesianym przez wesołe okna odległego Bag End.

Późnym popołudniem trafili na strumień spływający ze wzgórz i ginący w rozlewiskach moczarów; szli jego brzegiem pod górę, póki trwał dzień. Ciemno już było, gdy wreszcie zatrzymali się i rozbili obóz nad strumieniem, pod skarlałą olchą. Na tle mrocznego nieba majaczyły już nagie, bezdrzewne zbocza wzgórz. Tej nocy wystawili przy obozowisku wartę, a przewodnik chyba wcale się nie kładł. Księżyc wszedł duży i we wcześniejszych godzinach nocnych zimna siwa poświata zalewała krajobraz.

Nazajutrz wyruszyli wkrótce po wschodzie słońca. Powietrze było mroźne, niebo blade, jasnobłękitne. Hobbici czuli się raźni, jak po dobrze przespanej nocy. Przywykli już do długich marszów po krótkich popasach – o wiele krótszych w każdym razie, niż w Shire uznawano za niezbędne dla jako takiego pokrzepienia sił. Pippin twierdził, że Frodo wygląda teraz na dwakroć tęższego hobbita niż dawniej.

– A to dziwne – odparł Frodo – jeśli wziąć pod uwagę, że jest mnie dwa razy mniej. Spodziewam się, że kiedyś wreszcie przestanę chudnąć, bo inaczej wkrótce zamienię się w widmo.

– Nie mów takich rzeczy! – żywo przerwał mu Obieżyświat z zaskakującą powagą.

Wzgórza się przybliżyły. Tworzyły falisty grzebień, w wielu miejscach wznoszący się do tysiąca bez mała stóp, tu i ówdzie opadający w doliny lub przełęcze, które otwierały drogę do krajów położonych na wschód od górskiego łańcucha. Hobbici dostrzegali ciągnące się wzdłuż grani szczątki porosłych zielenią murów i fos, a w dolinach sterczały jeszcze ruiny dawnych kamiennych budowli. Wieczorem dotarli do podnóży zachodnich stoków i tu zatrzymali się na nocleg. Była to noc piątego października, a od wyruszenia z Bree upłynęło sześć dni.

Rankiem zobaczyli, po raz pierwszy od wyjścia z lasu Chetwood, wyraźną drogę. Skręcili w prawo i posuwali się ku południowi. Droga biegła kręto, jakby umyślnie klucząc, żeby się skryć zarówno przed obserwacją ze szczytów, jak i z równiny, od zachodu. Zanurzała się w leśne parowy, wspinała się na strome skarpy, a jeśli biegła bardzo płaskim i otwartym terenem, osłaniały ją z obu stron ogromne głazy i kamienne usypiska, za którymi podróżni byli ukryci jak za płotem.

– Ciekaw jestem, kto tę ścieżkę zbudował i w jakim celu? – rzekł Merry, gdy maszerowali takim korytarzem pod murem ze szczególnie dużych i ciasno ułożonych głazów. – Nie bardzo mi się to podoba. Wygląda trochę jakby... jakby kurhanowo. Czy na Wichrowym Czubie jest także kurhan?

– Nie. Ani na Wichrowym Czubie, ani na żadnym z tych wzgórz nie ma kurhanów – odparł Obieżyświat. – Ludzie z Zachodu nigdy tu nie mieszkali, jakkolwiek pod koniec swojej epoki bronili przez czas pewien tego łańcucha przeciw złym siłom ciągnącym z Angmaru. Ta ścieżka łączyła twierdze, biegnąc pod obronnym murem. Ale znacznie dawniej, w pierwszych dniach Północnego Królestwa, zbudowano na Wichrowym Czubie ogromną wieżę strażniczą i nazwano ją Amon Sûl. Później strażnica spłonęła i rozsypała się w gruzy, tak że dziś zostało po niej tylko koliste rumowisko, niby surowa korona na głowie starego wzgórza. Ale niegdyś była to smukła i piękna wieża. Pono z niej właśnie Elendil wypatrywał nadejścia Gil-galada z Zachodu w czasach Ostatniego Sojuszu.

Hobbici uważnie popatrzyli na Obieżyświata. Okazało się, że zna historię dawnych lat nie gorzej niż ścieżki na pustkowiu.

– Kim był ten Gil-galad? – spytał Merry.

Strażnik nie odpowiedział, zatopiony w rozmyślaniach. Niespodzianie ściszony głos zaczął szeptać:

> *Gil-galad królem elfów był:*
> *Smutny śpiewają o nim rym –*
> *Ostatni to, co wolny kraj*
> *W swej władzy aż po Góry miał.*
>
> *Przy włóczni ostrej – długi miecz;*
> *Z dala widziano lśniący hełm;*
> *Niebiańskich pól gwiaździsty siew*
> *Na lustrze tarczy jarzył się.*
>
> *Lecz dawno już odjechał stąd*
> *I nie wie nikt, gdzie znalazł dom,*
> *Bo gwiazda jego padła w mrok*
> *Mordoru, tam gdzie cienie są.*[1]

Przyjaciele w zdumieniu odwrócili głowy, bo to był głos Sama.

– Mów dalej – rzekł Merry.

– Tylko tyle umiem – wyjąkał czerwieniąc się Sam. – Nauczył mnie tego pan Bilbo, kiedy byłem jeszcze małym chłopcem. Nieraz mi takie historie opowiadał, bo wiedział, że strasznie lubię słuchać o elfach. To pan Bilbo także nauczył mnie czytać i pisać. Bardzo był uczony nasz kochany stary pan Bilbo. Pisał wiersze. Ten wiersz, który wam powiedziałem, także on ułożył.

---

[1] Przełożył Tadeusz A. Olszański.

– Nie wymyślił go sam – oświadczył Strażnik. – To część ballady pod tytułem „Koniec Gil-galada", w starożytnym języku. Bilbo widocznie ją przetłumaczył. Nic o tym nie wiedziałem.

– Było więcej zwrotek – dodał Sam – a wszystkie o kraju Mordor. Ale nie nauczyłem się ich na pamięć, bo mnie przejmowały dreszczem. Nie myślałem, że mnie też przypadnie tam wędrować.

– Do Mordoru! – krzyknął Pippin. – Mam nadzieję, że do tego nie dojdzie.

– Nie wymawiaj tak głośno tej nazwy! – rzekł Obieżyświat.

Dzień był już w pełni, gdy wreszcie dotarli do południowego końca ścieżki i ujrzeli przed sobą w bladym przezroczystym świetle październikowego słońca szarozielony wał, który niby grobla prowadził na północny stok góry. Postanowili wejść na szczyt natychmiast, za jasnego dnia. Dłużej kryć się nie było sposobu, zostawała im tylko nadzieja, że nie śledzi ich żaden wróg ani szpieg. Na wzgórzu nic się nie poruszało. Jeśli nawet Gandalf był gdzieś w pobliżu, nie dawał znaku życia.

Na zachodnim ramieniu Wichrowego Czuba znaleźli zaciszną kotlinę, której dno miało kształt misy wyścielonej trawą. Tu zostawili Sama i Pippina wraz z kucem i wszystkimi bagażami. Obieżyświat natomiast, Frodo i Merry poszli dalej w górę. Po półgodzinnej wspinaczce przewodnik pierwszy stanął na szczycie, Frodo i Merry podążali za nim, zmęczeni i zdyszani. Ostatnia stromizna była uciążliwa i skalista.

Na szczycie – tak jak Obieżyświat zapowiadał – ujrzeli szeroki pierścień kamieni, szczątki dawnych murów wieży, dziś rozsypane w gruz i porosłe już od wieków trawą. Ale pośrodku piętrzył się stos drobniejszych kamieni, sczerniałych od ognia. Wokół darń była wypalona do korzeni, a wszędzie wewnątrz pierścienia ruin osmalona i zwiędła, jak gdyby płomień omiótł cały szczyt. Nie dostrzegali jednak nigdzie śladu jakiejkolwiek żywej istoty. Kiedy stanęli na skraju pierścienia ruin, roztoczył się przed nimi w dole rozległy widok na obszar przeważnie pusty i monotonny, urozmaicony jedynie na południu plamą lasu, za którym tu i ówdzie przebłyskiwała gdzieś daleko woda. U południowych podnóży gór wił się jak wstążka Stary Gościniec; wybiegał od zachodu, kręcił to pod górę, to w dół i niknął za ciemniejącym grzbietem na wschodzie. Gościniec był pusty. Kierując wzrok za jego biegiem na wschód, hobbici zobaczyli góry; ich bliższe podnóża były brunatne i ciemne, dalej rysowały się wynioślejsze szare sylwety, a zza nich wychylały się strzeliste białe szczyty, błyskające wśród obłoków.

– No, doszliśmy! – rzekł Merry. – Bardzo ponure i niegościnne miejsce. Ani wody, ani schronienia. Ani znaku od Gandalfa. Nie mam mu co prawda za złe, że się nie zatrzymał... jeśli rzeczywiście był tutaj.

– Nie wiem – rzekł Obieżyświat, rozglądając się w zamyśleniu. – Nawet gdyby dopiero w dzień czy dwa po naszym wymarszu znalazł się w Bree, mógłby tu przybyć wcześniej od nas. Umie podróżować szybko, jeśli czas nagli. – Schylił się i przyjrzał kamykowi leżącemu na szczycie stosu. Kamyk był płaski i bielszy niż inne, jakby uniknął ognia. Obieżyświat wziął go do ręki i zaczął badać, obracając w palcach. – Ktoś go musiał położyć tu niedawno – rzekł. – Co myślicie o tych znakach?

Na płaskim spodzie kamienia Frodo dostrzegł jakieś wydrapane rysy: ׀⸌׀׀׀.

– Widzę jakby kreskę, kropkę, trzy kreski – powiedział.

– Pierwsza kreska z lewej strony wygląda na runę G z lekko zaznaczonymi odgałęzieniami – odparł Obieżyświat. – Może to być znak zostawiony przez Gandalfa, chociaż pewności co do tego nie ma. Zadrapania są delikatne i niewątpliwie świeże. Ale znaki mogą być również innego pochodzenia i wcale nie nas dotyczyć. Strażnicy, którzy niekiedy tutaj bywają, często używają runów.

– Przypuśćmy, że te znaki wydrapał na kamieniu Gandalf. Cóż one by znaczyły? – spytał Merry.

– Sądzę – odpowiedział Obieżyświat – że należałoby odczytać G3, czyli że Gandalf był tu trzeciego października, to jest trzy dni temu. Można by też wywnioskować, że spieszył się i że niebezpieczeństwo było blisko; dlatego nie miał czasu i nie ważył się pisać więcej i wyraźniej. Ale w takim razie musimy zachować wielką ostrożność.

– Cokolwiek mówią te znaki, chciałbym wiedzieć na pewno, że to Gandalf je zostawił – odezwał się Frodo. – Odetchnąłbym spokojnie, gdybym wiedział, że Czarodziej znajduje się gdzieś na tej drodze, przed nami czy też za nami.

– Może – powiedział Obieżyświat. – Co do mnie, sądzę, że Gandalf był tutaj i że był w niebezpieczeństwie. Widzimy ślady spalenizny, a to mi przypomina błyski, które przed trzema dniami zauważyliśmy nocą na wschodzie. Domyślam się, że tu na szczycie został napadnięty, ale jaki był wynik walki – trudno zgadnąć. W każdym razie tu już go nie ma, więc musimy sami sobie radzić i podążać do Rivendell, jak się da.

– Czy stąd daleko do Rivendell? – spytał Merry ze znużeniem, rozglądając się dokoła. Oglądany ze szczytu Wichrowego Czuba świat zdawał się bardzo wielki i bardzo dziki.

– O ile wiem, nikt nie mierzy tej drogi na mile dalej niż do Opuszczonej Gospody, która znajduje się o dzień marszu na wschód od Bree. Jedni mówią: daleko, inni powiadają: blisko. Dziwna to droga, każdy rad dojść do celu prędzej czy później. Mogę wam jednak powiedzieć, ile czasu zajęłoby to mnie, gdybym szedł przy pięknej pogodzie i nie napotkał przeszkód: dwanaście dni do Brodu Bruinen, gdzie gościniec przecina Grzmiącą Rzekę, wypływającą z Rivendell. Mamy około dwóch tygodni marszu przed sobą, bo nie sądzę, byśmy mogli iść gościńcem.

– Dwa tygodnie! – zawołał Frodo. – Ileż może się zdarzyć w ciągu dwóch tygodni!

– Bardzo dużo – przyznał Obieżyświat.

Jakiś czas stali w milczeniu na szczycie wzgórza, tuż nad południowym skrajem. W tym pustkowiu Frodo po raz pierwszy w pełni uświadomił sobie swoją bezdomność i grozę położenia. Gorzko żałował, że los nie pozwolił mu żyć spokojnie w ukochanym Shire. Patrzył z góry na nienawistny gościniec, który biegł wstecz na zachód, ku jego rodzinnemu krajowi. Nagle spostrzegł na drodze dwa czarne punkciki posuwające się z wolna ze wschodu na zachód. Rozglądając się pilnie, zobaczył trzy inne, pełznące z zachodu na spotkanie tamtych. Krzyknął i chwycił Strażnika za ramię.

– Patrz! – rzekł, wskazując palcem. Obieżyświat błyskawicznie rzucił się na ziemię za wałem gruzów i pociągnął Froda za sobą. Merry padł obok nich.

– Co to? – spytał szeptem.

– Nie wiem, ale obawiam się najgorszego – odparł Obieżyświat.

Z wolna podczołgali się znów na skraj ruin i wyjrzeli przez szparę między dwoma spękanymi głazami. Powietrze było już teraz mniej przejrzyste, bo – po jasnym ranku – w południe nadciągnęły od wschodu chmury i dogoniły słońce, gdy przechyliło się ku zachodowi. Trzy czarne punkty dostrzegali wszyscy, lecz ani Frodo, ani Merry nie odróżniali ich kształtów wyraźnie. Mimo to przeczuwali, że tam, w dole, Czarni Jeźdźcy gromadzą się na gościńcu u podnóży góry.

– Tak – rzekł Obieżyświat, który, mając wzrok bystrzejszy, nie mógł o tym wątpić. – Nieprzyjaciel jest tuż.

Pospiesznie wycofali się i ześliznęli po północnym stoku do kotlinki, w której zostawili przyjaciół.

Sam i Peregrin tymczasem nie próżnowali. Zbadali dokładnie kotlinkę i najbliższe zbocza. Odkryli na stoku opodal źródło czystej wody, a w jego pobliżu ślady stóp, dość świeże, najdalej sprzed dwóch dni. W samej kotlince znaleźli ślady ogniska oraz inne dowody, że ktoś tu bardzo niedawno obozował przez krótki czas. Od strony szczytu na skraju kotliny sterczały skalne złomy. Sam znalazł ukryty za nimi zapas drew, porządnie zebranych w wiązki.

– Ciekaw jestem, czy to stary Gandalf był tutaj – powiedział do Pippina. – Bo ten, kto przygotował taki zapas, miał chyba zamiar wrócić.

Obieżyświat żywo zainteresował się odkryciami hobbitów.

– Szkoda, że się nie zatrzymałem i nie zbadałem sam tej kotlinki – rzekł, biegnąc do źródła, żeby obejrzeć ślady stóp.

– A więc, jak się obawiałem, Sam i Pippin zadeptali na wilgotnym gruncie wszystkie ślady tak, że się zatarły i splątały – oświadczył po powrocie. – Musieli tu niedawno być Strażnicy. Oni to zostawili wiązki drew. Są jednak świeższe jeszcze ślady, których nie mogli zrobić Strażnicy. W każdym razie rozróżniłem jeden ślad, sprzed dwóch dni czy może wczorajszy, odcisk ciężkich butów. Jeden taki ślad jest niewątpliwy. Co do innych nie mam pewności, ale zdaje się, że było tu kilka par nóg w grubych butach.

Umilkł i zamyślił się zatroskany. Hobbitom ukazały się w wyobraźni postacie jeźdźców w płaszczach i butach. Jeżeli prześladowcy znają tę kotlinkę, niechże przewodnik zdecyduje się odejść dokądkolwiek, a im prędzej, tym lepiej! Sam z głęboką niechęcią patrzył na to miejsce, odkąd się dowiedział, że Nieprzyjaciel jest na gościńcu, ledwie o kilka mil stąd.

– Czy nie warto by, panie Obieżyświacie, wycofać się zaraz? – spytał niecierpliwie. – Robi się późno, a ta dziura wcale mi się nie podoba. Sam nie wiem czemu, ale mnie tu strach oblatuje.

– Tak, trzeba rzeczywiście podjąć jakąś decyzję, nie zwlekając – zgodził się Obieżyświat, podnosząc wzrok ku niebu, żeby się zorientować w porze dnia i pogodzie. – No, tak, Samie – rzekł po chwili – mnie też się to miejsce nie podoba, ale nie przychodzi mi na myśl żadne lepsze, które dałoby się przed nocą osiągnąć. Tu przynajmniej jesteśmy na razie ukryci, ale gdybyśmy ruszyli się, pewnie by nas szpiedzy wypatrzyli. Nie moglibyśmy nic zrobić, chyba cofnąć się na północ po tej stronie łańcucha wzgórz, gdzie teren jest mniej więcej taki sam jak tutaj. Gościniec jest strzeżony, a musielibyśmy go przeciąć, gdybyśmy chcieli zaszyć się w zarośla dalej na południu. Po północnej stronie gościńca za wzgórzami na wiele mil ciągnie się kraj płaski i odsłonięty.

– Czy jeźdźcy widzą? – spytał Merry. – Bo zauważyłem, że zwykle, i to w biały dzień, używają raczej nosa niż oczu i węszą, jeśli można się tak wyrazić. Mimo to kazałeś nam paść na ziemię, kiedy ich spostrzegłeś tam, w dole, a teraz mówisz, że by nas wypatrzyli, gdybyśmy się ruszyli.

– Zachowałem się nieostrożnie na szczycie – odparł Obieżyświat. – Bardzo mi zależało na odnalezieniu jakiegoś znaku od Gandalfa, to jednak był błąd, że we trzech weszliśmy tam i stali tak długo. Czarne konie mają dobry wzrok, a zresztą jeźdźcy posługują się ludźmi albo innymi stworzeniami jako szpiegami, mieliśmy tego dowód w Bree. Sami nie widzą jasnego świata tak jak my, lecz nasze postacie rzucają na ich umysły cień, który tylko południowe słońce rozprasza. W ciemnościach natomiast jeźdźcy dostrzegają wiele różnych znaków i rzeczy dla nas niewidzialnych: dlatego nocą są najgroźniejsi. O każdej zaś porze czują węchem krew żywych istot, pożądają jej i nienawidzą zarazem. Mają też inne zmysły niż wzrok i węch. My też wyczuwamy obecność jeźdźców: kiedy tu się znaleźliśmy, niepokój zamącił nam serca, nim zobaczyliśmy ich na drodze. Oni wyczuwają naszą bliskość jeszcze wyraźniej. A w dodatku – Obieżyświat zniżył głos do szeptu – Pierścień ich przyciąga.

– A więc nie ma ratunku? – spytał Frodo, rozglądając się gorączkowo. – Jeżeli się ruszę, zobaczą mnie i pochwycą. Jeżeli tu zostanę, przyciągnę ich do siebie.

Obieżyświat położył mu rękę na ramieniu.

– Została jeszcze nadzieja – rzekł. – Nie jesteś sam. To drewno, przygotowane do rozpalenia ogniska, możemy uznać za dobry znak. Marny tu znaleźliśmy schron i nie do obrony, ale ogień zastąpi jedno i drugie. Sauron umie posługiwać się ogniem, jak zresztą każdym innym środkiem, do złych celów, lecz Jeźdźcy ognia nie lubią i boją się tych, którzy nim władają. Ogień jest naszym sprzymierzeńcem na pustkowiu.

– Może – mruknął Sam – ale też trudno wyraźniej oznajmić o naszej obecności, chyba że wprost krzyknęlibyśmy: „Hola, tu jesteśmy!".

W najbardziej ukrytym kącie na dnie kotlinki rozpalili ognisko i ugotowali strawę. Cienie już się wydłużyły, pochłodniało. Hobbici nagle uświadomili sobie, że są okropnie głodni, bo od śniadania nic w ustach nie mieli, ale nie odważyli się na sutszą wieczerzę. Mieli przed sobą kraj pustynny, zamieszkany jedynie przez ptaki i zwierzęta, niegościnną okolicę, którą opuściły wszystkie ludy Śródziemia. Strażnicy zapuszczali się czasem poza łańcuch wzgórz, lecz było ich niewielu i nigdy nie przebywali w tych stronach długo. Inni podróżni rzadko się trafiali albo też należeli do istot, których lepiej nie spotykać: wałęsały się tu niekiedy trolle z północnych dolin Gór Mglistych. Tylko gościńcem ktoś czasem wędrował, najczęściej krasnoludowie, którzy mieli własne sprawy, a dla obcych skąpi byli w słowa i nieskorzy do pomocy.

– Nie wiem, co zrobić, żeby nam prowiantu starczyło do końca – rzekł Frodo. – Ostatnimi dniami oszczędzaliśmy bardzo, dzisiejszej kolacji też nikt ucztą by nie nazwał, a mimo to zużyliśmy już więcej zapasów, niż należało, jeśli pozostały nam, skromnie licząc, dwa tygodnie marszu.

– Na pustkowiu można znaleźć pożywienie – odparł Obieżyświat. – Jagody, korzenie, zioła. W razie potrzeby umiem też coś upolować. Póki zima nie nadciągnie, głodu się nie lękajcie. Tylko że zbieranie żywności i łowy zajmują dużo czasu i dodają trudów, a my musimy się spieszyć. Zaciśnijcie więc pasów i pocieszajcie się nadzieją na zastawione stoły w domu Elronda.

Z zapadnięciem mroku zrobiło się jeszcze zimniej. Wyglądając nad krawędzią kotlinki, hobbici nie widzieli nic prócz szarego krajobrazu, szybko pogrążającego się w ciemności. Na niebo, znów rozpogodzone, z wolna wypływały gwiazdy. Frodo i jego przyjaciele kulili się przy ognisku, otuleni we wszystkie ciepłe rzeczy i koce, jakie zdołali pozbierać. Tylko Obieżyświat zadowolił się jednym płaszczem i siadł nieco na uboczu, ćmiąc w zadumie fajkę.

Kiedy zapadła noc, ognisko zaś rozpaliło się żywym blaskiem, zaczął hobbitom opowiadać różne historie, by oderwać ich myśli od niebezpieczeństw. Znał wiele starych opowieści i legend o elfach i o ludziach, o szlachetnych i nikczemnych czynach z Dawnych Dni. Słuchając, hobbici zastanawiali się, ile też lat może mieć Obieżyświat i gdzie nauczył się tego wszystkiego.

– Opowiedz nam o Gil-galadzie – odezwał się niespodzianie Merry, gdy przewodnik skończył historię o królestwach elfów. – Czy znasz więcej zwrotek tej starej ballady, o której nam wspomniałeś?

– Owszem, znam – odparł Obieżyświat. – Frodo zna ją także, bo ta historia wiąże się z naszą sprawą.

Merry i Pippin spojrzeli na Froda, zapatrzonego w ogień.

– Wiem tylko to, co mi Gandalf powiedział – rzekł Frodo z namysłem. – Gil-galad był ostatnim wielkim królem elfów w Śródziemiu. Gil-galad znaczy w ich języku „Światłość Gwiazd". Wraz z Elendilem, Przyjacielem Elfów, wybrał się on do krainy...

– Nie! – przerwał mu Obieżyświat. – Tego nie trzeba opowiadać dzisiejszej nocy, kiedy słudzy Nieprzyjaciela są tuż. Jeżeli uda nam się dotrzeć do dworu Elronda, usłyszycie tam całą historię bez przemilczeń.

– W takim razie opowiedz coś innego o dawnych dziejach – prosił Sam. – Opowiedz o elfach sprzed czasów ich zmierzchu. Bardzo, bardzo bym chciał słuchać historii o elfach. Noc taka straszna tutaj!

– Opowiem wam o Tinúviel – rzekł Obieżyświat. – Opowiem w skrócie, bo to długa historia i końca jej nikt nie zna. Prócz Elronda nikt też dziś nie pamięta dokładnie, jak ją ongi opowiadano. Piękna historia, chociaż smutna, jak wszystkie legendy Śródziemia, a przecież może pokrzepić wasze serca.

Chwilę milczał, a potem zamiast mówić, zaczął z cicha śpiewać:

> Zielone liście, zieleń traw,
> Wysoki, jasny szalej –
> A na polance światło gwiazd
> Na tle cienistych alej.
> Tinúviel wiedzie tutaj tan
> (Ton fletni – słyszysz – bliski),
> A na jej włosach światło gwiazd,
> Na sukni gwiezdne błyski.
>
> Beren tam przyszedł z mroźnych gór,
> Wędrował wciąż pod liśćmi –
> Aż ujrzał Rzeki Elfów brzeg
> I rzekł: gdzież dalej iść mi?
> I spojrzał przez szaleju liść:
> Na płaszczu złoto słońca
> I fala włosów niby cień
> Za głową szła – tańcząca.
>
> Zmęczonym stopom jakiż lek!
> Wędrówek dość bez końca!
> Więc ruszył naprzód poprzez bór,
> Chwytając blask miesiąca.
> A ją przez elfów mroczny las
> Tańcząca stopa niesie –
> A on samotny tak jak wprzód
> W milczącym błądzi lesie.
>
> I czasem słyszy szelest stóp
> Jak liście lip leciutki –
> To znów, jakby z podziemnych grot
> Melodii cichej nutki.
> Szaleju liść już dawno zwiądł,
> A z bukowego drzewa
> Czerwone liście lecą w krąg
> I zimny wiatr je zwiewa.

*Szukał jej wszędzie, szukał wciąż,*
*Gdzie leżał liść pokotem,*
*Gdy w mroźnym niebie księżyc lśnił*
*I gwiazdy przy nim złote.*
*W miesięcznym blasku lśnił jej płaszcz,*
*Gdy na pagórku, w dali*
*Tańczyła, mając u swych stóp*
*Srebrzystą mgłę z opali.*


*Wróciła, gdy był zimy kres,*
*By przyjście głosić wiosny,*
*Swym śpiewem jak skowronka lot,*
*Jak rzeki plusk radosny.*
*U stóp jej – patrz – rozkwita kwiat,*
*Już Beren urzeczony*
*Z nią tańczyć chciałby pośród traw*
*I z kwiatów pleść korony.*


*I znów uciekła – Beren w głos*
*„Tinúviel – wołał – miła!"*
*Myślała, że to może elf,*
*Więc główkę odwróciła.*
*Ten głos snadź rzucił na nią czar –*
*Stanęła urzeczona,*
*I wtedy spełnił się jej los,*
*Gdy padła mu w ramiona.*


*A gdy w jej oczu spojrzał toń,*
*Jak na niebieskim łanie,*
*Oczarowany ujrzał gwiazd*
*Srebrzyste migotanie.*
*Tinúviel, najpiękniejsza wśród*
*Odwiecznych elfów grona –*
*Zarzuca nań swych włosów sieć*
*I srebrne swe ramiona.*

*I długą drogą los ich wiódł*
*Przez grozę gór Północy,*
*Żelaznych sal i czarnych wrót,*
*Przez puszcze wiecznej nocy.*
*Choć ich rozdzielił bezkres Mórz,*
*Raz jeszcze się spotkali*
*I w las odeszli, dawno już,*
*Ze śpiewem – i bez żalu* [1].

Westchnął i dopiero po długiej chwili powiedział:

– To jest pieśń na modłę zwaną przez elfów *ann-thennath*, ale trudno ją przetłumaczyć na Wspólną Mowę, słyszeliście ledwo nieudolne echo prawdziwej pieśni. Opowiada ona o spotkaniu Berena, syna Barahira, z Lúthien Tinúviel. Beren był śmiertelnym człowiekiem, Lúthien natomiast córką Thingola, króla wszystkich elfów Śródziemia za czasów młodości naszego globu. Świat nie zrodził nigdy piękniejszej dziewczyny niż Lúthien. Jej uroda jaśniała jak gwiazda nad mglistymi krajami północy, a z twarzy bił blask. W owych czasach Wielki Nieprzyjaciel, którego sługą tylko był Sauron z Mordoru, mieszkał w Angbandzie, na północy; elfowie z Zachodu, wracając do Śródziemia, wypowiedzieli mu wojnę, chcąc odzyskać zagrabione ongi Silmarile. Praojcowie ludzi pomagali elfom. Ale Nieprzyjaciel zwyciężył, Barahir poległ, Beren zaś, uniknąwszy wielkich niebezpieczeństw, przybył przez Góry Zgrozy do tajemnego królestwa Thingola w lesie Neldoreth. Tu ujrzał Lúthien tańczącą i śpiewającą na polanie nad zaczarowaną rzeką Esgalduną. Nazwał dziewczynę Tinúviel, a to znaczy w starożytnym języku: słowik. Potem musiał walczyć z wielu przeszkodami i długo trwała rozłąka tych dwojga. Tinúviel ocaliła Berena z lochów Saurona, razem przeżyli mnóstwo niebezpieczeństw, a nawet strącili Wielkiego Nieprzyjaciela z tronu i z jego żelaznej korony wyjęli jeden z trzech Silmarilów – które były najcenniejszymi klejnotami świata – na dar ślubny dla króla Thingola od córki. W końcu jednak Wilk, przybyły od bram Angbandu, zabił Berena; umarł on w objęciach Tinúviel. Ona dobrowolnie

---

[1] Przełożył Włodzimierz Lewik.

wybrała los śmiertelnych, zgodziła się umrzeć dla świata, żeby pójść za ukochanym. Pieśń mówi, że spotkali się znów za Morzami Rozłąki i na krótko wrócili żywi do zielonych lasów, a potem razem odeszli poza granice tego świata. Tak więc się stało, że spośród wszystkich elfów jedna jedyna Lúthien Tinúviel umarła naprawdę i opuściła świat, a elfowie stracili tę, którą najbardziej kochali. Ale jej potomstwo zapoczątkowało dynastię władców – elfów panujących wśród ludzi. Po dziś dzień żyją prawnuki Lúthien i powiedziane jest, że ród jej nigdy nie wygaśnie. Z tego rodu wywodzi się Elrond, władca Rivendell. Albowiem ze związku Berena i Lúthien urodził się Dior, spadkobierca Thingola. Dior zaś spłodził Elwingę Białą, która zaślubiła Eärendila; on to pożeglował spośród mgieł świata na morza niebios, mając klejnot Silmaril na czole. Od Eärendila zaś pochodzą królowie Númenoru, czyli Westernesse.

Obieżyświat mówił, a hobbici siedzieli wpatrzeni w jego niezwykłą, ożywioną twarz, oświetloną czerwonym odblaskiem ognia. Oczy mu błyszczały, głos dźwięczał pięknie i poważnie. Nad głową miał czarne, roziskrzone od gwiazd niebo. Nagle mdła poświata ukazała się nad koroną Wichrowego Czuba. Księżyc z wolna wspinał się ponad wzgórze, w którego cieniu kryli się dotąd podróżni, a gwiazdy nad szczytem zbladły.

Opowieść była skończona. Hobbici poruszyli się, przeciągnęli kości.

– Patrzcie – rzekł Merry. – Księżyc jest już wysoko, musi być późna godzina.

Wszyscy spojrzeli w górę i w tej samej chwili zobaczyli na szczycie jakiś kształt, drobny i czarny, rysujący się w księżycowym blasku. Może zresztą był to tylko duży kamień albo występ skalny, łudzący wzrok w tym oświetleniu.

Sam i Merry wstali i odsunęli się od ogniska. Frodo i Pippin siedzieli nadal, milcząc. Obieżyświat pilnie wpatrywał się w blask księżycowy nad szczytem. Wszystko dokoła wydawało się spokojne i ciche, lecz teraz, gdy Obieżyświat przestał opowiadać swoje historie, Frodo uczuł zimny dreszcz ogarniający mu serce. Przysunął się bliżej do ognia. W tym momencie Sam, który odszedł był przed chwilą na krawędź kotlinki, wrócił pędem.

– Nie wiem dlaczego – rzekł – ale nagle zdjął mnie strach. Za żadne skarby nie odważyłbym się wyleźć z tej dziury. Wydało mi się, że coś pełznie po stoku.

– Czy coś widziałeś? – spytał Frodo, zrywając się na równe nogi.

– Nie, proszę pana. Nic nie widziałem, ale, co prawda, nie czekałem, żeby się rozejrzeć.

– Ja coś widziałem – rzekł Merry – a przynajmniej takie miałem wrażenie, jakbym tam, na zachodzie, gdzie księżyc oświetla równinę i gdzie nie sięga cień gór, dostrzegał parę czarnych sylwetek. Zdawało mi się, że suną w naszą stronę.

– Zbliżcie się jak najbardziej do ogniska, twarzami obróćcie się na zewnątrz! – krzyknął przewodnik. – Niech każdy chwyci w ręce długi kij!

Wstrzymując dech, siedzieli w milczącym napięciu, plecami zwróceni do ognia, wbijając wzrok w cienie, które ich otaczały. Nic się jednak nie działo. Nic nie drgnęło ani nie odezwało się wśród nocy. Frodo poruszył się, nie mogąc dłużej znieść tej ciszy; miał nieprzepartą chęć krzyknąć głośno.

– Tss! – szepnął Obieżyświat.

– Co to? – wyjąkał w tej samej chwili Pippin.

Na krawędzi kotlinki, po stronie przeciwległej do stoku, wyczuli raczej niż dostrzegli jakiś cień czy może kilka cieni. Wytężyli wzrok i wydało im się, że cienie z każdą sekundą rosną. Wkrótce pozbyli się resztek wątpliwości: trzy lub cztery wysokie czarne postacie stały na skraju kotliny i z góry spoglądały na obozujących. Były tak czarne, że wyglądały jak czarne dziury wybite w gęstwinie cienia czającego się za nimi. Frodo złowił uchem nikły syk, jak gdyby tchnienie zatrutego oddechu, i przeszył go lodowaty dreszcz. Czarne postacie zaczęły się z wolna przybliżać.

Pippin i Merry w przerażeniu rzucili się na ziemię i przywarli do niej na płask. Sam przyskoczył do Froda. Frodo, wcale nie mniej wystraszony od towarzyszy, dygotał jak w febrze, lecz nagle nad paniką wzięła górę pokusa, żeby włożyć Pierścień na palec. Ta myśl tak nim owładnęła, że wyparła wszystkie inne. Pamiętał przygodę w Kurhanie, pamiętał nakazy Gandalfa, ale jakaś siła przynaglała go, żeby zlekceważył wszelkie ostrzeżenia, i Frodo pragnął jej ulec. Nie dlatego, by miał nadzieję dzięki temu uratować się lub coś zdziałać;

po prostu coś go przymuszało do tego, by wyciągnąć Pierścień i wsunąć go na palec. Nie mógł mówić. Zdawał sobie sprawę, że Sam patrzy na niego tak, jakby rozumiał, iż jego pan znalazł się w wielkiej rozterce; lecz Frodo nie był zdolny odwrócić głowy w stronę Sama. Zamknął oczy i przez chwilę walczył z pokusą, lecz z każdą chwilą opór jego słabnął, aż wreszcie hobbit z wolna wyciągnął łańcuszek z kieszeni i włożył Pierścień na palec wskazujący lewej ręki.

Nic się wokół niego nie zmieniło, otaczała go nadal mgła i mrok, ale napastnicy ukazali mu się natychmiast ze straszliwą wyrazistością. Frodo przenikał wzrokiem przez czarne płaszcze. Było ich pięciu, pięć wysokich postaci; dwie stały na krawędzi kotliny, trzy posuwały się ku ognisku. W białych twarzach płonęły przenikliwe, bezlitosne oczy. Pod płaszczami ubrani byli w długie szare szaty, na siwych włosach mieli srebrne hełmy, w kościstych rękach stalowe miecze. Przeszyli Froda spojrzeniem i rzucili się ku niemu. W rozpaczy hobbit dobył także miecza i wydało mu się, że ostrze rozbłysło czerwonym płomieniem jak pochodnia. Dwaj napastnicy zatrzymali się. Trzeci, wyższy od nich, miał długie, połyskliwe włosy, a na hełmie koronę. W jednej ręce trzymał miecz, a w drugiej nóż, a zarówno ten nóż, jak dzierżąca go ręka lśniły bladym światłem. Runął naprzód prosto na Froda.

W tym samym okamgnieniu Frodo padł twarzą na ziemię i usłyszał swój własny głos wołający: „O Elbereth! Gilthoniel!". Jednocześnie rąbnął mieczem po stopach napastnika. Przeraźliwy krzyk rozdarł noc, a Frodo poczuł ból, jakby sopel lodu przebił mu lewe ramię. Omdlewając, poprzez wirującą mgłę ujrzał jeszcze Obieżyświata, który wyskoczył z mroku z płonącymi żagwiami w obu rękach. Ostatnim wysiłkiem Frodo zsunął z palca Pierścień i zacisnął go mocno w prawej pięści.

# Rozdział 12

## *Bieg do brodu*

Kiedy Frodo odzyskał przytomność, wciąż jeszcze trzymał Pierścień w zaciśniętej kurczowo garści. Leżał przy ognisku, które teraz znowu piętrzyło się wysoko i płonęło jasno. Nad sobą ujrzał pochylonych trzech przyjaciół.

– Co się stało? Gdzie jest blady król? – spytał gorączkowo.

Uszczęśliwieni, że wreszcie przemówił, zrazu nie odpowiadali, nie rozumiejąc zresztą pytania. W końcu Frodo od Sama dowiedział się, że trzej hobbici nie zobaczyli nic prócz mglistych cieni zbliżających się ku nim. Sam ze zgrozą spostrzegł nagle, że jego pana nie ma przy nim, i w tym momencie czarny cień przemknął tuż obok. Sam upadł. Usłyszał głos Froda, ale dochodzący jakby z wielkiej odległości czy spod ziemi i wymawiający niezrozumiałe słowa. Więcej nic nie widzieli, aż w końcu któryś potknął się o ciało Froda, nieruchome jak trup, twarzą obrócone ku ziemi. Obieżyświat kazał im podnieść go i ułożyć bliżej ogniska, a potem gdzieś zniknął. Od tej chwili upłynęło już sporo czasu.

Sam nie ukrywał, że ogarnęły go znów podejrzenia co do osoby przewodnika, lecz gdy o tym rozmawiali, Obieżyświat zjawił się między nimi, wychynąwszy z ciemności. Wzdrygnęli się, a Sam dobył miecza i zasłonił sobą Froda. Lecz Obieżyświat szybko ukląkł przy rannym.

– Nie jestem Czarnym Jeźdźcem, Samie – rzekł łagodnie – ani w zmowie z Czarnymi Jeźdźcami. Próbowałem wytropić ich manewr, ale niczego się nie dowiedziałem. Nie mam pojęcia, dlaczego się wycofali i dlaczego nie atakują ponownie. Ale nigdzie w pobliżu nie wyczuwa się ich obecności.

Wysłuchawszy relacji Froda, Obieżyświat bardzo się zatroskał, pokiwał głową i westchnął. Polecił Pippinowi i Merry'emu zagrzać tyle wody, ile zmieszczą wszystkie podróżne kociołki, i przemyć ranę.

– Podtrzymujcie ognisko i dbajcie, żeby Frodowi było ciepło – rzekł. Po czym wstał i odszedł, przywołując Sama. – Zdaje mi się, że teraz lepiej wszystko rozumiem – powiedział do niego ściszonym głosem. – Nieprzyjaciół było tylko pięciu, jak się zdaje. Dlaczego nie przyszli wszyscy naraz, nie wiem. Myślę, że nie spodziewali się oporu. Tymczasem, bądź co bądź, wycofali się stąd. Obawiam się jednak, że niedaleko. Jeżeli nie zdołamy im umknąć, wrócą następnej nocy. Czekają tylko, bo są przekonani, że cel niemal już osiągnęli i że Pierścień nie ucieknie już dalej. Boję się, Samie, że wedle ich mniemania twój pan otrzymał śmiertelną ranę, która go podda ich woli. Zobaczymy!

Sam zdławił szloch.

– Nie rozpaczaj! – powiedział Obieżyświat. – Musisz mi zaufać. Frodo ma więcej hartu, niż się spodziewałem, jakkolwiek Gandalf to przewidywał. Nie zabili go i myślę, że dłużej będzie stawiał opór złym czarom tej rany, niż to sobie obiecują jego wrogowie. Zrobię wszystko, co w mojej mocy, żeby mu pomóc i wyleczyć go. Strzeż go dobrze, kiedy mnie przy nim nie będzie.

I Obieżyświat odszedł, znowu znikając w ciemnościach.

Frodo drzemał, chociaż ból w ranie stale się potęgował, a śmiertelny ziąb promieniował od barku na całe ramię i bok. Przyjaciele czuwali nad rannym, okrywali go ciepło i przemywali ranę. Noc wlokła się w udręce. Brzask już się rozlewał po niebie, a kotlinkę wypełniło szare światło, gdy wreszcie wrócił Obieżyświat.

– Patrzcie! – krzyknął i schyliwszy się, podniósł z ziemi czarny płaszcz, dotychczas niezauważony w ciemnościach. Na wysokości mniej więcej stopy od rąbka materiał był przecięty. – Oto ślad miecza naszego Froda – rzekł. – Obawiam się, że to jedyna szkoda, jaką wyrządził swojemu przeciwnikowi. Miecz bowiem nie jest uszkodzony, ostrze zaś, które by drasnęło strasznego króla, musiałoby zniszczeć. Bardziej zabójczo podziałało na niego imię Elbereth. Dla Froda natomiast zabójcze było to! – Obieżyświat schylił się znów, tym razem podnosząc długi wąski nóż. Bił od niego zimny blask. Gdy Strażnik podniósł go do góry, zobaczyli, że ostrze jest wyszczerbione, a sam koniec ułamany. Obieżyświat trzymał go przez chwilę i hobbici osłupieli, bo w rosnącym świetle dnia ostrze zdawało się topnieć, aż znikło niby dym rozwiany w powietrzu, a w ręku przewodnika został tylko trzonek.

– Niestety! – krzyknął Obieżyświat. – To ten przeklęty nóż zranił Froda. Mało kto umie dzisiaj leczyć rany zadane tak złowrogą bronią. Zrobię wszakże wszystko, co w mojej mocy.

Usiadł na ziemi, położył sobie trzonek sztyletu na kolanach i zanucił nad nim powolną pieśń w nieznanym języku. Potem odłożył go, schylił się nad Frodem i wymawiał łagodnie jakieś słowa, których hobbici nie zrozumieli. Z sakwy zawieszonej u pasa wyciągnął podłużne liście.

– Po te liście – rzekł – chodziłem daleko, bo ziele to nie rośnie na łysych wzgórzach, lecz można je znaleźć w zaroślach na południe od gościńca; w ciemnościach poznałem je po zapachu. – Skruszył liść w palcach i zaraz rozeszła się słodka, miła woń. – Szczęście, że je znalazłem, bo to roślina lecznicza, a przynieśli ją do Śródziemia Ludzie z Zachodu. Nazwali ją *athelas*. Stała się teraz rzadkością i rośnie tylko w miejscach, gdzie ci ludzie niegdyś mieszkali lub obozowali. Na północy nikt jej nie zna prócz nielicznych wędrowców, zapuszczających się na dzikie pustkowia. Ma wielką siłę, ale na to, by uzdrowić taką ranę, może się okazać za słaba.

Rzucił liście do wrzątku i przemył ranę Froda. Rozszedł się zapach tak orzeźwiający, że wszyscy doznali ukojenia i rozjaśniło im się w głowach. Ziele też miało pewien wpływ na ranę, ból złagodniał i uczucie lodowatego odrętwienia w boku stało się mniej dotkliwe; ramię jednak pozostało martwe, Frodo nie mógł go podnieść i nie władał ręką. Gorzko żałował szalonego postępku i wyrzucał sobie słabość woli; teraz bowiem zrozumiał, że wkładając Pierścień, posłuchał nie własnej chęci, lecz narzuconego życzenia wrogów. Rozmyślał z niepokojem, czy będzie już do końca życia kaleką i jak podoła dalszej wędrówce. Był tak słaby, że nie mógł utrzymać się na nogach.

Nad tym samym pytaniem zastanawiała się reszta kompanii. Prędko doszli do wniosku, że trzeba bez zwłoki opuścić Wichrowy Czub.

– Przypuszczam – mówił Obieżyświat – że nieprzyjaciel od kilku już dni obserwował to wzgórze. Jeżeli Gandalf tu był, z pewnością zmusili go do odejścia i już nie wróci. W każdym razie po zapadnięciu zmroku czyha na nas tutaj wielkie niebezpieczeństwo, po wczorajszej napaści to jest niewątpliwe. Na nic gorszego nie narazimy się nigdzie indziej.

Gdy rozwidniło się na dobre, zjedli spiesznie śniadanie i spakowali rzeczy. Frodo nie był zdolny do marszu, więc rozdzielili większość bagaży między siebie, a rannego wsadzili na kucyka. W ciągu paru ostatnich dni kuc poprawił się nad podziw, nabrał tuszy i sił, a przy tym zaczął okazywać przywiązanie do swoich nowych panów, szczególnie do Sama. Bill Ferny musiał go rzeczywiście okrutnie traktować, jeżeli kucykowi podróż przez pustkowie wydawała się przyjemniejsza od dotychczasowego losu.

Ruszyli w kierunku południowym. Pociągało to za sobą konieczność przecięcia w poprzek gościńca, lecz stanowiło najkrótszą drogę na tereny zalesione. A wędrowcy potrzebowali opału, bo Obieżyświat wciąż powtarzał, że dla Froda niezbędne jest ciepło, zwłaszcza nocą, kiedy w dodatku ognisko zapewni wszystkim jako takie bezpieczeństwo. Obieżyświat zamierzał też skrócić podróż, wędrując na przełaj i ścinając jeszcze jedną szeroką pętlę gościńca, który na wschód od Wichrowego Czuba zataczał wielki łuk ku północy.

Posuwali się z wolna i ostrożnie, obchodząc południowe stoki wzgórza, i wkrótce znaleźli się na skraju gościńca. Nie było tu śladu jeźdźców. Kiedy jednak spiesznie przebiegali na drugą stronę, usłyszeli dwa okrzyki w oddali: jeden zimny głos coś zawołał, drugi mu odpowiedział. Drżąc, skoczyli naprzód ku gęstwinie zarośli.

Teren opadał, lecz było to dzikie bezdroże; krzaki i karłowate drzewa rosły zbitymi kępami, ale między nimi ciągnęły się odkryte przestrzenie. Trawa była skąpa, szorstka i szara, liście na krzewach przywiędłe i już przerzedzone. Okolica ziała smutkiem. Wędrowali przez nią mozolnie i posępnie. Wlekli się, nie mówiąc ze sobą wiele. Frodowi serce się ściskało, gdy patrzył na przyjaciół idących ze spuszczonymi głowami, zgarbionych pod ciężarem bagaży. Nawet Obieżyświat zdawał się zmęczony i przybity.

Nim skończył się pierwszy dzień marszu, rana znów bardzo Froda rozbolała, lecz przez długi czas nic o tym nie wspominał towarzyszom. Upłynęły cztery dni, a teren i krajobraz niewiele się zmieniły, tylko Wichrowy Czub stopniowo malał za nimi, a odległe góry przed nimi majaczyły nieco bliżej. Wszakże od owych dwóch okrzyków nie usłyszeli ani nie zobaczyli nic, co by świadczyło, że nieprzyjaciel zauważył ucieczkę i ściga zbiegów. Lękali się ciemności i czuwali po dwóch na zmianę przez całe noce, w każdej chwili przygotowani na to, że z szarzyzny nocnej w mętnym świetle zasnutego chmurami księżyca wyłonią się nagle czarne cienie; nic jednak się nie ukazało i nie złowili słuchem innego szmeru prócz westchnień suchych liści i traw. Ani razu też nie mieli takiego przeczucia obecności złych sił, jakie ich nawiedziło przed napaścią w kotlinie. Nadzieja, że Jeźdźcy znów zgubili ich trop, wydawała się wszakże nieuzasadniona. Może nieprzyjaciel tylko czekał, przygotowując zasadzkę w jakimś ciasnym kącie?

Pod koniec piątego dnia teren znów zaczął się po trochu wznosić, wyprowadzając ich z szerokiej płytkiej doliny, do której zeszli. Przewodnik wytyczył teraz kurs z powrotem na północno-wschód i w szóstym dniu osiągnęli szczyt wydłużonego łagodnego grzbietu; stąd zobaczyli w oddali stłoczone bezładnie zalesione wzgórza. U ich stóp wił się dołem gościniec; po prawej ręce szara rzeka błyszczała blado w nikłym słońcu. Gdzieś bardzo daleko migotała druga rzeka w kamiennej dolinie na pół przesłoniętej mgłą.

– Obawiam się, że będziemy musieli wrócić na pewien czas na gościniec – powiedział Obieżyświat. – Doszliśmy, jak się zdaje, nad rzekę Hoarwell, którą elfowie nazywają Mitheithel. Wypływa ona z Ettenmoors, górzystej krainy trollów na północ od Rivendell, dalej na południu wpada do niej Grzmiąca Rzeka. W dolnym biegu Hoarwell niektórzy ją nazywają Szarą Wodą. W pobliżu ujścia jest naprawdę wielką rzeką. Nie można się przez nią przeprawić inaczej, jak przez Ostatni Most, do którego prowadzi gościniec.

– A co to za rzekę widać tam dalej? – spytał Merry.

– To Grzmiąca Rzeka, czyli Bruinen, rzeka doliny Rivendell – odparł Obieżyświat. – Gościniec biegnie skrajem pasma wzgórz przez wiele mil aż do brodu. Ale jeszcze nie wiem, jak się przez

Bruinen przeprawimy. Na razie wystarczy kłopotu z jedną rzeką. Będziemy mieli wyjątkowe szczęście, jeżeli nie zastaniemy Ostatniego Mostu w ręku wroga.

Nazajutrz wczesnym rankiem stanęli znów na skraju gościńca. Sam i Obieżyświat poszli przodem na zwiad, ale nie znaleźli ani śladu jakichkolwiek podróżnych, pieszych czy konnych. W cieniu wzgórz najwidoczniej padał niedawno deszcz. Obieżyświat osądził, że musiało to być przed dwoma dniami i że ulewa zmyła wszelkie tropy. Od tego czasu, jak twierdził, nie przeszły tędy konie.

Starali się posuwać możliwie jak najszybciej i przeszedłszy niewiele ponad milę, ujrzeli przed sobą Ostatni Most, ku któremu droga opadała krótką stromizną. Drżeli, że zobaczą tam czyhające czarne postacie, ale nie było widać nikogo. Obieżyświat kazał hobbitom schować się w przydrożnych zaroślach i poszedł naprzód wybadać sytuację. Po chwili przybiegł z powrotem.

– Nie widziałem śladu wroga – rzekł – i bardzo mnie zastanawia, co to może znaczyć. Znalazłem natomiast coś niezwykłego.

Wyciągnął rękę i pokazał im na dłoni jasnozielony drogocenny kamień.

– Leżał w błocie na środku mostu – rzekł. – To beryl, kamień elfów. Nie mam pojęcia, czy go ktoś tam położył umyślnie, czy zgubił niechcący, ale to mi dodało otuchy. Biorę to za znak, że możemy iść przez most, dalej jednak nie śmiem trzymać się gościńca, chyba że otrzymamy jakąś wyraźniejszą zachętę.

Ruszyli, nie zwlekając. Most przebyli bezpiecznie i prócz chlupotu wody, obijającej się o jego trzy wielkie sklepione łuki, nic nie usłyszeli. O milę dalej stanęli u wylotu ciasnego wąwozu, który prowadził w lewo od gościńca przez górzysty teren ciągnący się ku północy. Przewodnik skręcił weń i zaraz zapadli w mrok między drzewa, gęsto stłoczone u podnóży stromych zboczy.

Hobbici radzi byli, że zostawili za sobą ponurą krainę i niebezpieczeństwa gościńca, lecz ta nowa okolica wydawała się groźna i nieprzyjazna. W miarę jak posuwali się naprzód, wzgórza wokół nich piętrzyły się coraz wyżej. Tu i ówdzie na szczytach i graniach dostrzegali resztki starych kamiennych murów i ruiny wież: wyglądało to złowróżbnie. Frodo, jadący na kucyku, miał więcej niż inni czasu, by się rozglądać i rozmyślać. Przypomniał sobie, że Bilbo, opowiadając o swojej wyprawie, mówił o groźnych wieżach na północ od gościńca w pobliżu lasu trollów, gdzie go spotkała pierwsza poważniejsza przygoda. Frodo zgadywał, że znaleźli się w tej samej okolicy, i zadawał sobie pytanie, czy przypadkiem nie będą przechodzili w pobliżu tamtego miejsca.

– Kto mieszka w tym kraju? – spytał. – Kto zbudował te wieże? Czy to ziemia trollów?

– Nie – odparł Obieżyświat. – Trolle nic nie budują. Nikt tutaj nie mieszka. Ongi, przed wiekami, żyli tu ludzie, ale dziś już ich nie ma. Legenda mówi, że padł na nich cień Angmaru i zniknęli. Cały kraj spustoszono podczas wojny, która doprowadziła do upadku Północne Królestwo. Działo się to jednak tak dawno, że nawet wzgórza o ludziach zapomniały, jakkolwiek cień wciąż jeszcze zalega te ziemie.

– Skąd znasz tę historię, jeżeli ten kraj opustoszał i zapomniał o swojej przeszłości? – zapytał Peregrin. – Zwierzęta i ptaki nie opowiadają takich rzeczy.

– Potomkowie Elendila nie zapominają nic z tego, co przeminęło – rzekł Obieżyświat. – O wielu rzeczach, o których ja nie umiem wam opowiedzieć, pamięta się w Rivendell.

– Bywałeś nieraz w Rivendell? – zapytał Frodo.

– Tak – odparł Obieżyświat. – Mieszkałem w Rivendell czas jakiś i powracam tam, ilekroć mogę. Tam zostało moje serce, los jednak nie pozwala mi cieszyć się spokojem, nawet w pięknym domu Elronda.

Wzgórza zacieśniały swój krąg dokoła wędrowców. Gościniec w tym miejscu raz jeszcze skręcił na południe, ku rzece, lecz zarówno drogę, jak rzekę stracili teraz z oczu. Weszli w długą dolinę, wąską, głęboko wciętą w teren, mroczną i cichą. Pogięte korzenie sędziwych drzew zwisały nad urwiskami, sosny pięły się wysoko na zbocza.

Hobbitów ogarnęło wielkie znużenie. Posuwali się wolno, bo musieli sobie torować szlak przez bezdroża, wśród powalonych pni i rumowisk skalnych. Starali się, póki mogli, unikać wspinania się w górę, ze względu na Froda, a także dlatego, że było doprawdy trudno znaleźć jakąś możliwą drogę, prowadzącą wzwyż z ciasnych dolinek. Trzeciego dnia marszu przez tę okolicę zmieniła się pogoda. Wiatr dął stale od zachodu, niosąc od odległych mórz wody, które rzęsistym deszczem wylewał na ciemne szczyty wzgórz. Pod wieczór wędrowcy byli już przemoczeni do nitki, a popas nie dał im wypoczynku, bo nie mogli rozpalić ogniska. Nazajutrz wzgórza spiętrzyły się nad nimi jeszcze wyżej i stromiej, tak że musieli zboczyć z wytkniętego kursu bardziej ku północy. Przewodnik zdradzał już pewien niepokój, bo mijało dziesięć dni od zejścia z Wichrowego Czuba i zapasy prowiantów były na wyczerpaniu. Deszcz lał ciągle.

Nocą biwakowali na kamiennej półce pod skałą, w której otwierała się płytka koliba, a raczej nieznaczne wgłębienie w ścianie. Frodo był niespokojny. Od zimna i wilgoci rana rozbolała go dotkliwiej niż kiedykolwiek, a ból i lodowate dreszcze spędzały sen z oczu. Hobbit kręcił się i przewracał, nasłuchując z trwogą tajemniczych nocnych szmerów: wiatru świszczącego w rozpadlinach, kapania kropli, trzasków i łoskotu odrywającego się nagle i spadającego w dół kamienia. W pewnej chwili wydało mu się, że czarne cienie pełzną ukradkiem, by go zadusić, lecz gdy podniósł głowę, nie zobaczył nic prócz pleców Obieżyświata, który siedział skulony, ćmił fajkę i czuwał. Frodo położył się znów i zapadł w niespokojny sen. Śnił, że przechadza się po trawniku w swoim ogrodzie w Bag End, lecz cały ogród był nikły, mglisty, mniej wyraźny niż wysokie czarne cienie śledzące go zza żywopłotu.

Rano, obudziwszy się, stwierdził, że deszcz ustał. Chmury jeszcze zalegały niebo, lecz już się rozpraszały, blade smugi błękitu prześwitywały między nimi. Wiatr znowu się odmienił. Tego dnia nie wyruszyli w drogę o świcie. Natychmiast po śniadaniu, które zjedli na zimno i bez przyjemności, Obieżyświat sam wypuścił się na zwiady, poleciwszy hobbitom czekać pod ochroną skalnego nawisu, dopóki nie wróci. Zamierzał, o ile to będzie możliwe, wspiąć się na szczyt i stamtąd rozejrzeć w terenie.

Nie przyniósł zbyt pocieszających wiadomości.

– Zaszliśmy zbyt daleko na północ – powiedział. – Musimy znaleźć jakąś drogę z powrotem na południe. Gdybyśmy trzymali się tego samego co dotychczas kierunku, znaleźlibyśmy się w końcu w Ettendales, daleko na północ od Rivendell. To kraj trollów, mało mi znany. Może zdołalibyśmy stamtąd zawrócić do Rivendell, oznaczałoby to jednak z pewnością wielką zwłokę, bo nie znam drogi, i nie starczyłoby nam prowiantu. Toteż tak czy inaczej musimy odszukać Bród Bruinen.

Przez resztę dnia posuwali się mozolnie po skalistym gruncie. Znaleźli przejście między dwoma wzgórzami, które ich zaprowadziło do dolinki, ciągnącej się ku południo-wschodowi, a więc w pożądanym kierunku. Pod wieczór jednak zagrodziła im znowu drogę wysoka stroma ściana; czarna grań jeżyła się na tle nieba mnóstwem skalnych zębów, co ją upodabniało do tępej piły. Mieli do wyboru zawrócić albo wspiąć się na nią.

Wybrali drogę pod górę, lecz okazała się niezmiernie trudna. Wkrótce Frodo musiał zsiąść z wierzchowca i mozolić się na własnych nogach. Mimo to nieraz tracili nadzieję, czy zdołają wyprowadzić kucyka, a nawet czy sami jakoś dotrą do celu, obciążeni bagażem. Zmrok już niemal zapadł i wszyscy byli do szczętu wyczerpani, kiedy wreszcie stanęli na górze. Wspięli się na wąskie siodło między dwoma zębami, a tuż przed nimi zbocze znów opadało stromo. Frodo rzucił się na ziemię i leżał, wstrząsany dreszczem. Lewe ramię zwisało martwo; hobbit miał takie uczucie, jakby lodowate pazury ściskały mu bark i bok. Drzewa i skały widział nad sobą niewyraźnie jak przez gęstą mgłę.

– Nie sposób iść dalej – rzekł Merry do Obieżyświata. – Boję się, że ten marsz zaszkodzi Frodowi. Okropnie się o niego niepokoję. Co począć? Czy myślisz, że w Rivendell potrafią go uzdrowić, jeżeli w ogóle dostaniemy się tam kiedykolwiek?

– Zobaczymy – odpowiedział przewodnik. – Tu, na pustkowiu, nic więcej zrobić nie mogę, niż zrobiłem. Właśnie rana Froda jest główną przyczyną, dla której naglę do pośpiechu. Ale przyznaję, że dziś już dalej nie możemy iść.

– Co właściwie jest mojemu panu? – zapytał Sam, zniżając głos i błagalnie wpatrując się w Obieżyświata. – Rana była niewielka, już się zabliźniła. Nie widać nic prócz białej blizny na barku.

– Froda dotknął oręż Nieprzyjaciela – rzekł Obieżyświat. – Działa tu jakaś trucizna albo może zły urok, na który nie znam sposobu. Mimo to nie trać, Samie, nadziei!

Noc była zimna na tej wysokości. Podróżni rozpalili ognisko w wykrocie pod sękatymi korzeniami sosny, wiszącymi nad pustą jamą; miejsce to wyglądało jak stary kamieniołom. Siedzieli przytuleni do siebie. Wiatr dął chłodem zza przełęczy, z dołu słychać było, jak korony sosen jęczą i wzdychają. Frodo leżał w półśnie; wyobrażał sobie, że czarne skrzydła bezustannie trzepocą nad nim, a unoszący się w powietrzu prześladowcy właśnie jego wypatrują pośród górskich rozpadlin.

Świt wstał jasny i pogodny, powietrze było czyste, a blade przezroczyste światło rozlewało się po spłukanym deszczem niebie. Wędrowcy nabrali otuchy, lecz tęsknili do słońca, żeby rozgrzało ich zziębnięte i skostniałe ciała. Ledwie się rozwidniło, przewodnik wziął z sobą Meriadoka i poszedł rozejrzeć się po okolicy ze wzniesienia znajdującego się na wschód od przełęczy. Słońce świeciło już na dobre, gdy wrócił z nieco bardziej pocieszającymi nowinami. Szli teraz mniej więcej we właściwym kierunku. Jeżeli zejdą przeciwległym stokiem w dół, będą mieli góry po lewej ręce. Obieżyświat dostrzegł w pewnej odległości lśnienie Grzmiącej Rzeki i wiedział, że gościniec prowadzący do brodu, jakkolwiek stąd niewidoczny, przebiega po tamtej stronie pasma wzgórz, w pobliżu rzeki.

– Musimy znów trafić na gościniec – rzekł. – Nie spodziewajmy się znaleźć ścieżki przez te góry. Gościniec, choćby nie wiedzieć, jakie czekały na nim niebezpieczeństwa, jest dla nas jedyną drogą do brodu.

Natychmiast po śniadaniu ruszyli więc znowu. Powoli zleźli południowym stokiem z przełęczy. Zejście okazało się jednak o wiele łatwiejsze, niż przewidywali, bo zbocze nie było od tej strony tak strome i Frodo wkrótce mógł znowu dosiąść kucyka. Biedny stary kucyk Billa Ferny okazał niezwykły talent do wyszukiwania ścieżek i w miarę możności starał się oszczędzić swojemu jeźdźcowi wstrząsów. Nastrój całej kompanii znowu się poprawił. Nawet Frodo czuł się lepiej w blasku poranka, chociaż od czasu do czasu mgła przesłaniała mu oczy i przecierał je ręką.

Pippin nieco wyprzedził towarzyszy. Nagle, odwracając się do nich, krzyknął:

– Jest ścieżka!

Dogonili go i stwierdzili, że się nie pomylił. Tuż przed nimi wyraźnie zaznaczała się ścieżka, która w skrętach wspinała się z położonych niżej lasów ku szczytowi. Miejscami była zatarta i zarośnięta albo zagradzały ją kamienne usypiska i pnie drzew, musiała wszakże być uczęszczana dawnymi czasy. Zbudowały ją krzepkie ręce i udeptały ciężkie stopy. Tu i ówdzie ścięto lub wyrwano stare drzewa, rozłupano lub odciągnięto na bok olbrzymie głazy, żeby utworzyć przejście.

Czas jakiś szli tą ścieżką, bo znacznie ułatwiała zejście w dół, lecz posuwali się bardzo ostrożnie; zaniepokoili się jeszcze bardziej, gdy weszli w ciemny las, a dróżka stała się wyraźniejsza i szersza. Niespodzianie, wynurzając się z kręgu sosen, zbiegła stromo w dół i skręciła ostro w lewo, opasując skaliste ramię góry. Doszedłszy do tego zakrętu, zobaczyli płaski odcinek ścieżki pod niewielkim urwiskiem, nad którym pochylały się gałęzie. W kamiennej ścianie widać było drzwi krzywo zwisające na jednym olbrzymim zawiasie.

Zatrzymali się pod tymi drzwiami. Stanowiły one wejście do jamy czy skalnej groty, lecz w mroku nic w jej wnętrzu nie mogli dostrzec. Obieżyświat, Sam i Merry pchnęli drzwi wspólnymi siłami i zdołali je szerzej rozewrzeć, a wtedy przewodnik z Merrym wsunęli się do środka. Nie zaszli daleko, bo na ziemi zobaczyli kupę starych kości, a w pobliżu wejścia kilka dużych pustych dzbanów i potłuczonych garnków.

– Kiep jestem, jeżeli to nie jest jaskinia trollów! – zawołał Pippin. – Wychodźcie stamtąd i wiejmy. Teraz już wiemy, kto zbudował tę ścieżkę, i lepiej zrobimy, umykając z niej co prędzej.

– Sądzę, że to niepotrzebne – odparł Obieżyświat, wychodząc z groty. – Z pewnością jest to jaskinia trollów, ale od bardzo dawna, jak się zdaje, niezamieszkana. Moim zdaniem, do strachu nie ma powodu. Idźmy dalej ostrożnie ścieżką, to się przekonamy.

Ścieżka spod drzwi skręcała w prawo i znów biegła równo, po czym zapadała w gąszcz rosnący na stoku. Pippin, nie chcąc się zdradzić przed Obieżyświatem, że jeszcze wciąż się boi, wysunął się naprzód wraz z Merrym; Sam i Obieżyświat szli za nimi, mając między sobą Froda na kucyku, bo ścieżka tu była tak szeroka, że czterech, a nawet pięciu hobbitów zmieściłoby się na niej w szeregu. Ledwie jednak uszli kilka kroków, gdy Pippin podbiegł do nich, a w ślad za nim Merry. Obaj mieli przerażone miny.

– Tam są trolle! – bez tchu szepnął Pippin. – Niedaleko stąd, w dole, na polanie leśnej. Mignęli nam między pniami drzew. Olbrzymy!

– Podejdziemy i przyjrzymy im się z bliska – odparł przewodnik, podnosząc jakiś kij.

Frodo milczał, ale Sam zdawał się wystraszony.

Słońce było już wysoko i przeświecając poprzez na pół ogołocone gałęzie, rzucało na polanę jasne plamy blasku. Wędrowcy stanęli na jej skraju i wyglądając zza pni drzew, wstrzymali oddech. Na polanie rzeczywiście stały trzy trolle, trzy olbrzymie trolle. Jeden był pochylony, dwa pozostałe patrzyły na niego.

Obieżyświat jakby nigdy nic ruszył naprzód.

– Wyprostuj się, stary głazie! – rzekł i złamał kij na grzbiecie pochylonego trolla.

Nic się nie stało. Tylko hobbici zachłysnęli się ze zdumienia, a wówczas Frodo się roześmiał.

– Ach, tak! – powiedział. – Zapomnieliśmy o legendzie rodzinnej. To są z pewnością te same trzy olbrzymy, które Gandalf wywiódł w pole, gdy się kłóciły, jak najlepiej przyrządzić trzynastu krasnoludów i jednego hobbita na kolację.

– Nie przyszło mi na myśl, że jesteśmy w pobliżu tego właśnie miejsca – rzekł Pippin. Znał tę historię dobrze. Bilbo i Frodo nieraz już mu ją opowiadali, ale, prawdę mówiąc, nie bardzo w nią dotychczas wierzył. Nawet teraz jeszcze dość podejrzliwie przyglądał się kamiennym trollom, niepewny, czy jakaś magiczna siła nie wskrzesi ich nagle do życia.

– Zapomniałeś nie tylko o legendzie rodzinnej, lecz także o wszystkim, co ci mówiono o trollach – powiedział Obieżyświat. – Jest biały dzień, słońce świeci, a ty przybiegasz w panice i chcesz mnie nastraszyć bajką o trzech żywych trollach, które na nas czyhają pośrodku polany! Bądź co bądź mogłeś przynajmniej zauważyć, że za uchem jednego z nich od dawna jakiś ptak uwił sobie gniazdo. Niezwykła ozdoba jak na trolla!

Wszyscy się roześmieli. We Froda lepszy duch wstąpił; pokrzepiło go wspomnienie pierwszej niebezpiecznej, a pomyślnie zakończonej przygody Bilba. Przy tym słońce grzało mile, mgła powlekająca oczy hobbita rozproszyła się nieco. Odpoczęli przez czas jakiś na polanie i zjedli obiad w cieniu ogromnych nóg trollowych.

– A może by nam kto zaśpiewał, póki słońce wysoko – powiedział Merry, kiedy skończyli posiłek. – Od wielu dni nie słyszeliśmy pieśni ani opowieści.

– Od nocy na Wichrowym Czubie – rzekł Frodo. Przyjaciele spojrzeli na niego. – Nie martwcie się o mnie! – dodał. – Czuję się znacznie lepiej, ale do śpiewu nie mam ochoty. Może Sam odgrzebie coś w swojej pamięci.

– Dalejże, Samie! – zawołał Merry. – Masz w głowie zapasy, których nam skąpisz!

– Nic o nich nie wiem – odparł Sam. – Ale znam coś, co by wam się spodobało. Nie śmiałbym tego nazwać poezją, jak to się mówi. Po prostu żarty. Te stare kamienie przypomniały mi pewną piosenkę.

Wstał, założył ręce za plecy, jak uczeń w szkole, i zaśpiewał na starą melodię:

> *Na głazie troll, samotny gość,*
> *Obgryzał smętnie gołą kość.*
> *Już parę lat tak jadł i jadł*
> *(O mięso było trudno)*
> *I prudno, i mrudno –*
> *W jaskini mieszkał skromnej dość,*
> *A o mięso było trudno.*
>
> *I przyszedł Tom, ten mały – wiesz,*
> *I spytał trolla: co ty jesz?*
> *O, ładnieś wpadł – to wuja gnat,*
> *Co dawno w grobie leży –*
> *I bieży, i wreży –*
> *Wuj dawno umarł, chcesz to wierz –*
> *Myślałem: biedak w grobie leży.*
>
> *Tę kość ukradłem – troll mu rzekł.*
> *Czy kość ma w dole leżeć wiek?*
> *Gdy wuj wpadł w grób – był z niego trup,*

*Nim sobie wziąłem udko –*
*I prutko, i siutko –*
*Na jego miejscu inny człek*
*Sam dałby człowiekowi udko.*

*Nie wiem dlaczego – odparł Tom –*
*Swobodnie odejść miałbyś w dom,*
*Złodzieju, coś wziął wuja kość.*
*Gnat oddaj po dobroci!*
*I troci, i wroci –*
*Wuj trup, lecz gnaty jego są,*
*Więc oddaj udo po dobroci!*

*A na to troll po prostu w śmiech –*
*Za udko Tomów zjadłbym trzech,*
*Bo lepszy kęs świeżutkich mięs –*
*Już zęby sobie ostrzę –*
*I rozstrzę, i mostrzę –*
*Od starych kości człek by zdechł,*
*A więc na ciebie zęby ostrzę.*

*To mówiąc troll na Toma hyc,*
*Chce złapać – łaps – a w rękach nic,*
*Więc gwałtu, w krzyk – a Tom już znikł*
*I dał mu butem kopsa.*
*I kropsa, i fropsa –*
*Nauczkę da mu ostry szpic,*
*Więc dam mu butem kopsa.*

*Lecz wiedz, że twardszy trolla zad*
*Niż głaz, na którym siedzi rad,*
*Więc pomyśl wprzód, nim poślesz but,*
*By troll go w kuprze poczuł*
*I roczuł, i loczuł –*
*Nasz Tom aż syknął, krzyknął, zbladł,*
*Bo ból aż w udzie poczuł.*

*Do domu smętnie wraca sam*
*I płacze: sztywną nóżkę mam...*
*A troll – no cóż – wśród swoich wzgórz*
*Wciąż gryzie kostkę wujka*
*I fujka, i pstrujka –*
*A jego zad – to zdradzę wam,*
*Wciąż taki sam jak kostka wujka.* [1]

– Ano, to dla nas wszystkich przestroga – roześmiał się Merry. – Dobrze, Obieżyświecie, że użyłeś kija, a nie ręki!

– Skąd ty wziąłeś tę piosenkę, Samie? – spytał Pippin. – Nigdy nie słyszałem tych słów.

Sam mruczał coś niezrozumiale pod nosem.

– Oczywiście, to twój własny utwór! – rzekł Frodo. – Niejednego się dowiedziałem o Samie Gamgee podczas tej podróży. Najpierw okazał się spiskowcem, a teraz – dowcipnisiem. Gotów skończyć jako czarodziej albo może – wojownik!

– Mam nadzieję, że nie! – odparł Sam. – Wcale bym nie chciał być ani czarodziejem, ani wojakiem.

Po południu zeszli niżej w lasy. Zapewne trafili na ten sam szlak, którym przed wielu laty wędrował Gandalf z Bilbem i krasnoludami. O kilka mil dalej wspięli się na wysoką skarpę nad gościńcem. Gościniec oddalił się od rzeki, skręcając w wąską dolinę, i w tym miejscu biegł tuż u stóp wzgórz, kręcił się i wił między lasem a porośniętymi wrzosem stokami, dążąc w kierunku brodu i dalej ku górom.

Obieżyświat wskazał hobbitom kamień, sterczący opodal skarpy w trawie. Można było na nim rozróżnić jeszcze runy i znaki, wyciosane z grubsza pismem krasnoludów, lecz zatarte przez czas.

– Patrzcie – rzekł Merry. – To na pewno ten kamień, którym naznaczono miejsce, gdzie zakopano złoto trollów. Ciekaw jestem, czy z łupu Bilba dużo jeszcze zostało. Powiedz, Frodo!

Frodo, patrząc na kamień, żałował, że Bilbo przywiózł z wyprawy coś więcej niż te nieszkodliwe skarby – coś, z czym trudniej było się rozstać.

---

[1] Przełożył Włodzimierz Lewik.

– Nic nie zostało – odpowiedział przyjacielowi. – Bilbo wszystko rozdał. Mówił mi, że nie może uznać za swoją prawowitą własność złota, które pochodzi ze zbójeckich łupów.

Gościniec rozciągał się spokojny i cichy w cieniach wczesnego wieczoru. Nie było widać śladu jakichkolwiek wędrowców. Ponieważ nie mieli do wyboru żadnej innej drogi, zsunęli się ze skarpy i skręciwszy w lewo, pomaszerowali najszybciej, jak tylko mogli. Niebawem grzbiety wzgórz przesłoniły światło szybko zachodzącego słońca. Zimny wiatr wybiegł na ich spotkanie z rozciągających się w oddali gór.

Zaczęli się rozglądać za jakimś miejscem przy gościńcu, w którym by można rozbić obóz na noc, gdy doszedł ich uszu odgłos, który znowu lękiem przejął wszystkie serca: usłyszeli na drodze za sobą tętent kopyt. Obejrzeli się, lecz gościniec wił się i kluczył tak, że tylko mały jego odcinek obejmowali wzrokiem. Jak umieli najspieszniej, odskoczyli w bok i w górę, między bujne wrzosy i krzewy borówek zarastających stoki, aż wreszcie zaszyli się w gęstej kępie leszczyny. Wyglądając z zarośli, widzieli o jakieś trzydzieści stóp poniżej swej kryjówki gościniec nikły i szary w zapadającym zmierzchu. Tętent się zbliżał. Koń pędził, podkowy dźwięczały w galopie. Potem niewyraźny, jakby podmuch wiatru unosił go w inną stronę, dobiegł stłumiony dźwięk, niby brzęczenie dzwoneczków.

– To mi nie brzmi wcale jak podkowy koni Czarnych Jeźdźców – rzekł Frodo, nasłuchując pilnie. Inni hobbici zgodzili się z nim, wyrażając nadzieję, że to nie mogą być Czarni Jeźdźcy, ale w głębi serca wszyscy zachowali wielką nieufność. Tak długo żyli w strachu przed pościgiem, że każdy szmer na gościńcu za ich plecami wydawał im się złowieszczy. Obieżyświat jednak, który wychylił się naprzód i osłaniając ręką ucho, przytknął je do ziemi, miał na twarzy radosny uśmiech.

Zmierzch zapadł, liście krzewów szeleściły z cicha. Coraz wyraźniej, coraz bliżej dźwięczały dzwoneczki, tętniły pędzące kopyta. Nagle w polu widzenia hobbitów ukazał się na drodze siwy koń w galopie, bielejący wśród cieni. Wędzidło i uzda błyszczały w mroku i migotały, jakby je ozdobiono drogimi kamieniami skrzącymi się niby gwiazdy. Płaszcz w pędzie trzepotał za jeźdźcem, który odrzucił kaptur z głowy. Włosy rozwiane na wietrze lśniły złociście. Frodowi zdawało się, że poprzez sylwetkę i płaszcz jeźdźca, jak przez lekką zasłonę, prześwieca białe światło.

Obieżyświat wypadł z ukrycia i puścił się w dół ku drodze, wielkimi susami sadząc przez wrzosy i krzycząc. Nim się jednak pokazał i zawołał, jeździec już ściągnął uzdę i zatrzymał konia, spoglądając w górę na kępę leszczyny, w której przycupnęli hobbici. Na widok Obieżyświata zeskoczył z siodła i biegnąc na jego spotkanie, wołał: „*Ai na vedui Dúnadan! Mae govannen!*". Te słowa i czysty dźwięk głosu usunęły resztę wątpliwości z serc hobbitów: jeździec był elfem. Nikt inny na całym szerokim świecie nie mógł mieć tak pięknego głosu. Lecz w jego wołaniu dźwięczała jakaś nuta pośpiechu czy może lęku; zauważyli też, że spiesznie, z naleganiem tłumaczy coś Obieżyświatowi.

Po chwili przewodnik skinął na nich i hobbici opuścili zarośla, zbiegając na gościniec.

– To Glorfindel, który mieszka w domu Elronda – przedstawił Obieżyświat.

– Witaj, nareszcie się spotkaliśmy! – rzekł dostojny elf do Froda. – Wysłano mnie z Rivendell, żebym cię odszukał. Obawialiśmy się, że jesteście w niebezpieczeństwie.

– A więc Gandalf dotarł do Rivendell! – radośnie wykrzyknął Frodo.

– Nie. Przynajmniej nie było go tam, kiedy wyjeżdżałem, ale od tej chwili minęło już dziewięć dni – odpowiedział Glorfindel. – Elrond otrzymał niepokojące wieści. Moi współplemieńcy, podróżujący przez wasz kraj za Baranduiną[1], zauważyli, że coś się święci, i co prędzej wysłali gońców. Zawiadomili nas, że Dziewięciu znów krąży po świecie i że ty zabłądziłeś, wędrując z ciężkim brzemieniem bez przewodnika, bo Gandalf nie wrócił. Nawet w Rivendell nie ma wielu takich, którzy by się mogli mierzyć w otwartym polu z Dziewięciu Jeźdźcami; wszystkich jednak zdolnych do tego rozesłał Elrond na północ, zachód i południe. Myśleliśmy, że

---
[1] Tj. rzeką Brandywiną.

mogłeś znacznie zboczyć ze szlaku, by uniknąć pogoni, i że zbłąkałeś się może na pustkowiu.

Mnie przypadło w udziale przeszukanie gościńca, dojechałem tedy aż do mostu na Mitheithel i zostawiłem tam znak, a było to jakiś tydzień temu. Trzej słudzy Saurona stali na moście, ale pierzchli, a ja ścigałem ich ku zachodowi. Natknąłem się na dwóch innych, ci wszakże skręcili na południe. Odtąd szukałem wciąż twojego tropu. Znalazłem go przed dwoma dniami i wyśledziłem dalej za mostem. Dzisiaj zaś wytropiłem, w którym miejscu zeszliście znowu z gór. Ale czas w drogę! Na razie dość nowin. Skoro już tu jesteśmy, trzeba zaryzykować niebezpieczeństwo gościńca i pospieszać. Tamtych jest pięciu, a niechże tylko raz odnajdą twój ślad na drodze, pomkną jak wicher za nami. A przecież tych pięciu – to jeszcze nie wszyscy. Gdzie się podziewa czterech pozostałych, nie wiem. Boję się, że bród zastaniemy obsadzony przez wroga.

Glorfindel mówił, a tymczasem mrok wieczorny gęstniał dokoła. Froda ogarnęło wielkie znużenie. Odkąd słońce zaczęło się zniżać, mgła, spowijająca w jego oczach cały świat, pociemniała i czuł, że cień gromadzi się między nim a twarzami przyjaciół. Teraz ból go chwycił i przejął mrozem. Frodo zachwiał się i uczepił ramienia Sama.

– Mój pan jest chory i ranny – porywczo odezwał się Sam. – Nie może podróżować nocą. Trzeba mu wypoczynku.

Glorfindel podtrzymał osuwającego się na ziemię Froda, objął go łagodnie ramieniem i z niepokojem zajrzał mu w twarz.

Obieżyświat pokrótce opowiedział o napadzie na obóz pod szczytem Wichrowego Czuba i o zatrutym nożu. Dobył z kieszeni rękojeść, którą przechowywał, i pokazał elfowi. Glorfindel zadrżał, biorąc ją do ręki, lecz obejrzał bardzo uważnie.

– Straszne zaklęcia wyryte są na tej rękojeści – rzekł – chociaż niewidzialne może dla waszych oczu. Zatrzymaj ją, Aragornie, póki nie dostaniemy się do domu Elronda. Bądź wszakże bardzo ostrożny i nie dotykaj jej bez koniecznej potrzeby. Niestety! Nie jest mi dana moc leczenia ran zadanych tym orężem. Wszystko uczynię, co potrafię, lecz tym usilniej radzę pospieszać w drogę bez odpoczynku.

Wymacał ranę na barku Froda i twarz mu spoważniała, jakby to, co odkrył, bardzo go zatroskało. Lecz pod dotknięciem palców elfa lód w ramieniu i boku Froda jakby stajał, ciepło przepłynęło od barku aż do dłoni i ból złagodniał. Wydało mu się, że mrok dokoła trochę się rozświetlił, jakby chmura odpłynęła. Znów wyraźniej widział twarze przyjaciół i odrobina nowej otuchy i siły wróciła mu do serca.

– Dosiądziesz mojego wierzchowca – powiedział Glorfindel. – Skrócę strzemiona, a ty staraj się trzymać jak najmocniej w siodle. Nie lękaj się, ten koń nie zrzuci jeźdźca, którego ja kazałem mu nieść. Chód ma lekki i łagodny, a gdyby niebezpieczeństwo nagliło, ucieknie z tobą takim cwałem, że go nawet czarne rumaki wrogów nie doścignąć.

– Nie ucieknie – odparł Frodo – i nie dosiądę go, jeżeli w ten sposób miałbym znaleźć się w Rivendell albo w innym bezpiecznym miejscu, porzuciwszy przyjaciół na pastwę niebezpieczeństwa.

Glorfindel uśmiechnął się.

– Wątpię – rzekł – czy twoim przyjaciołom będzie coś groziło, jeżeli ciebie wśród nich zabraknie. Nieprzyjaciel ciebie będzie ścigał, a nas pewnie zostawi w spokoju. To właśnie ty i to, co masz przy sobie, ściąga na wszystkich prześladowanie.

Na to Frodo nie miał odpowiedzi, dał się więc przekonać i dosiadł białego wierzchowca elfa. Dzięki temu kucyk mógł wziąć na grzbiet większość bagaży, a reszta kompanii, pozbywszy się brzemion, ruszyła zrazu bardzo żwawo. Po jakimś czasie jednak hobbici stwierdzili, że trudno dotrzymać kroku szybkonogiemu elfowi, który nie zna znużenia. Glorfindel prowadził ich wciąż naprzód w otwartą paszczę ciemności, naprzód, w chmurną głąb nocy. Nie było księżyca ani gwiazd. Świt już szarzał, kiedy wreszcie elf pozwolił im się zatrzymać. Pippin, Sam i Merry wlekli się już wtedy niemal przez sen, na chwiejnych nogach. Nawet Obieżyświat zdawał się zmęczony, bo ramiona mu zwisły. Frodo na siodle zapadał w ponure sny.

Rzucili się wszyscy na ziemię pośród wrzosów o parę jardów w bok od gościńca i natychmiast usnęli. Mieli wrażenie, że ledwie przez chwilę zmrużyli powieki, gdy Glorfindel, który czuwał przez cały czas nad śpiącymi, obudził ich znowu. Słońce stało wysoko, chmury i nocne mgły już się rozwiały.

– Napijcie się – rzekł Glorfindel, nalewając każdemu kolejno napoju ze swojej srebrnej, powleczonej skórą manierki. Był to trunek przejrzysty jak woda źródlana i bez smaku, w ustach wydawał się ani zimny, ani gorący, lecz kto go łyknął, czuł od razu przypływ siły i ochoty w całym ciele. Po jednym łyku tego napoju, czerstwy chleb i suszone owoce – bo innego prowiantu już podróżni nie mieli – zaspokoiły ich głód lepiej niż obfite śniadanie w Shire.

Popas trwał niespełna pięć godzin, po czym znowu ruszyli gościńcem. Glorfindel wciąż naglił i ledwie dwa razy pozwolił na chwilę wytchnienia w ciągu całego dnia marszu. Toteż przeszli do zmroku prawie dwadzieścia mil i znaleźli się w miejscu, gdzie gościniec skręcał w prawo i stromo opadał w dolinę, zbliżając się znowu do rzeki. Jak dotąd hobbici nie dostrzegli ani nie dosłyszeli żadnego znaku czy odgłosu pogoni, lecz Glorfindel często przystawał i nasłuchiwał, a gdy zwalniali kroku, wyraz niepokoju zasępiał mu twarz. Parę razy mówił też coś do Obieżyświata w języku elfów.

Mimo zaniepokojenia przewodników nie było rady, hobbici naprawdę nie mogli maszerować dalej. Potykali się i zataczali z wyczerpania i nie byli już zdolni myśleć o czymkolwiek, tak ich bolały łydki i stopy. Frodo cierpiał okrutnie, a w miarę jak dzień upływał, wszystko dokoła niego bladło, przybierając postać widmowych, szarych cieni. Niemal ucieszył się, gdy zapadł wieczór, bo świat po ciemku zdawał mu się mniej spłowiały i pusty.

Hobbici nie zdążyli pozbyć się zmęczenia, gdy już musieli nazajutrz wyruszać znowu w drogę. Od brodu dzieliło ich jeszcze wiele mil, toteż parli naprzód, ile sił w nogach.

– Największe niebezpieczeństwo grozi nam, gdy znajdziemy się nad rzeką – powiedział Glorfindel. – Serce mnie ostrzega, że pogoń pędzi teraz za nami, a przy brodzie czyha być może zasadzka.

Gościniec wciąż biegł w dół, a jego brzegi zarastała tu i ówdzie trawa, po której hobbici maszerowali najchętniej, bo dawała trochę ulgi obolałym stopom. Późnym popołudniem dotarli do miejsca, gdzie gościniec wpadał niespodzianie w gęsty cień wysokiego boru, a potem schodził w głęboki wąwóz, którego strome ściany z czerwonych kamieni ociekały wilgocią. Echo dudniło, kiedy spieszyli tamtędy, i zdawało się, że niezliczone pary nóg tupoczą w trop za nimi. Niespodziewanie, jakby przez bramę światła, u wylotu tunelu gościniec wynurzył się znów pod otwarte niebo. Hobbici zobaczyli dość gwałtowny spadek, a za nim płaski, długi na milę odcinek drogi, prowadzący do Brodu Rivendell. Na przeciwległym brzegu wznosił się brunatny wał, na który wspinała się serpentyną ścieżka; w oddali piętrzyły się góry, masyw obok masywu, szczyt za szczytem, aż pod zmierzchające niebo.

W tunelu, który zostawili za sobą, wciąż jeszcze dudniło echo, jakby spieszne kroki pościgu; rozległ się szum, jak gdyby wiatr się zerwał i nadciągał między gałęziami sosen. Glorfindel obejrzał się, posłuchał przez sekundę, potem z głośnym okrzykiem skoczył naprzód.

– Uciekajcie! – zawołał. – Uciekajcie! Nieprzyjaciel naciera!

Biały koń poderwał się do cwału. Hobbici pędem zbiegli po pochyłości. Glorfindel i Obieżyświat spieszyli tuż za nimi jako tylna straż. Byli w połowie płaskiego odcinka drogi, gdy nagle zagrzmiał tętent galopujących koni. Spod bramy drzew, którą dopiero co opuścili, wychynął Czarny Jeździec, ściągnął cugle i wstrzymał konia, kołysząc się w siodle. W ślad za nim ukazał się drugi, potem trzeci, wreszcie dwóch jeszcze Jeźdźców.

– Naprzód! Naprzód! – krzyknął Glorfindel do Froda.

Frodo nie od razu usłuchał, bo zbudził się w nim jakiś niepojęty sprzeciw. Zmuszając wierzchowca do stępa, odwrócił się i obejrzał. Jeźdźcy tkwili nieruchomo w siodłach na grzbietach olbrzymich rumaków niby złowrogie posągi na cokołach, czarni i masywni, podczas gdy las i cały krajobraz dokoła cofnął się i przesłonił mgłą.

Nagle Frodo zrozumiał, że tamci milcząco rozkazują mu czekać. W okamgnieniu strach i nienawiść ocknęły się w jego sercu. Puścił cugle, chwycił za rękojeść miecza i dobył go, aż czerwone skry poszły z ostrza.

– Naprzód! Naprzód! – wołał Glorfindel, a potem donośnie i wyraźnie rozkazał wierzchowcowi w języku elfów: – *Noro lim, noro lim, Asfaloth!*

Biały koń poderwał się natychmiast i jak wiatr pomknął przez ostatni odcinek drogi. W tym samym momencie czarne rumaki rzuciły się w pogoń w dół stoku, a z piersi Jeźdźców wydarł się straszliwy krzyk. Frodo słyszał go już kiedyś, daleko stąd, we Wschodniej Ćwiartce, gdy ten sam głos napełniał grozą lasy. Odpowiedział mu drugi okrzyk i ku rozpaczy Froda oraz jego towarzyszy spośród drzew i skał po lewej stronie gościńca wynurzyli się w pędzie czterej nowi Jeźdźcy. Dwaj galopem gnali na spotkanie Froda, dwaj pozostali w zawrotnym pędzie mknęli ku brodowi, żeby odciąć hobbitowi drogę ratunku. Frodo miał wrażenie, że lecą z wichrem, że sylwetki ich rosną i ciemnieją, z każdą sekundą zbliżając się do niego.

Przez ramię rzucił okiem wstecz: nie dostrzegł już przyjaciół. Odległość między nim a ścigającymi go Jeźdźcami rosła; ich olbrzymie rumaki nie mogły się równać z lotnym białym wierzchowcem elfa. Frodo spojrzał znów przed siebie i nadzieja zgasła w jego sercu. Wydało mu się niemożliwe, by osiągnął bród, nim dwaj prześladowcy, którzy wypadli z zasadzki, odetną mu drogę. Widział ich teraz wyraźnie: zrzucili chyba kaptury i czarne płaszcze, bo mieli na sobie biało-szare szaty. W sinych rękach ściskali obnażone miecze, na głowach lśniły hełmy. Oczy jarzyły im się zimnym płomieniem; wołali coś do Froda dzikimi głosami.

Strach poraził hobbita. Teraz już nie sięgał do miecza. Nie zdobył się nawet na krzyk. Zamknął oczy i przywarł do grzywy wierzchowca. Wiatr gwizdał mu w uszach, dzwoneczki przy uprzęży dźwięczały przenikliwie i zawrotnie. Okropny lodowaty oddech przeszył go jak włócznia, kiedy w ostatnim zrywie koń niby biały płomień wionął, jak na skrzydłach, tuż przed twarzą najdalej wysuniętego Czarnego Jeźdźca.

Frodo usłyszał plusk wody. Pieniła się u jego stóp. Koń pod hobbitem zakołysał się, dźwignął w górę i Frodo zrozumiał, że wierzchowiec wynosi go z rzeki na brzeg i wspina się kamienistą ścieżką na wysoką skarpę. Był więc już za brodem.

Ale prześladowcy następowali z bliska. Na szczycie nasypu koń zatrzymał się, obejrzał, zarżał dziko. W dole, na drugim brzegu Frodo zobaczył Dziewięciu Jeźdźców i serce w nim zamarło na widok groźnych, wzniesionych ku niemu twarzy. Nie wyobrażał sobie, by coś mogło przeszkodzić im w przeprawie, która jemu udała się tak łatwo. Pomyślał, że jeśli dostaną się na ten brzeg, daremnie próbowałby ucieczki po długiej, niepewnej ścieżce od brodu do granicy Rivendell. A w każdym razie czuł, że potężna wola nakazuje mu stać w miejscu. Nienawiść znów drgnęła w jego sercu, ale nie miał już siły, żeby się dłużej opierać.

Nagle pierwszy Jeździec ubódł swego wierzchowca ostrogą i ruszył naprzód. Rumak wzdrygnął się przed wodą i przysiadł na zadzie. Frodo z największym wysiłkiem wyprostował się w strzemionach i podniósł miecz.

– Precz! – krzyknął. – Precz do Mordoru, przestańcie mnie ścigać!

Własny głos zabrzmiał mu w uszach wątło i piskliwie. Jeźdźcy zatrzymali się, ale Frodo nie miał władzy Bombadila. Wrogowie odpowiedzieli mu chrapliwym, mrożącym krew w żyłach śmiechem.

– Zawracaj! Zawracaj! – wołali. – Do Mordoru powiedziemy cię z sobą!

– Precz! – szepnął Frodo.

– Pierścień! Pierścień! – wrzasnęli tamci morderczymi głosami i w tym samym momencie ich przywódca pchnął swego rumaka w wodę, a dwaj podwładni ruszyli w ślad za nim.

– Klnę się na Elbereth, na Lúthien najpiękniejszą – rzekł Frodo, ostatkiem sił dźwigając miecz w górę – że nigdy nie dostaniecie ani Pierścienia, ani mnie.

Wtedy czarny przywódca, który był już w połowie brodu, wyprostował się groźnie w strzemionach i podniósł rękę. Frodo oniemiał. Język zamarł mu w ustach, serce biło jak młotem. Miecz pękł i wypadł z drżącej dłoni. Biały koń elfa stanął dęba i chrapnął. Pierwszy z czarnych rumaków już niemal wspinał się przednimi kopytami na brzeg.

W tej samej chwili zagrzmiało, zahuczało, rozległ się łoskot i szum wodospadu toczącego kamienną lawinę. Frodo przez mgłę widział, jak tam, w dole, rzeka wezbrała, a nurtem jej przewaliła się w pióropuszach piany kawalkada fal. Wydało mu się, że z fal strzelają białe płomyki, i w wyobraźni niemal dostrzegł cwałujących przez wodę białych rycerzy na białych koniach o spienionych grzywach. Trzech Jeźdźców, którzy w tym momencie byli jeszcze na środku brodu, porwał prąd; zniknęli, nagle zalani wzburzoną pianą. Inni cofnęli się przerażeni.

Tracąc przytomność, Frodo usłyszał jeszcze krzyki i miał wrażenie, że widzi za szeregiem Jeźdźców, którzy zatrzymali się w rozterce nad brzegiem, postać jaśniejącą białym blaskiem; za nią zaś drobne mgliste sylwetki miotały płomienie, które błyszczały czerwienią w szarzyźnie zasnuwającej cały świat.

Szał ogarnął czarne rumaki, w panice runęły naprzód, pociągając Jeźdźców w wezbraną toń. Przeraźliwe krzyki utonęły w grzmocie wody, która uniosła ich od razu daleko. W tym samym momencie Frodo poczuł, że spada z siodła; huk i zamęt nagle spotęgował się w jego uszach i wydało mu się, że wraz ze swymi prześladowcami sam także ginie, porwany nawałnicą. Więcej już nic nie zobaczył ani nie usłyszał.

# Księga druga

# Rozdział 1

## *Wiele spotkań*

Frodo zbudził się w łóżku. W pierwszym momencie myślał, że spał bardzo długo i że prześnił jakiś przykry sen, który jeszcze majaczy mu na pograniczu pamięci. A może przebył jakąś chorobę? Lecz sufit nad jego głową wyglądał obco; był płaski, a ciemne belki miał bogato rzeźbione. Frodo leżał jeszcze chwilę, przyglądając się słonecznym plamom na ścianie i nasłuchując szumu wodospadu.

– Gdzie jestem? Która to godzina? – rzucił głośno pytanie sufitowi.

– W domu Elronda, a jest dziesiąta przed południem – odpowiedział mu znajomy głos. – Ranek dwudziestego czwartego października, jeżeli chcesz wiedzieć dokładnie.

– Gandalf! – krzyknął Frodo, siadając w pościeli. Rzeczywiście, w fotelu przed otwartym oknem siedział stary Czarodziej.

– Tak – rzekł. – Jestem tutaj. A ty miałeś wyjątkowe szczęście, że się też tutaj znalazłeś, mimo wszystkich głupstw, które popełniłeś od dnia wyjazdu z domu.

Frodo opadł znów na poduszki. Było mu tak błogo i spokojnie, że nie miał ochoty sprzeczać się, wątpił zresztą, czy wygrałby w tym sporze. Otrząsnął się już ze snu zupełnie i wracała mu pamięć; wspomniał niefortunny skrót drogi na przełaj przez Stary Las, „przypadek" w gospodzie „Pod Rozbrykanym Kucykiem" i szaleństwo, jakiemu uległ w kotlince pod Wichrowym Czubem, kładąc na palec Pierścień. Przez cały czas, gdy rozmyślał o tych sprawach i na próżno wysilał pamięć, żeby przypomnieć sobie, jakim sposobem znalazł się tu, w Rivendell, w pokoju trwała cisza, zakłócana jedynie pykaniem fajki Gandalfa, który dmuchał przez okno białymi kółkami dymu.

— Gdzie jest Sam? — zapytał wreszcie Frodo. — Gdzie inni? Czy zdrowi?

— Wszyscy zdrowi i cali — odparł Gandalf. — Sam był przy tobie, ledwie przed półgodziną wyprawiłem go stąd, żeby trochę odpoczął.

— Co się właściwie stało tam, u brodu? — zagadnął Frodo. — Całe to zdarzenie wydało mi się jakoś niejasne i dotychczas takie mi się wydaje.

— Nic dziwnego! Omdlałeś — rzekł Gandalf. — Rana w końcu cię zmogła. Jeszcze kilka godzin, a nie byłoby już dla ciebie ratunku. Ale w tobie tkwią niespożyte siły, mój hobbicie kochany! Dowiodłeś tego pod Kurhanem. Wtedy ważyły się szale, był to chyba najgroźniejszy moment w całej podróży. Szkoda, że nie wytrwałeś tak samo pod Wichrowym Czubem.

— Jak widzę, wiesz już bardzo wiele — powiedział Frodo. — A przecież nikomu nie mówiłem, jak to było ze mną pod Kurhanem. Z początku dlatego, że wolałem tych okropności nie wspominać, a później miałem dość innych spraw na głowie. Skąd się o tym dowiedziałeś?

— Dużo mówiłeś przez sen — łagodnie odparł Gandalf — i nietrudno mi było czytać w twoich myślach i pamięci. Nie martw się, Frodo! Chociaż przed chwilą wyrzuciłem ci popełnione „głupstwa", nie myślałem tego poważnie. Mam uznanie dla ciebie, a także dla twoich towarzyszy. Niemała to rzecz dotrzeć tak daleko, wśród tylu niebezpieczeństw, i nie stracić Pierścienia.

— Nigdy byśmy tego nie dokonali bez Obieżyświata — rzekł Frodo. — Ale bardzo nam ciebie brakowało. Bez ciebie nie wiedziałem, co robić.

— Zatrzymały mnie różne przeszkody — odparł Gandalf — i to omal nie przyczyniło się do klęski naszych zamierzeń. Zresztą nie jestem tego pewien, może to właśnie wyszło nam na dobre.

— Proszę cię, powiedz mi, co się zdarzyło?

— Na wszystko przyjdzie pora. Dzisiaj z polecenia Elronda nie wolno ci się niczym martwić ani dużo gadać.

— Ależ rozmawiając, oderwę się od rozmyślań i dociekań, które są co najmniej równie męczące jak gadanie — rzekł Frodo. — Nie chce mi się już wcale spać i przypominam sobie mnóstwo rzeczy, które domagają się wyjaśnienia. Jakie przeszkody cię zatrzymały? Musisz mi chociaż to powiedzieć.

– Wkrótce dowiesz się wszystkiego, co cię interesuje – odparł Gandalf. – Czekamy tylko na twoje wyzdrowienie, żeby natychmiast zwołać naradę. Tymczasem powiem ci tyle, że byłem w niewoli.

– Ty?! – krzyknął Frodo.

– Tak. Ja, Gandalf Szary – uroczyście oświadczył Czarodziej. – Różne istnieją potęgi na świecie, na jego szczęście czy na zgubę! Są wśród nich mocniejsze ode mnie. Są i takie, z którymi się jeszcze nie mierzyłem. Ale zbliża się moja godzina. Władca Morgulu ze swoimi Czarnymi Jeźdźcami jest gotów. Nadciąga wojna.

– A więc o Jeźdźcach wiedziałeś dawniej... nim ja się z nimi spotkałem?

– Wiedziałem. A nawet mówiłem ci o nich kiedyś. Bo Czarni Jeźdźcy to nie kto inny, lecz Upiory Pierścienia, Dziewięciu Sług Władcy Pierścienia. Nie wiedziałem jednak, że już znów ruszyli w świat, gdybym był wiedział, uciekałbym razem z tobą, nie zwlekając ani dnia. Dopiero po naszym rozstaniu w czerwcu doszła mnie wieść o tym. Ale na resztę tej historii musisz poczekać. Na razie wyratował nas od klęski Aragorn.

– Tak – rzekł Frodo. – Obieżyświat nas ocalił. Z początku, co prawda, bałem się go. Sam zdaje się nigdy nie nabrał do niego całkowitego zaufania, w każdym razie nie dowierzał mu, póki nie spotkaliśmy Glorfindela.

– Słyszałem wszystko o Samie – powiedział z uśmiechem Gandalf. – Teraz już i on nie ma żadnych wątpliwości.

– Cieszy mnie to – rzekł Frodo – bo polubiłem bardzo Obieżyświata. Chociaż nie... „Polubiłem" to nie jest odpowiednie słowo. Stał mi się drogi, mimo że jest taki dziwny, czasem nawet ponury. Doprawdy, często mi ciebie przypomina. Nie wyobrażałem sobie, że ludzie bywają tacy. Myślałem, wiesz, że są po prostu wielkiego wzrostu i dość głupi; poczciwi głupcy jak Butterbur albo nikczemni głupcy jak Bill Ferny. Oczywiście, niewiele wiemy w Shire o ludziach, właściwie znamy tylko trochę mieszkańców Bree.

– Tych także znasz niezbyt dobrze, jeśli uważasz starego Barlimana za durnia – odparł Gandalf. – Ma on dość rozumu na własne potrzeby. Wprawdzie myśli mniej i wolniej, niż gada, ale jeśli chce, przez mur na wylot widzi – jak powiadają w Bree. Takich wszakże ludzi jak Aragorn, syn Arathorna, nie zostało wielu w Śródziemiu. Potomstwo królów zza Morza wygasło już prawie. Kto wie, czy ta Wojna o Pierścień nie będzie ich ostatnią wyprawą.

– Czy ty poważnie twierdzisz, że Obieżyświat jest potomkiem dawnych królów? – spytał Frodo ze zdumieniem. – Sądziłem, że od dawna nie ma ich już na świecie. Myślałem, że Obieżyświat jest po prostu Strażnikiem.

– Po prostu Strażnikiem! – wykrzyknął Gandalf. – Ależ, kochany Frodo, Strażnicy to właśnie potomkowie królewskiej rasy! Ostatni żyjący jeszcze na północy przedstawiciele wielkiego plemienia ludzi z Zachodu. Nieraz mi pomagali i znów w bliskiej przyszłości będę potrzebował ich pomocy; bo chociaż dotarliśmy do Rivendell, Pierścień nie jest jeszcze bezpieczny.

– Pewnie – rzekł Frodo. – Ale dotychczas żyłem tylko myślą o dojściu tutaj i mam nadzieję, że nie będę musiał wędrować dalej. Bardzo mi przyjemnie tak odpoczywać beztrosko. Przez cały miesiąc tułałem się i używałem przygód, uważam, że to dość, przynajmniej jak na moje upodobania.

Umilkł i zamknął oczy. Po chwili znów się odezwał.

– Próbowałem rachować dni – rzekł – ale nie mogę się doliczyć dwudziestego czwartego października. Wypada mi, że powinien dzisiaj być dwudziesty pierwszy. Do brodu przecież doszliśmy dwudziestego.

– I gadasz, i liczysz więcej, niż choremu przystoi – rzekł Gandalf. – Jak się teraz miewa twój bok i bark?

– Nie wiem – odparł Frodo. – Wcale ich nie czuję, a to oczywiście już pewien postęp, ale... – natężył siły i spróbował – trochę mogę poruszać ramieniem. Tak, znów w nie życie wstępuje. Nie jest zimne – dodał, prawą ręką dotykając lewej.

– To dobrze! – powiedział Gandalf. – Goi się szybko. Wkrótce będziesz zdrów zupełnie. Elrond cię wyleczył, pielęgnował cię całymi dniami, od pierwszej chwili, gdy cię tutaj przyniesiono.

– Całymi dniami? – zdziwił się Frodo.

– Dokładnie przez cztery noce i trzy dni. Elfowie przynieśli cię od brodu wieczorem dwudziestego października, od tego właśnie dnia straciłeś rachubę czasu. Okropnie się o ciebie niepokoiliśmy, a Sam nie opuszczał prawie twojego wezgłowia dniem i nocą, chyba że go po coś ważnego posyłano. Elrond to nie lada mistrz w uzdrawianiu, ale broń naszych wrogów jest zabójcza. Prawdę rzekłszy, nie żywiłem wielkich nadziei, bo podejrzewałem, że w zabliźnionej ranie została jeszcze jakaś drzazga odłupana z ostrza. Nie mogliśmy jej wszakże znaleźć aż do wczorajszego wieczora. Wreszcie Elrond usunął odłamek. Tkwił bardzo głęboko i wchodził coraz głębiej w ciało.

Frodo zadrżał na wspomnienie okrutnego noża z wyszczerbionym ostrzem, które rozpłynęło się w rękach Obieżyświata.

– Nie bój się, już go nie ma – powiedział Gandalf. – Stopniał. A jak widać, hobbici mają twarde życie. Niejednemu potężnemu wojownikowi spośród Dużych Ludzi prędko dałaby radę ta drzazga, którą ty nosiłeś w barku przez siedemnaście dni.

– Co by się ze mną stało? – zapytał Frodo. – Co jeźdźcy chcieli ze mną zrobić?

– Usiłowali przebić twoje serce nożem Morgulu, który zostaje w ranie. Gdyby im się to udało, stałbyś się do nich podobny, lecz słabszy i podległy ich woli. Byłbyś upiorem na służbie Czarnego Władcy, on zaś dręczyłby cię za karę, że próbowałeś zatrzymać przy sobie Pierścień; co prawda za najgorszą męczarnię starczyłaby świadomość, że zrabowano ci Pierścień i że tamten go nosi na palcu.

– Co za szczęście, że nie wiedziałem o tym straszliwym niebezpieczeństwie! – słabym głosem rzekł Frodo. – Oczywiście, byłem śmiertelnie przerażony, ale gdybym więcej wiedział, nie śmiałbym nawet drgnąć. Istny cud, że ocalałem.

– Tak, sprzyjało ci szczęście czy może przeznaczenie – odparł Gandalf – nie mówiąc już o męstwie. Albowiem nóż nie tknął twego serca, przeszył jedynie bark; a stało się tak dlatego, że do ostatka się opierałeś. Byłeś wszakże o włos od klęski. Najgorsze niebezpieczeństwo groziło ci, kiedy miałeś Pierścień na palcu, bo wtedy przebywałeś już na pół w świecie widm i tamci mogli cię porwać. Widziałeś ich, oni zaś widzieli ciebie.

– Wiem – rzekł Frodo. – Widziałem, a to widok straszliwy. Ale dlaczego ich wierzchowce wszyscy widzieliśmy?

– Ponieważ to są zwykłe konie, tak samo jak czarne szaty jeźdźców są zwykłymi płaszczami, które przyodziewają, by okryć swoją nicość, gdy mają się spotkać z żywymi.

– Czemuż więc te czarne konie cierpią takich jeźdźców? Wszelkie inne stworzenia, nawet koń elfa Glorfindela, wpadają w panikę, gdy Jeźdźcy się do nich zbliżą. Psy wyją i gęsi podnoszą wrzask.

– Te konie urodziły się i wychowały w służbie Czarnego Władcy w Mordorze. Nie wszyscy jego słudzy i nie cały dobytek należy do świata widm. Służą mu orkowie i trolle, wargowie i wilkołaki; było też i jest wielu żywych, przechadzających się pod słońcem ludzi, wojowników i królów, co poddali się jego władzy. Ich liczba rośnie z każdym dniem.

– A Rivendell? A elfowie? Czy Rivendell jest bezpieczne?

– Tak. Przynajmniej do czasu, póki wszystko wokół nie zostanie podbite. Elfowie wprawdzie lękają się Czarnego Władcy, wprawdzie przed nim uciekają, nigdy jednak nie dadzą mu posłuchu ani nie będą mu służyli. Tu, w Rivendell, przebywa kilku najzaciętszych jego przeciwników: mędrcy wśród elfów, władcy Eldarów zza najodleglejszych mórz. Nie boją się oni Upiorów Pierścienia, bo kto był w Błogosławionym Królestwie, ten żyje w obu światach naraz i zarówno widzialnym, jak niewidzialnym siłom może przeciwstawić własną wielką moc.

– Zdawało mi się, że widziałem białą postać, która jaśniała i nie ginęła we mgle jak inne. Czy to był Glorfindel?

– Tak. Przez chwilę widziałeś go takim, jakim jest na drugim brzegu: jednym z potężnych Pierworodnych. To elf z rodu książęcego. Zaiste, są w Rivendell siły zdolne opierać się przemocy Mordoru, przynajmniej czas jakiś; a zostały też dobre siły poza tą doliną. Jest również w Shire siła, chociaż innego rodzaju. Wszystkie jednak te miejsca wkrótce staną się wyspami w morzu oblegającego zła, jeżeli wypadki potoczą się tak, jak się zapowiada. Czarny Władca rzuca do walki całą swoją potęgę.

– Mimo to – powiedział, wstając nagle i wysuwając dolną szczękę, tak że broda nastroszyła się i sprężyła jak druciana – musimy zachować odwagę. Jesteś w Rivendell, o nic tymczasem nie potrzebujesz się troszczyć.

— Nie mam wiele odwagi do zachowania — odparł Frodo — ale na razie niczym się nie trapię. Powiedz mi jeszcze tylko, jak się miewają moi przyjaciele i jak zakończyło się starcie u brodu, a zadowolę się tym na dziś. Potem chyba się znów prześpię, ale nie zmrużę oka, dopóki nie opowiesz mi tej historii do końca.

Gandalf przysunął fotel do łóżka i przyjrzał się Frodowi uważnie. Rumieńce wróciły na twarz hobbita, oczy się rozjaśniły i miały wyraz rozbudzony i zupełnie przytomny. Uśmiechał się i nie wyglądał na poważnie chorego. Lecz oko Czarodzieja dostrzegło w nim nieuchwytną zmianę, jak gdyby jakąś przezroczystość ciała, zwłaszcza lewej ręki, która spoczywała na kołdrze.

„No cóż, można się było tego spodziewać — rzekł do siebie Gandalf. — Nie przeszedł jeszcze połowy drogi, a do czego dojdzie u jej kresu — tego nawet Elrond nie umie przewidzieć. Myślę jednak, że nie do czegoś złego. Stanie się może dla oczu tych, którzy umieją patrzeć, jak szklane naczynie napełnione jasnym światłem".

— Wyglądasz świetnie — powiedział głośno. — Zaryzykuję krótką opowieść, nie pytając Elronda o pozwolenie. Ale naprawdę krótką, a potem musisz zasnąć. Oto, co się zdarzyło u brodu, o ile mi wiadomo. Kiedy uciekłeś, Jeźdźcy pognali wprost za tobą. Nie potrzebowali już wtedy zdawać się na wzrok swoich koni, stałeś się dla nich widzialny, bo znalazłeś się u progu ich świata. Poza tym Pierścień ich przyciągał. Twoi przyjaciele uskoczyli w bok z gościńca; gdyby nie to, stratowałyby ich czarne rumaki. Wiedzieli, że jeśli cię biały koń nie zdoła ocalić, nie ma innego ratunku. Jeźdźcy byli niedoścignieni i zbyt liczni, żeby im stawić czoło. Pieszo nawet Glorfindel i Aragorn nie mogliby się mierzyć z Dziewięciu Jeźdźcami naraz.

Upiory przemknęły, a twoi przyjaciele pobiegli za nimi. W pobliżu brodu jest przy gościńcu mały wykrot pod ściętymi pniakami. Tam spiesznie rozpalili ognisko, bo Glorfindel wiedział, że przyjdzie wielka fala, jeśli tamci spróbują się przeprawić, a wówczas trzeba będzie odeprzeć atak tych Jeźdźców, którzy pozostaną na brzegu. Gdy fala runęła, Glorfindel wybiegł pierwszy, a za nim Aragorn i hobbici, wszyscy z płonącymi gałęziami w rękach. Znalazłszy się między ogniem a wodą, zaskoczeni widokiem dostojnego elfa, który im się objawił w płomieniu swego gniewu, przerazili się, a ich rumaki ogarnął szał. Trzech Jeźdźców pierwszy napór wody porwał w dół rzeki, pozostałych własne konie poniosły w toń.

– Czy to oznacza koniec Czarnych Jeźdźców? – spytał Frodo.

– Nie – odparł Gandalf. – Wierzchowce zapewne zginęły, a bez nich Jeźdźcy są jak kaleki. Upiorów Pierścienia tak łatwo się nie unicestwia. Ale na razie, bądź co bądź, niczego z ich strony nie należy się lękać. Twoi towarzysze przeprawili się brodem, gdy fala powodzi minęła, i znaleźli cię leżącego twarzą do ziemi, a złamany miecz pod tobą. Biały koń stał na straży u twego boku. Byłeś blady i zimny, zlękli się, że nie żyjesz albo stało się z tobą coś od śmierci gorszego. Przybiegli wysłańcy Elronda i zanieśli cię ostrożnie do Rivendell.

– Kto wzburzył rzekę? – spytał Frodo.

– Elrond – odparł Gandalf. – Rzeka tej doliny jest w jego władzy i wzbiera gniewem, gdy Elrond w ciężkiej potrzebie chce zagrodzić bród. Kiedy Wódz Upiorów wjechał do wody, natychmiast otworzyły się upusty. Pozwolę sobie wspomnieć, że ja ze swej strony przyczyniłem się też pewnymi drobiazgami. Nie wiem, czy zauważyłeś, że niektóre fale przybrały postać olbrzymich białych koni niosących promiennych, białych rycerzy; a poza tym słyszałeś może huk i zgrzyt toczonych w wodzie głazów. Przez chwilę bałem się nawet, czy nie rozpętaliśmy zbyt wściekłego żywiołu i czy nawała nie wymknie się spod naszej władzy, zmiatając was wszystkich. Wielka jest siła wody, która spływa z lodowców Gór Mglistych.

– Tak, teraz sobie przypominam ten straszliwy huk – rzekł Frodo. – Zdawało mi się, że tonę razem z przyjaciółmi, wrogami i całym światem. No, ale już jesteśmy wszyscy bezpieczni.

Gandalf żywo spojrzał na Froda, lecz hobbit miał oczy zamknięte.

– Tak, tymczasem jesteście wszyscy bezpieczni. Wkrótce zaczną się tu uczty i zabawy dla uczczenia zwycięstwa u Brodu Bruinen, a wy zasiądziecie na honorowych miejscach.

– To wspaniale! – rzekł Frodo. – Zdumiewa mnie, że Elrond, Glorfindel, takie dostojne osoby, nie mówiąc już o Obieżyświacie, zadają sobie tyle trudu i okazują mi tak wiele życzliwości.

– Mają po temu rozmaite powody – odparł z uśmiechem Gandalf. – Jednym z takich chwalebnych powodów jestem ja. Drugim – Pierścień. Jesteś powiernikiem Pierścienia. A zarazem spadkobiercą Bilba, znalazcy Pierścienia.

– Kochany Bilbo! – sennie wymruczał Frodo. – Gdzie też on się podziewa? Chciałbym, żeby tu był i posłuchał tej całej historii. Ależby się śmiał! Krowa przeskoczyła księżyc! I ten stary nieborak troll!

Z tymi słowy zasnął głęboko. Frodo czuł się teraz bezpieczny w Ostatnim Przyjaznym Domu na wschód od Morza. A był to dom, o którym przed laty Bilbo napisał, że jest niezrównany, czy kto lubi jeść czy spać, czy słuchać opowieści, czy śpiewać, czy po prostu woli siedzieć i rozmyślać, czy też chciałby wszystkie te przyjemności połączyć. Wystarczyło pomieszkać tutaj, żeby wyleczyć się ze zmęczenia, lęku i smutku.

Pod wieczór Frodo znów się zbudził i stwierdził, że nie czuje już potrzeby snu ani odpoczynku, natomiast chętnie by coś zjadł i wypił, a może też potem pośpiewał i pogawędził. Wstał z łóżka i zauważył, że włada ramieniem prawie tak swobodnie jak dawniej. Zobaczył przygotowane czyste ubranie z zielonego sukna, doskonale pasujące na jego figurę. Spojrzał w lustro i zdumiał się, bo odbiło postać znacznie szczuplejszą, niż zwykł oglądać; z lustra patrzył hobbit uderzająco podobny do młodocianego siostrzeńca Bilba, który ze swoim wujem włóczył się niegdyś po Shire, ale jego oczy miały nowy wyraz zamyślenia.

„Tak, tak, od tamtego dnia, kiedy ostatnim razem wyjrzałeś do mnie z lustra, niemało różnych rzeczy zobaczyłeś na świecie! – powiedział Frodo swojemu sobowtórowi. – No, ale teraz spieszmy na wesołe spotkanie!"

Przeciągnął się w ramionach i zagwizdał melodyjnie. W tym momencie rozległo się pukanie do drzwi i wszedł Sam. Podbiegł do Froda, niezgrabnie i wstydliwie chwycił jego lewą rękę. Pogłaskał ją czule, zaczerwienił się i szybko odsunął.

– Jak się masz, Samie! – rzekł Frodo.

– Ciepła! – zawołał Sam. – Pańska ręka jest ciepła! A taka była zimna przez całe długie noce. Zwycięstwo, grajcie nam, surmy! – wykrzyknął i z błyszczącymi oczyma okręcił się w kółko tanecznym krokiem. – Co za radość widzieć pana znów na nogach i przytomnego! Gandalf przysłał mnie tutaj, żebym spytał, czy pan już ubrany i czy chce zejść na dół. Ale myślałem, że ze mnie kpi!

– Jestem gotów – rzekł Frodo – chodźmy, poszukamy reszty kompanii.

– Mogę pana zaprowadzić – powiedział Sam. – To bardzo duży dom i bardzo dziwny. Coraz to coś nowego się odkrywa i nigdy nie wiadomo, jaka niespodzianka czeka za zakrętem. A ci elfowie! Gdzie się ruszyć – elfowie. Niektórzy jak królowie – groźni i dostojni – a inni znów weseli jak dzieci. A muzyka, a śpiewy jakie! Tylko że nie miałem nawet chęci do słuchania w te pierwsze dni po naszym przybyciu. Ale już zaczynam się oswajać ze zwyczajami tego domu.

– Wiem, czym byłeś dotychczas zajęty – rzekł Frodo, ujmując Sama pod ramię. – Dziś za to będziesz mógł się weselić i słuchać muzyki, ile dusza zapragnie. Chodźmy, prowadź mnie przez tutejsze zakamarki.

Sam zaprowadził go przez kilka korytarzy i po wielu stopniach schodów do ogrodu, górującego nad stromą rzeczną skarpą. Frodo zastał przyjaciół na ganku po tej stronie domu, która zwrócona była ku wschodowi.

Cień już zalegał dolinę, ale na widnokręgu ściana gór jeszcze stała w blasku. Było ciepło, woda w rzece i w wodospadzie pluskała głośno, powietrze wieczorne pachniało nikłą wonią liści i kwiatów, jak gdyby w ogrodach Elronda lato nie skończyło się dotychczas.

– Hura! – krzyknął, zrywając się, Pippin. – Oto nasz szlachetny krewniak! Miejsce dla Froda, Władcy Pierścienia!

– Cicho! – odezwał się Gandalf siedzący w cieniu, w głębi ganku. – Złe siły nie mają wstępu do tej doliny, mimo to nie należy ich wywoływać po imieniu. Władcą Pierścienia jest nie Frodo, lecz pan Czarnej Wieży Mordoru, a jego władza znów rozszerza się na świat cały. Jesteśmy w twierdzy. Dokoła niej gęstnieją ciemności.

– Gandalf wciąż nam powtarza wesołe nowiny w tym guście – rzekł Pippin. – Myśli widać, że mnie trzeba przywoływać do porządku. Ale wydaje się niepodobieństwem zachować ponury nastrój i przygnębienie, przebywając w tym domu. Chętnie bym zaśpiewał, gdybym znał jakąś pieśń odpowiednią na dzisiejszą uroczystość.

– Ja też mam ochotę śpiewać – odparł ze śmiechem Frodo. – Chociaż najpierw wolałbym coś zjeść i wypić.

– Wkrótce stanie się zadość twemu życzeniu! – rzekł Pippin. – Okazałeś swój przyrodzony spryt, wstając z łóżka w samą porę na wieczerzę.

– To nie zwykła wieczerza, ale cała uczta! – powiedział Merry. – Kiedy Gandalf oznajmił, że wyzdrowiałeś, natychmiast zabrano się do przygotowań.

Jeszcze Pippin nie dokończył zdania, gdy już dzwonki wezwały wszystkich do wielkiej sali.

Rojno było w wielkiej sali domu Elronda. Przeważali elfowie, nie brakowało jednak również przedstawicieli innych plemion. Elrond, swoim zwyczajem, siedział we wspaniałym fotelu u szczytu długiego stołu na podwyższeniu; po jednej ręce posadził przy sobie Glorfindela, po drugiej – Gandalfa.

Frodo przyglądał im się z podziwem, nigdy bowiem dotychczas nie widział Elronda, o którym tak wiele słyszał opowieści, Glorfindel zaś, a nawet Gandalf – tak dobrze, jak mu się zdawało, znajomy – ukazali się hobbitowi u boku Elronda w nowym blasku godności i potęgi.

Gandalf, mniej okazałej postawy niż tamci dwaj, wyglądał mimo to ze swoją bujną srebrną brodą, długimi siwymi włosami i szerokimi barami jak mędrzec-król ze starej legendy. W sędziwej twarzy spod krzaczastych śnieżnobiałych brwi ciemne oczy iskrzyły się jak węgle, gotowe lada chwila buchnąć płomieniem.

Glorfindel był wysoki i smukły, włosy miał złociste, twarz piękną, młodzieńczą, nieulękłą i radosną, oczy jasne i żywe, a głos dźwięczny jak muzyka; z jego czoła promieniowała mądrość, z rąk – siła.

Oblicze Elronda nie miało wieku, nie było ani stare, ani młode, chociaż wypisana była na nim pamięć wielu radości i wielu trosk. Na włosach, ciemnych jak cienie o zmierzchu, błyszczała srebrna przepaska; w oczach, szarych jak pogodny wieczór, świecił blask, jak gdyby światło gwiazd. Zdawał się czcigodny jak król w majestacie wielu lat panowania, ale zarazem krzepki jak zahartowany wojownik w pełni sił. Był panem na Rivendell i sprawował władzę zarówno nad elfami, jak i nad ludźmi.

Pośrodku stołu, na tle tkaniny rozpiętej na ścianie, stał pod baldachimem fotel, a w nim siedziała pani wielkiej urody, tak podobna do Elronda, jak gdyby była jego sobowtórem w kobiecej postaci, toteż Frodo od razu zgadł, że tych dwoje łączy więź najbliższego pokrewieństwa. Zdawała się młoda i niemłoda jednocześnie, bo chociaż jej ciemnych warkoczy nie pobielił jeszcze szron, a białe ramiona i jasna twarz były hoże i gładkie, oczy zaś, szare jak bezchmurna noc, błyszczały niby gwiazdy, miała w sobie dostojeństwo królowej, a spojrzenie zadumane i rozumne jak ktoś, komu długie lata pozwoliły zaznać wielu przeżyć. Głowę jej okrywał czepiec ze srebrnej koronki usianej drogocennymi kamieniami, które migotały białym ogniem, lecz miękkiej szarej sukni nie zdobiły żadne klejnoty prócz paska ze srebra, kutego w kształt liści.

Tak stało się, że Frodo ujrzał tę, którą niewielu śmiertelników miało szczęście oglądać: Arwenę, córkę Elronda, w której, jak mówiono, objawiła się po raz wtóry na ziemi piękna Lúthien. Nazywano ją Undómiel, była bowiem Wieczorną Gwiazdą swego ludu. Długi czas przebywała w ojczyźnie matki, w Lórien, za górami, i niedawno dopiero wróciła do ojcowskiego domu w Rivendell. Braci jej, Elladana i Elrohira, nie było tutaj, ruszyli właśnie na jakąś rycerską wyprawę, nieraz bowiem zapuszczali się daleko ze Strażnikami Północy, nie mogąc zapomnieć o tym, co wycierpiała ich matka w lochach orków.

Istot tak wielkiej urody nigdy jeszcze Frodo nie widział, nawet sobie nie wyobrażał, rozglądał się więc teraz zdumiony i zmieszany, że wypadło mu zasiąść przy jednym stole z tak dostojnymi i pięknymi osobami. Chociaż przygotowano dla niego specjalne krzesło i podścielono mu kilka poduszek, czuł się z początku bardzo mały i trochę jak intruz; prędko wszakże odzyskał pewność siebie, bo uczta była wesoła, a sute dania mogły zadowolić najgłodniejszego. Na pewien czas tak się zajął jedzeniem, że przestał się rozglądać i nawet nie spojrzał na najbliższych sąsiadów.

Potem dopiero zaczął szukać wzrokiem przyjaciół. Sam prosił, żeby mu pozwolono usługiwać swojemu panu, lecz odmówiono mu, oświadczając, że tym razem będzie również honorowym gościem. Frodo zobaczył więc Sama siedzącego razem z Pippinem i Merrym u szczytu jednego z bocznych stołów tuż obok podwyższenia. Obieżyświata natomiast nie mógł nigdzie dostrzec.

Po prawej ręce Froda siedział krasnolud godnej miny i bogato odziany. Brodę miał długą, rozczesaną, białą, prawie tak śnieżnobiałą jak sukno, z którego było uszyte jego ubranie. Nosił pas srebrny, a na szyi łańcuch ze srebra i diamentów. Frodo przerwał jedzenie, żeby mu się przyjrzeć.

– Witaj, rad cię spotykam! – rzekł krasnolud, zwracając się do Froda. Wstał od stołu i ukłonił się grzecznie. – Glóin, do twych usług – przedstawił się i pokłonił jeszcze niżej.

– Frodo Baggins, gotów do usług dla ciebie i całej twojej rodziny – odwzajemnił się jak przystało Frodo, zrywając się i w oszołomieniu zrzucając z krzesła poduszki. – Czy się nie mylę, zgadując, że mam przed sobą tego Glóina, który należał do dwunastu druhów wielkiego Thorina, zwanego Dębową Tarczą?

– Nie mylisz się – odpowiedział krasnolud, zbierając z podłogi poduszki i uprzejmie pomagając Frodowi wgramolić się z powrotem na krzesło. – Nie pytam nawzajem, bo już mi powiedziano, że ty jesteś krewniakiem i usynowionym spadkobiercą naszego przyjaciela, sławnego Bilba. Pozwól, że ci powinszuję szczęśliwego powrotu do zdrowia.

– Dziękuję bardzo – rzekł Frodo.

– Słyszałem, że miałeś niezwykłe przygody – powiedział Glóin, – Ciekaw jestem, co mogło skłonić aż czterech hobbitów do tak dalekiej podróży! Nic podobnego nie zdarzyło się od czasu, gdy Bilbo wyruszył z nami w świat. Ale może nie powinienem o to pytać, skoro Elrond i Gandalf nie kwapią się do wyjaśnienia tej sprawy.

– Sądzę, że nie będziemy o tym mówili, przynajmniej na razie – grzecznie odparł Frodo. Domyślał się, że nawet w domu Elronda sprawa Pierścienia nie powinna być tematem potocznej rozmowy, a zresztą wolał chociaż na pewien czas zapomnieć o swoich troskach. – Ja zaś nie mniej jestem ciekawy – dodał – co sprowadziło tak dostojnego krasnoluda z odległej Samotnej Góry.

Glóin spojrzał na niego żywo.

– Jeśli nie wiesz, sądzę, że o tym również na razie nie będziemy mówili. Wkrótce, jak się spodziewam, Elrond zabierze nas na radę, a wtedy dowiemy się wielu rzeczy. Ale znajdziemy z pewnością mnóstwo innych tematów do rozmowy.

Do końca wieczerzy gawędzili ze sobą, ale Frodo więcej słuchał, niż mówił, bo nowiny z Shire'u, jeśli pominąć sprawę Pierścienia, wydawały się błahe, odległe i mało ważne w porównaniu z tym, co miał Glóin do powiedzenia o zdarzeniach na północnych obszarach Dzikich Krajów. Usłyszał więc Frodo, że Grimbeorn Stary, syn Beorna, ma teraz pod swymi rozkazami liczne zastępy dzielnych ludzi i że do ich krainy między górami a Mroczną Puszczą nie ośmielają się zapędzać ani orkowie, ani wilki.

– Zaprawdę – rzekł Glóin – gdyby nie Beorningowie, nikt by już od dawna nie mógł przejść drogą z Dale do Rivendell. Ci waleczni ludzie strzegą Wysokiej Przełęczy i brodu przy Samotnej Skale. Pobierają jednak wygórowane myto – dodał, kiwając głową – i tak samo jak ongi Beorn niezbyt lubią nasze plemię. Bądź co bądź, są uczciwi, a to już niemało znaczy w tych czasach. Nigdzie tak serdecznych przyjaciół nie mamy w ludziach jak w Dale. Dobry to lud, ci Bardanie. Włada nimi wnuk Barda Łucznika, Brand, syn Baina, który był synem Barda. Możny król, jego państwo sięga teraz daleko na południe i wschód od Esgaroth.

– A co słychać u twego plemienia? – spytał Frodo.

– Wiele by o tym można opowiedzieć, dobrego i złego – odparł Glóin – ale więcej dobrego. Jak dotąd, szczęście nam sprzyja, chociaż i na nas pada cień dzisiejszych czasów. Jeśli rzeczywiście chcesz o naszych sprawach posłuchać, chętnie ci opowiem. Ale nie krępuj się i przerwij mi, gdybym cię znudził. Powiada przysłowie, że kiedy krasnolud zaczyna opowiadać o swoich przedsięwzięciach, język go ponosi.

Zastrzegłszy się w ten sposób, Glóin rozpoczął długie sprawozdanie z działalności krasnoludzkiego państwa. Zachwyciła go uprzejmość słuchacza, bo Frodo nie zdradzał znużenia ani nie próbował zmieniać tematu, jakkolwiek dość szybko stracił orientację w gąszczu dziwnych imion i nazw geograficznych, których nigdy w życiu nie słyszał. Mimo to z zainteresowaniem przyjął do wiadomości, że Dáin wciąż jeszcze króluje Pod Górą i jest już stary (ukończywszy dwieście pięćdziesiąt lat), czcigodny i bajecznie bogaty. Spośród dziesięciu druhów, którzy wyszli z życiem z Bitwy Pięciu Armii, siedmiu trwało dotychczas przy nim: Dwalin, Glóin,

Dori, Nori, Bifur, Bofur i Bombur. Bombur co prawda utył tak okropnie, że nie może o własnych siłach przejść z łóżka do stołu i sześciu młodych krasnoludów musi mu w tym pomagać.

– A co się stało z Balinem, Orim i Óinem? – spytał Frodo.

Cień przemknął przez twarz Glóina.

– Nie wiemy – odpowiedział. – Właśnie przede wszystkim w sprawie Balina przybyłem tutaj zasięgnąć rady u mieszkańców Rivendell. Ale dziś mówmy raczej o weselszych rzeczach.

I zaczął opowiadać o dziełach swojego plemienia, o wielkich pracach dokonanych w Dale i Pod Górą.

– Nieźle się sprawiliśmy – rzekł – lecz w obróbce kruszców nie możemy sprostać naszym ojcom, bo wiele ich tajemnic przepadło wraz z nimi. Wyrabiamy dobre zbroje i miecze, nie umiemy jednak sporządzać kolczug i ostrzy, które by dorównały dawnym, z czasów przed zjawieniem się smoka. Tylko w sztuce górniczej i budowlanej prześcignęliśmy tamte wieki. Żebyś zobaczył drogi wodne w dolinie Dale, góry i jeziora! Żebyś zobaczył gościńce wybrukowane różnokolorowymi kamieniami! A sale, a podziemne ulice o sklepieniach rzeźbionych na kształt drzew! A tarasy i wieże na stokach góry! Musiałbyś przyznać, żeśmy nie próżnowali.

– Przyjadę i wszystko to obejrzę, jeśli tylko będę mógł – odparł Frodo. – Jakżeby się zdumiał Bilbo, gdyby widział te zmiany w kraju spustoszonym przez Smauga!

Glóin popatrzył na Froda z uśmiechem.

– Bardzo kochałeś Bilba, prawda?

– Bardzo – przyznał Frodo. – Wolałbym jego ujrzeć niż wszystkie wieże i pałace świata.

Wreszcie uczta się skończyła. Elrond i Arwena wstali, by przejść w głąb jadalni, reszta biesiadników ruszyła za nimi w należytym porządku. Otwarły się podwoje i wszyscy przez szeroki korytarz i następne drzwi przeszli do innej sali. Nie było tu stołów, lecz ogień płonął jasno na wielkim kominie, z dwóch stron obramionym przez rzeźbione kolumny.

Frodo szedł koło Gandalfa.

– To jest Sala Kominkowa – rzekł Czarodziej. – Usłyszysz tu wiele pieśni i opowieści, jeśli uda ci się nie zasnąć. Lecz z wyjątkiem dni uroczystych sala ta jest zwykle pusta i cicha, a przychodzą tu ci, którzy pragną spokoju w swych rozmyślaniach. Płonie tu zawsze ogień, przez okrągły rok, lecz prawie nie ma innego oświetlenia.

Kiedy Elrond wszedł i skierował się ku przygotowanemu dla niego fotelowi, minstrele powitali go muzyką. Sala wypełniała się z wolna i Frodo z przyjemnością rozglądał się wśród pięknych twarzy elfów, których tu było tak wiele; złocisty blask ognia rozświetlał je i lśnił na włosach.

Nagle w dalszym kącie sali nieopodal kominka spostrzegł drobną, ciemną figurkę skuloną na zydelku i plecami opartą o filar. Obok na podłodze stał kubek i leżała kromka chleba. Frodo pomyślał, że może to chory (jeżeli w Rivendell w ogóle zdarzają się choroby), który nie mógł wziąć udziału w uczcie. Głowa, jakby senna, opadała nieznajomemu na piersi, poła ciemnego płaszcza zasłaniała twarz.

Elrond podszedł i stanął przed milczącą postacią.

– Zbudź się, mistrzu! – powiedział z uśmiechem. I zwracając się do Froda, skinął na niego. – Nadeszła wreszcie godzina, do której tęskniłeś, mój Frodo! – rzekł. – Oto dawno utracony przyjaciel!

Ciemna figurka podniosła głowę i odkryła twarz.

– Bilbo! – krzyknął Frodo, poznając starego hobbita, i skoczył ku niemu.

– Witaj Frodo, chłopcze kochany! – rzekł Bilbo. – A więc nareszcie jesteś tutaj. Ufałem, że dojdziesz! No, no! Jak słyszę, cała uroczystość odbywa się dziś na twoją cześć. Mam nadzieję, że się dobrze bawisz?

– Dlaczego nie byłeś na uczcie? – zawołał Frodo. – Dlaczego nie pozwolono mi wcześniej cię zobaczyć?

– Ponieważ spałeś. Co do mnie, to już się napatrzyłem na ciebie. Siadywałem wraz z Samem u twojego łoża. Ale jeśli chodzi o ucztę, to już niezbyt lubię takie rzeczy. Miałem zresztą inne zajęcie.

– Co robiłeś?

– Siedziałem i myślałem. Ostatnimi czasy przeważnie się tym zajmuję, a to miejsce zwykle najlepiej się do tego nadaje. „Zbudź się!" Nie spałem, mości Elrondzie! Jeśli chcesz wiedzieć prawdę, to ci powiem, że za wcześnie wstałeś od uczty i przeszkodziłeś mi... przeszkodziłeś mi w ułożeniu do końca pewnej pieśni. Utknąłem na paru linijkach i rozmyślałem nad nimi, ale teraz już chyba nigdy nie odnajdę właściwych słów. Będzie tyle śpiewu, że wszystkie pomysły uciekną spłoszone z mojej głowy. Muszę poprosić przyjaciela Dúnadana o pomoc. Gdzież on jest?

Elrond się roześmiał.

– Znajdziemy Dúnadana – rzekł. – Zaszyjecie się we dwóch w kącie i dokończycie razem poemat, a pod koniec zabawy posłuchamy tej pieśni i wydamy o niej sąd.

Rozesłano gońców na poszukiwania przyjaciela Bilba, jakkolwiek nikt nie wiedział, gdzie przebywa i dlaczego nie zjawił się u stołu.

Tymczasem Frodo i Bilbo siedzieli obok siebie, a wkrótce Sam również usadowił się w ich pobliżu. Rozmawiali ściszonymi głosami, nie zważając na otaczającą ich wesołość i muzykę. Bilbo niewiele miał do powiedzenia o sobie. Opuściwszy Hobbiton, włóczył się bez celu po Gościńcu i terenach położonych po jego obu stronach; lecz, sam nie wiedząc jak, wciąż dążył w kierunku Rivendell.

– Dotarłem tu bez poważniejszych przygód – mówił – a po odpoczynku udałem się z krasnoludami do Dale: to była moja ostatnia podróż. Więcej już nie będę wędrował. Stary Balin odszedł. Wróciłem wówczas tutaj i tu siedziałem. Robiłem to i owo. Napisałem dalszy ciąg mojej książki. No i oczywiście ułożyłem parę pieśni. Śpiewają je niekiedy, pewnie przez grzeczność, żeby mi sprawić przyjemność, bo nie są dość piękne jak na Rivendell. A ja sobie słucham i myślę. Tu nie czuje się, że czas płynie: jakby stał. Bardzo niezwykły dom.

Dochodzą mnie różne wieści zza gór i z południa, ale rzadko coś słyszę o Shire. Oczywiście, wiem o sprawie Pierścienia. Gandalf bywał tu często. Nie mówił mi zresztą wiele, ostatnimi laty zrobił się jeszcze bardziej skryty niż dawniej. Więcej opowiedział mi Dúnadan. Że też mój Pierścień sprawił tyle zamieszania! Szkoda, że Gandalf wcześniej nie odkrył tej tajemnicy. Byłbym dawno sam przywiózł Pierścień tutaj i obyłoby się bez tylu kłopotów. Nieraz myślałem, żeby wrócić po niego do Hobbitonu, ale starzeję się, a oni nie chcieli mnie stąd puścić, to znaczy Gandalf i Elrond. Im się zdaje, że Nieprzyjaciel szuka mnie po całym świecie i że posiekałby mnie na kawałki, gdyby mnie przyłapał wałęsającego się po Dzikich Krajach.

Gandalf powiedział mi: „Pierścień przeszedł w inne ręce. Nie wyszłoby to ani tobie, ani innym osobom na dobre, gdybyś próbował znów wtrącać się w tę sprawę". Dziwaczne słowa, z Gandalfa zawsze był dziwak. Ale zapewnił mnie, że czuwa nad tobą, więc ustąpiłem. Nie masz pojęcia, jak się cieszę, że cię widzę całego i zdrowego!

Umilkł i trochę niepewnie spojrzał na Froda.

– Masz go tu przy sobie? – zapytał szeptem. – Rozumiesz chyba, że po wszystkim, co słyszałem, mimo woli nabrałem ciekawości. Chciałbym tylko raz jeszcze na niego popatrzeć.

– Tak, mam go przy sobie – odpowiedział Frodo, tknięty nagle niezrozumiałą niechęcią. – Wygląda tak samo jak zawsze.

– Chociaż przez krótką chwilkę daj mi na niego popatrzeć – szepnął Bilbo.

Ubierając się, Frodo stwierdził, że podczas jego snu ktoś zawiesił mu Pierścień u szyi na nowym łańcuszku, bardzo mocnym, chociaż lekkim. Z wolna dobył klejnot spod kurtki. Bilbo wyciągnął rękę, lecz Frodo błyskawicznym ruchem schował Pierścień. Z rozpaczą i zdumieniem spostrzegł, że nie widzi już Bilba, jakby cień nagle ich rozdzielił, lecz poprzez mgłę patrzy w oczy małemu, skurczonemu stworzeniu o wygłodniałej twarzy i chciwych kościstych palcach. Miał ochotę odepchnąć je pięścią.

Wydało mu się, że muzyka i śpiew ścichły, zaległa cisza. Bilbo szybko spojrzał w twarz Froda i przetarł dłonią oczy.

– Teraz rozumiem – rzekł. – Schowaj go! Żałuję, że na ciebie spadło to brzemię. Żałuję wszystkiego. Czy przygody nigdy się nie kończą? Myślę, że nigdy. Ktoś musi zawsze ciągnąć dalej zaczęty wątek. Trudno, nie ma na to rady. Pytanie, czy przydadzą się na coś wysiłki, żeby dokończyć moją książkę? Ale dziś nie pora na zmartwienia, powiedz mi najważniejsze nowiny. Co słychać w Shire?

Frodo schował Pierścień i cień rozwiał się, zostawiwszy po sobie ledwie nikłe wspomnienie. Znów otoczyły ich światła i muzyka Rivendell. Bilbo uśmiechał się, a nawet śmiał wesoło. Każdy szczegół z życia Shire'u, który Frodo sobie przypominał – niekiedy z pomocą Sama, wtrącającego poprawki – interesował go ogromnie, czy chodziło o ścięcie jakiegoś drzewa, czy o psoty jakiegoś malca z Hobbitonu. Tak pochłonęły ich nowiny z Czterech Ćwiartek, że nie zauważyli nawet, kiedy podszedł do nich mężczyzna w ciemnozielonym ubraniu. Stał od paru minut, przyglądając im się z uśmiechem, aż wreszcie Bilbo podniósł na niego wzrok.

– Ach, jesteś nareszcie, Dúnadanie! – zawołał.

– Obieżyświat! – krzyknął Frodo. – Jak widzę, masz mnóstwo imion.

– Imienia Obieżyświat w każdym razie nigdy dotychczas nie słyszałem – rzekł Bilbo. – Dlaczego tak go nazywacie?

– Przezwano mnie tak w Bree – wyjaśnił, śmiejąc się Aragorn. – Pod tym imieniem zostałem Frodowi przedstawiony.

– A dlaczego ty nazywasz go Dúnadanem? – spytał Frodo.

– Najczęściej tak go tutaj nazywamy – odparł Bilbo. – Myślałem, że znasz na tyle język elfów, żeby wiedzieć, co znaczy *dún-adan*: człowiek z Zachodu, Númenorejczyk. Ale nie ma teraz czasu na lekcję. – Zwrócił się do Obieżyświata: – Gdzieżeś się podziewał, przyjacielu? Czemu nie wziąłeś udziału w uczcie? Była tam pani Arwena.

Obieżyświat poważnie spoglądał z góry na Bilba.

– Wiem – rzekł. – Nie pierwszy to raz musiałem wyrzec się radości. Elladan i Elrohir niespodzianie wrócili z wyprawy i chciałem przede wszystkim usłyszeć wieści, jakie przynoszą z Dzikich Krajów.

– Ale teraz, mój drogi – spytał Bilbo – skoro już znasz te wieści, czy znajdziesz chwilkę czasu dla mnie? Potrzebuję twojej pomocy bardzo pilnie. Elrond polecił mi ułożyć pieśń, nim się skończy dzisiejsza zabawa, a ja zaciąłem się w połowie. Chodźmy w jakiś cichy kącik i wygładźmy wspólnie te wiersze.

Obieżyświat się uśmiechnął.

– Chodźmy! – rzekł. – Chętnie posłucham, co wymyśliłeś.

Frodo został na chwilę bez towarzystwa, bo Sam usnął. Czuł się trochę osamotniony i markotny, chociaż otaczał go rój mieszkańców Rivendell. W najbliższym sąsiedztwie wszyscy milczeli, zasłuchani w muzykę głosów i instrumentów, i na nic więcej nie zwracali uwagi. Frodo także zaczął się wsłuchiwać.

A skoro zaczął słuchać, od razu piękna melodia i wplecione w nią słowa oczarowały go, chociaż niewiele rozumiał z mowy elfów. Miał wrażenie, że słowa wcielają się w żywe postacie, że otwierają się przed nim wizje dalekich krajów i pięknych rzeczy, nieznanych dotychczas nawet w marzeniu. Blask ognia zmienił się w złotą mgłę rozsnutą nad morzem piany, falującym u granic świata. Potem czar coraz bardziej upodabniał się do snu, aż wydało się Frodowi, że przepływa nad nim bezbrzeżna rzeka, pełna złota i srebra, skarbów tak mnogich, że nie rozróżniał już ich kształtów; rzeka stapiała się z pulsującą w powietrzu muzyką, aż Frodo cały nią nasiąknął i zatonął. Muzyka nakryła go migotliwą falą i zapadł na dno, w krainę snu.

Błąkał się po niej długo wśród melodii, które przeistaczały się w szum wody, a w końcu zabrzmiały znajomym głosem. Był to głos Bilba, śpiewającego jakąś pieśń. Zrazu nieuchwytne, potem coraz wyraźniejsze dochodziły do uszu Froda słowa:

> *Żeglarzem był Eärendil,*
> *Mieszkał w krainie Arvernien;*
> *Okręt zbudował w Nimbrethil,*
> *By płynąć do odległych ziem.*
> *W żaglach srebrzysta błyska nić*
> *Srebrne latarnie gorzeją,*
> *Łabędzi się wygina dziób,*
> *Proporce światłem jaśnieją.*
>
> *Rynsztunek królów dawnych wziął,*
> *Pierś kryją łączone pierścienie,*
> *Na tarczy tajemniczy znak,*
> *Co wszystkie ciosy odżenie.*
> *Ze smoczych rogów jego łuk,*
> *Z hebanu wycięte strzały*
> *Kolczugi srebrne sploty lśnią,*
> *A w pochwie miecz tkwi zuchwały.*
> *Z najtrwardszej stali kuta broń,*
> *Wysoki hełm ma z diamentu,*
> *Na czubie kita z orlich piór*
> *I szmaragd na piersi przypięty.*
>
> *Prosto w Księżyca płynął blask,*
> *Z dala od brzegów północy,*

*Zbłąkany wśród zaklętych dróg,*
*Którymi człowiek nie kroczy.*
*Od Cieśnin Lodu, kędy w cień*
*Mroźne się szczyty spowiły,*
*Od pustyń, które spalił żar,*
*Uciekł, żeglując co siły –*
*Aż płynąc wśród bezgwiezdnych wód*
*Przybył do Nocy bez Granic –*
*I ominąwszy czarny brzeg*
*Płynął nie patrząc już na nic.*
*Wiatr gniewu chwycił teraz ster;*
*Z zachodu na wschód – szalony*
*Żeglarz rzuciwszy dawny cel*
*W rodzinne uciekł strony.*

*Tu Elwing z chmur przybyła doń –*
*I stanął mrok w aureoli*
*Jaśniejszej niż diamenty skier,*
*Co migotały w jej kolii.*
*Na głowę kładła mu Silmaril*
*Światłem wieńcząc mu czoło –*
*Aż, nieulękły, skręcił ster*
*I łodzią zatoczył koło;*
*Z drugiego świata, spoza Mórz*
*Z potwornym wichrem w zmowie*
*Szedł z Tarmenelu groźny sztorm;*
*Te szlaki omija człowiek...*
*Ów sztorm znosiła z jękiem łódź,*
*Gdyż śmierć tu nocną godziną*
*Czyhała pośród szarych Mórz,*
*Gdy znowu na zachód płynął.*

*Przez Wieczną Noc go znosił prąd*
*Wśród ryku wściekłego morza –*
*Z daleka omijając brzeg,*
*Gdzie nigdy nie świeci zorza.*
*Nareszcie u perłowych plaż,*

*O które łodzią się otarł,*
*Ujrzał błyszczące pośród pian*
*Bryły klejnotów i złota.*
*Ujrzał, jak Góra rośnie wzwyż,*
*Gdzie zmierzch wieczorny kona –*
*A w dole Eldamaru twarz*
*Ku morzu tkwi obrócona.*
*Wędrowiec nocnych uszedł mgieł,*
*Zawinął w spokojną przystań,*
*Gdzie elfów stał zielony dom,*
*Gdzie woda lśni przezroczysta –*
*I gdzie u Ilmarinu Wzgórz*
*Jak złotem skrzące się kruszce*
*W Tirionie lśniły szczyty wież*
*Odbite w jeziora lustrze.*

*Wędrówki dość miał Eärendil,*
*Elfowie uczyli go pieśni –*
*A mędrcy brzęcząc w struny harf*
*Cudów, o których nie śnił.*
*I w elfią go ubrano biel,*
*I świateł wiodło go siedem,*
*Kiedy w ukryty oczom kraj*
*Wkraczał odważnie sam jeden.*
*I w progi wszedł ogromnych sal,*
*Gdzie potok lat wartko płynie*
*I gdzie panuje Odwieczny Król*
*Na górze w Ilmarinie.*
*I wiele powiedziano słów*
*O elfach i ludziach z ziemi,*
*I wizji ukazano moc*
*(Znają je wtajemniczeni).*

*Z mithrilu łódź zrobiono dlań*
*(Drugą mi taką pokażcie!),*
*Nie miała wioseł ani z lnu*
*Żagli na srebrnym maszcie.*

*Latarnią był jej Silmaril,*
*A żywy płomień sztandarem,*
*Który zatknęła Elbereth.*
*Dla łodzi również jej darem*
*Były podniebne skrzydła dwa*
*I czaru moc, sprawiająca,*
*Że mógł się łodzią wzbić do nieb*
*Za Księżyc i tarczę Słońca.*

*Z Wiecznego Mroku ciemnych wzgórz,*
*Gdzie mżą fontanny szklane,*
*Niosły go skrzydła – lotny blask*
*Za Góry potężną ścianę.*
*U kresu świata skręcił ster*
*I po podniebnych jazdach*
*Zapragnął znów wrócić w dom...*
*Już jak paląca się gwiazda*
*Wysoko wzbił się ponad mgły –*
*Herold słonecznej urody –*
*I błysnął nim płomienny świt,*
*Zapalił Norlandu wody.*

*Gdy nad Śródziemiem okręt mknął,*
*Usłyszał nagle Eärendil*
*Elfin i ludzkich kobiet szloch,*
*Jak echo z mrocznych Dawnych Dni.*
*Lecz jemu wielki przypadł los:*
*Nim Księżyc zblednie – w biegu*
*Omijać ziemskiej gwiazdy glob,*
*Śmiertelnych nie tknąć brzegów;*
*I wciąż zwiastować nowy cel,*
*Wiedząc, że nie nadejdzie kres*
*Wędrówki wśród obłocznych mgieł*
*Z lampą – Płomieniem Westernesse.*[1]

---

[1] Przełożył Włodzimierz Lewik.

Śpiew umilkł. Frodo otworzył oczy i zobaczył Bilba siedzącego na zydelku w kręgu słuchaczy, którzy uśmiechali się i klaskali.

– A teraz chcielibyśmy posłuchać raz jeszcze od początku! – oświadczył jeden z elfów.

Bilbo wstał i złożył ukłon.

– Pochlebia mi twoje życzenie, Lindirze – rzekł – ale powtarzanie całej pieśni byłoby zbyt męczące.

– Nie dla ciebie – odparł ze śmiechem Lindir. – Dobrze wiemy, że recytowanie własnych wierszy nigdy cię nie nuży. Doprawdy, nie możemy wydać sądu po jednorazowym przesłuchaniu.

– Co?! – krzyknął Bilbo. – Nie umiecie odróżnić moich zwrotek od utworów Dúnadana?

– Niełatwo nam dostrzec różnicę między dwoma śmiertelnikami – powiedział elf.

– Głupstwa pleciesz, Lindirze – ofuknął go Bilbo. – Jeśli nie potrafisz odróżnić człowieka od hobbita, nie jesteś widać tak rozumny, jak przypuszczałem. Są do siebie równie niepodobni jak ziarnko fasoli do jabłka.

– Może. Owca zapewne rozróżnia inne owce – roześmiał się Lindir. – Pasterz także. Ale my nie poświęcamy tyle uwagi śmiertelnikom. Mamy inne sprawy na głowie.

– Nie będę się z tobą sprzeczał – odparł Bilbo. – Sen mnie morzy po tylu godzinach muzyki i śpiewu. Jeżeli masz ochotę, sam rozwiąż zagadkę.

Wstał i podszedł do Froda.

– No, skończyłem! – szepnął. – Poszło mi lepiej nawet, niż się spodziewałem. Rzadko się zdarza, by mnie proszono o powtórzenie pieśni. A ty co o niej sądzisz?

– Nie próbuję zgadywać – odparł Frodo z uśmiechem.

– Nie ma potrzeby – rzekł Bilbo. – Prawdę mówiąc, całą pieśń sam ułożyłem. Aragorn tylko uparł się, żeby dodać szmaragd. Jego zdaniem to bardzo ważny szczegół. Nie wiem dlaczego. Poza tym uważał, jak się zdaje, że porywam się na zbyt trudne zadanie, i powiedział, że jeżeli ośmielam się wygłaszać swój poemat o Eärendilu w domu Elronda, muszę to wziąć na własną odpowiedzialność. Może ma rację.

– Nie jestem tego pewien – odparł Frodo. – Mnie się twój poemat wydał bardzo tutaj odpowiedni, chociaż nie umiem wyjaśnić, na czym to polegało. Byłem w półśnie, kiedy zacząłeś pieśń, i miałem wrażenie, że to dalszy ciąg moich sennych marzeń. Dopiero pod koniec uświadomiłem sobie, że to ty śpiewasz.

– W tym domu nieprzyzwyczajonemu trudno się opędzić od senności – rzekł Bilbo. – Nigdy zresztą hobbit nie dorówna elfom w ich nienasyconym apetycie na muzykę, poezję i opowieści. Elfowie lubią te zabawy na równi z jedzeniem, a może nawet bardziej. Będą tu śpiewać jeszcze długo w noc. Nie zechciałbyś wymknąć się po cichu i pogadać ze mną gdzieś na uboczu?

– Nie wezmą nam tego za złe? – spytał Frodo.

– Co znowu! To przecież zabawa, nie obowiązek. Można wchodzić i wychodzić, jak ci się podoba, byle nie hałasować.

Wstali i cichcem wycofali się w cień, zmierzając ku drzwiom. Sama zostawili uśpionego i błogo uśmiechniętego przez sen. Frodo, mimo że cieszył się towarzystwem Bilba, z pewnym żalem opuszczał salę i ognisko. Kiedy przekraczali jej próg, czysty głos właśnie podjął pieśń:

> *A Elbereth Gilthoniel,*
> *silivren penna míriel,*
> *o menel aglar elenath!*
> *Na-chaered palan-díriel*
> *o galadhremmin ennorath,*
> *Fanuilos, le linnathon*
> *nef aear, sí nef aearon!*

Frodo na sekundę przystanął i obejrzał się za siebie. Elrond siedział w fotelu, a blask ogniska rozświetlał jego twarz, jak letnie słońce ozłaca korony drzew. Przy nim siedziała pani Arwena. Ze zdumieniem Frodo ujrzał stojącego u jej boku Aragorna, który odrzucił ciemny płaszcz i miał na sobie zbroję elfów z gwiazdą błyszczącą na piersi. Tych dwoje rozmawiało z sobą i nagle Frodowi wydało się, że Arwena zwróciła na niego wzrok i że jej promienne spojrzenie z daleka trafiło go prosto w serce.

Stał jak urzeczony, a słodkie sylaby pieśni elfów dzwoniły niby klejnoty stworzone z harmonii słów i melodii.

– To pieśń na cześć Elbereth – powiedział Bilbo. – Będą ją śpiewać, zarówno jak i inne pieśni Błogosławionego Królestwa, po wielekroć dzisiejszej nocy. Chodźmy!

Zaprowadził Froda do jego własnej sypialenki. Okna jej wychodziły na ogrody i widać było stąd dalej na południe rozległy krajobraz aż poza dolinę Bruinen. Czas jakiś siedzieli tutaj, patrząc przez okno w jasne gwiazdy nad wspinającym się stromo w górę lasem, i gawędzili z cicha. Nie mówili już o błahych nowinach z odległego Shire'u ani o czarnych cieniach i niebezpieczeństwach, które ich zewsząd osaczały, lecz o pięknych rzeczach, które obaj na świecie widzieli, o elfach, o gwiazdach, o drzewach, o łagodnej pogodzie jesiennej, złocącej lasy.

Wreszcie ktoś zapukał do drzwi.

– Przepraszam – powiedział Sam, wtykając głowę. – Chciałem tylko zapytać, czy może panom czego potrzeba.

– Nawzajem przepraszam, Samie Gamgee – odparł Bilbo – że zgadłem, o co ci chodzi naprawdę. Pewnie uważasz, że twojemu panu już pora do łóżka.

– Bo to, proszę pana, jutro wcześnie zacznie się narada, jak mi mówiono, a pan Frodo dopiero dzisiaj podniósł się pierwszy raz po chorobie.

– Słusznie, Samie – roześmiał się Bilbo. – Idź i zamelduj Gandalfowi, że pacjent już się położył. Dobranoc, Frodo. Nie masz pojęcia, jak się cieszę, że cię znów oglądam. Nie ma to jak hobbici do prawdziwej pogawędki. Bardzo się już postarzałem i nieraz sobie stawiam pytanie, czy dożyję tego, bym mógł czytać twoje rozdziały naszej wspólnej historii. Dobranoc! Przejdę się trochę po ogrodzie i popatrzę na gwiazdy Elbereth. Śpij spokojnie!

# Rozdział 2

## *Narada u Elronda*

Nazajutrz Frodo zbudził się wcześnie, rześki i zdrów. Przeszedł się po tarasach nad szumiącą głośno Bruinen i widział, jak blade, chłodne słońce wstało zza dalekich gór, przebijając się skośnymi promieniami przez lekkie, srebrzyste mgły; rosa błyszczała na pożółkłych liściach, nici babiego lata lśniły na każdym krzewie. Sam chodził za Frodem, nic nie mówiąc, ale węsząc w powietrzu zapachy i co chwila wznosząc pełne podziwu oczy ku spiętrzonym na wschodzie górom. Śnieg bielił ich szczyty.

Za zakrętem ścieżki niespodzianie ujrzeli Gandalfa i Bilba siedzących na kamiennej ławce i zagłębionych w rozmowie.

– Witaj! Dzień dobry! – zawołał Bilbo. – Gotów jesteś na wielką naradę?

– Czuję się gotów na wszystko – odparł Frodo. – Największą jednak ochotę miałbym na daleki spacer i zwiedzenie doliny. Chętnie bym zajrzał do tych sosnowych borów! – rzekł, pokazując odległą północną część Rivendell.

– Może będziesz miał po temu sposobność później – powiedział Gandalf. – Teraz nie możemy jeszcze układać żadnych planów. Wiele rzeczy dziś usłyszymy i niejedną trzeba będzie podjąć decyzję.

Nagle dobiegło ich pojedyncze dźwięczne uderzenie w dzwon.

– To wezwanie na naradę do Elronda! – zawołał Gandalf. – Chodźmy! Obaj, ty, Frodo, i ty, Bilbo, będziecie tam potrzebni.

Frodo i Bilbo pospieszyli za Czarodziejem krętą ścieżką z powrotem ku domowi. Niezaproszony i na razie zapomniany Sam dreptał ich śladem.

Gandalf zaprowadził ich na ten sam ganek, gdzie poprzedniego wieczora Frodo spotkał przyjaciół. Pogodny jesienny ranek świecił nad doliną. Od pieniącej się rzeki bił w górę szum i plusk. Ptaki śpiewały, miły spokój roztaczał się nad całą okolicą.

Niebezpieczeństwa jego ucieczki z Shire'u i groźne wieści o potęgujących się na świecie ciemnościach zdawały się Frodowi już tylko wspomnieniem złego snu, lecz gdy weszli na salę, powitały ich zewsząd twarze pełne powagi.

Elrond już tu był, a wokół niego siedzieli w milczeniu inni. Frodo dostrzegł Glorfindela i Glóina, a w kącie samotnego Obieżyświata, który znów przywdział stare, zniszczone w wędrówkach ubranie. Elrond wskazał Frodowi miejsce u swego boku i przedstawił hobbita zgromadzonym, mówiąc:

– Przyjaciele, to jest hobbit Frodo, syn Droga. Nie ma wśród nas wielu, którzy by przezwyciężyli gorsze niebezpieczeństwa i podjęli ważniejszą misję niż on.

Z kolei przedstawił Frodowi tych uczestników narady, których dotychczas hobbit nie znał. Przy Glóinie siedział młodszy krasnolud, syn jego, imieniem Gimli. Obok Glorfindela skupili się liczni doradcy i domownicy Elronda, którym przewodził Erestor. Wśród nich był Galdor, elf z Szarej Przystani, przybyły z poselstwem od Círdana, Budowniczego Okrętów. Był też obcy elf w zielonobrunatnym stroju, Legolas, syn i wysłannik Thranduila, króla elfów z północnej części Mrocznej Puszczy. Nieco na uboczu siedział rosły mężczyzna o pięknych i szlachetnych rysach, ciemnych włosach i siwych oczach, spoglądający dumnie i surowo. Miał płaszcz i długie buty, jakby do konnej podróży, a ten strój, chociaż bogaty, podobnie jak podbity futrem płaszcz, nosił ślady długiej wędrówki. W srebrnym łańcuchu na szyi błyszczał biały diament, włosy sięgały do ramion. U pasa zwisał oprawny w srebro róg, w tej chwili spoczywający na kolanach właściciela. Nieznajomy jakby się zdumiał na widok Bilba i Froda.

– Oto – rzekł Elrond, zwracając się do Gandalfa – Boromir, gość z południa. Dziś o świcie przybył tutaj, szukając rady. Poprosiłem go na nasze zgromadzenie, bo tu usłyszy odpowiedź na wiele swoich pytań.

Nie wszystko z tego, co mówiono i o czym dysputowano podczas narady, wymaga przytoczenia. Mówiono bowiem dużo o wypadkach na szerokim świecie, szczególnie na południu i w rozległych krainach na wschód od gór. O tych zdarzeniach Frodo słyszał już przedtem różne pogłoski, nowością jednak było dla niego opowiadanie Glóina, toteż skupił całą uwagę, kiedy zabrał głos krasnolud.

– Od wielu już lat – rzekł Glóin – cień niepokoju pada na życie naszego plemienia. Skąd się wziął, nie mogliśmy zrazu pojąć. Zaczęło się od szeptów z ust do ust podawanych. Powiadano, że utknęliśmy w zaścianku, podczas gdy na szerokim świecie jest więcej bogactw i zaszczytów do osiągnięcia. Ktoś wspomniał Morię, potężne dzieło naszych ojców, zwane w naszej mowie Khazad-dûm. Ozwały się głosy, że wreszcie dość uroślismy w siły i liczbę, aby tam wrócić.

Glóin westchnął:

– Moria! Moria! Cud Północy! Za głęboko tam się wryliśmy i zbudziliśmy bezimienne, straszne moce. Od wieków stoją tam pustką rozległe pałace, odkąd z nich uciekły dzieci Durina. Lecz teraz znów mówiliśmy o nich z utęsknieniem, chociaż i z trwogą zarazem; albowiem w ciągu kilku pokoleń żaden krasnolud nie ważył się przestąpić bramy Khazad-dûm, prócz jednego Thróra, który tę próbę przypłacił życiem. W końcu wszakże Balin dał posłuch szeptom i postanowił wyruszyć do Morii. Dáin wprawdzie niechętnie mu na to pozwolił, lecz Balin wziął ze sobą Oriego, Óina i wielu innych, z którymi odszedł na południe.

Było to trzydzieści lat temu. Początkowo dostawaliśmy od nich wieści, i to dość pomyślne: weszli do Morii i rozpoczęli tam wielkie prace. Później zaległa cisza i ani słowo już nie dotarło do nas stamtąd.

Przed rokiem mniej więcej przybył do Dáina wysłannik, ale nie z Morii. Z Mordoru. Przybył konno, nocą, wywołał Dáina do bramy. Oznajmił mu, że Sauron Wielki pragnie naszej przyjaźni. Ofiarowuje w zamian pierścienie, takie, jakie ongi rozdawał. I zapytuje, co nam wiadomo o hobbitach, co to za plemię i gdzie mieszka. „Albowiem Sauron wie – rzekł poseł – że niegdyś znaliście dobrze pewnego hobbita".

To nas bardzo zaniepokoiło i nic na to nie odpowiedzieliśmy. Wtedy tamten ściszył swój dziki głos i byłby go pewnie osłodził, gdyby to było możliwe. „Sauron pragnie otrzymać od was drobny zadatek na poczet przyjaźni – rzekł. – Prosi mianowicie, żebyście odszukali złodzieja – tak się wyraził – i odebrali mu, po dobroci albo przemocą, pewien mały pierścionek, najmniejszy z pierścieni, niegdyś przez niego skradziony. Znajdźcie ten pierścień, a zwrócę wam trzy inne, te, które dawniej były w posiadaniu krasnoludzkich władców, i królestwo w Morii będzie wasze na wieki. Znajdźcie bodaj ślad złodzieja, dowiedzcie się, czy żyje jeszcze i gdzie przebywa, a zdobędziecie hojną nagrodę i trwałą przyjaźń Władcy. Jeżeli odmówicie, może być z wami źle. Czy odmawiacie?"

Skończył i syk dobył mu się z piersi jak z gniazda żmij, a wszyscy stojący w pobliżu zadrżeli, Dáin wszakże odpowiedział: „Nie mówię tak i nie mówię nie. Muszę rozważyć twoje słowa i to, co się kryje pod ich piękną zasłoną".

„Rozważ, ale niech to nie trwa zbyt długo" – rzekł tamten.

„Czas, który poświęcam na rozmyślanie, jest moją własnością" – odparł Dáin.

„Tymczasem jeszcze twoją" – rzucił tamten, znikając w ciemnościach.

Od tej nocy ciężkie brzemię nosili w sercach nasi przywódcy. Nawet gdyby ów wysłannik nie ostrzegł nas złowróżbnym brzmieniem głosu, poznalibyśmy, że w jego słowach kryje się zarówno groźba, jak podstęp; bez tego wiedzieliśmy już, że potęga, która znów zawładnęła Mordorem, nie zmieniła się i gotuje nam zdradę, jak przed wiekami. Dwakroć poseł wracał i dwakroć odjeżdżał z niczym. Po raz trzeci i ostatni – jak zapowiedział – zjawi się wkrótce, nim ten rok upłynie.

Dlatego wreszcie Dáin wysłał mnie, abym ostrzegł Bilba, że Nieprzyjaciel go szuka, i abym się dowiedział, jeśli to możliwe, dlaczego Czarny Władca tak pożąda tego pierścienia, najmniejszego spośród pierścieni. Potrzeba nam także rady Elronda, Cień bowiem rozrasta się i przybliża. Odkryliśmy, że poseł odwiedził również króla Branda w Dale i że Brand się przeląkł. Boimy się, czy nie ustąpi. Już się zanosi na wojnę u jego wschodnich granic. Jeżeli nie damy odpowiedzi, Nieprzyjaciel może podburzyć uległych sobie ludzi do napaści na króla Branda, a także na Dáina.

– Dobrze się stało, że przybyłeś tutaj – rzekł Elrond. – Usłyszysz dziś wszystko, co powinieneś wiedzieć, by zrozumieć zakusy Nieprzyjaciela. Nie macie wyboru, musicie się przeciwstawić, z nadzieją lub bez nadziei. Lecz nie jesteście osamotnieni. Wiedz, że wasza trwoga jest tylko cząstką trwogi nękającej cały zachodni świat. Pierścień! Co zrobimy z pierścieniem, z najmniejszym pierścieniem, z tym drobiazgiem, którego Sauron przez kaprys tak pożąda? Oto sprawa, którą musimy rozsądzić.

W tym celu właśnie zostaliście tu wezwani. Mówię: wezwani, jakkolwiek nie ja was do swego domu zwoływałem, goście z różnych dalekich stron! Przybyliście i spotkaliście się wszyscy w tym samym dniu, jak gdyby przypadkiem. A jednak to nie przypadek. Zechciejcie raczej uwierzyć, że to nakaz dany właśnie nam, tu zgromadzonym, byśmy znaleźli radę na niebezpieczeństwo grożące zgubą całemu światu.

Teraz więc będziemy otwarcie mówili o tym, co dotychczas było tajemnicą, znaną tylko nielicznym wybranym. Przede wszystkim dowiecie się historii Pierścienia, od początku po dziś dzień, bez tego bowiem nie rozumielibyście, co nam zagraża. Zacznę tę historię ja, lecz dokończą jej inni mówcy.

Wszyscy słuchali, Elrond zaś swoim czystym głosem opowiadał o Sauronie i o Pierścieniach Władzy, wykutych dawnymi laty, w Drugiej Erze świata. Niejeden spośród słuchaczy znał część tej historii, lecz nikt jej nie znał w całości, toteż wiele par oczu zwróciło się na Elronda z trwogą i zdumieniem, kiedy mówił o elfach z Eregionu, mistrzach w obróbce kruszców, zaprzyjaźnionych z królestwem Morii, i o ich żądzy wiedzy, którą wyzyskiwał Sauron, zastawiając na nich sidła. W owych bowiem czasach Sauron nie był jeszcze, tak jak dziś, od pierwszego wejrzenia odrażający, więc elfowie z Eregionu przyjmowali od niego rady, by doskonalić się w swoim rzemiośle, on zaś, poznawszy ich sekrety, zdradził: w tajemnicy sam wykuł we wnętrzu Ognistej Góry Jedyny Pierścień, który miał władzę nad wszystkimi innymi. Celebrimbor dowiedział się jednak o tym w porę i ukrył Trzy Pierścienie swojej roboty. Wybuchła wojna, kraj został spustoszony i zamknęły się wrota Morii.

Potem Elrond mówił o losach Pierścienia w ciągu następnych lat, ponieważ jednak dzieje te są już gdzie indziej opowiedziane tak, jak sam Elrond je opisał w swoich księgach, nie będziemy tutaj powtarzali jego słów. Była to bowiem historia bardzo długa, obejmująca mnóstwo wielkich i strasznych zdarzeń, a chociaż Elrond mówił zwięźle, słońce podniosło się wysoko i ranek przeminął, nim skończył opowieść.

Wspomniał o Królestwie Númenoru, o jego chwale i upadku, o powrocie królów ludzkich przez morskie głębiny na skrzydłach burzy do Śródziemia. Wówczas to Elendil Smukły i jego potężni synowie, Isildur i Anárion, stali się możnymi władcami; założyli w Arnorze Królestwo Północy, a w Gondorze nad dolnym biegiem Anduiny Królestwo Południa. Lecz Sauron, władca Mordoru, napastował ich, zawarli więc Ostatni Sojusz ludzi z elfami, a zastępy Gil-galada i Elendila zgromadziły się w Arnorze.

W tym miejscu swojej opowieści Elrond przerwał na chwilę i westchnął.

– Pamiętam dobrze blask ich sztandarów – rzekł. – Przypomniały mi chwałę Dawnych Dni i zastępy Beleriandu, bo skupiło się pod nimi wielu sławnych książąt i wodzów. A jednak byli mniej liczni i nie tak świetni jak w owym dniu, gdy runął Thangorodrim, elfowie zaś głosili, że zło zostało pokonane na wieki... w czym się omylili.

– Pamiętasz? – odezwał się Frodo, tak zdumiony, że głośno dał wyraz swoim myślom. – Sądziłem... – zająknął się, kiedy Elrond zwrócił na niego spojrzenie – sądziłem, że Gil-galad poległ przed wielu wiekami.

– Bo też to prawda – odpowiedział Elrond z powagą – lecz ja sięgam pamięcią w Dawne Dni. Eärendil, urodzony w Gondolinie przed jego upadkiem, był moim ojcem, matką moją była Elwinga, córka Diora, a wnuczka pięknej Lúthien z Doriath. Widziałem trzy ery zachodniego świata, widziałem mnogie klęski i wiele bezowocnych zwycięstw.

Byłem heroldem Gil-galada i maszerowałem z jego wojskiem. Walczyłem w bitwie na równinie Dagorlad u Czarnej Bramy Mordoru, gdzie przypadło nam zwycięstwo, bo nikt nie mógł się oprzeć włóczni Gil-galada, zwanej Aiglos, ani mieczowi Elendila, zwanemu

Narsil. Widziałem ostatnią walkę na stokach Orodruiny, gdzie zginął Gil-galad, a Elendil padł na swój złamany miecz. Ale Sauron został pokonany, Isildur zaś ułamkiem ojcowskiego miecza odciął Pierścień z jego ręki i zabrał sobie ten klejnot.

W tym miejscu opowieść przerwał okrzyk Boromira.

– A więc to tak było! – zawołał. – Nie wiem, czy na południe kiedykolwiek dotarła ta historia, w każdym razie od dawna o niej nikt nie pamięta. Słyszałem o Wielkim Pierścieniu, własności tego, którego imienia nie wymawiamy nigdy; myśleliśmy jednak, że Pierścień ów znikł ze świata, zginął w gruzach jego pierwszego królestwa. Więc to Isildur go zabrał! Wiadomość zaiste ciekawa!

– Niestety! – rzekł Elrond. – Isildur wziął Pierścień, a nie powinien był tego uczynić. Należało Pierścień cisnąć w ognie Orodruiny, tam, gdzie powstał. Lecz mało kto zauważył czyn Isildura. Stał on osamotniony u boku ojca w tym ostatnim śmiertelnym starciu, tak jak u boku Gil-galada stałem ja wraz z Círdanem. Isildur nie chciał słuchać naszej rady.

„Biorę ten okup za ojca i brata" – oświadczył. I zabrał klejnot, nie pytając, czy się zgadzamy, czy też nie. Wkrótce wszakże Pierścień zdradą przywiódł Isildura do śmierci, toteż przezwano go w północnych krajach „Zgubą Isildura". Lecz kto wie, czy śmierć nie była lepsza od losu, który mógł go spotkać.

Jedynie na Północy znana była ta historia, a i to kilku zaledwie osobom. Nie dziw się przeto, żeś jej nigdy nie słyszał, Boromirze. Z klęski na Polach Gladden, gdzie zginął Isildur, tylko trzech ludzi powróciło po długiej wędrówce przez góry. Jednym z nich był Ohtar ze świty Isildura; zebrał on odłamki Elendilowego miecza i oddał je spadkobiercy Isildura, Valandilowi, który był wówczas dzieckiem jeszcze i dlatego został w Rivendell. Lecz Narsil był pęknięty, światło jego zgasło i po dziś dzień nie przekuto go na nowo.

Czy nazwałem zwycięstwo Ostatniego Sojuszu bezowocnym? Nie, pewne owoce przyniosło, celu jednak nie osiągnęło. Sauron poniósł stratę, lecz nie został unicestwiony. Czarna Wieża zawaliła się, lecz fundamenty przetrwały, bo zbudowano je dzięki sile Pierścienia i póki on istnieje, ich także nic nie naruszy. Wielu elfów, wielu dzielnych ludzi oraz ich przyjaciół padło w tej wojnie. Poległ Anárion, poległ Isildur, a Gil-galada i Elendila już nie stało.

Nigdy już nie będzie takiego przymierza elfów i ludzi, bo ludzie się rozmnożyli, Pierworodnych zaś ubywa i dwa te plemiona coraz bardziej stają się sobie obce. Od tamtego też dnia lud Númenoru podupadł i stracił przywilej długowieczności.

Po wojnie i rzezi na Polach Gladden niewielu zostało na Północy ludzi z Zachodu, a miasto ich, Annúminas nad jeziorem Evendim, rozsypało się w gruzy. Dziedzice Valandila wynieśli się do Fornostu i osiedli wśród wysokich północnych wzgórz, lecz dzisiaj te ich siedziby także opustoszały. Ludzie nazwali je Szańcem Umarłych i boją się owego miejsca. Albowiem ród Arnoru zmarniał, szarpany przez wrogów, panowanie jego przeminęło, nie zostało nic prócz zielonych kopców pośród trawy na wzgórzach.

Na południu królestwo Gondor wytrwało długo, a nawet czas pewien cieszyło się sławą, podobnie jak Númenor przed swoim upadkiem. Budowano strzeliste wieże i fortece, i przystanie dla licznych okrętów, a ludzie różnymi językami oddawali cześć skrzydlatej koronie królów. Stolica zwała się Osgiliath – Cytadela Gwiazd – i środkiem jej płynęła rzeka. Wzniesiono na wschodzie Minas Ithil – Wieżę Wschodzącego Miesiąca – na ramieniu Gór Cienia; na zachodzie zaś, u podnóży Białych Gór, stanęła Wieża Zachodzącego Słońca – Minas Anor. Na królewskim dziedzińcu rosło białe drzewo wyhodowane z nasienia, które Isildur przewiózł przez morskie głębiny; drzewo, co dało to nasienie, wyrosło z ziarna przywiezionego z Eressëi, a do Eressëi nasiona białych drzew przybyły z Najdalszego Zachodu w dniu poprzedzającym dni młodości świata.

Lecz lata w Śródziemiu mkną szybko i szybko nużą, ród Meneldila, syna Anáriona, wygasł, Białe Drzewo uschło, do krwi Númenorejczyków domieszała się krew pośledniejsza. Straż na murach Mordoru spała, a ciemne siły z powrotem wpełzły do Gorgoroth. Wybiła godzina, kiedy złe moce powstały znowu i zagarnęły Minas Ithil, umocniły się tam i przeobraziły wieżę w siedlisko grozy; odtąd nazwano ją Minas Morgul – Wieżą Złych Czarów. Wówczas Minas Anor przyjęła nazwę Minas Tirith – Wieży Czat; dwie twierdze toczą z sobą stale wojnę, a Osgiliath, leżące między nimi, opustoszało i na gruzach stolicy przechadzają się tylko cienie.

Tak trwa od kilku ludzkich pokoleń. Lecz władcy Minas Tirith walczą wciąż, stawiając czoło naszym wrogom, strzegąc Rzeki od Argonath aż do Morza.

Część opowieści, która mnie przypadła, dobiega końca. Albowiem za czasów Isildura Pierścień Władzy zaginął bez wieści, a Trzy Pierścienie uwolniły się spod jego rozkazów. W ostatnich wszakże latach popadły znów w niebezpieczeństwo, bo na naszą niedolę Jedyny Pierścień znalazł się znowu. O jego odnalezieniu powie wam kto inny, ja bowiem odegrałem w tym niewielką tylko rolę.

Elrond umilkł, zaraz jednak Boromir, rosły i dumny, stanął przed zgromadzeniem.

– Pozwól, Elrondzie – rzekł – bym najpierw dodał słów kilka o królestwie Gondoru. To bowiem jest kraj, z którego przybywam. Wszystkim zaś zdadzą się wieści o tym, co się tam dzieje. Mało kto wie o naszych zasługach i dlatego nie możecie ocenić niebezpieczeństwa, które nad wami zawiśnie, jeżeli w końcu siły nas zawiodą.

Nie wierzcie, że w królestwie Gondoru zabrakło krwi númenorejskiej ani że lud ów zapomniał o swojej dumie i godności. Nasze męstwo trzyma dotąd w ryzach dzikie plemiona wschodu i przeciwstawia się grozie Morgulu. Kraje położone dalej zawdzięczają spokój i wolność nam, którzy bronimy przyczółka Zachodu. Cóż się jednak stanie, jeżeli Nieprzyjaciel zdobędzie przejście przez Rzekę?

A przecież ta godzina jest już może niedaleka. Nieprzyjaciel, którego imienia nie wymawiamy, znowu się podniósł. Znad Orodruiny, którą my nazywamy Górą Przeznaczenia, bije dym jak ongi. Potęga Czarnego Kraju rośnie, a my jesteśmy zewsząd osaczeni. Kiedy Nieprzyjaciel wrócił, wyparł nasz lud z Ithilien, pięknych włości na wschodnim brzegu Rzeki, utrzymaliśmy tam jednak punkt oparcia i zbrojną załogę. Lecz w tym roku, w czerwcu, znienacka napadnięto nas z Mordoru i zmieciono nasze oddziały. Ulegliśmy przewadze liczebnej, bo Mordor sprzymierzył się z Easterlingami i okrutnymi Haradrimami; pokonała nas jednak nie tylko liczba wojowników. Była z nimi potęga, której do tamtego czasu nigdy jeszcze nie odczuliśmy.

Mówili ludzie, że ją widzieli w postaci olbrzymiego czarnego męża na koniu, który jak gęsty cień pojawiał się w blasku księżyca.

A gdziekolwiek się zjawiał, szał ogarniał naszych wrogów, a strach padał na najwaleczniejszych spośród nas, tak że konie i wojownicy uciekali z pola. Ledwie garstka naszych wschodnich załóg wróciła do kraju, niszcząc za sobą ostatni most sterczący jeszcze z gruzów Osgiliath.

Należałem do oddziału, który bronił mostu, póki go nie zburzono po przejściu niedobitków. Czterech nas tylko ocalało, rzucając się wpław: mój brat, ja i dwóch naszych towarzyszy. Mimo to walczymy nadal, strzegąc zachodniego brzegu Anduiny; ci, których nasze miecze chronią, nie szczędzą nam pochwał, jeżeli w ogóle wiedzą coś o nas; nie szczędzą nam pochwał, lecz skąpią pomocy. Jedynie z Rohanu przybywają na wezwanie konni wojownicy.

W tej złej dla nas godzinie wyprawiono mnie w niebezpieczną daleką drogę do Elronda; sto dziesięć dni jechałem sam jeden. Ale nie szukam sojuszników wojennych. Potęga Elronda, jak powiadają, opiera się na mądrości, nie na orężu. Przybyłem prosić o radę i wytłumaczenie niepojętych słów. Bo w przeddzień niespodziewanej napaści bratu mojemu przyśnił się dziwny sen; później zaś ten sen powtórzył się parokroć, a raz przyśnił się także mnie.

W tym śnie widziałem, jak na wschodzie niebo się zamroczyło i wzbierała na nim burza, lecz na zachodzie jaśniało blade światło i z tamtej strony doszedł mnie głos, daleki, ale wyraźny, wołający:

> *Znajdź miecz, który był złamany,*
> *Imladris kryją go jary.*
> *Tam lepsza znajdzie się rada*
> *Niźli Morgulu czary.*
> *Tam też się znak ukaże,*
> *Że bliska już jest godzina...*
> *Lśni zguba Isildura –*
> *Niziołek się nie ugina.* [1]

Nie mogliśmy pojąć tych słów i pytaliśmy ojca naszego, Denethora, władcy Minas Tirith, uczonego w dziejach Gondoru. Rzekł nam tylko tyle, że Imladris to starodawna nazwa, którą elfowie nadali odległej północnej dolinie, gdzie mieszka Elrond Półelf,

---

[1] Przełożył Włodzimierz Lewik.

najświatlejszy z mistrzów wiedzy. Dlatego brat mój, świadom naszego rozpaczliwego położenia, zapragnął usłuchać nakazu snu i odnaleźć Imladris; że zaś wyprawa zdawała się niepewna i niebezpieczna, ja wziąłem na siebie to zadanie. Wzdragał się ojciec, nim pozwolił mi ruszyć, długo też błądziłem po zapomnianych ścieżkach, szukając domu Elronda, o którym wielu słyszało, lecz do którego mało kto zna drogę.

– I tu, w domu Elronda, więcej się jeszcze dowiesz – oświadczył Aragorn, wstając. Rzucił swój miecz na stół przed Elrondem i wszyscy zobaczyli ostrze przełamane na pół. – Oto jest Miecz-który--został-złamany!

– Ktoś ty jest i co masz do naszej Minas Tirith? – spytał Boromir, ze zdumieniem patrząc na wychudłą twarz i zniszczony płaszcz Strażnika.

– To Aragorn, syn Arathorna – rzekł Elrond. – Potomek – poprzez wiele pokoleń – Isildura, syna Elendila z Minas Ithil. Wódz Dúnadainów Północy, których niewielu już tu pozostało.

– W takim razie on tobie, nie mnie się należy! – krzyknął Frodo oszołomiony i skoczył na równe nogi, jak gdyby się spodziewał, że Aragorn natychmiast zażąda od niego Pierścienia.

– Nie należy się żadnemu z nas – odparł Aragorn – lecz tobie zostało przeznaczone, żebyś go czas jakiś przechował.

– Pokaż Pierścień, Frodo – odezwał się Gandalf uroczystym tonem. – Nadeszła chwila po temu. Podnieś go w górę, żeby Boromir zrozumiał zagadkę do końca.

Szmer przebiegł po sali i wszystkie oczy zwróciły się na Froda. Hobbit zadrżał, ogarnięty nagle wstydem i trwogą; coś w nim sprzeciwiało się ujawnieniu Pierścienia i czuł wstręt, dotykając go ręką. Miał ochotę zapaść się pod ziemię. Pierścień skrzył się i migotał, kiedy Frodo trzymał go w drżących palcach, pokazując zebranym.

– Spójrzcie, oto Zguba Isildura! – rzekł Elrond.

Boromirowi oczy błyszczały, kiedy patrzył na złotą obrączkę.

– Ten niziołek! – mruknął. – Czy to znaczy, że wreszcie dla Minas Tirith wybiła godzina przeznaczenia? Jeśli tak, po co mamy szukać jeszcze złamanego miecza?

– Nie było powiedziane, że to „godzina przeznaczenia dla Minas Tirith" – odezwał się Aragorn. – Lecz prawdą jest, że zbliża się godzina przeznaczenia i wielkich czynów. Albowiem Miecz-który-

-został-złamany, to miecz Elendila, oręż, który pękł, kiedy Elendil, zabity, upadł na niego. Spadkobiercy Elendila przechowali tę pamiątkę, chociaż stracili wszelkie inne dziedzictwo, ponieważ z dawna istniała wśród nas przepowiednia, że ostrze miecza zrośnie się, gdy odnajdziemy Pierścień – Zgubę Isildura. A teraz, Boromirze, skoro znalazłeś miecz, którego szukałeś, czego żądasz? Czy pragniesz, by ród Elendila wrócił do Gondoru?

– Nie przysłano mnie z prośbą o jakąkolwiek łaskę, lecz tylko po to, bym poznał rozwiązanie zagadki – dumnie odparł Boromir. – Wszelako jesteśmy przyparci do muru i miecz Elendila byłby nam pomocą nadspodziewanie wielką... jeśli to możliwe, by taki oręż mógł wrócić z cieniów przeszłości.

Patrzył znów na Aragorna, w oczach jego odzwierciedliło się zwątpienie.

Frodo zauważył, że Bilbo, siedzący tuż przy nim, poruszył się niespokojnie. Najwidoczniej nieufność okazana przyjacielowi zniecierpliwiła starego hobbita. Wstając nagle, wybuchnął:

> *Nie każde złoto jasno błyszczy,*
> *Nie każdy błądzi, kto wędruje,*
> *Nie każdą siłę starość niszczy,*
> *Korzeni w głębi lód nie skuje,*
>
> *Z popiołów strzelą znów ogniska,*
> *A mrok rozświetlą błyskawice,*
> *Złamany miecz swą moc odzyska,*
> *Król tułacz wróci na stolicę.* [1]

– Nie są to, być może, dobre wiersze, lecz znaczenie ich jest jasne – rzekł. – Jeśli nie wystarczy ci słowo Elronda! Skoro byłeś gotów wędrować przez sto dziesięć dni, aby je usłyszeć, dajże mu teraz posłuch!

I Bilbo usiadł, prychając gniewnie.

– Te wiersze sam ułożyłem dla Dúnadana – szepnął na ucho Frodowi – przed laty, gdy pierwszy raz zwierzył mi swoją historię.

---

[1] Przełożył Włodzimierz Lewik.

Niemal żałuję, że minął dla mnie czas przygód i że nie mogę z nim razem wyruszyć, kiedy jego dzień zaświtał.

Aragorn uśmiechnął się do Bilba, a potem znów zwrócił się do Boromira.

– Jeżeli o mnie chodzi, wybaczam ci zwątpienie – powiedział. – Nie bardzo jestem podobny do posągów Elendila i Isildura, wyobrażonych w całym majestacie pośród sal pałacu Denethora. Jestem dziedzicem Isildura, nie Isildurem. Życie mam za sobą długie i ciężkie, setki mil dzielące nas od Gondoru to tylko znikoma cząstka dróg, które przemierzyłem w swoich wędrówkach. Przeprawiałem się przez wiele gór i rzek, zdeptałem niejedną równinę, nawet w tak odległych krajach, jak Rhûn i Harad, nad którymi inne gwiazdy świecą.

Lecz ojczyzną moją – jeśli mam ojczyznę – jest Północ. Tu bowiem potomkowie Valandila żyli z dawna, syn po ojcu, w długim nieprzerwanym łańcuchu pokoleń. Dni nasze zmierzchły, ród się przerzedził. Zawsze jednak miecz był przekazywany w ręce nowego dziedzica. To ci jeszcze rzeknę, Boromirze, nim umilknę: samotni jesteśmy, my, Strażnicy pustkowi, myśliwcy – lecz tropimy zawsze sługi Nieprzyjaciela, bo tych znaleźć można wszędzie, nie tylko w Mordorze. Prawda, Boromirze, Gondor był twierdzą męstwa, my wszakże też robimy, co do nas należy. Są złe siły, którym nie sprostają wasze potężne mury ani ostre miecze. Mało wiesz o krainach leżących poza waszymi granicami. Pokój i wolność, powiadasz? Bez nas Północ by ich nie zaznała wiele. Zniszczyłby je strach. Lecz ciemne moce, które spełzają z bezludnych gór albo wychylają się z mrocznych lasów, uciekają przed nami. Jakimi drogami ważyliby się wędrować podróżni, jaką obronę przed niebezpieczeństwem miałyby nocą spokojne krainy i domy poczciwych ludzi, gdyby Dúnadainowie spali albo wszyscy już legli w grobach?

A przecież mniej jeszcze doznajemy wdzięczności niźli wy. Podróżni patrzą na nas wilkiem, chłopi nadają nam szydercze przezwiska. „Obieżyświatem" zwie mnie tłuścioch, mieszkający o jeden zaledwie dzień marszu od siedziby wrogów, którzy by zmroziliby jego serce albo w perzynę obrócili jego miasteczko, gdyby nie nasza nieustanna straż. Lecz my nie chcielibyśmy, żeby było inaczej. Jeżeli prości ludzie mają być wolni od troski i strachu, muszą pozostać prości, a na to trzeba, żeby nie znali naszej tajemnicy. Takie zadania spełniali moi współbracia, podczas gdy rok płynął za rokiem i trawa rosła na łąkach. Dziś wszakże znów świat się odmienia. Nadchodzi nowa godzina. Znalazła się Zguba Isildura. Zbliża się bitwa. Miecz będzie przekuty. Pójdę do Minas Tirith.

– Mówisz, że znalazła się Zguba Isildura – powiedział Boromir. – Widziałem pierścień błyszczący w ręku niziołka. Lecz Isildur poległ przed świtem naszej ery, jak słyszałem. Skąd wiedzą Mędrcy, że to właśnie jego pierścień? Jakie były losy tego klejnotu w ciągu wielu lat, nim go tutaj przyniósł tak niezwykły wysłannik?

– Dowiesz się tego – rzekł Elrond.

– Ale nie teraz, proszę cię, Elrondzie! – zawołał Bilbo. – Słońce już zbliża się do południa, czuję, doprawdy, że pora mi wreszcie nieco się posilić.

– Nie wymówiłem twojego imienia – odparł Elrond z uśmiechem. – Teraz jednak wzywam cię do głosu. Opowiedz nam swoją historię. A jeżeli jej nie ułożyłeś do rymu, pozwalamy ci przemawiać niewiązaną mową. Im treściwiej będziesz się wyrażał, tym prędzej doczekasz się posiłku.

– Dobrze – zgodził się Bilbo. – Będę ci posłuszny. Powiem dzisiaj całą prawdę, a jeśli ktoś spośród obecnych słyszał z moich ust nieco inną relację tych samych zdarzeń – tu Bilbo zerknął spod oka na Glóina – proszę, niech o tym zapomni i niech mi wybaczy. Wówczas zależało mi po prostu na tym, żeby udowodnić swoje prawo do tego klejnotu i zrzucić z siebie miano złodzieja, które mi ktoś przylepił. Dzisiaj może lepiej pojmuję te sprawy. W każdym razie było tak...

Dla części słuchaczy historia Bilba była całkowitą nowością, toteż zdumieli się, kiedy stary hobbit, nie bez satysfakcji zresztą, opowiadał swoją przygodę z Gollumem, nic nie przemilczając. Nie pominął bodaj jednej zagadki. Chętnie by też opisał ostatnie urodziny w Shire i scenę swojego zniknięcia, gdyby mu pozwolono; lecz Elrond podniósł dłoń.

– Pięknie mówiłeś, przyjacielu – rzekł – ale dość na dzisiaj! Tymczasem wystarczy, że wszyscy się dowiemy, iż Pierścień przeszedł w ręce twojego spadkobiercy Froda. Niech on powie dalszy ciąg.

Z kolei zabrał głos Frodo, mniej ochoczo niż Bilbo, i zdał sprawę ze swoich poczynań od dnia, w którym powierzono mu Pierścień.

Wypytywano go o każdy krok wędrówki z Hobbitonu do Brodu Bruinen, a każdy szczegół dotyczący Czarnych Jeźdźców rozważano głęboko. Wreszcie Frodo mógł znów usiąść.

– Wcale nieźle! – pochwalił go Bilbo. – Twoja opowieść byłaby doskonała, gdyby ci tak wciąż nie przerywano. Starałem się trochę notować, ale będziemy musieli kiedyś wspólnie to sobie raz jeszcze odtworzyć, jeżeli mam całą historię opisać w mojej książce. W kilku rozdziałach ledwie się zmieszczą przygody, które cię spotkały, nim tutaj dotarłeś.

– Tak, to długa opowieść – odparł Frodo. – A jednak nie wydaje mi się pełna. Chciałbym się wielu rzeczy jeszcze dowiedzieć, przede wszystkim o Gandalfie.

Galdor, poseł z Przystani, siedzący opodal, dosłyszał te słowa.

– Z ust mi to wyjąłeś! – zawołał i zwracając się do Elronda, rzekł: – Mędrcy zapewne nie bez przyczyny uwierzyli, iż klejnot, znaleziony przez niziołka, naprawdę jest owym Wielkim Pierścieniem, przedmiotem odwiecznych sporów, jakkolwiek nam, mniej świadomym, wydaje się to trudne do wiary. Czy nie moglibyście przedstawić dowodów? Jedno chcę jeszcze zadać pytanie: Co się dzieje z Sarumanem? To przecież mistrz wiedzy o Pierścieniach. Czemu go nie ma wśród nas? Jaka jest jego rada... jeżeli wie o tych sprawach, o których słyszeliśmy?

– Oba twoje pytania, Galdorze, wiążą się z sobą – odparł Elrond. – Nie przez zapomnienie pominąłem te punkty, będą one wyjaśnione. Lecz odpowiedź należy do Gandalfa, a wzywam go do głosu na ostatku, ponieważ to jest miejsce dla mówcy najszczytniejsze, a Gandalf w całej sprawie od początku jest naszym wodzem.

– Przyznasz, Galdorze – powiedział Gandalf – że wiadomości, podane przez Glóina, oraz prześladowania, jakie znosił Frodo, starczyłyby niejednemu za dowód, iż to, co znalazł hobbit, ma wielką cenę dla Nieprzyjaciela. A jest to Pierścień. Cóż z tego wynika? Dziewięć mają w swych rękach Nazgûle. Siedem porwano lub zniszczono. – (Przy tych słowach Gandalfa Glóin drgnął, lecz się nie odezwał). – O losie Trzech wiemy. Którym więc z pierścieni może być ten, tak chciwie przez wroga pożądany?

To prawda, że szmat czasu dzieli Rzekę od Góry, czyli chwilę, gdy Pierścień został zgubiony, od tej, kiedy go odnaleziono. Dopiero w ostatnich latach Mędrcy zdołali nareszcie wypełnić pustą kartę swojej wiedzy. Niestety, za późno. Nieprzyjaciel bowiem był już także na tropie, i to bliżej jeszcze, niż się obawiałem. Szczęście przynajmniej, że nie wcześniej niż w tym roku – tego lata, jak się zdaje – dowiedział się wszystkiego.

Niektórzy z obecnych pamiętają zapewne, że przed laty odważyłem się przestąpić bramy Czarnoksiężnika z Dol Guldur, potajemnie wybadałem jego sekrety i znalazłem potwierdzenie naszych obaw: Czarnoksiężnikiem był nie kto inny, lecz Sauron, odwieczny nasz Nieprzyjaciel, który w końcu przybrał widomą postać i wzmógł się na siłach. Niektórzy z obecnych przypominają też sobie, że Saruman odradzał nam jawną walkę z Sauronem i że dlatego przez długi czas poprzestawaliśmy na śledzeniu go tylko. Później wszakże, kiedy cień rozrósł się groźnie, Saruman dał się przekonać, Rada wystąpiła zbrojnie i wyparła złe moce z Mrocznej Puszczy – a stało się to tego samego roku, w którym został znaleziony Pierścień. Dziwny przypadek... jeśli to był przypadek!

Ale podjęliśmy walkę za późno, co zresztą Elrond jasno przewidział. Sauron śledził nas nawzajem i od dawna zbroił się do odparcia naszych ciosów, rządząc Mordorem z dala za pośrednictwem Minas Morgul, gdzie osadził Dziewięciu, swoich służalców, dopóki wszystko nie było w pogotowiu. Cofnął się przed nami, lecz to była tylko pozorna ucieczka, a wkrótce potem przybył do Czarnej Wieży i pokazał się jawnie. Wówczas po raz ostatni zebrała się Rada, bo już wiedzieliśmy, że Nieprzyjaciel coraz usilniej szuka Jedynego Pierścienia. Obawialiśmy się, że ma jakieś o nim wiadomości, nam nieznane. Saruman wszakże przeczył temu, powtarzając to, co zawsze mówił, iż Jedynego Pierścienia nikt nigdy już nie znajdzie na obszarze Śródziemia. „W najgorszym razie – powiadał – Nieprzyjaciel wie, iż my Pierścienia nie mamy i że wciąż jeszcze nic o nim nie wiadomo. Ale myśli, że każda zguba może się odnaleźć. Nie bójcie się! Zawiedzie go ta nadzieja. Czyż nie zgłębiłem tej sprawy do gruntu? Pierścień wpadł w toń Wielkiej Anduiny; dawno temu, podczas gdy Sauron spał, Rzeka zaniosła swój łup do Morza. I tam niech spoczywa na wieki".

Gandalf umilkł, spoglądając z ganku na wschód, ku odległym szczytom Gór Mglistych, pod których potężnymi korzeniami przez długie lata leżało ukryte niebezpieczeństwo dla świata.

Westchnął.

– Popełniłem błąd – rzekł. – Dałem się uśpić słowami Sarumana Mądrego, a powinienem był wcześniej dociec prawdy; wówczas mniej bylibyśmy zagrożeni.

– Wszyscyśmy zbłądzili – rzekł Elrond – i gdyby nie twoja czujność, kto wie, czy Ciemności już by nas nie ogarnęły. Ale mów dalej!

– Od początku nurtowały mnie wątpliwości – podjął Gandalf – nieuzasadnione żadną wyraźną przyczyną, i chciałem koniecznie dowiedzieć się, jakim sposobem Gollum zdobył pierścień i jak długo miał go w posiadaniu. Czatowałem więc na niego, przypuszczając, że wkrótce wyjdzie z mroków podziemi na poszukiwanie swojego skarbu. Wyszedł, lecz wymknął się i nie mogłem go odnaleźć. Później zaś – niestety! – zaniechałem sprawy, czuwając tylko i czekając, jak to aż nazbyt często czyniliśmy.

Czas płynął, niósł z sobą rozliczne troski, aż wreszcie znów w moim sercu ocknął się niepokój i urósł nagle do rozmiarów strachu. Skąd pochodził pierścień hobbita? A jeśli moje obawy były słuszne, co z nim zrobić? Na to pytanie musiałem sobie odpowiedzieć. Lecz nikomu jeszcze nie zwierzyłem swego lęku, bo rozumiałem niebezpieczeństwo słowa szepniętego nie w porę i trafiającego do niewłaściwych uszu. We wszystkich długich wojnach z Czarną Wieżą najgroźniejszym wrogiem była zawsze zdrada.

Działo się to przed siedemnastu laty. Zauważyłem, że mnóstwo szpiegów wszelkiego pokroju, nawet spośród zwierząt i ptaków, kręci się wokół kraju hobbitów, i zląkłem się tym bardziej. Wezwałem na pomoc Dúnadainów, którzy zdwoili czujność; otworzyłem serce przed Aragornem, dziedzicem Isildura.

– A ja – odezwał się Aragorn – poradziłem mu, by wspólnie szukać Golluma, chociaż mogło się wydawać, że już na to za późno. Ponieważ zaś uznałem za słuszne, by dziedzic Isildura przyczynił się do naprawienia błędów Isildura, udałem się wraz z Gandalfem na długie, beznadziejne poszukiwania.

Z kolei Gandalf opowiedział, jak przemierzali Dzikie Kraje aż po Góry Cienia i po granice Mordoru.

– Tam doszły nas słuchy o Gollumie i zgadywaliśmy, że musiał długi czas przebywać w mroku gór, ale nie znaleźliśmy go i w końcu straciłem resztkę nadziei. W rozpaczy pomyślałem znów o pewnej próbie, która by rozstrzygnęła moje wątpliwości tak, że nie potrzebowałbym już szukać Golluma. Sam Pierścień mógł mi powiedzieć, czy jest Jedynym. Przypomniałem sobie słowa, które padły na Radzie, słowa Sarumana, wówczas puszczone mimo ucha. Nagle znów wyraźnie usłyszałem je w głębi serca: „W każdy z Dziewięciu, Siedmiu i Trzech – mówił Saruman – wprawiono właściwy kamień. W Jedyny – nie. Ten był gładki, nieozdobny, jak gdyby należał do pośledniejszych pierścieni. Lecz jego twórca wyrył na nim znaki, które ktoś biegły w tej sztuce umiałby dziś także dostrzec i odczytać".

Nie mówił nam, jakie to były znaki. Któż mógł to wiedzieć? Twórca Pierścienia. A Saruman? Jakkolwiek wiedza jego sięgała głęboko, musiała przecież mieć jakieś źródło. Czyja ręka, prócz ręki Saurona, dotykała Pierścienia przed jego zaginięciem? Tylko ręka Isildura. Z takimi myślami zaniechałem tropienia Golluma i spiesznie udałem się do Gondoru. Za dawnych czasów chętnie tam witano przedstawicieli mojego bractwa, szczególnie Sarumana. Często przebywał tam długo jako gość władców kraju. Lecz mnie Denethor przyjął mniej życzliwie niż dawniej i niechętnie zezwolił na zbadanie przechowywanych tam starych pergaminów i ksiąg. „Jeżeli naprawdę szukasz, jak powiadasz, zapisków z dawnych czasów i świadectw o początkach tego państwa, czytaj! – rzekł. – Dla mnie bowiem przeszłość kryje mniej tajemnic niźli przyszłość, i o nią się tylko troskam. Jeżeli jednak nie znasz lepiej swojej sztuki od Sarumana, który długo ślęczał nad tymi dokumentami, nie znajdziesz nic, czego bym nie wiedział ja, mistrz wiedzy o tym kraju".

Tak mi rzekł Denethor. A przecież w jego archiwach było wiele dokumentów, których dziś nikt prawie czytać nie umie, nawet najbieglejsi uczeni, bo stare pisma i języki stały się niezrozumiałe dla potomnych. Wiedz, Boromirze, iż w Minas Tirith znajduje się dokument, napisany własną ręką Isildura, a nieodczytany od czasów upadku królów przez nikogo, prócz mnie i Sarumana. Albowiem Isildur nie odszedł natychmiast po wojnie z Mordorem, jak to powszechnie się mówi.

– Może tak się mówi na Północy – przerwał Gandalfowi Boromir. – W Gondorze wszyscy wiedzą, że Isildur najpierw udał się do Minas Anor i tam przebywał czas jakiś ze swoim bratankiem Meneldilem, pouczając go, nim mu przekazał rządy w Południowym Królestwie. Wtedy też posadził ostatni szczep Białego Drzewa na pamiątkę swego brata.

– Wtedy też sporządził owe zapiski – powiedział Gandalf – i o tym zapomniano w Gondorze, jak się zdaje. Dokument ten dotyczy bowiem Pierścienia, a napisał Isildur te słowa:

„Wielki Pierścień ma pozostać odtąd w dziedzictwie Północnego Królestwa, lecz świadectwo o nim przechowane będzie w Gondorze, gdzie żyją potomkowie Elendila, aby nigdy pamięć tych wielkich spraw nie zatarła się wśród ludzi".

Dalej zaś Isildur opisał, jak wyglądał Pierścień w momencie, kiedy go znalazł.

„Kiedym go wziął, był gorący, gorący jak ogień, i sparzył mi rękę tak, że nigdy już pono nie pozbędę się w niej bólu. Wszakże dziś, kiedy to piszę, ostygł i, rzekłbyś, skurczył się, nie tracąc wszakże nic z piękności ani też z doskonałości kształtu. Wypisane na nim znaki, jaskrawe ongi niczym płomień, zblakły już i niełatwo je dziś odczytać. Ryto je pismem elfów z Eregionu, bo w Mordorze nie znają liter zdatnych do tak delikatnej roboty, lecz w mowie dla mnie niezrozumiałej. Mniemam, że to język Czarnego Kraju, nikczemny i prostacki. Jaką zaś klątwę wyraża, nie wiem. Skopiuję tu wszakże owe znaki, zanim zatrą się do cna. Pierścień być może potrzebuje żaru Sauronowej ręki, która, choć czarna, ogniem płonie, od czego zginął Gil-galad. Myślę, że pewnie pismo by wystąpiło znowu, gdyby złoto rozgrzać. Nie zamierzam jednak podejmować tak wielkiego ryzyka, by nie uszkodzić klejnotu; pośród dzieł Saurona to jedno jedyne wyszło z rąk jego piękne. To mój prawdziwy skarb, chociem go męką srogą przypłacił".

Kiedy to odczytałem, nie potrzebowałem już szukać więcej. Napis bowiem, jak słusznie się domyślał Isildur, był w języku Mordoru i sług Czarnej Wieży. Treść jego znaliśmy już wcześniej, gdyż owego dnia, gdy Sauron po raz pierwszy włożył Jedyny Pierścień na palec, Celebrimbor, twórca Trzech, śledził go i podsłuchał z daleka, jak tamten wymówił owe słowa; tym sposobem wydały się od razu niecne zamiary Saurona.

Nie zwlekając, pożegnałem Denethora, lecz w drodze na północ otrzymałem wiadomości z Lórien, że Aragorn tamtędy przechodził i że odnalazł poczwarę, zwaną Gollumem. Toteż przede wszystkim ruszyłem na spotkanie z Aragornem, ciekawy, co mi powie. Nie śmiałem nawet myśleć o śmiertelnych niebezpieczeństwach, które musiał odeprzeć samotnie.

– Nie trzeba o nich mówić wiele – rzekł Aragorn. – Nie uniknie oczywiście niebezpieczeństw człowiek, którego mus pchnie tuż pod Czarne Wrota albo mu każe deptać zabójcze zioła Doliny Morgul. Ja także w końcu straciłem nadzieję i zawróciłem ku domowi. Wtedy jednak traf zrządził, że niespodzianie znalazłem to, czego szukałem: ślady miękkich stóp na brzegu błotnistej sadzawki. Trop był świeży i świadczył, że Gollum spieszył się, nie szedł jednak ku Mordorowi, lecz stamtąd odchodził. Ścigałem go skrajem Martwych Bagien i wreszcie dopadłem. Zaczaiwszy się nad stojącym rozlewiskiem i wypatrując w wodzie, przyłapałem Golluma ciemnym wieczorem. Cały był oblepiony zielonym mułem. Obawiam się, że nigdy mnie ten stwór nie pokocha, kiedy bowiem chciał kąsać, obszedłem się z nim dość surowo. Nie otworzył do mnie gęby, chyba po to, żeby mnie zębami naznaczyć. Śmiem rzec, iż z całej wyprawy ten marsz powrotny był najprzykrzejszy, bom tego stwora musiał przed sobą pędzić z powrozem na szyi i kneblem w paszczy, póki głód i pragnienie go nie zmogły, i tak go prowadziłem ku Mrocznej Puszczy. Wreszcie dotarliśmy do niej i przekazałem Golluma elfom, jak było umówione. Rad się pozbyłem jego towarzystwa, bo cuchnął. Mam nadzieję, że więcej go w życiu nie zobaczę. Gandalf wszakże nadszedł i znalazł siłę, by z nim przeprowadzić długą rozmowę.

– Tak – rzekł Gandalf – długą i męczącą, ale nie bezowocną. Przede wszystkim jego opowieść o stracie Pierścienia zgadzała się z historią, którą Bilbo przed chwilą nam opowiedział, po raz pierwszy nic nie tając. Mniejsza z tym zresztą; i tak domyślałem się prawdy. Ważniejsze, że wtedy dopiero dowiedziałem się od Golluma, iż znalazł Pierścień w Wielkiej Rzece opodal Pól Gladden; dowiedziałem się nadto, że miał go bardzo długo w swym posiadaniu: przez okres równy życiu wielu pokoleń jego gatunku. Potęga Pierścienia obdarzyła go długowiecznością ponad zwykłą miarę, a to jest przywilej, którym darzą tylko Wielkie Pierścienie.

Jeżeli nie dość ci, Galdorze, tych dowodów, dorzucę jeszcze inny, o którym już wspomniałem. Na Pierścieniu, który przed chwilą widzieliście wzniesiony w ręku Froda, na gładkiej, niczym nieozdobionej obrączce można po dziś dzień odczytać słowa zapisane przez Isildura, lecz trzeba się zdobyć na siłę woli i wrzucić klejnot na chwilę w ogień. Zrobiłem to i odczytałem taki napis:

*Ash nazg durbatulûk, ash nazg gimbatul, ash nazg thrakatulûk agh burzum-ishi krimpatul.*

Zdumiewająca zmiana zaszła w głosie Czarodzieja. Zabrzmiał on nagle groźnie, potężnie, twardo jak kamień. Jak gdyby cień przesunął się przez tarczę słoneczną, cały ganek na mgnienie oka zaległa ciemność. Wszystkich dreszcz wstrząsnął, elfowie zaś pozatykali uszy.

– Nigdy jeszcze nikt nie ważył się w Imladris wymówić słowa w tym języku, Gandalfie Szary! – powiedział Elrond, kiedy cień pierzchnął, a zebranym dech wrócił w piersi.

– Miejmy nadzieję, że nigdy więcej i nikt tym językiem tutaj nie przemówi – odparł Gandalf. – Mimo to nie będę cię, Elrondzie, przepraszał za to, co zrobiłem. Jeśli bowiem ta mowa nie ma rozbrzmiewać wkrótce po wszystkich zakątkach Zachodu, musicie wyzbyć się wszelkich wątpliwości i być pewni, że Czarodziej nie omylił się co do tego Pierścienia: to jest klejnot Nieprzyjaciela, zawierający jego przewrotną moc; w nim jest zaklęty sekret jego dawnej potęgi. Z tamtych Czarnych Lat doszły do nas słowa, które podsłuchał złotnik z Eregionu i które mu ujawniły zdradę Saurona:

*Jeden, by wszystkimi rządzić, Jeden, by wszystkie odnaleźć, Jeden, by wszystkie zgromadzić i w ciemności związać...*

Wiedzcie też, przyjaciele, że nie tylko tego dowiedziałem się od Golluma. Wzdragał się, nie chciał mówić, gmatwał swoją opowieść, lecz niewątpliwie był w Mordorze, a tam zmuszono go do wygadania wszystkiego, co mu było wiadome. Toteż Nieprzyjaciel wie teraz, że Jedyny Pierścień został odnaleziony, że przechowywał się długie lata w Shire. Służy Saurona tropili Pierścień niemal pod sam próg tego domu, wkrótce więc Sauron dowie się – jeśli już nie wie w tej chwili – że jego skarb jest tu, wśród nas.

Chwilę trwało milczenie, potem odezwał się Boromir:
– Powiadasz, że ten Gollum to małe stworzenie? Może, ale szkodę wyrządził wielką. Co się z nim stało? Na jaką skazaliście go karę?

– Na nic gorszego niż uwięzienie – odparł Aragorn. – Dużo wycierpiał. Niechybnie brano go na tortury, śmiertelny strach przed Sauronem przytłacza mu serce. Co do mnie, rad jestem, że elfowie trzymają go pod kluczem w Mrocznej Puszczy. To bardzo złośliwa sztuka, przewrotność daje mu siłę, jakiej by się nikt nie spodziewał w tak wychudłym i zwiędłym ciele. Mógłby jeszcze wiele nabroić, gdyby był wolny. Nie wątpię też, że wyprawiono go z Mordoru w jakiejś nikczemnej misji.

– Biada! Biada! – krzyknął Legolas, a na pięknej twarzy elfa odmalowała się głęboka troska. – Pora, widzę, na nowiny, z którymi mnie tu przysłano. Nie są pomyślne, lecz dopiero teraz zrozumiałem, jak groźne wydadzą się wszystkim tu zebranym. Sméagol zwany Gollumem uciekł!

– Uciekł! – zawołał Aragorn. – To zaiste zła nowina. Obawiam się, że gorzko tego pożałujemy. Jak się to stało, że plemię Thranduila nie dopełniło powierzonego zadania?

– Nie przez brak czujności – rzekł Legolas – lecz, być może, przez zbytek pobłażania. Podejrzewamy też, że jeńcowi dopomógł ktoś, kto więcej o naszych poczynaniach wie, niżbyśmy pragnęli. Na życzenie Gandalfa strzegliśmy tego stwora dniem i nocą, chociaż uprzykrzył nam się bardzo ten obowiązek. Gandalf jednak przekonywał nas, że nie należy tracić nadziei na uzdrowienie Golluma, więc serce nie pozwalało trzymać go stale w podziemnych lochach, gdzie pewnie by znów opadły nieszczęśnika dawne czarne myśli.

– Dla mnie byliście mniej tkliwi – odezwał się Glóin, a w oczach jego zapalił się błysk na wspomnienie dawnej niewoli w podziemiach króla leśnych elfów.

– Dajże spokój! – rzekł Gandalf. – Proszę cię, mój zacny Glóinie, nie przerywaj. Nie wracajmy do starych nieporozumień, od lat już wyjaśnionych. Jeżeli wszystkie niesnaski dzielące krasnoludów i elfów mamy wyciągać na tej radzie, to lepiej od razu ją rozwiążmy.

Glóin wstał i skłonił się, a Legolas ciągnął dalej:

– W dnie pogodne wyprowadzaliśmy Golluma na przechadzkę po lesie. Było tam drzewo wysokie, rosnące samotnie w pewnej odległości od innych, na które Gollum lubił się wdrapywać. Często pozwalaliśmy mu włazić aż na najwyższe gałęzie, by poczuł świeże tchnienie wiatru; zawsze jednak zostawialiśmy wartę pod drzewem. Któregoś dnia Gollum nie chciał zejść, a wartownicy nie kwapili się włazić po niego na drzewo: stwór nauczył się czepiać gałęzi stopami równie dobrze jak rękami. Siedzieli więc pod drzewem do późna w noc.

Tej właśnie nocy ciepłej, lecz bezksiężycowej i bezgwiezdnej, napadli nas znienacka orkowie. Czas jakiś trwała walka, nim ich odparliśmy, było ich bowiem wielu i atakowali wściekle; przyszli jednak zza gór, nie umieli się poruszać w puszczy. Po bitwie stwierdziliśmy, że Gollum zniknął, wartowników zaś wybito lub uprowadzono. Wtedy zrozumieliśmy, że napaść miała na celu odbicie Golluma i że on z góry o niej wiedział. Jakim sposobem to uknuto, nie mamy pojęcia, lecz Gollum jest przebiegły, a Nieprzyjaciel ma wielu szpiegów. Wiele złych stworów, wypędzonych w roku upadku Smoka, powróciło i Mroczna Puszcza znów się stała siedliskiem zła, z wyjątkiem tej części, którą my władamy.

Nie udało się nam pochwycić zbiega. Znaleźliśmy wśród mnóstwa tropów odciśniętych stopami orków jego ślady; prowadziły w głąb puszczy, na południe. Wkrótce wszakże trop się urwał i nie śmieliśmy go szukać dalej, bo zaszliśmy już w pobliże Dol Guldur, a to bardzo groźne miejsce i nigdy się tam nie zapuszczamy.

– Ano tak, uciekł – rzekł Gandalf. – Nie mamy teraz czasu na poszukiwania. Gollum zrobi, co zechce. Może jednak odegra jeszcze kiedyś rolę, o której dziś wcale nie myśli i której mu Sauron nie przeznaczył.

Chcę teraz odpowiedzieć z kolei na drugie pytanie Galdora. Co się dzieje z Sarumanem? Co on nam doradza w tej ciężkiej potrzebie? Muszę opowiedzieć całą historię od początku, bo na razie tylko Elrond ją słyszał, a i to jedynie pokrótce; zaważy z pewnością na decyzjach, które mamy dziś powziąć. Oto ostatni rozdział dotychczasowej historii Pierścienia.

Pod koniec czerwca byłem w Shire, lecz chmura niepokoju ciążyła nad moim sercem, i wybrałem się nad południową granicę tego kraiku, bo przeczuwałem niebezpieczeństwo, ukryte jeszcze przede mną, ale coraz to bliższe. Tam doszły mnie wieści o wojnie i klęsce w Gondorze, a gdy usłyszałem o Czarnym Cieniu, zimny dreszcz przeszył mi serce. Nie spotkałem nikogo prócz kilku uciekinierów z południa, lecz miałem wrażenie, że gnębi ich jakiś strach, o którym nie chcą mówić. Pospieszyłem z kolei na wschód i na północ, wędrując Zieloną Ścieżką; niedaleko od Bree natknąłem się na podróżnego, siedzącego na przydrożnym wale, podczas gdy jego wierzchowiec pasł się obok na trawie. Był to Radagast Bury, który niegdyś mieszkał w Rhosgobel, niemal na skraju Mrocznej Puszczy. Należy on do tego samego co ja bractwa, lecz nie widzieliśmy się od wielu lat.

„Gandalf! – wykrzyknął. – Właśnie do ciebie jadę! Nie znam jednak tych stron. Dowiedziałem się tylko, że należy cię szukać w jakiejś dzikiej okolicy, noszącej barbarzyńską nazwę Shire".

„Twoje informacje są zgodne z prawdą – odpowiedziałem – ale proszę cię, nie wyrażaj się w ten sposób, jeżeli spotkasz któregoś z tutejszych obywateli. Znajdujesz się już blisko granicy Shire'u. Czego sobie ode mnie życzysz? Sprawa z pewnością jest pilna. Nigdy nie lubiłeś podróżować, chyba że cię do tego zmuszały ważne powody".

„Sprawa jest paląca – odrzekł mi – nowiny złe!" Obejrzał się, jakby w obawie, że krzaki mają uszy. „Nazgûle! – szepnął. – Dziewięciu znów krąży po świecie. Przeprawili się chyłkiem przez Rzekę i skierowali ku zachodowi. Przybrali postać jeźdźców w czerni".

Wtedy zrozumiałem, że tego się właśnie lękałem, chociaż nieświadomie.

„Nieprzyjaciel widać czymś się zaniepokoił i gorączkowo dąży do jakiegoś określonego celu – rzekł Radagast. – Nie mogę tylko zgadnąć, czego może szukać w tak dalekich i odludnych stronach".

„Jakie strony masz na myśli?" – spytałem.

„Mówiono mi, że jeźdźcy, gdziekolwiek się zjawią, pytają o kraj zwany Shire".

„O Shire!" – powtórzyłem i serce mi się ścisnęło. Bo nawet Czarodzieja może strach ogarnąć, jeśli ma stawić czoło Dziewięciu zjednoczonym pod rozkazami okrutnego wodza. Był on niegdyś wielkim królem i czarownikiem, a dziś włada potęgą śmiertelnej grozy. – „Kto ci to mówił i kto cię przysyła?" – spytałem.

„Saruman Biały – odparł Radagast. – Kazał mi rzec, iż gotów jest pomóc, jeżeli ci pomocy trzeba, ale musisz zwrócić się do niego bez zwłoki, nim będzie za późno".

Te słowa wzbudziły we mnie nadzieję. Albowiem Saruman Biały jest w naszym gronie najmożniejszy. Radagast to oczywiście bardzo szanowny Czarodziej, mistrz w zmienianiu postaci i barw; zna dobrze wszelkie zioła i zwierzęta, a szczególnie przyjaźni się z ptakami. Ale Saruman z dawna badał sztuki uprawiane przez Nieprzyjaciela, dzięki czemu nieraz mogliśmy je udaremnić.

Właśnie rady Sarumana pomogły nam ongi wygnać Nieprzyjaciela z Dol Guldur. Przypuszczałem więc, że może odkrył jakiś oręż, zdolny pokonać Dziewięciu.

„Idę do Sarumana" – powiedziałem.

„Nie zwlekaj ani chwili – odparł Radagast – bo straciłem dużo czasu na szukanie ciebie i niewiele go już zostało. Polecono mi, żebym cię znalazł przed Dniem Środka Lata, a ten dzień właśnie mamy dzisiaj. Nawet jeżeli natychmiast ruszysz najkrótszą drogą stąd, nim dojedziesz, Dziewięciu pewnie zdąży odkryć ów poszukiwany kraj. Co do mnie, wracam, nie czekając".

Z tymi słowy skoczył na konia i zaraz chciał ruszyć w drogę.

„Chwileczkę! – zawołałem. – Będziemy potrzebowali twojej pomocy i pomocy wszelkich stworzeń dobrej woli. Roześlij wieści do zwierząt i ptaków, które są z tobą w przyjaźni. Każ im zbierać wiadomości, mające związek z tą sprawą, i znosić je do Gandalfa i Sarumana. Niech przesyłają gońców do Orthanku".

„Zrobię to" – odparł i ruszył z kopyta, jakby go Dziewięciu goniło.

Nie mogłem natychmiast pójść jego śladem. Miałem za sobą długą jazdę tego dnia i byłem zmęczony nie mniej od konia, a chciałem też rozważyć położenie. Przenocowałem w Bree i doszedłem do wniosku, że nie mogę tracić czasu na wstępowanie do Shire'u. Nigdy w życiu nie popełniłem większego błędu!

Napisałem jednak do Froda list i powierzyłem jego wysłanie właścicielowi gospody, memu przyjacielowi. O świcie ruszyłem w drogę i po długiej podróży w końcu dojechałem do siedziby Sarumana. Znajduje się ona daleko na południu, w Isengardzie, w końcu łańcucha Gór Mglistych, opodal Bramy Rohanu. Boromir może nam wyjaśnić, że jest to ogromna, otwarta dolina między Górami Mglistymi a północnym krańcem Ered Nimrais, Białych Gór jego ojczyzny. Isengard to obręcz nagich skał, zamykających zwartym murem kotlinę, pośrodku której wznosi się kamienna wieża zwana Orthankiem. Nie Saruman ją zbudował, lecz ludzie z Númenoru przed wielu laty; piętrzy się wysoko i ma mnóstwo skrytek, mimo to nie wygląda na dzieło przemyślnych rąk. Nie ma do niej innego dostępu niż przez mur Isengardu, w którym istnieje jedna jedyna brama.

Stanąłem u tej bramy późnym wieczorem; jest to potężny sklepiony tunel w skale, zawsze obstawiony przez straże. Wartownicy jednak byli uprzedzeni o moim przyjeździe i oznajmili, że Saruman mnie oczekuje. Wjechałem pod sklepienie, a kiedy brama cicho zamknęła się za mną, ogarnął mnie nagle strach, chociaż nie rozumiałem jego powodów.

Podjechałem pod wieżę, do stóp schodów; Saruman wyszedł na moje spotkanie i poprosił na górę do swojej pięknej komnaty. Na palcu miał pierścień.

„A więc jesteś, Gandalfie!" – rzekł z powagą, lecz w jego źrenicach błysnęła biała skra, jakby w sercu przyczaił się zimny śmiech.

„Jestem – odparłem. – Przybyłem po twoją pomoc, Sarumanie Biały".

Wydało mi się, że wzdrygnął się gniewnie, słysząc to miano.

„Czy to aby prawda, Gandalfie Szary? – spytał szyderczo. – Szukasz pomocy? Niesłychana to rzecz, by o pomoc prosił Gandalf Szary, mędrzec taki uczony i przebiegły, co zwykł kręcić się po świecie i mieszać do wszystkiego, do swoich i nie swoich spraw".

Patrzyłem na niego zdumiony.

„Jeżeli się nie mylę – odpowiedziałem – dzieją się teraz na świecie rzeczy, które wymagać będą zjednoczenia wszystkich naszych sił".

„Być może – odparł – ale poniewczasie wpadłeś na tę myśl. Ciekaw jestem, od jak dawna taisz przede mną, choć jestem głową

Rady, sprawy największej wagi? Co cię dziś sprowadza z twojej kryjówki w Shire?"

„Dziewięciu pokazało się znów – odrzekłem. – Przeprawili się przez Rzekę. Tak mówił Radagast".

„Radagast Bury! – zaśmiał się Saruman, nie kryjąc już pogardy. – Radagast-oswajający-ptaki! Radagast-prostaczek! Radagast-dureń! Miał właśnie jednak dość rozumu, żeby odegrać rolę, którą mu wyznaczyłem. Przybyłeś, Gandalfie, a to właśnie chciałem osiągnąć, wysyłając Radagasta. Jesteś i zostaniesz tutaj, Gandalfie Szary, do końca swoich dni. Albowiem ja jestem Saruman-Mędrzec, Saruman--twórca Pierścieni, Saruman wielu barw".

Spojrzałem wtedy na niego i zobaczyłem, że szaty, które zrazu wydawały się białe, wcale nie są białe, lecz utkane z wszystkich kolorów i mienią się, grając barwami olśniewająco przy każdym poruszeniu fałd.

„Wolałem cię w bieli" – powiedziałem.

„Biel! – krzyknął drwiąco. – Biel dobra jest tylko na początek. Białą tkaninę można ufarbować. Białą kartkę można zapisać. Białe światło można rozszczepić".

„Ale wtedy przestaje być białe – odparłem. – A kto psuje jakąś rzecz, żeby lepiej poznać jej istotę, ten zbacza ze ścieżek mądrości".

„Nie przemawiaj do mnie tak, jak zwykłeś mówić do głupców, z którymi się przyjaźnisz – powiedział Saruman. – Nie sprowadziłem cię tutaj, by słuchać twoich nauk, ale po to, żeby ci dać do wyboru dwie drogi".

Wyprostował się i zaczął deklamować tak, jakby wygłaszał z dawna przygotowaną mowę:

„Dawne Dni przeminęły. Średnie Dni przemijają. Świtają Dni Nowe. Czas elfów już się skończył, zbliża się nasz czas: świat ludzi, którymi my powinniśmy rządzić. Na to wszakże trzeba nam potęgi, byśmy we wszystkim mogli narzucić swoją wolę, a to dla dobrych celów, które jedynie Mędrcy umieją dostrzec.

Słuchaj mnie, Gandalfie, stary przyjacielu i pomocniku mój! – rzekł, zbliżając się do mnie i łagodząc ton głosu. – Powiedziałem: my, albowiem rządzić będziemy obaj, jeżeli zechcesz ze mną się sprzymierzyć. Nowa Potęga rośnie. Przeciw niej dawni sojusznicy i dawne środki nic nie wskórają. Nie można pokładać nadziei w elfach ani w wymierającym Númenorze. Jedna tylko droga jest przed tobą, przed nami. Przyłączmy się do nowej Potęgi. Tak nakazuje mądrość, Gandalfie. To droga nadziei. Lada dzień tamta Potęga zatriumfuje, a ci, którzy przyczynią się do jej zwycięstwa, otrzymają hojne nagrody. Kiedy Potęga ta wzrośnie, wraz z nią wzrosną jej wypróbowani sprzymierzeńcy, a Mędrcy, jak ty i ja, z czasem potrafią ją całą opanować i kierować jej działaniem. Będziemy musieli przeczekać cierpliwie, taić nasze prawdziwe myśli na dnie serca, może opłakiwać niegodziwości, których nie da się uniknąć po drodze, mając wszakże wciąż na oku godny, wzniosły, ostateczny cel: Wiedzę, Władzę, Ład – co dotychczas daremnie usiłujemy osiągnąć, bo przeszkadzają nam, zamiast pomagać, nasi słabi lub gnuśni przyjaciele. Nie wymaga to większych zmian naszych celów – których też nie zmienimy – lecz tylko zmiany środków".

„Sarumanie – odparłem – słyszałem już podobną mowę, lecz jedynie w ustach wysłanników Mordoru, którzy próbowali omamić nieświadome umysły. Nie mogę uwierzyć, żeś mnie sprowadził z daleka po to tylko, by zmęczyć moje uszy".

Spojrzał na mnie z ukosa i milczał chwilę, jakby się namyślał.

„Widzę, że droga rozsądku nie zyskała twojego uznania – rzekł. – A może wstrzymujesz się z wyborem? Wstrzymujesz się, bo kto wie, czy nie ma lepszego wyjścia? – Zbliżył się i położył swoją długą dłoń na moim ramieniu. – Czemuż by nie? – szepnął. – Pierścień Władzy! Gdybyśmy nim rozporządzali, potęga przeszłaby w nasze ręce. Oto, po co cię naprawdę wezwałem. Mam bowiem wiele par oczu na swoje usługi i jestem przekonany, że ty wiesz, gdzie się znajduje ów klejnot. Nie mylę się, prawda? Dlaczegóż to Dziewięciu dopytuje się o Shire? Co ty masz wciąż do roboty w tym kraiku?"

Kiedy to mówił, oczy mu nagle zapłonęły pożądliwością, której nie zdołał ukryć.

„Sarumanie – powiedziałem, odsuwając się od niego. – Jedynym Pierścieniem może rozporządzić tylko jedna ręka, wiesz to dobrze, nie zadawaj więc sobie trudu, mówiąc «my». Nie, ja Pierścienia nie wydam, nic ci o nim nie powiem, skoro już poznałem twoje myśli. Byłeś głową Rady, lecz teraz odsłoniłeś wreszcie swoje prawdziwe oblicze. Rozumiem już, mam do wyboru poddać się Sauronowi albo tobie. Nie pójdę żadną z tych dwóch dróg. Czy masz trzecią do ofiarowania?"

Saruman był teraz zimny i groźny.

„Tak – odparł. – Nie spodziewałem się, byś wybrał rozumnie, nawet we własnym interesie. Dałem ci mimo to możliwość przyjścia mi z pomocą dobrowolnie, bo w ten sposób oszczędziłbyś sobie dużo cierpień i kłopotów. Trzecia droga? Zostaniesz tutaj aż do końca".

„Do jakiego końca?"

„Póki nie wyznasz mi, gdzie jest Jedyny Pierścień. Znajdę pewnie środki, żeby ci rozwiązać język. Albo dopóty, dopóki nie odszukam Pierścienia bez twojej pomocy, dopóki później Władca nie będzie mógł poświęcić cennego czasu na łatwiejsze sprawy, takie jak na przykład obmyślenie stosownej zapłaty dla Gandalfa Szarego za jego opór i zuchwalstwo".

„To się może okazać wcale niełatwe" – rzekłem, ale on wyśmiał mnie, wiedząc, że to są czcze słowa.

Zawlekli mnie na szczyt wieży i zostawili samego na miejscu, z którego Saruman zazwyczaj śledzi gwiazdy. Nie ma stamtąd innego zejścia jak wąskimi schodami o tysiącu szczebli, a dolina wydaje się z góry bardzo odległa. Patrząc w nią, zobaczyłem, że gdzie dawniej było zielono i pięknie, teraz ziały szyby i dymiły kuźnie. Wilki i orkowie zaludnili Isengard, bo Saruman na własną rękę gromadził wielką armię, rywalizując z Sauronem, któremu jeszcze się nie oddał w służbę. Znad warsztatów bił czarny dym i spowijał mury wieży Orthank. Stałem samotny na wyspie pośród morza chmur. Nie było dla mnie ucieczki, dni pędziłem gorzkie w tej niewoli. Kostniałem z zimna, na ciasnym tarasie ledwie parę kroków mogłem zrobić, rozmyślając w zgnębieniu o Jeźdźcach, którzy dążyli na północ.

Nie wątpiłem, że Dziewięciu naprawdę krąży po świecie, jakkolwiek nie słowa Sarumana, które mogły być kłamstwem, przekonały mnie o tym. Na długo przed przybyciem do Isengardu spotykałem wśród swoich wędrówek znaki nieomylne. Serce moje dręczył lęk o przyjaciół z Shire'u, a jednak nie straciłem resztek nadziei.

Myślałem, że może Frodo wyruszył w drogę niezwłocznie, posłuszny naleganiom mojego listu, i dotarł do Rivendell, zanim okrutni prześladowcy odnaleźli jego trop. Ale zarówno lęk, jak nadzieja okazały się nieuzasadnione. Nadzieję bowiem opierałem na pewnym grubasie z Bree, a lęk na przeświadczeniu o chytrości Saurona. Tymczasem grubas handlujący piwem miał za wiele na głowie, a moc Saurona nie była jeszcze tak wielka, jak ją mój strach malował. Lecz zamkniętemu w murach Isengardu samotnemu więźniowi niełatwo było uwierzyć, że w dalekim Shire szczęście zawiedzie łowców, przed którymi wszystko, co żyje, ucieka lub pada.

– Widziałem cię! – krzyknął Frodo. – Chodziłeś tam i sam. Księżyc błyszczał na twoich włosach.

Gandalf umilkł i w zdumieniu spojrzał na hobbita.

– Widziałem to tylko we śnie – rzekł Frodo – ale teraz nagle sobie ten sen przypomniałem. Jakoś mi zupełnie wyleciał z pamięci. Było to dość dawno, wkrótce po opuszczeniu Shire'u.

– W takim razie sen zamarudził po drodze – odparł Gandalf – jak się sam za chwilę przekonasz. Znajdowałem się tedy w okropnym położeniu. Kto mnie zna, ten poświadczy, że nieczęsto zdarzały się w moim życiu równie ciężkie terminy i że niełatwo godzę się z taką dolą. Gandalf Szary złowiony niby mucha w zdradzieckie pajęcze sidła! Ale nawet najsprytniejszy pająk usnuje niekiedy bodaj jedną słabą nitkę.

Początkowo lękałem się, że Radagast także się załamał; Saruman niewątpliwie chciał mi ten lęk zaszczepić. Lecz podczas krótkiego spotkania nie zauważyłem w głosie i oczach Radagasta niczego podejrzanego. Gdybym coś takiego wyczuł, nie kwapiłbym się do Isengardu wcale albo przynajmniej zachowałbym więcej ostrożności. Saruman to rozumiał, toteż zataił przed wysłannikiem swoje prawdziwe zamiary i oszukał go. Zresztą w żaden sposób nie udałoby się zacnego Radagasta przekabacić i namówić do zdrady. W dobrej wierze powtórzył mi wezwanie i dlategom go posłuchał. Ale dzięki temu również cały plan Sarumana zawiódł. Radagast nie widział powodu, by nie spełnić mojej prośby: pojechał do Mrocznej Puszczy, gdzie z dawien dawna ma mnóstwo przyjaciół. Górskie orły obleciały kawał świata i wypatrzyły niemało: wilcze wiece, ściągające zastępy orków i Dziewięciu Jeźdźców kręcących się po kraju.

Zasłyszały też nowinę o ucieczce Golluma. No i wysłały do mnie gońców z tymi wiadomościami.

Tak się stało, że u schyłku lata pewnej księżycowej nocy najśmiglejszy z orłów, Gwaihir Władca Wichrów, nieoczekiwanie zjawił się nad Orthankiem. Ujrzał mnie stojącego na szczycie wieży. Przemówiłem do niego i ptak, nim go Saruman spostrzegł, uniósł mnie w powietrze; kiedy wilki i orkowie wypadli za bramę w pogoni, byłem już daleko poza kręgiem Isengardu.

„Jak daleko możesz mnie zanieść?" – spytałem Gwaihira.

„Mogę cię nieść wiele mil – odparł, nie polecę jednak z tobą na koniec świata. Wysłano mnie jako gońca, nie jako tragarza".

„W takim razie trzeba mi wierzchowca, który biega po ziemi – rzekłem – i to lotnego, bo nigdy jeszcze nie było mi tak pilno jak teraz".

„Jeśli tak, to zaniosę cię do Edoras, gdzie w pałacu mieszka władca Rohanu – powiedział orzeł. – To niezbyt daleko".

Ucieszyłem się, bo w Riddermarchii Rohanu mieszkają Rohirrimowie, mistrzowie koni, i na całym świecie nie ma lepszych wierzchowców niż te, które oni hodują w rozległej dolinie między Górami Mglistymi a Białymi.

„Jak myślisz, czy ludziom z Rohanu można zaufać?" – spytałem Gwaihira, bo zdrada Sarumana podkopała moją ufność.

„Płacą haracz w koniach – odparł orzeł – i co rok ślą ich wiele do Mordoru. Takie przynajmniej krążą pogłoski. Nie są wszakże dotychczas ujarzmieni. Lecz jeśli, jak powiadasz, Saruman się sprzeniewierzył, los Rohanu pewnie wkrótce będzie przypieczętowany".

Przed świtem Gwaihir wylądował ze mną w Rohanie. Ale przewlekłem zbytnio moją opowieść, więc dokończę jej pokrótce. W Rohanie już się czuło wpływ złych sił i kłamstw Sarumana. Król nie chciał uwierzyć w moje przestrogi. Poprosił mnie, bym wybrał sobie jednego konia i co prędzej odjechał. Wybrałem wierzchowca wedle swego gustu, lecz królowi wcale się mój wybór nie spodobał. Wziąłem bowiem najlepszego rumaka, jaki był w kraju, a na całym świecie nie spotkałem konia, który by się z nim mógł równać.

– Musi to być wspaniałe zwierzę – rzekł Aragorn. – A chociaż wam inne nowiny wydadzą się pewnie groźniejsze, mnie nade wszystko smuci, że Sauron dostaje haracz z Rohanu. Nie było tak, gdym po raz ostatni bawił w tym kraju.

– I teraz tak nie jest – odezwał się Boromir. – Mogę przysiąc! To łgarstwa szerzone przez wrogów. Znam Rohańczyków, ludzi mężnych i prawych, wiernych naszych sojuszników, osiadłych na ziemi przed wiekami od nas otrzymanej.

– Cień Mordoru pada daleko – rzekł Aragorn. – Saruman ugiął się pod nim. Rohan jest zagrożony. Kto wie, co tam zastaniesz po powrocie.

– Na pewno nie to – odparł Boromir – by Rohańczycy ratowali własne życie za cenę koni. Miłują je prawie jak rodzone dzieci. Nie bez racji, bo konie te pochodzą ze stepów północy, z krainy, gdzie Cień nigdy nie sięgał, i wywodzą się, tak samo jak ich panowie, z prastarych czasów wolności.

– Prawdę mówisz! – rzekł Gandalf. – A jeden z tych koni godzien jest źrebców, jakie się rodziły o poranku świata. Rumaki Dziewięciu nie mogą się z nim mierzyć: nie zna zmęczenia, śmiga jak wiatr. Przezwano go Cienistogrzywy. Za dnia sierść jego lśni srebrzyście, a nocą przybiera barwę cienia, tak że koń ów przemyka niewidzialny. Chód ma nad podziw lekki. Nigdy jeszcze nie dźwigał człowieka, lecz ja go oswoiłem i niósł mnie tak rączo, że przybyłem do Shire'u w tym samym dniu, w którym Frodo znalazł się na Kurhanach, chociaż wyruszyłem z Rohanu, kiedy on opuszczał Hobbiton.

Pędziłem, ale strach rósł w moim sercu. Znalazłszy się na północy, usłyszałem wieści o Jeźdźcach, a chociaż z każdym dniem zyskiwałem nad nimi przewagę, wciąż jeszcze mnie wyprzedzali. Wiedziałem już, że Dziewięciu rozdzieliło się: kilku zostało pod wschodnią granicą, opodal Zielonej Ścieżki, reszta wkradła się do Shire'u od południa. Dotarłem do Hobbitonu i nie zastałem już Froda, pogadałem tylko ze starym Gamgee. Dużo mówił, lecz nie bardzo do rzeczy. Najwięcej miał do powiedzenia o przywarach nowych właścicieli Bag End.

„Nie lubię zmian – oznajmił – kto by je lubił w moim wieku, a już zmian na gorsze ścierpieć nie mogę". „Na gorsze!" – powtórzył kilka razy.

„Pewnie, że co gorsze, to złe – rzekłem mu – więc ci życzę, żebyś najgorszego nie doczekał".

Z całej tej gadaniny dowiedziałem się wreszcie, że Frodo opuścił dom przed niespełna tygodniem i że tego samego wieczora Czarny Jeździec był na Pagórku. Odjechałem stamtąd w strachu. Dotarłem do Bucklandu, gdzie zastałem wielkie wzburzenie i ruch taki, jakby kto kij wetknął w mrowisko. Pospieszyłem do Ustroni: dom na oścież otwarty, pusty, lecz w progu leżał porzucony płaszcz i poznałem w nim własność Froda. Tracąc nadzieję, nie zatrzymałem się ani dnia, by zasięgnąć języka, a szkoda, bo mogłem usłyszeć nieco bardziej pocieszające wieści. Ruszyłem co prędzej śladem Jeźdźców. Niełatwo go było wytropić, bo rozbiegał się w różne strony i nieraz byłem w rozterce. Zdawało mi się jednak, że jeden z Jeźdźców, a może nawet dwóch zmierzało w kierunku Bree. Pojechałem więc tamtędy, obmyślając w duchu zniewagi, którymi obrzucę właściciela gospody. „Jeśli z jego winy wynikła ta zwłoka – mówiłem sobie – stopię na nim całe sadło. Upiekę starego durnia na wolnym ogniu". On też, jak się okazało, wcale się czego innego po mnie nie spodziewał, bo na mój widok padł plackiem i zaczął topnieć w oczach.

– Coś z nim zrobił? – krzyknął Frodo przerażony. – Był dla nas bardzo poczciwy i starał się, jak mógł.

Gandalf się roześmiał.

– Nic się nie bój! – rzekł. – Nie gryzłem, a nawet szczekałem niewiele. Tak mnie uradowały nowiny, które od Butterbura usłyszałem, gdy wreszcie przestał się trząść, że uściskałem poczciwca. Nie rozumiałem na razie, jak się to wszystko stało, ale usłyszałem przynajmniej, że poprzednią noc spędziłeś w Bree i że rankiem wyruszyłeś w dalszą drogę w towarzystwie Obieżyświata.

„Obieżyświata!" – krzyknąłem z uciechy.

„Tak, panie, tak, niestety – rzekł Butterbur, biorąc to za okrzyk grozy. – Obieżyświat wśliznął się między nich, chociaż broniłem jak mogłem, oni zaś dopuścili go zaraz do kompanii. W ogóle dziwnie się zachowywali tutaj przez cały czas pobytu, śmiem powiedzieć, że bardzo samowolnie".

„Ach, ty ośle, ty głupcze! Po trzykroć zacny i ukochany Barlimanie! – powiedziałem. – Toż to najpomyślniejsza nowina od dnia przesilenia letniego, warta co najmniej złotego talara! Oby twoje piwo zyskało czarodziejskie zalety i niezrównany smak na siedem następnych lat! Dziś mogę wreszcie noc przespać spokojnie, co mi się od niepamiętnych czasów już nie zdarzyło".

Przenocowałem zatem u Butterbura, rozważając, gdzie się podziali Jeźdźcy; w Bree bowiem, o ile mogłem się dowiedzieć, dotychczas zauważono tylko dwóch. W ciągu nocy wszakże zdobyłem dalsze wieści. Pięciu, jeśli nie więcej, zjawiło się od zachodu i przemknęło niby huragan przez Bree, rozwalając bramy. Po dziś dzień tamtejsza ludność drży ze strachu i oczekuje końca świata. Wstałem o brzasku i ruszyłem za nimi.

Pewności nie mam, lecz wydaje mi się niewątpliwe, że to było tak: wódz skrył się na południe od Bree, wysyłając dwóch Jeźdźców do tego miasteczka, a czterech pchnąwszy na Shire. Jedni i drudzy, nie osiągnąwszy celu ani w Bree, ani w Ustroni, wrócili do wodza z meldunkiem o porażce, wskutek czego żaden z Jeźdźców nie pilnował chwilowo gościńca, nad którym czuwali tylko szpiedzy. Wódz kazał zaraz kilku podwładnym ruszyć na wschód, nie drogą jednak, lecz na przełaj, sam zaś z resztą oddziału cwałem pognał gościńcem w wielkiej furii.

Puściłem się zawrotnym galopem ku Wichrowemu Czubowi i stanąłem tam przed zachodem słońca drugiego dnia od wyjazdu z Bree, ale tamci mnie wyprzedzili. Zrazu cofnęli się, wyczuwając mój gniew i nie ważąc się stawić mi czoła, póki słońce świeciło na niebie. Nocą wszakże zbliżyli się i oblegli mnie na szczycie, w kręgu starych ruin Amon Sûl. Przeżyłem tam ciężkie godziny. Takich błyskawic i płomieni, jak owej nocy, nie widziano na Wichrowym Czubie od zamierzchłych czasów, kiedy to zapalano na wzgórzu wojenne sygnały.

O świcie wymknąłem się z okrążenia i uciekłem na północ. Więcej nic zdziałać nie mogłem. Nie sposób było odnaleźć cię, Frodo, wśród dzikich krain, a zresztą nie miałoby sensu szukać, skoro Dziewięciu następowało mi na pięty. Musiałem zdać wszystko na Aragorna. Miałem nadzieję, że odciągnę chociaż paru Jeźdźców od pogoni za tobą i że dotrę wcześniej do Rivendell, by stąd wysłać ci odsiecz. Rzeczywiście, czterech Jeźdźców ruszyło moim tropem, wkrótce jednak zawrócili, zmierzając, jak się zdawało, w stronę brodu. Bądź co bądź wyszło to wam na dobre, bo zamiast Dziewięciu tylko Pięciu wzięło udział w nocnej napaści na wasz obóz.

Nadkładając drogi, i to uciążliwej, w górę brzegiem Szarej Wody, przez Ettenmoors, a później z powrotem ku południowi, dotarłem w końcu tutaj. Szedłem od Wichrowego Czuba niemal dwa tygodnie, konno bowiem nie mógłbym się przedostać przez góry i skałki trollów, toteż odesłałem Cienistogrzywego królowi; zaprzyjaźniłem się z tym wierzchowcem serdecznie, wiem, że stawi się na wezwanie, gdybym go znów potrzebował. Przybyłem więc do Rivendell zaledwie o tydzień wcześniej niż wy z Pierścieniem, ale na szczęście wieści o grożących wam niebezpieczeństwach już tutaj dotarły przede mną.

Na tym, mój Frodo, kończę swoją relację. Elronda i resztę obecnych przepraszam, że się tak szeroko rozwiodłem. Lecz po raz pierwszy zdarzyło się, że Gandalf nie dotrzymał obietnicy i nie stawił się na umówione miejsce i porę. Uważałem, że winien jestem usprawiedliwienie Powiernikowi Pierścienia z tak niezwykłego wypadku. A więc cała historia, od początku do końca, została opowiedziana. Zebraliśmy się tutaj wszyscy, a Pierścień jest wśród nas. Nie zbliżyliśmy się jednak ani o krok do istotnego celu. Co zrobimy z Pierścieniem?

Zaległa cisza. Potem odezwał się Elrond.

– Zła to nowina, że Saruman zdradził – rzekł – bo mu ufaliśmy i znał najtajniejsze sprawy naszej Rady. Niebezpieczna to rzecz zgłębiać sztukę wroga, choćby w najlepszej intencji! Ale podobne zdrady i upadki znamy, niestety, z przeszłości. Najbardziej ze wszystkich zdumiała mnie opowieść Froda. Niewiele miałem do czynienia z hobbitami, jeśli nie liczyć tu obecnego Bilba. Okazuje się, że Bilbo nie jest takim niezwykłym wyjątkiem, jak sądziłem dotychczas. Świat bardzo się zmienił od czasu, gdy po raz ostatni podróżowałem zachodnimi szlakami.

Upiory Kurhanów znamy pod różnymi imionami, o Starym Lesie wiele słyszeliśmy legend; to, co z niego po dziś dzień przetrwało, jest tylko resztką północnego skrawka dawnej puszczy, były czasy, gdy wiewiórka skacząc z drzewa na drzewo, mogła przewędrować z miejsca, gdzie teraz leży Shire, do Dunlandu, położonego na zachód od Isengardu. Ongi podróżowałem po tych okolicach i widziałem tam mnóstwo strasznych i dziwnych rzeczy. Zapomniałem jednak o Bombadilu; jeśli nie mylę się, chodzi o tego samego cudaka, który kręcił się po lasach i górach przed wiekami, a wówczas już był najstarszy wśród starców. Nosił wtedy inne imię. Zwaliśmy go Iarwain Ben-adar, co znaczy: najstarszy i niemający ojca. Różne plemiona nazywały go zresztą rozmaicie; krasnoludowie – Fornem, a ludzie z północy – Oraldem, inni jeszcze inaczej. Wielki to dziwak, lecz kto wie, czy nie należało go wezwać na naszą Radę.

– Nie przyszedłby – rzekł Gandalf.

– Może nie za późno jeszcze, by posłać do Bombadila gońca i uzyskać jego pomoc? – spytał Erestor. – On, jak się zdaje, ma władzę nawet nad Pierścieniem.

– Słuszniej byłoby powiedzieć, że Pierścień nad nim władzy nie ma – odparł Gandalf. – Bombadil sam jest sobie panem. Nie może jednak odmienić istoty Pierścienia ani też unicestwić jego władzy nad innymi. Zresztą Bombadil zamknął się w małym kraiku, którego granice sam wyznaczył, chociaż nikt prócz niego ich nie widzi. Może czeka na inne czasy, w każdym razie nie chce się poza swoją dziedzinę wychylać.

– Za to w jej obrębie nic go, jak widać, nie przeraża – rzekł Erestor. – Może by się zgodził wziąć Pierścień na przechowanie i w ten sposób unieszkodliwić go na zawsze.

– Nie – odparł Gandalf – tego chętnie się nie podejmie. Zrobiłby to może, gdyby go wszystkie wolne plemiona świata poprosiły, lecz nie zrozumiałby wagi zadania. Gdybyśmy powierzyli mu Pierścień, prędko by o nim zapomniał, a prawdopodobnie wyrzuciłby go nawet. Rzeczy tego rodzaju nie trzymają się głowy Bombadila. Byłby bardzo niepewnym powiernikiem, a to chyba rozstrzyga.

– W każdym razie – powiedział Glorfindel – przesyłając Bombadilowi Pierścień, odroczylibyśmy tylko straszny dzień. Bombadil mieszka daleko stąd. Nie udałoby się zawieźć tam Pierścienia niepostrzeżenie, któryś ze szpiegów z pewnością by to wyśledził. A gdyby nawet się udało, Władca Pierścieni wcześniej czy później wytropi kryjówkę i całą swoją potęgę skieruje na to miejsce. Czy Bombadil samotnie oparłby się jego potędze? Myślę, że nie. Myślę, że w końcu, jeśli reszta świata zostanie podbita, ulegnie także Bombadil. Ostatni – tak jak ongi był pierwszy. A wtedy zapanuje Noc.

– Znam Iarwaina niemal tylko z imienia – rzekł Galdor – sądzę jednak, że Glorfindel ma rację. Nie w Tomie Bombadilu znajdziemy moc zdolną pokonać naszego Nieprzyjaciela, chyba że tą mocą jest sama ziemia. Ale widzimy przecież, że Sauron umie dręczyć i niszczyć nawet góry. Ile mocy zachowało się po dziś dzień na świecie, tyle jej skupia się tylko w nas, zebranych w Imladris, wokół Cirdana w Przystani i w Lórien. Czy jednak oni i my znajdziemy dość siły, żeby przeciwstawić się Nieprzyjacielowi, kiedy Sauron z kolei zaatakuje nas, zburzywszy wszystko inne na świecie?

– Ani mnie, ani tamtym – rzekł Elrond – nie starczy sił.

– Jeżeli więc nie możemy przed wrogiem obronić Pierścienia siłą – powiedział Glorfindel – pozostają dwa sposoby, których trzeba spróbować: wysłać Pierścień za Morze albo go zniszczyć.

– Lecz Gandalf objawił nam, iż żadna ze znanych nam sztuk nie zdoła zniszczyć Pierścienia – odparł Elrond – ci zaś, którzy mieszkają za Morzem, nie zgodzą się go przyjąć. Na szczęście czy na zgubę, Pierścień należy do Śródziemia. My, którzy po dziś dzień tu żyjemy, musimy nim rozporządzić.

– A więc – rzekł Glorfindel – rzućmy go w odmęt Morza, niech się stanie prawdą Sarumanowe kłamstwo. Teraz bowiem jasno rozumiemy, że nawet wówczas, gdy Saruman jeszcze uczestniczył w Radzie, noga jego stała już na błędnej ścieżce. Wiedział, że Pierścień nie przepadł na zawsze, ale chciał, abyśmy w to uwierzyli, albowiem już wtedy zaczął go pożądać dla siebie. Często wszakże prawda ukrywa się pod płaszczem kłamstwa: na dnie Morza Pierścień będzie bezpieczny.

– Nie na zawsze – odparł Gandalf. – W odmętach wód żyją różne stwory, a zresztą morza i lądy zmieniają swoje granice. Nie jest zaś naszym zadaniem troska o jedno tylko lato ani o czas kilku ludzkich pokoleń, ani nawet o naszą erę świata. Powinniśmy dążyć do zażegnania groźby raz na zawsze, choćby nadzieja zdawała się płonna.

– Nie osiągniemy tego celu na szlaku do Morza – powiedział Galdor. – Jeżeli powrót do Iarwaina uznaliśmy za nazbyt niebezpieczny, jeszcze groźniejszy byłby teraz bieg ku Morzu. Serce mi szepce, że Sauron, skoro się dowie o ostatnich wydarzeniach, będzie nas wypatrywał na zachodnich szlakach. A dowie się wkrótce. Dziewięciu straciło swoje rumaki, to prawda, lecz dzięki temu nie zyskamy nic prócz krótkiego wytchnienia, póki Jeźdźcy nie znajdą nowych, jeszcze ściglejszych wierzchowców. Jedynie chwiejna potęga Gondoru stoi dziś między Nieprzyjacielem a zwycięskim pochodem wzdłuż wybrzeży na północ. A jeśli Sauron nadciągnie i osaczy Białe Wieże oraz Przystań, zamknie się dla elfów droga ucieczki przed rosnącym cieniem, który zalegnie Śródziemie.

– Nieprędko wróg wyruszy w ten zwycięski pochód – rzekł Boromir. – Gondor się chwieje, powiadasz. Ale wciąż trwa, a nawet u schyłku swej potęgi ma jeszcze wielką siłę.

– Lecz straże Gondoru już dziś nie zdołały zagrodzić drogi Dziewięciu – odparł Galdor. – Nieprzyjaciel może też znaleźć inne drogi, niestrzeżone przez Gondor.

– Zatem – rzekł Erestor – mamy do wyboru tylko dwa sposoby, jak słusznie mówił Glorfindel: albo ukryć Pierścień na wieki, albo go zniszczyć. Oba wszakże przerastają nasze siły. Któż tę szaradę rozwiąże?

– Nikt z tu obecnych – z powagą odparł Elrond. – A w każdym razie nikt nie zdoła przepowiedzieć, co nas czeka, jeśli wybierzemy jeden z tych sposobów. Lecz zdaje mi się jasne, którą drogą iść powinniśmy. Szlak na zachód jest z pozoru łatwiejszy. Dlatego właśnie musimy się go wyrzec. Będzie obstawiony. Zbyt wiele razy elfowie uciekali tą drogą. Dziś, w tej najcięższej potrzebie, przystoi nam droga najtrudniejsza, nieprzewidziana. W niej nasza nadzieja... jeśli jeszcze wolno mieć nadzieję. Trzeba iść prosto w paszczę niebezpieczeństwa: do Mordoru. Trzeba Pierścień cisnąć w Ogień.

Znowu zapadło milczenie. Nawet pod dachem tego szczęśliwego domu, nawet patrząc w słoneczną dolinę pełną szumu źródlanej wody, Frodo czuł w sercu śmiertelne ciemności. Boromir poruszył się i Frodo spojrzał na niego: rycerz kręcił w palcach ogromny róg i marszczył czoło. Wreszcie się odezwał:

– Nie mogę tego wszystkiego pojąć. Saruman jest zdrajcą, czyż jednak nie miał przebłysków mądrości? Dlaczego mówimy wciąż o ukryciu albo zniszczeniu Pierścienia? Dlaczego nie powiemy sobie, że Wielki Pierścień wpadł nam w ręce, aby nas wesprzeć w najcięższej potrzebie? Mając jego potęgę, Wolni Władcy Wolnych mogliby niechybnie pokonać Nieprzyjaciela. Myślę, że on tego właśnie najbardziej się lęka. Ludzie z Gondoru są waleczni, nigdy się nie poddadzą, lecz przemoc wroga może ich zmiażdżyć. Męstwu trzeba siły i oręża. Niechże Pierścień będzie naszym orężem, jeżeli ma tę moc, którą mu przypisujecie. Weźmy go sobie i ruszajmy śmiało po zwycięstwo.

– Niestety! – odparł Elrond. – Nie możemy użyć Pierścienia Władzy. Wiemy to aż nazbyt dobrze. Jest własnością Saurona, jego, wyłącznie jego dziełem, na wskroś złym. Moc Pierścienia, Boromirze, tak jest wielka, że nikt nie może nim rozporządzać wedle swojej woli, chyba tylko ten, kto i bez niego miał własną moc. Ale tym, co ją mają, Pierścień grozi jeszcze okrutniejszym niebezpieczeństwem. Już sama chęć posiadania go upadla serce. Pomyśl o Sarumanie. Gdyby któryś z Mędrców z pomocą Pierścienia i dzięki swojej sztuce obalił władcę Mordoru, sam zasiadłby na tronie Saurona i ujrzelibyśmy nowego Władcę Ciemności. Oto jeden więcej powód, dla którego trzeba Pierścień zniszczyć, póki bowiem istnieje na świecie, póty groźba wisi nawet nad Mędrcami. Nic nie jest złe na początku. Nawet Sauron nie zawsze był zły. Lękam się odesłać Pierścień do jakiejkolwiek kryjówki. Nie wziąłbym go za żadną cenę, by użyć jego potęgi.

– Ani ja – rzekł Gandalf.

Boromir patrzył na nich z powątpiewaniem, lecz skłonił głowę.

– Niech tak będzie – powiedział. – A więc Gondor musi zaufać takiej broni, jaką posiada. Może Miecz-który-został-złamany odeprze nawałę, jeśli ręka, co nim włada, odziedziczyła nie tylko ten oręż, lecz także męstwo królów wśród ludzi.

– Któż to wie? – rzekł Aragorn. – Ale przyjdzie dzień, że poddamy ją próbie.

– Oby ten dzień nie kazał nam czekać na siebie zbyt długo – odparł Boromir. – Nie prosiłem o pomoc, lecz bardzo jej nam potrzeba. Dodałaby nam otuchy myśl, że inni także walczą wszystkimi siłami, jakie im są dane.

– A więc nabierzcie otuchy – powiedział Elrond. – Są na świecie inne potęgi i królestwa, o których nic nie wiecie, bo są przed wami ukryte. Wielka Anduina przepływa przez wiele krajów, nim dobiegnie do Argonath i do bram Gondoru.

– A jednak byłoby może dla wszystkich lepiej – odezwał się krasnolud Glóin – gdyby wszystkie siły zjednoczyły się, a moc każdego ze sprzymierzeńców posłużyła wspólnym poczynaniom. Są może inne pierścienie, nie tak zdradzieckie, których by można użyć w naszej sprawie. Siedem jest straconych dla nas, chyba że Balin odnalazł pierścień Thróra, ostatni z Siedmiu, ten, o którym słuch zaginął, odkąd Thrór poległ w Morii. Mogę wam teraz wyznać prawdę: prócz innych pobudek, właśnie nadzieja na odszukanie tego pierścienia skłoniła Balina do odejścia spod góry.

– Balin nie znajdzie w Morii pierścienia – rzekł Gandalf. – Thrór dał go synowi swojemu Thráinowi, lecz Thráin nie mógł przekazać dziedzictwa Thorinowi, bo wśród tortur w Dol Guldur wydarto mu pierścień. Zjawiłem się za późno.

– Biada, biada! – zawołał Glóin. – Kiedyż wybije dla nas godzina pomsty? Ale zostały jeszcze Trzy. Co się dzieje z Trzema Pierścieniami elfów? Były to, jak słyszałem, bardzo potężne Pierścienie. Czy elfowie ich nie przechowali? Trzy Pierścienie także przed wiekami zrobił nie kto inny, lecz Czarny Władca. Czy te Trzy są bezczynne? Widzę tu dostojnych elfów. Może zechcą mi odpowiedzieć.

Elfowie jednak milczeli.

– Czyż nie słuchałeś moich słów, Glóinie? – odezwał się Elrond. – Trzech Pierścieni nie zrobił ani nawet nigdy nie dotknął Sauron. Lecz nie wolno o nich mówić. W tej godzinie zwątpienia pozwolę sobie rzec tylko tyle: Trzy Pierścienie nie są bezczynne. Nie zostały jednak stworzone, by służyć jako oręż w wojnie i dla podbojów. Takiej mocy im nie dano. Ci, którzy je wykuli, pragnęli nie potęgi, nie władzy, nie bogactw – lecz rozumu, umiejętności, sztuki twórczej, sztuki gojenia ran, aby wszelkie rzeczy na ziemi zachować od skazy. Elfowie w Śródziemiu osiągnęli to w pewnej mierze, jakkolwiek nie bez ofiar. Lecz wszystko, co sprawili ci, którzy rozporządzali Trzema Pierścieniami, obróciłoby się przeciw nim, a serca ich oraz myśli zostałyby przed Sauronem odsłonięte

– gdyby Nieprzyjaciel odzyskał Jedyny Pierścień. A wtedy żałowalibyśmy, że istniały na świecie Trzy Pierścienie! Sauron dąży do zapanowania nad nimi.

– A co się stanie, jeśli Pierścień Władzy będzie zniszczony, tak jak radzisz? – spytał Glóin.

– Nic pewnego nie wiemy – ze smutkiem rzekł Elrond. – Niektórzy z nas ufają, że Trzy Pierścienie, nigdy przez Saurona niedotknięte, wyzwolą się wówczas, a ich właściciele będą mogli uleczyć rany, zadane światu przez Nieprzyjaciela. Możliwe jednak, że Trzy po zniknięciu Jedynego stracą swoją moc, a wówczas wiele pięknych rzeczy zgaśnie i pójdzie w zapomnienie. Ja tak sądzę.

– Mimo to wszyscy elfowie zgadzają się na ryzyko – powiedział Glorfindel – jeżeli za tę cenę można złamać potęgę Saurona i na zawsze uwolnić świat od strachu przed tyranią.

– A więc wracamy znów do tego, cośmy powiedzieli: Pierścień trzeba zniszczyć – rzekł Erestor. – Lecz nie zbliżyliśmy się jeszcze ani o krok do celu. Czy starczy nam sił, by dotrzeć do Ognia, w którym Pierścień został wykuty? To droga rozpaczy. Powiedziałbym: droga szaleństwa – gdyby mi tego nie wzbraniał wzgląd na mądrość Elronda, z dawna wypróbowaną.

– Rozpacz? Szaleństwo? – odezwał się Gandalf. – Nie, to nie rozpacz, bo rozpaczać mogą tylko ci, którzy przewidują koniec i nie mają co do niego żadnych wątpliwości. Ale my nie wiemy, jaki będzie koniec. Mądrość każe ugiąć się przed koniecznością, jeśli po rozważeniu wszystkich innych dróg ta jedna okazuje się nieuchronna, jakkolwiek może się to wydać szaleństwem komuś, kto łudzi się zwodniczą nadzieją. A więc niech szaleństwo posłuży nam za płaszcz i osłoni nas przed wzrokiem Nieprzyjaciela! On bowiem jest bardzo mądry i waży każde źdźbło na szalach swojej chytrości. Nie zna jednak innej miary jak żądza władzy i wedle niej sądzi wszystkie serca. Do jego umysłu nie znajdzie dostępu myśl, że ktoś odrzuca pokusę władzy i że mając w ręku Pierścień, dąży do jego zniszczenia. Jeśli do tego będziemy zdążali, zmylimy rachuby Saurona.

– Przynajmniej na jakiś czas – rzekł Elrond. – Wstąpić na tę drogę musimy, lecz będzie bardzo trudna. I nie zaprowadzi nas po niej daleko ani mądrość, ani siła. Najsłabszy może podjąć to zadanie z równą nadzieją, jak najsilniejszy. Lecz tak właśnie najczęściej bywa z czynami, które obracają koła świata: dokonują ich małe ręce, na małych spada ten obowiązek, gdy oczy wielkich zwrócone są w inną stronę.

– Dość, dość, mistrzu Elrondzie! – zawołał niespodzianie Bilbo. – Możesz już nic więcej nie dodawać. Jasne jak słońce, do czego zmierzasz. Bilbo, niemądry hobbit, zapoczątkował całą sprawę, niechże więc Bilbo ją zakończy... albo sam zginie. Było mi tu bardzo przyjemnie i dobrze się pracowało nad książką. Jeśli chcecie wiedzieć, właśnie już piszę ostatnie kartki. Obmyśliłem także zakończenie: „i odtąd żył szczęśliwie aż po kres swoich dni". To doskonałe zamknięcie całej historii, nic nie szkodzi, że przede mną inni już się nim posługiwali. Teraz będę musiał je zmienić, skoro nie ma widoków, by się te słowa sprawdziły. Zresztą przybędzie oczywiście kilka rozdziałów... jeżeli przeżyję i zdołam je dopisać. Okropnie kłopotliwe! Kiedy mam wyruszyć w drogę?

Boromir patrzył ze zdumieniem na Bilba, śmiech jednak zamarł mu na ustach, gdy spostrzegł, że wszyscy inni spoglądają na sędziwego hobbita z wielkim szacunkiem. Tylko Glóin uśmiechnął się, ale ten uśmiech wypłynął z dawnych wspomnień.

– Oczywiście, mój kochany Bilbo – powiedział Gandalf – gdybyś to ty naprawdę zapoczątkował całą sprawę, można by od ciebie wymagać, byś ją zakończył. Ale dobrze wiesz już dzisiaj, iż nikt nie może sobie rościć pretensji, że to on jest sprawcą wielkich zdarzeń; bohater odgrywa w nich tylko skromną rolę. Nie kłaniaj się! Prawda, nie przypadkiem użyłem tego słowa, nie wątpimy też, że mimo żartobliwego tonu twoja przemowa wyrażała bardzo szlachetną gotowość. Lecz taki czyn przekraczałby twoje siły, mój Bilbo. Pierścień nie może wrócić do ciebie. Przeszedł w inne ręce. Jeżeli chcesz mojej rady, powiem ci, że twoja rola jest skończona, zostaje ci tylko zadanie kronikarza. Dokończ pisać swą księgę i nie zmieniaj zakończenia. Wolno mieć nadzieję, że będzie ono zgodne z prawdą. Przygotuj się jednak do napisania drugiego tomu, gdy wysłańcy powrócą.

Bilbo roześmiał się.

– Nigdy w życiu nie dałeś mi przyjemniejszej rady – rzekł. – Ponieważ jednak wszystkie twoje przykre rady wyszły mi na dobre, mam pewne wątpliwości, czy ta miła rada nie okaże się zła w skutkach. Ale to prawda, że już by mi nie starczyło ani sił, ani szczęścia, by się zajmować Pierścieniem. On urósł, a ja się skurczyłem. Powiedz mi jeszcze, o kim myślałeś, mówiąc: wysłańcy?

– O wysłańcach, których wyprawimy z Pierścieniem.

– Oczywiście. Ale kogo wyprawimy? Myślę, że o tym właśnie ma nasza narada rozstrzygnąć i że nic innego nie ma już do roztrząsania. Elfowie umieją żyć samym gadaniem, a krasnoludowie są bardzo wytrzymali, ja wszakże jestem tylko starym hobbitem i w południe lubię coś przegryźć. Czy możecie zaraz wymienić nazwiska? Czy też pogadamy o tym później, po obiedzie?

Nikt mu nie odpowiedział. Dzwon wydzwonił południe. Lecz i wtedy nikt się nie odezwał. Frodo spojrzał wkoło, nikt jednak nie patrzył na niego. Cała Rada, spuściwszy oczy, zatonęła w głębokiej zadumie. Froda ogarnął strach, jak gdyby za chwilę miał usłyszeć jakiś okropny wyrok, którego od dawna się spodziewał, daremnie łudząc się nadzieją, że jednak nigdy nie zapadnie. W sercu wezbrało mu ogromne pragnienie odpoczynku i spokojnego życia u boku Bilba w Rivendell. Wreszcie, łamiąc się z sobą, przemówił i ze zdumieniem usłyszał z własnych ust takie słowa, jakby jego słabiutkim głosem ktoś inny wyrażał swoją wolę:

– Ja pójdę z Pierścieniem, chociaż nie znam drogi.

Elrond podniósł oczy na niego i to spojrzenie, nieoczekiwanie przenikliwe, przeszyło mu serce.

– Jeżeli dobrze zrozumiałem wszystko, co tu słyszeliśmy – powiedział Elrond – zadanie tobie jest przeznaczone, mój Frodo. Jeżeli ty nie znajdziesz drogi, nikt jej nie znajdzie. Wybiła wasza godzina, hobbici z cichych pól Shire'u budzą się, żeby wstrząsnąć twierdzami i radami możnych. Kto spośród Mędrców mógł to przewidzieć? Spytam raczej: kto z nich, będąc Mędrcem, mógłby mieć nadzieję, że się tego dowie, nim wybije godzina?

Ale to ciężkie brzemię. Tak ciężkie, że nikt nie ośmieliłby się kogoś nim obarczyć. Ja też na ciebie tego brzemienia nie składam. Jeżeli jednak weźmiesz je dobrowolnie, powiem ci, że postępujesz słusznie. A gdyby nawet zebrali się wszyscy dawni przyjaciele elfów, Hador i Húrin, i Túrin, i sam Beren, tobie należałoby się miejsce w ich gronie.

– Ale chyba nie wyślesz go zupełnie samego, Panie? – krzyknął Sam, niezdolny dłużej się hamować, wyskakując z kąta, w którym siedział milczkiem.

– Nie, tego nie zrobię! – odparł Elrond, zwracając się do Sama z uśmiechem. – Jeżeli nie kto inny, ty pójdziesz z nim. Okazało się, że nie sposób was rozłączyć, nawet gdy Frodo jest wezwany na tajną naradę, na którą ciebie nie proszono.

Sam usiadł, czerwieniąc się i mrucząc pod nosem.

– Ładnego piwa nawarzyliśmy sobie, panie Frodo – powiedział, kiwając głową.

# Rozdział 3

## *Pierścień rusza na południe*

Nieco później tego samego dnia hobbici zebrali się we własnym gronie w pokoju Bilba. Merry i Pippin wybuchnęli oburzeniem na wieść, że Sam zakradł się na Radę i że jego wybrano na towarzysza Froda.

– To jaskrawa niesprawiedliwość! – oświadczył Pippin. – Zamiast go wyrzucić za drzwi i zakuć w kajdany, Elrond nagrodził go za tę bezczelność!

– Nagrodził? – rzekł Frodo. – Nie wyobrażam sobie sroższej kary. Nie zastanowiłeś się chyba, Pippinie. Wyrok skazujący na beznadziejną wyprawę uważasz za nagrodę? A jeszcze wczoraj marzyło mi się, że dopełniłem obowiązku i będę teraz mógł odpoczywać tutaj przez długie dni, może nawet zawsze.

– Wcale ci się nie dziwię – rzekł Merry. – Nie życzyłbym ci tego również. Ale my Samowi zazdrościmy, nie tobie. Skoro ty iść musisz, dla każdego z nas będzie srogą karą pozostać, choćby i w Rivendell. Przebyliśmy razem długą drogę i niejedną ciężką chwilę. Chcemy dalej z tobą wędrować.

– Otóż to! – zawołał Pippin. – My, hobbici, powinniśmy i będziemy trzymać się razem! Pójdę z tobą, chyba że mnie na łańcuch wezmą. Zresztą trzeba, żeby był w kompanii ktoś z olejem w głowie.

– No, w takim razie na ciebie pewnie wybór nie padnie, Peregrinie Tuku! – powiedział Gandalf, zaglądając przez okno niewiele nad ziemię wzniesione. – Ale nie macie jeszcze powodu do zmartwienia. Nic dotychczas nie zostało ostatecznie postanowione.

– Nic nie zostało postanowione? – krzyknął Pippin. – Cóżeście wy robili przez ten cały czas? Siedzieliście zamknięci przez tyle godzin!

– Mówiliśmy – odparł Bilbo. – Bardzo dużo mieliśmy sobie do powiedzenia i dla każdego znalazło się coś nowego. Nawet dla starego Gandalfa. Mam na myśli wiadomości o Gollumie, które przywiózł Legolas. Gandalf omal pod sufit nie podskoczył, ledwie się powstrzymał.

– Mylisz się – odparł Gandalf. – Jesteś roztargniony. Tę wiadomość już wcześniej słyszałem od Gwaihira. Jeśli chcesz wiedzieć prawdę, to jedynej niespodzianki dostarczyliście wy dwaj: ty i Frodo, a jedyną osobą, której to nie zaskoczyło, byłem właśnie ja.

– W każdym razie – rzekł Bilbo – nie postanowiono jeszcze nic prócz tego, że zadanie ma wykonać nieborak Frodo i Sam. Od początku obawiałem się, że do tego dojdzie, jeśli moją kandydaturę Rada odrzuci. Ale myślę, że Elrond doda im liczną kompanię, niech tylko wrócą zwiadowcy. Czy już wyruszyli, Gandalfie?

– Tak – odparł Czarodziej. – Kilku już wyprawiono, a jutro pójdzie reszta. Elrond wysyła elfów, którzy nawiążą łączność ze Strażnikami, a może też z plemieniem Thranduila w Mrocznej Puszczy. Aragorn poszedł z synami Elronda. Trzeba dobrze przetrząsnąć całą okolicę w promieniu wielu mil, nim podejmiemy jakieś kroki. Pociesz się, Frodo! Prawdopodobnie zostaniesz tu jeszcze dość długo!

– Aha! – mruknął posępnie Sam. – Będziemy zwlekać, aż zima nadejdzie.

– Na to nie ma rady – powiedział Bilbo. – Trochę w tym twojej winy, Frodo, mój chłopcze! Czemu uparłeś się doczekać moich urodzin? Nie mogę się powstrzymać od uwagi, że je uczciłeś w sposób dość szczególny. Ja nie wybrałbym akurat tego dnia na wpuszczenie Bagginsów z Sackville do naszego domu! No, ale stało się. Teraz nie sposób marudzić do wiosny, chociaż z drugiej strony nie puścimy cię w drogę, póki nie zbierzemy wieści.

*Gdy w zimie nocą szczypie mróz,*
*Gdy kamień pęka, skrzypi wóz,*
*Gdy drzew bezlistnych trzask wśród mgły,*
*To znak, że w puszczy hula Zły.* [1]

---

[1] Przełożył Włodzimierz Lewik.

– Boję się, że taki właśnie los ci przypadnie!

– Ja się też tego boję – rzekł Gandalf. – Nie będziemy mogli wyruszyć, póki zwiadowcy nie przyniosą dokładnych wiadomości o Jeźdźcach.

– Myślałem, że zginęli w powodzi – odezwał się Merry.

– Nie tak łatwo zniszczyć Upiory Pierścienia – odparł Gandalf. – Tkwi w nich moc ich władcy, póki on jest silny, póty i one nie zginą. Mamy nadzieję, że straciły konie i zewnętrzną powłokę, więc są chwilowo mniej groźne; trzeba się jednak co do tego upewnić. Tymczasem staraj się zapomnieć o troskach, mój Frodo. Nie wiem, czy zdołam ci jakoś pomóc, ale szepnę ci coś na ucho. Ktoś tu wspomniał, że na tę wyprawę przydałby się towarzysz z olejem w głowie. Miał rację! Toteż myślę, że pójdę z wami.

Frodo z takim entuzjazmem przyjął tę nowinę, że Gandalf zeskoczył z parapetu okna, na którym siedział, i zdjąwszy kapelusz, ukłonił się hobbitowi.

– Powiedziałem: myślę, że pójdę. Nie licz jeszcze na nic. W tej sprawie rozstrzygający głos będzie miał Elrond i twój przyjaciel Obieżyświat. Ale to mi przypomina, że trzeba z Elrondem pogadać. Muszę więc was na razie pożegnać.

– Jak myślisz? Długo mi tu pozwolą zabawić? – spytał Frodo wuja po odejściu Gandalfa.

– Nie mam pojęcia. W Rivendell nie umiem liczyć dni – odpowiedział Bilbo. – Myślę, że dość długo. Zdążymy się nagadać. A może byś zechciał pomóc mi w pracy nad książką i w przygotowaniach do drugiego tomu? Obmyśliłeś już jakieś zakończenie?

– Owszem, nawet niejedno, ale wszystkie niewesołe – odparł Frodo.

– To na nic! – zawołał Bilbo. – Książki powinny kończyć się dobrze. A jak by ci się podobało takie zdanie: „Odtąd ustatkowali się i zawsze już żyli szczęśliwie wszyscy razem".

– Bardzo piękne, oby się tylko sprawdziło! – rzekł Frodo.

– Ach! – westchnął Sam. – Ale gdzie osiądą? Często się nad tym zastanawiam.

Czas pewien hobbici rozmawiali i myśleli jeszcze o przebytej drodze i o niebezpieczeństwach, jakie na nich czyhają, lecz dolina Rivendell taki miała urok, że wkrótce wszystkie strachy i niepokoje ulotniły się z ich umysłów. Nie zapominali o przyszłości, dobrej czy złej, ale straciła ona władzę nad ich teraźniejszym życiem. Pokrzepili się na zdrowiu i nabrali otuchy, cieszyli się każdym dniem, rozkoszowali dobrym jadłem, miłymi pogawędkami, pięknymi pieśniami.

Tak płynęły dni, a każdy ranek wstawał pogodny, każdy zaś wieczór zapadał bezchmurny i chłodny. Lecz jesień szybko przemijała; stopniowo złoty blask płowiał i srebrniał, ostatnie liście spadały z nagich już drzew. Od Gór Mglistych dmuchał ku wschodowi zimny wiatr. Nocą na niebie księżyc pęczniał tak, że mniejsze gwiazdy umykały przed nim. Tylko jedna błyszczała czerwono tuż nad południowym widnokręgiem, a kiedy księżyc znowu zaczął maleć, rozpalała się co noc jaskrawiej. Frodo widział ją ze swego okna, tkwiącą w głębi firmamentu, płonącą niby czujne oko nad lasem, który się ciągnął wzdłuż krawędzi doliny.

Niemal dwa miesiące przebywali hobbici w domu Elronda, minął listopad, zabierając z sobą ostatnie ślady jesieni, a grudzień miał się już ku końcowi, kiedy zwiadowcy zaczęli wreszcie ściągać z powrotem. Jedni z nich dotarli na północ, aż powyżej źródeł Hoarwell, na obszar Ettenmoors; inni byli na zachodzie i z pomocą Aragorna oraz Strażników przeszperali okolicę dolnego biegu tej rzeki aż po Tharbad, gdzie Północny Gościniec przecina ją pod ruinami miasta. Wielu udało się na wschód i południe; niektórzy z nich przez góry dostali się do Mrocznej Puszczy, paru zaś wspięło się na przełęcz do źródeł rzeki Gladden i zeszło po drugiej stronie do Dzikiej Krainy, by przez Pola Gladden dotrzeć aż do starej siedziby Radagasta w Rhosgobel. Radagasta jednak nie zastali i wrócili przez wysoką przełęcz zwaną Schodami Półmroku. Synowie Elronda, Elladan i Elrohir, przybyli do domu ostatni; zawędrowali daleko wzdłuż Srebrnej Żyły do dziwnego kraju, lecz nikomu prócz Elronda nie chcieli zdać sprawy z wyników podróży.

Wysłańcy nigdzie nie widzieli Jeźdźców ani innych sług Nieprzyjaciela i nic o nich nie usłyszeli. Nawet od orłów z Gór Mglistych nie dowiedzieli się żadnych nowin. O Gollumie słuch zaginął. Wilki jednak nadal się gromadziły i zapuszczały na łowy daleko w górę Wielkiej Rzeki. Woda tuż za brodem wyrzuciła trzy martwe czarne rumaki. Na skalnych progach nieco niżej odnaleziono ciała pięciu innych oraz długi czarny płaszcz, pocięty i zgnieciony. Innych śladów Czarnych Jeźdźców nie wytropiono i nigdzie nie czuło się ich obecności. Można by pomyśleć, że zniknęli z krain Północy.

– A więc przynajmniej o ośmiu spośród Dziewięciu dowiedzieliśmy się czegoś – rzekł Gandalf. – Nie należy zbyt pochopnie wyciągać wniosków, sądzę jednak, że wolno nam żywić nadzieję, iż Upiory Pierścienia rozpierzchły się i każdy na własną rękę musiał wracać, jak mógł, do swego władcy do Mordoru, odarty z widomej powłoki i osłabły. Jeżeli tak jest, zyskujemy trochę czasu, nim wznowią pościg. Nieprzyjaciel ma oczywiście więcej sług, lecz ci musieliby przewędrować szmat drogi do granic Rivendell, żeby tu podjąć nasz trop. A jeżeli będziemy ostrożni, nie tak łatwo go odnajdą. Lecz nie wolno nam zwlekać.

Elrond wezwał hobbitów do siebie. Poważnie spojrzał Frodowi w oczy.

– Już czas! – rzekł. – Jeżeli Pierścień w ogóle ma ruszyć w drogę, nie można czekać dłużej. Ci wszakże, którzy z nim pójdą, nie powinni liczyć, że w tym zadaniu wesprze ich oręż albo siła. Muszą się zapuścić w głąb kraju Nieprzyjaciela, z dala od wszelkiej pomocy. Czy podtrzymujesz swoje przyrzeczenie i jesteś gotów zostać Powiernikiem Pierścienia?

– Tak – odparł Frodo. – Pójdę wraz z Samem.

– Nie mogę ci wiele pomóc, nawet radą – rzekł Elrond. – Nie umiem przewidzieć wszystkiego, co cię spotka w tej drodze, i nie wiem, w jaki sposób będziesz mógł wykonać swoje zadanie. Cień sięgnął już podnóży gór i rozszerza się wciąż, docierając do brzegów Szarej Wody. A to, co dzieje się w jego zasięgu, jest dla mnie nieprzeniknione. Spotkasz wielu wrogów, jawnych i zamaskowanych, ale być może, że spotkasz również na swej drodze sojuszników, i to w chwili, gdy się najmniej będziesz tego spodziewał. Roześlę gońców i w miarę możności zawiadomię wszystkich przyjaciół, których mam po świecie. Lecz wszędzie wkoło tyle jest teraz niebezpieczeństw, że pewnie nie wszyscy moi wysłannicy dotrą do celu, a niektórzy może nie zdołają cię wyprzedzić. Dobiorę ci towarzyszy podróży, o ile oczywiście zgodzą się iść z tobą i jeśli nic im nie przeszkodzi. Drużyna powinna być nieliczna, bo cała nadzieja w pośpiechu i tajemnicy. Gdybym nawet rozporządzał zbrojnym zastępem elfów, jak za Dawnych Dni, nie przydałoby się to na wiele, przeciwnie, zbudziłoby tylko czujność potęgi Mordoru.

Towarzyszy Pierścienia będzie dziewięciu: Dziewięciu Piechurów przeciw Dziewięciu Jeźdźcom. Z tobą i z twoim wiernym sługą pójdzie Gandalf, to bowiem będzie Czarodzieja największe dzieło, może nawet uwieńczenie trudów całego życia. Poza tym będą w Drużynie przedstawiciele wszystkich wolnych plemion świata: elfów, krasnoludów i ludzi. A więc elf Legolas i krasnolud Gimli, syn Glóina. Obaj zgodzili się towarzyszyć ci przynajmniej do przełęczy w górach, a może i dalej. Z ludzi pójdzie Aragorn, syn Arathorna, ponieważ Pierścień Isildura jemu jest najbliższy.

– Obieżyświat! – krzyknął Frodo.

– Tak – uśmiechnął się Aragorn. – Prosiłem, by mi pozwolono znów biec w świat z tobą, Frodo.

– Sam bym cię o to prosił – rzekł Frodo – ale sądziłem, że wybierasz się z Boromirem do Minas Tirith.

– Wybieram się rzeczywiście – odparł Aragorn. – Miecz-który--został-złamany trzeba przekuć, nim ruszę na wojnę. Ale mamy wspólną drogę przez kilkaset mil. Dlatego Boromir także przyłączy się do twojej Drużyny. To człowiek wielkiego męstwa.

– Brakuje więc dwóch jeszcze – powiedział Elrond. – Zastanowię się nad ich wyborem. Znajdę z pewnością wśród moich domowników odpowiednich dla ciebie towarzyszy.

– Ależ wtedy dla nas zabraknie miejsca! – krzyknął z rozpaczą Pippin. – Nie chcemy zostać, jeśli Frodo idzie. Chcemy iść razem z nim!

– Nie rozumiecie i nie wyobrażacie sobie, czym będzie ta wyprawa – rzekł Elrond.

– Frodo także nie wie – odezwał się Gandalf, niespodziewanie stając po stronie Pippina. – Nikt z nas jasno tego sobie nie wyobraża. Prawdę powiedziałeś, Elrondzie: gdyby ci hobbici rozumieli niebezpieczeństwo, nie mieliby odwagi wyruszyć przeciw niemu. Ale pragnęliby iść albo przynajmniej pragnęliby mieć odwagę, wstydziliby się i cierpieli. Myślę, Elrondzie, że w tej sprawie lepiej zawierzyć szczerej przyjaźni niż wielkiej mądrości. Gdybyś nawet włączył do drużyny tak dostojnego elfa jak Glorfindel, nie mógłby on zdobyć Czarnej Wieży ani utorować drogi do Ognia siłą, którą rozporządza.

– Ważkie to słowa – odparł Elrond – lecz mam pewne wątpliwości. Shire, jak się obawiam, może się znaleźć w niebezpieczeństwie. Zamierzałem tych dwóch hobbitów odesłać, żeby ostrzegli swoich rodaków i przedsięwzięli środki, zgodne z miejscowymi obyczajami, by kraj zabezpieczyć. W każdym razie młodszego z nich, Peregrina Tuka, zatrzymam. Serce we mnie się wzdraga przed myślą, by ten młodzik miał iść z wami.

– A więc zamknij mnie, panie, w więzieniu albo związanego w worku odeślij do domu – zawołał Pippin – bo uprzedzam cię, że pobiegnę za Drużyną!

– Niechże więc będzie twoja wola. Pójdziesz z Frodem – rzekł Elrond z westchnieniem. – Teraz mamy dziewięciu wybranych. Za tydzień Drużyna musi wyruszyć.

Płatnerze elfów przekuli na nowo miecz Elendila. Na ostrzu wyryli siedem gwiazd między księżycem w nowiu a promienistym słońcem, wokół zaś mnóstwo znaków runicznych, bo Aragorn, syn Arathorna, szedł walczyć na pogranicze Mordoru. Miecz, znów cały, jaśniał pełnym blaskiem; w słońcu rozbłyskiwał szkarłatem, w poświacie miesięcznej zimną bielą, a klingę miał ostrą i hartowną. Aragorn obdarzył go nowym imieniem: Andúril, Płomień Zachodu.

Aragorn i Gandalf przechadzali się razem lub przesiadywali, rozmawiając o podróży i niebezpieczeństwach, które w niej mogli spotkać; rozpatrywali też mapy, opatrzone wielu napisami i runami, oraz stare kroniki, zachowane w domu Elronda. Frodo niekiedy przebywał z nimi, lecz zdawał się we wszystkim na ich mądrość i spędzał możliwie najwięcej czasu z Bilbem.

W tych ostatnich dniach hobbici słuchali w Sali Kominkowej różnych opowieści; tu usłyszeli między innymi całą historię Berena i pięknej Lúthien, i Wielkiego Klejnotu. Za dnia wszakże, podczas gdy Merry i Pippin kręcili się to tu, to tam, Froda i Sama można było najczęściej zastać w pokoiku Bilba. Stary hobbit czytał im wybrane rozdziały swojej książki (wciąż jeszcze, jak się zdawało, dalekiej od ukończenia) albo urywki wierszy, niekiedy też robił zapiski z przygód Froda.

Rankiem ostatniego dnia, kiedy Frodo był sam z Bilbem, stary hobbit wyciągnął spod łóżka drewnianą skrzynkę. Podniósł wieko i zaczął w niej szperać.

– Oto twój miecz – powiedział. – Ale jest złamany, jak wiesz. Wziąłem go na przechowanie, lecz zapomniałem spytać płatnerzy, czy mogą go naprawić. Teraz już za późno, przyszło mi więc na myśl, że może byś chciał mieć ten, co?

I wyjął ze skrzynki mieczyk w starej, wytartej skórzanej pochwie. Dobył go z pochwy, przetarł polerowane, dobrze utrzymane ostrze, które zaświeciło niespodzianie zimnym blaskiem.

– To Żądło – rzekł i prawie bez wysiłku wbił mieczyk głęboko w drewnianą belkę – weź je, jeśli masz ochotę, ja już chyba nie będę go potrzebował.

Frodo przyjął dar z wdzięcznością.

– Mam tu coś jeszcze – powiedział Bilbo, wyjmując zawiniątko, które zdawało się bardzo ciężkie w stosunku do swych małych rozmiarów. Rozwinął kilka zwojów starego sukna i podniósł w górę małą kolczugę sporządzoną z gęsto plecionej siatki, giętkiej niemal jak płótno, lecz twardszej niźli stal. Lśniła niby srebro w księżycowej poświacie, a wysadzana była drogimi kamieniami. Był do niej także pas z pereł i kryształów.

– Piękna, prawda? – spytał Bilbo, obracając kolczugę pod światło. – I bardzo użyteczna. To moja krasnoludzka zbroja, dar Thorina. Odebrałem ją z muzeum w Michel Delving przed opuszczeniem domu i zapakowałem między bagaże. Wziąłem z sobą wszystkie pamiątki z wyprawy, z wyjątkiem Pierścienia. Ale nie spodziewałem się, bym miał sposobność używać kolczugi, a teraz nie jest mi już wcale potrzebna, chyba na to, żeby czasem oczy nacieszyć. Nosząc ją, nie czuje się niemal ciężaru.

– Wyglądałbym w tym... myślę, że wyglądałbym nieco dziwacznie – rzekł Frodo.

– To samo i ja mówiłem – powiedział Bilbo. – Ale nie przejmuj się wyglądem. Możesz zresztą nosić kolczugę pod wierzchnim ubraniem... Słuchaj! Powiem ci coś, ale niech to zostanie między nami. Będę o wiele spokojniejszy, wiedząc, że ją nosisz. Mam wrażenie, że od niej odbiłyby się nawet noże Czarnych Jeźdźców – dodał, ściszając głos.

– Dobrze więc, wezmę ją – odparł Frodo. Bilbo sam ubrał go w kolczugę i zawiesił mu Żądło u pasa. Potem Frodo włożył na to wszystko swoje stare, zniszczone spodnie, bluzę i kurtkę.

– Wyglądasz jak każdy hobbit – rzekł Bilbo. – Ale jest w tobie coś więcej, niżby się z pozoru wydawało. Niech ci szczęście sprzyja!

Odwrócił się i patrząc w okno, usiłował zanucić jakąś melodię.

– Brak mi słów, żeby ci podziękować, jak by należało, za te dary i za wszystkie lata dobroci dla mnie – powiedział Frodo.

– Nawet nie próbuj! – zawołał stary hobbit i okręciwszy się na pięcie, trzepnął Froda po łopatce. – Aj! – krzyknął. – Teraz jesteś za twardy na takie karesy. No, ale to już tak jest: hobbici muszą się trzymać razem, a Bagginsowie tym bardziej. Nie wymagam od ciebie w zamian niczego prócz ostrożności. Uważaj na siebie i staraj się przywieźć z podróży jak najwięcej nowin, a także zapamiętaj wszystkie stare pieśni i legendy, jakie posłyszysz. Będę pracował usilnie, żeby skończyć książkę, nim wrócisz. Chętnie bym napisał drugi tom, jeżeli pożyję.

Urwał i, odwróciwszy się znów do okna, zaśpiewał półgłosem:

*Siedzę przy ogniu i dumam*
*O tym, w co pamięć bogata.*
*O kwiatkach polnych, motylach*
*W dawnych, minionych latach.*

*O listkach żółtych i nitkach*
*Jesiennych, lekkich pajęczyn.*
*O mgłach, o słońcu, o wietrze,*
*Co włos na głowie mi piętrzył...*

*Siedzę przy ogniu i dumam –*
*Czy też tu będzie inaczej,*
*Gdy zima przyjdzie bez wiosny –*
*I czy to kiedy zobaczę.*

*Boć rzeczy wiele jest w świecie,*
*A jam ich widział niewiele...*
*Na przykład w lesie co wiosny*
*Coraz to inna jest zieleń.*

*Siedzę przy ogniu i dumam*
*O dawnych i przyszłych ludach –*
*I wiem – świat nowy zobaczą,*
*A mnie się to już nie uda.*

*Lecz cóż... wciąż siedzę i myślę*
*O czasach, które już przeszły...*
*Słucham znajomych mi kroków*
*I głosów słucham zamierzchłych.* [1]

Był zimny, szary dzień pod koniec grudnia. Wschodni wiatr szarpał nagimi gałęziami drzew i syczał wśród czarnych sosen na zboczach gór. Postrzępione ciemne chmury płynęły nisko po niebie. Gdy zapadł wczesny, smutny zmierzch, drużyna stanęła w pogotowiu do drogi. Mieli ruszyć o zmroku, bo Elrond radził poruszać się pod osłoną nocy, dopóki nie znajdą się daleko od Rivendell.

– Trzeba się wystrzegać oczu mnogich sług Saurona – mówił. – Niewątpliwie już usłyszał wieść o porażce Jeźdźców i kipi gniewem. Wkrótce chmara jego szpiegów na nogach i skrzydłach pospieszy ku Północy. Nawet nieba musicie się strzec w tej podróży.

Drużyna nie wzięła z sobą wiele oręża, bo nadzieję pokładano w tajności wyprawy, nie w czynach bojowych. Aragorn przypasał Andúrila, lecz poza nim nie brał żadnej innej broni; włożył na drogę rdzawozielone i brunatne ubranie Strażników pustkowi. Boromir miał długi miecz, z kształtu podobny do Andúrila, lecz nie tak starożytny, tarczę i róg rycerski.

– Głośno i czysto gra on po dolinach i górach – rzekł – a na jego dźwięk niech umykają wrogowie Gondoru!

Przytknął róg do ust i zadął weń, aż echo poniosło się od skały do skały i kto żyw w Rivendell zerwał się na nogi.

– Nie bądź zbyt skory do grania na tym rogu, Boromirze – powiedział Elrond – póki znów nie staniesz u granic swojej ojczyzny lub nie znajdziesz się w ciężkiej potrzebie.

---
[1] Przełożył Włodzimierz Lewik.

– Może i dobrze radzisz – odparł Boromir – ale ja zawsze głosem rogu oznajmiam, że wyruszam w drogę, a choćbym musiał potem przemykać wśród ciemności, nie chcę zaczynać wyprawy milczkiem jak nocny złodziej.

Tylko krasnolud Gimli jawnie obnosił krótką stalową kolczugę, bo jego plemię lekce sobie waży wszelkie pozory. Za pas miał zatknięty topór o szerokim ostrzu. Legolas zaopatrzył się w łuk i kołczan, a u pasa zawiesił długi biały nóż. Dwaj młodzi hobbici uzbroili się w miecze zabrane z Kurhanu. Frodo wszakże nie miał nic prócz Żądła, a kolczugę, zgodnie z życzeniem Bilba, ukrywał pod ubraniem. Gandalf miał swoją różdżkę, lecz do boku przypasał miecz elfów zwany Glamdringiem, bliźniaczego brata Orkrista, spoczywającego na piersi Thorina pod Samotną Górą.

Wszystkich Elrond zaopatrzył hojnie w grubą, ciepłą odzież, w kurty i płaszcze podbite futrem. Zapasami żywności, ubraniami na zmianę, kocami i wszelakim sprzętem objuczono kucyka, a był to ten sam nieszczęsny zwierzak, którego hobbici kupili w Bree. Parę miesięcy w Rivendell odmieniło go nad podziw: sierść na nim lśniła i zdawał się tryskać młodzieńczą energią. Zabrano go na usilne naleganie Sama, który twierdził, że Bill (bo tak nazwał kuca) zatęskniłby się na śmierć, gdyby go zostawiono.

– Ten zwierzak prawie już umie mówić – powiedział. – Żeby jeszcze parę tygodni tu pobył, zagadałby z pewnością. Spojrzał na mnie, jakby mówił, i to wcale nie mniej wyraźnie niż pan Pippin: „Jeżeli mnie z sobą nie weźmiesz, mój Samie, pobiegnę za wami, nie pytając o pozwolenie".

Tak więc Bill wziął udział w wyprawie w roli tragarza, a mimo to on jeden z całej kompanii nie miał markotnej miny.

Pożegnali się już z Elrondem w wielkiej Sali Kominkowej i teraz czekali tylko na Gandalfa, który nie wyszedł jeszcze przed dom. Z otwartych drzwi bił blask ogniska, okna jaśniały łagodnym światłem. Bilbo, otulony płaszczem, stał w progu obok Froda. Aragorn siedział z głową zwieszoną na kolana; tylko Elrond wiedział, co Obieżyświat przeżywa w tej chwili. Sylwetki pozostałych uczestników wyprawy ledwie majaczyły w mroku. Sam stanął przy kucu i cmokając przez zęby, wpatrywał się w ciemności, z których dochodził szum rzeki pluszczącej na kamieniach. Nie czuł w tej chwili wcale żądzy przygód w sercu.

– Billu, mój zuchu – rzekł. – Nie powinieneś był napierać się na tę podróż. Mogłeś tu zostać i paść się najprzedniejszym siankiem aż do nowej trawy.

Bill machnął ogonem i nic na to nie odpowiedział. Sam poprawił worek na plecach i zastanawiając się z niepokojem, czy czegoś nie pominął, zaczął sobie w duchu przypominać wszystkie rzeczy, które do worka wpakował: skarb najważniejszy – sprzęt kuchenny; małą puszkę z solą, z którą się nie rozstawał, napełniając ją przy każdej sposobności; zapas ziela fajkowego spory – ale pewnie jeszcze niewystarczający; krzesiwo i hubkę; bieliznę płócienną i ciepłą wełnianą; rozmaite drobiazgi pana Froda, o których Frodo nie pamiętał, a które Sam wetknął między własne manatki, by we właściwej chwili z tryumfem wyciągnąć. Wszystko to po kolei i w myśli wyliczył.

– Lina! – mruknął. – Nie wziąłem liny. A jeszcze wczoraj wieczorem mówiłem sobie: „Samie, czy nie uważasz, że przydałby się kawałek liny? Jeżeli jej nie weźmiesz, ani chybi okaże się potrzebna". No, będzie potrzebna na pewno. Teraz już po nią nie wrócę.

W tym momencie zjawił się Elrond z Gandalfem i przywołał całą kompanię.

– Oto moje ostatnie słowo – rzekł cichym głosem. – Powiernik Pierścienia wyrusza z misją dotarcia do Góry Przeznaczenia. Na nim jednym spoczywa odpowiedzialność: nie wolno mu Pierścienia odrzucić ani wydać w ręce Nieprzyjaciela czy któregoś z jego sług, nie wolno dopuścić, aby ktokolwiek bodaj dotknął Pierścienia, chyba któryś z członków Drużyny i Rady, ale i to tylko w ostatecznej potrzebie. Wy wszyscy towarzyszycie Powiernikowi ochotniczo, by mu dopomóc. Macie prawo wycofać się lub zawrócić z drogi, lub skręcić na inne ścieżki, jeżeli nadarzy się możliwość. Im dalej z nim pójdziecie, tym trudniej będzie się cofnąć. Lecz nie wiąże was przysięga ani obietnica, nie jesteście obowiązani iść dalej, niż zechcecie. Nie zmierzyliście bowiem jeszcze męstwa swoich serc i nie możecie przewidzieć, co każdego z was spotka w tej wędrówce.

– Przeniewiercą jest, kto porzuca towarzyszy, gdy ciemności zastępują drogę – odezwał się Gimli.

– Może – odpowiedział Elrond – lecz niech nie ślubuje przebrnąć przez ciemności nocy, kto nie widział jeszcze nawet zmroku.

– Przysięga utwierdziłaby chwiejne serca – rzekł Gimli.

– Albo też by je złamała – odparł Elrond. – Nie patrzcie zbyt daleko przed siebie! Ruszajcie z otuchą w sercach! Bywajcie zdrowi, niech błogosławieństwo elfów, ludzi i wszystkich Wolnych Plemion będzie wciąż z wami. Oby gwiazdy świeciły wam w twarze!

– Szczęśliwej... szczęśliwej drogi! – krzyknął Bilbo, dzwoniąc z zimna zębami. – Nie przypuszczam, żebyś znalazł czas na prowadzenie dziennika podróży, mój Frodo kochany, ale spodziewam się dokładnego sprawozdania po powrocie. Nie każ mi za długo czekać! Bywaj zdrów!

Wielu domowników Elronda, stojących w cieniu, żegnało odchodzących i szeptem życzyło im szczęścia. Nie było śmiechu ani pieśni, ani muzyki. Wreszcie drużyna ruszyła cicho, wsiąkając w mrok.

Przebyli most i z wolna zaczęli się wspinać długą, stromą ścieżką na ścianę wielkiej rozpadliny, w której leżało Rivendell, aż stanęli w końcu na wyżynie stepowej, gdzie wiatr szeleścił wśród wrzosów. Raz jeszcze spojrzeli na Ostatni Przyjazny Dom migocący w dole światłami, a potem zanurzyli się w noc.

Przy Brodzie Bruinen opuścili gościniec i skręcając ku południowi, weszli na wąskie dróżki, wijące się przez falistą okolicę. Zależało im na tym, by jak najdłużej trzymać się zachodniej strony gór. Teren był tu bardziej wyboisty i jałowy niż w zielonej dolinie Wielkiej Rzeki, płynącej za ścianą górską przez Dzikie Kraje, toteż marsz tędy musiał być powolny; mieli jednak nadzieję, że w ten sposób unikną ciekawych a nieprzyjaznych oczu. Szpiedzy Saurona rzadko zapuszczali się na te pustkowia, a ścieżek tutejszych nie znał prawie nikt prócz mieszkańców Rivendell.

Gandalf szedł na czele wraz z Aragornem, który nawet po ciemku orientował się w okolicy doskonale. Reszta drużyny podążała za nimi gęsiego, a Legolas, obdarzony bystrym wzrokiem, zamykał pochód jako tylna straż. Pierwsza część podróży była bardzo uciążliwa i Frodo mało co z niej zapamiętał prócz zimna i wichru. Przez wiele bezsłonecznych dni lodowaty podmuch dął od gór na wschodzie i okazało się, że nie ma płaszcza, przez który by się nie przebijały jego natrętne palce. Wędrowcom, mimo dobrych podróżnych ubrań, nieczęsto udawało się zagrzać, czy to w marszu, czy to na popasie.

Sypiali mało i tylko w ciągu południowych godzin, przycupnąwszy w jakiejś rozpadlinie albo kryjąc się wśród chaszczy tarniny, która tu rosła gęstymi kępami. Późnym popołudniem wartownik budził towarzyszy i zjadali obiad, zwykle zimny i niezbyt pokrzepiający, bo rzadko odważali się na rozniecanie ogniska. Wieczorem ruszali znów w drogę, wybierając ścieżki wiodące możliwie najprościej na południe.

Zrazu wydawało się hobbitom, że chociaż maszerują wytrwale, aż do ostatecznego zmęczenia, pełzną jak ślimaki i nigdy nigdzie nie dotrą. Co dzień oglądali krajobraz taki sam jak poprzedniego dnia. A jednak góry wciąż się ku nim przybliżały. Na południe od Rivendell łańcuch górski spiętrzał się coraz wyżej i zaginał ku zachodowi, u stóp głównego masywu rozsypane były szeroko nagie wzgórza i głębokie jary, w których pieniły się bystre potoki. Nieliczne ścieżki biegły kręto i często urywały się na krawędzi urwiska albo zdradzieckiego bagna.

Wędrowali tak przez dwa tygodnie, gdy nagle pogoda się zmieniła. Wiatr ucichł, a potem znów dmuchnął, lecz teraz w stronę południa. Mknące po niebie chmury podniosły się wyżej i rozpierzchły, wyjrzało słońce, blade i jasne. Po długiej nocy nużącego marszu świt ich ogarnął zimny i czysty. Stanęli na niskiej grani zwieńczonej kępą sędziwych krzaków janowca, których szarozielone pnie wyglądały tak, jakby je wykuto z okolicznych skał. Ciemne liście błyszczały, a jagody płonęły szkarłatem w promieniach świtu.

Dalej ku południowi Frodo widział ogromną ścianę wyniosłych gór, jak gdyby zagradzającą drogę, którą sobie wytknęła drużyna. W lewej części tego łańcucha wystrzelały trzy szczyty. Najwyższy i zarazem najbliższy, ubielony śniegiem, sterczał na kształt zęba; jego wielką, nagą północną ścianę zalegał jeszcze cień, ale tam gdzie już sięgały ukośne promienie słońca, jarzyła się czerwono.

Gandalf u boku Froda patrzył także, osłaniając oczy dłonią.

– Uszliśmy spory kawał drogi – rzekł. – Jesteśmy na granicy kraju, który ludzie nazywają Hollinem. Mieszkało tu wielu elfów za dawnych, szczęśliwych czasów, kiedy nazwa tego kraju brzmiała inaczej: Eregion. Posunęliśmy się o czterdzieści pięć staj lotu ptaka, jakkolwiek nasze nogi przemierzyły znacznie więcej. Dalej teren i klimat będą łaskawsze, lecz może tym bardziej niebezpieczne.

– Mniejsza o to, w każdym razie miło zobaczyć tak piękny wschód słońca – rzekł Frodo, odrzucając kaptur i wystawiając twarz na blask ranka.

– Ale teraz góry są przed nami – zauważył Pippin. – Widocznie w ciągu nocy skręciliśmy na wschód.

– Nie – odparł Gandalf. – Po prostu w czystym powietrzu dalej sięgamy wzrokiem. Za tymi trzema szczytami łańcuch wygina się łukiem ku południo-zachodowi. W domu Elronda było mnóstwo map, ale pewnie nigdy nie przyszło ci do głowy, żeby im się przyjrzeć.

– Owszem, czasem je oglądałem – rzekł Pippin. – Nic jednak nie pamiętam. Frodo ma do takich spraw więcej zdolności.

– Mnie mapy niepotrzebne – odezwał się Gimli, który zbliżył się wraz z Legolasem i patrzył teraz przed siebie z dziwnym błyskiem w głębi oczu. – To kraj, w którym przed wiekami pracowali ojcowie nasi, obraz tych gór wykuliśmy w metalu i w kamieniu na wielu naszych dziełach i upamiętniliśmy w wielu pieśniach i legendach. Widujemy je, wystrzelające pod niebo, w naszych snach. To Baraz, Zirak i Shathûr.

Na jawie widziałem je tylko raz w życiu, znam jednak ich kształty i nazwy, pod nimi bowiem leży Khazad-dûm, stolica krasnoludów – dziś nazwana Czarną Otchłanią, a w języku elfów – Morią. Oto stoi Barazinbar, Czerwony Róg, okrutny Caradhras; za nim szczyty: Srebrny i Chmurny – Kelebdil Biały i Fanuidhol Szary, który po swojemu nazywamy Zirakzigil, i Bundushathûr. Tu Góry Mgliste rozszczepiają się, a między ich ramionami leży pamiętna dla nas Azanulbizar, Dolina Półmroku, przez elfów nazywana Nanduhirion.

– Właśnie do tej doliny zmierzamy – powiedział Gandalf. – Jeżeli wejdziemy na przełęcz, zwaną Bramą Czerwonego Rogu, a znajdującą się poniżej przeciwległej ściany Caradhrasu, zejdziemy potem Schodami Półmroku w głąb doliny krasnoludów. Jest tam Zwierciadlane Jezioro, i tam też z lodowatych źródeł tryska Srebrna Żyła.

– Ciemne są wody Kheled-zâram – rzekł Gimli. – Zimne są źródła Kibil-nâla. Serce we mnie drży na myśl, że może wkrótce już je ujrzę.

– Obyś nacieszył oczy ich widokiem, zacny krasnoludzie – rzekł Gandalf. – Cokolwiek wszakże ty zrobisz, my nie możemy długo bawić w owej dolinie. Trzeba nam spieszyć z biegiem Srebrnej Żyły do tajemnych lasów, a przez nie ku Wielkiej Rzece, potem zaś... – Gandalf urwał.

– No, cóż potem? – spytał Merry.

– Potem do celu podróży, ostatecznie – do celu! – odparł Gandalf. – Nie można patrzeć za daleko przed siebie. Cieszymy się, że pierwszy etap przebyliśmy szczęśliwie. Myślę, że tu odpoczniemy nie tylko przez dzień cały, ale także przez noc. W Hollinie powietrze jest czyste. Siła złego potrzeba, aby kraj, w którym ongi mieszkali elfowie, zapomniał o nich.

– To prawda – rzekł Legolas. – Elfowie tutejsi byli jednak obcej nam rasy, nie z leśnego rodu, a drzewa i trawa już o nich nie pamiętają. Tylko ja słyszę skargę kamieni: „Z głębi nas dobywali, pięknie nas rzeźbili, wysoko z nas piętrzyli mury, ale odeszli". Elfowie odeszli. Dawno, dawno temu podążyli ku przystaniom.

Tego ranka rozniecili ognisko w głębokiej rozpadlinie osłoniętej gąszczem janowca, a posiłek – nie wiedzieć: wieczerza czy śniadanie? – upłynął tak wesoło, jak nigdy jeszcze od początku marszu. Nie kwapili się potem do snu, bo mieli nadzieję przespać całą noc, i nie zamierzali wyruszać w dalszą drogę przed wieczorem następnego dnia. Tylko Aragorn był milczący i niespokojny. Po chwili, odłączywszy się od kompanii, wyszedł na grań. Stanął tu w cieniu drzewa, rozglądając się na południe i zachód, a głowę wychylił, jakby nasłuchiwał. Wrócił potem na krawędź rozpadliny i spojrzał z góry na śmiejącą się i rozgadaną gromadkę.

– Co się stało, Obieżyświacie? – zawołał Merry. – Czego szukasz? Może ci brak wschodniego wiatru?

– Nie – odparł Aragorn. – Czegoś jednak rzeczywiście mi brak. Bywałem w Hollinie o różnych porach roku. Nie mieszkają tu dzisiaj ani elfowie, ani ludzie, lecz przecież dawniej żyły w tych stronach różne stworzenia, a przede wszystkim dużo ptaków. Teraz jednak nie słychać żadnych głosów prócz waszych. Tego jestem pewien. Na wiele mil wkoło panuje cisza, a wasze głosy echem dudnią pod ziemią. Nie mogę tego zrozumieć.

Gandalf nagle z zainteresowaniem podniósł głowę.

– Jak myślisz, dlaczego tak jest? – spytał. – Czy podejrzewasz jakiś inny powód niż zdumienie na widok czterech hobbitów, nie mówiąc już o reszcie towarzystwa, w miejscu, gdzie rzadko się kogoś widuje i słyszy?

– Mam nadzieję, że tylko w tym leży przyczyna – rzekł Aragorn. – Ale wyczuwam jakieś napięcie i lęk, których tu nigdy przedtem nie zaznałem.

– To znaczy, że trzeba zachować więcej ostrożności – powiedział Gandalf. – Skoro się ma w kompanii Strażnika, należy go słuchać, tym bardziej, kiedy tym Strażnikiem jest Aragorn. Nie będziemy już głośno gadać, położymy się cicho spać i wystawimy wartę.

Pierwsza warta przypadła Samowi, lecz Aragorn czuwał razem z nim. Inni posnęli. Cisza zaległa tak wielka, że nawet Sam ją wyczuwał. Słychać było wyraźnie oddechy śpiących. Każde machnięcie ogona, każde przestąpienie kopyt kuca rozlegało się głośno. Sam słyszał nawet, jak przy każdym ruchu trzeszczało mu w stawach. Otaczała ich głucha cisza, a nad światem rozpięte było pogodne niebo, po którym słońce wznosiło się od wschodu. Daleko na południu ukazała się czarna plamka i rosła, zbliżając się ku północy, niby dym niesiony z wiatrem.

– Co to jest? Nie wygląda na chmurę – szepnął Sam do Aragorna. Tamten nie odpowiedział, z napięciem wpatrując się w niebo. Lecz po chwili Sam bez jego pomocy zrozumiał, co się zbliża od południa. Chmary ptactwa leciały bardzo szybko, zataczały koła, krążyły nad okolicą, jakby czegoś szukając. A wciąż zbliżały się do nich.

– Kładź się na ziemi i ani drgnij! – syknął Aragorn, wciągając Sama w cień janowca, bo jeden pułk ptasi odłączył się nagle od głównego trzonu armii i niskim lotem pędził wprost na grań. Samowi wydało się, że to jakaś odmiana niezwykle dużych wron. Kiedy przelatywały nad głowami wędrowców tak zbitą gromadą, że czarny cień biegł ich śladem po ziemi, rozległo się pojedyncze ochrypłe krakanie.

Dopiero gdy znikły w oddali, na północy i na zachodzie, a niebo znów się rozjaśniło, Aragorn wstał. Zaraz też podskoczył budzić Gandalfa.

– Zastępy czarnych wron latają nad okolicą między górami a Szarą Wodą – powiedział Czarodziejowi. – Przeleciały właśnie nad Hollinem. Ptaki nietutejsze, krebainy z Fangornu i Dunlandu. Nie wiem, co to znaczy. Może gdzieś na południu wybuchły jakieś niepokoje i wrony uciekają przed nimi; ale myślę, że raczej lecą na przeszpiegi. Dostrzegłem też wiele sokołów wysoko na niebie. Sądzę, że powinniśmy stąd odejść dziś wieczorem. Powietrze Hollinu już nam nie służy: to miejsce jest śledzone.

– W takim razie Brama Czerwonego Rogu jest również pod obserwacją – rzekł Gandalf – a jak przez nią przejść niepostrzeżenie, nie mam pojęcia. O tym wszakże pomyślimy, kiedy już do tego przyjdzie. Co do twojej rady, by wyruszyć stąd co prędzej po zmierzchu, to niestety masz słuszność.

– Szczęściem nasze ognisko mało dymi i zdążyło przygasnąć, nim krebainy nadleciały – powiedział Aragorn. – Trzeba je zagasić i więcej już nie rozniecać.

– A to pech! – zawołał Pippin. Pierwsze bowiem nowiny, które usłyszał zbudzony późnym popołudniem, brzmiały: ogniska nie będzie, nocą wymarsz. – I to wszystko przez stado wron! Cieszyłem się na porządną kolację dzisiejszego wieczora, marzyłem, żeby coś ciepłego do gęby włożyć.

– Wolno ci marzyć dalej – rzekł Gandalf. – Kto wie, czy nie czekają cię niespodziewane uczty w bliskiej przyszłości. Osobiście marzę o wypaleniu w spokoju fajki i o rozgrzaniu wreszcie zmarzniętych stóp. Jedno wszakże jest pewne: na południu będzie cieplej.

– Nie dziwiłbym się, gdyby nam było tam aż za ciepło – mruknął do Froda Sam. – Ale myślę, że pora, by nam się wreszcie ukazała Ognista Góra i żebyśmy zobaczyli, by tak rzec, kres podróży.

Z początku łudziłem się, że ten Czerwony Róg, czy jak mu tam, to już owa góra, ale kiedy Gimli wygłosił swoje przemówienie, zrozumiałem pomyłkę. Swoją drogą na tym ich krasnoludzkim języku można chyba szczękę połamać.

Mapy niewiele mówiły Samowi, a wszystkie odległości w tych dziwnych krajach wydawały mu się tak wielkie, że do cna się w nich zagubił.

Cały dzień przesiedzieli w kryjówce. Czarne ptaki przeleciały tam i sam parę razy, lecz gdy słońce na zachodzie poczerwieniało, znikły, umykając w stronę południa. O zmroku drużyna ruszyła i skręciwszy nieco na wschód, skierowała się ku Caradhrasowi, który jeszcze się w dali żarzył nikłą czerwienią w ostatnich promieniach niewidocznego już słońca. W miarę jak niebo bladło, jedna po drugiej zapalały się na nim gwiazdy.

Idąc za Aragornem, trafili na wygodną ścieżkę. Frodo przypuszczał, że to ślad starej drogi, niegdyś szerokiej i porządnie wyrównanej, prowadzącej z Hollinu na przełęcz. Księżyc, w pełni tego wieczora, płynął nad górami i w jego mdłej poświacie każdy kamień rzucał czarny cień. Wiele tych kamieni, chociaż teraz leżały bezładnie pośród nagiego, pustego krajobrazu, wyglądało tak, jakby je ociosały pracowite ręce.

Była mroźna godzina przed brzaskiem, księżyc się zniżył. Frodo spojrzał w niebo. Nagle zobaczył, a może tylko wyczuł cień, który przesunął się pod gwiazdami, tak że na jedno mgnienie jakby przygasły i zaraz rozbłysły na nowo. Dreszcz przeszedł Froda.

– Czy widziałeś? – szepnął do Gandalfa, który szedł przed nim.

– Nie widziałem, ale coś wyczułem – odparł Czarodziej. – Może to nic nie było, może tylko przeleciał nad nami strzęp obłoku.

– Szybko leciał – odezwał się Aragorn – i nie z wiatrem.

Potem nic już się nie zdarzyło. Nazajutrz ranek zawitał jeszcze pogodniejszy od poprzedniego. Było jednak zimno; wiatr już znów dął ku wschodowi. Maszerowali jeszcze dwie noce, pnąc się wciąż pod górę, ale coraz wolniej, bo ścieżka wiła się pośród wzgórz, a szczyty piętrzyły się z każdą chwilą bliżej. Trzeciego ranka Caradhras wyrósł tuż przed nimi, potężny szczyt, niby srebrem przysypany u wierzchołka śniegiem; urwiste zbocza jednak były nagie, brunatnoczerwone, jakby splamione krwią.

Niebo było ponure, słońce błyszczało nikle. Wiatr się odwrócił ku północo-wschodowi. Gandalf wciągnął powietrze w nozdrza i obejrzał się wstecz.

– Tam, za nami, zima na dobre ścisnęła świat – powiedział cicho do Aragorna. – Dalej na północy góry są bielsze niż przedtem. Śnieg zsunął się już nisko na ich ramiona. Dzisiejszej nocy będziemy szli w górę ku Bramie Czerwonego Rogu. Na wąskiej ścieżce szpiedzy mogą nas wypatrzyć i jakieś licho gotowe napaść; ale najgroźniejszym przeciwnikiem może się okazać niepogoda. Co teraz sądzisz o swojej marszrucie, Aragornie?

Frodo usłyszał te słowa i zrozumiał, że to koniec jakiegoś sporu między Gandalfem a Aragornem, zaczętego znacznie wcześniej. Z niepokojem nadstawił uszu.

– Od początku i aż do końca jestem jak najgorszego zdania o naszej marszrucie, dobrze o tym wiesz, Gandalfie – odparł Aragorn. – Niebezpieczeństwo – znane i nieznane – będzie tym większe, im dalej zajdziemy. Ale iść naprzód musimy. Na nic się też nie zda odwlekać przeprawę przez góry. Dalej na południe przełęczy żadnych nie ma aż do Wrót Rohanu. Tamtemu przejściu jednak nie ufam, od chwili gdy usłyszałem z twoich ust wieści o Sarumanie. Kto wie, po czyjej stronie stoją teraz mistrzowie koni?

– Tak. Kto wie? – rzekł Gandalf. – Jest wszakże jeszcze inna droga poza przełęczą Caradhrasu, ciemna, tajna droga, o której kiedyś rozmawialiśmy.

– Lepiej o niej więcej nie mówmy! Jeszcze nie dziś! Proszę cię, nie wspominaj o tym naszym towarzyszom, póki nie przekonamy się, że nie ma wyboru.

– Trzeba się zdecydować, nim zajdziemy dalej – odparł Gandalf.

– A więc rozważmy sprawę między sobą, kiedy Drużyna będzie spała – rzekł Aragorn.

Późnym popołudniem, kiedy Drużyna kończyła posiłek, Gandalf i Aragorn odeszli parę kroków na bok i stanęli, wpatrując się w Caradhras. Zbocza góry były ciemne i groźne, wierzchołek tonął w siwej chmurze. Frodo obserwował dwóch przewodników, ciekawy wyniku narady. Kiedy wrócili do drużyny, Gandalf przemówił, a wówczas Frodo dowiedział się, że postanowiono stawić czoło zimowej zawiei i wyjść na wysoką przełęcz. Odetchnął z ulgą. Nie miał pojęcia, jaka to była owa inna droga, ciemna i tajemna, lecz wzmianka o niej budziła, jak się Frodowi zdawało, grozę w Aragornie, więc hobbit cieszył się, że zaniechano tego pomysłu.

– Ze wszystkich oznak, jakie ostatnio zauważyliśmy – rzekł Gandalf – wnioskuję, że niestety Brama Czerwonego Rogu zapewne jest strzeżona. Ponadto lękam się złej pogody, ciągnącej za nami. Może spaść śnieg. Musimy tedy pospieszać ile sił w nogach. W najlepszym razie i tak czekają nas dwa dni marszu, nim dotrzemy na przełęcz. Dzisiejszego wieczora ściemni się wcześnie. Trzeba ruszyć możliwie jak najprędzej, nie marudząc z przygotowaniami.

– Jeśli wolno, dodam jeszcze pewną radę – odezwał się Boromir. – Urodziłem się w cieniu Białych Gór i wiem coś niecoś o wyprawach na takie wysokości. Nim zejdziemy po drugiej stronie na dół, spotkamy pewnie mróz, jeśli nie coś gorszego. Nie pomoże nam krycie się, jeśli wskutek tego uświerkniemy na śmierć. Jest tu trochę drzew i krzaków, niech więc odchodząc stąd, każdy weźmie na grzbiet wiązkę drewek, ile zdoła unieść.

– A Bill mógłby wziąć największą, prawda, mój Billuniu? – powiedział Sam. Kucyk spojrzał na niego markotnie.

– Zgoda – rzekł Gandalf – ale nie wolno nam użyć tych drew, chyba że staniemy przed wyborem: ognisko albo śmierć.

Ruszyli w drogę zrazu dość żwawo, wkrótce jednak ścieżka stała się bardzo stroma i uciążliwa. Wijąc się i pnąc pod górę niemal znikała miejscami i zagradzały ją tu i ówdzie zwały kamieni. Noc pod niebem zaciągniętym grubymi chmurami była ciemna choć oko wykol. Zimny wiatr kłębił się wśród skał. Około północy dotarli do kolan góry. Wąska ścieżyna tuliła się teraz od lewej strony pod stromą, urwistą skałą, nad którą majaczyła niewidzialna w ciemnościach, ponura ściana Caradhrasu; po prawej stronie ziała czarna przepaść, bo zbocze opadało niemal prostopadle w głęboki wąwóz.

Mozolnie wspięli się na spadzisty stok i przystanęli tu chwilę. Frodo poczuł na twarzy miękkie dotknięcie. Wyciągnął ramię i zobaczył białe płatki śniegu osiadające na rękawie.

Szli dalej. Po chwili wszakże śnieg zgęstniał i wypełnił dokoła powietrze, wirując przed oczami Froda. Ledwie teraz dostrzegał ciemne, pochylone sylwetki Gandalfa i Aragorna, choć byli nie dalej niż o krok przed nim.

– Wcale mi się to nie podoba – wysapał za plecami Froda Sam. – Śnieg bywa piękny o jasnym ranku, ale wolę go oglądać za oknami, leżąc w łóżku. Szkoda, że to całe pierze nie leci na Hobbiton. Tam by się może ucieszyli.

W Shire, poza wyżyną Północnej Ćwiartki, rzadko widywano porządny śnieg, toteż uważano go za przyjemne zdarzenie i okazję do zabawy. Nikt z żyjących hobbitów (z wyjątkiem Bilba) nie pamiętał Srogiej Zimy 1311 roku, kiedy to przez zamarzniętą Brandywinę białe wilki wtargnęły do kraju.

Gandalf przystanął. Śnieg grubo przysypał mu kaptur i ramiona, a na ziemi sięgał do kostek.

– Tego się właśnie obawiałem – powiedział. – Co ty na to, Aragornie?

– Że także się tego bałem – odparł Aragorn – mniej jednak niż tamtej innej drogi. Znam niebezpieczeństwo śniegu, chociaż nieczęsto zdarzają się większe opady w kraju tak daleko wysuniętym na południe, chyba że w wysokich górach. Ale my jeszcze nie dotarliśmy bardzo wysoko; tu, niżej, ścieżki są zwykle dostępne przez całą zimę.

– Zastanawiam się, czy to nie jest manewr Nieprzyjaciela – rzekł Boromir. – W mojej ojczyźnie mówią, że on rządzi burzami w Górach Cienia, wznoszących się na granicy Mordoru. Osobliwą ma potęgę i wielu sprzymierzeńców.

– Ręka jego sięga zaiste daleko – powiedział Gimli – jeżeli potrafi ściągnąć z Północy śnieg, by nas dręczył tutaj, o trzysta staj dalej.

– Ręka jego sięga daleko – rzekł Gandalf.

Podczas tego krótkiego postoju wiatr ucichł, a śnieg, z każdą chwilą rzadszy, ustał zupełnie. Wędrowcy ruszyli znowu. Nie uszli jednak wiele drogi, kiedy zawierucha wróciła, atakując ze zdwojoną furią. Wicher świszczał, a śnieżna zawieja oślepiała. Wkrótce nawet Boromir przyznał, że trudno iść dalej. Hobbici, zgięci niemal wpół, brnęli za większymi od siebie ludźmi, lecz było niewątpliwe, że nie ujdą już daleko, jeżeli śnieżyca potrwa dłużej. Frodowi nogi ciążyły jak ołowiane. Pippin ledwie się wlókł. Gimli, chociaż należał do krzepkich krasnoludów, jęczał, prąc z wysiłkiem naprzód.

Drużyna zatrzymała się nagle, jak gdyby bez słowa wszyscy jednocześnie powzięli to samo postanowienie. W ciemnościach zalegających dokoła słyszeli jakieś niesamowite głosy. Może były to tylko sztuczki wichru wciskającego się w szczeliny i rysy skalnej ściany, lecz brzmiały jak przeraźliwe wrzaski i dzikie wybuchy śmiechu. Ze zbocza zaczęły się osypywać kamienie, gwiżdżąc koło uszu albo rozpryskując się na ścieżce pod nogami wędrowców. Co chwila z głuchym grzmotem toczył się z niewidzialnych w mroku wysokości jakiś większy głaz.

– Nie można dzisiejszej nocy iść dalej – powiedział Boromir. – Niech sobie ktoś nazywa to zawieją, jeśli taka jego wola. W powietrzu słychać straszne głosy, a kamienie są dla nas przeznaczone.

– Ja to nazywam zawieją – rzekł Aragorn – ale to wcale nie przeczy twoim słowom. Jest na świecie mnóstwo złych i przekornych sił, nieżyczliwie usposobionych do istot, co chodzą na dwóch nogach, sił mimo to niesprzymierzonych z Sauronem, działających na własną rękę. Niektóre z tych sił istniały wcześniej niż on.

– Caradhras przezwano Okrutnikiem, zawsze miał on złą sławę – powiedział Gimli – nawet przed wiekami, gdy jeszcze nikt w tych stronach nie słyszał o Sauronie.

– Mniejsza o to, kim jest wróg, skoro nie możemy się ostać jego atakom – rzekł Gandalf.

– Co robić?! – krzyknął zrozpaczony Pippin. Opierał się na Meriadoku i Frodzie, dygocąc z zimna.

– Albo zatrzymać się tutaj, albo zawrócić – odparł Gandalf. – Posuwać się naprzód nie ma sensu. Nieco wyżej, jeśli mnie pamięć nie myli, ścieżka dobiega spod ściany i prowadzi do płytkiego żlebu u stóp stromego wydłużonego zbocza. Tam nie znajdziemy schronienia przed śniegiem, burzą, kamieniami... i wszelką inną napaścią.

– Wracać podczas takiej burzy także nie ma sensu – powiedział Aragorn. – Po drodze nie spotkaliśmy przecież żadnego miejsca, które by dawało lepszą ochronę niż ta ściana tutaj nad nami.

– Ochronę! – mruknął Sam. – Jeżeli to jest ochrona, w takim razie jedną ścianę bez dachu można nazwać domem.

Skupili się jak najbliżej ściany. Zwrócona była na południe i nieco podcięta, wędrowcy liczyli więc, że ich trochę osłoni od północnego wichru i od sypiących się z góry głazów. Lecz wiatr wirował i dął ze wszystkich stron, a śnieg padał coraz gęstszy.

Drużyna zbiła się w gromadkę i przywarła plecami do ściany.

Kucyk Bill cierpliwie, lecz markotnie stał przed hobbitami, trochę ich sobą osłaniając, ale wkrótce śnieg dosięgał mu już do kolan i z każdą chwilą piętrzył się wyżej. Gdyby nie wyżsi od nich towarzysze, hobbici dawno by już byli zasypani z głowami.

Niezmierna senność ogarnęła Froda; czuł, że szybko zapada w ciepłą mgłę snu. Zdawało mu się, że ogień grzeje jego stopy, a z mroku po drugiej stronie kominka dobiega głos Bilba, który mówi: „Nie bardzo jestem zachwycony twoim dziennikiem podróży. Dwunastego stycznia: zawieja śnieżna! Z taką wiadomością nie warto było wracać". „Ależ ja chciałem odpocząć i przespać się, mój Bilbo!" – silił się odpowiedzieć Frodo, lecz w tym momencie ktoś nim potrząsnął i hobbit ocknął się z przykrością. Boromir podniósł go w ramionach, wyciągnąwszy z zaspy śnieżnej.

– To śmierć pewna dla niziołków – zwrócił się do Gandalfa. – Na nic się nie zda wyczekiwanie tutaj, aż nas śnieg z głowami zagrzebie. Musimy przedsięwziąć jakieś próby ratunku.

– Daj im to – odparł Gandalf, szperając w worku i wydobywając skórzany bukłak. – Każdemu po łyku, więcej nie trzeba. Trunek bezcenny, *miruvor*, kordiał z Imladris. Elrond mi go dał przy pożegnaniu. Puśćcie bukłak obiegiem.

Po jednym łyku gorącego, aromatycznego napoju Frodo uczuł nową siłę w sercu, a senne odrętwienie opuściło go natychmiast. Inni też odżyli, odzyskując otuchę i energię. Śnieg wszakże nie zelżał. Wirował gęstszymi jeszcze tumanami, a wicher wył coraz głośniej.

– Jak myślisz, czy nie warto by rozniecić ognia? – spytał niespodzianie Boromir. – Zdaje mi się, Gandalfie, że teraz mamy do wyboru śmierć albo ognisko. Jeżeli nas śnieg zasypie, będziemy niewątpliwie doskonale ukryci przed oczyma wroga, ale niewiele nam to pomoże.

– Rozpal ogień, jeśli zdołasz – odparł Gandalf. – Jeżeli są tu jacyś szpiedzy, którym zawierucha nie przeszkadza, zobaczą nas i tak, choćbyśmy nie palili ogniska.

Ale chociaż trzasek i drew dzięki radzie Boromira mieli z sobą pod dostatkiem, ani elf, ani nawet krasnolud nie mogli dokazać tej sztuki, by skrzesać płomień wśród szalejącej zawiei i rozniecić ogień z mokrych drew. Wreszcie sam Gandalf przyłożył ręki, acz bardzo niechętnie. Podniósłszy wiązkę chrustu, trzymał ją chwilę w górze, a potem wetknął w nią koniec swojej różdżki, wymawiając zaklęcie: *„Naur an edraith ammen"*. W okamgnieniu trysnął zielony i błękitny płomień, a drzewo zajęło się i sypnęło skrami.

– No, jeżeli ktoś nas wypatruje, to przedstawiłem mu się nieomylnie – rzekł. – Wywiesiłem ogłoszenie: „Gandalf jest tutaj" – tym sygnałem, który każdy zna od Rivendell aż po ujście Anduiny.

Drużyna jednak nie dbała już o szpiegów i nieprzyjazne oczy. Serca krzepiły się widokiem ognia. Drwa trzaskały wesoło, a choć śnieg syczał i pod stopami wędrowców tajał, rozlewając się w kałuże – radzi grzali ręce nad ogniskiem. Stali kręgiem, pochyleni nad roztańczonymi i buchającymi ciepłem płomykami. Czerwony odblask padał na utrudzone i stroskane twarze, wokół jednak noc była nieprzeniknona niby czarny mur.

Ale drwa spalały się szybko, a śnieg sypał wytrwale.

Ognisko przygasło, dorzucono już ostatnią wiązkę chrustu.
– Zrobiło się bardzo zimno – rzekł Aragorn. – Świt musi być bliski.
– Jeśli świt zdoła przebić się przez chmury – powiedział Gimli.
Boromir wysunął się z kręgu i zapuścił wzrok w ciemności.
– Śnieg rzednie – stwierdził – i wiatr zacicha.

Frodo znużonymi oczyma patrzył na płatki śniegu, które wciąż wirowały w powietrzu, błyskając bielą nad dogasającym ogniskiem; dość długo jednak nie mógł spostrzec żadnych oznak przycichania śnieżycy. Nagle, w chwili kiedy znowu sen go ogarniał, uświadomił sobie, że wiatr rzeczywiście uspokoił się, a płatki śniegu są większe i znacznie rzadsze. Powoli zaczęło się nieco rozwidniać. W końcu śnieg ustał zupełnie.

Gdy się rozjaśniło, ujrzeli świat cichy i otulony śniegiem. Poniżej ich schronu piętrzyły się białe garby i kopce, ziały bezkształtne jamy: ani śladu ścieżki, po której wspięli się tutaj poprzedniego dnia. Wyżej nad nimi góry ginęły w zwałach chmur, wciąż jeszcze ciężkich od groźby śnieżycy.

Gimli spojrzał w górę i potrząsnął głową.

– Caradhras nam nie przebaczył – powiedział. – Chowa jeszcze zapasy śniegu, żeby nas zasypać, jeśli spróbujemy wspinać się wyżej. Im prędzej zawrócimy z drogi i zejdziemy w dół, tym lepiej.

Na to wszyscy się godzili, lecz odwrót był niełatwy. Mógł nawet okazać się niemożliwy. O kilka ledwie kroków od popiołu ogniska śnieg leżał na wiele stóp gruby i hobbici zapadliby się weń wyżej głów. Miejscami wiatr zgarnął i spiętrzył olbrzymie zaspy pod ścianą urwiska.

– Gdyby Gandalf zechciał iść przodem ze swoim potężnym płomieniem, mógłby, topiąc śnieg, torować nam ścieżkę – rzekł Legolas. Zamieć nie przeraziła go zbytnio i z całej kompanii elf tylko zachował humor.

– Skoro elfowie umieją fruwać nad górami, mogliby ściągnąć słońce, które by nas uratowało – odpowiedział Gandalf. – Ale ja, żeby rozniecić ogień, potrzebuję jakiegoś paliwa. Nie mogę palić śniegu.

– No, tak! – odezwał się Boromir. – Jeżeli rozum zawodzi, mięśnie muszą pokazać, co umieją, jak mówią w mojej ojczyźnie. Najsilniejszy z nas powinien utorować drogę. Spójrzcie! Wprawdzie teraz wszystko jest pod śniegiem, ale pamiętamy, że ścieżka, którą przyszliśmy, tam w dole okrąża występ skalny. W tym miejscu dopiero śnieg zaczął utrudniać nam marsz. Gdyby się udało dotrzeć do tego zakrętu, dalej droga okazałaby się pewnie łatwiejsza. Liczę, że to już stąd niedaleko.

– Chodźmy więc, Boromirze, we dwóch przetrzemy drogę – rzekł Aragorn.

Aragorn był w drużynie najwyższy, lecz Boromir, niewiele ustępując mu wzrostem, bary miał szersze i budowę potężniejszą. Boromir więc ruszył pierwszy, Aragorn za nim. Posuwali się wolno, a wkrótce musieli ciężko się mozolić. Tu i ówdzie zapadali w śnieg po pierś, Boromir nie szedł, lecz jakby płynął czy rył wykop, pracując krzepkimi ramionami. Legolas chwilę przyglądał się z uśmiechem, potem zwrócił się do reszty kompanii:

– Powiadacie, że najsilniejszemu przystoi torować drogę? A ja wam mówię: niech oracz orze, jeśli wszakże trzeba pływać, lepiej

wybrać wydrę, a jeśli biec lekką stopą po trawie, liściach lub śniegu
– tylko elfa!

Z tymi słowy skoczył zwinnie naprzód; Frodo, choć o tym zawsze wiedział, teraz dopiero zauważył, że elf nie ma na nogach butów z cholewami, lecz, jak zwykle, tylko lekkie trzewiki, a stopy jego zostawiają na śniegu ślad ledwie dostrzegalny.

– Do widzenia! – zawołał Legolas do Gandalfa. – Lecę po słońce!

I pomknął szybko jak po ubitym piasku; prześcignął wkrótce obu mozolących się mężczyzn, minął ich, pozdrawiając gestem ręki i pobiegł naprzód, znikając za zakrętem.

Reszta drużyny czekała zbita w gromadkę, śledząc wzrokiem Boromira i Aragorna, którzy z dala wyglądali już tylko jak dwa czarne punkciki wśród bieli. Po chwili oni także zginęli im z oczu. Czas się wlókł. Chmury spłynęły niżej i pojedyncze płatki śniegu znów zaczęły wirować w powietrzu.

Nie minęło więcej jak godzina – chociaż czekającym czas się bardzo dłużył – gdy ukazał się wracający Legolas. Zaraz też Boromir i Aragorn wychynęli zza zakrętu i mozolnie zaczęli piąć się pod górę.

– Widzicie – krzyknął, biegnąc ku nim Legolas – słońca nie przyniosłem. Spaceruje sobie po niebieskich łąkach południa i wcale go nie wzrusza wianuszek śniegu na czubie Czerwonego Rogu. Ale przynoszę promyk nadziei dla tych, którzy skazani są na chodzenie piechotą po ziemi. Olbrzymia zaspa piętrzy się tuż za tym zakrętem, nasi dwaj siłacze omal w niej nie ugrzęźli. Byli w rozpaczy, póki nie wróciłem z wieścią, że zaspa nie jest wiele szersza od ściany domu, po drugiej stronie nagle śniegu ubywa, dalej zaś, w dole, tyle go ledwie leży, ile trzeba, żeby ochłodzić stopy hobbita.

– A więc miałem rację! – mruknął Gimli. – Nie była to zwykła zawieja. Caradhras się złości. Nie lubi elfów i krasnoludów, zbudował tę zaspę, żeby nam odciąć drogę powrotną.

– Szczęściem ten twój Caradhras zapomniał, że macie w drużynie ludzi – rzekł Boromir, który właśnie w tej chwili nadszedł. – I to nie ułomków, pozwolę sobie zauważyć. Co prawda kilku mniej silnych, a za to uzbrojonych w łopaty, bardziej by się wam przydało. Bądź co bądź przetarliśmy przez zaspę dróżkę, za którą winni nam są wdzięczność ci wszyscy, co nie umieją stąpać tak lekko jak elfowie.

– Ależ my nie zdołamy zejść, nawet jeśli przekopaliście w zaspie przejście! – przemówił Pippin w imieniu wszystkich hobbitów.

– Nie traćcie nadziei – odparł Boromir. – Zmęczyłem się, ale trochę sił jeszcze mi zostało, Aragornowi pewnie też. Zniesiemy małoludów. Wszyscy po kolei przedostaniemy się po wydeptanej już ścieżce. Proszę, Peregrinie, zacznę od ciebie! – I podniósł hobbita z ziemi. – Przylgnij do moich pleców. Ramiona muszę mieć wolne – rzekł, ruszając naprzód.

Aragorn z Meriadokiem na grzbiecie szedł za nimi. Pippin podziwiał siłę Boromira, widząc drogę, którą ten utorował własnym krzepkim ciałem, bez pomocy jakichkolwiek narzędzi. Teraz także, mimo obciążenia, otwierał przejście dla następnych wędrowców, odpychając śnieg na obie strony.

Dotarli wreszcie do olbrzymiej zaspy. Zagradzała ścieżkę górską niby prostopadły nieprzenikniony mur, dwakroć wyższy od Boromira, i u szczytu ostra jak nóż; przecinała ją wszakże wyrąbana dróżka, wypukła pośrodku jak mostek. Merry i Pippin zostali za ścianą zaspy wraz z Legolasem, czekając na resztę drużyny.

Po chwili Boromir wrócił, niosąc Sama. W ślad za nim, wąską, lecz już dobrze wydeptaną ścieżką, szedł Gandalf, prowadząc Billa, na którego grzbiecie między jukami siedział Gimli. Ostatni przyszedł Aragorn, niosąc Froda. Przeszli zaspę, ledwie jednak Frodo dotknął stopami ziemi, gdy z góry z głuchym grzmotem zwaliła się lawina kamieni i śniegu. Biały pył przesłonił świat oczom wędrowców, którzy przycupnęli pod skałą, a gdy znów się rozjaśniło, ujrzeli, że ścieżka za zaspą zniknęła pod rumowiskiem.

– Dość! Dość! – krzyknął Gimli. – Wynosimy się co prędzej!

Jak gdyby ten ostatni wybuch wyczerpał całą wściekłość góry, Caradhras uspokoił się, pewien już, że odparł napastników, którzy nie ośmielą się powrócić. Chmury grożące śnieżycą rozproszyły się, zrobiło się widniej.

Schodząc niżej, stwierdzili, że, zgodnie z wiadomościami przyniesionymi przez Legolasa, śnieg leży tam tylko cienką warstwą, tak że nawet hobbici mogli maszerować sami. Wkrótce stanęli wszyscy znowu na płaskiej półce, nad stromym zboczem, w miejscu, gdzie poprzedniego wieczora poczuli pierwsze śnieżne płatki na twarzach.

Teraz był już biały dzień. Z wysoka patrzyli ku niższym terenom na zachodzie. Daleko, w chaotycznym krajobrazie ścielącym się u stóp góry, kryła się kotlinka, z której wyruszyli na podbój przełęczy. Froda bolały nogi. Przemarzł do kości, a w głowie mu się kręciło na samą myśl o długim i uciążliwym marszu w dół. Czarne płatki migały mu przed oczyma. Przetarł oczy, ale mroczki nie zniknęły. Niżej, w oddali, lecz ponad niskim podgórzem, w powietrzu krążyły czarne punkciki.

– Znowu ptaki! – rzekł Aragorn.

– Na to nie ma teraz rady – powiedział Gandalf. – Czy są to przyjaciele, czy wrogowie, czy też stworzenia nic z nami niemające wspólnego – musimy schodzić co prędzej. Nawet tu, u kolan ledwie Caradhrasu, nie wolno czekać nocy.

Zimny wiatr dął im w plecy, gdy odwróciwszy się od Bramy Czerwonego Rogu, wlekli się ciężko po stoku w dół. Caradhras ich zwyciężył.

# Rozdział 4

## *Wędrówka w ciemnościach*

Wieczorem, kiedy szary zmierzch dogasał szybko, zatrzymali się na nocleg. Byli bardzo znużeni. Z każdą chwilą głębszy mrok osnuwał góry, a wiatr dmuchał mrozem. Gandalf obdzielił znów wszystkich łykiem *miruvoru*, kordiału z Rivendell. Przegryźli coś, a potem Czarodziej zebrał drużynę na naradę.

– Tej nocy oczywiście nie sposób iść dalej – rzekł. – Próba sforsowania Bramy Czerwonego Rogu wyczerpała nas, musimy tutaj trochę odpocząć.

– A później dokąd pójdziemy? – spytał Frodo.

– Mamy wciąż drogę przed sobą i zadanie do spełnienia – odparł Gandalf. – Wybierać możemy tylko między dalszym marszem naprzód a odwrotem do Rivendell.

Na wzmiankę o Rivendell twarz Pippina rozjaśniła się wyraźnie, a Merry i Sam podnieśli głowy z błyskiem nadziei w oczach. Lecz Aragorn i Boromir nie drgnęli nawet, a Frodo siedział zatroskany.

– Chciałbym znaleźć się znów w Rivendell – powiedział. – Ale czy mógłbym wrócić, nie okrywając się wstydem... Chyba że naprawdę innej drogi nie ma i musimy uznać się już za pokonanych?

– Masz rację, Frodo – rzekł Gandalf. – Wrócić znaczyłoby przyznać się do porażki i narazić na dalszą, gorszą klęskę w przyszłości. Jeżeli zawrócimy z drogi, Pierścień pozostanie w Rivendell, bo drugi raz nie będziemy już mogli wyruszyć. A wtedy wcześniej czy później Rivendell znajdzie się w okrążeniu i po krótkim, lecz gorzkim czasie zostanie zniszczone. Upiory Pierścienia to śmiertelni wrogowie, lecz teraz są jedynie cieniem potęgi i grozy, która zapanuje, jeżeli ich mistrz włoży znów na swoją rękę Pierścień Władzy.

– A więc trzeba iść naprzód, jeżeli istnieje jeszcze jakaś droga – z westchnieniem powiedział Frodo. Sam skulił się znów, zgnębiony.

– Istnieje droga, którą moglibyśmy zaryzykować – rzekł Gandalf. – Od początku kiedy naradzaliśmy się nad planami wyprawy, myślałem, że trzeba tej właśnie drogi próbować. Ale jest bardzo przykra, więc nie chciałem wam wcześniej o niej wspominać. Aragorn był jej przeciwny, a w każdym razie żądał, by najpierw wypróbować drogę przez przełęcz.

– Jeżeli jest gorsza niż ścieżka do Bramy Czerwonego Rogu, to musi być naprawdę straszna – odezwał się Merry. – Powiedz nam o niej wszystko, lepiej z góry przygotować się na najgorsze.

– Droga, o której mówię, prowadzi przez kopalnię Morii – rzekł Gandalf. Jeden tylko Gimli podniósł głowę. W jego oczach zapalił się płomień. Reszta słuchaczy na dźwięk tej nazwy struchlała ze zgrozy. Nawet w hobbitach legenda Morii budziła niejasne przerażenie.

– Droga prowadzi może do Morii, ale czy wolno się spodziewać, że przez Morię wyprowadzi na świat? – posępnie spytał Aragorn.

– To miejsce złowieszcze – rzekł Boromir. – Nie widzę też potrzeby użycia tej drogi. Jeżeli nie można przejść tutaj górami, pomaszerujmy na południe aż do Bramy Rohanu, gdzie mieszkają ludzie zaprzyjaźnieni z moim plemieniem, i obierzmy ten sam szlak, którym ja szedłem do Rivendell. Albo też powędrujmy jeszcze dalej, przeprawmy się przez Isenę do Anfalas i Lebennin; w ten sposób wkroczymy do Gondoru przez jego nadmorskie prowincje.

– Wiele się zmieniło, Boromirze, od czasu, gdy wyruszyłeś na północ – odparł Gandalf. – Czy nie słyszałeś, com ci mówił o Sarumanie? Z Sarumanem zresztą jeszcze się policzę, zanim cała sprawa dobiegnie końca. Ale wszelkich starań trzeba dołożyć, by Pierścień nie znalazł się w pobliżu Isengardu. Brama Rohanu jest dla nas zamknięta, póki mamy w drużynie Powiernika Pierścienia. Jeżeli chodzi o tę trzecią, najdłuższą drogę – nie mamy dość czasu! Na taką podróż nie starczyłoby roku i musielibyśmy iść przez pustkowia, gdzie nie znaleźlibyśmy żadnego schronienia. Nie byłyby one bezpieczne. Czuwają nad nimi zarówno oczy Sarumana, jak Nieprzyjaciela. Kiedy dążyłeś na północ, Boromirze, byłeś w tych oczach tylko zabłąkanym wędrowcem z południa i nie interesowałeś ich wcale, bo wszystkie myśli Nieprzyjaciela skupiają się na poszukiwaniu Pierścienia. Teraz wracasz w Drużynie eskortującej Pierścień i grozi ci niebezpieczeństwo, póki się z nami nie rozstaniesz. Marsz pod otwartym niebem z każdą przebytą milą staje się bardziej niebezpieczny.

Obawiam się, że ta jawna próba przedarcia się przez góry pogorszyła jeszcze nasze nikłe szanse. Nie widzę teraz dla nas nadziei, jeżeli nie znikniemy chociaż na czas jakiś z oczu Nieprzyjaciela i nie zatrzemy za sobą śladów. Dlatego radzę iść nie przez góry i nie wzdłuż gór, ale pod górami. W każdym razie na tym szlaku najmniej się nas nieprzyjaciel spodziewa.

– Nie wiemy, czego on się spodziewa – rzekł Boromir. – Może strzeże wszystkich dróg, zarówno prawdopodobnych, jak nieprawdopodobnych. A w takim razie, zapuszczając się do Morii, weszlibyśmy w pułapkę niemal tak, jak byśmy z własnej woli zakołatali do bram Czarnej Wieży. Moria ma złą sławę.

– Mówisz o rzeczach, których wcale nie znasz, skoro przyrównujesz Morię do twierdzy Saurona – odpowiedział Gandalf. – Z was wszystkich tylko ja byłem w lochach Czarnego Władcy, a i to jedynie w jego dawniejszej i skromniejszej siedzibie, w Dol Guldur. Kto raz przekroczy wrota Barad-dûru, ten już nie wraca. A nie prowadziłbym was do Morii, gdyby nie istniała nadzieja wyjścia z niej. Jeżeli tam siedzą orkowie, narazimy się na straszne spotkanie, to prawda. Lecz większość orków z Gór Mglistych poszła w rozsypkę, jeżeli nie wyginęła, po Bitwie Pięciu Armii. Orły donoszą, że orkowie znów się zewsząd gromadzą, jest wszakże nadzieja, że jeszcze nie zajęli Morii. A nawet można się spodziewać, że są tam krasnoludy i że w podziemnych pałacach przodków spotkamy Balina, syna Fundina. Nie wiemy, co nam przyszłość objawi, ale powinniśmy wstąpić na ścieżkę, której wybór jest nieuchronny.

– Ja na tę ścieżkę pójdę z tobą, Gandalfie – rzekł Gimli. – Cokolwiek by mnie tam czekało, chcę zobaczyć pałac Durina. Ale czy znajdziesz drzwi, które zostały zatrzaśnięte?

– Dziękuję ci, Gimli – odparł Gandalf. – Dodajesz mi otuchy. Razem poszukamy zamkniętych drzwi. I przejdziemy przez Morię!

W ruinach krasnoludzkiej siedziby trudniej będzie stracić głowę krasnoludowi niż elfom, ludziom czy hobbitom. A przecież nie będą to moje pierwsze odwiedziny w Morii! Kiedy zaginął Thráin, syn Thróra, długo szukałem go w tych podziemiach. Przeszedłem przez nie i wydostałem się na świat żywy.

– Ja także przekroczyłem kiedyś Bramę Półmroku – cicho oznajmił Aragorn – ale chociaż wróciłem stamtąd, zachowałem straszne wspomnienia. Nie chcę po raz drugi zejść do Morii.

– A ja nie chcę tam wchodzić nawet pierwszy raz – rzekł Pippin.

– Ani ja – mruknął Sam.

– Oczywiście! – powiedział Gandalf. – Któż by tego chciał? Pytanie brzmi inaczej: kto pójdzie ze mną, jeśli was tamtędy poprowadzę?

– Ja! – gorliwie zawołał Gimli.

– I ja – poważnie rzekł Aragorn. – Tyś poszedł za moim przewodem niemal w śmierć pośród śnieżycy, a ja nie usłyszałem od ciebie ani słowa wyrzutu. Pójdę teraz z tobą, jeżeli ta ostatnia przestroga cię nie odstraszy. Nie o Pierścień i nie o nas wszystkich się lękam, ale właśnie o ciebie, Gandalfie. I powiadam ci: nie przestępuj progu Morii, strzeż się, Gandalfie.

– Ja nie pójdę – rzekł Boromir – chyba że mnie cała drużyna zgodnie przegłosuje. Co mówi Legolas? Co mówią niziołki? Niech rozstrzygnie Powiernik Pierścienia.

– Nie mam ochoty schodzić do Morii – powiedział Legolas.

Hobbici milczeli. Sam spoglądał na Froda. Wreszcie przemówił Frodo.

– Nie mam ochoty tam schodzić – rzekł. – Ale również nie mam ochoty sprzeciwiać się radzie Gandalfa. Proszę was, odłóżmy głosowanie i najpierw się prześpijmy. Gandalf łatwiej uzyska naszą zgodę w blasku poranka niż w tych zimnych ciemnościach. Jak ten wiatr okropnie wyje!

Wszyscy umilkli i pogrążyli się w myślach. Słyszeli, jak wicher świszcze wśród skał i drzew, jak zewsząd z pustki nocy osaczają ich jęki i zawodzenie.

Nagle Aragorn zerwał się na równe nogi.

– Jakże ten wiatr wyje! – zawołał. – To przecież głos wilków! Wargowie nadciągnęli z zachodnich gór!

– Czy więc trzeba z decyzją czekać do rana? – rzekł Gandalf. – Sprawdziły się moje słowa. Pościg już idzie za nami. Nawet jeżeli dożyjemy świtu, kto z was zechce maszerować na południe nocami ze stadem dzikich wilków następujących na pięty?

– Jak daleko stąd do Morii? – spytał Boromir.

– Było wejście na południo-zachód od Caradhrasu, o jakieś piętnaście mil lotu kruka, a ze dwadzieścia mil wilczego chodu – ponuro powiedział Gimli.

– A więc ruszajmy skoro świt, jeżeli będziemy jeszcze żywi – rzekł Boromir. – Wilki już wyją, orków natomiast boimy się, aleśmy ich jeszcze nie spotkali.

– To prawda – powiedział Aragorn, sprawdzając, czy miecz lekko wychodzi z pochwy. – Ale gdzie wilki wyją, tam orkowie czyhają w pobliżu.

– Żałuję, że nie posłuchałem Elronda – szepnął Pippin do ucha Samowi. – Teraz widzę, że nie nadaję się do takich rzeczy. Nie mam w sobie dość krwi Bandobrasa Bullroarera; to wycie mrozi mi szpik w kościach. Nie pamiętam, żebym się kiedykolwiek w życiu czuł równie nieszczęśliwy.

– Mnie też dusza ucieka na ramię, panie Pippinie – odparł Sam. – Ale przecież nas jeszcze wilki nie zjadły, a mamy w kompanii paru chłopów na schwał. Nie wiem, jaki los grozi Gandalfowi, ale założę się, że stary Czarodziej nie trafi do wilczego żołądka.

Żeby się zabezpieczyć od nocnych napaści, drużyna wspięła się na szczyt wzgórza, pod którym się schroniła z wieczora. Wieńczyła je kępa sędziwych drzew o koślawych pniach, wokół zaś kręgiem leżały głazy. Wędrowcy rozniecili pośrodku ognisko, nie mogąc i tak liczyć, że ciemności i cisza ukryją ich przed wilczym pościgiem. Obsiedli ognisko i ci, którzy nie pełnili warty, drzemali niespokojnie. Kucyk Bill, nieborak, pocił się i dygotał. Wycie wilków, chwilami bliższe, a chwilami dalsze, otaczało ich teraz zewsząd. O najczarniejszej godzinie nocy błyskały na stokach roziskrzone ślepia. Najzuchwalsze bestie podsuwały się niemal pod sam krąg głazów. W przerwie tego kamiennego muru zamajaczyła w pewnej chwili ciemna sylwetka ogromnego wilczura, który się wpatrywał w wędrowców. Dreszcz ich przeszedł, gdy bestia zawyła nagle, jakby przywódca wzywał sforę do ataku.

Gandalf wstał i wysunął się naprzód z różdżką wzniesioną do góry.

– Słuchajcie, psy Saurona! – krzyknął. – Gandalf jest tutaj! Jeśli wam własna parszywa skóra miła, umykajcie. Który się ośmieli przekroczyć ten krąg, temu sierść spalę od pyska do ogona.

Wilk chrapnął i potężnym susem skoczył naprzód. Lecz w tym okamgnieniu zadzwoniła cięciwa: Legolas wypuścił strzałę z łuku. Straszliwy skowyt przeszył powietrze i zwierz w pół skoku zwalił się na ziemię. Strzała elfa przebiła mu gardziel. Dokoła czujne ślepia nagle zgasły. Gandalf i Aragorn wyszli poza krąg, lecz wzgórze było już puste; stado wilków pierzchło. Wokół w ciemnościach zaległa cisza, tchnienie wiatru nie niosło już z sobą żadnych głosów.

Noc była głęboka, wąski sierp księżyca zniżał się ku zachodowi, przebłyskując spośród wystrzępionych chmur. Nagle Frodo ocknął się ze snu. Bez żadnego ostrzeżenia znów wszędzie wokół obozu buchnęło dzikie, zajadłe wycie. Olbrzymie stado wargów zgromadziło się milczkiem i znienacka przypuściło atak ze wszystkich stron naraz.

– Dorzućcie drew do ognia! – krzyknął hobbitom Gandalf. – Dobądźcie broni i ustawcie się wsparci plecami o siebie!

Nowe gałęzie trysnęły płomieniem i w migotliwym blasku Frodo dostrzegł tłum szarych cieni przeskakujących przez kamienny krąg. Z każdą sekundą przybywało ich więcej. Aragorn sztychem miecza przebił gardziel ogromnego wilczego prowodyra. Boromir potężnym rozmachem odciął łeb drugiego. U boku dwóch wojowników stał Gimli, szeroko rozstawiwszy krzepkie nogi, z wzniesionym toporem. Strzały ze świstem wylatywały z łuku Legolasa.

Nagle postać Gandalfa jak gdyby urosła w migotliwym blasku ognia. Czarodziej wyprostował się niby groźny olbrzym, kamienny posąg starożytnego władcy na szczycie wzgórza. Pochylił się błyskawicznie, chwycił płonącą gałąź i ruszył przeciw wilkom. Bestie cofnęły się przed nim. Gandalf cisnął wysoko pod niebo roziskrzoną żagiew. Rozpaliła się białym blaskiem niby błyskawica, a Czarodziej grzmiącym głosem krzyknął:

– *Naur an edraith ammen! Naur dan i ngaurhoth!*

Rozległ się huk i trzask, drzewo nad jego głową rozkwitło nagle oślepiającym bukietem ognia. Płomień niósł się z drzewa na drzewo. Szczyt wzgórza zalśnił jaskrawym światłem. Miecze i sztylety obrońców zaskrzyły się płomieniami. Ostatnia strzała Legolasa zapaliła się w locie i płonąc, utknęła w sercu ogromnego wilczego przywódcy. Całe stado pierzchło.

Ogień przygasał z wolna, aż został po nim tylko deszcz iskier i popiołu. Gorący dym kłębił się nad opalonymi kikutami drzew i czarną chmurą spływał ze stoków, kiedy pierwszy nikły brzask dnia pojawił się na niebie. Odparci napastnicy nie wracali.

– A co, nie mówiłem? – rzekł Sam do Pippina, wsuwając miecz w pochwę. – Jego wilki nie dostaną. To była niespodzianka, ani słowa! Mało brakowało, żeby mi wszystkie włosy osmaliło z głowy.

Kiedy dzień wstał, nie ujrzeli nigdzie znaku po wilkach, na próżno szukali ścierwa zabitych bestii. Jedynym świadectwem stoczonej bitwy były opalone drzewa i strzały Legolasa rozrzucone po wzgórzu. Wszystkie zdawały się nietknięte z wyjątkiem jednej, z której zostało tylko ostrze.

– A więc tak, jak się obawiałem – stwierdził Gandalf – nie były to zwykłe wilki żerujące na pustkowiu. Teraz zjedzmy coś naprędce i ruszajmy stąd.

Tego dnia pogoda znów się odmieniła, jakby posłuszna rozkazom jakiejś władzy, której śnieżna zawieja nie mogła już oddać usług, potrzebne było natomiast jasne światło, żeby każdy poruszający się wśród pustkowi punkcik stał się z daleka widoczny. Wiatr w ciągu nocy skręcił z północy na południo-zachód, teraz zaś ucichł zupełnie. Chmury odpłynęły na południe, niebo czyste i wysokie jaśniało błękitem. Gdy drużyna gotowa do odmarszu stanęła na skraju wzgórza, blade słońce błysnęło nad szczytami gór.

– Musimy dotrzeć do drzwi przed zachodem słońca – powiedział Gandalf. – Inaczej w ogóle tam nie dojdziemy. Droga niedaleka, ale może trzeba będzie kluczyć, bo tu Aragorn nie może nas przeprowadzić: rzadko gościł w tych stronach, a ja byłem tylko raz jeden u zachodnich ścian Morii, i to bardzo dawno temu.

– Moria jest tam! – rzekł, wskazując w kierunku południowo-
-wschodnim, gdzie zbocza gór opadały stromo w cień zalegający
u ich podnóży. W dali majaczyła linia nagich skał, a wśród nich,
wyższa niż inne, wystrzelała olbrzymia, lita, szara ściana. – Kiedy
zeszliśmy z przełęczy, poprowadziłem was nieco na południe od
poprzedniego punktu wyjścia, jak zapewne niejeden z was zauważył.
Dobrze zrobiłem, bo dzięki temu mamy teraz drogę o kilka mil
skróconą, a pośpiech jest wskazany. Ruszajmy!

– Nie wiem, czego sobie życzyć – posępnie rzekł Boromir. – Czy
żeby Gandalf znalazł to, czego szuka, czy też byśmy, doszedłszy
pod urwisko, stwierdzili, że drzwi znikły na zawsze. Jedno gorsze
od drugiego, najbardziej zaś prawdopodobne, że wpadniemy w potrzask między ścianę skalną a stado wilków. Prowadź, Gandalfie!

Gimli szedł teraz na czele, u boku Czarodzieja, bo pilno mu
było ujrzeć Morię. We dwóch wiedli drużynę z powrotem ku
górom. Jedyna stara droga od zachodniej strony biegła do Morii
wzdłuż potoku Sirannon, który wypływał spod skał w pobliżu
drzwi. Ale czy Gandalf się omylił, czy też w ostatnich latach
teren się zmienił – dość, że nie mógł odszukać potoku w okolicy,
gdzie się go spodziewał, o parę mil na południe od miejsca
noclegu.

Słońce stało wysoko, a drużyna wciąż jeszcze błąkała się
i brnęła przez jałowe rumowiska czerwonych kamieni. Nigdzie
nie dostrzegali błysku wody, nie słyszeli jej szmeru. Wkoło
otaczało ich suche pustkowie. Tracili już otuchę. Ani żywej
duszy na ziemi, ani ptaka na niebie. Nie śmieli nawet myśleć,
co noc przyniesie, jeżeli ich zaskoczy w tej głuszy odciętej
od świata.

Niespodzianie Gimli, który wysunął się naprzód, odwrócił się
i przywołał towarzyszy. Stał na wzgórku i wskazywał na prawo od
ścieżki. Podbiegli wszyscy i z góry zobaczyli głęboko wcięte w teren
wąskie koryto rzeki. Było suche, milczące; ledwie nikła struga wody
sączyła się po brunatnych, czerwonymi plamami poznaczonych
kamieniach, lecz wzdłuż brzegu ciągnęła się dróżka, wyboista i nie-
wyraźna, wijąca się kręto między rozwalonymi nasypami i rumowis-
kami niegdyś brukowanego gościńca.

– Aha! Nareszcie! – zawołał Gandalf. – Tędy więc płynął potok. Sirannon – Woda Spod Wrót, jak nazywali go krasnoludowie. Ale co się stało z tą wodą? Była ongi bystra i hałaśliwa. Chodźcie! Trzeba się spieszyć. Już późno.

Wszyscy mieli nogi obolałe i bardzo byli zmęczeni, lecz wytrwale wlekli się przez kilka jeszcze mil uciążliwej, krętej drogi. Słońce minęło zenit i przeszło na zachodnią stronę nieba. Odpoczywali krótko, zjedli coś naprędce i szli dalej. Przed nimi piętrzyły się góry, oni jednak, idąc głębokim parowem, widzieli tylko ich najwyższe grzbiety i odległe wierchy na wschodzie.

W końcu doszli do ostrego skrętu. Droga, która dotychczas prowadziła na południe, klucząc między krawędzią rzecznego koryta po prawej a stromym zboczem po lewej stronie – tu zawracała znowu prosto na wschód. Za zakrętem ujrzeli ścianę skalną niezbyt wysoką, mierzącą nie więcej niż trzydzieści stóp, poszczerbioną u szczytu na kształt piły. Przez szeroki wyłom, który zapewne wyżłobił sobie niegdyś potężny i obfity wodospad, ściekała ledwie nikła strużka.

– A więc rzeczywiście wszystko tu się bardzo zmieniło – rzekł Gandalf. – Mimo to nie ma wątpliwości, trafiliśmy na właściwe miejsce. Nic więcej nie zostało po Wodospadzie Schodów. Jeżeli mnie pamięć nie zawodzi, tuż obok wykute są w skale stopnie, chociaż główna droga oddala się w lewo i zakosami prowadzi na górną platformę. Od wodospadu aż pod Ściany Morii ciągnęła się płytka dolina, której dnem płynął Sirannon, a wzdłuż jego brzegów biegła droga. Wejdziemy na górę, przekonamy się, jak teraz wygląda.

Bez trudu odszukali stopnie w skale i Gimli wspiął się po nich szybko, a za nim Gandalf i Frodo. Ale u szczytu stwierdzili, że dalej iść tędy nie sposób, i zrozumieli, dlaczego Woda Spod Wrót wyschła. Mieli za sobą chłodne niebo, lśniące złotem zachodzącego słońca, a przed sobą – ciemne, spokojne jezioro. Ani błękit nieba, ani blask zachodu nie odbijały się w jego posępnej tafli. Wodom Sirannonu zagrodzono ujście tak, że rozlały się, zatapiając całą dolinę. Za groźną przestrzenią jeziora potężne skalne ściany, surowe i szare w gasnącym świetle dnia, wznosiły się jak mur nieprzebyty. W ponurej, litej skale Frodo na próżno wypatrywał bramy, pęknięcia czy szczeliny.

– To Ściany Morii – powiedział Gandalf, wskazując skały za wodą. – Tam były ongi Wrota, drzwi elfów u kresu gościńca z Hollinu, który nas tu doprowadził. Ale teraz ta droga jest zamknięta. Nikt z was, jak przypuszczam, nie ma ochoty rzucić się wpław przez tę ponurą wodę, i to o zmierzchu. Jezioro nie wydaje się czyste.

– Musimy znaleźć drogę okrążającą północny cypel – rzekł Gimli. – Drużyna powinna, nie zwlekając, iść pod górę głównym szlakiem i zbadać, dokąd on prowadzi. Nawet gdyby nie było tego jeziora, nie moglibyśmy wciągnąć objuczonego kuca po skalnych schodach.

– Ależ w żadnym przypadku nie można by biednego zwierzaka wziąć do podziemi – odparł Gandalf. – Droga pod górami wiedzie wśród ciemności, jest miejscami bardzo wąska i stroma, kucyk nie przeszedłby tam, gdzie może nam się uda przejść.

– Biedny stary Bill! – westchnął Frodo. – Nie pomyślałem o tym. I biedny Sam! Co też on na to powie?

– Bardzo mi przykro – rzekł Gandalf. – Biedny Bill był dobrym kompanem, serce mi się ściska, że trzeba go teraz porzucić. Gdyby to ode mnie zależało, nie obciążałbym drużyny tylu bagażami i nie brałbym zwierzaka, zwłaszcza Billa, którego Sam tak kocha. Od początku obawiałem się, że będziemy zmuszeni obrać tę drogę.

Dzień miał się ku końcowi, zimne gwiazdy wybłysły w górze ponad zachodzącym słońcem, kiedy drużyna, spiesząc ile sił w nogach, wspięła się wreszcie na zbocze i dosięgła brzegu jeziora. Na oko nie mierzyło ono więcej niż paręset stóp w najszerszym miejscu. Jak daleko rozlewało się ku południowi, trudno było jednak ocenić w mierzchnącym już świetle. Północny brzeg dostrzegali w odległości nie większej niż pół mili, między kamiennym murem zamykającym dolinę a skrajem wody pozostawał wąski rąbek ścieżki. Bez zwłoki ruszyli więc naprzód, bo mila z okładem dzieliła ich od miejsca na przeciwległym brzegu, do którego dążył Gandalf, a potem czekało ich jeszcze poszukiwanie drzwi. Kiedy dotarli do najdalej na północ wysuniętego cypla jeziora, zagrodziła im drogę wąska struga. Stojąca zielona woda wyglądała jak oślizłe ramię wyciągnięte ku ścianie gór. Nieustraszony Gimli wszedł w nią pierwszy i stwierdził, że nie sięga mu wyżej kostek. Towarzysze szli za nim gęsiego, stąpając ostrożnie, bo pod gęstym zielskiem kryły się śliskie, zdradzieckie kamienie i niespodziane wyboje. Frodo wzdrygnął się z obrzydzenia, zanurzając stopy w ciemnej, brudnej wodzie.

W chwili, gdy Sam, który szedł ostatni, wyprowadzał Billa na przeciwległy brzeg, rozległ się cichy szelest, świst i zaraz potem plusk, jak gdyby jakaś ryba zmąciła nieruchomą powierzchnię. Wszyscy odwrócili się błyskawicznie i zobaczyli pośrodku jeziora, którego krańce ginęły już w mroku, kręgi rozchodzące się coraz szerzej wokół jakiegoś odległego punktu na wodzie. Posłyszeli jakby bulgotanie, a potem zaległa cisza. Mrok gęstniał, ostatnie promienie zachodzącego słońca ugrzęzły w chmurach.

Gandalf przynaglał, sadząc wielkimi krokami naprzód, drużyna, jak mogła, starała się za nim nadążyć. Szli teraz wąskim skrawkiem lądu między jeziorem a urwiskiem. Przejście było ciasne, miejscami ledwie na kilka stóp szerokie, tu i ówdzie zawalone odłamkami skał i kamieniami. Posuwali się jednak, lgnąc jak najbliżej do ściany, odsuwając się jak najbardziej od Czarnej Wody. Uszli już z milę w kierunku południowym, gdy natknęli się na kępę ostrokrzewu. Pieńki i suche gałęzie butwiały w kałużach; wyglądało to na szczątki zarośli czy może żywopłotu, niegdyś osłaniającego drogę, która przecinała dolinę, dziś zatopioną w jeziorze. Lecz tuż pod skalną ścianą stały żywe jeszcze i krzepkie dwa drzewa, tak wysokie, że Frodo zdumiał się, bo równie wielkich w życiu ani w marzeniu nie widział. Grube korzenie sięgały spod urwiska aż do wody. Z daleka, ze szczytu schodów, zdawały się pod nawisłą ścianą małe jak zwykłe krzaczki, teraz jednak piętrzyły się nad głowami wędrowców, sztywne, ciemne, milczące i rzucały gęsty, czarny cień pod ich stopy, stercząc niby dwa filary strzegące kresu drogi.

– No, wreszcie jesteśmy u celu – rzekł Gandalf. – Tu kończy się droga elfów z Hollinu. Ostrokrzew to godło mieszkańców tej krainy, posadzili więc te drzewa jako słupy graniczne swoich włości, bo zachodnie drzwi służyły głównie elfom z Hollinu, utrzymującym ożywione stosunki z władcami Morii. Było to za dawnych, szczęśliwych czasów, kiedy jeszcze serdeczna przyjaźń wiązała często istoty różnych ras, nawet krasnoludów z elfami.

– Nie z winy krasnoludów rozwiała się ta przyjaźń – rzekł Gimli.

– Nigdy nie słyszałem, by zawinili w tym elfowie – odparł Legolas.

– A ja słyszałem jedno i drugie – rzekł Gandalf – i nie chcę teraz roztrząsać tej sprawy. Proszę jednak was obu, Legolasie i Gimli, abyście wy przynajmniej byli przyjaciółmi i wspomagali mnie wspólnie. Bo obaj jesteście mi potrzebni. Drzwi są zamknięte i ukryte, a im prędzej je odnajdziemy, tym lepiej. Noc za pasem! – I zwracając się do reszty kompanii, dodał: – Ja będę szukał drzwi, a wy tymczasem przygotujcie się do zejścia w głąb Morii. Niestety, musimy się tu rozstać z naszym jucznym kucykiem. Odrzućcie wiele z rzeczy wziętych dla ochrony przed chłodem, nie będą nam potrzebne w podziemiu ani też, mam nadzieję, gdy wyjdziemy po drugiej stronie i pomaszerujemy dalej na południe. Resztę natomiast, a przede wszystkim żywność i skórzane worki na wodę, rozdzielcie między siebie.

– Mistrzu Gandalfie, nie chcesz chyba zostawić biednego Billa na tym okropnym pustkowiu! – krzyknął Sam z oburzeniem i rozpaczą. – Nie zgodzę się na to, nie ma mowy! Nie porzucę Billa, który tak daleko zawędrował z nami i taki był przez cały czas poczciwy!

– Mnie też go żal, Samie – odparł Czarodziej – ale gdy drzwi się otworzą, wątpię, czy zdołasz Billa wciągnąć do wnętrza, w długie, czarne lochy Morii! Musisz wybierać między Billem a swoim panem.

– Bill pójdzie za panem Frodem choćby do smoczej jamy, jeżeli ja go poprowadzę – rzekł Sam, nieprzekonany. – Przecież zostawilibyśmy go na niemal pewną śmierć w tym kraju, gdzie włóczą się stada wilków.

– Mam nadzieję, że nie spotka go śmierć – odparł Gandalf. Położył rękę na łbie kucyka i szepnął mu coś do ucha: – Weź z sobą te słowa, niech cię strzegą i prowadzą – rzekł. – Mądre z ciebie zwierzę, nauczyłeś się niemało w Rivendell. Wybieraj drogę przez krainy obfite w trawę i wracaj szczęśliwie do domu Elronda czy gdzie indziej, gdzie chcesz... Słyszysz, Samie? Bill ma taką samą szansę ocalenia z wilczych łap i powrotu do domu jak my wszyscy.

Sam stał zgnębiony u boku Billa i nic nie odpowiedział Gandalfowi. Kucyk, jak gdyby rozumiejąc, o co chodzi, parsknął i przytknął nos do jego ucha. Łzy płynęły z oczu Sama, gdy majstrował przy jukach, zdejmując pakunki z grzbietu kuca i zrzucając je na ziemię. Hobbici przeglądali rzeczy i odkładali na bok wszystko, bez czego mogli się już teraz obyć, resztę zaś rozdzielali między siebie.

Kiedy się z tą robotą uporali, zaczęli obserwować Gandalfa. Zdawało się, że dotychczas Czarodziej nic jeszcze nie wskórał. Stał między dwoma drzewami wpatrzony w nagą skalną ścianę, jakby spodziewał się, że oczyma wywierci w niej dziurę. Gimli kręcił się przy nim to tu, to tam, opukując toporkiem kamienie. Legolas przylgnął do ściany, nasłuchując.

– Wszystko już gotowe – powiedział Merry – ale gdzie są te drzwi? Nie widzę ani znaku.

– Drzwi zrobionych przez krasnoludów nigdy nie widać, kiedy są zamknięte – odparł Gimli. – Są niewidzialne, nawet prawi właściciele nie mogą ich dostrzec ani otworzyć, jeżeli nie pamiętają hasła.

– Tych drzwi jednak nie strzegła nigdy tajemnica dostępna wyłącznie krasnoludom – powiedział Gandalf, ożywiając się nagle i odwracając głowę. – Jeżeli nie zmieniło się wszystko całkowicie, oczy, które umieją patrzeć, mogą wykryć sekret.

Zbliżył się do skały. Między dwoma drzewami, w ich cieniu, wznosiła się gładka ściana; zaczął po niej wodzić rękoma, szepcząc coś niedosłyszalnie. Po chwili cofnął się nieco.

– Spójrzcie! Czy widzicie?

Księżyc rzucał teraz odblask na szarą powierzchnię skały, lecz nic więcej zrazu nie spostrzegli. Potem z wolna na całej kamiennej powierzchni, wygładzonej rękami Czarodzieja, pojawiły się nikłe linie, niby delikatne żyłki srebra. Początkowo tak nieuchwytne jak blade nici babiego lata, tak cienkie, że ledwie migotały, kiedy padał na nie blask księżyca, stopniowo rozszerzały się i występowały coraz wyraźniej, aż wreszcie można było rozpoznać cały rysunek.

U góry, w miejscu, którego Gandalf ledwie dosięgnął wzniesionymi rękami, sklepiał się łuk spleciony z liter alfabetu elfów. Niżej, zatarty co prawda i zniszczony, widniał rysunek kowadła i młota, a nad nimi korona i siedem gwiazd. Od dołu pięły się dwa drzewa, których liście miały kształt półksiężyców. Pośrodku, wyraźniej niż wszystko inne, jaśniała na drzwiach wieloramienna gwiazda.

– To godło Durina! – krzyknął Gimli.

– Drzewo Elfów Wysokiego Rodu! – zawołał Legolas.

– I gwiazda rodu Fëanora – powiedział Gandalf. – Wykuto ten rysunek z *ithildinu*, w którym tylko światło gwiazd i księżyca się odbija i który jest martwy, póki go nie wskrzesi dotknięciem ktoś, kto zna słowa z dawna zapomniane na obszarze Śródziemia. Od wieków ich nie słyszałem, toteż musiałem głęboko sięgnąć w pamięć, nim je odnalazłem.

– Co znaczy ten napis? – spytał Frodo, wpatrując się pilnie w wyryte na łuku sklepienia litery. – Zdawało mi się, że znam pismo elfów, ale tego nie umiem odczytać.

– To język elfów mieszkających za Dawnych Dni w zachodniej części Śródziemia – odparł Gandalf. – Napis wszakże nie mówi nic, co by nam się przydać mogło. Brzmi po prostu tak: „Drzwi Durina, Władcy Morii. Powiedz przyjacielu i wejdź". Pod spodem małymi, ledwie widocznymi literami wypisane jest jeszcze: „Zrobiłem te drzwi ja, Narwi. Znaki wykuł Celebrimbor z Hollinu".

– Co to ma znaczyć: „Powiedz przyjacielu i wejdź"? – spytał Merry.

– Sens dość jasny – rzekł Gimli. – Jeżeli jesteś przyjacielem, powiedz hasło, a drzwi się otworzą i będziesz mógł wejść.

– Tak – odezwał się Gandalf. – Te drzwi zapewne są posłuszne słowom zaklęcia. Niektóre drzwi krasnoludzkich siedzib otwierają się tylko w pewnych określonych porach roku czy dnia albo tylko dla pewnych osób; są i takie, których nie otworzysz nawet o właściwej godzinie i wymawiając właściwe słowa, jeżeli nie masz klucza. Ale do tych drzwi nie potrzeba klucza. Za czasów Durina nie były one tajne. Zazwyczaj stały otworem i pilnowali ich odźwierni. Jeżeli zaś były zamknięte, mógł je otworzyć każdy, kto znał hasło. Tak przynajmniej głosi tradycja. Prawda, Gimli?

– Prawda – przyznał krasnolud – ale hasła nikt nie pamięta. Narwi wraz ze swą sztuką i całym plemieniem zniknął ze świata.

– Ale ty, Gandalfie, chyba znasz hasło? – spytał zdumiony Boromir.

– Nie! – odparł Czarodziej.

Wszyscy spojrzeli na niego z przerażeniem, tylko Aragorn, który dobrze znał Gandalfa, nie poruszył się ani nie odezwał.

– Po cóż więc przyprowadziłeś nas w to przeklęte miejsce? – krzyknął Boromir, ze zgrozą oglądając się na czarne jezioro. – Mówiłeś, że raz, kiedyś, przeszedłeś przez Morię. Jakże to możliwe, jeśli nie znałeś sposobu, żeby otworzyć to wejście?

– Na pierwsze twoje pytanie, Boromirze, odpowiem tak: jeszcze nie znam hasła – odparł Czarodziej. – Ale wkrótce je poznamy. Na drugie – ciągnął, błyskając oczyma spod krzaczastych brwi – powiem ci, że będziesz miał prawo pytać o cel moich poczynań dopiero wtedy, gdy się okażą niedorzeczne. Co do następnych pytań... Czy wątpisz o prawdziwości moich słów? Czy też straciłeś głowę? Mówiłem, że nie tędy wszedłem wówczas do Morii, ale od wschodu. Jeśli chcesz wiedzieć coś więcej jeszcze, powiem ci, że te drzwi otwierają się na zewnątrz. Od wnętrza wystarczy je pchnąć ręką. Od tej strony nie drgną nawet, chyba że wymówisz hasło. Żadna siła ich nie poruszy.

– Cóż więc zrobimy? – spytał Pippin, który nie uląkł się zjeżonych brwi Czarodzieja.

– Spróbuj przebić drzwi własną głową, Peregrinie Tuku – rzekł Gandalf. – Jeżeli ich nie rozwalisz tym sposobem, a mnie pozwolicie spokojnie się namyślić, zamiast nudzić głupimi pytaniami, będę się starał odgadnąć hasło. Niegdyś znałem wszystkie zaklęcia we wszystkich językach elfów, ludzi i orków, używane w podobnych przypadkach. Po dziś dzień przypominam ich sobie parę dziesiątków bez wysiłku. Myślę, że wystarczy kilka prób i że nie będę musiał wzywać Gimlego do zdradzenia pewnych słów tajnego krasnoludzkiego języka, których jego plemię nie zwierza nikomu. Hasło było wzięte z mowy elfów, tak jak i napis na łuku sklepienia. To wydaje się niewątpliwe.

Podszedł znów pod skałę i lekko dotknął różdżką srebrnej gwiazdy błyszczącej pod kowadłem.

– *Annon edhellen, edro hi ammen! Fennas nogothrim, lasto beth lammen!* – zawołał rozkazującym tonem. Srebrne kreski przybladły, lecz szary kamień nie drgnął nawet.

Po wielekroć powtarzał te słowa w różnej kolejności i w rozmaitych odmianach. Później próbował innych zaklęć, jednego po drugim, wymawiając je to szybko i głośno, to znów powoli i cicho. Wreszcie zaczął rzucać pojedyncze słowa z języka elfów. Nic się nie działo. Urwisko piętrzyło się przed nimi w ciemnościach, gwiazdy bez liku rozbłysły na niebie, wiatr dmuchnął chłodem, ale drzwi wciąż trwały niewzruszone.

Gandalf raz jeszcze zbliżył się do skalnej ściany, podniósł ramiona i tonem władczym, z rosnącym gniewem krzyknął: – *Edro! Edro!* – uderzając różdżką o skałę. – Otwórz się! Otwórz! – powtarzał ten sam wciąż rozkaz we wszystkich językach, jakimi mówiono kiedykolwiek na Zachodzie Śródziemia. Wreszcie rzucił różdżkę na ziemię i usiadł w milczeniu.

W tej samej chwili do ich czujnie nadstawionych uszu wiatr przyniósł z daleka wycie wilków. Kucyk Bill wzdrygnął się ze strachu i Sam skoczył ku niemu, by szepnąć jakieś uspokajające słówko.

– Nie pozwól mu uciec! – powiedział Boromir. – Wygląda na to, że jeszcze nam będzie potrzebny, jeżeli oczywiście wilki nas tu nie dopadną. Nienawidzę tej obrzydliwej sadzawki!

I schyliwszy się, podniósł duży kamień, który cisnął z rozmachem w czarną wodę.

Kamień zniknął z miękkim pluskiem, lecz jednocześnie dało się słyszeć świśnięcie i bulgot. Ogromne, rozedrgane koła rozeszły się po tafli jeziora i od miejsca, w którym spadł kamień, zaczęły powoli przybliżać się do podnóży skały.

– Dlaczego to zrobiłeś, Boromirze? – odezwał się Frodo. – Ja także nienawidzę tego miejsca i boję się... Nie wiem, czego się boję, nie wilków jednak i nie ciemności za tymi drzwiami. Czegoś innego. Boję się tej wody. Nie mąć jej!

– Bardzo bym chciał co prędzej wynieść się stąd! – rzekł Merry.

– Czemu ten Gandalf nie pospieszy się trochę? – mruknął Pippin.

Gandalf nie zwracał na nich uwagi. Siedział z głową zwieszoną na piersi, może zatopiony w rozpaczy, a może w trwożnej zadumie. Złowieszcze wycie wilków rozległo się znowu. Kręgi na wodzie rosły i drobne fale już lizały brzeg.

Nagle Czarodziej zerwał się na równe nogi, a było to tak niespodziane, że wszyscy drgnęli. Gandalf się śmiał!

– Już wiem! – krzyknął. – Oczywiście, oczywiście! Śmiesznie proste, jak większość zagadek, jeżeli się zna rozwiązanie. – Podbiegł do skały, dotknął jej różdżką i dobitnie mówił: – *Mellon!*

Gwiazda rozisktrzyła się i natychmiast zgasła. Bez szmeru zarysował się wyraźnie kontur drzwi, przedtem zupełnie niewidoczny.

Z wolna płyta skalna rozszczepiła się pośrodku i dwa skrzydła cal po calu zaczęły otwierać się na zewnątrz. W otworze zamajaczyły schody prowadzące stromo pod górę. Powyżej paru pierwszych stopni tonęły w ciemności czarniejszej niźli noc. Drużyna patrzyła na nie w osłupieniu.

– A więc myliłem się – rzekł Gandalf. – Gimli także. Z nas wszystkich Merry wpadł na najwłaściwszy trop. Hasło było wypisane na łuku, widzieliśmy je od pierwszej chwili. Napis trzeba tłumaczyć tak: „Powiedz: «przyjacielu» i wejdź". Kiedy wymówiłem w języku elfów słowo „przyjaciel", drzwi się otwarły. Po prostu! Ale to zbyt proste dla uczonego mędrca w naszej nieufnej epoce. Tamte czasy były szczęśliwsze. A teraz – wchodźmy!

Ruszył naprzód i postawił stopę na najniższym stopniu schodów. Lecz w tym momencie zaczęło się dziać mnóstwo rzeczy. Frodo poczuł, że coś chwyta go za kostkę u nogi. Krzyknął i upadł. Kucyk Bill zarżał przeraźliwie i pomknął z kopyta brzegiem jeziora, niknąc w ciemnościach. Sam skoczył za nim, lecz na okrzyk Froda zawrócił natychmiast, płacząc i złorzecząc głośno. Wszyscy inni obejrzeli się i zobaczyli, że jezioro syczy, jakby cała armia węży nadpływała od jego południowego krańca.

Z toni wypełzła długa, kręta macka, jasnozielona, fosforyzująca, ociekająca wodą. Oplotła nogę Froda i zaczęła wciągać go do jeziora. Sam padł na klęczki i rąbnął ramię poczwary nożem. Puściła ofiarę. Wierny sługa odciągnął swego pana, jak mógł najdalej, krzycząc o pomoc. Dwadzieścia nowych macek wyłoniło się z wody. Czarne jezioro kipiało, w powietrzu rozszedł się odrażający smród.

– Do bramy! Na schody! Prędko! – krzyknął Gandalf, jednym susem wracając między towarzyszy, budząc ich z osłupienia, które wszystkich prócz Sama przykuło do miejsca, i zaganiając w otwarte drzwi.

Czas był po temu wielki! Sam i Frodo ledwie zdążyli stanąć na pierwszym stopniu, a Gandalf właśnie znów ruszał pod górę, kiedy wyciągnięte z wody macki poprzez wąski skrawek lądu dosięgły skalnej ściany i drzwi Morii. Jedna z nich przyczołgała się aż za próg, świecąc w blasku gwiazd. Gandalf zatrzymał się i odwrócił. Jeżeli się namyślał, jakim zaklęciem zamknąć drzwi z powrotem, niepotrzebnie się biedził. Mnóstwo wijących się macek oplotło oba ich skrzydła i zatrzasnęło ze straszliwą siłą. Huk echem rozniósł się wkoło, światło dzienne zniknęło sprzed oczu wędrowców. Poprzez ciężką kamienną płytę dochodził stłumiony łoskot. Sam uczepiony ramienia Froda w nieprzeniknionych ciemnościach upadł na stopień schodów.

– Biedny stary Bill – powiedział, dławiąc się od łez. – Biedny stary Bill! Wilki i węże! Węży nie mógł już znieść. A ja musiałem wybierać, panie Frodo. Musiałem pójść za panem.

Usłyszeli kroki Gandalfa, który zszedł znów w dół i dotknął różdżką drzwi. Drżenie przebiegło przez ścianę i schody, lecz drzwi się nie otwarły.

– No, tak! – rzekł Czarodziej. – Teraz wyjście na tę stronę zamknięte jest na zawsze, pozostaje nam jedynie drugie, na przeciwległym stoku góry. Sądząc z tych hałasów, obawiam się, że zwalono pod drzwi głazy, a drzewa wyrwano z korzeniami i zagrodzono nimi drogę. Szkoda! Piękne to były drzewa i stały tu od wieków.

– Od pierwszej chwili, gdy dotknąłem stopą wody, czułem, że w pobliżu czai się coś okropnego – powiedział Frodo. – Co to było? Ile było tych potworów?

– Nie wiem – odparł Gandalf – ale wszystkie te ramiona wyciągały się do jednego określonego celu. Coś wypełzło, może zostało wypędzone z czarnej wody pod górami. W głębinach świata istnieje wiele starszych i gorszych jeszcze niż orkowie stworzeń.

Gandalf nie chciał powiedzieć głośno tego, co w duchu pomyślał: że kimkolwiek był stwór żyjący na dnie jeziora, chwycił on nieomylnie przede wszystkim Froda spośród całej Drużyny. Boromir mruknął do siebie, lecz echo odbite od kamiennych ścian spotęgowało jego głos tak, że zabrzmiał jak ochrypły szept, dosłyszalny dla całej kompanii:

– W głębinach świata... Weszliśmy w te podziemia wbrew mojej woli. Kto nas poprowadzi przez te straszliwe ciemności?

– Ja! – odparł Gandalf. – Gimli zaś będzie szedł obok mnie. Podążajcie za światłem mojej różdżki.

Czarodziej ruszył w górę po olbrzymich schodach, a koniec różdżki, którą trzymał wzniesioną, rozbłysnął łagodnym światłem. Schody były potężne i niezniszczone. Naliczyli dwieście stopni, szerokich i niskich, nim u szczytu stanęli w sklepionym korytarzu, prowadzącym poziomo w głąb ciemności.

– Siądźmy na chwilę, odpocznijmy i zjedzmy coś tutaj, skoro sali jadalnej nie spodziewamy się znaleźć – rzekł Frodo. Otrząsnął się już ze zgrozy, którą go napełniło dotknięcie oślizłego ramienia, i był teraz okropnie głodny.

Wszyscy przyjęli tę propozycję jak najchętniej. Siedli na ostatnim stopniu: grupka cieni w mroku. Kiedy się posilili, Gandalf dał każdemu, trzeci raz w tej wędrówce, po łyku *miruvoru* z Rivendell.

– Nie na długo, niestety, starczy tego trunku – powiedział – ale uważam, że bardzo nam jest potrzebny teraz, po okropnościach, które przeżyliśmy pod drzwiami. Co prawda, jeśli nie będziemy mieli wyjątkowego szczęścia, przyda nam się ta resztka niejeden jeszcze raz, nim ujrzymy wyjście po drugiej stronie. Oszczędzajcie też wody! W tych podziemiach jest wiele strumieni i źródeł, nie należy ich wszakże ruszać. Możliwe, że nie zdarzy nam się okazja do napełnienia bukłaków i manierek wcześniej niż w Dolinie Półmroku.

– A jak długo trzeba tam iść? – spytał Frodo.

– Nie wiem – odparł Gandalf. – To zależy od rozmaitych okoliczności. Idąc prosto, bez przeszkód i bez omyłek, dojdziemy chyba po trzech albo po czterech dniach marszu. Na pewno jest co najmniej czterdzieści mil od zachodnich drzwi do wschodniej bramy w prostej linii, ale droga może się okazać bardzo kręta.

Po krótkim odpoczynku ruszyli znowu. Wszystkim zależało na jak najszybszym skończeniu tej wędrówki i pomimo zmęczenia gotowi byli maszerować jeszcze kilka godzin. Gandalf wciąż kroczył na czele. W lewej ręce niósł roziskrzoną różdżkę, która oświetlała teren pod jego nogami, w prawej dzierżył swój miecz, Glamdring. Za Czarodziejem szedł Gimli, oczy mu błyszczały w pomroce, gdy rozglądał się to w prawo, to w lewo. Następny w szeregu był Frodo, który wydobył z pochwy swój krótki mieczyk. Ostrza Glamdringa i Żądła nie rozpłomieniły się i to dodawało drużynie otuchy, bo miecze, wykute ongi przez płatnerzy elfów, zapalają się białym światłem, ilekroć w pobliżu znajdą się orkowie. Za Frodem podążał Sam, potem z kolei Legolas, dwaj młodzi hobbici i Boromir. W ciemnościach zamykał pochód chmurny i milczący Aragorn.

Korytarz, po licznych skrętach, zaczął opadać ku dołowi. Długi czas zstępowali coraz niżej, nim wreszcie znów znaleźli się na płaskiej drodze. Było teraz gorąco i duszno, lecz powietrze pozostało dość czyste, a od czasu do czasu świeży powiew muskał im twarze, ciągnąc pewnie od wybitych w ścianach otworów, których jednak tylko się domyślali w mroku. Musiało ich być dużo. W bladych promieniach czarodziejskiej różdżki Frodo dostrzegał niekiedy zarys schodów, sklepień, bocznych korytarzy i tuneli, wznoszących się ku górze lub stromo spadających w dół, albo ziejących czarną pustką. Ta gmatwanina oszałamiała i wydawało się, że nie sposób się w niej rozeznać.

Gimli niewiele mógł pomóc Gandalfowi, wspierał go wszakże swoją niezachwianą odwagą. On jeden przynajmniej nie bał się, jak większość drużyny, samych ciemności. Często Gandalf zasięgał jego rady, gdy na rozdrożu wahał się, które rozgałęzienie szlaku wybrać. Ostatnie wszakże słowo zawsze należało do Czarodzieja. Podziemia Morii były tak olbrzymie i przejścia tak powikłane, że nawet Gimli, syn Glóina, krasnolud z górskiego plemienia, nie ogarniał ich wyobraźnią. Odległe wspomnienia odbytej przed laty wędrówki przez Morię nie na wiele mogły się też Gandalfowi przydać, lecz nawet w ciemnościach i mimo licznych skrętów drogi Czarodziej wciąż jasno wiedział, dokąd zmierza, i nie zachwiał się w postanowieniu, póki miał przed sobą ścieżkę wiodącą do celu.

– Nie bójcie się! – rzekł Aragorn, gdy Czarodziej zatrzymał się dłużej niż kiedykolwiek, szepcząc coś z Gimlim. Drużyna, stłoczona za nim, czekała trwożnie. – Nie bójcie się! Odbyłem z Gandalfem niejedną podróż, chociaż nigdy w tak czarnych ciemnościach. W Rivendell słyszałem też opowieści o jego czynach, jeszcze wspanialszych niż te wszystkie, których sam byłem świadkiem. Gandalf nie zbłądzi... jeżeli w ogóle istnieje jakaś ścieżka. Wprowadził nas tutaj na przekór naszym obawom i wywiedzie nas znów na świat, bodaj kosztem własnej zguby. Lepiej umie znajdować wśród nocy drogę do domu niż koty królowej Berúthiel.

Wielkie to było szczęście dla drużyny, że miała takiego przewodnika. Nie wzięli ze sobą drew na ognisko, nie mieli z czego zrobić pochodni. W rozpaczliwym momencie pod drzwiami zapomniano o mnóstwie potrzebnych sprzętów. Bez światła wkrótce by przepadli w podziemiu. Na domiar trudności wyboru, wśród licznych krzyżujących się korytarzy tu i ówdzie ziały jamy i szyby, a tuż obok ścieżki rozwierały się czarne studnie, w których kroki wędrowców dudniły głuchym echem. W ścianach i w podłodze były szczeliny i zapadliska, co chwila pod stopami maszerujących otwierały się przepaście. Najgroźniejsza mierzyła z górą siedem stóp szerokości i Pippin długą chwilę musiał zbierać odwagę, nim przeskoczył nad straszliwą otchłanią. Gdzieś z dołu dobiegał szum i plusk wody, jak gdyby olbrzymie młyńskie koło obracało się w głębi podziemi.

– Lina! – mruknął Sam. – Wiedziałem, że jeśli jej nie wezmę, na pewno będzie potrzebna.

Niebezpieczeństwa mnożyły się, posuwali się naprzód coraz wolniej. Zdawało im się, że idą, idą bez końca, aż do korzeni góry. Zmęczeni już byli bezgranicznie, a jednak nie znajdowali pociechy w myśli o jakimś odpoczynku. Frodo trochę się pokrzepił na duchu po uratowaniu z macek potwora, zwłaszcza gdy się najadł i łyknął kordiału Elronda. Teraz jednak znowu ogarnął go wielki niepokój, nieomal lęk. Wprawdzie w Rivendell wyleczono go z rany zadanej sztyletem, lecz zostały po niej pewne trwałe ślady. Zmysły miał wyostrzone, lepiej niż dawniej wyczuwał rzeczy niewidzialne. Wśród różnych zmian, które się w nim dokonały, jedną zauważył bardzo wcześnie: oto widział w ciemnościach lepiej od innych uczestników wyprawy, z wyjątkiem chyba tylko Gandalfa. W każdym razie on, nie kto inny, niósł Pierścień; miał go na łańcuszku zawieszony na piersi i chwilami dotkliwie odczuwał jego ciężar. Pewien był, że przed nimi i za nimi czai się groźba, lecz nic o tym nie mówił. Ściskał tylko mocniej w garści rękojeść mieczyka i wytrwale szedł naprzód.

Towarzysze ciągnący za nim rzadko się odzywali, a i to jedynie zdyszanym szeptem. W ciszy nic nie było słychać prócz odgłosu ich kroków: głuchego dudnienia krasnoludzkich butów Gimlego, ciężkiego tupotu Boromira, lekkiego stąpania Legolasa, miękkiego, niechwytnego szelestu stóp hobbitów; na końcu kolumny rozbrzmiewał stanowczy, rozważny, długi krok Aragorna. Kiedy się zatrzymywali na chwilę, cisza zalegała zupełna, tylko od czasu do czasu dolatywał ich uszu szmer niewidocznej wody i kapanie kropel. A jednak Frodo dosłyszał czy może wydało mu się, że słyszy coś innego: jakby człapanie bosych stóp. Nigdy te odgłosy nie były dość wyraźne ani dość bliskie, by mógł nabrać pewności, że je słyszy rzeczywiście, ale też nie milkły nigdy, póki drużyna nie stawała w marszu. Nie były echem, bo kiedy się zatrzymywali, przez chwilkę jeszcze się odzywały, niezależnie od ich kroków, i dopiero potem cichły.

Weszli do kopalni Morii po zapadnięciu zmroku. Posuwali się przez długie godziny, z krótkimi tylko przerwami, nim Gandalf natknął się na pierwszą poważniejszą przeszkodę. Stanął przed szerokim, ciemnym łukiem sklepienia, pod którym rozbiegały się trzy korytarze; wszystkie prowadziły w zasadzie na wschód, lecz korytarz lewy zstępował w dół, prawy piął się pod górę, a środkowy ciągnął się poziomo i zdawał się gładki, chociaż niezmiernie ciasny.

– Tego miejsca wcale nie pamiętam – rzekł Gandalf, stając w rozterce pod sklepieniem. Podniósł różdżkę, spodziewał się bowiem w jej blasku dostrzec jakieś znaki lub napisy, które by ułatwiły wybór drogi. Nic jednak takiego nie znalazł. – Zanadto jestem znużony, by teraz zdobyć się na decyzję – powiedział, kręcąc głową. – A wy pewnie jesteście równie albo nawet bardziej wyczerpani. Zatrzymajmy się więc tutaj na resztę nocy. Oczywiście, rozumiecie mnie: tu jest zawsze jednakowo ciemno, ale na świecie księżyc już chyli się ku zachodowi i dawno minęła północ.

– Biedny stary Bill! – westchnął Sam. – Gdzie też on się obraca? Mam nadzieję, że go wilki nie rozszarpały.

Po lewej stronie sklepionej bramy zauważyli kamienne drzwi; były przymknięte, lecz wystarczyło je pchnąć lekko, by się otworzyły. Za nimi ukazała się obszerna sala wykuta w kamieniu.

– Powoli! Powoli! – krzyknął Gandalf, gdy Merry i Pippin skoczyli naprzód, radzi odpocząć w miejscu, które im się wydawało trochę przytulniejsze od otwartego na wsze strony korytarza. – Powoli! Nie wiemy przecież, co tam jest. Wejdę pierwszy.

Wszedł ostrożnie, reszta drużyny wsunęła się za nim gęsiego.

– Patrzcie! – rzekł Czarodziej, wskazując różdżką środek sali.

U stóp Gandalfa w podłodze rozwierała się okrągła dziura, jak gdyby otwór studni. Koło niej leżały porwane i zardzewiałe łańcuchy, zwisając nad czarną jamą. Opodal rozrzucone były połupane kamienie.

– Któryś z was mógł wpaść w tę dziurę i może dość długo by leciał, nimby dosięgnął dna – zwrócił się Aragorn do Meriadoka. – Zawsze trzeba puszczać przodem przewodnika, jeśli się go, na swoje szczęście, ma.

– To mi wygląda na wartownię dla strażników pilnujących trzech korytarzy – powiedział Gimli. – Dziura to pewnie studnia dostarczająca wartownikom wody. Musiała być ongi nakryta kamienną pokrywą, teraz rozbitą. Trzeba bardzo uważać w ciemnościach.

Pippina dziwnie ciągnęła ta studnia. Gdy towarzysze rozkładali koce i przygotowywali legowiska pod ścianami komory jak najdalej od dziury, on podpełzł na jej skraj i zajrzał. Zimny dech dobywający się niewidzialnych głębi owionął mu twarz. Nagle skusiło młodego hobbita, by chwycić kamień i wrzucić go w studnię. Czekał na odgłos tak długo, aż zdążył usłyszeć kilka uderzeń własnego serca.

Potem gdzieś w dole rozległ się plusk, bardzo odległy, lecz spotęgowany i powtórzony wielokrotnie w pustym szybie, jakby kamień trafił w wodę na dnie ogromnej jaskini.

– A to co? – krzyknął Gandalf. Odetchnął z ulgą, kiedy Pippin przyznał się do swego postępku. Rozgniewał się jednak bardzo, Pippin dostrzegł płomień w jego oczach. – Zwariowany Tuk! – fuknął. – To poważna wyprawa, a nie hobbicka majówka. Na przyszły raz skacz sam! Przynajmniej przestałbyś wreszcie dokuczać nam swoimi głupstwami. A teraz bądźcie cicho!

Przez kilka minut nic nie było słychać, potem z głębi studni dobiegło ich uszu stłumione pukanie: tom – tap, tap – tom. Pukanie urwało się, ale kiedy jego echo ucichło, powtórzyło się znowu: tap – tom, tom – tap, tap – tap, tom. Brzmiało to niepokojąco jak sygnały. Po pewnym czasie jednak wszystko umilkło, tym razem już na dobre.

– To był stuk młota, głowę daję – rzekł Gimli.

– Tak – przyznał Gandalf. – I wcale mi się nie podobał. Być może nie miało to nic wspólnego z głupim wybrykiem Peregrina, prawdopodobnie jednak ten kamień poruszył coś, co należało w naszym własnym interesie zostawić w spokoju. Proszę, żeby się żaden z was na nic podobnego więcej nie ważył. Miejmy nadzieję, że uda nam się trochę przespać bez nowych alarmów. Ty, Pippinie, w nagrodę pierwszy będziesz pełnił wartę – mruknął, owijając się w koc.

Pippin, zgnębiony, przysiadł pod drzwiami w głębokich ciemnościach. Ustawicznie jednak odwracał głowę, bojąc się, że z czeluści studni wychynie jakiś nieznany stwór. Korciło go, żeby nakryć ziejący otwór chociażby kocem, ale nie śmiał ruszyć się i zbliżyć do dziury, mimo że Gandalf zdawał się pogrążony we śnie. Naprawdę wszakże Gandalf wcale nie spał, jakkolwiek leżał milczący i nieruchomy. Zatonął w myślach, usiłując przypomnieć sobie wszystkie szczegóły poprzedniej wędrówki przez Morię i zastanawiając się trwożnie nad wyborem dalszej drogi; omyłka mogła przecież oznaczać klęskę. Po godzinie Czarodziej wstał i podszedł do Pippina.

– Połóż się tam w kącie i prześpij, chłopcze – rzekł łagodnie. – Myślę, że potrzeba ci snu. A ja i tak oka zmrużyć nie mogę, więc chętnie cię zastąpię na warcie.

– Wiem, czego mi brakuje – mruknął, sadowiąc się przy drzwiach. – Fajki! Nie powąchałem jej od tamtego ranka przed śnieżycą.

Pippin, zanim sen skleił mu powieki, zdążył jeszcze zobaczyć ciemną sylwetkę Czarodzieja skulonego na podłodze i osłaniającego sękatymi dłońmi odrobinę żaru. Płomyk na mgnienie oświetlił jego spiczasty nos i kłąb dymu.

Nie kto inny też, lecz Gandalf zbudził drużynę ze snu. Czuwał i strażował sam przez sześć godzin, nie zakłócając towarzyszom odpoczynku.

– W ciągu tej bezsennej nocy powziąłem decyzję – rzekł. – Nie pociąga mnie środkowy korytarz, nie pachnie mi także lewy: ciągnie z niego zaduch, który nic dobrego nie wróży, każdy przewodnik mi to przyzna. Pójdziemy prawym tunelem. Czas, byśmy zaczęli wspinać się znów pod górę.

Maszerowali osiem godzin, ledwie na chwilę zatrzymując się niekiedy dla wytchnienia. Nie spotkali niebezpieczeństw, nie słyszeli nic i nic nie widzieli prócz nikłego światełka czarodziejskiej różdżki, migocącego jak robaczek świętojański na czele pochodu. Korytarz, który obrali, prowadził wciąż pod górę. O ile mogli się zorientować, tunel zataczał szerokie łuki, a im wyżej się piął, tym był wyższy i szerszy. Nie odbiegały od niego boczne galerie ani korytarze, podłogę miał równą i gładką, wyboje i szczeliny nie utrudniały tu marszu. Najwidoczniej trafili na szlak niegdyś wielkiego znaczenia i szli teraz o wiele szybciej niż na pierwszym etapie.

W ten sposób posunęli się w prostej linii o jakieś piętnaście mil na wschód, chociaż przewędrowali zakosami z pewnością więcej. W miarę jak droga się wznosiła, Frodo nabierał po trosze otuchy, jakkolwiek wciąż jeszcze był przygnębiony i od czasu od czasu słyszał – albo przynajmniej tak mu się wydawało – ciągnące z dala trop w trop za maszerującą drużyną ciche człapanie, które na pewno nie było tylko echem.

Marsz trwał długo, póki hobbitom sił starczyło, wreszcie wszyscy już zaczęli wypatrywać z upragnieniem miejsca na popas, lecz nagle ściany korytarza rozstąpiły się po obu stronach. Jak gdyby przeszli pod jakąś bramą i znaleźli się w czarnej, pustej przestrzeni. W plecy dmuchało im cieplejsze powietrze, w twarze natomiast od ciemności ciągnęło chłodem. Stanęli i zbili się w gromadę, zatrwożeni. Gandalf wszakże był rad.

– Trafnie wybrałem drogę – powiedział. – Wreszcie doszliśmy do mieszkalnej części podziemia i mam wrażenie, że jesteśmy teraz już dość blisko wschodnich stoków góry. Ale wspięliśmy się, jeśli się nie mylę, znacznie ponad Bramę Półmroku. Sądząc z przewiewu, znaleźliśmy się w wielkiej sali. Zaryzykuję trochę większe światło. Podniósł różdżkę, która na chwilę zajaśniała niby błyskawica. Wyolbrzymione cienie podskoczyły w górę i uciekły, przez mgnienie oka wędrowcy widzieli rozpięte nad swoimi głowami ogromne sklepienie, wsparte na szeregu potężnych filarów wyciosanych ze skały. Przed nimi, a także na prawo i na lewo ciągnęła się wielka, pusta sala. Czarne ściany, równe i gładkie jak szkło, połyskiwały i lśniły. Zauważyli też trzy inne wejścia, mroczne, sklepione otwory w ścianach: środkowe – na wschód, dwa boczne na dwie przeciwległe strony. Potem światło zgasło.

– Na razie nie ośmielę się na nic więcej – powiedział Gandalf. – Dawniej były tu wielkie okna w stoku góry, a prócz tego kominy doprowadzające światło z najwyższych pokładów kopalni. Zdaje się, że to właśnie tutaj, ale na świecie jest teraz noc i nie upewnimy się, póki dzień nie wstanie. Jeżeli się nie mylę, zajrzy tu do nas jutro blask poranka. Tymczasem nie ma co wędrować dalej. Odpocznijmy, jeśli się da. Jak dotąd powiodło nam się nieźle, większą część drogi przez ciemności mamy już za sobą. Ale jeszcze z nich nie wyszliśmy, czeka nas długi marsz w dół do bramy otwartej na świat.

Wędrowcy spędzili noc w wielkiej piwnicznej sali, przytuleni do siebie w kącie, gdzie się schronili przed chłodnym podmuchem, bo od wschodniego otworu wciąż wiało zimnem. Leżeli, otoczeni zewsząd pustą, bezbrzeżną ciemnością, przytłoczeni samotnością i ogromem wydrążonych w skale jaskiń, niezliczonych splątanych korytarzy i schodów. Z głuchych wieści, jakie do nich kiedykolwiek docierały, hobbici wytworzyli sobie fantastyczny obraz Morii, lecz wszystko to zbladło wobec groźnej i wspaniałej rzeczywistości.

– Musiało tu kiedyś roić się od krasnoludów – rzekł Sam. – A pracował chyba każdy z nich wytrwalej od borsuka przez pięćset lat, żeby zbudować takie podziemie, i to w twardej skale! Po co oni to robili? Nie mieszkali chyba w tych ciemnych norach?

– To nie nory – odparł Gimli. – To wielkie królestwo i stolica krasnoludów. Za dawnych czasów nie było też tutaj tak ciemno, wszędzie jarzyły się światła i klejnoty. Pamięć o tym przechowały po dziś dzień nasze pieśni.

Gimli wstał i w ciemnościach zaczął śpiewać niskim głosem, który echo odbijało spod wysokiego sklepienia:

*Świat młodym był w te czasy, góry zaś zielone,*
*Księżyc nie był naówczas plamami skażony,*
*Ani imion nie miały głazy ni strumienie,*
*Gdy Durin przebudzony pierwszy na świat wejrzał.*
*On bezimiennym wzgórzom nadawał imiona,*
*Wody źródeł dziewiczych on pierwszy smakował,*
*W Toń Zwierciadlaną wreszcie wejrzał i zobaczył*
*Jak gwiazd jasna korona w głębinie się jawi*
*Niby klejnotów osad na srebrzystej przędzy*
*I na dnie cień mu głowy otacza jak wieńcem.*

*Świat pięknym był w te czasy, góry zaś wysokie*
*W Dniach tych Dawnych, nim jeszcze potężni królowie*
*Przepadli Nargothrondu oraz Gondolinu,*
*By za Morza Zachodnie najdalsze odpłynąć*
*Bezpowrotnie, ustępując rosnącej ciemności.*
*Pięknym za Dni Durina był świat nieskażony.*

*Władał król Durin z tronu kutego ze skały,*
*Z hal wspaniałych o wielu potężnych filarach,*
*Gdzie złote były stropy, a srebrne podłogi,*
*I gdzie każdego przejścia strzegły runy mocy.*
*Tam światło księżycowe, słoneczne i gwiezdne*
*Z lamp biło lśniących, biegle z kryształu wyciętych,*
*Nieprzyćmione przez chmury, nocy nie poddane,*
*Wieczyście lśniło światło to czyste i jasne.*


*Tam waliły w kowadła młoty niestrudzone,*
*Tam biegłe ryło dłuto, rylec znaki drążył,*
*Tam kuto ostrza lśniące, formowano jelce,*
*Tam chodniki kuł górnik, mur stawiał kamieniarz.*
*Tam beryle i perły, i blade opale,*
*I metal, na kształt łuski rybiej kształtowany,*
*Pancerze i pawęże, miecze i topory,*
*I włócznie lśniące licznie w skarbcu gromadzono.*


*Niestrudzony był wówczas lud króla Durina:*
*Pod górami zbudziła się także muzyka –*
*Pięknie grali harfiści, minstrele śpiewali,*
*A u bram mocnych huczne dźwięczały fanfary.*


*Świat szarym stał się dzisiaj, góry postarzały,*
*Popioły zimne z ogni kuźniczych zostały.*
*Nie dzwoni harfy struna ani młot uderza –*
*Tylko ciemność w pałacach Durina dziś mieszka.*
*Cień się panoszy pośród mogił jego ludu*
*W głębinach Morii, w czarnych lochach Khazad-dûmu.*
*Lecz wciąż lśnią gwiazdy w ciemnej toni zatopione*
*Wód Zwierciadlanych, których wiatr żaden nie mąci.*
*Tam spoczywa korona, w głębi czystych wód:*
*Czeka, aż znów się Durin przebudzi ze snu.*[1]

---

[1] Przełożył Tadeusz A. Olszański.

– To piękne! – rzekł Sam. – Chciałbym się nauczyć tej pieśni. „W głębinach Morii, w czarnych lochach Khazad-dûmu!" Co prawda, kiedy pomyślę o tych wszystkich lampach, ciemności wydają mi się jeszcze bardziej ponure. A czy stosy klejnotów i złota wciąż jeszcze są tutaj?

Gimli milczał. Zaśpiewał swoją pieśń, nic więcej nie chciał powiedzieć.

– Stosy klejnotów? – odezwał się Gandalf. – Nie! Orkowie nieraz splądrowali Morię, nic nie zostało w górnych salach. A po ucieczce krasnoludów nikt się nie ważył szukać w głębi szybów i skarbców u korzeni góry: zatonęły w wodzie albo w cieniu strachu.

– Dlaczego więc krasnoludowie pragną tu wrócić? – spytał Sam.

– Bo tu jest *mithril* – odparł Gandalf. – Bogactwo Morii to nie złoto ani klejnoty – te zabawki krasnoludów; nie żelazo – ich sługa. Prawda, mieli tu również te skarby, zwłaszcza żelazo, lecz nie potrzebowali ich kopać spod skał. Wszystko, czego zapragnęli, mogli dostać w drodze wymiany. Bo na całym świecie tylko w Morii znajduje się szczególne, najszlachetniejsze srebro, zwane w języku elfów *mithril*. Krasnoludowie mają dla niego własną nazwę, której nikomu nie zdradzają. Ów kruszec był dawniej dziesięćkroć cenniejszy od złota, a dziś jest bezcenny. Niewiele go bowiem zostało na powierzchni, a nawet orkowie nie śmią szukać go w głębi. Żyły ciągną się na północ ku Caradhrasowi, w głąb ciemności. Krasnoludowie nie chcą o tym mówić, lecz *mithril* był zarówno początkiem ich bogactwa, jak i przyczyną ich klęski: dokopywali się do niego zbyt chciwie, sięgnęli za głęboko, rozjątrzyli wrogą siłę, która ich stąd wygnała: to była Zguba Durina. Z tego, co krasnoludowie dobyli na wierzch, niemal wszystko zrabowali orkowie i złożyli jako haracz Sauronowi, który jest na *mithril* bardzo łasy.

*Mithril!* Wszystkie plemiona pożądały *mithrilu*. Można go kuć jak miedź i polerować jak szkło, a krasnoludowie umieli z niego robić metal lekki, a mimo to twardszy od najhartowniejszej stali. Jest piękny jak zwykłe srebro, ale jego piękno nie śniedzieje ani nie traci nigdy blasku. Elfowie byli w nim rozmiłowani i używali go do różnych celów, między innymi z niego robili *ithildin* – metal gwiezdno-księżycowy; widzieliście go na drzwiach Morii. Bilbo miał kolczugę z mithrilowych pierścieni, dostał ją od Thorina. Ciekawe, co też się z nią stało? Pewnie dotychczas stoi pokryta kurzem w muzeum w Michel Delving.

– Coś ty powiedział? – krzyknął Gimli, nagle odzyskując mowę. – Kolczuga z *mithrilu*? Toż to królewski dar!

– Tak – przyznał Gandalf. – Nigdy tego Bilbowi nie mówiłem, ale warta jest tyle, ile cały Shire z wszystkimi swoimi dostatkami.

Frodo zmilczał, ale wsunął dłoń pod bluzę i dotknął kolczugi. Oszołomiła go myśl, że obnosi po świecie ukryty pod ubraniem skarb dorównujący wartością całemu Shire'owi. Czy Bilbo to wiedział? Frodo nie miał co do tego wątpliwości. Królewski zaiste dar. I myśli Froda pomknęły z ciemnych podziemi daleko, do Rivendell, do Bilba, do Bag End z owych dni, kiedy Bilbo tam jeszcze gospodarzył. Zatęsknił z głębi serca do tych miejsc i do dawnych czasów, do strzyżenia trawników i krzątania się około kwiatów, do epoki, gdy nie wiedział nic o Morii, *mithrilu*... i o Pierścieniu.

Zapadła głucha cisza. Wędrowcy jeden po drugim usypiali. Frodo pełnił wartę. Dreszcz nim wstrząsnął, jak gdyby przez niewidoczne drzwi z głębokich czeluści owiał go lodowaty dech. Ręce miał zimne, ale pot mu spływał z czoła. Nasłuchiwał. Na dwie wlokące się bez końca godziny zmienił się cały w słuch. Nie ułowił jednak żadnego szmeru, nawet owego echa człapiących kroków, które sobie pewnie uroił.

Czas jego warty dobiegł końca, kiedy mu się wydało, że z daleka, pod sklepieniem zachodniego wejścia, błyskają dwa świecące punkciki, jakby para fosforyzujących źrenic. Frodo się wzdrygnął. Głowa mu opadła na piersi: „O mało nie usnąłem na warcie – pomyślał. – Coś mi się już zaczynało śnić". Wstał, przetarł oczy i już nie usiadł, wpatrując się w ciemności, póki go nie zluzował Legolas.

Położywszy się, usnął zaraz, lecz zdawało mu się, że poprzednie senne przewidzenie trwa dalej: słyszał szepty, widział dwa blade świecące punkciki z wolna zbliżające się ku niemu. Ocknął się i stwierdził, że towarzysze rozmawiają półgłosem i że mętne światło pada mu prosto na twarz. Z wysoka, sponad sklepienia wschodniego wyjścia, przez świetlik wycięty w stropie sączył się nikły promień świtu. W drugim końcu sali północne drzwi także jaśniały mdłym odległym brzaskiem. Frodo usiadł.

– Dzień dobry! – powiedział Gandalf. – Nareszcie znów dzień! Widzisz, Frodo, miałem słuszność. Znajdujemy się wysoko po wschodniej stronie Morii. Nim dzisiejszy dzień przeminie, musimy odszukać Wielką Bramę i ujrzeć przed sobą Zwierciadlane Jezioro w Dolinie Półmroku.

– Mam nadzieję, że tak się stanie – rzekł Gimli. – Zobaczyłem Morię – jest ogromna, ale ciemna i przerażająca. Nie znaleźliśmy ani znaku pobytu moich pobratymców. Zaczynam wątpić, czy Balin kiedykolwiek tu dotarł.

Ledwo zjedli śniadanie, Gandalf postanowił wyruszać.

– Jesteśmy co prawda zmęczeni, ale odpoczniemy lepiej pod otwartym niebem – rzekł. – Nie przypuszczam, by któryś z was miał ochotę spędzić jeszcze jedną noc w Morii.

– Na pewno nie! – odparł Boromir. – Którym korytarzem pójdziemy? Tym na wschód?

– Może – powiedział Gandalf. – Ale nie wiem dokładnie, gdzie jesteśmy. Jeżeli nie mylę się grubo, powinniśmy być powyżej i na północ od Wielkiej Bramy; zapewne nie będzie łatwo znaleźć najprostszą drogę do niej. Możliwe, że wskazana okaże się wędrówka wschodnim korytarzem. Nim wszakże coś postanowimy, trzeba się trochę rozejrzeć. Chodźmy najpierw ku światłu północnego wyjścia. Jeżeli odkryjemy jakieś okno, ułatwi nam to orientację, lecz obawiam się, że to światło dochodzi tu przez szyb z góry.

Za przewodem Czarodzieja drużyna przeszła pod sklepieniem północnego wyjścia. Znaleźli się w szerokim korytarzu. W miarę jak się nim posuwali, blady pobrzask nabierał coraz większej jasności i wkrótce przekonali się, że płynie od prawej strony. Były tam drzwi wysokie, płasko sklepione, a ich kamienne skrzydło jeszcze się trzymało na zawiasach i było nieco uchylone. Światło, dość mdłe, wydawało się jednak oślepiające wędrowcom, którzy tak długo brnęli przez zupełne ciemności, toteż przestępując próg, wszyscy zmrużyli oczy.

Spod ich stóp wzniósł się pył, grubo zalegający podłogę; potykali się o jakieś przedmioty rozrzucone pod drzwiami, nie mogąc zrazu rozróżnić ich kształtów. Światło padało do wnętrza sali przez szeroki komin wycięty pod stropem w przeciwległej wschodniej ścianie; komin biegł ukośnie i w jego wlocie, gdzieś bardzo wysoko, dostrzegli mały kwadracik błękitnego nieba. Promień światła padał prosto na stół umieszczony pośrodku izby; był to lity podłużny blok, wzniesiony o dwie stopy nad podłogę, na nim zaś duża płyta z białego kamienia.

– To wygląda jak grobowiec – szepnął Frodo i tknięty dziwnym przeczuciem pochylił się nad stołem, żeby go obejrzeć z bliska. Gandalf prędko przysunął się do hobbita. Na płycie głęboko ryte znaki runiczne układały się w taki napis:

[runic inscription]

– To pismo Daerona, używane ongi w Morii – powiedział Gandalf. – W języku krasnoludów i ludzi napisane jest:

BALIN SYN FUNDINA
WŁADCA MORII

– A więc umarł! – rzekł Frodo. – Tego się właśnie obawiałem. Gimli zasłonił twarz kapturem.

# Rozdział 5

## *Most w Khazad-dûm*

Drużyna Pierścienia stała w milczeniu nad grobem Balina. Frodo wspominał Bilba, jego dawną przyjaźń z krasnoludem i odwiedziny Balina w Shire przed laty. Tu, w zakurzonej górskiej sali, wydawało mu się, że wszystko to działo się przed tysiącem lat i na innym świecie.

Wreszcie odstąpili od grobu, rozejrzeli się wkoło i zaczęli przeszukiwać salę, mając nadzieję znaleźć coś, co wyjaśni los, jaki spotkał Balina i jego współbratymców. We wschodniej ścianie, poniżej komina, były drugie, mniejsze drzwi. Pod nimi, tak samo jak pod pierwszymi, leżało w pyle mnóstwo kości, a wśród nich połamane miecze, strzaskane głowice toporów, pęknięte tarcze i hełmy. Były też krzywe szable i broń orków o sczerniałych ostrzach.

Odkryli w skalnych ścianach wykute nisze, w których stały ogromne, żelazem okute drewniane skrzynie. Wszystkie porąbane i puste. Tylko w jednej pod rozbitym wiekiem zachowały się szczątki księgi. Była pocięta, pokłuta, częściowo spalona i tak zamazana czarnymi i brunatnymi plamami – jakby zeschłej dawno krwi – że niewiele dało się z niej wyczytać. Gandalf wziął ją do ręki bardzo ostrożnie, lecz mimo to kartki pękały z chrzęstem, gdy ją składał na płycie. Dość długo Czarodziej ślęczał bez słowa nad tą księgą. Frodo i Gimli, stojąc przy nim, widzieli, gdy delikatnie przewracał stronice, że są zapisane różnymi charakterami pisma, przeważnie runami używanymi w Morii i w Dal, niekiedy zaś alfabetem elfów.

Wreszcie Gandalf podniósł wzrok znad księgi.

– To kronika plemienia Balina – rzekł. – Zaczyna się, o ile rozumiem, od przybycia do Doliny Półmroku mniej więcej przed trzydziestu laty. Zdaje się, że cyfry na poszczególnych stronach oznaczają kolejne lata pobytu w Morii. Pierwszą kartkę opatrzono cyframi 1–3, więc co najmniej dwóch początkowych brak.

Słuchajcie!

**Przepędziliśmy orków z wielkiej bramy i ze straż...** Zatarte, ale pewnie ma być: **strażnicy. Mnóstwo ich usiekliśmy w świetle słońca w...** Zaraz, zaraz... Chyba: **w dolinie. Flói poległ od strzały. On to zabił największego...** Potem czarna plama, a dalej: **Flói pogrzebany pod trawą nad Jeziorem Zwierciadlanym.** Następnych dwóch wierszy nie sposób odczytać. I znowu: **Zajęliśmy dwudziestą pierwszą salę w północnym skrzydle. Jest tam...** Nie, nie mogę odcyfrować. Wzmianka o jakimś szybie... Dalej: **Balin obrał na swoją stałą kwaterę Salę Mazarbul...**

– Salę Kronik – rzekł Gimli. – To pewnie właśnie ta komnata.

– No tak... Dość długi fragment nieczytelny – ciągnął Gandalf – widzę tylko pojedyncze wyrazy: **złoto... Topór Durina... hełm.** A tu napisano: **Balin został teraz władcą Morii.** Tym kończy się rozdział. Odstęp, kilka gwiazdek, pismo zmienione: **znaleźliśmy szczere srebro**, a potem... ach, tak! **mithril.** Ostatnie dwa wiersze wyraźniejsze:... **Óin na poszukiwanie górnej zbrojowni w trzecim podziemiu...** zamazane słowo, ktoś **wyruszył ku zachodowi**, ale nie wiadomo kto... Znów plama, potem: **do Bramy Hollinu.**

Gandalf umilkł i przerzucił kilka kartek.

– Wiele stronic podobnych do siebie, zapisanych pospiesznym pismem i bardzo uszkodzonych – rzekł. – Niewiele widzę w tym oświetleniu. Dalej z pewnością sporo kartek brakuje, bo tu mamy cyfrę 5, a więc chyba piąty rok od założenia kolonii w Morii. Niechże się przyjrzę... Nie, papier zanadto jest pocięty i zbrukany, nic nie odczytam. Może przy świetle słonecznym uda się nam to lepiej. Czekajcie! Tu coś widzę... Duże, śmiałe pismo, alfabetem elfów.

– To charakter pisma Oriego – odezwał się Gimli, zaglądając przez ramię Czarodzieja. – Ori pisał biegle i lubił używać pisma elfów.

– Niestety, pięknym pismem utrwalił złe wieści – rzekł Gandalf. – Pierwsze wyraźne słowo to **smutek**, ale dalej cały wiersz zamazany, kończy się na **oraj...** Tak, to z pewnością znaczy **wczoraj**, bo w następnym wierszu widzę: **to jest dziesiątego grudnia, Balin, władca Morii, poległ w Dolinie Półmroku. Wyszedł samotnie popatrzeć na Jezioro Zwierciadlane, zabił go strzałą ork zaczajony za kamieniem, usiekliśmy tego orka, ale wielu innych... ze wschodu, znad górnego biegu Srebrnej Żyły...** Cały dół kartki tak jest zbutwiały, że ledwie kilka słów mogę odróżnić: **zabarykadowaliśmy bramy...** a potem: **będziemy mogli długo stawiać opór, jeżeli...** Dalej, jeśli się nie mylę, jest wyraz: **straszliwy...** i **cierpienie.** Biedny Balin! Można z tego wnioskować, że godność Władcy Morii piastował przez niespełna pięć lat. Co też stało się później? Ale nie mamy czasu na rozwiązanie łamigłówki kilku pozostałych kartek. Weźmy od razu ostatnią...

Znowu umilkł na chwilę. Westchnął ciężko.

– Smutna historia – rzekł wreszcie. – Obawiam się, że spotkał ich okropny koniec. Słuchajcie! **Nie możemy się wydostać. Nie ma wyjścia. Zajęli most i drugą salę. Frár, Lóni i Náli zginęli.** Potem cztery wiersze nieczytelne, prócz tych słów: **odszedł pięć dni temu.** Ostatni wiersz brzmi: **woda sięga do murów Zachodniej Bramy. Czatownik z Wody porwał Óina. Nie możemy się wydostać. Zbliża się koniec...** Dalej: **bębny, bębny grają w głębinach...** Co to może znaczyć? Ostatnie słowa nakreślone widocznie w pośpiechu, pismem elfów: **już nadchodzą...** Więcej nie ma nic.

Gandalf umilkł i pogrążył się w myślach. Wszystkich dreszcz przebiegł od grozy, jaką wiało z kątów pieczary.

– „Nie możemy się wydostać" – mruknął Gimli. – Nam się udało dlatego, że woda trochę opadła i że Czatownik zaspał u jej południowego brzegu.

Gandalf podniósł głowę i rozejrzał się po sali.

– Do ostatka bronili tych dwóch wejść – rzekł. – Ale wtedy była ich już tylko garstka. Tak się skończyła próba odzyskania Morii. Próba odważna, lecz szalona. Jeszcze nie czas na to! Teraz niestety musimy pożegnać Balina, syna Fundina. Niech spoczywa w domu swoich ojców. Weźmiemy z sobą tę księgę, Księgę Mazarbul, żeby ją potem dokładnie przestudiować. Pilnuj jej, Gimli, a jeśli to będzie możliwe, oddaj ją Dáinowi. Dla niego jest szczególnie ciekawa, chociaż zasmuci go bardzo. Chodźmy! Ranek już mija.

— Którą drogą pójdziemy? – spytał Boromir.

— Wracamy do poprzedniej sali – odparł Gandalf. – Nie strwoniliśmy jednak czasu, odwiedzając tę. Teraz wiem, gdzie jesteśmy. Gimli ma rację: to jest Sala Mazarbul, a miejsce, w którym nocowaliśmy, to dwudziesta pierwsza sala północnego skrzydła. Z tego wniosek, że należy z niej wyjść przez wschodnie drzwi i kierować się na prawo, ku południowi i w dół. Dwudziesta pierwsza sala znajduje się, o ile pamiętam, na siódmym poziomie, to znaczy o sześć pięter powyżej Bramy. Dalejże! Wracamy do sali.

Ledwie Gandalf wymówił te słowa, gdy rozległ się straszliwy dźwięk: grzmiące dum, dum dobiegło jak gdyby z głębi podziemi, aż skała zadrżała pod stopami wędrowców. Wszyscy w przerażeniu rzucili się do drzwi. Nowy grzmot – dum, dum – przetoczył się, jakby pięści olbrzymów waliły w wydrążone skały Morii niby w ogromny bęben. Potem rozniósł się echem głos rogu. W sali ktoś zadął potężnie w róg, a z daleka odpowiedziały mu inne rogi i ochrypłe wrzaski. Korytarze dudniły jakby od spiesznych kroków tysięcy stóp.

— Nadchodzą! – krzyknął Legolas.

— Nie ma wyjścia – powiedział Gimli.

— Jesteśmy w pułapce! – zawołał Gandalf. – Ach, czemuż się nie pospieszyłem! Schwytali nas w potrzask tak, jak przed laty tamtych. Ale wtedy mnie tu nie było. Zobaczymy jeszcze...

Dum, dum – zagrzmiały bębny, aż zatrzęsły się ściany komory.

— Zatrzasnąć drzwi i zabarykadować! – krzyknął Aragorn. – Póki się da, nie zrzucajcie bagaży, może zdołamy się przebić.

— Nie! – rzekł Gandalf. – Nie powinniśmy dać się tu zamknąć. Niech wschodnie drzwi zostaną otwarte na oścież. Tamtędy uciekniemy, jeśli się uda.

Znów zagrał ochryple róg i buchnął przeraźliwy wrzask. Z korytarza dobiegł tupot nóg. Szczęknęły i zadzwoniły miecze, gdy je osaczeni dobyli z pochew. Glamdring zajaśniał bladym światłem, ostrze Żądła rozbłysło. Boromir podparł ramieniem zachodnie drzwi.

— Nie zamykajcie jeszcze! – powiedział Gandalf. Jednym skokiem znalazł się u boku Boromira i wyprostował się dumnie.

– Kto jesteście, że przychodzicie zakłócać spoczynek Balina, Władcy Morii?! – krzyknął donośnie.

W odpowiedzi ochrypły śmiech zagrzechotał, jakby gruz sypał się do studni. Ponad wrzaski wzbił się głos komendy. Dum, dum, dum – grzmiały gdzieś w dole bębny.

Szybkim ruchem Gandalf podsunął się do wąskiej szpary uchylonych drzwi i wytknął przez nią swoją różdżkę. Oślepiająca błyskawica oświetliła salę i prowadzący do niej korytarz. Czarodziej na sekundę wychylił głowę za drzwi. Jęknęły cięciwy, z głębi korytarza świsnęły strzały, Gandalf uskoczył wstecz.

– Orkowie, całą chmarą – rzekł. – Są między nimi olbrzymi, najzłośliwsi, czarni Urukowie z Mordoru. Na chwilę ich wstrzymałem, ale idą z nimi jeszcze jakieś inne stwory. Olbrzymi jaskiniowy troll, zdaje się, może nawet kilku. Odwrót tędy byłby beznadziejny.

– Wszystko jest beznadziejne, jeżeli idą także drugim korytarzem – powiedział Boromir.

– Z tej strony na razie nic nie słychać – odparł Aragorn, który nadsłuchiwał u wschodnich drzwi. – Tu korytarz opada w dół schodami i oczywiście nie prowadzi z powrotem do sali. Ale nie ma sensu uciekać na oślep, kiedy pościg jest tak blisko. Drzwi nie możemy zabarykadować. Klucz zgubiony, zamek strzaskany, a przy tym te drzwi otwierają się do wnętrza. Musimy najpierw jakimś sposobem wstrzymać nieprzyjaciela w rozpędzie. Jeszcze się ta Sala Mazarbul stanie dla nich postrachem! – dodał z zawziętością, próbując ostrze swego miecza, Andúrila.

Ciężkie kroki zadudniły w korytarzu. Boromir rzucił się na drzwi i zatrzasnął je własnym ciężarem, potem zaklinował odłamkami mieczy i kołkami. Drużyna cofnęła się pod przeciwległą ścianę. Lecz nie mogli jeszcze uciekać. Zachodnimi drzwiami wstrząsnął potężny cios, zaczęły się z wolna uchylać, ze zgrzytem odpychając kliny. Przez szparę, z każdą sekundą szerszą, wsunęła się olbrzymia ręka, potem ramię okryte ciemną skórą i zielonkawą łuską. Wielka, płaska, pozbawiona palców stopa wdarła się dołem. W korytarzu zaległa cisza.

Boromir skoczył naprzód i rąbnął z całej siły, ale miecz z brzękiem wypadł mu z dłoni, odbiwszy się od ramienia poczwary. Ostrze było wyszczerbione.

Nagle w sercu Froda – ku jego wielkiemu zdumieniu – zawrzał straszliwy gniew.

– Za Shire! – krzyknął. Jednym susem podbiegłszy do Boromira, schylił się i dźgnął potworną stopę Żądłem. Rozległ się ryk, noga cofnęła się gwałtownie, omal nie wyrywając mieczyka z dłoni hobbita. Czarna posoka ściekała z ostrza i dymiła na podłodze. Boromir naparł na drzwi i zatrzasnął je znowu.

– Niech żyje Shire! – krzyknął Aragorn. – Dobrze gryzą hobbici. Masz wspaniałą broń, Frodo, synu Droga.

Coś ciężkiego huknęło o drzwi raz, i drugi i trzeci. Tarany i młoty waliły w nie z rozmachem. Drzwi trzasnęły, zachwiały się, otworzyła się w nich szeroka szpara. Byknęły strzały, ale odbiły się od północnej ściany i nie czyniąc nikomu, szkody spadły na ziemię. Róg zagrał, orkowie jeden za drugim z tupotem wskakiwali do sali. Ilu ich było, nikt spośród drużyny nie liczył. Natarli jak burza, ale nie spodziewali się tak zaciętego oporu. Legolas z łuku przestrzelił niejedną gardziel. Gimli toporem odrąbał nogi orkowi, który skoczył na grób Balina. Boromir i Aragorn położyli wielu. Gdy padł trzynasty, reszta umknęła z wrzaskiem; obrońcy nie ponieśli strat, tylko Sam miał draśniętą czaszkę. Uratował życie, dając nura ku ziemi; Sam zresztą także zabił jednego z napastników, dźgnąwszy go potężnie sztyletem zabranym spod Kurhanu. Piwne oczy Sama płonęły takim ogniem, że gdyby go w tej chwili zobaczył Ted Sandyman, pewnie by się cofnął z respektem.

– Teraz! – krzyknął Gandalf. – W nogi, zanim troll powróci!

Nie zdążyli jednak uciec daleko, Pippin i Merry nie dobrnęli jeszcze do schodów, kiedy już ogromny przywódca orków, wzrostem dorównujący niemal ludziom, od stóp do głów zakuty w czarną zbroję, wpadł do sali. Za nim cisnęli się w drzwi jego podkomendni. Miał smagłą, szeroką, płaską gębę, ślepia jak dwa węgle, jęzor czerwony. Wymachiwał długą dzidą. Wielką, obitą skórą tarczą odepchnął miecz Boromira, rzucił się na wojownika i obalił go. Błyskawicznie jak żmija, kiedy atakuje, uchylił się od ciosu Aragorna i natarł na Drużynę, godząc dzidą prosto we Froda. Frodo, trafiony w prawy bok, pchnięty pod ścianę, oparł się o nią jak przygwożdżony. Sam z krzykiem ciął drzewce dzidy; złamało się od ciosu.

Lecz w momencie, gdy ork, odrzucając ułamek drzewca, dobył krzywej szabli – na głowę jego runął Andúril. Hełm rozbłysnął jak płomień i pękł na dwoje. Ork zwalił się z rozpłataną czaszką. Jego podkomendni z wyciem rzucili się do ucieczki, kiedy Boromir i Aragorn na nich natarli.

Dum, dum – odezwały się w podziemiach bębny. Znowu zagrzmiał potężny głos.

– Teraz! – krzyknął Gandalf. – Ostatnia szansa! W nogi!

Aragorn uniósł w ramionach Froda, który leżał pod ścianą, i ruszył w stronę schodów, popychając przed sobą Merry'ego i Pippina. Inni biegli za nim, ale Gimlego musiał Legolas odciągnąć przemocą, bo nie pomnąc na niebezpieczeństwo, krasnolud klęczał z pochylonym czołem przy grobie Balina. Boromir zamknął wschodnie drzwi, które zgrzytnęły w zawiasach; po obu stronach opatrzone były ogromnymi żelaznymi pierścieniami, lecz nie miały zamka ani zasuwy.

– Nic mi nie jest – szepnął Frodo. – Mogę iść sam. Puść mnie!

Aragorn ze zdumienia omal go nie upuścił na ziemię.

– Myślałem, że nie żyjesz! – krzyknął.

– Jeszcze nie! – rzekł Gandalf. – Ale nie czas teraz na podziwianie tego cudu. Naprzód, wszyscy schodami w dół! Potem chwilę zaczekajcie na mnie, a jeślibym się nie zjawiał zbyt długo, idźcie dalej sami. Spieszcie się i wybierajcie drogę wciąż w prawo i w dół.

– Nie możemy cię zostawić, żebyś w pojedynkę bronił drzwi – powiedział Aragorn.

– Róbcie, jak kazałem! – fuknął Gandalf. – Miecze już się na nic nie zdadzą. Ruszajcie!

W korytarzu nie było żadnego świetlika i zalegały nieprzeniknione ciemności. Omackiem zstępowali dość długo po schodach, wreszcie przystanęli, by się obejrzeć. Nie widzieli nic, prócz nikłego światełka różdżki, błyskającej gdzieś wysoko w górze. Czarodziej czuwał widać wciąż bez ruchu pod zamkniętymi drzwiami. Frodo, ciężko dysząc, wspierał się na ramieniu Sama, który go obejmował wpół. Stali u stóp schodów, wbijając oczy w mrok rozpostarty nad ich głowami. Frodowi zdawało się, że słyszy głos Gandalfa, pomruk odbijający się echem niby westchnienie od skośnego stropu. Słów jednak nie mógł rozróżnić. Ściany jak gdyby dygotały lekko. Co chwila odzywały się bębny i grzmotem przetaczało się: dum... dum...

Nagle u szczytu schodów wystrzeliła biała błyskawica. Potem rozległo się głuche dudnienie i ciężki łomot. Głos bębnów buchnął wściekle: dum – bum, dum – bum – i urwał się znienacka. Z góry pędem zbiegł Gandalf i padł między towarzyszy na ziemię.

– No! Skończone! – powiedział, wstając z wysiłkiem. – Zrobiłem wszystko, co było w mojej mocy. Ale trafiłem na równego sobie przeciwnika i omal nie zginąłem. Nie stójmy tutaj! Naprzód! Na razie musicie się obejść bez światła, jestem trochę oszołomiony. Naprzód! Naprzód! Gimli, gdzie jesteś? Pójdziesz na czele razem ze mną. A wy wszyscy trzymajcie się tuż za nami.

Brnęli za Czarodziejem, próżno łamiąc sobie głowy, co się tam na górze naprawdę stało. Dum... dum... – grały znowu bębny; ich dźwięk dochodził teraz stłumiony, odległy, ale wciąż biegł śladem uciekających. Innych sygnałów pościgu, tupotu nóg czy głosów, nie było słychać. Gandalf nie skręcał ani w lewo, ani w prawo, bo korytarz, jak się zdawało, prowadził wprost w kierunku, który sobie wytknęli. Od czasu do czasu schodami, po kilkudziesięciu stopniach, zbiegał na niższy poziom. Stanowiło to tymczasem największe niebezpieczeństwo marszu, bo nie widząc nic w ciemnościach, tracili nagle ziemię pod nogami. Gandalf jak ślepiec macał przed sobą drogę różdżką.

W ciągu godziny uszli w ten sposób milę czy może nieco więcej i mieli za sobą wiele pięter. Wciąż jeszcze nie słychać było pogoni. Zaczynała im już świtać odrobina nadziei. U stóp siódmych schodów Gandalf przystanął.

– Robi się gorąco! – szepnął. – Jesteśmy chyba teraz na poziomie bramy. Myślę, że wkrótce trzeba będzie poszukać drogi w lewo, ku wschodowi. Spodziewam się, że to już niedaleko. Bardzo się czuję znużony. Muszę chwilę wytchnąć, choćby wszyscy orkowie, jakich ziemia spłodziła, deptali nam po piętach.

Gimli ujął Czarodzieja pod ramię i pomógł mu usadowić się na stopniu schodów.

– Co tam się stało pod drzwiami? – spytał. – Czy spotkałeś się z kapelmistrzem tej orkiestry?

– Nie wiem – odparł Gandalf. – Stanąłem twarzą w twarz z czymś, czego w życiu jeszcze nie spotkałem. Nie przychodziła mi na myśl żadna inna rada, więc próbowałem zakląć drzwi, żeby się nie otwarły. Znam wiele czarodziejskich formuł. Ale trzeba pewnego czasu, by czar się utrwalił, zresztą nawet wtedy można roztrzaskać drzwi siłą.

Stałem tam i słyszałem głosy orków po drugiej stronie. W pewnym momencie zdało mi się, że już wysadzają drzwi. Nie mogłem zrozumieć, co mówili w swoim okropnym języku. Ułowiłem wszakże jedno słowo: *ghâsh* – to znaczy ogień. Wtem coś weszło do sali, wyczułem to przez drzwi, a nawet orkowie struchleli ze strachu i umilkli. To coś chwyciło za żelazny pierścień i wówczas spostrzegło moją obecność i zrozumiało, że to mój czar trzyma drzwi.

Nie mam pojęcia, co to było, ale nigdy jeszcze nie rzucono mi równie groźnego wyzwania. Mojemu zaklęciu przeciwstawiło się inne ze straszliwą mocą. Omal mnie nie złamało. Była sekunda, gdy drzwi, buntując się przeciw mej władzy, zaczęły się uchylać. Musiałem wymówić słowo Rozkazu. Drzwi nie wytrzymały okropnego napięcia, pękły, rozpadły się na kawałki. Jakby czarna chmura przesłoniła mi oświetloną salę i odrzuciła mnie aż do stóp schodów. Runęła cała ściana i strop sali, jak się zdaje.

Obawiam się, że Balin został głęboko zagrzebany pod gruzami, a z nim razem coś jeszcze. Nie wiem nic pewnego. W każdym razie przejście za nami jest zawalone. Nigdy jeszcze nie czułem się tak doszczętnie wyczerpany, ale to już mija. Teraz kolej na ciebie, Frodo! Jak się miewasz? Nie pamiętam, żebym się kiedykolwiek w życiu tak ucieszył, jak w chwili, kiedy przemówiłeś. Obawiałem się, że Aragorn dźwiga mężnego, lecz nieżywego hobbita!

– Jak się miewam? – rzekł Frodo. – Jestem żywy i cały, zdaje się. Trochę potłuczony tylko i obolały, ale nie za bardzo.

– Ano – odezwał się Aragorn – muszę przyznać, że nie spotkałem istot ulepionych z tak twardej gliny jak hobbici. Gdybym o tym wcześniej wiedział, ostrożniej bym do was podchodził w gospodzie „Pod Rozbrykanym Kucykiem". Takie pchnięcie dzidy przebiłoby nawet odyńca na wylot.

– A mnie jakoś nie przebiło, co sobię bardzo chwalę – odparł Frodo – chociaż czuję się trochę tak, jakby mnie młotem przyklepano do kowadła.

Nic ponadto nie chciał mówić. Każdy oddech sprawiał mu ból.

– Masz to po wuju – rzekł Gandalf. – W obu was tkwi coś więcej, niż się na pozór wydaje, dawno to zauważyłem.

Frodo nie był pewien, czy i w tych słowach nie tkwiło coś więcej, niżby się mogło na pozór zdawać.

Ruszyli znowu. Po chwili Gimli, który nawet w ciemnościach widział dobrze, powiedział:

– Jakieś światło chyba jest przed nami. Ale nie światło dnia. Czerwone. Co to może być?

– *Ghâsh!* – mruknął Gandalf. – Czy nie to właśnie mieli tamci na myśli? Ogień na dolnych poziomach! Nie ma wyboru, musimy iść naprzód.

Wkrótce nikt już nie miał wątpliwości, wszyscy dostrzegali światło. Migotało i rzucało odblask na ściany korytarza ciągnącego się przed nimi. Teraz widzieli już drogę, którą mieli przebyć. Korytarz opadał stromo, nieco dalej zarysowywał się niski łuk sklepienia, a spod niego dobywała się łuna. Powietrze niemal parzyło.

Kiedy zbliżyli się do sklepienia, Gandalf wsunął się w otwarte pod nim przejście, dając towarzyszom znak, by czekali. Widzieli z daleka czerwony odblask, który padał na jego twarz. Czarodziej cofnął się szybko.

– Jakaś nowa sztuczka diabelska – powiedział – przygotowana na nasze powitanie, oczywiście. Ale teraz wiem, gdzie jesteśmy: przy pierwszym szybie, o jeden poziom niżej od Bramy. To Druga Sala Morii, Brama już blisko, o jakieś ćwierć mili w lewo za zakrętem na wschód. Przejdziemy mostem, szerokimi schodami pod górę, wygodną dróżką przez Pierwszą Salę – i wyjdziemy z Morii! Ale spójrzcie!

Zajrzeli pod sklepienie. Przed nimi ciągnęła się nowa, wykuta w skałach hala, wyższa i dłuższa od tej, w której poprzednio odpoczywali. Znajdowali się u wejścia do jej wschodniego końca; zachodni ginął w ciemnościach. Przez środek biegł podwójny szereg olbrzymich filarów. Wyciosano je na kształt pni potężnych drzew, których kamienne konary podpierały strop, rozgałęziając się w wypukły wzór. Na gładkiej czarnej powierzchni tych pni lśnił ciemnoczerwony odblask. W podłodze tuż u stóp dwóch wspaniałych filarów ziała szeroka szczelina. Biło z niej jaskrawe czerwone światło, a chwilami płomienie lizały jej krawędzie i pięły się na cokoły filarów. Smugi czarnego dymu snuły się w rozprażonym powietrzu.

– Gdybyśmy tu doszli główną drogą przez górne sale, znaleźlibyśmy się w pułapce – rzekł Gandalf. – Miejmy nadzieję, że teraz ogień odgradza nas od pogoni. Chodźcie! Nie ma czasu do stracenia.

Jeszcze nie skończył mówić, gdy znów rozbrzmiał nieprzyjacielski sygnał: dum... dum... dum.. Gdzieś z głębi mroków, z zachodniego końca sali buchnęły wrzaski, zagrały rogi. Dum... dum... Zdawało się, że filary drżą, a płomienie trzepoczą.

– Prędzej, to ostatni etap wyścigu! Jeżeli słońce jeszcze nie zaszło na świecie, możemy ujść cało. Za mną!

Skręcił w lewo i pędem puścił się przez gładką podłogę sali. Odległość była większa, niż się z daleka wydawało. Biegli ścigani głosem bębnów i tupotem mnóstwa nóg. Usłyszeli przeraźliwy okrzyk: a więc ich dostrzeżono! Szczęknęła stal. Strzała świsnęła Frodowi nad głową.

Boromir roześmiał się.

– Tego się nie spodziewali! – rzekł. – Ogień odciął im drogę. Zeszliśmy od nieprzewidzianej strony.

– Uwaga! – krzyknął Gandalf. – Most przed nami. Jest niebezpieczny i wąski.

Nagle Frodo zobaczył u swych stóp ziejącą otchłań. U krańca sali podłoga urywała się nad niezgłębioną przepaścią. Jedyną drogę do zewnętrznych drzwi stanowił smukły kamienny most, bez krawężników i poręczy; wygięty łuk, spinający dwa brzegi czeluści, mierzył około pięćdziesięciu stóp. W ten sposób przed wiekami krasnoludowie zabezpieczyli swoją siedzibę od nieprzyjaciół, którzy by wdarli się od Pierwszej Sali i zewnętrznych korytarzy. Tu można było iść tylko pojedynczą kolumną. Na skraju mostu Gandalf zatrzymał się, drużyna skupiła się za jego plecami.

– Prowadź, Gimli – rzekł Czarodziej. – Następni pójdą Pippin i Merry. Prosto naprzód, po schodach ku drzwiom.

Kilka strzał padło między stłoczoną drużyną. Jedna trafiła Froda, ale odbiła się, nie czyniąc mu szkody. Inna utkwiła w kapeluszu Gandalfa niby czarne pióro. Frodo obejrzał się: za szczeliną buchającą ogniem czerniał rój postaci, setki orków. Wymachiwali dzidami i krzywymi szablami, które błyszczały krwawo w łunie pożaru. Dum... dum... grały bębny, a głos ich potężniał z każdą sekundą.

Legolas naciągnął cięciwę, chociaż odległość była wielka, a jego łuk mały. Wymierzył, lecz ręce mu opadły, strzała wyśliznęła się na ziemię. Okrzyk rozpaczy i trwogi wyrwał mu się z piersi. Dwa trolle wysunęły się, dźwigając olbrzymie kamienne płyty, żeby przerzucić je niby kładkę nad ogniem. Lecz nie trolle przeraziły elfa. Za nimi nadchodził ktoś inny. Nie było go jeszcze widać, majaczyła tylko pośród ogromnego cienia czarna sylwetka z kształtu podobna do ludzkiej, lecz większa; siła i groza tchnęły z tego stwora i wyprzedzały go, gdziekolwiek szedł.

Zatrzymał się nad skrajem ognistej czeluści i zaraz łuna przygasła, jakby ją chmura otuliła. Potem zebrał się i skoczył nad szczeliną. Płomienie strzeliły ku górze jakby na powitanie i oplotły go wieńcem. Czarny dym zawirował w powietrzu. Rozwiana grzywa potwora tliła się, sypiąc iskrami. W prawym ręku miał sztylet wąski i ostry jak płomienny jęzor. W lewym dzierżył bicz wielorzemienny.

– Aaa! – jęknął Legolas. – Balrog! Balrog idzie!

Gimlemu oczy omal nie wyszły z orbit.

– Zguba Durina! – krzyknął i wypuszczając z garści topór, ukrył twarz w dłoniach.

– Balrog! – mruknął Gandalf. – Teraz wszystko rozumiem. – Zachwiał się i ciężko oparł na różdżce. – Biada nam! A taki już jestem zmęczony!

Czarna postać w ognistej łunie pędziła ku nim. Orkowie wśród wrzasków przerzucali kamienne mosty przez szczelinę. Wtem Boromir podniósł swój róg do ust i zagrał. Rycerskie wyzwanie zadźwięczało donośnie i niby krzyk dobyty z wielu piersi wzbiło się pod strop pieczary. Na mgnienie oka orkowie cofnęli się, a płomienny cień przystanął. Lecz echo rogu zmilkło nagle jak ogień zdmuchnięty potężną wichurą i wróg znów ruszył naprzód.

– Za most! – krzyknął Gandalf, odzyskując energię. – Uciekajcie! Z tym przeciwnikiem żaden z was nie może się mierzyć. Ja sam zagrodzę wąską drogę. Uciekajcie!

Aragorn i Boromir, jakby nie słyszeli rozkazu Czarodzieja, trwali ramię przy ramieniu tuż za Gandalfem u drugiego końca mostu. Inni, już w drzwiach, zawrócili, nie mogąc się zgodzić, by ich przywódca samotnie stawiał czoło nieprzyjacielowi.

Balrog już dosięgnął mostu. Gandalf stał teraz pośrodku wypukłego przęsła, lewą ręką wsparty na różdżce, w prawej wznosząc miecz. Glamdring lśnił zimnym, białym światłem. Napastnik raz jeszcze przystanął twarzą w twarz z Czarodziejem. Cień rozpostarł się nad nim na kształt dwóch ogromnych skrzydeł. Potwór wzniósł bicz, rzemienie świsnęły i zachrzęściły. Z nozdrzy Balroga buchnął ogień. Ale Gandalf nie drgnął nawet.

– Nie przejdziesz – powiedział. Orkowie zastygli bez ruchu, zapadła głucha cisza. – Jam jest sługa Tajemnego Ognia, władam płomieniem Anoru. Nie przejdziesz. Czarny ogień na nic ci się nie przyda, płomieniu z Udûnu. Wracaj w cień! Nie przejdziesz!

Balrog nie odpowiedział. Ogień jego jak gdyby przygasł, lecz ciemności dokoła jeszcze zgęstniały. Z wolna wstąpił na most i nagle wyrósł na olbrzyma, a rozpostarte skrzydła wypełniły przestrzeń od ściany do ściany. Lecz Gandalf stał wciąż, lśniąc w mroku. Zdawał się mały i bardzo samotny, siwy, zgarbiony, jak zwiędłe drzewo przygięte pierwszym podmuchem burzy.

Z ciemności wybłysnęło płomienne czerwone ostrze.

Glamdring zaświecił jasno w odpowiedzi.

Szczęknęła stal, mignęła biała błyskawica. Balrog padł na wznak, jego ognisty sztylet rozprysnął się w kawałki. Czarodziej chwiał się pośrodku przęsła. Zrobił krok wstecz i znowu stanął pewnie.

– Nie przejdziesz! – powtórzył.

Jednym susem Balrog zerwał się i wskoczył na most. Bicz ze świstem zawirował w powietrzu.

– Nie, on nie będzie walczył tak sam jeden! – krzyknął niespodzianie Aragorn i wbiegł na most od drugiego końca. – Elendil! – zawołał. – Jestem z tobą, Gandalfie!

– Gondor! – huknął Boromir i rzucił się w ślad za Aragornem.

W tym momencie Gandalf podniósł różdżkę i z głośnym okrzykiem smagnął nią most przed sobą. Różdżka pękła i wypadła mu z dłoni. Oślepiający biały płomień buchnął w powietrze. Most zatrzeszczał i tuż u stóp Balroga załamał się nagle. Kamień, na którym potwór opierał nogę, stoczył się w przepaść, druga połowa mostu została, lecz zawisła niby wysunięty język skały nad próżnią.

Z okropnym wrzaskiem Balrog runął głową naprzód, a za nim zapadł się jego cień. Lecz w ostatniej sekundzie potwór machnął biczem; rzemienie owinęły się wokół nóg Czarodzieja, ściągając go na krawędź czeluści. Gandalf zakołysał się i runął także; usiłował chwytać się kamieni, lecz daremnie; osuwał się w otchłań. – Uciekajcie, szaleńcy! – krzyknął jeszcze i zniknął.

Ognie pogasły, zaległy nieprzeniknione ciemności. Drużyna, jakby w skałę wrosła ze zgrozy, stała wpatrzona w ziejącą czeluść. Ledwie Aragorn i Boromir zdążyli zbiec z mostu, resztka przęsła runęła z trzaskiem. Krzyk Aragorna zbudził drużynę z osłupienia.

– W drogę! Teraz ja poprowadzę! – zawołał. – Musimy spełnić jego ostatni rozkaz. Za mną!

Rzucili się ku schodom, które zaraz za drzwiami sali pięły się w górę. Aragorn na czele, Boromir na końcu kolumny. U szczytu schodów ujrzeli szeroki, dudniący echem korytarz. Tędy pobiegli dalej. Frodo słyszał tuż obok szloch Sama i nagle uświadomił sobie, że także płacze. Dum... dum... dum... grzmiały bębny, lecz teraz powolnym, żałobnym rytmem. Dum...

Biegli bez tchu. Korytarz rozjaśniał się, wykute w stropie kominy doprowadzały tu z góry światło. Przyspieszyli jeszcze kroku. Znaleźli się w sali pełnej blasku dnia, błyszczącego na wschodzie. Minęli ją pędem, wypadli przez ogromne wyłamane drzwi i nagle ukazała im się Wielka Brama, otwarty wylot ku jaskrawemu światłu.

W cieniu wielkich słupów po obu stronach bramy czaili się orkowie strażujący u wyjścia. Brama była jednak rozbita, oba skrzydła leżały strzaskane na ziemi. Aragorn powalił dowódcę, który mu zastąpił drogę, inni wartownicy rozpierzchli się w panice. Cała drużyna, na nic nie zważając, minęła straże. Za bramą wielkimi susami zbiegli po ogromnych, zniszczonych zębem czasu schodach, które stanowiły próg Morii.

W ten sposób znaleźli się znów pod jasnym niebem, którego nie spodziewali się już ujrzeć, i poczuli oddech wiatru na twarzach.

Nie zatrzymali się, póki nie oddalili się tak od ścian Morii, że już nie mogły ich dosięgnąć strzały. Otaczała ich Dolina Półmroku. Leżał na niej cień Gór Mglistych, lecz od wschodu złociło ją światło. Była ledwie pierwsza po południu. Słońce świeciło, górą po niebie płynęły białe obłoki.

Spojrzeli za siebie: w cieniu gór czerniał wylot bramy. Spod ziemi dobiegał odległy, stłumiony warkot bębnów: dum... Cienką smugą sączył się czarny dym. Poza tym nie było widać nikogo i nic, dolina zdawała się pusta. Dum... Teraz dopiero mogli poddać się rozpaczy i płakali wszyscy długo: jedni wyprostowani i milczący, inni przypadłszy twarzą do ziemi. Dum... dum... Bębny ucichły.

# Rozdział 6

## *Lothlórien*

– Niestety, nie możemy tu się dłużej zatrzymać – rzekł Aragorn. – Popatrzył w stronę gór i zasalutował mieczem. – Żegnaj, Gandalfie! – zawołał. – Czyż ci nie powiedziałem: „Jeżeli przestąpisz próg Morii, strzeż się!". Niestety! Sprawdziły się moje słowa. Jakaż nam bez ciebie zostaje nadzieja? – Odwrócił się do Drużyny. – Musimy się obejść bez nadziei. Może będziemy kiedyś pomszczeni. A teraz uzbrójmy się w męstwo i otrzyjmy łzy. Chodźcie! Przed nami daleka droga i wiele trudów.

Rozejrzeli się wokoło. Ku północy dolina między dwoma ramionami gór zwężała się w mroczny wąwóz, a nad nim sterczały trzy białe szczyty: Celebdil, Fanuidhol i Caradhras – łańcuch Morii. U wylotu wąwozu potok wił się niby biała wstążka, po niezliczonych, choć niskich progach spadając w dół, a mgła piany wzbijała się u podnóży gór.

– To Schody Półmroku – rzekł Aragorn, pokazując progi skalne. – Tędy, ścieżką, która prowadzi dnem jaru wzdłuż potoku, doszlibyśmy tutaj, gdyby los okazał się dla nas łaskawszy.

– Gdyby Caradhras był mniej okrutny – powiedział Gimli. – Patrzcie, teraz uśmiecha się w słońcu! – I pięścią pogroził ostatniemu z trzech okrytych śnieżną czapą wierchów, nim się od nich odwrócił.

Na wschód wyciągnięte ramię gór urywało się nagle, a dalej majaczyła rozległa równina. Na południu jak okiem sięgnąć Góry Mgliste ciągnęły się w dal. W odległości niespełna mili i nieco poniżej miejsca, na którym stali wędrowcy, bo zatrzymali się dość wysoko na zachodnim stoku doliny, błyszczał staw. Wydłużony, owalny, wyglądał jak wielkie ostrze włóczni wbite w głąb północnego wąwozu, tylko jego południowy skraj wymykał się z cienia gór pod słoneczne niebo. Woda jednak była ciemna, szafirowa jak firmament oglądany w pogodną noc z oświetlonej lampą izby. Spokojnej powierzchni nie mąciły zmarszczki fal. Zewsząd otaczała staw łąka, łagodnie zbiegając ku nagim, równym brzegom.

– Oto Jezioro Zwierciadlane, głębia Kheled-zâram! – rzekł Gimli ze smutkiem. – Pamiętam jego słowa: „Obyś nacieszył oczy tym widokiem, ale my nie będziemy mogli dłużej się tam zatrzymać". A teraz wiem, że daleko trzeba mi wędrować, nim się czymkolwiek ucieszę. I to ja muszę stąd spiesznie odejść, on zaś musi zostać!

Drużyna zaczęła schodzić drogą spod bramy. Droga, uciążliwa i wyboista, wkrótce zwęziła się i zmieniła w krętą ścieżynę wśród wrzosów i kęp janowca, wyrastających między spękanymi głazami. Lecz i teraz każdy by poznał, że ongi był to wspaniały bity gościniec, prowadzący z nizin w górę, do królestwa krasnoludów. Tu i ówdzie spotykali przy ścieżce ruiny kamiennych budowli, a na zielonych kopcach rosły wysmukłe brzozy lub sosny, wzdychające na wietrze. Ostry zakręt w lewo zbliżył ich tuż do łąki nad jeziorem; wznosił się w tym miejscu nieopodal ścieżki samotny głaz o ściętym płasko wierzchołku.

– Kamień Durina! – krzyknął Gimli. – Nie mogę stąd odejść, póki chociaż przez chwilę nie popatrzę na cuda tej doliny.

– Dobrze, lecz pospiesz się – odparł Aragorn, oglądając się na bramę. – Słońce teraz wcześnie zachodzi, orkowie zapewne nie wychyną spod ziemi przed zmrokiem, musimy jednak znaleźć się daleko stąd, nim ciemności zapadną. Księżyc dziś będzie mały, noc czeka nas czarna.

– Chodź ze mną, Frodo! – zawołał krasnolud, zeskakując w bok od drogi. – Nie pozwolę ci minąć Kheled-zâram bez jednego bodaj spojrzenia w jego zwierciadło.

Pobiegł zielonym stokiem w dół, a Frodo trochę wolniej ruszył za nim, bo ciągnęła go, mimo ran i zmęczenia, ta cicha błękitna woda. Sam szedł śladem swego pana.

Pod samotnym głazem Gimli przystanął, zadzierając głowę. Kamień był spękany i zniszczony od wichrów i deszczów, a runy na jego powierzchni zatarte tak, że nie dało się ich odczytać.

– Z tego miejsca Durin po raz pierwszy spojrzał w głąb stawu – rzekł krasnolud. – Zajrzyjmy w nią i my choć ten jeden jedyny raz, skoro musimy odejść.

Nachylili się nad ciemną wodą. Zrazu nie zobaczyli nic, potem z wolna ukazały im się sylwety gór odbite w szafirowej głębinie, ze szczytami niby pióropusze białych płomieni. Dalej rozciągała się przestrzeń niebios. Jak zatopione klejnoty skrzyły się w toni jasne gwiazdy, chociaż nad doliną świeciło jeszcze słońce. Nie dostrzegli tylko cienia własnych schylonych postaci.

– O, Kheled-zâram, piękne, cudowne Zwierciadło! – westchnął Gimli. – Ty przechowujesz koronę Durina, póki król się nie zbudzi znowu! Żegnaj! – Skłonił się, odwrócił i spiesznie ruszył z powrotem zielonym stokiem ku drodze.

– Coście tam widzieli? – spytał Pippin Sama, lecz Sam, zatopiony w myślach, nic nie odpowiedział.

Ścieżka teraz skręcała na południe i opadała stromo, wymykając się spomiędzy ścian doliny. Nieco poniżej jeziora napotkali głębokie źródło, czyste jak kryształ, z którego przez kamienną cembrowinę przelewała się migotliwie struga i z pluskiem spływała w dół dnem skalistej rozpadliny.

– Stąd bierze początek Srebrna Żyła – powiedział Gimli. – Nie pijcie tej wody, jest zimna jak lód.

– Trochę dalej struga zmienia się już w bystrą rzekę i zbiera dopływy z wielu innych górskich potoków – rzekł Aragorn. – Będziemy szli jej brzegiem jeszcze przez kilka mil. Poprowadzę was bowiem drogą wybraną przez Gandalfa i mam nadzieję, że wkrótce dojdziemy na skraj lasów – są tam, przed nami! – w których Srebrna Żyła wpada do Wielkiej Rzeki.

Spojrzeli w kierunku, który im Aragorn wskazywał, i zobaczyli, że strumień w podskokach zbiega na dno doliny, a potem dalej ku nizinom i ginie w złocistej mgle.

– Tam też leżą lasy Lothlórien! – zawołał Legolas. – Najpiękniejsza z krain mojego plemienia! Nie masz w świecie całym drzew cudniejszych niż drzewa tych lasów. Albowiem jesienią liście z nich nie opadają, lecz powlekają się złotem. Dopiero z wiosną, gdy nabrzmiewają nowe pąki, stare liście lecą z gałęzi, na których rozkwitają tysiące żółtych kwiatów. Złota jest ziemia w lesie, złoty strop, a filary srebrne, bo pnie okrywa gładka, jasnoszara korona. Po dziś dzień śpiewamy o tym pieśni w Mrocznej Puszczy. Radowałoby się we mnie serce, gdybym mógł stanąć na progu tych lasów wiosną.

– Moje serce będzie im rade nawet jesienią – rzekł Aragorn. – Ale dzieli nas od nich jeszcze wiele mil. W drogę!

Czas jakiś Frodo i Sam nadążali za innymi, lecz Aragorn prowadził w takim tempie, że wkrótce odstali. Od świtu nic nie jedli. Cięcie na czaszce Sama piekło jak ogień, w głowie czuł dziwne odurzenie. Mimo że słońce grzało, wiatr przejmował chłodem po długim pobycie w gorących mrokach Morii. Hobbitem trzęsły dreszcze. Frodo, z każdym krokiem bardziej zbolały, z trudem chwytał dech w piersi.

Wreszcie Legolas obejrzał się, a zobaczywszy ich daleko w tyle pochodu, szepnął coś Aragornowi. Wszyscy się zatrzymali, Aragorn zaś podbiegł do dwóch maruderów, przywołując Boromira.

– Wybacz mi, Frodo! – krzyknął, bardzo przejęty. – Tyle się dzisiaj wydarzyło i tak ważny wydaje się pośpiech, że zapomniałem o twojej ranie i o ranie Sama. Czemużeście nic nie mówili? Nie opatrzyliśmy was, a należało to zrobić, choćby wszyscy orkowie z Morii nas gonili. Dalej! Jeszcze kilka kroków, a dojdziemy do miejsca, gdzie będzie można spocząć trochę. Wtedy postaram się wam dopomóc, na ile będę potrafił. Chodź no tu, Boromirze. Zaniesiemy ich.

Wkrótce stanęli nad drugim z kolei strumieniem, który spływał z zachodnich stoków i łączył swoje sperlone wody z bystrym nurtem Srebrnej Żyły. Oba potoki razem już spadały, pieniąc się, z omszałego kamiennego progu w kotlinkę; rosły na jej skraju jodły, niskie i krzywe, a na stokach paprocie i gęstwa borówek. Dno kotlinki stanowiło płaską polankę, którą potok przecinał, pluszcząc wśród lśniących drobnych kamieni. Tu drużyna zatrzymała się na popas. Była trzecia po południu, a zaledwie o kilka mil oddalili się od Bramy. Słońce już przechyliło się ku zachodowi.

Podczas gdy Gimli i dwaj młodzi hobbici rozniecali ogień z chrustu oraz jodłowych gałęzi i czerpali wodę, Aragorn opatrzył Sama i Froda. Rana Sama nie była głęboka, lecz jątrzyła się brzydko, toteż Aragorn badał ją z zatroskaną twarzą. Rozjaśnił się jednak zaraz.

– Masz szczęście, Samie – rzekł. – Niejeden zapłacił wyższą cenę za zabicie pierwszego w swym życiu orka. W twojej ranie nie ma trucizny, którą często bywają nasycone szable orków. Po moim opatrunku zgoi się bez śladu. Przemyjemy ją, niech tylko Gimli zagrzeje wodę. – Otworzył swą sakwę i wyjął z niej kilka zeschniętych liści. – Są suche i utraciły część swej mocy – rzekł – ale mam tu jeszcze trochę liści *athelas*, które zebrałem koło Wichrowego Czuba. Rozkrusz jeden i wrzuć go do wody, a potem przemyj ranę, a ja ci ją przewiążę. A teraz na ciebie kolej, Frodo!

– Nic mi nie jest – powiedział Frodo, nie miał bowiem ochoty zdradzać, co nosi pod kurtką. – Potrzeba mi tylko odrobiny jedzenia i odpoczynku.

– Nie! – rzekł Aragorn. – Musimy przekonać się, w jakim stanie wyszedłeś spomiędzy młota a kowadła. Nadziwić się nie mogę, że w ogóle żyjesz.

Delikatnie ściągnął z Froda starą kurtkę, a potem zniszczoną bluzę i aż krzyknął ze zdumienia. W końcu wybuchnął śmiechem. Srebrna kolczuga lśniła jak słońce na migotliwym morzu. Aragorn zdjął ją z hobbita ostrożnie i podniósł do góry, a wówczas drogie kamienie błysnęły niby gwiazdy, poruszone zaś pierścienie zaszemrały jak krople deszczu padające w jezioro.

– Spójrzcie, przyjaciele! – zawołał. – Oto piękna hobbicka skóra, godna księcia elfów! Gdyby świat wiedział, że taką powłokę cielesną noszą na sobie hobbici, wszyscy myśliwcy Śródziemia zbiegliby się do Shire'u!

– Ale strzały wszystkich myśliwców świata nic by nie wskórały – odparł Gimli, z zachwytem oglądając zbroję. – Kolczuga z *mithrilu! Mithril!* Nic równie pięknego w życiu nie widziałem. Czy to o tej zbroi Gandalf mówił? Jeśli tak, to nie docenił jej należycie. No, ale dostała się godnemu!

– Nieraz się zastanawiałem, jakie to sekrety mieliście z Bilbem, że się zamykaliście w jego pokoiku – rzekł Merry. – Zacny stary hobbit! Kocham go za ten dar tym serdeczniej. Mam nadzieję, że będziemy mogli kiedyś opowiedzieć mu tę historię.

Na prawym boku i na piersi Froda czerniał ogromny siniec. Kolczuga była wprawdzie podszyta miękką skórą, lecz w jednym miejscu pierścienie przedarły ją i wbiły się w ciało. Lewy bok również miał Frodo podrapany i stłuczony od gwałtownego uderzenia o mur. Podczas gdy część drużyny gotowała strawę, Aragorn przemył rany wodą, w której zaparzył liście *athelas*. Ostry aromat wypełnił kotlinkę, a ci, co się nachylili nad parującym kociołkiem, od razu poczuli się rzeźwiejsi i pokrzepieni.

Froda ból po chwili opuścił i hobbit mógł teraz oddychać bez trudu. Przez kilka dni jednak był jeszcze odrętwiały i odczuwał boleśnie najlżejsze nawet dotknięcie. Aragorn owinął mu boki miękkim bandażem.

– Kolczuga jest lekka jak piórko – rzekł. – Włóż ją z powrotem, jeżeli cię zbyt nie uraża. Spokojniejszy jestem o ciebie, skoro masz taką zbroję, nie zdejmuj jej nawet do snu, chyba że los zaprowadzi nas w jakieś naprawdę bezpieczne miejsce. Ale to rzadko będzie się nam zdarzało podczas tej wyprawy.

Posiliwszy się, drużyna zaczęła zbierać się do dalszego marszu. Zgasili ognisko i zatarli po nim ślady. Potem wspięli się na skraj kotliny i znów znaleźli się na drodze. Nie uszli daleko, a już słońce skryło się za górami na zachodzie i wielkie cienie spełzły ze stoków. Brodzili w mroku, z wszystkich zagłębień terenu podnosiły się opary. Gdzieś na wschodzie blade światło wieczoru jeszcze jaśniało nad przymgloną, odległą równiną i lasem. Sam i Frodo czuli się teraz zdrowsi i silniejsi, toteż dotrzymywali kroku towarzyszom; toteż Aragorn w ciągu trzech godzin ledwie raz zatrzymał drużynę na krótki odpoczynek.

Ściemniło się, zapadła głęboka noc. Na niebie błyszczało mnóstwo gwiazd, lecz księżyc wszedł wąskim sierpem, i to bardzo późno. Gimli i Frodo szli ostatni, stąpając cicho i nie rozmawiając, nasłuchując szelestów na drodze za sobą. Wreszcie Gimli przerwał milczenie.

– Nic nie słychać prócz wiatru – powiedział. – Albo mam uszy z drewna, albo nie ma goblinów w pobliżu. Miejmy nadzieję, że orkowie poprzestaną na wypędzeniu nas z Morii. Kto wie, może o to tylko im chodziło i nie mają do nas innych pretensji, może nie wiedzą o Pierścieniu. Co prawda orkowie zwykle ścigają przeciwników na równinie, jeśli mają do pomszczenia śmierć swego wodza.

Frodo nic nie odpowiedział. Spojrzał na Żądło, lecz ostrze było matowe. A jednak coś dosłyszał, przynajmniej tak mu się zdawało. Ledwie cienie zaległy dokoła i droga za ich plecami utonęła w mroku, doszedł go znów odgłos spiesznych, człapiących kroków. W tej chwili także je słyszał. Obejrzał się szybko. Na drodze za nimi błyszczały dwa punkciki... ale może mu się tylko wydało, bo zaraz przemknęły na bok i znikły.

– Co to takiego? – spytał krasnolud.

– Nie wiem – odparł Frodo. – Miałem wrażenie, że słyszę kroki i że widzę światełka, jak gdyby czyjeś oczy. Ciągle mi się tak wydaje od chwili wejścia do Morii.

Gimli zatrzymał się i przyłożył ucho do ziemi.

– Nie słyszę nic prócz nocnej mowy roślin i kamieni – rzekł. – Ale pospieszmy się: tamtych już nawet nie widać.

Zimny nocny powiew uderzył im w twarze od wylotu doliny. Przed nimi roztaczał się szeroko siwy cień, liście szumiały nieustannie, jak topole na wietrze.

– Lothlórien! – krzyknął Legolas. – Lothlórien! Dotarliśmy na skraj Złotego Lasu. Niestety, jest teraz zima.

W mroku nocy smukłe drzewa sklepiały korony jak strop nad drogą i strumieniem, który wpadał pod ich rozpostarte gałęzie. W nikłym świetle gwiazd pnie były szare, a drżące liście miały odcień ciemnego złota.

– Lothlórien! – rzekł Aragorn. – Jakże raduje uszy śpiew wiatru w gałęziach tych drzew! Nie uszliśmy wiele ponad pięć staj od bramy, lecz dalej iść dzisiaj nie sposób. Ufajmy, że czar elfów ustrzeże nas tej nocy od niebezpieczeństwa, które ciągnie się za nami.

– Jeżeli elfowie jeszcze tu mieszkają, mimo chmur nagromadzonych nad światem – powiedział Gimli.

– Dawno, dawno już nikt z mojego plemienia nie trafił z powrotem do tej krainy, z której wywędrowaliśmy przed wiekami – rzekł Legolas – lecz mieliśmy wieści, że Lórien nie zostało opuszczone, bo jest w nim tajemna moc, co nie dopuszcza zła w jego granice. Jednakże tutejszych mieszkańców rzadko się widuje, kto wie, czy nie przebywają w sercu lasów, z dala od północnego skraju.

– Prawda, przebywają głęboko w sercu lasów – potwierdził Aragorn, wzdychając, jakby wzruszony jakimś wspomnieniem. – Dzisiejszej nocy sami musimy sobie radzić. Wejdziemy w las tak, by nas zewsząd otoczyły drzewa, a potem zboczymy ze ścieżki i poszukamy miejsca sposobnego do odpoczynku.

Ruszył naprzód, lecz Boromir, wyraźnie wahając się, nie poszedł za nim.

– Czy nie ma innej drogi? – spytał.

– Czy można sobie wymarzyć piękniejszą? – odparł Aragorn.

– Dla mnie piękniejsze są zwykłe drogi, choćby przez las mieczy – rzekł Boromir. – Dziwne drogi, którymi dotychczas wędrowała Drużyna, nie przyniosły jej szczęścia. Mimo mego sprzeciwu poszliśmy przez ciemności Morii i ponieśliśmy okrutną stratę. Teraz powiadasz, że mamy iść przez Złoty Las. Ale my w Gondorze słyszeliśmy o tej niebezpiecznej krainie. Podobno niewielu z tych, co tu weszli, wychodzi znów na świat. A spośród tych nikt nie wyszedł bez skazy.

– Jeżeli zamiast „bez skazy" powiesz „nieodmieniony", będziesz miał może słuszność – odparł Aragorn. – Ale widać zmierzchła mądrość Gondoru, jeśli w stolicy ludzi ongi światłych dziś mówi się źle o Lothlórien. Wierz mi albo nie wierz, nie ma dla nas innej drogi, chyba że chciałbyś wrócić pod Bramę Morii albo przedrzeć się przez bezdroża gór, albo przepłynąć samotnie Wielką Rzekę.

– A więc prowadź – rzekł Boromir. – Lecz to jest niebezpieczna droga.

– Zaiste, niebezpieczna! – odparł Aragorn. – Niebezpieczna i cudowna, lecz bać się jej powinni tylko źli albo ci, którzy tu z sobą zło wnoszą. Za mną!

Zagłębili się na jakąś milę w las i zobaczyli trzeci potok, spływający z zadrzewionych wzgórz, które piętrzyły się ku zachodowi, w stronę gór. W ciemności słyszeli plusk wodospadu gdzieś na prawo od ścieżki. Ciemna, bystra woda przecinała im drogę i uchodziła do Srebrnej Żyły, rozlewając się między korzeniami drzew siecią ciemnych sadzawek.

— To Nimrodel — rzekł Legolas. — Ongi elfowie układali o tym strumieniu wiele pieśni, a dotychczas śpiewamy na północy o tęczy nad wodospadem i o złotych kwiatach, co płyną z jego falą. Teraz jest ciemno dokoła, a most na Nimrodel zerwano. Zanurzę stopy w tej wodzie, podobno koi strudzone ciało.

Pobiegł naprzód, zsunął się ze stromego brzegu i wszedł w wodę.

— Chodźcie wszyscy za mną! — zawołał. — Płytko tutaj! Przejdziemy w bród! Na drugim brzegu zatrzymamy się na odpoczynek, a szum wody uśpi nas i pozwoli zapomnieć o smutkach.

Jeden za drugim zeszli z wysokiej skarpy śladem Legolasa. Frodo stał chwilę przy brzegu, by woda opłukała mu zmęczone nogi. Była zimna, lecz jej dotknięcie zdawało się czyste, a gdy posunął się dalej i sięgnęła mu kolan, poczuł, że spływa z niego wraz z kurzem całe znużenie długiej wędrówki.

Kiedy już wszyscy się przeprawili na drugi brzeg, rozsiedli się, odpoczęli i zjedli coś niecoś; wtedy Legolas opowiedział im wszystko, co o kraju Lórien przechowali w swych sercach elfowie z Mrocznej Puszczy, o słońcu i gwiazdach, co świeciły nad łąkami u brzegu Wielkiej Rzeki, zanim świat cały zszarzał.

W końcu umilkli i słuchali muzyki wodospadu, szemrzącego łagodnie w mroku. Frodowi niemal zdawało się, że w szumie wody rozróżnia śpiew.

— Czy słyszycie głos Nimrodel? — spytał Legolas. — Zaśpiewam wam pieśń o dziewczynie, która nosiła to samo imię, co potok — Nimrodel — a mieszkała nad jego brzegiem przed wiekami. To piękna pieśń w naszym leśnym języku. Ale w Rivendell ją śpiewają we Wspólnej Mowie.

I cichym głosem, który ledwie wznosił się nad szelest liści, zaczął:

> *Córeczka elfów — to jak w dzień*
> *Gwiazdka na niebie czystym...*
> *W obrąbkach złotych lśnił jej płaszcz*
> *I butki szarosrebrzyste...*

*Na czole gwiazdy świecił blask –*
*We włosach smużka wąska*
*Jak w pięknym kraju Lórien*
*Błysk słońca w drzewa gałązkach.*

*Na ustach uśmiech, długi włos*
*I rączki białe jak mleko –*
*Na wietrze jak lipowy liść*
*Tak unosiła się lekko.*

*Pod wodospadem Nimrodel,*
*Gdzie woda lśni lodowata,*
*Jej śpiewny głosik srebrniej brzmiał*
*Niż wód serbrzysta kantata...*

*Gdzież ona teraz... Nie wie nikt...*
*W cieniu – czy w blaskach słońca?*
*Bo Nimrodel w wąwozach gór*
*Przepadła gdzieś – pluskająca.*

*W szarej przystani elfów łódź*
*Na elfów córkę czekała...*
*A obok morska grzmiała toń*
*I fal spienionych nawała.*

*Aż nocą nagły zawył wichr*
*W północnej elfów krainie –*
*I z nurtem fali porwał łódź...*
*O, patrzcie, patrzcie, jak płynie.*

*A gdy zróżowił wodę świt,*
*Brzeg znikł już z oczu – i góry,*
*A tylko pióropusze fal*
*Chwiały się w ryku wichury.*

*I spojrzał Amroth poprzez nurt,*
*Gdzie brzeg przed chwilą się bielił –*

*I łódź przeklinał, co go gna*
*Daleko od Nimrodeli...*

*Był kiedyś panem elfów król*
*(Ach, kimże, kimże jest ninie?),*
*Gdy złotem lśniły pędy drzew*
*W pięknej Lórien krainie...*

*Aż nagle w morską skoczył toń,*
*Jak skacze strzała z cięciwy –*
*I tak jak mewa w wodę wpadł*
*Król elfów, wódz urodziwy.*

*Z rozwianym włosem igrał wiatr,*
*Dokoła koronki piany,*
*Patrzcie, o patrzcie – elfów król*
*Płynie jak łabędź świetlany...*

*I na tym się urywa wieść,*
*Jakby zamknęły się wrota...*
*Na brzegu już nie słyszał nikt*
*Imienia króla Amrotha.*[1]

Głos Legolasa zadrżał, pieśń się urwała.

– Nie mogę śpiewać więcej – powiedział. – To tylko urywki, reszty zapomniałem. Pieśń jest długa i smutna, mówi bowiem o niedoli, która spadła na Lothlórien, gdy krasnoludowie zbudzili złe siły w górach.

– Ale krasnoludowie nie stworzyli złych sił! – odparł Gimli.

– Ja też tego nie mówiłem – ze smutkiem rzekł Legolas. – Zło wszakże przyszło! A wówczas wiele elfów z rodu Nimrodel porzuciło swoje siedziby i wywędrowało, ona zaś zaginęła gdzieś daleko na południu, wśród Białych Gór, i nie zjawiła się na pokładzie statku, gdzie daremnie oczekiwał jej ukochany, Amroth. Lecz wiosną, kiedy wiatr szumi w młodych lasach, można po dziś dzień

---

[1] Przełożył Włodzimierz Lewik.

usłyszeć głos Nimrodel nad wodospadem jej imienia. A kiedy wiatr wieje od południa – niesie znad oceanu głos Amrotha; bo potok Nimrodel płynie do Srebrnej Żyły, którą elfowie zwą Celebrantem. A Celebrant – do Anduiny Wielkiej, Anduina zaś do zatoki Belfalas, gdzie statki elfów odbiły od lądu. Ale Nimrodel ani Amroth nigdy nie wrócili.

Powiadają, że Nimrodel miała dom wśród gałęzi drzewa w pobliżu wodospadu; elfowie z Lórien zwykli bowiem podówczas budować domy w koronach drzew, a może nawet i teraz jeszcze to robią. Dlatego nazywano ich szczep Galadrimami, Ludem Drzew. W głębi lasów rosną drzewa olbrzymie. Mieszkańcy leśnej krainy nie kopali sobie siedzib pod ziemią jak krasnoludowie, nie budowali też kamiennych twierdz, póki nie zapadł cień.

– Nawet w naszych czasach mieszkanie na drzewach można uważać za bezpieczniejsze niż siedzenie na ziemi – rzekł Gimli. Spojrzał ponad strumieniem ku drodze, która wiodła z powrotem do Doliny Półmroku, a później w górę, na strop czarnych gałęzi nad swoją głową.

– Przypadkiem dałeś nam dobrą radę, Gimli – powiedział Aragorn. – Nie możemy zbudować sobie domu, ale dzisiejszą noc spędzimy, wzorem plemienia Galadrimów, w koronach drzew, jeżeli oczywiście zdołamy. Już i tak dłużej siedzimy przy drodze, niżby nakazywała roztropność.

Zeszli ze ścieżki i zanurzyli się w ciemną głąb lasu, na zachód od górskiego potoku, daleko od Srebrnej Żyły. Opodal wodospadu Nimrodel znaleźli kępę drzew, których gałęzie zwieszały się nad wodą. Grube szare pnie były potężne, lecz wysokości nie mogli po ciemku ocenić.

– Wdrapię się na górę – rzekł Legolas. – Wśród drzew jestem jak w rodzinnym domu, czy to na korzeniach, czy na gałęziach, chociaż ten gatunek znam tylko z nazwy, bo mówią o nim pieśni. Wiem, że to drzewo nazywa się *mallorn* i wiosną osypane bywa żółtym kwieciem. Nigdy jednak na żadne się nie wspinałem. Teraz zbadam, jaki ma kształt i wysokość.

– Mniejsza o kształt – odezwał się Pippin. – W każdym razie drzewa te okażą się cudowne, jeśli mają do zaofiarowania nocleg dla kogokolwiek prócz ptaków. Co do mnie, nie umiem spać na grzędzie.

– Więc wygrzeb sobie norkę w ziemi – odparł Legolas – skoro to się bardziej godzi z obyczajami twojego plemienia. Ale musisz kopać prędko i głęboko, żeby się ukryć przed orkami.

To rzekłszy, Legolas zwinnie odbił się od ziemi i chwycił konaru wyrastającego z pnia wysoko nad jego głową. W tejże chwili z cienia korony w górze zabrzmiał niespodziewanie głos:

– *Daro!* – krzyknął rozkazująco. Legolas, zdumiony i przerażony, znalazł się natychmiast z powrotem na ziemi. Skulił się pod drzewem.

– Stójcie! – szepnął towarzyszom. – Nie ruszać się i nie odzywać!

Nad ich głowami ktoś roześmiał się z cicha. A potem drugi głos przemówił w języku elfów. Frodo trochę rozumiał, bo mowa leśnego ludu mieszkającego na wschód od gór podobna była do mowy używanej przez elfów na zachodzie. Legolas, zadarłszy głowę, odpowiedział w tym samym języku.[1]

– Co to za jedni i czego chcą? – spytał Merry.

– Elfowie – odparł Sam. – Czyż nie poznajesz głosów?

– Tak, to elfowie – powiedział Legolas. – Mówią, że tak głośno sapiecie, iż trafiliby was po ciemku z łuku.

Sam co prędzej zasłonił usta dłonią.

– Ale mówią też, żebyście się ich nie bali. Od dawna zapowiedziano im nasze przybycie. Słyszeli mój głos jeszcze z tamtego brzegu Nimrodel i wiedzą, że należę do ich krewniaków z Północy, dlatego nie przeszkadzali nam w przeprawie. Potem słyszeli moją pieśń. Teraz zapraszają mnie wraz z Frodem na górę, bo doszły ich słuchy o nim i jego wyprawie. Reszta ma poczekać u stóp drzewa i czuwać, póki nie rozstrzygną, co dalej z nami robić.

Z ciemności spłynęła sznurowa drabinka, srebrnoszara, błyszcząca w mroku, a mimo pozorów kruchości dość mocna, żeby wytrzymać ciężar kilku ludzi. Legolas wspiął się lekko, Frodo szedł za nim wolniej, a na końcu, wstrzymując oddech, drapał się Sam. Konary wyrastały z pnia niemal poziomo, dalej jednak wyginały się ku górze,

---

[1] Zob. tom III, uwagi w Dodatku F, część pt. „Elfowie".

u wierzchołka zaś tworzyły splecioną z mnóstwa gałęzi koronę, a w niej hobbici ujrzeli drewniany pomost, czyli *talan*, jak podówczas taką budowlę nazywali elfowie. Wchodziło się tam przez okrągłą dziurę pośrodku, przez którą przewleczona była drabina. Frodo, wydostawszy się w końcu na ów talan, zastał Legolasa już siedzącego obok trzech obcych elfów. Tamci mieli ubrania ciemnoszare i póki się nie poruszyli, trudno było ich dostrzec wśród gałęzi. Wstali wszyscy, a jeden z trzech odsłonił małą lampkę; podniósł ją, wąska srebrna smuga światła padła na twarz Froda i oświetliła również Sama. Elf zakrył lampkę i powitał gości w swoim języku. Frodo odpowiedział trochę niepewnie.

– Witajcie – rzekł wówczas elf, przechodząc na Wspólną Mowę i wolno wymawiając jej słowa. – Rzadko używamy obcych języków, przesiadując ostatnimi czasy w głębi lasów i niechętnie zadając się z innymi plemionami. Rozstaliśmy się nawet z bliskimi krewniakami z Północy. Ale niektórzy z nas bywają za granicą, żeby zebrać wieści i tropić nieprzyjaciół; ci muszą znać języki innych ludów. Właśnie ja do nich należę. Nazywam się Haldir. Moi bracia, Rumil i Orophin, słabo władają waszą mową.

Wiedzieliśmy, że macie tu przybyć, bo wysłannicy Elronda szli przez Lórien, wracając Schodami Półmroku do domu. Od wielu już lat nie słychać było nic o... hobbitach, czyli niziołkach, powątpiewałem nawet, czy jeszcze mieszkają w Śródziemiu. Z oczu wam dobrze patrzy, a że jest z wami elf z naszego plemienia, chętnie was ugościmy, spełniając prośbę Elronda, chociaż zazwyczaj nie pozwalamy obcym na przemarsz przez nasze ziemie. Dzisiaj jednak musicie nocować tutaj. Ilu was jest?

– Ośmiu – odpowiedział Legolas. – Ja, czterech hobbitów, dwóch ludzi – z których jeden to Aragorn, przyjaciel elfów, z ludu Westernesse.

– Imię Aragorna, syna Arathorna, nie jest w Lórien obce – odparł Haldir. – Ma on łaski u naszej pani. A więc wszystko w porządku. Wyliczyłeś wszakże dopiero siedmiu.

– Ósmy jest krasnoludem – rzekł Legolas.

– Krasnolud! – zawołał Haldir. – To gorzej. Od Czarnych Dni nie zadajemy się z krasnoludami. Nie mają wstępu do naszego kraju. Tego krasnoluda nie będę mógł wpuścić.

— Ależ to zaufany Dáina z Samotnej Góry, przyjaciel Elronda! — odezwał się Frodo. — Elrond go wybrał na towarzysza naszej wyprawy, i słusznie, bo w drodze okazał się mężny i wierny.

Elfowie porozumieli się między sobą szeptem i zadali kilka pytań Legolasowi w swoim języku.

— Dobrze! — powiedział wreszcie Haldir. — Zgadzamy się, jakkolwiek niechętnie. Skoro Aragorn i Legolas zobowiążą się go pilnować i ręczą za niego, przepuścimy tego krasnoluda. Musi mieć jednak oczy zasłonięte opaską, wędrując przez Lothlórien. Ale dość tych rokowań! Wasi towarzysze nie powinni dłużej stać tam, na ziemi. Strzeżemy brzegów rzek, odkąd, przed wielu dniami, zauważyliśmy wojska orków ciągnące skrajem gór na północ w stronę Morii. Na pograniczach lasów słychać wycie wilków. Jeżeli, tak jak powiadacie, idziecie z Morii, niebezpieczeństwo z pewnością ciągnie waszym tropem. Jutro o świcie trzeba stąd ruszyć dalej.

Czterej hobbici mogą przyjść tutaj i spędzić noc z nami. Ich się nie boimy. Na sąsiednim drzewie jest drugi talan. Reszta może się tam schronić. Ty, Legolasie, będziesz wobec nas odpowiedzialny za nich. Zawołaj, gdyby się coś działo. I miej oko na krasnoluda!

Legolas zszedł po drabinie na dół, by niezwłocznie powtórzyć drużynie polecenia Haldira. Wkrótce potem Merry i Pippin wdrapali się na górę. Byli zdyszani i trochę wystraszeni.

— Masz! — wysapał Merry. — Przynieśliśmy twoje koce razem z naszymi. Resztę bagaży Obieżyświat schował pod wielką kopą liści.

— Nie będą wam potrzebne te rzeczy — powiedział Haldir. — Zimą bywa chłodno w koronach drzew, chociaż dziś wiatr wieje z południa; ale poczęstujemy was takimi potrawami, takim trunkiem, że nie poczujecie nocnego chłodu, a zresztą mamy zapasowe futra i płaszcze.

Hobbici zjedli drugą (i znacznie lepszą) wieczerzę z radością. Potem, zawinięci ciepło, nie tylko w futrzane płaszcze elfów, lecz również we własne koce, usiłowali zasnąć. Lecz mimo zmęczenia żadnemu z nich — prócz Sama — nie przyszło to łatwo. Hobbici nie lubią wysokości, nie sypiają nigdy na piętrze, nawet jeśli mają dom piętrowy. Napowietrzna sypialnia wcale im nie przypadła do smaku.

Nie miała ani ścian, ani bodaj bariery, nic prócz lekkiej, plecionej z trzciny przegrody, którą się przesuwało i zależnie od wiatru ustawiało z tej czy innej strony.

Pippinowi dość długo usta się nie zamykały.

– Mam nadzieję, że nie zlecę z tego poddasza, jeśli wreszcie usnę – mówił.

– A ja, jak zasnę, to się nie obudzę, choćbym zleciał – oświadczył Sam. – Im zaś mniej będziesz gadał, tym prędzej sobie chrapnę; spodziewam się, że zrozumiałeś przytyk, co?

Frodo czas jakiś leżał bezsennie i patrzył w gwiazdy poprzez blady strop drżących liści. Sam od dawna chrapał u jego boku, nim wreszcie Frodowi sen skleił powieki. Majaczyły mu się w ciemności szare sylwetki dwóch elfów, którzy, objąwszy ramionami kolana, siedzieli bez ruchu, gawędząc szeptem. Trzeci zszedł na dół, strażować na jednym z niższych konarów. W końcu, ukołysany szumem wiatru wśród gałęzi i łagodnym szmerem wodospadu Nimrodel, Frodo także zasnął, a w głowie brzmiała mu pieśń Legolasa.

Ocknął się późną nocą. Inni hobbici spali. Elfów nie było. Sierp księżyca świecił mdłym blaskiem pośród liści. Wiatr ustał. Gdzieś z bliska, od strony ziemi, dobiegł wybuch chrapliwego śmiechu i tupot mnóstwa nóg. Szczęknęła stal. Z wolna wszystko ucichło, jakby oddalając się na południe, w głąb lasu.

Nagle w otworze pośrodku talana ukazała się jakaś głowa. Frodo usiadł przerażony, ale zaraz poznał szary kaptur elfa. Elf patrzył na hobbitów.

– Co się stało? – spytał Frodo.

– *Yrch!* – odpowiedział elf świszczącym szeptem i wciągnął na pomost sznurową drabinę.

– Orkowie! Co tu robią? – zdumiał się Frodo, lecz elf już zniknął znowu.

Zaległa cisza. Nawet liście nie szeleściły, nawet wodospad jakby stłumił swój szum. Frodo siedział, drżąc mimo ciepłego okrycia. Wdzięczny był losowi, że orkowie nie zdybali drużyny na ziemi, lecz zdawał sobie sprawę, że drzewo nie jest zbyt bezpiecznym schronem, pomaga jedynie ukryć się przed wrogiem. Orkowie, jak wiadomo, nie gorzej od gończych psów węszą tropy, a przy tym umieją wspinać się na drzewa. Frodo dobył Żądła: błysnęło i zalśniło błękitnym płomieniem, potem z wolna zaczęło przygasać, aż zmatowiało zupełnie. Mimo to przeczucie bliskiego niebezpieczeństwa, zamiast opuścić Froda, spotęgowało się jeszcze. Wstał, podpełznął do włazu i spojrzał w dół. Był niemal pewny, że słyszy z daleka, spod drzewa, ukradkowe człapanie.

Nie mogli to być elfowie. Leśne plemię porusza się bezszelestnie. Potem Frodo rozróżnił szmer jak gdyby węszenia i lekki chrobot, jakby ktoś skrobał korę na pniu. Wpatrzony w ciemność hobbit wstrzymał oddech.

Coś lazło po pniu w górę, cichutko sycząc przez zaciśnięte zęby. Kiedy podeszło tuż pod rozgałęzioną koronę, Frodo zobaczył parę bladych oczu. Nie poruszały się, spoglądały w górę bez zmrużenia powiek. Nagle zgasły, a ciemna postać osunęła się po pniu i zniknęła.

Niemal w tej samej chwili ukazał się Haldir, szybko wspinając się wśród gałęzi.

– Coś tu było na drzewie, jakiś stwór, którego w życiu jeszcze nie spotkałem – powiedział. – Nie ork. Umknął, kiedy dotknąłem pnia. Bardzo czujny i ma wprawę w łażeniu po drzewach, gdyby nie to, byłbym go może wziął za jednego z was, hobbitów. Nie strzelałem i nie ośmieliłem się krzyczeć, bo nie możemy ryzykować walki. Przeszedł tędy dopiero co duży oddział orków. Przeprawili się w bród przez Nimrodel – plugawymi łapami zamącili jej czystą wodę! – a później pomaszerowali starą drogą wzdłuż rzeki. Zdaje się, że coś wywęszyli, przeszukiwali teren w miejscu, gdzie biwakowaliście wieczorem. We trzech nie mogliśmy wypowiedzieć bitwy setce, więc zwiedliśmy ich, udając różne głosy i wywabiliśmy tym sposobem bandę z lasu.

Orophin pobiegł szybko do naszej głównej siedziby z ostrzeżeniem. Nigdy żaden ork nie ujdzie żywy z Lórien. Zanim jutrzejsza noc zapadnie, wzdłuż północnej granicy przyczai się wielu elfów. Wy wszakże musicie ruszać na południe skoro świt.

Dzień zjawił się blady od wschodu. Rozwidniało się, a hobbici, patrząc na światło przesiane przez żółte liście drzew, mieli wrażenie, że to chłodny świt w pełni lata. Wśród kołyszących się gałęzi przeświecało jasnobłękitne niebo. Przez rozchylone liście z południowej krawędzi talana Frodo widział dolinę Srebrnej Żyły niby morze rdzawego złota falujące w łagodnym podmuchu wiatru.

Ranek był zimny i jeszcze młody, gdy drużyna wyruszyła w dalszą drogę, prowadzona teraz przez Haldira i jego brata Rumila.

– Żegnaj, miła Nimrodel! – zawołał Legolas. Frodo obejrzał się i dostrzegł blask białej piany między szarymi pniami drzew.

– Żegnaj! – powiedział. Zdawało mu się, że już nigdy nie usłyszy równie pięknej muzyki wody, wiecznie zestrajającej tysiączne dźwięki w różnorodną melodię.

Wrócili na starą ścieżkę, biegnącą zachodnim brzegiem Srebrnej Żyły, i szli nią czas jakiś w kierunku południowym. Na ziemi pełno było śladów wydeptanych stopami orków. Wkrótce jednak Haldir zboczył między drzewa i zatrzymał się na brzegu w ich cieniu.

– Po tamtej stronie potoku czuwa ktoś z naszych – rzekł – chociaż wy pewnie go nie widzicie.

Gwizdnął przeciągle ptasim głosem i zaraz spośród gęstwiny młodych drzew pokazał się elf w szarym ubraniu, lecz z kapturem odrzuconym na plecy, tak że włosy lśniły złotem w porannym słońcu. Haldir zręcznie przerzucił nad strumieniem zwój szarego powroza, a tamten chwycił go i owiązał koniec wokół pnia tuż nad wodą.

– Celebrant tutaj rwie już potężnie – rzekł Haldir – jest głęboki, bystry i bardzo zimny. Tak daleko na północy nie wchodzimy do jego wody, chyba że nie ma innej rady. Ale w obecnych niespokojnych czasach nie budujemy również mostów. Przeprawiamy się takim oto sposobem. Idźcie za mną! – Umocował drugi koniec liny wokół drzewa i przebiegł po niej lekko nad strumieniem, a potem wrócił beztrosko, jakby po równej drodze.

– Ja przejdę – powiedział Legolas – lecz moi towarzysze tego nie potrafią. Czy będą musieli przeprawić się wpław?

– Nie – odparł Haldir – mamy jeszcze dwie liny. Uwiążemy je nad pierwszą w ten sposób, żeby jedna biegła na wysokości ramienia, a druga na wysokości pasa. Trzymając się ich, obcoplemieńcy zdołają chyba przejść, byle ostrożnie.

Kiedy chwiejny most był gotów, drużyna przeszła po nim, jedni w skupieniu i powoli, inni dość zwinnie. Spośród hobbitów wyróżnił się Pippin, biegł bowiem szybko, pewnym krokiem, trzymając się tylko jedną ręką. Oczy jednak miał przez cały czas utkwione w przeciwległy brzeg, nie śmiał spojrzeć w dół. Sam dreptał, kurczowo oburącz ściskając linę, ale spoglądał w biały wir wodny jak w górską przepaść.

Odetchnął z ulgą, kiedy stanął bezpiecznie na drugim brzegu.

– Całe życie trzeba się uczyć, jak mawiał mój staruszek. Co prawda miał na myśli ogrodnictwo, a nie naukę spania na grzędzie niby ptaki albo łażenia po nitce jak pająki. Takiej sztuki nawet mój stryjaszek Andy nigdy nie dokonał.

Kiedy wreszcie wszyscy stanęli na wschodnim brzegu Srebrnej Żyły, elfowie rozsupłali węzły i zwinęli liny. Rumil, który pozostał po drugiej stronie, wziął jeden zwój, zarzucił go sobie na ramię i pożegnawszy drużynę przyjacielskim gestem, odszedł z powrotem na swój posterunek u wodospadu Nimrodel.

– Teraz, przyjaciele – powiedział Haldir – weszliście do części Lórien zwanej Naith, czyli Klin, jak byście w waszym języku powiedzieli, bo ten skrawek ziemi na kształt ostrza włóczni wbija się między ramiona Srebrnej Żyły i Wielkiej Anduiny. Tajemnic Naith nie wolno podpatrywać żadnemu obcoplemieńcowi. Mało komu w ogóle pozwalamy tędy przechodzić. Tak więc, jak się poprzednio umówiliśmy, zawiążemy oczy krasnoludowi. Reszta może iść jeszcze czas jakiś swobodnie, póki nie znajdziemy się w pobliżu naszej siedziby w Egladil, w widłach rzecznych.

Gimli jednak zaoponował.

– Umówiliście się bez pytania o moją zgodę – odrzekł. – Nie będę szedł z zawiązanymi oczyma, jak żebrak lub więzień. Nie jestem szpiegiem. Moje plemię nigdy się nie kumało ze sługami Nieprzyjaciela. Nigdy też nie wyrządziliśmy żadnej szkody elfom. Nie zdradzę was, możecie ufać równie dobrze mnie jak Legolasowi czy każdemu innemu spośród mych towarzyszy.

– Nie podejrzewam cię o nic złego – odparł Haldir – ale takie u nas obowiązuje prawo. Nie ja układam prawa, nie wolno mi ich łamać. Posunąłem się już i tak daleko, dopuszczając cię na ten brzeg Celebrantu.

Gimli uparł się. Rozstawił szeroko nogi i dłoń położył na trzonku topora.

– Albo pójdę wolny – oświadczył – albo zawrócę do ojczyzny, gdzie mnie znają i wierzą mojemu słowu, zawrócę, choćbym miał zginąć samotnie wśród dziczy.

– Nie możesz teraz zawrócić z drogi – surowo odpowiedział Haldir. – Skoro doszedłeś aż tutaj, musisz stanąć przed obliczem naszego władcy i naszej królowej. Oni cię osądzą i wedle swojej woli orzekną, czy masz zostać, czy odejść, gdzie zechcesz. Nie zdołałbyś przeprawić się z powrotem przez rzekę i nie puściłyby cię ukryte po drodze straże. Zginąłbyś, nimbyś je dostrzegł.

Gimli wyciągnął topór zza pasa. Haldir i jego towarzysz napięli łuki.

– Do licha z krasnoludami i z ich twardym karkiem! – rzekł Legolas.

– Słuchajcie! – zawołał Aragorn. – Jeśli chcecie, bym dalej przewodził drużynie, musicie robić, co wam radzę. Dla krasnoluda zbyt przykre jest takie wyróżnienie. Wszyscy damy sobie oczy zawiązać, nawet Legolas. Tak będzie lepiej, chociaż marsz się przez to opóźni i nie zobaczymy nic ciekawego.

Gimli niespodzianie się roześmiał.

– Będziemy wyglądać jak stado głupców! – rzekł. – Czy Haldir powiedzie nas na sznurze jak gromadę ślepych żebraków, co na spółkę mają tylko jednego psa? Ale zgadzam się, jeśli Legolas także dostanie opaskę na oczy.

– Jestem elfem i krewniakiem tutejszego plemienia – odparł Legolas, który z kolei zapalił się gniewem.

– Krzyknijmy teraz: „Do licha z elfami i ich sztywnym karkiem!" – powiedział Aragorn. – Cała drużyna pomaszeruje na równych prawach. Żywo, zawiąż mu oczy, Haldirze!

– Zażądam odszkodowania za każdego siniaka albo zadraśnięcie palca u nogi, jeżeli nie poprowadzisz nas troskliwie – rzekł Gimli, gdy Haldir zawiązywał mu chustką oczy.

– Nie będziesz miał powodów, a ścieżka jest gładka i równa.

– Oto szaleństwo naszych czasów! – rzekł Legolas. – Wszyscy jesteśmy nieprzyjaciółmi wspólnego nieprzyjaciela, a musimy w słoneczny dzień przez lasy, pod złotymi liśćmi wędrować z zawiązanymi oczyma.

– Może się to wydawać szaleństwem – odparł Haldir. – Zaiste nic tak jasno nie dowodzi potęgi Czarnego Władcy jak ów rozdźwięk mącący przymierze między tymi, którzy dotychczas mu się opierają.

Ale tak mało wiary i zaufania spotykamy dziś na całym świecie, z wyjątkiem Lothlórien, że nie śmiemy narażać przez własną ufność losów tego kraju. Żyjemy tu jak na wysepce pośród oceanu niebezpieczeństw i palce nasze częściej teraz dotykają cięciwy łuku niźli strun harfy.

Przez długie lata broniły nas rzeki, lecz dziś już i one nie są nam ochroną, bo cień oblega Lothlórien od północy. Niektórzy mówią o porzuceniu tych stron, ale na to, zdaje się, za późno. Góry na zachodzie stały się siedliskiem złych sił, na wschodzie leżą ziemie spustoszone, gdzie roi się od sług Saurona; chodzą też słuchy, że nie moglibyśmy bezpiecznie przejść drogą na południe przez Rohan i że ujście Wielkiej Rzeki jest pod obserwacją Nieprzyjaciela. Nawet gdyby udało się nam dotrzeć do wybrzeży Morza, nie znajdziemy już tam schronienia. Powiadają, że są jeszcze przystanie Elfów Wysokiego Rodu, lecz daleko stąd, na północo-zachodzie, za krajem niziołków. Władca nasz i królowa zapewne wiedzą, gdzie to jest, ale ja nie wiem.

– Powinieneś się domyślić na nasz widok – powiedział Merry. – Porty elfów leżą na zachód od naszego kraju, zwanego Shire'em, który jest ojczyzną hobbitów.

– Szczęśliwy lud hobbitów, że mieszka w pobliżu Morza! – rzekł Haldir. – Moi rodacy od wieków już go nie widzieli, lecz wspominają je w pieśniach. Opowiesz mi po drodze o tamtych przystaniach.

– Nie mogę ci o nich nic opowiedzieć – odparł Merry – bom ich nigdy w życiu nie widział. Pierwszy raz przekroczyłem granicę ojczyzny. A gdybym wiedział, jaki jest świat, pewnie bym się nie zdobył na opuszczenie Shire'u.

– Nawet po to, by ujrzeć piękne Lothlórien? – spytał Haldir. – Świat rzeczywiście pełen jest zasadzek i wiele na nim ciemnych plam; ale nie brak też jasnych, a chociaż we wszystkich krajach miłość łączy się dzisiaj ze smutkiem, kto wie, czy się przez to nie pogłębia jeszcze.

Niektóre nasze pieśni mówią, że Cień kiedyś się cofnie i że znowu zapanuje pokój. Ale ja nie wierzę, by świat wokół nas kiedykolwiek wrócił do swojej dawnej postaci, by słońce znowu zaświeciło dawnym blaskiem. Obawiam się, że dla elfów będzie to w najlepszym razie jedynie czas rozejmu, który im pozwoli bez przeszkód wywędrować ku Morzu i opuścić Śródziemie na zawsze. Żal ukochanych lasów Lothlórien! Smutno byłoby żyć w kraju, gdzie nie rosną drzewa *mallorny*. A wątpię, czy znajdują się one za Wielkim Morzem, bo nikt o tym dotychczas wieści nie przyniósł.

Tak rozmawiając, szli z wolna jeden za drugim ścieżką przez las: Haldir prowadził, jego towarzysz zamykał pochód. Czuli pod stopami grunt gładki i miękki, toteż wkrótce wyzbyli się strachu przed skaleczeniem lub upadkiem i maszerowali coraz swobodniej. Frodo stwierdził, że brak wrażeń wzrokowych tym bardziej wyostrzył mu słuch i wszystkie zmysły. Czuł zapach drzew i trawy, po której stąpał. Rozróżniał mnóstwo tonów w szeleście liści nad swoją głową, w szumie wody płynącej na prawo od ścieżki, w czystych, wysokich głosach ptaków pod niebem. Ilekroć wychodzili na otwartą polanę, wiedział o tym, czując pieszczotę słońca na twarzy i rękach.

Odkąd postawił stopę na drugim brzegu Srebrnej Żyły, ogarnęło go dziwne wrażenie, które potęgowało się, w miarę jak wchodził coraz dalej w głąb Naith; zdawało mu się, że przekroczył most czasu i znalazł się w zakątku Dawnych Dni, i wędruje przez świat już nieistniejący. W Rivendell przechowywano pamięć rzeczy starożytnych, ale w Lórien żyły one prawdziwie i na jawie. Widywano tutaj zło, słyszano o nim, znano smutki i troski, elfowie bali się zewnętrznego świata, któremu nie ufali; wilki wyły na kresach lasów – ale cień nie padł nigdy na Lórien.

Cały dzień drużyna spędziła w marszu, aż owionął ich chłód wieczoru i usłyszeli szept pierwszego nocnego wiatru wśród liści. Zatrzymali się wówczas i bez lęku przespali noc na ziemi; przewodnicy nie pozwolili im zdjąć opasek z oczu, nie mogli więc wspiąć się na drzewa. Nazajutrz ruszyli, nie spiesząc się, w dalszą drogę. W południe odpoczęli, a Frodo uświadomił sobie, że wyszli z lasu na pełne słońce. Nagle otoczył ich gwar głosów.

Nadciągnął cicho duży oddział elfów; dążyli oni ku północnej granicy, by jej strzec od możliwej napaści z Morii, i przynieśli nowiny, których część Haldir powtórzył drużynie. Grasujących po lesie orków wciągnięto w zasadzkę i wybito niemal do nogi; niedobitki uciekły na zachód, w stronę gór, lecz ruszył za nimi pościg. Wytropiono również dziwnego stwora, który biegł zgarbiony, niemal wlokąc ręce po ziemi jak zwierzę, ale nie był do zwierzęcia podobny. Nie zdołano go ująć, nie strzelano też do niego, nie wiedząc, czy to dobra, czy zła istota; umknął na południe brzegiem Srebrnej Żyły.

– Otrzymałem też – powiedział Haldir – rozkaz od władcy i królowej Galadrimów. Mam odsłonić wam oczy, krasnoludowi również. Okazuje się, że królowa o każdym z uczestników wyprawy wie, co to za jeden. Może nadeszły nowe wieści z Rivendell.

Zdjął opaskę z oczu Gimlego.

– Wybacz mi! – powiedział kłaniając się nisko. – Spójrz na nas przyjaznym wzrokiem! Spójrz i raduj się, bo jesteś od Dni Durina pierwszym krasnoludem, który zobaczył drzewa Lórien.

Frodo, gdy jemu z kolei odsłonięto oczy, rozejrzał się i wrażenie dech mu zaparło. Stali na otwartej polanie. Na lewo wznosiło się wysokie wzgórze, porosłe murawą tak zieloną, jaka bywała tylko wiosną za Dawnych Dni. Szczyt wieńczyły, niby podwójna korona, dwa pierścienie drzew: zewnętrzny miał pnie śnieżnobiałe, a gałęzie bezlistne, lecz pięknie zarysowane w swej nagości; wewnętrzny składał się z mallornów niezwykle strzelistych i jeszcze strojnych w jasnożółte liście. Wysoko między gałęziami olbrzymiego drzewa, stojącego pośrodku pierścienia, lśnił bielą ogromny talan. Pod drzewami, w trawie na stokach wzgórza rozsiane były drobne złote kwiaty, z kształtu podobne do gwiazd. Wśród nich kołysały się na smukłych łodygach inne kwiaty, białe i bladozielone: błyszczały jak krople rosy w bujnej zieleni murawy. Niebo było błękitne, a popołudniowe słońce jarzyło się nad wzgórzem, kładąc długie zielone cienie do stóp drzew.

– Patrzcie! Oto Cerin Amroth – rzekł Haldir. – Serce dawnego królestwa, które tu istniało przed wiekami; widzicie wzgórze Amrotha i jego podniebny dom zbudowany w szczęśliwych czasach. Tu, pośród niewiędnącej nigdy trawy, wiecznie kwitną kwiaty zimowe: żółte *elanor* i blade *niphredil*. Zatrzymamy się tutaj trochę, aby o zmierzchu dotrzeć do stolicy Galadrimów.

Jego przyjaciele zaraz poukładali się na wonnej murawie, lecz Frodo stał długą jeszcze chwilę, nie mogąc ochłonąć z zachwytu.

Zdawało mu się, że przez jakieś ogromne okno wyjrzał na dawny, zaginiony świat. Nie znajdował w hobbickiej mowie nazwy dla światła, które się tu roztaczało. Wszystko, co tu widział, miało piękny kształt, tak ostro wyrzeźbiony, jakby go wprawdzie z góry obmyślono, lecz stworzono dopiero w chwili, kiedy hobbitowi otwarto oczy, a zarazem tak stary, jakby przetrwał od wieków. Znajome kolory, złoto, biel, błękit i zieleń, były tutaj tak świeże i tak wzruszały, jakby je po raz pierwszy w życiu zobaczył i musiał dla nich znaleźć nazwy nowe i cudowne. Nikt nie mógł tu nawet zimą tęsknić do lata i wiosny. Na niczym, co rosło na tej ziemi, nie dostrzegł znamion uwiądu, choroby czy skarlenia. Kraina Lórien nie znała skazy. Frodo odwrócił się i zobaczył u swego boku Sama, który rozglądał się wokół ze zdumieniem i przecierał oczy, jakby podejrzewając, że śni.

– Nie mylę się, słońce świeci, dzień biały – rzekł. – Myślałem, że elfowie cali są z księżyca i gwiazd, ale to przecież prawdziwszy ich własny świat niż wszystko, o czym w życiu słyszałem. Tak się czuję, jakbym się znalazł w pieśni... nie wiem, czy mnie rozumiecie?

Haldir popatrzył na dwóch hobbitów z taką miną, jakby dobrze rozumiał zarówno ich myśli, jak słowa. Uśmiechnął się.

– Jesteście pod władzą królowej Galadrimów – rzekł. – Czy macie ochotę wspiąć się ze mną na Cerin Amroth?

Spieszyli za nim, gdy lekko wbiegał po trawiastym stoku. Frodo szedł, oddychając głęboko, a dokoła żywe liście i kwiaty poruszały się pod tchnieniem tego samego wiatru, który jemu chłodził twarz; czuł, że jest w kraju, gdzie czas nie istnieje, gdzie nic nie przemija, nic się nie zmienia, nic nie ginie w niepamięci. Wygnaniec z Shire'u odejdzie stąd i znowu znajdzie się na zwykłym świecie, a jednak zawsze odtąd będzie stąpał po tej trawie, wśród kwiatów *elanor* i *niphredil*, w pięknej krainie Lothlórien.

Weszli w krąg białych drzew. W tej samej chwili wiatr od południa owiał Cerin Amroth i westchnął w ich koronach. Frodo stał, nasłuchując szumu wielkich mórz u wybrzeży zatopionych przed wiekami, i krzyku morskich ptaków, których gatunek dawno wyginął na ziemi.

Haldir wspinał się teraz na podniebny taras. Frodo, gotując się iść za nim, położył dłoń na pniu tuż przy drabinie; nigdy jeszcze tak jasno nie uświadomił sobie tkanki kory i tętniącego pod nią życia. Rozkoszował się tym dotknięciem zupełnie inaczej niż leśnik lub stolarz. Cieszyła go sama istota żywego drzewa.

Kiedy wreszcie wydostał się na górujący w koronie pomost, Haldir wziął go za rękę i obrócił w stronę południa.

– Najpierw spójrz tam! – powiedział.

Frodo spojrzał i zobaczył w dość znacznej odległości pagórek uwieńczony mnóstwem ogromnych drzew czy może miasto wystrzelające zielonymi wieżami. Stamtąd biło potężne światło panujące nad całą krainą. Zatęsknił nagle, żeby lotem ptaka pomknąć do zielonego grodu i tam odpocząć. Spojrzał z kolei na wschód: tu kraj spływał łagodnie ku lśniącej wstędze Anduiny, Wielkiej Rzeki. Sięgnął wzrokiem dalej poprzez wodę na drugi brzeg – i światło zgasło, on zaś znów znalazł się w znajomym, zwykłym świecie. Za rzeką ciągnęła się pustynna płaszczyzna, bezkształtna i szara, gdzieś na dalekim widnokręgu wznosząca się czarną, posępną ścianą. Słońce, błyszczące nad Lothlórien, nie miało dość sił, by rozjaśnić mroki tej odległej wyżyny.

– To południowy ostęp Mrocznej Puszczy – rzekł Haldir. – Porasta go gęstwina czarnych jodeł, które wzajem na siebie napierają tak, że konary gniją albo schną. Pośrodku na kamiennym wzgórzu stoi Dol Guldur, gdzie długo ukrywał się Nieprzyjaciel. Lękamy się, że Dol Guldur znów jest zamieszkana, i to przez siedemkroć potężniejszego wroga. Ostatnio często wisi nad tym miejscem czarna chmura. Stąd widzisz dwie zwalczające się potęgi. Nieustannie ścierają się z sobą siłą myśli, lecz światło przenika w jądro ciemności, a ciemność nie dociera do światła. Jeszcze nie.

Odwrócił się i szybko zbiegł na ziemię, a hobbici poszli w jego ślady. U stóp wzgórza Frodo spotkał Aragorna, który stał milczący i nieruchomy jak drzewo, w ręku trzymał drobny, żółty pąk *elanor*, a oczy miał pełne blasku. Zdawał się zatopiony w jakimś cudownym wspomnieniu, a Frodo, patrząc nań, zrozumiał, że Aragorn widzi coś, co się na tym miejscu niegdyś zdarzyło. Albowiem z twarzy jego zniknęło piętno posępnych lat i wyglądał jak smukły, młody król w białych szatach. Głośno przemówił językiem elfów do kogoś niewidzialnego dla oczu Froda.

– *Arwen vanimelda, namarië!* – powiedział; westchnął głęboko, ocknął się z zamyślenia, zobaczył Froda i uśmiechnął się do niego.

– Tu jest serce królestwa elfów na ziemi – rzekł. – Tu także zawsze przebywa moje serce; gdyby nie to, nie widziałbym światła u kresu ciemnych dróg, którymi obaj – ty i ja – musimy jeszcze wędrować. Chodźmy!

Wziął Froda za rękę i razem zeszli ze wzgórza Cerin Amroth. Nigdy już nie mieli tu za życia powrócić.

# Rozdział 7

## *Zwierciadło Galadrieli*

Słońce zachodziło nad górami, a cień lasu pogłębił się, kiedy ruszali w dalszą drogę. Ścieżka prowadziła teraz przez gęstwinę, gdzie już panował mrok. Noc zakradła się pod sklepienie drzew i wkrótce elfowie zaświecili swoje srebrne latarnie.

Nagle znów wyszli na otwartą przestrzeń i zobaczyli w górze wieczorne niebo, w którym już tkwiło kilka wczesnych gwiazd. Mieli przed sobą szeroki, bezdrzewny pas ziemi wygięty koliście i dwoma ramionami odbiegający w dal. Wzdłuż wewnętrznego obwodu ciągnęła się głęboka fosa, ukryta w łagodnym zmierzchu; tylko trawa na jej skraju zieleniła się jeszcze jasno, jakby zachowała pamięć o słońcu, które już zniknęło. Za fosą piętrzył się wysoki zielony mur, opasujący zielone wzgórze, porosłe gęsto mallornami; tak wybujałych drzew nie widzieli nigdzie indziej w tym kraju. Trudno było z daleka ocenić ich wysokość, lecz wyglądały w zmroku jak żywe wieże. W ich wielopiętrowych koronach i pośród rozedrganych liści błyszczały niezliczone światełka, zielone, złote i srebrne. Haldir zwrócił się do drużyny.

– Witajcie w Caras Galadhon! – rzekł. – Oto stolica Galadrimów, siedziba Władcy Lórien, Celeborna, i Pani Galadrieli. Nie możemy jednak wejść od tej strony, bo od północy nie ma bramy. Trzeba okrążyć wzgórze od południa, a to dość długa droga, gród jest ogromny.

Zewnętrznym brzegiem fosy biegła droga brukowana białym kamieniem. Szli nią, skręciwszy ku zachodowi, miasto więc górowało wciąż nad nimi jak zielona chmura od lewej strony. W miarę jak ciemności nocne gęstniały, zapalało się coraz więcej świateł, aż wreszcie zdawało się, że wzgórze jarzy się od gwiazd. Dotarli w końcu do białego mostu, a gdy po nim przeszli, zobaczyli wielką bramę zwróconą na południo-zachód, osadzoną między dwiema zachodzącymi tu na siebie ścianami obronnego muru, wysoką i potężną, jasno oświetloną latarniami.

Haldir zapukał i wymówił jakieś hasło, a wówczas brama otworzyła się bezszelestnie; straży Frodo nie zauważył. Wędrowcy weszli, wrota zamknęły się za nimi. Znaleźli się w niskim korytarzu między murami, minęli go szybko i wkroczyli do Grodu Drzew. Nie widać tu było żywej duszy, nie słychać niczyich kroków na ścieżkach, tylko z gór, jakby z powietrza, dobiegał gwar głosów. Gdzieś daleko, na szczycie wzgórza, rozbrzmiewał śpiew niby łagodny deszcz szemrzący wśród liści.

Szli wieloma ścieżkami, wspinali się po wielu schodach, a gdy osiągnęli znaczną wysokość, zobaczyli pośrodku rozległego trawnika migocące źródło. Oświetlały je srebrne latarnie, które kołysały się nad nim na gałęziach, a woda ściekała do srebrnej misy i z niej dopiero płynęła dalej białym strumieniem. U południowego krańca trawnika rosło największe ze wszystkich drzew; potężny gładki pień połyskiwał ciemnym srebrem, a wystrzelał w górę jak wieża i wysoko nad ziemią rozpościerał pierwsze konary, nakryte cienistą kopułą liści. Obok stała szeroka srebrna drabina, u jej stóp siedzieli trzej elfowie. Na widok zbliżającej się drużyny zerwali się wszyscy i wtedy dopiero Frodo stwierdził, że wartownicy są rośli i okryci zbrojami, a z ramion ich spływają długie białe płaszcze.

– Tu mieszkają Celeborn i Galadriela – rzekł Haldir. – Życzą sobie, żebyście weszli na górę i porozmawiali z nimi.

Jeden z wartowników zadął w róg i na czysty jego głos odpowiedziano z korony drzew trzema podobnymi nutami.

– Pójdę pierwszy – powiedział Haldir. – Następny niech idzie Frodo, a za nim Legolas. Reszta w dowolnym porządku. Dla nóg nie przyzwyczajonych do takich schodów wspinaczka jest dość uciążliwa, można jednak odpocząć po drodze.

Pnąc się z wolna, Frodo minął mnóstwo talanów: jedne umieszczone były po prawej, inne po lewej stronie, a niektóre wokół pnia, tak że drabina przechodziła przez wyciętą w pomoście dziurę. W końcu zatrzymał się bardzo już wysoko na talanie ogromnym jak pokład wielkiego okrętu. Był tu zbudowany dom tak obszerny, że mógłby służyć za pałac ludziom na ziemi. Frodo wszedł za Haldirem do owalnej sali; pośrodku przebijał jej podłogę pień olbrzymiego mallorna, wprawdzie zwężający się pod szczytem, lecz i tu jeszcze potężny.

Komnatę wypełniało łagodne światło; ściany miała zielone i srebrne, strop złoty. Zebrała się tu liczna gromada elfów. Pod środkowym filarem na dwóch fotelach, nad którymi żywe gałęzie splątały się w baldachim, siedzieli tuż obok siebie Celeborn i Galadriela. Wstali na powitanie gości, bo takiego zwyczaju przestrzegają elfowie, nawet najdostojniejsi. Oboje byli niezwykle wysokiego wzrostu, a królowa nie ustępowała postawą swemu małżonkowi. Oboje też byli poważni i piękni. Szaty nosili śnieżnobiałe, pani miała włosy ciemnozłote, Celeborn zaś srebrzyste, długie i jasne. Wiek nie naznaczył ich twarzy swoim piętnem, dał im tylko głębię spojrzenia, tak przenikliwego, jak ostrze włóczni lub promienie gwiazd, a zarazem tak bezdennego, jak źródła odwiecznych wspomnień. Haldir wprowadził Froda, a władca pozdrowił gościa w jego ojczystym języku. Pani Galadriela nie odezwała się ani słowem, lecz długo wpatrywała się w hobbita.

– Siądź u mego boku, Frodo, gościu z Shire'u – rzekł Celeborn. – Porozmawiamy, gdy zbiorą się wszyscy.

Każdego wchodzącego członka drużyny witał uprzejmie po imieniu.

– Witaj, Aragornie, synu Arathorna! – powiedział. – Na świecie upłynęło trzydzieści osiem lat, odkąd widzieliśmy cię w naszym kraju, a nie były dla ciebie lekkie te lata. Dobry czy zły – koniec się zbliża. Zrzuć tu wśród nas choć na chwilę swoje brzemię.

– Witaj, synu Thranduila! Nazbyt rzadko moi krewniacy z Północy przybywają tu w odwiedziny!

– Witaj, Gimli, synu Glóina! Od dawna nie widzieliśmy potomka rodu Durina w Caras Galadhon. Dziś wszakże przełamane zostało stare prawo. Oby to było zapowiedzią, że chociaż ciemności teraz zalegają nad światem, zbliża się czas szczęśliwszy i odrodzi się przyjaźń między naszymi plemionami.

Gimli skłonił się nisko.

Kiedy już wszyscy goście siedzieli wokół jego tronu, Celeborn powiódł po nich wzrokiem.

– Jest was ośmiu – rzekł. – Miało wziąć udział w wyprawie dziewięciu – takie doszły nas wieści. Ale może zmieniło się coś w postanowieniach Rady, o czym nie wiem. Elrond mieszka daleko, między nami zebrały się chmury, a cień rozrasta się z każdym rokiem.

– Nie, Rada nie zmieniła nic w swoich postanowieniach – odezwała się po raz pierwszy Pani Galadriela. Głos miała czysty i melodyjny, ale niższy, niż miewają zazwyczaj kobiety. – Gandalf Szary wyruszył wraz z Drużyną, nie przekroczył jednak granic naszej ziemi. Powiedzcie mi, gdzie jest, bardzo chciałabym z nim się porozumieć. Lecz nie mogę dostrzec go w tej dali, póki nie znajdzie się na obszarze Lothlórien. Otacza go szara mgła, jego kroki i myśli zakryte są przed moimi oczyma.

– Niestety! – rzekł Aragorn. – Gandalf Szary wpadł w otchłań cienia. Został w Morii, skąd nie zdołał się wymknąć.

Na te słowa wszyscy obecni w komnacie elfowie krzyknęli głośno z żalu i zdumienia.

– Zła to nowina – powiedział Celeborn. – Najgorsza, jaką słyszeliśmy w ciągu długich lat, wypełnionych smutnymi zdarzeniami. – Zwrócił się do Haldira: – Dlaczego nie zawiadomiono mnie o tym wcześniej? – spytał w języku elfów.

– Nie mówiliśmy Haldirowi nic o naszych przygodach ani o celu wyprawy – rzekł Legolas. – Zrazu byliśmy zbyt znużeni i zbyt blisko za nami była pogoń. Potem zaś niemal zapomnieliśmy na chwilę o smutku, radując się wędrówką przez czarowne ścieżki Lórien.

– Wielki jest wszakże nasz żal i strata niepowetowana – powiedział Frodo. – Gandalf nam przewodził i wiódł nas przez Morię, a gdy już straciliśmy nadzieję, on nas ocalił, lecz sam zginął.

– Opowiedzcie dokładnie wszystko! – rzekł Celeborn.

Wówczas Aragorn opowiedział, co ich spotkało na przełęczy Caradhrasu i w ciągu następnych dni. Mówił o Balinie i jego księdze, o bitwie w komnacie Mazarbul, o czeluści ognistej, o wąskim moście i zjawieniu się straszydła.

– Wyglądało na potwora z przedwiecznego świata, nic podobnego w życiu nie widziałem – powiedział. – Zarazem cień i płomień, siła i groza.

– To był Balrog, sługa Morgotha – rzekł Legolas. – Z nieprzyjaciół elfów najstraszliwszy po tamtym, który się kryje w Czarnej Wieży.

– Prawdę mówisz, na moście ujrzałem na jawie koszmar, co nawiedza najbardziej ponure nasze sny: Zgubę Durina – dodał cichym głosem Gimli, a w jego oczach był strach.

– Niestety! – zawołał Celeborn. – Z dawna obawialiśmy się, że pod Caradhrasem czai się zgroza. Gdybym był wiedział, że krasnoludowie zbudzili w Morii owo zło, wzbroniłbym drogi przez północną granicę zarówno tobie, Gimli, jak wszystkim, którzy z tobą trzymają. Można by rzec, gdyby taka myśl była dopuszczalna, że Gandalf na starość z mędrca stał się szaleńcem, skoro bez potrzeby wszedł w pułapkę Morii.

– Zbyt pochopny byłby taki sąd – odezwała się z powagą Galadriela. – Gandalf nic w swym życiu nie robił bez potrzeby. Ci, co szli za jego przewodem, nie znali jego myśli i nie mogą przedstawić w pełni celu, do którego Czarodziej zmierzał. Cokolwiek wszakże powiemy o przewodniku, nikt spośród jego podwłanych nie ponosi winy. Nie żałujmy, że powitaliśmy przyjaźnie krasnoluda. Gdyby nasz lud przetrwał długie wygnanie z dala od Lothlórien, czy który z Galadrimów, bodaj sam Celeborn Mędrzec, zgodziłby się ominąć bez jednego spojrzenia dawną swoją ojczyznę, choćby ją zamieszkiwały smoki? Ciemne są wody Kheled-zâram, zimne są źródła Kibil-nêla, a piękne były wsparte na kolumnach sale Khazad-dûm za Dawnych Dni, przed upadkiem możnych królów panujących nad skałami.

Pani Galadriela spojrzała na Gimlego, który siedział smutny i wzburzony, i obdarzyła go uśmiechem. Krasnolud zaś, na dźwięk starych nazw w rodzinnej swojej mowie, podniósł wzrok i spotkał jej oczy. Wydało mu się, że nagle zajrzał w serce przeciwnika i zobaczył w nim miłość i współczucie. Wyraz zdumienia odmienił mu twarz i Gimli na uśmiech odpowiedział uśmiechem. Wstał niezgrabnie i kłaniając się na krasnoludzką modłę, powiedział:

– Lecz jeszcze piękniejszy jest kraj Lórien, a Pani Galadriela pozostaje jego klejnotem, cenniejszym niż wszystkie skarby podziemi.

Zapadła cisza. Wreszcie znów przemówił Celeborn.

– Nie wiedziałem, że tak straszne przeżyliście losy – rzekł. – Niech Gimli nie pamięta mi ostrych słów! Płynęły z serca przepełnionego troską. Zrobię wszystko, co w mojej mocy, by wesprzeć was, każdego wedle jego potrzeb i życzeń, szczególnie zaś tego spośród małoludów, który dźwiga brzemię.

– Znamy cel waszej misji – powiedziała Galadriela, patrząc wprost na Froda. – Nie chcemy jednak mówić o nim tutaj wyraźniej. Ale zapewne okaże się, że nie na próżno przybyliście do tego kraju w poszukiwaniu pomocy, co niewątpliwie leżało w planach Gandalfa. Albowiem władca Galadrimów zaliczany jest do najmądrzejszych elfów Śródziemia i może was obdarzyć tym, czym nie rozporządzają nawet potężni królowie. Od zarania ziemi przebywał na Zachodzie, ja zaś od niepamiętnych czasów byłam przy nim. Jeszcze przed upadkiem Nargothrondu i Gondolinu przybyłam tutaj zza gór i razem z Celebornem przez długie wieki walczymy, stawiając opór klęskom.

To ja po raz pierwszy zwołałam Białą Radę. A gdyby nie pokrzyżowano moich zamierzeń, kierowałby nią Gandalf Szary, wtedy zaś pewnie inaczej potoczyłyby się wypadki. Nawet dziś została nadzieja. Nie będę wam radziła, mówiąc: zróbcie to albo zróbcie tamto. Bo nie czynem ani radą, ani wyborem dróg mogę wam być pomocna, lecz wiedzą o tym, co było, co jest, a w pewnej mierze również, co będzie. Jedno wam powiem: wasze zwycięstwo waży się na ostrzu noża. Jeżeli zboczycie choć o włos, wszystko runie, grzebiąc nas pod gruzami. Nadzieja wszakże nie zgaśnie, póki cała Drużyna pozostanie wierna Sprawie.

To rzekłszy, zwróciła na gości przenikliwy wzrok i w milczeniu badała twarze, jedną po drugiej. Nikt prócz Legolasa i Aragorna nie mógł długo znieść jej spojrzenia. Sam natychmiast zaczerwienił się i zwiesił głowę.

Wreszcie Pani Galadriela uwolniła ich z więzi swoich oczu i uśmiechnęła się, mówiąc:

– Nie dopuszczajcie lęku do serc! Dzisiejszą noc prześpicie spokojnie.

Westchnęli i nagle poczuli się zmęczeni, jak po długim, wnikliwym śledztwie, chociaż nie padło ani jedno pytanie.

– Idźcie teraz! – powiedział Celeborn. – Wyczerpały was troski i trudy. Nawet gdyby cel waszej wyprawy blisko nas nie dotyczył, znaleźlibyście w tym grodzie schronienie, póki nie odzyskacie zdrowia i sił. Odpoczywajcie, na razie nie będziemy mówili o dalszej drodze.

Tę noc Drużyna przespała na ziemi, ku wielkiemu zadowoleniu hobbitów. Elfowie rozpięli dla nich namiot wśród drzew opodal źródła i wymościli im miękkie posłania, a potem, melodyjnymi swoimi głosami życząc im spokoju, zostawili samych. Wędrowcy jeszcze czas jakiś gawędzili, wspominając poprzedni nocleg w koronach drzew, marsz przez las oraz wizytę u Celeborna i Pani Galadrieli. W dalszą przeszłość nie odważali się jeszcze zapuszczać myślą.

– Dlaczego się tak zaczerwieniłeś, Samie? – spytał Pippin. – Załamałeś się od razu! Można by cię podejrzewać o nieczyste sumienie. Mam nadzieję, że nie miałeś sobie do wyrzucenia nic gorszego niż ten niecny zamach na mój koc.

– Ani mi w głowie kraść twój koc – odparł Sam, wcale nieskłonny do żartów. – Jeżeli chcesz wiedzieć prawdę, czułem się tak, jakby mnie kto rozebrał do naga, i było mi bardzo nieprzyjemnie. Zdawało mi się, że ona widzi we mnie wszystko przez skórę i pyta, co bym zrobił, gdyby mi dała możność powrotu do domu, do Shire'u, do miłej własnej norki z ogródkiem.

– A to zabawne! – powiedział Merry. – Niemal dokładnie tak samo było ze mną, tylko że... tylko że... Nie, wolę więcej nie mówić... – zakończył niezręcznie.

Wszyscy, jak się okazało, doznali podobnego wrażenia: każdy czuł, że mu ofiarowano wybór między ciemnością rojącą się od strachów, która go czeka w dalszej podróży, a czymś innym, pożądanym gorąco. Każdy w wyobraźni zobaczył jasno przedmiot swoich marzeń, który by osiągnął, gdyby zawrócił z drogi, poniechał wyprawy i pozostawił innym wojowanie z Sauronem.

– Także mi się zdawało – wyznał Gimli – że wybór pozostanie tajemnicą i że nikt prócz mnie nie dowie się, co wybrałem.

– Mnie się to wydało niezmiernie dziwne – rzekł Boromir. – Może to była tylko próba, może ona usiłowała przeniknąć nasze myśli dla jakichś własnych celów, ale miałbym ochotę nazwać to kuszeniem: jakby nam ofiarowała coś, czym rzekomo rozporządza. Nie trzeba was chyba zapewniać, że nie chciałem tego nawet słuchać. Mężowie z Minas Tirith dotrzymują słowa.

Boromir jednak nie powiedział towarzyszom, co mianowicie wedle jego wyobrażenia ofiarowywała mu Pani Galadriela.

Frodo nic mówić nie chciał, chociaż Boromir dopytywał się natarczywie.

– W ciebie, Powiernika Pierścienia, najdłużej się wpatrywała – rzekł.

– Tak – przyznał Frodo – ale to, co mi wówczas przychodziło na myśl, zachowam dla siebie.

– Bądź jednak ostrożny – powiedział Boromir. – Nie wiem, czy można całkowicie ufać tej władczyni elfów i jej zamiarom.

– Nie waż się źle mówić o Pani Galadrieli! – surowo odezwał się Aragorn. – Sam nie wiesz, co gadasz. Ani w niej, ani w jej kraju nie ma nic złego, chyba że ktoś ze sobą zło przyniesie. Ale wtedy biada mu! Dzisiejszej nocy usnę bez lęku po raz pierwszy od wyjazdu z Rivendell. Obym spał spokojnie i zapomniał choć na tych kilka godzin o moim bólu! Zmęczony jestem na ciele i na duszy.

I Aragorn, rzuciwszy się na posłanie, natychmiast zapadł w długi sen. Towarzysze poszli za jego przykładem, a żadne hałasy ani senne widziadła nie mąciły im spoczynku. Kiedy się zbudzili, biały dzień świecił nad trawnikiem przed namiotem, a woda ze źródła, tryskając w górę i opadając, skrzyła się w słońcu.

Spędzili w Lothlórien kilka dni, o których niewiele umieliby powiedzieć i zachować w pamięci. Przez cały czas słońce świeciło jasno, z wyjątkiem chwil przelotnych ciepłych deszczów, po których zieleń zdawała się czystsza i świeższa. Powietrze było chłodne i łagodne, jak wczesną wiosną, lecz wyczuwali dokoła głęboką, zamyśloną ciszę zimy. Mieli wrażenie, że nie robią nic, tylko jedzą, piją, odpoczywają i przechadzają się wśród drzew, i to im zupełnie wystarczało.

Celeborna i Pani Galadrieli nie widywali później, z innymi elfami mało rozmawiali, niewielu zresztą Galadrimów znało jakikolwiek język prócz własnej leśnej mowy. Haldir pożegnał się z Drużyną i wrócił na północne pogranicze, którego teraz strzeżono pilnie, wiedząc z opowiadań gości, co się dzieje w Morii. Legolas przebywał niemal stale wśród Galadrimów, a po pierwszej nocy opuścił nawet wspólną kwaterę Drużyny, zjawiał się jedynie na posiłki i czasem na pogawędki. Często, wybierając się poza miasto, brał Gimlego, a towarzysze nadziwić się nie mogli tej odmianie.

Teraz już, przesiadując lub spacerując razem, Drużyna mówiła o Gandalfie, a gdy każdy dorzucał do wspomnień, co wiedział i w jakich okolicznościach widywał Czarodzieja, jego postać tym żywiej stawała wszystkim przed oczyma. W miarę jak odpoczynek koił rany i znużenie ciała, serca boleśniej odczuwały żal po straconym przewodniku. Nieraz słyszeli w pobliżu śpiew elfów i wiedzieli, że Galadrimowie układają treny żałobne o zgubie Gandalfa, bo wśród słodkich, smutnych słów niezrozumiałego języka powtarzało się jego imię.

„Mithrandir, Mithrandir! – śpiewali elfowie. – O Pielgrzymie Szary!" Tak bowiem najchętniej nazywali Czarodzieja. Legolas wszakże, jeśli znalazł się w takiej chwili w Drużynie, nie chciał towarzyszom tłumaczyć słów pieśni, twierdząc, że nie potrafi i że strata, tak bardzo jeszcze świeża, w nim budzi raczej ochotę do płaczu niż do śpiewu.

W Drużynie pierwszy Frodo spróbował, jak umiał, wyrazić w słowach swój smutek. Rzadko brała go ochota układać pieśni i rymy. Nawet w Rivendell wolał słuchać, niż śpiewać, chociaż w pamięci przechowywał mnóstwo wierszy przez innych z dawna skomponowanych. Teraz jednak, gdy przesiadywał przy źródle w Lórien i słuchał głosu elfów, myśli jego mimo woli przybrały kształt pieśni, która mu się wydała piękna; lecz gdy chciał ją powtórzyć Samowi, nie znajdował nic prócz strzępków, spłowiałych jak garść zwiędłych liści.

*A kiedy wieczór szarzał w krąg,*
*Na Wzgórzu słychać było kroki...*
*Odchodził jednak skoro świt*
*W dalekiej drogi szare mroki.*

*Od Puszczy po zachodu brzeg,*
*Z północy ku południa wzgórzom,*
*Przez leża smocze, mroczny bór*
*Szedł – nieznużony swą podróżą.*

*Z hobbitem, z elfem w cieniu grot,*
*Z ludkiem zwyczajnych śmiertelników,*
*Z ptakiem czy wężem pośród traw*
*Rozmawiał w tajnym ich języku.*

*Raz miecz, to znów lecząca dłoń,*
*Ciężarem grzbiet strudzony srodze,*
*Paląca głownia, grzmiący głos –*
*To znów znużony pielgrzym w drodze.*

*To sądził, jak mądrości wzór*
*Do gniewu skłonny i do łaski,*
*To znów jak starzec dłonie wsparł*
*Na pełnym sęków drewnie laski.*

*Na moście stanął – ciemny Cień*
*I Ogień wyzywając dumnie...*
*O kamień złamał mu się kij,*
*A mądrość zmarła w Khazad-dûmie.*[1]

– Jeszcze trochę, panie Frodo, a prześcignie pan pana Bilba! – rzekł Sam.

– Wątpię – odparł Frodo. – Ale ten wiersz jest lepszy niż wszystkie, jakie dotychczas ułożyłem.

– Wie pan co, jeżeli pan znowu kiedy będzie coś takiego obmyślał, niech pan koniecznie wspomni o fajerwerkach – powiedział Sam. – Na przykład tak:

*Pod niebo tryska raz po raz*
*Fontanna kolorowych gwiazd –*

---

[1] Przełożył Włodzimierz Lewik.

> *I grzmotem wypełniwszy przestrzeń*
> *Złocistych kwiatów spada deszczem.* [1]

Po prawdzie, fajerwerki warte są lepszych wierszy!

– Nie, ten temat tobie zostawię, Samie. A może Bilbowi. Ale... Nie, nie mogę o tym mówić... Trudno znieść myśl, że będę musiał taką nowinę staruszkowi powiedzieć!

Pewnego dnia Frodo i Sam przechadzali się o przedwieczornym chłodzie. Obu znowu nękał niepokój. Nagle ogarnął Froda smutek rozstania; nie wiedział dlaczego, lecz był pewien, że zbliża się chwila, kiedy będzie musiał pożegnać Lothlórien.

– No, Samie, co teraz sądzisz o elfach? – spytał. – Postawiłem już raz to pytanie... jakże to się wydaje dawno temu! Ale od tamtego dnia napatrzyłeś się ich więcej.

– Że się napatrzyłem, to się napatrzyłem! – odparł Sam. – I widzę, że są elfowie i elfowie. Wszyscy najprawdziwsi, a przecież tacy różni. Ci na przykład, tutejsi, nie wędrują bezdomnie, odrobinkę są do nas podobni, bo do tej swojej ziemi przynależą jak hobbici do Shire'u. Czy to ten kraj ich przerobił, czy oni go na swój sposób przerobili – trudno zgadnąć... Nie wiem, czy pan mnie rozumie? Tak tu spokojnie! Jakby się nic nie działo i jakby nikt żadnych zdarzeń nie pragnął. Jeśli tkwi w tym jakieś czarodziejstwo, to chyba bardzo głęboko, nic wymacać nie sposób, że się tak wyrażę.

– Widzi się i wyczuwa czar we wszystkim dokoła – rzekł Frodo.

– No, tak – powiedział Sam – ale nie widać, żeby ktoś czarował. Nie puszczają fajerwerków jak stary Gandalf, nieborak. Dziwi mnie też, że pana Celeborna ani Pani Galadrieli w ostatnich dniach nie spotykamy nigdzie. Myślę, że ona na pewno umie różne czary sprawiać, byle zechciała. Dużo bym dał, żeby zobaczyć sztuki elfów!

– A ja nie – odparł Frodo. – Dobrze mi tak, jak jest. I nie do fajerwerków Gandalfa tęsknię, ale do jego krzaczastych brwi, porywczego charakteru i głosu.

– Racja – przyznał Sam. – Niech pan nie myśli, panie Frodo, że ja grymaszę. Zawsze marzyłem, żeby zobaczyć czary, o których stare

---

[1] Przełożył Włodzimierz Lewik.

legendy opowiadają, a nie ma chyba na świecie kraju, co by lepiej niż ten nadawał się do takich rzeczy. Rozumie pan, tu jest tak, jakby się było u siebie w domu, a zarazem na majówce. Nie chce się stąd odchodzić, ale mimo wszystko czuję, że jeśli trzeba iść dalej, lepiej to zrobić jak najprędzej. „Najdłużej trwa ta robota, której się wcale nie zaczyna" – mawiał mój staruszek. Nie zdaje mi się też, by tutejsi elfowie mogli nam wiele pomóc, z czarami czy bez czarów. Myślę, że dopiero za granicą tego kraju najboleśniej odczujemy brak Gandalfa.

– Niestety, słusznie tak myślisz – rzekł Frodo. – Mam jednak nadzieję, że przed wyruszeniem zobaczymy jeszcze Panią Elfów.

W tej samej chwili, jakby w odpowiedzi na te słowa, ujrzeli zbliżającą się Galadrielę. Smukła, biała i piękna szła pod drzewami. Nie wymówiła ani słowa, ale gestem wezwała hobbitów do siebie. Zawróciła i poprowadziła ich ku południowym stokom wzgórza Caras Galadhon i przez wysoki zielony żywopłot do zamkniętego jego ścianami ogrodu. Nie było tu drzew, nad ogrodem rozpościerało się otwarte niebo. Właśnie wzeszła gwiazda wieczorna i płonęła białym ogniem nad lasami w zachodniej stronie. Po licznych stopniach schodów pani Galadriela zstąpiła w głęboką zieloną kotlinę, którą przecinał, szemrząc, srebrny potok, spływający ze źródła na wzgórzu. W dole, na podstawie wyrzeźbionej w kształt korony drzewa, stała srebrna misa, wielka, lecz płytka, obok zaś srebrny dzban.

Galadriela napełniła misę po wręby wodą z potoku, odczekała chwilę, by się woda ustała, potem dopiero przemówiła.

– To jest Zwierciadło Galadrieli – rzekła. – Przyprowadziłam was tutaj, byście w nie spojrzeli, jeśli macie ochotę.

W powietrzu była cisza, mrok zalegał kotlinę, Pani Elfów zdawała się hobbitom bardzo wysoka i blada.

– Czego w nim mamy szukać i co zobaczymy? – spytał z trwożnym szacunkiem Frodo.

– Mogę rozkazać Zwierciadłu, by objawiło różne rzeczy – odparła Galadriela – a niekiedy pokazuję pewnym osobom to, co sobie życzą zobaczyć. Ale Zwierciadło może też z własnej woli ukazać obrazy, o które je nikt nie prosił, a bywają one często niezwykłe i bardziej pouczające niż tamte, upragnione. Co ujrzysz, jeśli zostawimy swobodę Zwierciadłu, nie wiem. Pokazuje ono czasem dzień dzisiejszy albo to, co się może dopiero później zdarzyć. Lecz nawet największy mędrzec nie zawsze jest pewien, czy to, co widzi, należy do przeszłości, do teraźniejszości czy do jutra. Czy chcesz spojrzeć?

Frodo nic nie odpowiedział.

– A ty? – zwróciła się Galadriela do Sama. – Wiedz, że tu wchodzi w grę to, co twoje plemię nazywa magią, chociaż ja niezupełnie pojmuję, co rozumiecie przez to określenie: zdaje się, że tym samym słowem określacie podstępy Nieprzyjaciela. Lecz jeśli chcesz to nazwać magią, pamiętaj, że to magia Galadrieli. Czyż nie mówiłeś, że marzysz o zobaczeniu czarów, które sprawiają elfowie?

– Mówiłem – przyznał Sam, drżąc w rozterce między strachem a ciekawością. – Zajrzę, jeśli pozwolisz, Pani.

Chętnie bym zerknął ku domowi, co się też tam dzieje – powiedział na stronie do Froda. – Wydaje mi się, że wieki upłynęły, odkąd opuściłem Shire. Ale bardzo możliwe, że nie zobaczę nic prócz gwiazd albo takiego obrazu, z którego nic nie zrozumiem.

– Owszem, możliwe – odparła, śmiejąc się przyjaźnie, Galadriela. – Zbliż się jednak, popatrz, a przekonasz się, co zobaczysz. Nie dotykaj wody!

Sam wspiął się na cokół i nachylił nad misą. Woda była ciemna i zdawała się twarda. Odbijały się w niej gwiazdy.

– Nic, tylko gwiazdy, tak jak przepowiadałem – mruknął Sam. Zaraz potem krzyknął cicho, bo gwiazdy znikły. Jakby się ciemna zasłona rozwiała, zwierciadło z czarnego stało się szare, a później zupełnie jasne. Świeciło w nim słońce, drzewa kołysały się i gięły na wietrze. Zanim Sam zdążył zgadnąć, co to znaczy, światło zmierzchło; teraz miał wrażenie, że widzi Froda z pobladłą twarzą, leżącego we śnie pod ogromnym, ponurym urwiskiem. Z kolei zobaczył jakby siebie samego w mrocznym tunelu, pnącego się po niezliczonych stopniach krętych schodów pod górę. Jak we śnie obrazy zmieniały się i powracały: oto znów ukazały się drzewa. Tym razem jednak nie tłoczyły się tak gęsto i Sam mógł dostrzec wyraźniej, co się wśród nich dzieje; nie kołysały się na wietrze, lecz padały, roztrzaskując się, na ziemię.

– Ojej! – krzyknął oburzony. – Ted Sandyman wyrąbuje drzewa, których nie ma prawa ruszać! Nie wolno ich ścinać, to przecież szpaler za młynem, ocieniający drogę Nad Wodą. Żebym tak dobrał się do Teda, tobym jego rąbnął!

W tym momencie Sam nagle spostrzegł, że stary młyn zniknął, a na jego miejscu wznoszony jest duży dom z czerwonej cegły. Mnóstwo robotników kręciło się przy budowie. Opodal sterczał wysoki, czerwony komin. Czarny dym zasnuł powierzchnię Zwierciadła.

– W Shire jakiś diabeł psoci – powiedział Sam. – Elrond miał rację, że chciał pana Meriadoka odesłać do kraju. – Naraz Sam wrzasnął i odskoczył od misy. – Nie mogę tu zostać! – zawołał wzburzony. – Muszę wracać do domu. Rozkopali nasz zaułek, a stary Dziadunio złazi z Pagórka i pcha taczki z całym swoim dobytkiem. Muszę wracać!

– Nie możesz wrócić sam jeden – odezwała się Pani Galadriela. – Zanim spojrzałeś w Zwierciadło, nie chciałeś iść do domu bez swojego pana, chociaż wiedziałeś, że tam, w kraju, może się zdarzyć coś złego. Pamiętaj, że Zwierciadło pokazuje różne rzeczy i nie wszystkie mają się nieuchronnie ziścić. Niektóre nigdy się nie urzeczywistnią, jeżeli ten, komu się zjawiły, nie zboczy ze swej ścieżki, by im zapobiec. Zwierciadło jest niebezpiecznym doradcą, jeśli chodzi o wybór drogi.

Sam siedział na ziemi, ściskając oburącz głowę.

– Po com tu przychodził! Że też mi się zachciało oglądać jakieś czary! – powiedział i znów umilkł. Po chwili przemówił zdławionym głosem, jakby walcząc ze łzami: – Nie! Pójdę do domu, ale tylko okrężną drogą; albo razem z panem Frodem, albo wcale! Mimo wszystko nie tracę nadziei, że kiedyś tam wrócę. A jeżeli to, com widział w wodzie, jest prawdą, ktoś dostanie porządnie po łbie.

– Czy teraz chcesz spojrzeć w Zwierciadło, Frodo? – spytała Pani Galadriela. – Tyś nie marzył o czarach elfów, byłeś zadowolony z tego, co miałeś.

– Co mi radzisz? – spytał Frodo.

– Nic – odparła. – Nie radzę ci ani tak, ani inaczej. Nie jestem doradcą. Możesz się czegoś dowiedzieć, a czy to będzie dobre, czy złe – może ci się przydać, a może nie. Jasnowidzenie to przywilej zarazem cenny i niebezpieczny. Ale sądzę, mój Frodo, że masz dość odwagi i rozumu, by poddać się tej próbie; gdybym myślała inaczej, nie przyprowadziłabym cię tutaj. Zrób, co chcesz!

– Zajrzę – powiedział Frodo i wspiąwszy się na podstawę, pochylił twarz nad ciemną wodą. Zwierciadło natychmiast pojaśniało i hobbit zobaczył krajobraz w półmroku. W głębi na tle bladego nieba majaczyły ponure góry. Długa, szara droga biegła w dal i ginęła na widnokręgu. Z bardzo daleka drogą z wolna nadchodziła jakaś postać, zrazu maleńka i nikła, z każdą sekundą rosnąca, w miarę jak się zbliżała. Nagle Frodo uświadomił sobie, że postać przypomina mu Gandalfa. Omal nie krzyknął na głos imienia Czarodzieja, w porę jednak spostrzegł, że wędrowiec ma na sobie nie szary, lecz biały płaszcz i że ta biel świeci wśród zmierzchu nikłym światłem; w jego ręku zauważył białą różdżkę. Postać szła ze spuszczoną głową, twarzy więc Frodo nie mógł poznać, a w chwilę później pielgrzym zniknął mu z oczu za zakrętem drogi. Zwątpienie ogarnęło Froda: czy to była wizja Gandalfa sprzed wielu lat, przemierzającego samotnie drogi świata, czy też Saruman?

Obraz się zmienił. Na krótko i bardzo maleńki, lecz wyraźny, mignął Frodowi Bilbo, niespokojnie biegający tam i sam po swojej izdebce. Na stole piętrzyły się porozrzucane papiery, deszcz siekł w okna.

Nastąpiła przerwa, potem błyskawicznie zaczęły się przesuwać różne sceny, a Frodo odgadywał w nich fragmenty jakiejś wielkiej historii, w którą był osobiście wplątany. Mgła się rozwiała i zobaczył coś, czego nigdy w życiu nie widział, a co jednak od pierwszego wejrzenia poznał: morze. Zapadły ciemności. Straszliwa burza rozpętała się na morzu. Na tle słońca, zachodzącego krwawo w kłębach chmur, zarysował się czarną sylwetką smukły statek z poszarpanymi żaglami niesiony wiatrem od zachodu. Potem Frodo zobaczył szeroką rzekę przepływającą przez ludne miasto. Potem – białą, siedmiowieżową twierdzę. I znów ukazał się statek z czarnymi żaglami, lecz teraz był ranek, woda skrzyła się w blasku dnia, a w słońcu błyszczało wyhaftowane na chorągwi godło przedstawiające białe drzewo. Dym się wzbił, jakby nad polem bitwy, słońce zaszło rozżarzone szkarłatnie, kryjąc się w szarych oparach; mały stateczek, migocąc światłami, zanurzył się we mgle. Wszystko znikło, a Frodo westchnął i już zamierzał odsunąć się od misy, gdy nagle Zwierciadło powlokło się ciemnością tak nieprzeniknioną, jakby czarna jama otwarła się w świecie wizji, i hobbit spojrzał w pustkę.

W ciemnej czeluści ukazało się Oko i rosło z każdą sekundą, aż wypełniło niemal całe Zwierciadło. Było tak straszne, że Frodo struchlał, niezdolny krzyknąć ani oderwać wzroku. W ognistym rąbku, Oko szkliło się, żółte niby ślepie kocura, czujne i skupione, a czarna szczelina źrenicy otwierała się jak otchłań – w nicość. Potem Oko zaczęło błądzić na wszystkie strony, jakby czegoś szukając; Frodo ze zgrozą, lecz bez najmniejszej wątpliwości zrozumiał, że między innymi szuka również jego; wiedział jednak, że Oko nie może go dostrzec, jeszcze nie może – chyba żeby on sam się na to zgodził. Pierścień zawieszony na łańcuszku u szyi zaciążył mu jak ogromny kamień, ciągnąc głowę hobbita w dół. Zwierciadło, jakby się rozgrzewając, zadymiło parą. Frodo osuwał się coraz niżej.

– Nie dotykaj wody! – szepnęła Pani Galadriela. Wizja rozwiała się, Frodo patrzył w chłodne gwiazdy, mrugające w srebrnej misie. Odsunął się od Zwierciadła, drżąc na całym ciele i spojrzał na Panią Elfów.

– Wiem, co zobaczyłeś na zakończenie – powiedziała – bo ten sam obraz ukazał się moim myślom. Nie lękaj się! Wiedz, że nie tylko śpiew elfów wśród drzew i nawet nie wysmukłe ich łuki bronią krainy Lothlórien przeciw zakusom Nieprzyjaciela. Powiadam ci, Frodo, że nawet w tej chwili, gdy z tobą rozmawiam, widzę Czarnego Władcę i przenikam jego zamysły, jeśli dotyczą elfów. On zaś od wieków usiłuje dostrzec mnie i poznać moje myśli. Ale drzwi są przed nim wciąż jeszcze zamknięte.

Podniosła białe ramiona i wyciągnęła dłonie ku wschodowi takim gestem, jakby coś odrzucała i odpierała. Eärendil – Gwiazda Wieczorna, najmilsza sercom elfów – jasno świeciła na niebie. W jej blasku u stóp Galadrieli kładł się na ziemię mętny cień. Promień gwiazdy trafił na pierścień zdobiący jej palec: polerowane złoto zalśniło srebrnym światłem, a biały kamień rozbłysnął, jakby Gwiazda Wieczorna spłynęła na wyciągniętą rękę Pani Elfów. Frodo ze czcią przyglądał się pierścieniowi, nagle bowiem wydało mu się, że zrozumiał tajemnicę.

– Tak – powiedziała Galadriela, odgadując jego myśli – nie wolno tego sekretu zdradzić i dlatego Elrond nie mógł ci nic powiedzieć. Lecz nie będę taiła prawdy przed Powiernikiem Pierścienia, przed tym, który widział Oko. A prawdą jest, że w kraju Lórien na palcu Galadrieli przechowuje się jeden z Trzech. Nazywa się Nenya, Diament, a powierzono go mnie.

Tamten podejrzewa prawdę, lecz jej nie zna... jeszcze nie. Czy teraz pojmujesz, dlaczego twoje przybycie oznacza dla nas, że zbliża się godzina przeznaczenia? Jeśli ciebie spotka klęska, będziemy wydani bezbronni w ręce Nieprzyjaciela. Jeśli uda ci się spełnić swoją misję, nasza potęga zmaleje, a Lothlórien zwiędnie i fala czasu porwie nasz kraj. Będziemy musieli odejść na Zachód lub zmienić się w zwykłych wieśniaków, mieszkać w norach i jaskiniach, z wolna zapomnieć i utonąć w zapomnieniu.

Frodo schylił głowę.

– A czego pragniesz ty, Pani Galadrielo? – spytał po chwili.

– Aby się stało, co się stać musi – odpowiedziała. – Miłość elfów do rodzinnego kraju głębsza jest niż morze, ich żal nie umrze nigdy i nigdy się nie ukoi. A przecież elfowie wszystkiego raczej się wyrzekną, niżby się mieli poddać Sauronowi: znają go bowiem dobrze. Ty nie dźwigasz odpowiedzialności za losy Lothlórien, lecz masz własny obowiązek do spełnienia. Gdyby takie życzenie mogło się ziścić, pragnęłabym, żeby Jedyny Pierścień nigdy nie został wykuty albo żeby zaginął na zawsze.

– Jesteś mądra, nieustraszona i piękna, Pani Galadrielo – rzekł Frodo. – Tobie dam ten Pierścień, jeżeli o to poprosisz. Dla mnie to brzemię jest za ciężkie.

Galadriela niespodzianie wybuchnęła melodyjnym śmiechem.

– Mądra zapewne jest Pani Galadriela – powiedziała – lecz w tobie spotkała równego sobie w uprzejmości partnera. Grzecznie zemściłeś się za próbę, jakiej poddałam twoje serce przy pierwszym spotkaniu. Zaczynasz bystro patrzeć na świat. Nie wypieram się, że gorąco pragnęłam poprosić o to, co mi ofiarowałeś. Od wielu lat rozmyślałam, czego bym dokazała, gdybym dostała w swoje ręce Wielki Pierścień, i oto przyniosłeś go! Wystarczyłoby mi po niego sięgnąć! Zło, z dawna uknute, działa na rozmaite sposoby, niezależnie od tego, czy Sauron tryumfuje, czy upada. Przyznaj, że byłby to szlachetny czyn do policzenia między zasługi Pierścienia, gdybym go przemocą albo postrachem odebrała mojemu gościowi!

I wreszcie stało się! Chcesz dobrowolnie oddać mi Pierścień! Na miejscu Czarnego Władcy postawić Królową! A ja nie będę ponura, lecz piękna i straszna jak świt i jak noc. Czarodziejska jak morze, słońce i śnieg na szczytach. Groźna jak burza, jak grom. Potężniejsza niż fundamenty ziemi. Wszyscy kochaliby mnie z rozpaczą!

Podniosła ręce i od pierścienia, który miała na palcu, strzelił jasny blask, rozświetlając tylko jej postać, a wszystko inne pogrążając w ciemności. Wydała się teraz Frodowi wysoka ponad wszelką miarę i nieodparcie piękna, straszna i godna czci. Opuściła ramiona, światło przygasło, Galadriela zaśmiała się znowu i – o dziwo! – skurczyła się, zmalała; stała przed hobbitem znów smukła Pani Elfów, w prostej białej sukni, a głos jej brzmiał łagodnie i smutno.

– Wytrzymałam próbę – rzekła. – Wyrzeknę się wielkości, odejdę na Zachód, pozostanę Galadrielą.

Długą chwilę trwało milczenie. Wreszcie odezwała się znów Pani Elfów.

– Wracajmy! – powiedziała. – Rankiem musicie ruszyć w drogę, wybór już dokonany, a fala losu wzbiera.

– Nim stąd odejdziemy, chcę cię o coś zapytać – rzekł Frodo. – Nieraz w Rivendell miałem ochotę zapytać o to Gandalfa. Pozwolono mi nosić Jedyny Pierścień. Dlaczego nie mogę zobaczyć wszystkich innych Pierścieni i poznać myśli tych, którzy je noszą?

– Nie próbowałeś – odparła Galadriela. – Tylko trzy razy wsunąłeś na palec Pierścień, odkąd dowiedziałeś się, co posiadasz. Nie próbuj tego! To by cię zgubiło. Czy Gandalf nie mówił ci, że każdy z tych Pierścieni daje władzę na miarę sił swego właściciela? Nimbyś umiał użyć tej władzy, musiałbyś wzrosnąć znacznie w siły, wyćwiczyć wolę w panowaniu nad innymi. Lecz i tak jako Powiernik Pierścienia, jako ten, który go miał na swym palcu i widział rzeczy tajemne, zyskałeś już bystrość wzroku. Przeniknąłeś moją myśl jaśniej niż niejeden Mędrzec. Zobaczyłeś Oko tego, który włada Siedmioma i Dziewięcioma. A czyż nie dostrzegłeś i nie poznałeś pierścienia na moim ręku? Czyś ty widział mój pierścień? – zwróciła się do Sama.

– Nie, Pani – odpowiedział Sam. – Prawdę mówiąc, dziwiłem się właśnie, o czym rozprawiacie. Widziałem tylko gwiazdę przeświecającą przez palce. Ale jeśli mi pani wybaczy szczerość, powiem, że mój pan miał rację. Wolałbym, żeby pani wzięła od niego Pierścień. Zrobiłaby pani porządek z tym wszystkim. Zabroniłaby pani rozkopywać zagrodę mojego staruszka i wyrzucać go na bruk. No i ukarałaby pani niektóre osoby za ich podłą robotę.

– Tak – powiedziała Galadriela. – Tak właśnie byłoby na początku. Lecz niestety nie skończyłoby się na tym. Nie będziemy już więcej o tej sprawie mówili. Chodźmy!

# Rozdział 8

## *Pożegnanie z Lórien*

Tego wieczora wezwano drużynę ponownie do komnaty Celeborna, gdzie oboje – Władca Elfów i Pani Galadriela – powitali gości dwornymi słowami. Wreszcie Celeborn zaczął mówić o pożegnaniu.

– Wybiła godzina – rzekł – i ci, którzy chcą dopełnić zadania, muszą uzbroić swoje serca, by opuścić nasz kraj. Kto nie chce iść dalej, może zostać u nas – na razie. Lecz zarówno tym, którzy odejdą, jak i tym, którzy zostaną, nie wolno liczyć na spokój. Stanęliśmy bowiem na krawędzi i waży się nasz los. Kto woli, niech tutaj czeka na rozstrzygnięcie, na dzień, gdy albo się przed nim świat otworzy znowu, albo wezwiemy go do walki w ostatniej potrzebie tego kraju. Wówczas się okaże, czy będzie mógł wrócić do swojego domu, czy też odejdzie do ojczyzny tych wszystkich, co polegli w boju.

Zapadła cisza.

– Wszyscy postanowili iść dalej – oznajmiła Galadriela, patrząc im w oczy.

– Jeśli o mnie chodzi – odezwał się Boromir – moja droga do domu prowadzi naprzód, a nie wstecz.

– To prawda – rzekł Celeborn – ale czy cała Drużyna pójdzie z tobą do Minas Tirith?

– Jeszcze nie ustaliliśmy, którędy iść – odparł Aragorn. – Nie wiemy, co zamierzał zrobić Gandalf po przejściu przez Lórien. Nie wiem nawet, czy miał jakieś wyraźnie określone plany.

– Może nie miał – rzekł Celeborn – ale opuszczając ten kraj, musicie pamiętać o Wielkiej Rzece. Niektórzy z was zapewne wiedzą, że między Lórien a Gondorem nie sposób przeprawić się przez nią z bagażem inaczej niż łodzią. Czyż mosty Osgiliath nie zostały zerwane, czyż wszystkich przepraw nie strzeże Nieprzyjaciel? Którym brzegiem powędrujecie? Gościniec do Minas Tirith biegnie po zachodniej stronie, lecz prosta droga do waszego celu wiedzie na wschód od Rzeki, jej ciemniejszym brzegiem. Który brzeg wybierzecie?

– Jeśliby mnie pytano o zdanie, radziłbym iść zachodnim brzegiem, gościńcem do Minas Tirith – odparł Boromir. – Nie ja wszakże jestem przewodnikiem Drużyny.

Inni milczeli, Aragorn zaś, jak się zdawało, był w rozterce i zakłopotany.

– Widzę, że nie wiecie, co robić – rzekł Celeborn. – Nie do mnie należy wybór waszych dróg, lecz pomogę wam, ile w mojej mocy. Kilku uczestników wyprawy umie sobie radzić z łodzią: Legolas, który pochodzi z plemienia spławiającego tratwy po Leśnej Rzece, Boromir z Gondoru i Aragorn – podróżnik.

– No i przynajmniej jeden z hobbitów! – krzyknął Merry. – Nie wszyscy u nas patrzą na łodzie jak na dzikie konie. Mój ród mieszka nad Brandywiną.

– Tym lepiej! – powiedział Celeborn. – W takim razie dostarczę waszej Drużynie łodzi. Muszą być małe i lekkie, bo jeśli wypadnie wam dalej podróżować wodą, będzie trzeba je w niektórych miejscach przenosić. Spotkacie na rzece progi Sarn Gebir, a może dotrzecie nawet do wielkich wodogrzmotów Rauros, gdzie woda rzuca się gwałtownie w dół z Nen Hithoel. Mogą się zdarzyć również inne przeszkody. Dzięki łodziom podróż będziecie mieli przynajmniej na początku ułatwioną. Ale to nie zwolni was od wyboru, a w końcu musicie rozstać się z łodziami i z rzeką, by wysiąść na brzeg – wschodni albo zachodni.

Aragorn dziękował Celebornowi stukrotnie. Dar elfów bardzo go ucieszył, w znacznej mierze dlatego, że odwlekał o kilka dni konieczność decyzji. Cała Drużyna nabrała nowej otuchy. Jakiekolwiek miały czyhać po drodze niebezpieczeństwa, woleli płynąć na ich spotkanie z nurtem Anduiny, niż wlec się piechotą z tobołami na grzbietach. Tylko Sam żywił pewne wątpliwości: zaliczał się do tych hobbitów, którym łodzie wydają się równie złe, a może nawet gorsze od dzikich koni, i mimo wszystkich przeżytych dotychczas niebezpieczeństw nie był skłonny do zmiany tej opinii.

– Jutro przed południem zastaniecie w przystani wszystko gotowe – rzekł Celeborn. – Rano przyślę wam elfów do pomocy w pakowaniu. A teraz życzymy dobrej nocy i spokojnego snu.

– Dobranoc, przyjaciele – powiedziała Galadriela. – Śpijcie w pokoju. Nie dręczcie się dzisiaj zbytnio myślą o podróży. Kto wie, może ścieżki, którymi każdy z was powinien wędrować, już ścielą się wam u stóp, chociaż ich jeszcze nie widzicie. Dobranoc!

Pożegnawszy się, wrócili do swojego namiotu. Legolas poszedł z Drużyną, bo tej ostatniej nocy w Lothlórien chcieli się wspólnie naradzić, mimo słów Galadrieli.

Długo debatowali, co czynić i jakim sposobem najlepiej wypełnić zadanie, lecz nie doszli do żadnych stanowczych wniosków. Okazało się dość jasne, że większość chciała najpierw podążać do Minas Tirith i przynajmniej na razie umknąć przed grozą Nieprzyjaciela. Zgodziliby się pójść za przewodnikiem na drugi brzeg rzeki i w cienie Mordoru, ale Frodo nie rzekł ani słowa, Aragorn zaś wciąż był w rozterce.

Dopóki Gandalf prowadził Drużynę, Aragorn zamierzał towarzyszyć Boromirowi i użyć swego miecza w obronie Gondoru. Wierzył bowiem, że sen Boromira obowiązuje go jako wezwanie i że wybiła godzina, by potomek Elendila wystąpił jawnie i stoczył z Sauronem bój o władzę. Lecz w Morii Gandalf przekazał swoje brzemię na jego barki i Aragorn wiedział, że nie wolno mu poniechać Pierścienia, jeśli Frodo nie zgodzi się w końcu iść z Boromirem. Ale czy mógł on lub ktokolwiek z Drużyny udzielić Frodowi jakiejś pomocy, choćby brnął za nim na oślep w głąb ciemności?

– Pójdę do Minas Tirith sam, jeśli inaczej się nie da, bo to mój obowiązek – powiedział Boromir. Umilkł na długą chwilę i siedział, wlepiając wzrok w twarz Froda, jakby usiłował odczytać z niej jego myśli. Wreszcie odezwał się znów cichym głosem, jakby sam sobie chciał coś udowodnić: – Jeśli chcesz tylko zniszczyć Pierścień, zbroje i miecze nie na wiele ci się przydadzą. Ludzie z Minas Tirith nic ci pomóc nie mogą. Ale jeśli chcesz zniszczyć zbrojną potęgę Czarnego Władcy, byłoby szaleństwem zapuszczać się bez armii w jego dziedziny. Szaleństwem też byłoby, gdybyś rzucił... – urwał nagle, spostrzegając się zapewne, że zdradza ukryte myśli. – Byłoby szaleństwem, gdybyś rzucił na pastwę śmierci życie swoje i towarzyszy, chciałem rzec – poprawił się zaraz. – Masz do wyboru obronę twierdzy albo marsz bez broni ku niechybnej zgubie. Tak ja to przynajmniej rozumiem.

Frodo wyczuł coś nowego i obcego w spojrzeniu Boromira i popatrzył na niego uważnie. Pewien był, że Boromir myślał co innego, niż wyraził w ostatnich swoich słowach. „Byłoby szaleństwem, gdybyś rzucił..." Co? Pierścień Władzy? Podobne zdanie wygłosił już przedtem na Radzie, ale wówczas dał się przekonać Elrondowi. Frodo zwrócił wzrok na Aragorna, lecz ten, zatopiony we własnych myślach, jakby wcale nie słyszał przemowy Boromira. Na tym skończyła się narada. Merry i Pippin spali już, Sam kiwał się sennie. Noc była głęboka.

Rankiem, gdy zabierali się do pakowania skromnego dobytku, zjawiło się kilku elfów znających Wspólną Mowę, z mnóstwem darów, zapasami jadła i ubraniami na drogę. Prowiant składał się głównie z cieniutkich sucharów, z zewnątrz przypieczonych i rumianych, wewnątrz jasnych jak śmietana. Gimli wziął jeden z nich do ręki i przyjrzał mu się z niedowierzaniem.

– Kram! – szepnął, chrupiąc ułamany okruch. Mina mu się rozjaśniła i zjadł cały suchar z apetytem.

– Dość! Dość! – ze śmiechem krzyknęli elfowie. – Zjadłeś już porcję wystarczającą na długi dzień marszu.

– Zdawało mi się, że to rodzaj kramów, czyli sucharów, jakie mieszkańcy Dale biorą z sobą zazwyczaj na wędrówkę po pustkowiach.

– Dobrze ci się zdawało – odparli elfowie – ale my to nazywamy *lembas*, to znaczy chleb podróżny. Posila on lepiej niż wszystkie potrawy znane ludziom, a przy tym jest bądź co bądź smaczniejszy niż kram.

– Nie da się temu zaprzeczyć – przyznał Gimli. – Lepszy jest nawet od miodowników, specjalności plemienia Beorna, a to niemała pochwała, bo nie znam od nich sławniejszych piekarzy. Co prawda ostatnimi czasy niechętnie dzielą się swymi wyrobami z podróżnymi. Wy jesteście bardziej gościnni.

– Mimo to prosimy o oszczędzanie prowiantu – odrzekli elfowie. – Jedzcie niewiele naraz i tylko wtedy, gdy was głód przymusi. Zapas przeznaczony jest na wypadek, gdy zawiodą inne sposoby pożywienia się w drodze. Suchary nie skwaśnieją przez długi czas, jeśli nie rozkruszycie ich i pozostawicie owinięte w liście tak, jak je zapakowaliśmy. Jeden lembas wystarczy, by pokrzepić na cały dzień ciężkich trudów każdego podróżnika, choćby to był rosły mężczyzna z Minas Tirith.

Potem rozdzielili między członków Drużyny przyniesione ubrania. Każdy dostał kaptur i płaszcz skrojony na miarę z lekkiego, a mimo to ciepłego jedwabiu, tkanego przez Galadrimów. Kolor tkaniny trudno było określić, wydawała się szara jak zmierzch pod drzewami, ale przy poruszeniu lub zmianie światła stawała się zielona jak liście w cieniu lub brunatna jak rola nocą, a niekiedy matowosrebrna niby woda w blasku gwiazd. Wszystkie płaszcze spinała u szyi klamra w kształcie zielonego liścia ze srebrnymi żyłkami.

– Czy to są płaszcze czarodziejskie? – spytał Pippin, oglądając je z podziwem.

– Nie wiem, co masz na myśli – odparł przywódca elfów. – To piękne płaszcze z dobrej, bo sporządzonej w naszym kraju tkaniny, prawdziwe ubranie elfów, jeśli o to ci chodzi. Liść i gałąź, woda i kamień – barwy i uroda tego, co najbardziej kochamy w łagodnym świetle Lórien; we wszystko bowiem, co robimy, wkładamy myśl o tym, co miłe naszym sercom. Ale to są płaszcze, nie zbroje, nie odbijają się od nich strzały ani miecze. Będą wam jednak użyteczne: nie ciążą na ramionach, grzeją albo chłodzą, zależnie od potrzeby. Przekonacie się też, jak pomogą wam ukryć się przed nieprzyjaznymi oczyma, czy będziecie wędrować pośród kamieni, czy wśród drzew. Wielkie macie łaski u naszej Pani! Ona to ze swoimi dwórkami sama tkała ten materiał. Pierwszy raz się zdarza, że przyodzialiśmy obcoplemieńców w nasze stroje.

Po śniadaniu Drużyna pożegnała łąkę nad źródłem. Rozstawali się z nią z ciężkim sercem, bo miejsce było piękne i stało im się niemal domem, chociaż nie umieli policzyć dni i nocy tutaj spędzonych. Kiedy stali w blasku słońca, zapatrzeni na białą wodę, przez zielony trawnik nadszedł Haldir. Frodo bardzo się ucieszył.

– Wracamy z północej granicy – rzekł elf. – Wezwano mnie, bym wam znów posłużył za przewodnika. W Dolinie Półmroku kłębią się opary i chmury dymu, w górach wre. Słychać spod ziemi hałasy. Gdyby któryś z was wybierał się z powrotem do kraju na północ, nie przeszedłby tamtędy. Ale przecież wam droga wypada teraz na południe.

Gdy szli przez Caras Galadhon, zielone ścieżki były puste, lecz z czubów drzew dobiegał gwar głosów, szepty i śpiewy. Wędrowcy milczeli. Haldir sprowadził ich południowym stokiem wzgórza pod wielką bramę oświetloną latarniami i dalej na biały most. Znaleźli się za fosą – opuścili gród elfów. Zboczyli z bitej drogi na ścieżkę, która zagłębiała się w gąszcz mallornów, a potem wiła się po leśnych pagórkach i jarach, pełnych srebrzystego cienia, i wreszcie opadała ku nizinie, na południowy wschód, aż na brzeg rzeki.

Uszli już z dziesięć mil i zbliżało się południe, gdy zagrodził im drogę wysoki zielony mur. Znaleźli w nim przejście i nagle wyszli spod drzew na otwartą przestrzeń. Zobaczyli przed sobą długi pas łąki, gładką trawę usianą złotymi kwiatami *elanor*, które błyszczały w słońcu. Łąka wąskim językiem wciskała się między różnobarwne ramy: z prawej strony – od zachodu – perliła się Srebrna Żyła, z lewej – od wschodu – Wielka Rzeka toczyła swe ciemne, głębokie wody. Dalej za rzeką, ku południowi, ciągnęły się jak okiem sięgnąć lasy, same brzegi jednak były nagie i puste. Za granicę Lórien ani jeden mallorn nie wyciągał swoich złocistych gałęzi.

Na brzegu Srebrnej Żyły, w pewnym oddaleniu od miejsca, gdzie się zbiegały dwa nurty, przy pomoście z białych kamieni i białego drzewa przycumowane były łodzie i barki. Niektóre, pomalowane jaskrawo, błyszczały srebrem, złotem i zielenią, ale najwięcej było białych i szarych. Na wędrowców oczekiwały trzy małe szare łódeczki, do których elfowie załadowali pakunki. Dołożyli również zwoje lin, po trzy na każdą łódź. Liny wydawały się wiotkie, lecz mocne, jedwabiste w dotknięciu, z koloru podobne do płaszczy, które dostali od elfów.

– Co to jest? – spytał Sam, dotykając zwiniętej liny, leżącej na murawie.

– Oczywiście liny – odparł elf stojący w łodzi. – Nie wolno wybierać się w podróż bez lin, i to długich, mocnych a lekkich. Takich jak te! Przydadzą się w niejednej przygodzie.

– Nie trzeba mi tego mówić! – powiedział Sam. – Nie wziąłem z domu liny i przez całą drogę tym się martwię. Pytam, z czego te liny są skręcone, bo trochę się znam na powroźnictwie. Rzemiosło, można rzec, rodzinne u nas.

– Robimy je z *hithlainy* – odparł elf – ale teraz nie czas na naukę powroźnictwa. Gdybyśmy wcześniej wiedzieli, że się interesujesz tym rzemiosłem, pokazalibyśmy ci chętnie to i owo. W tej chwili, niestety, już za późno. Musisz się zadowolić tą darowaną liną, chyba że wrócisz do nas kiedyś znowu. Niech ci służy jak najlepiej!

– Dalejże! – zawołał Haldir. – Wszystko już gotowe. Wsiadajcie do łodzi, ale ostrożnie!

– Zapamiętajcie tę przestrogę! – dodał drugi elf. – Łodzie są lekkie, przemyślnie zbudowane i niepodobne do łodzi innych plemion. Nawet najciężej załadowane nigdy nie toną, ale mają swoje kaprysy i trzeba wiedzieć, jak się z nimi obchodzić. Najrozsądniej będzie, jeżeli wyćwiczycie się przede wszystkim we wsiadaniu i wysiadaniu tutaj, w przystani, zanim puścicie się z nurtem.

Rozmieszczono drużynę w ten sposób: do jednej łodzi wsiadł Aragorn, Frodo i Sam, do drugiej Boromir, Pippin i Merry, a do trzeciej Legolas i Gimli, ostatnimi czasy najserdeczniej z sobą zaprzyjaźnieni. W tej też łodzi złożono większą część zapasów i sprzętu. Do wprawiania łodzi w ruch i sterowania służyły krótkie wiosła o szerokich piórach wyciętych w kształt liścia. Gdy ukończono przygotowania, popłynęli na próbę pod przewodem Aragorna w górę Srebrnej Żyły. Prąd rwał ostro, toteż posuwali się z wolna. Sam siedział na dziobie i kurczowo trzymając się oburącz burt, tęsknie spoglądał na brzegi. Blask słońca na wodzie oślepiał go. Kiedy minęli łąki, drzewa zstąpiły tuż nad wodę. Gdzieniegdzie złote liście tańczyły porwane w perlisty wir. Dzień był jasny i pogodny, cisza panowała wkoło, tylko gdzieś spod nieba dolatywał głos skowronka.

Wzięli ostry zakręt rzeki i zobaczyli dumnie płynącego z nurtem na ich spotkanie ogromnego łabędzia. Pod wygiętą, długą szyją biała pierś ptaka pruła wodę, znacząc ślad drobnymi falami. Dziób lśnił ciemnym złotem, oczy błyszczały niby dwa węgle w oprawie bursztynu, wielkie białe skrzydła były na pół rozpostarte. Kiedy się przybliżył, nad wodą popłynęła muzyka i nagle wędrowcy zrozumieli, że to nie łabędź, lecz statek, misternie przez elfów wyrzeźbiony na kształt ptaka. Elfowie w białych ubraniach pracowali czarnymi wiosłami. Pośrodku siedział Celeborn, a przy nim stała Galadriela, smukła, w bieli od stóp do głów, tylko we włosach miała wianek ze złotych kwiatów, w ręku zaś harfę, na której sobie wtórowała, śpiewając. Smutno i słodko brzmiał jej głos w świeżym, czystym powietrzu.

> *Śpiewałam liście, liście złote, i złoto liście rosły;*
> *Śpiewałam wiatr i wiatr przychodził i po gałęziach błądził.*
> *Hen za księżycem, hen za słońcem, gdzie piany lśnią na Morzu,*
> *Na błogich stokach Ilmarinu, tam Złote Drzewo rosło.*
> *Gdzie Eldamaru wieczny zmierzch, świeciło pod gwiazdami*
> *Tam, za murami Tirionu, w zieleni Eldamaru.*
> *Rosły tam długo w lat przestrzeniach niezmiennie złote liście,*
> *Gdy dziś za Morzem Rozdzielenia łzy elfów płyną tylko.*
> *O Lórien! Bezlistny dzień, zimowy czas nadchodzi,*
> *Padają liście w bystry nurt, w dal Rzeka je unosi.*
> *O Lórien! Zbyt długo już mieszkałam na Tym Brzegu*
> *Wplatając elanoru kwiat w wieńce, co szybko więdną.*
> *Lecz jeśli statek śpiewać chcę – cóż to za statek będzie,*
> *By mnie z powrotem zabrać mógł przez Morze tak rozległe?*[1]

Aragorn zatrzymał swoją łódź, kiedy spotkała się z łabędziem. Pani Galadriela zakończyła pieśń i pozdrowiła wędrowców.

– Przypłynęliśmy, żeby raz jeszcze was pożegnać – rzekła – i obdarzyć na drogę błogosławieństwem naszej krainy.

– Byliście wprawdzie naszymi gośćmi – powiedział Celeborn – lecz nie zasiedliśmy ani razu wspólnie do stołu, teraz więc prosimy was na pożegnalną ucztę tutaj, między ramionami rzeki, która was ma zanieść daleko od Lórien.

---

[1] Przełożył Tadeusz A. Olszański.

Łabędź pożeglował dostojnie ku przystani, a Drużyna, zawróciwszy łodzie, podążyła za nim. Tam, u granic Egladil, na zielonej murawie odbyła się pożegnalna uczta. Frodo wszakże niewiele jadł i pił, zapatrzony w piękną Panią i zasłuchany w jej głos. Nie wydawała mu się już groźna ani straszna, ani władająca tajemną potęgą. Stała się teraz w jego oczach taką istotą, jaką w każdym elfie widzieli ludzie późniejszych wieków: obecną, a zarazem odległą, żywą wizją świata, który pozostał daleko za nimi, odrzucony przez falę Czasu.

Kiedy, siedząc w trawie, najedli się i napili, Celeborn zaczął znów mówić o czekającej ich podróży i wzniesioną ręką wskazał na południe, ku lasom za Klinem.

– Płynąc z biegiem rzeki – powiedział – zauważycie, że wkrótce drzewa znikną, a pojawią się wybrzeża puste i nagie. Dalej bowiem rzeka płynie przez kamieniste doliny pośród stepowego wyżu, aż w końcu, po wielu stajach, spotyka skalistą wyspę Tindrock, którą my nazywamy Tol Brandir. Obejmuje dwoma ramionami strome brzegi tej wyspy i grzmiącym wodospadem Rauros w chmurze piany opada ku Nindalf, krainie zwanej w waszej mowie Wetwang. Są to rozległe, grząskie moczary, przez które rzeka wije się krętym nurtem, rozdzielając się na mnóstwo odnóg. Od zachodu z lasu Fangorn płynie ku niej i wlewa się rozgałęzionym ujściem Rzeka Entów. W jej dorzeczu, na zachodnim brzegu, leży Rohan; na wschód zaś od Anduiny wznoszą się nagie łańcuchy wzgórz Emyn Muil. Hula tam wiatr od wschodu, bo od Cirith Gorgor, Czarnych Wrót Mordoru, dzieli te wzgórza tylko otwarta przestrzeń Martwych Bagien i Ziemi Niczyjej.

Boromir i ci spośród was, którzy by zmierzali z nim razem do Minas Tirith, dobrze zrobią, jeżeli opuszczą Wielką Rzekę przed wodogrzmotami Rauros i przeprawią się przez Rzekę Entów powyżej bagnisk. Lecz nie powinni zapuszczać się zbyt daleko w górę rzeki ani ryzykować zabłąkania w lesie Fangorn. Dziwne to krainy i mało teraz znane. Nie wątpię zresztą, że Boromir i Aragorn nie potrzebują tych przestróg.

– To prawda, w Minas Tirith słyszeliśmy wiele o Fangornie – rzekł Boromir. – Ale wieści, które doszły moich uszu, uważałem za bajki, jakimi stare niańki straszą dzieci. Wszystkie kraje na północ od Rohanu tak są od nas dzisiaj odizolowane, że wyobraźnia może po nich błądzić do woli. Ongi Fangorn przytykał do granic naszego królestwa, ale od trzech pokoleń nikt z naszych tam nie zawędrował, by potwierdzić lub rozproszyć legendy, odziedziczone w spadku po dawnych wiekach.

Co do mnie, to bywałem w Rohanie, lecz nigdy nie dotarłem do jego północnych kresów. Kiedy wyprawiono mnie z poselstwem, wybrałem drogę przez bramę między Białymi a Mglistymi Górami, a dalej przeprawiłem się przez rzekę Isenę, potem zaś przez Szarą Wodę na północ. Daleka i trudna podróż. Obliczyłem, że musiałem przebyć około czterechset staj i zajęło mi to kilka miesięcy; straciłem bowiem konia w Tharbadzie, u brodu Szarej Wody. Po doświadczeniach tej wędrówki i marszu, który odbyłem z Drużyną, nie wątpię, że znajdę drogę przez Rohan, a jeśli trzeba, również przez Fangorn.

– A więc nie dodam już nic więcej – rzekł Celeborn. – Nie gardź jednak legendami, dziedzictwem odległych wieków, często bowiem się zdarza, iż stare niańki przechowują w pamięci wiadomości, które niegdyś największym nawet Mędrcom oddały usługi.

Z kolei podniosła się z trawy Galadriela i wziąwszy z rąk służebnej puchar, wypełniła go białym miodem, po czym podała Cebornowi.

– Czas spełnić pożegnalny puchar – rzekła. – Wypij, Władco Galadrimów! Niech się nie smuci twoje serce, chociaż noc nieuchronnie nastąpi po dniu i już bliski jest nasz zmierzch.

Obeszła Drużynę, każdemu podając puchar i życząc szczęśliwej drogi. Kiedy jednak wszyscy wypili, poprosiła, żeby na chwilę jeszcze usiedli na trawie, dla niej zaś i Celeborna przyniesiono fotele. Dworki w milczeniu otoczyły swoją panią, a Galadriela czas jakiś wpatrywała się w twarze gości. Wreszcie przemówiła znowu.

– Spełniliśmy puchar rozstania – powiedziała – i cień padł między nas. Nim nas opuścicie, przyjmijcie dary, które dla was przywiozła łódź, od Władcy Galadrimów i od ich Pani na pamiątkę Lothlórien.

Na wezwanie podchodzili do niej jeden po drugim.

– Oto dar Celeborna i Galadrieli dla przewodnika Drużyny – zwróciła się do Aragorna, wręczając mu pochwę, sporządzoną na miarę jego miecza. Zdobił ją w srebrze i złocie ryty ornament z kwiatów i liści, a wśród niego pismem elfów z drogich kamieni ułożony był napis: imię Andúril i historia miecza. – Ostrze dobyte z tej pochwy nie splami się ani nie złamie nawet w klęsce – powiedziała. – Ale może pragniesz czegoś więcej jeszcze w tym dniu rozłąki? Rozdzielą nas odtąd ciemności i kto wie, czy się kiedyś znów spotkamy, a może stanie się to daleko stąd, na drodze, z której nie ma powrotu.

Aragorn odpowiedział tak:

– Pani, znasz moje życzenia, z dawna stoisz na straży jedynego skarbu, którego pragnę. Lecz nie od twojej woli zależy, czy mnie nim obdarzysz, chociaż byś chciała, i tylko przez ciemności mogę do niego dojść.

– Może jednak ten podarek doda twemu sercu otuchy – rzekła Galadriela – bo mi go powierzono, abym ci oddała, gdybyś przez nasz kraj przechodził. – To mówiąc, pokazała duży, jasnozielony kamień oprawiony w srebrnej broszy, wykutej na kształt orła z rozpostartymi skrzydłami. Kiedy podniosła klejnot w górę, błysnął jak słońce przesiane przez wiosenne liście. – Ten kamień dałam niegdyś córce Celebrianie, ona zaś przekazała go swojej córce. Dziś przyjmij go na zadatek nadziei. Przyjmij w tej godzinie imię, które ci zostało wywróżone: Elessar, Kamień Elfów z rodu Elendila.

Aragorn wziął z jej rąk broszę i przypiął ją do piersi, a wszyscy spojrzawszy nań, zdumieli się, bo nigdy dotychczas nie zdawał się tak wysoki i nie miał tak królewskiej postawy; jak gdyby w tej chwili znużenie wielu lat opadło z jego ramion.

– Dzięki ci za te dary – rzekł – o, Pani Lórien, z której krwi urodziły się Celebriana i Arwena, Gwiazda Wieczorna. Czy mógłbym znaleźć pochwałę lepszą niż te słowa?

Pani Galadriela skłoniła głowę i zwróciła się do Boromira, ofiarowując mu pas ze złota; Merry i Pippin dostali małe srebrne pasy ze złotymi kwiatami zamiast klamer. Legolas otrzymał łuk, jakiego używali Galadrimowie, dłuższy i mocniejszy niż łuki z Mrocznej Puszczy, o cięciwie splecionej z włosów elfów; do tego kołczan pełen strzał.

– Dla ciebie, mały ogrodniku i miłośniku drzew – powiedziała Galadriela do Sama – przygotowałam tylko mały podarek. – Wręczyła mu skrzyneczkę ze zwykłego szarego drzewa, ozdobioną jedynie srebrną runiczną literą na wieczku. – Ten znak to G, inicjał Galadrieli – wyjaśniła – lecz w twoim języku może też znaczyć ogród. W skrzynce jest ziemia z mego sadu, a wraz z nią błogosławieństwo, na jakie stać jeszcze Galadrielę. Ten dar nie wesprze cię w drodze ani nie obroni od niebezpieczeństw, lecz jeśli go zachowasz i wrócisz z nim kiedyś wreszcie do domu, może będziesz z niego miał pociechę. Choćbyś zastał kraj zniszczony i spustoszony, twój ogród, jeśli tę ziemię w nim rozsypiesz, zakwitnie tak pięknie, że mało który w Śródziemiu mu dorówna. Wspomnisz wówczas Galadrielę i ujrzysz z dala od Lórien widok, który tylko tutaj oglądałeś. Bo wiosna i lato nasze przeminęły i nigdy ich nikt nie zobaczy więcej na ziemi, chyba we wspomnieniu.

Sam zaczerwienił się po uszy i mruknął coś niezrozumiale, przyciskając skrzynkę do piersi i kłaniając się, jak umiał najpiękniej.

– O jaki dar prosi elfów krasnolud? – spytała Galadriela Gimlego.

– Niczego więcej nie chcę, pani – odparł Gimli. – Dość mi szczęścia, że oglądałem Panią Galadrimów i usłyszałem z jej ust łaskawe słowa.

– Słuchajcie, elfowie! – zawołała, obracając się do swego dworu. – Niech nikt nie waży się nigdy mówić, że krasnoludowie to plemię chciwe i niewdzięczne! Ale musi przecież istnieć coś, czego pragniesz, a co mogłabym ci dać, Gimli, synu Glóina? Powiedz, proszę, nie chcę, żebyś ty jeden spośród naszych gości odszedł bez podarku.

– Nic takiego nie ma – rzekł Gimli z niskim ukłonem i jąkając się trochę. – Chyba... chyba, żeby mi wolno było... prosić... Nie... wymienić tylko... mały pukiel twoich włosów, cenniejszych dla mnie niż całe złoto ziemi, tak jak gwiazdy są piękniejsze niż wszystkie skarby podziemia. Ale nie proszę o taki dar. Powiedziałem, bo kazałaś mi wyznać, czego pragnę.

Wśród elfów ruch się zrobił i rozszedł się szmer zdumienia, a Celeborn z podziwem spojrzał na krasnoluda, Pani jednak uśmiechnęła się do niego.

– Powiadają o krasnoludach, że mają ręce zwinniejsze od języków – powiedziała – lecz nie jest to prawdą, jeśli o ciebie chodzi, Gimli. Nikt bowiem dotychczas nie wystąpił do mnie z prośbą tak zuchwałą, a zarazem tak grzeczną. Jakże mogłabym odmówić, skoro sama kazałam ci mówić szczerze. Ale powiedz mi najpierw, co chcesz zrobić z moim darem?

– Przechowam go jak skarb – odparł – na pamiątkę słów, któreś mi rzekła przy pierwszym naszym spotkaniu. A jeżeli kiedyś powrócę do kuźni mojego rodzinnego plemienia, oprawię go w kryształ i przekażę potomstwu w dziedzictwie, jako porękę sojuszu między Górą a Lasem po wieczne czasy.

Pani Galadriela rozplotła długi warkocz, odcięła trzy złote włosy i złożyła je w dłoni krasnoluda.

– Wraz z tym darem weź moje słowa – powiedziała. – Nie wróżę, bo wszelkie wróżby są dziś zawodne: po jednej stronie czyhają ciemności, po drugiej nie ma nic prócz nadziei. Lecz jeśli nas nie zwiedzie nadzieja, przepowiadam ci, Gimli, synu Glóina, że będziesz miał ręce pełne złota, a mimo to nigdy złoto nie zdobędzie nad tobą władzy.

– A teraz – zwróciła się do Froda – ciebie chcę obdarzyć, Powierniku Pierścienia, a chociaż zostawiłam to na ostatek, wiedz, że nie jesteś ostatni w moich myślach. Dla ciebie przygotowałam ten oto dar. – Podniosła w górę kryształowy flakonik; błysnął w jej ręku, rozsiewając białe promienie. – W tym krysztale zamknięte jest w wodzie z mojego źródła światło gwiazdy Eärendila. Jaśnieć będzie tym promienniej, im głębsza noc cię otoczy. Niech ci rozświetli mrok w ponurych miejscach, gdzie wszelkie inne światła zagasną. Pamiętaj o Galadrieli i jej Zwierciadle.

Frodo wziął flakonik i przez sekundę, kiedy kryształ lśnił między nimi, widział znów Galadrielę królową, wielką i piękną, lecz już nie groźną. Ukłonił się, nie znajdując słów podzięki.

Pani wstała, a Celeborn odprowadził gości do przystani. Jasne południe złociło zieloną trawę Klina, woda lśniła srebrem. Wszystko było już gotowe do drogi. Drużyna zajęła w łodziach miejsca poprzednio wyznaczone. Wśród pożegnalnych okrzyków elfowie z Lórien długimi, szarymi tykami zepchnęli łodzie w nurt, a sperlona woda poniosła je z wolna dalej. Wędrowcy siedzieli bez ruchu i bez słowa. Na zielonym brzegu, niemal na ostrzu Klina, stała Pani Galadriela, samotna i milcząca. Kiedy ją minęli, odwrócili głowy i długo jeszcze nie mogli oczu oderwać od odpływającej z wolna postaci. Bo wydało się, że to Lórien odpływa wstecz, niby jasny statek, który zamiast masztów ma czarodziejskie drzewa i żegluje ku zapomnianym wybrzeżom, podczas gdy oni siedzą bezradnie na skraju szarego, bezlistnego świata.

Trwali w zapatrzeniu, a tymczasem Srebrna Żyła już zniosła ich w nurt Wielkiej Rzeki, łodzie skręciły i pomknęły na południe. Biała postać Galadrieli wkrótce zmalała w oddali. Jeszcze świeciła, jak szyba w oknie na dalekim wzgórzu, gdy odbija zachodzące słońce, albo jak odległe jezioro widziane ze szczytu: okruch kryształu błyszczący wśród ziemi. W pewnej chwili wydało się, że Galadriela podniosła ramiona w ostatnim geście pożegnania i z daleka, lecz dziwnie wyraźnie, dobiegł ich z wiatrem jej głos. Śpiewała w starodawnym języku elfów zza Morza, hobbit nie rozumiał słów, a melodia, chociaż bardzo piękna, nie przynosiła otuchy.

Lecz taki czar mają słowa tej mowy, że pozostały wyryte w pamięci Froda i po latach przetłumaczył je sobie, jak umiał; mówiły, na modłę wszystkich pieśni elfów, o rzeczach mało znanych mieszkańcom Śródziemia.

> *Ai! laurië lantar lassi súrinen,*
> *yéni únótimë ve rámar aldaron!*
> *Yéni ve lintë yuldar avánier*
> *mi oromardi lisse-miruvóreva*
> *Andúnë pella, Vardo tellumar*
> *nu luini yassen tintilar i eleni*
> *ómaryo airetári-lírinen.*

> *Sí man i yulma nin enquantuva?*

> *An sí Tintallë Varda Oiolossëo*
> *ve fanyar máryat Elentári ortanë,*
> *ar ilyë tier undulávë lumbulë;*
> *ar sindanóriello caita mornië*
> *i falmalinnar imbë met, ar hísië*
> *untúpa Calaciryo míri oialë*
> *Sí vanwa ná, Rómello vanwa, Valimar.*

> *Namárië! Nai hiruvalyë Valimar.*
> *Nai elyë hiruva. Namárië!*

„Ach! Niby złoto lecą z wiatrem liście, długie lata niezliczone niby skrzydła drzew! Długie lata przeminęły niby słodkie miody, szybko spijane w wysokich salach poza Zachodem, pod nieboskłonami Vardy, gdzie gwiazdy drżą na głos jej śpiewu, święty i królewski. Któż dziś kielich dla mnie napełni? Bo oto Varda Wzniecicielka, Gwiazd Królowa, wzniosła swe ręce niby obłoki z Wiecznie Białej Góry i wszystkie ścieżki pogrążone są w mroku, ciemności szarej krainy zalega na spienionych falach, co nas rozdzielają i mgła na zawsze kryje klejnoty Calacirii. Stracony jest Valimar, stracony jest dla tych ze Wschodu! Żegnaj! Być może ty odnajdziesz Valimar. Może ty właśnie go znajdziesz. Żegnaj!"

Varda – to imię tej, którą elfowie w kraju wygnania zwą imieniem Elbereth.

Nagle rzeka skręciła, a po obu jej stronach brzegi spiętrzyły się wysoko i światło Lórien znikło. Nigdy już więcej Frodo nie miał ujrzeć czarodziejskiej krainy.

Teraz dopiero wędrowcy zwrócili wzrok na drogę przed sobą; słońce świeciło im prosto w oczy, oślepiając i wyciskając łzy. Gimli zapłakał jawnie.

– Wreszcie zobaczyłem to, co najpiękniejsze na ziemi – powiedział do Legolasa, dzielącego z nim łódź. – Odtąd nic nie nazwę pięknym prócz jej daru.

I rękę położył na sercu.

– Powiedz mi, Legolasie, dlaczego wziąłem udział w wyprawie? Nie wiedziałem przecież, w czym tkwi jej największe niebezpieczeństwo. Prawdę mówił Elrond, że nie możemy przewidzieć, co nas spotka w drodze. Najbardziej lękałem się udręk ciemności, ale nie powstrzymał mnie ten strach. Nigdy bym jednak nie wyruszył z Drużyną, gdybym przeczuł niebezpieczeństwo światła i radości. Teraz, w chwili tego rozstania, poniosłem najcięższą ranę, boleśniejszej nie doznam, choćbym dzisiejszej nocy już stanął przed obliczem Czarnego Władcy. Biada Gimlemu, synowi Glóina.

– Nie – odparł Legolas. – Biada nam wszystkim! Biada wszelkiemu stworzeniu, które chodzi po świecie w tych późnych wiekach. Tak bowiem musi być: cokolwiek znajdziesz, zgubisz – jak się wydaje żeglarzom, kiedy bystry nurt niesie ich łódź. Ciebie wszakże,

Gimli, synu Glóina, zalicza do szczęśliwych, bo z własnej wolnej woli wyrzekasz się tego, coś znalazł, a mogłeś wybrać inaczej. Nie opuściłeś przyjaciół, nie minie cię w każdym razie ta nagroda, że wspomnienie Lórien przetrwa w twoim sercu na zawsze czyste, nieskalane i nigdy nie zblednie ani nie zgorzknieje.

– Być może – powiedział Gimli – i dziękuję ci za te słowa. Jest w nich prawda, niewątpliwie, ale pociechy niewiele. Bo wspomnienie nie nasyci serca. To tylko zwierciadło, choćby nawet było piękne jak Kheled-zâram. Tak przynajmniej czuje serce krasnoluda. Dla elfów może jest inaczej. Nawet słyszałem, że ich wspomnienia są podobniejsze do jawy niż do snów. Dla krasnoludów nie! Dość jednak tej rozmowy. Popatrz na łódź. Za głęboko się zanurza obciążona bagażem, a Wielka Rzeka ostro rwie. Nie chciałbym utopić moich smutków w zimnej wodzie.

Chwycił za wiosła i skierował łódź ku zachodniemu brzegowi, naśladując Aragorna, bo łódź przewodnika już wydostała się z głównego nurtu.

Tak Drużyna ruszyła w swą daleką drogę, niesiona przez wielką, wartką wodę wciąż na południe. Nagi, bezlistny las przesłaniał brzegi, nie mogli więc dostrzec ukrytych za nim krajobrazów. Wiatr ustał, rzeka płynęła bez szmeru. Żaden ptak nie mącił swym śpiewem ciszy. W miarę jak dzień się chylił, mgła osnuwała słońce, aż wreszcie błyszczało na bladym niebie jak daleka mleczna perła. Kiedy zniżyło się na zachód, zmrok zapadł wczesny, a po nim szara, bezgwiezdna noc. Przez długie, spokojne godziny płynęli po ciemku, prowadząc łodzie w cieniu schylonych nad wodą lasów zachodniego brzegu. Wielkie drzewa przesuwały się obok nich jak zjawy, wyciągając poprzez mgłę chciwe, kręte korzenie ku wodzie. Było ponuro i zimno. Frodo wsłuchiwał się w plusk i chlupot rzeki, burzącej się wśród korzeni i pni zwalonych przy brzegu. Wreszcie głowa zwisła mu na piersi i hobbit zapadł w niespokojny sen.

# Rozdział 9

## *Wielka Rzeka*

Zbudził go Sam. Kiedy się ocknął, stwierdził, że jest troskliwie owinięty w pled i leży pod wysokim drzewem o szarej korze, w zacisznym kącie lasu na zachodnim brzegu Wielkiej Rzeki, Anduiny. Przespał noc, mętny brzask szarzał już między nagimi gałęziami. Gimli krzątał się opodal koło małego ogniska.

Ruszyli dalej, nim dzień zajaśniał w pełni. Co prawda większości Drużyny wcale nie było pilno dostać się na południe; w duchu cieszyli się, że ostateczną decyzję będą musieli podjąć dopiero za kilka dni, kiedy znajdą się nad wodogrzmotami Rauros, przy wyspie Tindrock. Zdawali się na rzekę, nie przynaglając łodzi, nie spieszyło im się do niebezpieczeństw, które w dalszej drodze czekały ich nieuchronnie na każdym szlaku. Aragorn nie sprzeciwiał się życzeniom przyjaciół i pozwalał dryfować z prądem, chciał bowiem oszczędzić ich siły na przyszłe trudy. Nalegał jednak, żeby co dzień ruszać o świcie i nie zatrzymywać się aż późnym wieczorem; czuł, że nie ma czasu do stracenia, i obawiał się, że Czarny Władca nie próżnował, podczas gdy Drużyna odpoczywała w Lórien.

Mimo to ani pierwszego, ani drugiego dnia Nieprzyjaciel nie dał znaku życia. Szare, monotonne godziny mijały bez zdarzeń. Pod koniec trzeciego dnia żeglugi krajobraz zaczął się zmieniać: drzewa zrzedły, potem zniknęły zupełnie. Po lewej stronie, na wschodnim brzegu, zobaczyli długi łańcuch bezkształtnych wzgórz, ciągnących się aż po widnokrąg; były brunatne, zwiędłe, jakby osmalone przez ogień, który nie zostawił ani źdźbła żywej zieleni; to bezludzie zdawało się tym bardziej nieprzyjazne, że jego pustki nie urozmaicał nawet zwalony pień lub sterczący kamień. Dotarli do Brunatnych Pól, rozległej, ponurej krainy między południowym krańcem Mrocznej Puszczy a wzgórzami Emyn Muil. Nawet Aragorn nie wiedział, jakie plagi, wojna czy złośliwość Nieprzyjaciela tak wyniszczyły te okolice.

Po prawej ręce, od zachodu, brzeg, również bezdrzewny, był wszakże płaski i w wielu miejscach zieleniły się na nim łąki. Z tej strony rzekę zarastał las trzcin, tak wysokich, że zasłaniały podróżnym widok, a łódki z chrzęstem ocierały się o tę rozchwianą ścianę. Ciemne, zwiędłe kity gięły się i kołysały w chłodnym powiewie, szeleszcząc cicho i smutno. Gdzieniegdzie jednak mur trzcin rozchylał się na chwilę i Frodo mógł wówczas rzucić okiem na faliste łąki, na spiętrzone za nimi wzgórza w łunie zachodu i na czarną kreskę, znaczącą u widnokręgu południowe ramię Gór Mglistych.

Nie spotykali tu śladów żywych stworzeń prócz ptactwa. Ptaków musiała być chmara, trzciny rozbrzmiewały ćwierkaniem i świstem, ale rzadko udawało się wędrowcom któregoś zobaczyć. Raz i drugi usłyszeli trzepot i szum wielkich skrzydeł, a podnosząc głowy, dojrzeli lecący w górze klucz łabędzi.

– Łabędzie! – zawołał Sam. – A jakie duże!

– Tak – rzekł Aragorn. – Czarne łabędzie.

– Ogromny, pusty i smutny wydaje się ten kraj – powiedział Frodo. – Dotychczas myślałem, że wędrując na południe, spotyka się okolice coraz cieplejsze i coraz weselsze, aż wreszcie zimę zostawia się na zawsze za sobą.

– Nie zawędrowaliśmy jeszcze daleko na południe – odparł Aragorn. – Zima trwa, a do Morza stąd szmat drogi. Tu bywa bardzo chłodno aż do wiosny, która wybucha nagle; możliwe nawet, że nas znowu śnieg zaskoczy. Tam, daleko, nad zatoką Belfalas, gdzie Anduina uchodzi do Morza, jest ciepło i wesoło, a przynajmniej byłoby tak, gdyby nie bliskość Nieprzyjaciela; ale my znajdujemy się nie dalej niż o jakieś sześćdziesiąt staj poniżej Południowej Ćwiartki Shire'u, od morza zaś dzielą nas setki mil. Tam, gdzie patrzysz teraz, na południo-zachodzie, leży Riddermarchia, Rohan, kraj władców koni. Niebawem dopłyniemy już do ujścia Jasnej Wody, rzeki, która ma źródło w lesie Fangorn i wpada do Anduiny. Stanowi ona północną granicę Rohanu; ongi wszystkie ziemie między Jasną

Wodą a Białymi Górami należały do Rohirrimów. To piękny i przyjemny kraj, słynny z najlepszych w świecie pastwisk. W naszych groźnych czasach nikt jednak nie śmie już mieszkać nad rzeką ani zapuszczać się na jej wybrzeża. Wprawdzie Anduina jest szeroka, lecz strzały orków dolatują na drugi brzeg; ostatnio, jak mi mówiono, rozzuchwalili się do tego stopnia, że ryzykują przeprawę przez rzekę i napadają stada bydła i koni na terenie Rohanu.

Sam z niepokojem wodził wzrokiem od brzegu do brzegu. Przedtem drzewa wydawały mu się wrogie: kto wie, czyje oczy patrzyły z ich gąszczu, jakie czaiły się tam niebezpieczeństwa. Teraz żałował, że drzew już nie ma. Rozumiał, że Drużyna, płynąc na odkrytych łódeczkach przez nagi, pusty kraj, po rzece, która stanowi granicę wojny, zbyt jest zewsząd widoczna.

Przez parę następnych dni, w miarę jak posuwali się z biegiem rzeki wciąż na południe, wszyscy coraz wyraźniej wyczuwali to niebezpieczeństwo. Teraz już od świtu do nocy wiosłowali, spiesząc naprzód. Brzegi umykały wstecz. Wkrótce rzeka rozlała się szerzej i płycej, na wschodnim brzegu pojawiły się pola kamieni, pod powierzchnią wody leżały zwały żwiru, trzeba było sterować ostrożnie, omijając mielizny. Brunatne Pola spiętrzyły się wyżej, a nad pustkowiem ciągnął zimny wiatr od wschodu. Po przeciwległej stronie łąki zmieniły się w wydmy porosłe zwiędłą trawą, przecięte pasmami trzęsawisk. Frodo drżał i wspominał murawę, źródła, jasne słońce i perlisty deszcz z Lothlórien. W żadnej łodzi nie słychać było rozmów ani śmiechów. Wszyscy milczeli, zaprzątnięci własnymi myślami.

Serce Legolasa błądziło pod gwiazdami, w letnią noc, na polanie wśród brzozowych lasów północy; Gimli w wyobraźni przebierał grudki złota, zastanawiając się, jaką godną oprawę dać podarunkowi Pani Elfów. Merry i Pippin w środkowej łodzi czuli się nieswojo, ponieważ Boromir to mruczał coś do siebie, to gryzł paznokcie, jakby gnębiły go jakieś niepokoje i wątpliwości, to chwytał za wiosła i doganiał łódź Aragorna. Przy tym Pippin, który siedział na dziobie, twarzą zwrócony do towarzyszy, zauważył dziwny błysk w oku Boromira, gdy ten wpatrywał się we Froda. Sam dawno już doszedł do wniosku, że łodzie, choć może nie tak straszne, jak go od dzieciństwa przekonywano, są jednak jeszcze mniej wygodne, niż sobie wyobrażał. Siedział skurczony, nieszczęśliwy, nie miał nic do roboty i tylko patrzył na przesuwający się krajobraz i na szarą wodę przepływającą po obu stronach łodzi. Inni niekiedy przynajmniej wiosłowali, Samowi nigdy nie powierzano wioseł.

Czwartego dnia o wczesnym zmierzchu Sam spoglądał wstecz ponad głowami Froda i Aragorna aż za płynące ich śladem łodzie; morzył go sen i hobbit tęsknił do popasu, by znowu poczuć ziemię pod stopami. Nagle coś niezwykłego przykuło jego błądzący wzrok; w pierwszej chwili przyglądał się z roztargnieniem, potem wyprostował i przetarł oczy kułakiem, lecz kiedy spojrzał znów w to samo miejsce – nic tam już nie zobaczył.

Tej nocy rozbili obóz na maleńkiej wysepce tuż pod zachodnim brzegiem. Sam, owinięty kocem, leżał obok Froda.

– Przed godziną czy dwiema, nim się zatrzymaliśmy – rzekł – miałem zabawny sen. A może to nie był sen? W każdym razie coś zabawnego.

– Co takiego? – spytał Frodo, bo znając Sama, wiedział, że się nie uspokoi, póki swojej historii nie opowie. – Od opuszczenia Lórien nie zdarzyło mi się jeszcze zobaczyć ani pomyśleć nic, co by warte było uśmiechu.

– Nie, to nie było zabawne w tym znaczeniu, proszę pana. Raczej niesamowite. Jeśli nie przyśniło mi się, to na pewno wróży coś złego. Lepiej niech pan posłucha. To było tak: widziałem kłodę, która miała oczy.

– Żeś widział kłodę, wierzę – odparł Frodo. – Kłód w rzece nie brakuje. Ale przy oczach nie upieraj się, Samie.

– Muszę – powiedział Sam. – Takie oczy, żem się aż poderwał w łodzi. Spostrzegłem w półmroku za rufą łodzi Gimlego coś, co wziąłem za kłodę, ale nie zwróciłem na to specjalnej uwagi. Potem jednak wydało mi się, że kłoda powoli nas dogania. A to już mnie zdziwiło, bo jeżeli ją tylko niósł prąd, a my wiosłowaliśmy, nie miała prawa, że się tak wyrażę, płynąć szybciej od nas. I w tym momencie ujrzałem oczy: dwa blade punkciki świeciły u końca kłody, gdzie sterczał jakby duży sęk. Co gorsza, kłoda wcale nie była kłodą, wiosłowała błoniastymi łapami podobnymi do łabędzich, tylko że większymi, i to się wynurzała nad wodę, to zagłębiała.

Wtedy właśnie poderwałem się z miejsca i przetarłem oczy; pomyślałem, że jeśli to coś zobaczę znowu po wypędzeniu śpiochów z oczu, krzyknę na alarm, bo ta kłoda-niekłoda posuwa się szybko naprzód i już dopędza ostatnią łódź. Ale czy te dwa ślepia zauważyły moje poruszenie i poczuły mój wzrok, czy też po prostu ja oprzytomniałem – dość, że kiedy znów spojrzałem, nie było już nic. Wydało mi się jednak, że kątem oka, jak to mówią, przyłapałem ciemny jakiś kształt, który mignął prędko w cieniu pod brzegiem. Ślepiów już wtedy nie dostrzegłem.

Pomyślałem: „Znowu ci się przyśniło, Samie Gamgee!" – i nic nikomu na razie nie powiedziałem. Tylko że mi to spokoju nie daje i teraz wcale nie jestem pewien, czy to był sen. Co pan o tym sądzi, panie Frodo?

– Sądziłbym, że to była kłoda i zmierzch, a ty byłeś zaspany – odparł Frodo – gdyby ta para oczu pojawiła się po raz pierwszy i tylko przy tobie. Ale tak nie jest! Ja ją także widziałem na drodze za nami, kiedy wędrowaliśmy jeszcze północnymi krajami ku Lórien. Widziałem też jakieś dziwne stworzenie skradające się po pniu, kiedy nocowaliśmy na drzewie. Haldir je również widział. A czy pamiętasz, co mówili elfowie, gdy wrócili z pościgu za bandą orków?

– Aha! – rzekł Sam – pamiętam i to, i coś więcej jeszcze. Wolałbym się mylić, ale kiedy sobie przypomnę to i owo, a w dodatku opowiadanie pana Bilba, zdaje mi się, że zgaduję, jak ten stwór ma na imię. Paskudne imię: Gollum, co?

– Tak, tego się właśnie obawiam od pewnego czasu – odparł Frodo. – Dokładnie, od noclegu na drzewie. Przypuszczam, że siedział przyczajony w Morii i szedł stamtąd trop w trop za nami. Miałem jednak nadzieję, że zgubi ślad dzięki naszemu pobytowi w Lórien. Nieszczęśnik pewnie krył się w lasach nad Srebrną Żyłą i wypatrzył nas, kiedy ruszaliśmy z przystani.

– To się wydaje możliwe – rzekł Sam. – Trzeba czuwać, żebyśmy którejś nocy nie zbudzili się z jego wstrętnymi paluchami na gardle, jeżeli w ogóle się zbudzimy w porę! Właśnie o to mi chodzi. Dziś lepiej jeszcze nie alarmujmy Obieżyświata ani reszty kompanii; ja będę trzymał straż tej nocy. Wyśpię się jutro, skoro w łodzi służę tylko za balast, że tak powiem.

– Owszem, powiedz tak – odparł Frodo – ale dodaj, że ten balast ma bystry wzrok. Pozwolę ci pełnić wartę pod warunkiem, że w połowie nocy zbudzisz mnie z kolei, oczywiście jeśli nic się nie zdarzy wcześniej.

Wśród głuchej nocy Frodo zbudził się z głębokiego snu, potrząsany przez Sama.

– Okropnie mi przykro pana budzić – szepnął Sam – ale tak pan kazał. Nic się nie zdarzyło do tej pory, a w każdym razie nic ważnego. Zdawało mi się, że słyszę cichy plusk i taki szmer, jakby ktoś niedaleko nas pochlipywał. Ale nad rzeką w nocy różne dziwne głosy słychać.

Sam położył się, a Frodo usiadł, owinął się kocem i zaczął walczyć ze snem. Wlokły się minuty i godziny, a nic się nie działo. Frodo już miał ulec pokusie i znów ułożyć się do snu kiedy nagle jakiś ciemny, ledwie dostrzegalny kształt przemknął tuż obok przycumowanych łodzi. Długa biaława ręka zamajaczyła w ciemnościach i chwyciła za burtę. Para bladych, błyszczących niby latarki oczu zalśniła zimnym światłem, zaglądając do wnętrza łodzi, a potem zwróciła się ku wysepce i spojrzała prosto na Froda. Dzieliło go od tych ślepiów ledwie parę kroków i słyszał cichy gwizd, kiedy dziwny stwór wciągał dech. Zerwał się na równe nogi, dobywając Żądło z pochwy. Latarki oczu natychmiast zgasły. Do uszu Froda dobiegł lekki syk, potem plusk, a wreszcie cień, podobny do kłody, dał susa w wodę niknąc w ciemnościach.

Aragorn poruszył się przez sen, obrócił na bok i usiadł.

– Co to było? – spytał zrywając się i stając obok Froda. – Wyczułem przez sen, że coś się dzieje. Dlaczego chwyciłeś za miecz?

– To był Gollum! – odparł Frodo. – Tak mi się przynajmniej zdaje.

– Ha! – zawołał Aragorn. – A więc zauważyłeś tego małego zbója? Dreptał za nami przez całą Morię i potem aż do Nimrodel. Odkąd płyniemy rzeką, ściga nas na kłodzie, wiosłując rękami i nogami. Raz i drugi próbowałem go złapać nocą, ale chytrzejszy jest od lisa, a śliski jak ryba. Miałem nadzieję, że go rzeka pokona, ale to doświadczony wodniak. Jutro trzeba będzie przyspieszyć żeglugę. Teraz idź spać, Frodo, a ja będę czuwał przez resztę nocy. Szkoda, że nie schwytałem nikczemnika. Mógłby nam być użyteczny. Skoro to się nie udało, trzeba mu umknąć. Niebezpieczny towarzysz podróży! Nie mówiąc już o tym, że zdolny jest własnoręcznie któregoś z nas nocą zamordować, może naprowadzić innych nieprzyjaciół na nasz trop.

Noc jednak minęła, a nawet cień Golluma nie zjawił się powtórnie. Odtąd drużyna pilnie wypatrywała, lecz do końca podróży nikt go nie zobaczył. Jeżeli nadal tropił wędrowców, robił to bardzo ostrożnie i przebiegle. Na prośbę Aragorna wiosłowali teraz ile sił, tak że brzegi niemal migały w oczach. Krajobrazu niewiele oglądali, bo płynęli przeważnie nocami i o zmroku, odpoczywając w dzień i starając się kryć o tyle, o ile teren pozwalał. Tak mijał czas bez przygód aż do siódmego dnia.

Pogoda była jeszcze mglista i chmurna, wiatr dął ze wschodu, lecz pod wieczór niebo na zachodzie rozjaśniło się, a spomiędzy szarych zwałów chmur wyjrzały jaśniejsze, żółte i bladozielone plamy. Można było dostrzec biały rąbek młodego księżyca lśniący nad odległymi jeziorami. Sam, przyglądając mu się, zmarszczył brwi. Nazajutrz po obu stronach rzeki krajobraz zaczął się szybko zmieniać. Brzegi były wysokie i kamieniste. Wkrótce już płynęli przez kraj górzysty i skalisty, a na brzegach strome zbocza ginęły pod gęstwą tarniny, splątanych jeżyn i powojów. Dalej wznosiły się niskie zwietrzałe urwiska i sterczały kominy z szarego kamienia, oplecione bluszczem, a zza nich wychylały się grzbiety gór, na których rosły jodły, pokrzywione od wichrów. Zbliżali się widocznie do szarej krainy wzgórz Emyn Muil, południowego pogranicza Dzikich Krajów.

Na urwiskach i skalnych kominach gnieździło się mnóstwo ptaków; przez dzień cały krążyły chmarami wysoko w górze, czarne na tle bladego nieba. Kiedy drużyna rozłożyła tego dnia obóz, Aragorn z niepokojem przyglądał się tym lotom, podejrzewając, że złośliwy Gollum coś knuje i że wieść o podróżnych już się szerzy na pustkowiu. Później, o zachodzie słońca, gdy wędrowcy już się krzątali, przygotowując do dalszej drogi, Aragorn dostrzegł w mierzchnącym świetle czarny punkt: jakiś ogromny ptak najpierw kołował bardzo wysoko nad obozem, a potem z wolna odleciał na południe.

– Rozpoznajesz go, Legolasie? – spytał, pokazując niebo. – Zdaje się, że to orzeł.

– Tak – odparł Legolas – orzeł. Ciekawe, co to może znaczyć? Góry przecież są daleko.

– Nie wyruszymy, póki nie ściemni się zupełnie – postanowił Aragorn.

Nadszedł ósmy dzień podróży. Był spokojny i bezwietrzny, bo ostry podmuch od wschodu ucichł. Wąski sierp księżyca wcześnie przygasł w bladym zachodzie słońca, lecz wyżej niebo było czyste, a chociaż na południu kłębiły się grube zwały obłoków, wciąż jeszcze rozjarzone nikłym światłem, na zachodzie już błyszczały jasne gwiazdy.

– W drogę! – rzekł Aragorn. – Zaryzykujemy jeszcze raz nocny spływ. Zbliżamy się do tej części rzeki, której nie znam dobrze, bo nigdy w tych okolicach nie podróżowałem drogą wodną. Nie spływałem dotychczas stąd do progów Sarn Gebir. Jeżeli mnie wszakże nie mylą rachuby, dzieli nas od nich wiele mil. Lecz wcześniej jeszcze natkniemy się na trudne miejsca, grożą nam skały i kamienne wysepki sterczące pośród nurtu. Trzeba bardzo uważać i nie można się zbytnio rozpędzać.

Samowi, płynącemu w pierwszej łodzi, zlecono straż. Leżąc w dziobie, wpatrywał się w mrok. Noc zapadła ciemna, lecz w górze gwiazdy błyszczały niezwykle jasno i powierzchnia rzeki lśniła. Zbliżała się północ; od dłuższego czasu pozwalali się nieść prądowi, rzadko używając wioseł, gdy nagle Sam krzyknął. Ledwie o parę kroków przed nim zamajaczyły nad wodą czarne sylwety, a do uszu wędrowców dobiegł szum wzburzonej wody. Porywisty prąd ściągnął łodzie w lewo, pod wschodni brzeg, gdzie droga była wolna. Zniesieni w bok, wędrowcy ujrzeli tuż przy burtach białą pianę fal rozbijających się o skały, wyszczerzone pośrodku nurtu niby rząd ostrych zębów. Cała flotylla zbiła się w ciasną gromadę.

– Hej, Aragornie! – krzyknął Boromir, gdy jego łódź uderzyła o rufę łodzi przewodnika. – To szaleństwo! Nie można ryzykować nocnej żeglugi przez wodospady! Zresztą, nocą czy dniem, żadna łódź jeszcze nie przedostała się cała przez progi Sarn Gebir.

– Zawracać! Zawracać! – krzyknął Aragorn. – Starajcie się zawrócić! – Zanurzył wiosło, usiłując wstrzymać łódź i skręcić w miejscu. – Źle obliczyłem odległość – powiedział do Froda. – Nie spodziewałem się, że dopłyniemy dziś tak daleko. Anduina rwie szybciej, niż myślałem. Sarn Gebir jest tuż przed nami.

Z wielkim trudem opanowali łodzie i z wolna zawrócili. Początkowo nie mogli jednak przemóc prądu, który znosił ich coraz bliżej pod wschodni brzeg. A brzeg ten piętrzył się ciemny i złowrogi w ciemnościach.

– Wszyscy do wioseł! – krzyczał Boromir. – Do wioseł! Inaczej utkniemy na mieliźnie.

Krzyk jeszcze nie przebrzmiał, gdy Frodo poczuł, że kil łodzi ociera się już ze zgrzytem o kamienie. W tej samej chwili jęknęły cięciwy i rój strzał świsnął koło uszu żeglarzy, a kilka padło między nich. Jedna trafiła Froda między łopatki. Runął twarzą naprzód i wrzasnął, a wiosło wysunęło mu się z rąk. Ale strzała odbiła się od kolczugi, ukrytej pod płaszczem. Druga przeszyła kaptur Aragorna, trzecia zaś utkwiła w burcie łodzi tuż obok ręki Meriadoka. Sam miał wrażenie, że dostrzega czarne sylwetki kręcących się po długim, kamienistym wybrzeżu postaci. Zdawały się bardzo bliskie.

– *Yrch!* – rzekł Legolas, wracając do mowy swego plemienia.

– Orkowie! – krzyknął Gimli.

– Założę się, że to robota Golluma – powiedział Sam do Froda. – Dobrze sobie wybrali miejsce! Rzeka pcha nas prosto w ich ręce.

Wszyscy pochylili się i wiosłowali ile sił w ramionach. Nawet Sam pomagał, jak umiał. Każdy wyczekiwał, że lada sekunda poczuje ukąszenie czarnopiórej strzały. Cały ich rój gwizdał wędrowcom nad głowami albo wpadał w wodę tuż obok łodzi. Lecz nikt więcej nie został trafiony. Było wprawdzie ciemno, lecz nie za ciemno dla orków, przywykłych do nocnych wypraw, a w poświacie gwiezdnej żeglarze musieli stanowić doskonale widoczny cel dla zdradzieckich napastników; jedyna nadzieja, że szare płaszcze z Lórien i szare drzewo zbudowanych przez elfów łodzi zmylą nawet przebiegłe oczy łuczników Mordoru.

Wytrwale ciągnęli wiosłami. W pomroce trudno było o pewność, czy posuwają się rzeczywiście, lecz z wolna wiry wodne uspokajały się wokół łodzi, a cienie na wschodnim brzegu topniały wśród nocy. Wreszcie, o ile mogli się zorientować, dotarli z powrotem na środek rzeki i oddalili się spory kawałek od sterczących z wody skalnych ostrzy. Obracając łodzie w poprzek nurtu, pchnęli je z wszystkich sił pod zachodni brzeg. W cieniu krzaków schylonych nad wodą zatrzymali się wreszcie i zaczerpnęli tchu.

Legolas odłożył wiosła i chwycił łuk, który dostał w Lórien. Skoczył na brzeg i kilku susami wspiął się na skarpę. Naciągnął łuk, założył strzałę i poprzez szerokość rzeki wbił wzrok w ciemności. Zza wody buchnęły przeraźliwe wrzaski, lecz dostrzec nic nie było można. Frodo spojrzał w górę na smukłego elfa, stojącego na zboczu i wpatrzonego w mrok, jakby wybierał cel dla strzały. Jego ciemną głowę otaczała korona jaskrawobiałych gwiazd, migocących w czarnej topieli nieba. Lecz nagle od południa ukazały się pędzące ogromne chmury i przednie ich straże natarły na gwiaździste pole. Trwoga ogarnęła Drużynę.

– Elbereth Gilthoniel! – westchnął Legolas, spojrzawszy w górę. W tym samym momencie z ciemności od południa wyłonił się jakiś czarny kształt, jak chmura, lecz o wiele od chmury szybszy, i pędem zbliżał się nad zbite u brzegu łodzie Drużyny, przesłaniając światło. Po chwili mogli już rozróżnić olbrzymie skrzydła, czarniejsze od czerni nocy. Za wodą dziki wrzask powitał sprzymierzeńca. Nagły lodowaty dreszcz przeszył Froda i serce w nim stężało od morderczego zimna, jak gdyby odezwała się znów stara rana w lewym barku. Hobbit skulił się w łodzi, szukając kryjówki. Niespodzianie zadźwięczał ogromny łuk z Lórien. Z napiętej przez elfa cięciwy świsnęła strzała. Frodo podniósł wzrok. Skrzydlaty stwór chwiał się niemal nad jego głową. Lecz nagle z ostrym, ochrypłym wrzaskiem runął w dół i zniknął w mroku na wschodnim brzegu. Niebo znów było czyste. W dali rozległ się w ciemnościach zgiełk mnóstwa głosów, przekleństw i lamentów, a potem zapadła cisza. Tej nocy nie usłyszeli już więcej ani krzyku, ani świstu strzały od wschodu.

Po jakimś czasie Aragorn powiódł łodzie dalej w górę rzeki. Po omacku płynęli spory kawałek drogi wzdłuż brzegu, aż trafili wreszcie do niewielkiej płytkiej zatoki. Kilka skarlałych drzew rosło tuż nad wodą, za nimi zaś wznosiła się stroma skalista skarpa. Tu Drużyna postanowiła zatrzymać się i przeczekać do świtu; nie sposób było po nocy próbować dalszej żeglugi. Nie rozbijali obozu ani nie rozniecali ogniska; skulili się na dnie łodzi, związanych razem i przycumowanych u brzegu.

— Chwała łukowi Galadrieli, chwała ręce i oku elfa! — rzekł Gimli, żując kawałek lembasa. — Piękny to był strzał w ciemnościach, przyjacielu.

— Któż jednak powie nam, w co moja strzała ugodziła? — spytał Legolas.

— Ja ci tego nie powiem — odparł Gimli — lecz cieszę się, że nie pozwoliłeś temu cieniowi zbliżyć się do nas. Bardzo mi się nie podobał. Zanadto przypominał cień z Morii... cień Balroga — dokończył szeptem.

— To nie był Balrog — odezwał się Frodo, wciąż jeszcze dygocąc od dreszczów, które go podczas starcia napadły. — To było coś zimniejszego. Myślę, że mógł to być... — urwał i zamilkł.

— Co myślisz? — skwapliwie zapytał Boromir, wychylając się ze swojej łodzi, jakby chciał koniecznie zobaczyć wyraz twarzy Froda.

— Myślę... Nie, nie powiem — odparł Frodo. — Cokolwiek to było, upadek tego stwora wzbudził panikę wśród naszych wrogów.

— Tak się zdaje — rzekł Aragorn. — Nie wiemy wszakże, gdzie są, ilu ich jest, co teraz knują. Dzisiejszej nocy nie wolno nam spać. Na razie kryją nas ciemności. Ale kto wie, co dzień przyniesie? Trzymajcie broń w pogotowiu!

Sam siedział, bębniąc po rękojeści miecza palcami, jakby coś obliczał, i spoglądał w niebo.

— Dziwna rzecz! — szepnął. — Księżyc świeci ten sam nad Shire'em i nad Dzikimi Krajami, tak by przynajmniej wypadało. Ale czy on drogę pomylił, czy mnie się rachunek splątał, coś tu się nie zgadza. Pamięta pan, panie Frodo, że kiedy nocowaliśmy na drzewie, księżyc malał. Był wtedy tydzień po pełni, wedle moich obliczeń. Wczoraj wieczorem skończył się tydzień naszej podróży wodą, a dziś — proszę! — wstaje nów, rożek cienki niby obrzynek paznokcia, jak gdybyśmy ani dnia nie spędzili u elfów. A przecież trzy noclegi w Lórien na pewno pamiętam, marzy mi się nawet, że było ich więcej, chociaż przysiągłbym, że nie siedzieliśmy tam całego miesiąca. Można by pomyśleć, że w tym kraju czas się nie liczy.

– Może tak właśnie jest naprawdę – powiedział Frodo. – Może w tym kraju znaleźliśmy się w czasie, który gdzie indziej na świecie dawno przeminął. Zdaje mi się, że dopiero kiedy Srebrna Żyła zniosła nas do Anduiny, wróciliśmy w nurt czasu płynącego przez śmiertelne kraje do Wielkiego Morza. Nie pamiętam, żebym widział księżyc, w nowiu czy w pełni, nad Caras Galadhon, tylko gwiazdy nocą, a słońce za dnia.

Legolas poruszył się w łodzi.

– Nie, czas nigdy nie zwalnia biegu – rzekł – ale zmiany i wzrost nie są dla każdej rzeczy i w każdym miejscu jednakie. Dla elfów też świat się kręci, kręci się zarazem bardzo szybko i bardzo wolno. Szybko, bo sami elfowie mało się zmieniają, a wszystko inne przemija dokoła, i to elfów zasmuca. Bardzo wolno, bo nie liczą płynących lat, nie liczą ich w każdym razie w swoim życiu. Następujące po sobie pory roku nie znaczą dla nich więcej niż wiecznie powtarzająca się fala w długim, długim strumieniu. Ale wszystko pod słońcem musi kiedyś przeminąć i skończyć się wreszcie.

– W Lórien jednak wszystko przemija bardzo powoli – rzekł Frodo. – Nad tym krajem panuje Galadriela. Każda godzina jest bogata, chociaż wydaje się krótka w Caras Galadhon, gdzie Pani Galadriela włada Pierścieniem Elfów.

– O tym nie powinieneś mówić poza granicami Lórien nawet ze mną – przerwał mu Aragorn. – Pamiętaj, ani słowa więcej! Ale wiedz, Samie, że to prawda: w tej krainie straciłeś rachubę czasu. Tam czas przepływał obok nas, podobnie jak płynie obok elfów. Stary księżyc skurczył się, młody urósł i z kolei zmalał nad światem, podczas gdy my odpoczywaliśmy w Lórien. Wczoraj wieczorem księżyc był powtórnie w nowiu. Zima się kończy. Czas płynie ku wiośnie, która niewiele niesie nam nadziei.

Noc przeminęła w spokoju. Z drugiego brzegu nie dochodziły żadne szmery ani głosy. Wędrowcy, skuleni w łodziach, zauważyli zmianę pogody. Pod wilgotnymi chmurami, które nadciągnęły z południa od dalekich mórz, powietrze ocieplito się i nie poruszał nim najlżejszy nawet podmuch. Szum wody pędzącej wśród skał zdawał się teraz głośniejszy i bliższy, z gałęzi nadbrzeżnych drzew kapały krople rosy.

Kiedy dzień zaświtał, świat cały dokoła wydał im się miękki i smutny. Z wolna brzask przechodził w blade, rozproszone światło, niepodkreślone przez cienie. Nad rzeką zalegała mgła, białe opary otulały brzeg zachodni, wschodniego zaś wcale nie było teraz widać.

– Nie cierpię mgły – oznajmił Sam – ale dzisiaj wydaje mi się pożądana. Może uda się nam wymknąć stąd tak, że te przeklęte gobliny nic nie zauważą.

– Może – powiedział Aragorn – ale trudno będzie trafić na ścieżkę, jeśli później mgła się nie podniesie. Musimy odnaleźć drogę, inaczej nie przedostaniemy się przez Sarn Gebir i nie dotrzemy do Emyn Muil.

– Nie rozumiem, dlaczego mielibyśmy szukać przejścia przez progi i po co płynąć dalej rzeką – odezwał się Boromir. – Jeśli Emyn Muil leży przed nami, lepiej byłoby porzucić te łupiny i pomaszerować na południo-zachód aż do Rzeki Entów, a potem przeprawić się na drugi jej brzeg do mojej ojczyzny.

– Tak byłoby rzeczywiście lepiej – odparł Aragorn – gdybyśmy zdążali do Minas Tirith. Ale to nie zostało dotychczas postanowione. Zresztą ten szlak mógłby się okazać bardziej niebezpieczny, niż się wydaje z pozoru. Dolina Rzeki Entów jest niska i bagnista, a mgła to śmiertelny wróg podróżujących pieszo, w dodatku z bagażami. Wolałbym nie porzucać łodzi, póki się da. Rzeka bądź co bądź stanowi drogę, na której nie można zabłądzić.

– Ale nieprzyjaciel panuje na jej wschodnim brzegu – argumentował Boromir. – Jeśli nawet przedostaniesz się przez Wrota Argonath i bez szwanku dopłyniesz do Tindrock, co zrobisz dalej? Czy zeskoczysz z wodogrzmotów, żeby wylądować na trzęsawiskach?

– Nie – odparł Aragorn. – Myślę, że należałoby przenieść łodzie starą ścieżką omijającą Rauros i poniżej wodogrzmotów znowu spuścić je na rzekę. Czy nie wiesz, czy też umyślnie zapominasz, Boromirze, o Północnych Schodach i o strażnicy na szczycie Amon

Hen, zbudowanej za czasów wielkich królów? Ja w każdym razie postanowiłem wspiąć się tam i rozejrzeć się z góry, nim rozstrzygnę o dalszej podróży. Może stamtąd zobaczymy jakiś znak, który nam wskaże drogę.

Boromir długo opierał się tej decyzji. Kiedy jednak zrozumiał, że Frodo pójdzie za Aragornem, gdziekolwiek ten poprowadzi – ustąpił.

– Ludzie z Minas Tirith nie mają zwyczaju opuszczać przyjaciół w potrzebie – rzekł – a będzie wam potrzebna moja siła, jeżeli chcecie dostać się do Tindrock. Do tej górzystej wyspy będę wam towarzyszył, dalej – nie. Pójdę do swego kraju sam, jeżeli swoją pomocą nie zasłużyłem na taką bodaj nagrodę, by ktoś z was dotrzymał mi kompanii.

Dzień tymczasem pojaśniał, mgła zrzedła trochę. Uradzono, że Aragorn z Legolasem pójdą, nie zwlekając, naprzód wzdłuż brzegu, inni zaś zostaną w łodziach. Aragorn miał nadzieję odnaleźć drogę, którą można by przenieść łódki i bagaże na spokojniejsze wody poniżej skalnych progów.

– Może łodzie elfów naprawdę nigdy nie toną – powiedział – ale nie znaczy to, byśmy mogli w nich przepłynąć Sarn Gebir żywi. Nikomu dotychczas nie udała się ta sztuka. Ludzie z Gondoru nie budowali dróg w tej okolicy, bo nawet w najświetniejszej epoce ich królestwo nie sięgało w dorzeczu Anduiny poza wzgórza Emyn Muil. Z pewnością jednak istnieje ścieżka gdzieś na zachodnim brzegu, nie wiem tylko, czy ją odnajdę. Niemożliwe, by ślad zatarł się już całkowicie, bo jeszcze kilka lat temu, nim orkowie z Mordoru rozmnożyli się tak groźnie, używano lekkich łodzi do żeglugi z wybrzeży Dzikich Krajów do Osgiliath.

– Za mojej pamięci rzadko jakaś łódź przybywała do nas z północy, orkowie zaś grasują na wschodnim brzegu od dawna – rzekł Boromir. – Nawet jeżeli znajdziesz ścieżkę, każdy krok na niej zbliży cię do niebezpieczeństwa.

– Niebezpieczeństwo czyha na wszystkich drogach wiodących na południe – odparł Aragorn. – Czekajcie na nas jeden dzień. Gdybyśmy nie wrócili, będzie to znaczyło, że spotkała nas rzeczywiście najgorsza przygoda. Wówczas musicie wybrać nowego przewodnika i za nim iść jak się da najroztropniej.

Z ciężkim sercem Frodo patrzył na Aragorna i Legolasa, kiedy wspinali się na stromą skarpę i znikali we mgle. Lecz obawy hobbita okazały się płonne. Nie upłynęło parę godzin, ledwie zbliżało się południe, kiedy z mgły wyłoniły się sylwetki wracających zwiadowców.

– Wszystko w porządku – oznajmił Aragorn, zsuwając się ze skarpy. – Ścieżka istnieje i prowadzi do wygodnej przystani, która jeszcze nadaje się do użytku. Marsz nie będzie zbyt daleki, progi skalne zaczynają się o pół mili stąd i mają niewiele ponad milę długości. Tuż za nimi nurt znów jest czysty i gładki, chociaż dość bystry. Najcięższym dla nas zadaniem będzie przeniesienie łodzi i bagażu na starą ścieżkę. Znaleźliśmy ją, lecz dość daleko w głębi lądu, a biegnie pod osłoną skalistej ściany kawałek drogi od wybrzeża. Gdzie jest przystań północna, nie wiemy. Jeżeli się do naszych czasów zachowała, musieliśmy ją minąć wczoraj w nocy. Gdybyśmy nawet próbowali z trudem do niej dopłynąć pod prąd, możemy jej we mgle nie zauważyć. Obawiam się, że nie ma innej rady, jak wyjść na ląd tutaj i przetaszczyć jakoś łodzie na ścieżkę.

– Nie byłoby to łatwe, nawet gdyby drużyna składała się z samych Dużych Ludzi – powiedział Boromir.

– Spróbujemy dokonać tego z taką drużyną, jaką mamy – odparł Aragorn.

– Spróbujemy – rzekł Gimli. – Nogi Dużych Ludzi nieraz ustają na wyboistej drodze, po której krasnolud wędruje dalej, chociaż dźwiga brzemię dwakroć cięższe niż on sam. Wiedz o tym, mości Boromirze!

Zadanie było rzeczywiście bardzo trudne, lecz w końcu zostało wykonane. Bagaże wyładowano z łodzi i zniesiono na szczyt skarpy, gdzie je złożono na płaskim terenie. Potem wyciągnięto łodzie na ląd i wydźwignięto je również na górę. Okazały się znacznie lżejsze, niż przewidywali. Nawet Legolas nie wiedział, jakiego drzewa z kraju elfów użyto do ich budowy, lecz było zarazem mocne i niezwykle lekkie. Merry i Pippin mogli we dwóch udźwignąć swoją łódź na równej drodze. Ale nawet siły dwóch Dużych Ludzi ledwie starczały, by ją wywindować pod górę i pokonać trudności terenu, który Drużyna musiała przebyć. Brzeg wznosił się bezładnym rumowiskiem szarych wapiennych głazów, wśród których ziały dziury, podstępnie zamaskowane gęstwą zielska i zarośli; trzeba się było przedzierać przez splątane kolczaste krzaki i strome jary, a tu i ówdzie zagradzały drogę grząskie bajora, zasilane wodą ściekającą z wyżyny, która piętrzyła się tarasami w głąb lądu.

Boromir wraz z Aragornem przenieśli kolejno łodzie, reszta drużyny mozoliła się przez ten czas z bagażami. Wreszcie wszystko i wszyscy znaleźli się na ścieżce. Dalej już bez poważniejszych przeszkód – jeśli nie liczyć paru miejsc zarośniętych tarniną i wielu kamieni – posuwali się zwartą gromadą. Mgła wciąż jeszcze czepiała się pasmami zwietrzałej ściany skalnej, a z lewej strony zasłaniała rzekę; wędrowcy słyszeli huk i szum wody rozbijającej o strome progi i wyszczerzone kamienne zęby Sarn Gebir, lecz nie widzieli nic. Dwakroć przeszli drogę tam i z powrotem, nim cały dobytek dotaszczyli bezpiecznie do południowej przystani.

W tym miejscu ścieżka, zbliżając się do rzeki, zbiegała łagodnie w dół aż na płytki skraj małej zatoki. Była ona wyżłobiona, jak się zdawało, nie pracą rąk, lecz przez samą wodę spadającą z progu Sarn Gebir na płaską skałę, wysuniętą dość daleko na środek nurtu. Dalej brzeg wznosił się stromo szarym urwiskiem i był niedostępny dla pieszych wędrowców.

Krótkie popołudnie miało się już ku końcowi i mętny, chmurny zmierzch ogarniał świat. Drużyna siadła tuż nad wodą, wsłuchując się w huk i szum wodospadów ukrytych we mgle. Wszyscy byli zmęczeni i śpiący, a w sercach ich panował mrok równie ponury jak ten dogasający dzień.

– Ano, jesteśmy w przystani i tu musimy spędzić noc – stwierdził Boromir. – Potrzeba nam snu, a nawet gdyby Aragorn odważył się nocą przeprawić przez Wrota Argonath, zbyt jesteśmy zmęczeni wszyscy... z wyjątkiem oczywiście naszego siłacza krasnoluda.

Gimli nie odpowiedział, drzemał skulony.

– Odpoczniemy więc tutaj, jak się da – rzekł Aragorn. – Jutro trzeba będzie ruszyć za dnia. Jeżeli pogoda nie zmieni się znowu i nie wypłata nam złośliwego figla, mamy szansę przemknąć się niepostrzeżenie dla oczu szpiegujących nas ze wschodniego brzegu. Tej nocy wszakże będziemy kolejno pełnić wartę parami. Każdemu przypadnie godzina czuwania na trzy godziny snu.

W ciągu nocy nie zdarzyło się nic groźniejszego niż krótki deszcz przed świtem. Gdy się rozwidniło, wyruszyli. Trzymali się możliwie najbliżej zachodniego brzegu, którego niskie początkowo urwiska piętrzyły się coraz wyżej i majaczyły przez mgłę jak mur wyrastający wprost z bystrego nurtu rzeki. Nim minął ranek, chmury osunęły się niżej i spadła ulewa. Wędrowcy okryli płachtami ze skór łodzie, aby deszcz ich nie zalał, i zdali się na prąd; przez gęstą załonę ulewy nic prawie nie widzieli przed sobą.

Deszcz nie trwał jednak długo. Niebo z wolna się przecierało, potem nagle chmury się rozstąpiły, a ich poszarpane, włókniste strzępy odpełzły ku północy, w górę rzeki. Mgły i opary znikły. Przed żeglarzami ukazał się szeroki wąwóz o wysokich skalistych zboczach, z których gdzieniegdzie na półkach i wąskich rozpadlinach wystrzelały pojedyncze drzewa. Koryto rzeczne zacieśniło się, prąd rwał coraz ostrzej. Mknęli teraz naprzód i nie mogli liczyć, by udało się wstrzymać łodzie lub zawrócić, nawet gdyby zaszła potrzeba. Nad ich głowami rozpościerał się jasnobłękitny obszar nieba, z wszystkich stron rozciągała się ciemna, mroczna rzeka, a przed nimi zamykała dostęp słońcu ściana wzgórz Emyn Muil, w której nigdzie nie było widać wyrwy.

Frodo, wypatrując drogi, ujrzał w oddali dwie wielkie skały zbliżające się z każdą minutą; wyglądały jak obronne wieże lub kamienne kolumny. Smukłe, pionowe, groźne, sterczały po obu stronach nurtu. Między nimi otwierało się ciasne przejście, w które rzeka poniosła łodzie.

– Oto Argonath, Kolumny Królów! – krzyknął Aragorn. – Wkrótce je miniemy. Równajcie łódź za łodzią, ale starajcie się zachować jak największe odstępy! Trzymać się środka nurtu!

Łódź rwała z prądem, Frodo miał wrażenie, że dwa ogromne słupy rosną i biegną na jej spotkanie. Te wielkie szare bryły, milczące, lecz groźne, wydały mu się parą olbrzymów. Z bliska dopiero stwierdził, że są rzeczywiście wykute na kształt dwóch postaci ludzkich; dawna sztuka i potęga wyrzeźbiła w nich swój ślad i dotychczas, prażone słońcem i chłostane deszczem od niepamiętnych lat, zachowały podobieństwo, które im ongi narzucili rzeźbiarze. Na ogromnych cokołach, fundamentem zanurzonych w głębinie, stali dwaj kamienni królowie; zatarte oczy i pobrużdżone, chmurne czoła mieli wciąż zwrócone na północ. Każdy z nich wznosił lewą rękę, ostrzegając wymownym gestem odwróconej na zewnątrz dłoni, w prawej zaś dzierżył topór; na głowach mieli skruszałe hełmy i korony. Siła i majestat biły od tych milczących strażników dawno już nieistniejącego królestwa. Trwożna cześć zawładnęła sercem Froda, pochylił się i zamknął oczy, nie śmiejąc podnieść wzroku, kiedy łódź zbliżyła się do stóp posągów. Nawet Boromir skłonił głowę, gdy łodzie, kruche i lekkie, mknęły jak drobne liście w odwiecznym cieniu tych strażników Númenoru. Tak wpłynęli w ciemną czeluść Wrót.

Po obu stronach wznosiły się ku niezmierzonej wysokości pionowe, straszne skały. Niebo zdawało się mętne i bardzo odległe. Grzmot czarnej wody rozlegał się echem, a wiatr gwizdał nad głowami wędrowców. Frodo, skulony na klęczkach, słyszał, jak Sam mruczy i lamentuje: „Co za miejsce! Okropność! Niech się tylko wydostanę żywy z tej łodzi, a nigdy palca od nogi nie zamoczę nawet w sadzawce, nie mówiąc już o rzece!".

– Nie lękajcie się! – odezwał się za plecami obco brzmiący głos.

Frodo obejrzał się i zobaczył Obieżyświata, a zarazem nie Obieżyświata, bo po ogorzałym w wędrówkach Strażniku nie zostało śladu: u rufy siedział Aragorn, syn Arathorna, dumnie wyprostowany, sterujący łodzią wprawnymi uderzeniami wioseł. Odrzucił kaptur, wiatr rozwiał mu ciemne włosy, oczy jaśniały blaskiem: król wracający z wygnania do własnej dziedziny.

– Nie lękajcie się! – powtórzył. – Od lat marzyłem, by ujrzeć podobizny Isildura i Anáriona, moich pradziadów. W ich cieniu nic nie grozi Elessarowi, Kamieniowi Elfów, synowi Arathorna z rodu Valandila, syna Isildura, dziedzica Elendila.

Blask w jego oczach przygasł, gdy Aragorn, jakby do siebie tylko, szepnął:

– Gdybyż tu był z nami Gandalf! Serce mi się wyrywa do Minas Anor i do murów mojej stolicy! Lecz dokąd teraz pójdę?

Ciemna czeluść Wrót była długa, wypełniał ją zgiełk wichru i spienionej wody, odbijający się echem od kamiennych ścian. Nurt skręcał nieco ku zachodowi, toteż początkowo łodzie płynęły w mroku; wkrótce jednak Frodo dostrzegł wysoki słup blasku, rosnący z każdą chwilą. Słup zbliżał się szybko i nagle łodzie wypadły na jasne, szeroko rozlane światło.

Słońce, które przed wielu godzinami minęło już zenit, błyszczało na wietrznym niebie. Spętany nurt wyzwalał się tu i rozlewał bladym, wydłużonym owalem jeziora, zwanego Nen Hithoel, zamkniętego wśród szarych wzgórz o stokach pokrytych lasem, lecz wierzchołkach łysych i lśniących zimno w promieniach słońca. U ich odległego południowego krańca wystrzelały trzy ostre szczyty. Środkowy, nieco wysunięty naprzód i odosobniony, tworzył wyspę objętą jasnymi, połyskliwymi ramionami rzeki. Z wiatrem niósł się daleki, lecz potężny huk, jakby grzmot przewalał się w oddali.

– Spójrzcie! To jest Tol Brandir – rzekł Aragorn, wskazując wysunięty szczyt. – Z lewej i prawej strony wznoszą się Amon Lhaw i Amon Hen, Góra Nasłuchu i Góra Wypatrywania. Za czasów Wielkich Królów były na ich szczytach strażnice i trzymano tam straże. Podobno od tych dni noga człowieka ani zwierzęcia nie postała na Tol Brandir. Nim zapadnie noc, znajdziemy się u stóp tych gór. Słyszę nieustające wołanie wodogrzmotów Rauros.

Drużyna wypoczęła nieco, zdając się na nurt, który niósł łodzie środkiem jeziora ku południowi. Wędrowcy pożywili się, a później chwycili za wiosła, przyspieszając żeglugę. Cień okrył zbocza zachodnich gór, słońce przybrało postać czerwonej kuli. Tu i ówdzie błysnęła przymglona gwiazda. Trzy ostre szczyty majaczyły na wprost przed żeglarzami, coraz ciemniejsze w zapadającym zmroku. Rauros huczały potężnie. Noc już zasnuła fale rzeki, gdy wreszcie łodzie znalazły się w cieniu gór.

Skończył się dziesiąty dzień spływu. Pustkowie zostało za nimi. Teraz już musieli rozstrzygnąć i wybrać drogę: wschodnią albo zachodnią. Zaczynał się ostatni etap wyprawy.

# Rozdział 10

## *Rozstanie*

Aragorn poprowadził ich prawym ramieniem rzeki. Na zachodnim brzegu, w cieniu Tol Brandir, zielona łąka zbiegała od podnóży Amon Hen aż na skraj wody. Za nią wznosiły się pierwsze łagodne i zadrzewione zbocza góry, szeregi drzew ciągnęły na zachód wzdłuż wygiętego łuku jeziora. Spod góry spływał strumyk, zraszając łąkę.

– Tu przenocujemy – rzekł Aragorn. – Widzicie łąkę Parth Galen, która za dawnych czasów bywała latem czarownym miejscem. Miejmy nadzieję, że jeszcze na nią złe siły nie dotarły.

Wyciągnęli łodzie na zielony brzeg i przy nich rozłożyli się obozem. Wystawili wartę, lecz nieprzyjaciół nie było widać ani słychać. Jeżeli Gollumowi udało się przypłynąć tu za nimi, ukrywał się dobrze. Mimo to, w miarę jak noc mijała, Aragorna ogarniał coraz większy niepokój, często przewracał się przez sen i budził. Przed świtem wstał i podszedł do Froda, który właśnie pełnił straż.

– Dlaczego nie śpisz? – spytał Frodo. – Nie twoja kolej teraz wartować.

– Nie wiem – odparł Aragorn. – Jakiś cień i groźba zamąciły mi sen. Dobądź lepiej miecza.

– Po co? – zdziwił się Frodo. – Czy zbliża się nieprzyjaciel?

– Zobaczymy, co nam twoje Żądło powie – rzekł Aragorn.

Frodo wyciągnął więc oręż elfów z pochwy. Ku swemu przerażeniu ujrzał nikły blask bijący od ostrza w ciemności.

– Orkowie! – szepnął. – Niezbyt blisko, ale z pewnością za blisko.

– Tego się właśnie lękałem – powiedział Aragorn. – Może jednak nie przeszli na tę stronę rzeki. Żądło świeci mętnie, kto wie, czy nie zwiastuje tylko szpiegów Mordoru, grasujących po zboczach Amon Lhaw. Nigdy jeszcze nie słyszałem, żeby orkowie zapuścili się na Amon Hen. Ale trudno zgadnąć, co się mogło zdarzyć w tych nieszczęsnych czasach, skoro twierdza Minas Tirith już nie zabezpiecza przeprawy przez Anduinę. Musimy jutro posuwać się bardzo ostrożnie.

Dzień wstał w ogniu i dymie. Na wschodzie u widnokręgu legły czarne zwały chmur, niby straszliwe pogorzelisko. Słońce, wschodząc, oświetliło je od dołu smolisto-czerwonym płomieniem, wkrótce jednak wzniosło się wyżej i wypłynęło na czyste niebo. Szczyt Tol Brandir błysnął złotem. Frodo zwrócił oczy na wschód, przyglądając się wyspowej górze. Podnóża jej wyrastały prostopadle z bystrego nurtu. Wyżej ponad urwiskiem wznosiły się strome zbocza, po których wspinały się drzewa, jedne nad drugimi, na samej zaś górze znów piętrzyła się naga, niedostępna ściana szarej skały, uwieńczona ogromną kamienną wieżycą. Krążyło nad nią mnóstwo ptaków, lecz żadne inne stworzenia nie dawały znaku życia.

Zjedli śniadanie, po czym Aragorn zwołał całą Drużynę.

– Wybiła w końcu godzina – rzekł – godzina wyboru, z którym zwlekamy od tak dawna. Co się teraz stanie z naszą Drużyną, dotychczas wędrującą w braterskiej zgodzie? Czy skręcimy wraz z Boromirem na zachód i pójdziemy wojować w obronie Gondoru? Czy na wschód, do Kraju Grozy i Cienia? Czy wreszcie rozbijemy Drużynę i podzielimy się, a każdy skieruje się w jedną lub drugą stronę wedle swej woli? Cokolwiek zrobimy, trzeba działać szybko. Nie możemy tu długo popasać. Nieprzyjaciel, jak wiemy, panuje na wschodnim brzegu, lecz obawiam się, czy orkowie nie znajdują się już także po tej stronie Anduiny.

Długi czas trwało milczenie, nikt nie poruszył się ani nie odezwał.

– A więc – w końcu przemówił znowu Aragorn – na ciebie, mój Frodo, spada ciężar decyzji. Ty zostałeś przez Radę mianowany Powiernikiem Pierścienia. Tobie tylko przystoi wybór własnej drogi. Nic ci w tej sprawie doradzać nie mogę. Nie jestem Gandalfem, chociaż starałem się zastąpić go w podróży. Nie wiem, jakie zamiary i nadzieje wiązał z tą godziną i czy w ogóle miał jakieś z góry ułożone plany. Najprawdopodobniej, nawet gdyby Czarodziej był między nami, decyzja należałaby w tej chwili do ciebie. Taki już los ci przypadł.

Frodo zrazu nic nie odpowiedział. Potem zaczął z wolna:

– Rozumiem, że trzeba się spieszyć, lecz nie mogę zdobyć się na rozstrzygnięcie. Brzemię jest za ciężkie dla mnie. Zostaw mi jeszcze godzinę do namysłu. Chcę zastanowić się w samotności.

Aragorn popatrzył na niego łagodnie i ze współczuciem.

– Zgadzam się, Frodo, synu Droga – rzekł. – Daruję ci godzinę, i to godzinę samotności. Będziemy na ciebie tu czekali, nie odchodź jednak dalej, niż sięgają nasze głosy.

Frodo chwilę siedział ze spuszczonymi oczyma. Sam wpatrywał się w niego z wielką troską, potrząsnął głową i mruknął:

– Jasne jak słońce, ale nie wolno ci, Samie Gamgee, wtrącać teraz swoich trzech groszy.

Frodo wstał i odszedł. Sam zauważył, że gdy wszyscy inni powściągali ciekawość i nie patrzyli za odchodzącym hobbitem, Boromir śledził go pilnie wzrokiem, póki nie zniknął wśród drzew u podnóży Amon Hen.

Błądząc początkowo na chybił trafił po lesie, Frodo wreszcie zrozumiał, że nogi same niosą go ku stokom góry. Znalazł się na ścieżce, która znaczyła ślad dawnej, dziś zniszczonej drogi. W miejscach bardziej stromych wykuto ongi kamienne schody, teraz spękane i zatarte, rozsadzone przez korzenie. Jakiś czas piął się wzwyż, niezbyt uważając na drogę, aż stanął na trawiastej półce. Wokół niej rosły wysokie jesiony, pośrodku leżał duży, płaski głaz. Małą górską łączkę, otwartą na wschód, zalewał blask porannego słońca.

Frodo zatrzymał się i spojrzał na rzekę płynącą daleko w dole, na Tol Brandir i na ptaki, kołujące po szerokim przestworzu, dzielącym go od niedostępnej wyspy. Głos wodogrzmotów Rauros rozlegał się potężnie głębokim, pulsującym hukiem. Frodo siadł na kamieniu, podparł brodę pięściami i patrzał ku wschodowi, ale nic właściwie nie widział. Przed oczyma jego wyobraźni przesuwało się wszystko, co zdarzyło się, odkąd Bilbo opuścił Shire; wspominał i rozważał każde słowo Gandalfa, które utkwiło mu w pamięci. Czas płynął, a Frodo nie zbliżył się ani o krok do decyzji.

Nagle ocknął się z zadumy: miał nieprzyjemne uczucie, że ktoś stoi za jego plecami i że śledzą go czyjeś nieżyczliwe oczy. Zerwał się z kamienia i odwrócił; ku swemu zdumieniu zobaczył tylko Boromira i na jego twarzy przyjazny uśmiech.

– Niepokoiłem się o ciebie – powiedział Boromir, zbliżając się nieco. – Jeżeli Aragorn nie mylił się i orkowie rzeczywiście są tuż, żaden z nas, a szczególnie ty, nie powinien się oddalać od Drużyny. Zbyt wiele od ciebie zawisło. Poza tym, mnie także ciężko na sercu. Czy pozwolisz mi zostać i pogadać z tobą, skoro cię znalazłem? Rozmowa doda ci otuchy. W gromadzie każda wymiana zdań zmienia się w rozwlekłą naradę. We dwóch prędzej może dojdziemy do najmądrzejszej decyzji.

– Bardzo jesteś poczciwy – odparł Frodo – ale nie sądzę, by jakakolwiek rozmowa mogła mi pomóc. Wiem bowiem, co powinienem zrobić, a wstrzymuje mnie od tego strach. Tak, Boromirze: strach!

Boromir stał w milczeniu. Wodogrzmoty huczały nieustannie. Wiatr szeleścił w gałęziach drzew. Frodo zadrżał.

Nagle Boromir przysunął się i siadł obok hobbita.

– Czy nie przyszło ci na myśl – rzekł – że może dręczysz się niepotrzebnie? Chciałbym ci dopomóc. W trudnym wyborze potrzebujesz rady. Czy przyjmiesz ją ode mnie?

– Zdaje się, że z góry wiem, jakiej mi udzielisz rady, Boromirze – odparł Frodo. – Uznałbym ją za głos mądrości, gdyby mnie serce nie ostrzegło.

– Serce cię ostrzegło? Przed czym? – żywo spytał Boromir.

– Przed zwłoką. Przed drogą z pozoru łatwiejszą. Przed odrzuceniem brzemienia, które mi powierzono. Przed... tak, muszę i to powiedzieć... przed zaufaniem w siłę i szczerość ludzi.

– A jednak ich siła z dawna broniła cię w twoim dalekim kraiku, chociaż nic o tym nie wiedziałeś.

– Nie wątpię w męstwo twojego plemienia. Ale świat się zmienił. Mury grodu Minas Tirith są mocne, nie dość wszakże potężne. Jeśli zawiodą, co wtedy?

– Polegniemy w boju, śmiercią walecznych. Lecz pozostała nam jeszcze nadzieja, że mury nie zawiodą.

– Nie ma nadziei, póki istnieje Pierścień – rzekł Frodo.

– Aha! Pierścień! – powiedział z błyskiem w oku Boromir. – Pierścień! Dziwne zrządzenie losu, że tak wielka trwoga i tyle wątpliwości dręczy nas z powodu tak drobnego przedmiotu! Tak drobnego! I ledwie raz, przez jedno mgnienie, widziałem go w domu Elronda. Czy nie mógłbyś mi go znów choć na chwilę pokazać?

Frodo podniósł wzrok na Boromira. Nagle mróz ścisnął mu serce. Dojrzał w oczach wojownika dziwny błysk, jakkolwiek twarz jego wciąż była łagodna i przyjazna.

– Lepiej, by pozostał w ukryciu – odparł.

– Jak chcesz. Nie nalegam – powiedział Boromir. – Może przynajmniej mówić o nim mi pozwolisz? Bo zdaje mi się, że niesłusznie myślisz wyłącznie o jego potędze w rękach Nieprzyjaciela, zawsze o jego złym użytku, nigdy zaś o dobrym. Świat się zmienia, sam to zauważyłeś. Minas Tirith padnie, jeżeli Pierścień będzie istniał. Pomyśl jednak! Tak by się stało, gdyby Pierścień był w ręku Nieprzyjaciela. Czemuż by nie miało stać się inaczej, gdyby pozostał w naszym ręku?

– Byłeś przecież na Radzie – odparł Frodo. – Nie możemy go użyć, a wszystko, co się za jego sprawą dokona, obraca się zawsze na złe.

Boromir wstał i zaczął niespokojnie przechadzać się po łączce.

– A więc chcesz iść dalej! – krzyknął. – Gandalf, Elrond... wszyscy ci... nauczyli cię tej śpiewki! Może mają swoje własne racje po temu. Bo dla elfów, półelfów i czarodziejów może to byłaby rzeczywiście klęska. Nieraz jednak miałem już wątpliwości, czy przez ich usta przemawia mądrość, czy też tylko bojaźń! Ale niech każdy troszczy się o własne plemię! Ludzie czystego serca nie dadzą się skazić. Nas, w Minas Tirith, zahartowała wielowiekowa próba. Nie potęgi czarodziejów pragniemy, lecz siły do własnej obrony, do obrony słusznej sprawy. Oto w najcięższej dla nas chwili los sprawił, że znalazł się Pierścień Władzy! Powiadam ci, to dar losu, dar przeciwko wrogom Mordoru. Byłoby szaleństwem nie użyć go, nie użyć przeciw Nieprzyjacielowi jego własnej broni. Tylko nieustraszeni i bezwzględni osiągają zwycięstwo. Ileż mógłby zdziałać Aragorn! A jeśli on odmawia – Boromir! Pierścień dałby mi potęgę władzy. Jak pierzchałyby przede mną zastępy Mordoru! Jak garnęliby się ludzie pod moje sztandary!

Boromir biegał po łące tam i sam, krzycząc coraz głośniej. Zdawało się, że niemal zapomniał o obecności Froda, rozprawiając o murach i orężu, o zbrojeniu wojsk; snuł plany wielkich sojuszów i chwalebnych zwycięstw, rozbijał w proch i pył Mordor, widział siebie w glorii najmożniejszego z królów, dobrotliwego i mądrego władcy. Nagle przystanął i zamachnął rękami.

– A oni każą nam go odrzucić! – krzyknął. – Nie sprzeciwiałbym się, gdyby chodziło naprawdę o jego zniszczenie. To by może nie było najgorsze, jeśliby rozum pozwalał żywić bodaj iskrę nadziei, że się uda. Ale to się udać nie może. Cały plan, który nam narzucono, polega na tym, że niziołek pójdzie na oślep do Mordoru i ułatwi tym sposobem Nieprzyjacielowi zagarnięcie Pierścienia. Szaleństwo! Z pewnością sam to rozumiesz, przyjacielu – zwrócił się niespodzianie znów do Froda. – Powiedziałeś, że się boisz. Jeśli tak, najmężniejszy nawet musi wybaczyć ci ten lęk. Ale czy nie jest to raczej bunt twego zdrowego rozsądku?

– Nie, to strach – odparł Frodo. – Po prostu strach. Cieszę się jednak, że przemówiłeś do mnie tak otwarcie. Rozjaśniło mi się w głowie.

– A więc pójdziesz do Minas Tirith! – zawołał Boromir. Oczy mu błyszczały, twarz miał rozognioną.

– Źle mnie zrozumiałeś – rzekł Frodo.

– Ale zgodzisz się pójść do Minas Tirith przynajmniej na krótki czas? – nalegał Boromir. – Nasz gród leży niedaleko, niewiele też dalej z niego do Mordoru niż stąd. Od dawna wędrujemy przez Dzikie Kraje i przydadzą ci się najnowsze wiadomości o poczynaniach Nieprzyjaciela, zanim podejmiesz jakiś krok ze swej strony. Chodź ze mną, Frodo! – namawiał. – Powinieneś nabrać sił przed trudnym wyczynem, jeśli już koniecznie chcesz go dokonać.

Położył rękę na ramieniu hobbita gestem przyjacielskim, lecz drżenie dłoni zdradziło Frodowi, że Boromir z trudem tłumi podniecenie. Hobbit cofnął się żywo i z przerażeniem spojrzał na rosłego człowieka, który wzrostem przewyższał go niemal dwukrotnie, a siłą zapewne jeszcze bardziej.

– Dlaczego patrzysz na mnie tak nieżyczliwie? – rzekł Boromir. – Nie jestem złodziejem ani zbójcą. Potrzeba mi twego Pierścienia, teraz już o tym wiesz, ale ręczę ci słowem, że nie pragnę go dla siebie zatrzymać. Czy nie pozwolisz, żebym bodaj wypróbował swój plan? Użycz mi Pierścienia!

– Nie! Nie! – krzyknął Frodo. – Rada powierzyła go mnie.

– Własnemu szaleństwu będziesz zawdzięczać swoją klęskę! – wrzasnął Boromir. – Krew się we mnie burzy na tę myśl. To obłęd! Uparty obłęd! Z własnej woli chcesz iść na śmierć i zaprzepaścić naszą sprawę! Jeżeli ktoś ze śmiertelnych może rościć prawa do Pierścienia, to raczej ludzie z Númenoru, a nie wy, niziołki! Dorwaliście się do niego tylko wskutek nieszczęśliwego przypadku. Mógł przecież dostać się mnie. Powinien być mój! Oddaj mi go!

Frodo nie odpowiedział, lecz odskoczył tak, że ogromny głaz dzielił go od Boromira.

– Zastanów się, przyjacielu – podjął łagodniejszym tonem Boromir. – Czy nie masz ochoty pozbyć się go? Uwolniłbyś się od rozterki i strachu! Jeśli chcesz, możesz całą odpowiedzialność zwalić na mnie. Powiesz, że byłem od ciebie silniejszy i wziąłem go przemocą. Bo jestem od ciebie silniejszy, niziołku! – krzyknął i znienacka przeskoczywszy głaz, natarł na Froda. Piękna zwykle i miła twarz wojownika była w tej chwili okropnie zmieniona, oczy płonęły wściekłością.

Frodo wyśliznął się zwinnie i znowu odgrodził od Boromira kamieniem. Nie miał innego ratunku: w momencie gdy Boromir powtórnie dał susa przez głaz, hobbit błyskawicznie wyciągnął z kieszeni łańcuszek i wsunął Pierścień na palec. Wojownik na sekundę osłupiał ze zdziwienia i krzyknął, potem zaczął gorączkowo biegać po łączce, szukając zbiega wśród skał i drzew.

– Nikczemny kuglarzu! – wrzasnął. – Niech ja cię dostanę w swoje ręce! Teraz przejrzałem twoje zamysły! Chcesz zanieść Pierścień Sauronowi i wszystkich nas zaprzedać! Czekałeś tylko na okazję, żeby nas wywieść w pole! Przeklęte niziołki, śmierć i zguba całemu waszemu plemieniu!

Nagle potknął się o kamień i padł jak długi, twarzą do ziemi. Przez chwilę leżał bez ruchu i bez jęku, jak gdyby dosięgła go własna klątwa, potem wybuchnął płaczem. Wstał, przetarł oczy pięścią, strząsnął łzy.

– Co ja powiedziałem! – krzyknął. – Co ja zrobiłem! Frodo! Frodo! – zawołał. – Wróć! Szał mnie ogarnął, ale to już minęło. Wracaj!

Nie było odpowiedzi. Frodo nawet nie słyszał jego wołania. Odbiegł już daleko, na oślep wdzierając się ścieżką pod szczyt. Trząsł się ze strachu i rozżalenia, widział wciąż przed sobą wykrzywioną z wściekłości twarz Boromira, jego płonące gniewem oczy.

Wkrótce znalazł się samotny na szczycie Amon Hen i stanął, chwytając z trudem oddech. Jak przez mgłę zobaczył duży, płaski krąg wybrukowany wielkimi płytami i otoczony rozsypującym się zębatym murem; pośrodku, wsparta na rzeźbionych filarach, wznosiła się strażnica, do której prowadziły długie schody. Frodo wspiął się po nich i siadł w starożytnym krześle; czuł się jak zabłąkane dziecko na tronie królów gór.

Z początku niewiele widział. Miał wrażenie, że znalazł się w kraju mgieł, gdzie nie istnieje nic prócz cieni: miał bowiem wciąż na palcu Pierścień. Po chwili mgła się rozwiała i Frodo ujrzał mnóstwo rzeczy. Wszystko zdawało się małe, lecz ostro zarysowane, odległe, a mimo to wyraźne jak na dłoni. Nie słyszał żadnych odgłosów, ale miał przed oczyma jasne, żywe obrazy. Cały świat jakby skurczył się i oniemiał. Frodo siedział na szczycie Amon Hen, Góry Wypatrywania, która była okiem ludzi z Númenoru. Spojrzał na wschód: ciągnęły się tam rozległe, nienaznaczone na żadnych mapach obszary, bezimienne równiny, niezbadane lasy. Spojrzał na północ: Wielka Rzeka wiła się wstęgą po dolinie, a Góry Mgliste, małe i twarde, sterczały niby poszczerbione zęby. Spojrzał na zachód: zobaczył szerokie łąki Rohanu i dalej Orthank; iglicę Isengardu jak czarny cień. Spojrzał na południe: tuż u jego stóp rzeka piętrzyła się, wezbraną falą przewalała przez wysoki próg wodogrzmotów Rauros i bryzgając pianą, spadała w przepaść; jasna tęcza grała kolorami nad oparem wodospadu. Zobaczył także Ethir Anduin – ogromną deltę rzeki; miriady wodnego ptactwa, wirujące niby biały kurz w słońcu, a pod nimi zielone i srebrne morze, drobnymi falami uciekające w nieskończoność.

W którąkolwiek stronę spojrzał, widział sygnały wojny. Góry Mgliste roiły się jak mrowiska: orkowie wychodzili z tysiąca pieczar. Pod stropem Mrocznej Puszczy wrzała śmiertelna walka ludzi i elfów, i dzikich zwierząt. Kraj Beorningów stał w płomieniach. Nad Morią zaległa chmura; u granic Lórien wzbijały się dymy.

Przez pastwiska Rohanu gnali jeźdźcy, z Isengardu skradały się stada wilków. Z przystani Haradu okręty wojenne wypływały na morze. Od wschodu ciągnęły niezliczone zastępy: ludzie zbrojni w miecze i dzidy, łucznicy na koniach, wozy dowódców i tabory. Czarny Władca ruszył całą potęgą. Zwróciwszy znów oczy na południe, Frodo dostrzegł Minas Tirith. Gród zdawał się odległy i bardzo piękny: świecił białymi murami; wystrzelał mnóstwem wież, dumny i pełen czaru wznosił się na szczycie góry; zębate blanki lśniły żelazem, na wieżyczkach powiewały różnobarwne chorągwie. Nadzieja ocknęła się w sercu hobbita. Lecz naprzeciw Minas Tirith stała druga twierdza, większa jeszcze i potężniejsza. Wbrew woli Froda wschód ciągnął jego oczy. Przesunął oczy po zburzonych mostach Osgiliath, ziejących wrotach Minas Morgul, po nawiedzonych górach, i spojrzał na Gorgoroth, Dolinę Grozy w Kraju Mordor. Ciemności skłębiły się tam pod słońcem. Spośród kłębów dymu błyskały płomienie. Góra Przeznaczenia ziała ogniem, unosiły się nad nią opary. Wreszcie wzrok Froda zatrzymał się: ujrzał zwarte, spiętrzone blanki, czarną niepokonaną wartownię, górę żelaza, stalową bramę, niezdobytą wieżę. To była Barad-dûr – forteca Saurona. Nadzieja w sercu Froda zgasła.

Nagle wyczuł obecność Oka. Tam, w Czarnej Wieży, czuwało bezsenne i już świadome, że Frodo je widzi. Skupiała się w nim potężna wola. Skierowało się w stronę hobbita jak wyciągnięty palec, szukając ofiary. Jeszcze chwila, a znajdzie Froda, przygwoździ go do miejsca. Musnęło szczyt Amon Lhaw. Dotknęło szczytu Tol Brandir... Frodo zsunął się błyskawicznie ze strażnicy, skulił się, nakrył głowę szarym kapturem.

Usłyszał własny krzyk, ale nie wiedział, czy woła: „Nigdy! Przenigdy!", czy też: „Zaprawdę, idę do ciebie! Już idę!". W tej samej sekundzie jakaś inna siła podszepnęła mu myśl: „Zdejmij go! Zdejmij, głupcze! Zdejmij Pierścień!".

Dwie siły zmagały się w duszy Froda. Przez chwilę wił się w męce, przeszyty dwoma ostrzami równej mocy. Nagle otrzeźwiał. Nie ten głos i nie Oko, lecz on sam, Frodo, ma wolny wybór i rozporządza jedną, ostatnią chwilą, by wyboru dokonać. Zdjął Pierścień z palca. Klęczał u stóp strażnicy w blasku słońca. Czarny cień niby ramię przesunął się nad nim, lecz ominął Amon Hen, zabłądził dalej na zachód i wreszcie się rozwiał. Niebo znowu było czyste i błękitne, a na każdym drzewie śpiewały ptaki.

Frodo wstał. Czuł się bardzo znużony, ale wolę miał teraz niezachwianą, a serce lżejsze. Przemówił na głos sam do siebie:

– Zrobię, co do mnie należy. To w każdym razie jest jasne: zły czar Pierścienia działa już nawet wśród Drużyny, więc Pierścień musi ją opuścić, nim wyrządzi gorsze szkody. Pójdę sam. Niektórym spośród towarzyszy nie mogę ufać, a ci, którym ufam, są mi zbyt drodzy: biedny poczciwy Sam, kochani Merry i Pippin, a także Obieżyświat. Jemu się przecież serce wyrywa do Minas Tirith, a będzie tam bardzo potrzebny, skoro Boromir uległ złej sile. Pójdę sam. I to zaraz!

Szybko zbiegł ścieżką i wrócił na łączkę, na której przedtem odnalazł go Boromir. Zatrzymał się, nasłuchując. Miał wrażenie, że słyszy krzyki i nawoływania od strony lasów i znad rzeki w dole.

„Szukają mnie – powiedział sobie. – Ciekawe, ile też czasu trwała moja wycieczka. Pewno kilka godzin". – Zawahał się znowu: – Co robić? – szepnął. – Muszę odejść teraz, inaczej nigdy może się nie uda. Druga taka sposobność chyba się nie nadarzy. Okropnie przykro porzucać Drużynę, i to bez słowa wyjaśnienia. Ale z pewnością mnie zrozumieją. Sam zrozumie. Zresztą, cóż mogę zrobić innego?

Z wolna wyciągnął z kieszeni Pierścień i znów włożył go na palec. Zniknął i zszedł stokiem w dół ciszej niż szelest wiatru.

Drużyna długo czekała na brzegu rzeki. Przez czas jakiś wszyscy milczeli, kręcąc się niespokojnie, potem jednak siedli kołem i zaczęli rozmawiać. Starali się mówić o innych sprawach, o długiej wędrówce i licznych przygodach: wypytywali Aragorna o królestwo Gondoru i jego dawne dzieje, o szczątki potężnych dzieł, które dotychczas można było oglądać w dziwnej krainie u granic Emyn Muil, jak na przykład kamienne posągi królów, strażnice na szczytach Lhaw i Hen, wielkie schody przy wodogrzmotach Rauros. Lecz myśli i słowa krążyły uparcie wokół Froda i Pierścienia. Co Frodo wybierze? Dlaczego się waha?

– Sądzę, że zastanawia się, która z dwóch dróg jest bardziej rozpaczliwa – rzekł Aragorn. – Trudno mu się dziwić. Droga na wschód rokuje drużynie mniej nadziei niż kiedykolwiek, skoro Gollum nas wytropił i mamy powody lękać się, że tajemnica wyprawy już została zdradzona. Ale idąc do Minas Tirith, nie zbliżymy się do Ognia, nie będzie nam przez to łatwiej zniszczyć naszego brzemienia. Moglibyśmy tam pozostać czas jakiś i mężnie stawiać opór. Nie ma jednak nadziei, by władca Gondoru, Denethor, wraz ze swymi wojownikami dokonał czynu, który, jak sam Elrond stwierdził, przekracza jego siły. Nie uda się długo utrzymać Pierścienia w tajemnicy ani oprzeć się Nieprzyjacielowi, jeśli wystąpi z całą swoją potęgą. Którą drogę wybralibyśmy na miejscu Froda? Nie wiem. Nigdy tak bardzo nie brakowało nam Gandalfa jak w tej chwili.

– Ciężka to strata! – rzekł Legolas. – Musimy jednak bez jego rady rozstrzygnąć tę sprawę. Czemuż nie mielibyśmy sami powziąć decyzji i w ten sposób ulżyć Frodowi? Zawołajmy go i przeprowadźmy głosowanie. Ja opowiem się za Minas Tirith.

– Przyłączyłbym się do ciebie – odezwał się Gimli. – Wysłano nas tylko do pomocy Powiernikowi Pierścienia, nie kazano iść dalej, niż sami zechcemy. Żaden z nas nie zobowiązał się przysięgą ani nie dostał rozkazu, by dotrzeć aż do Góry Przeznaczenia. Bolesne było dla mnie rozstanie z Lórien. Zawędrowałem jednak aż do tych miejsc i dziś mogę powiedzieć: teraz, gdy nadeszła chwila ostatecznego wyboru, nie zawaham się, nie opuszczę Froda. Wolałbym pomaszerować do Minas Tirith, jeżeli jednak on nie zechce tam iść – pójdę za nim.

– Ja także za nim pójdę – powiedział Legolas. – Rozstać się teraz, znaczyłoby złamać wiarę.

– Tak, gdyby go cała Drużyna opuściła, byłoby to zdradą – rzekł Aragorn. – Jeżeli jednak zechce iść na wschód, nie będzie mu potrzeba tak licznej kompanii, a nawet, moim zdaniem, nie powinni mu towarzyszyć wszyscy. Przedsięwzięcie jest beznadziejne, niezależnie od tego, czy je podejmie ośmiu, czy trzech albo dwóch, albo wręcz jeden śmiałek. Gdybyście zdali się na mój wybór, wyznaczyłbym Frodowi trzech towarzyszy: Sama, który by zresztą nie ścierpiał rozstania, Gimlego i siebie. Boromir mógłby wrócić do ojczyzny, gdzie potrzebny jest ojcu i całemu swojemu ludowi; niechby z nim poszła reszta Drużyny, a w każdym razie Meriadok i Peregrin, jeżeli Legolas nie zgodzi się z nami rozłączyć.

– Niemożliwe! – krzyknął Meriadok. – Nie opuścimy Froda! Pippin i ja od dawna postanowiliśmy iść wszędzie, dokąd on pójdzie, i nie zmieniliśmy zamiarów. Nie zdawaliśmy sobie jednak sprawy z tego, co to oznacza. Z daleka, w Shire czy w Rivendell, inaczej to wyglądało. Bylibyśmy szaleni i okrutni, gdybyśmy Frodowi pozwolili iść do Mordoru. Czy nie można go od tego powstrzymać?

– Trzeba go powstrzymać – rzekł Pippin. – Jestem pewien, że właśnie ta myśl go tak dręczy. Frodo rozumie, że nie zgodzimy się, by poszedł sam na wschód. A nie chce, biedaczysko, prosić kogokolwiek o dotrzymanie mu kompanii. Wyobraźcie to sobie: iść samotnie do Mordoru! – Pippin aż się wzdrygnął. – Ale nasz kochany nieborak powinien wiedzieć, że nas prosić nie trzeba. Powinien wiedzieć, że jeśli nie uda się mu tych zamiarów wybić z głowy – nie opuścimy go na pewno.

– Za przeproszeniem – odezwał się Sam. – Zdaje mi się, że wcale nie rozumiecie mojego pana. On się nie waha, którą z dwóch dróg wybrać. Ani mowy o tym! Jaki tam pożytek z tego Minas Tirith? To znaczy: dla pana Froda, nie obrażając pana Boromira... – dodał i obejrzał się. Dzięki temu dopiero wszyscy spostrzegli, że Boromira, który początkowo siedział milczący nieco na uboczu kręgu przyjaciół, nie ma już z nimi.

– Gdzież on mógł się podziać? – zawołał Sam z niepokojem. – Wydawał się jakiś dziwny ostatnimi czasy. Zresztą jego i tak nie dotyczy ta sprawa. Pewnie ruszył do domu, jak zapowiadał. Nie można mu tego mieć za złe. Pan Frodo za to wie, że musi odnaleźć

Szczeliny Zagłady, jeżeli to się nie okaże niemożliwe. Ale pan Frodo się boi. Teraz, jak już przyszło co do czego, zdjął go strach. Na tym polega jego udręka. Oczywiście, przeszedł już dobrą szkołę, że się tak wyrażę, wszyscy ją przeszliśmy, odkąd opuściliśmy nasze domy; gdyby nie to, byłby tak przerażony, że cisnąłby Pierścień po prostu do rzeki i wziąłby nogi za pas. Bądź co bądź boi się ruszyć dalej. Nie o to się też martwi, czy zechcemy z nim iść, czy nie, bo dobrze wie, jakie są nasze zamiary. Co innego trapi pana Froda. Jeżeli się uzbroi w odwagę i postanowi iść – będzie chciał iść samotnie. Zapamiętajcie moje słowa! Będziemy z nim mieli kłopot, kiedy wróci tutaj. Bo że się zdobędzie na takie a nie inne postanowienie, to pewne: nie nazywałby się Baggins, gdyby było inaczej!

– Zdaje się, że mówisz rozumniej niż my wszyscy, Samie! – rzekł Aragorn. – Cóż więc zrobimy, jeśli okaże się, że masz rację?

– Zatrzymamy Froda! Nie pozwolimy mu iść! – krzyknął Pippin.

– Nie jestem pewien – odparł Aragorn. – Frodo jest Powiernikiem Pierścienia, odpowiada za jego losy. Nie sądzę, byśmy mieli prawo popychać Froda na tę lub inną drogę. Nie sądzę też, by się nam to udało, nawet gdybyśmy próbowali tak postąpić. Działają tu inne siły, o wiele potężniejsze niż my.

– Ach, chciałbym, żeby Frodo już się wreszcie zdobył na odwagę i wrócił do nas, niechby raz klamka zapadła – powiedział Pippin. – Najgorsze jest takie oczekiwanie. Chyba wyznaczony czas namysłu już minął?

– Tak – rzekł Aragorn. – Godzina dawno upłynęła. Południe się zbliża. Trzeba Froda wołać z powrotem.

W tej samej chwili wrócił Boromir. Wychynął spomiędzy drzew i nic nie mówiąc, zbliżał się do przyjaciół. Twarz miał posępną i smutną. Przystanął, jakby licząc zebranych, a potem siadł opodal, wbijając wzrok w ziemię.

– Gdzież to byłeś, Boromirze? – spytał Aragorn. – Czy nie widziałeś Froda?

Boromir zawahał się na sekundę.

– I tak, i nie – odparł z namysłem. – Tak, bo go odnalazłem na zboczu góry i rozmawiałem z nim. Nalegałem, żeby poszedł do Minas Tirith, zamiast iść na wschód. Wpadłem w złość i Frodo mnie opuścił. Zniknął. Nic podobnego w życiu nie widziałem, chociaż słyszałem legendy o takich sztukach. Z pewnością włożył Pierścień na palec. Nie zdołałem go już później odszukać. Myślałem, że wrócił do was.

– Czy to wszystko, co masz do powiedzenia? – spytał Aragorn, wpatrując się w twarz Boromira przenikliwym i wcale nie pobłażliwym spojrzeniem.

– Wszystko – odparł Boromir. – Nic więcej teraz nie powiem.

– Coś złego się dzieje! – krzyknął, zrywając się, Sam. – Nie wiem, co ten człowiek nabroił. Dlaczego pan Frodo użył Pierścienia? Nie powinien tego robić, a jeżeli włożył Pierścień, mogło się zdarzyć nie wiadomo co.

– Ależ Frodo na pewno nie zatrzymał Pierścienia długo na ręku – rzekł Merry. – Z pewnością zdjął go, skoro tylko wymknął się niepożądanemu gościowi. Tak postępował zwykle Bilbo.

– Dokąd poszedł? Gdzie jest? – krzyknął Pippin. – Wieki minęły, odkąd nas opuścił.

– Jak dawno widziałeś ostatni raz Froda, Boromirze? – spytał Aragorn.

– Około pół godziny, może nawet z godzinę temu – odparł Boromir. – Jakiś czas potem błąkałem się po stokach. Nie wiem! Nie wiem! – I kryjąc twarz w dłoniach, skulił się, jakby przytłoczony zgryzotą.

– Godzinę temu zniknął! – wrzasnął Sam. – Trzeba go szukać co żywo! Chodźcie!

– Czekajcie! – zawołał Aragorn. – Podzielimy się na pary i zorganizujemy... Stój! Chwileczkę!

Daremne słowa! Nikt go nie słuchał. Sam pędził pierwszy, Merry i Pippin za nim i już zniknęli wśród przybrzeżnych drzew, krzycząc: „Frodo! Frodo!" wysokimi, donośnymi hobbickimi głosami. Legolas i Gimli pobiegli także, jakby nagle panika czy może obłęd ogarnęły drużynę.

– Rozpierzchniemy się i zagubimy! – jęknął Aragorn. – Boromirze! Nie wiem, jaką rolę odegrałeś w tej złej przygodzie, ale w każdym razie pomóż mi teraz. Goń tych dwóch młodych hobbitów i przynajmniej ich strzeż, jeśli nie zdołasz odnaleźć Froda.

Gdybyś znalazł jego lub bodaj jakiś ślad po nim, wracaj tutaj. Będę wkrótce znów na tym miejscu.

Aragorn wielkimi krokami puścił się w pościg za Samem. Dogonił go na łączce wśród górskich jesionów, gdy hobbit zasapany wspinał się pod górę, wciąż krzycząc: „Frodo!".

– Pójdziemy razem, Samie – rzekł Aragorn. – Żaden z nas nie powinien teraz błąkać się samotnie. Coś złego wisi w powietrzu. Czuję to. Wejdę na szczyt, na strażnicę Amon Hen, rozejrzę się, co stamtąd widać. Słuchaj mnie! Moje serce dobrze przeczuło, że Frodo tam właśnie poszedł. Idź za mną i miej oczy otwarte!

Pospieszył ścieżką pod górę. Sam wyciągał nogi, jak umiał, lecz nie mógł dotrzymać kroku Obieżyświatowi, toteż wkrótce został w tyle. Nie trwało długo, a już Aragorn zniknął mu z oczu. Sam przystanął, chwytając oddech. Nagle palnął się dłonią w czoło.

– Zastanów się, Samie Gamgee! – powiedział głośno. – Skoro nogi masz za krótkie, idź po rozum do głowy. Pomyśl chwilę. Boromir nie łże, to do niego niepodobne. Ale nie powiedział nam całej prawdy. Coś musiało panu Frodowi napędzić porządnego stracha. Zebrał się nagle na odwagę. Postanowił w końcu, że pójdzie dalej. Dokąd? Na wschód. Jak to, bez Sama? A tak, bez nikogo, nawet bez wiernego Sama. To krzywda, okrutna krzywda!

Przetarł pięścią oczy, które mu zaszły łzami.

– Trzymaj się, Samie Gamgee! – rzekł. – Zbierz myśli do kupy. Nie mógł przecież pofrunąć przez rzekę ani przeskoczyć wodogrzmotów. Nie miał z sobą nic. Ani chybi, wrócił do łodzi! Do łodzi! Do łodzi, Samie, migiem!

Sam zawrócił i pędem puścił się ścieżką w dół. Upadł, rozciął sobie kolano. Poderwał się i biegł dalej. Dopadł skraju łąki Parth Galen nad brzegiem, gdzie stały wyciągnięte z rzeki łodzie. Nie było tam żywej duszy. Z lasu dobiegały niewyraźne okrzyki, lecz Sam nie zwracał na nie uwagi. Stał, wytrzeszczając oczy, osłupiały, zdumiony. Jedna z łodzi, pusciuteńka, zsuwała się ku wodzie jakby o własnych siłach. Sam wrzasnął i dał susa przez trawę. Łódź już kołysała się na rzece.

— Lecę, panie Frodo! Lecę! — zawołał Sam, odbijając się od brzegu i usiłując chwycić się za burtę odpływającej łodzi. Chybił o cal, z krzykiem plusnął twarzą naprzód w bystrą, głęboką wodę.

Zabulgotało, hobbit poszedł na dno, a rzeka zamknęła się nad jego kędzierzawą głową.

Z pustej łodzi rozległ się okrzyk rozpaczy. Wyciągnęło się wiosło, łódź stanęła w miejscu. W ostatniej chwili Frodo zdążył ucapić Sama za włosy, gdy wierzgając i prychając, topielec wypłynął na powierzchnię. Z okrągłych piwnych oczu patrzył strach.

— Właź do łodzi, chłopcze — powiedział Frodo. — Chwyć się mojej ręki.

— Ratunku, panie Frodo! — jęknął Sam. — Utopiłem się. Nie widzę pańskiej ręki.

— Tutaj, tutaj. Nie szczyp mnie, bracie! Nie bój się, ja cię nie puszczę. Ubijaj wodę stopami i nie szamocz się tak, bo wywrócisz łódkę. No, tak; trzymaj się burty i pozwól mi wiosłować.

Kilku pociągnięciami wioseł Frodo doprowadził łódź z powrotem do brzegu; Sam mógł wreszcie wylądować, zmoknięty jak szczur wodny. Frodo zdjął Pierścień i wyskoczył na trawę.

— Z wszystkich plag świata najgorszą jesteś ty, Samie Gamgee! — powiedział.

— Och, panie Frodo, to krzywda! — odparł, trzęsąc się, Sam. — Krzywda, że pan chciał odejść beze mnie i bez nikogo! Gdybym się nie domyślił prawdy, co by z panem teraz było?

— Wędrowałbym sobie spokojnie dalej.

— Spokojnie! — zawołał Sam. — Samiuteńki, bez mojej pomocy! Nie zniósłbym tego, nie przeżyłbym!

— Nie przeżyjesz, jeśli ze mną pójdziesz, Samie — rzekł Frodo — a tego ja znów znieść nie mogę.

— Mniej pewna śmierć z panem niż bez pana — odparł Sam.

— Ależ ja idę do Mordoru!

— Wiem to dobrze, proszę pana. Nie może być inaczej. A ja idę z panem.

— Słuchaj, Samie — powiedział Frodo. — Nie przeszkadzaj mi! Lada chwila wrócą tamci. Jeśli mnie tutaj przyłapią, będę musiał się spierać i tłumaczyć, a wtedy pewnie zabraknie mi odwagi i sposobności, żeby ruszyć w drogę. Muszę odejść natychmiast. Nie ma wyboru.

– Racja – odparł Sam – ale nie puszczę pana samego. Albo obaj pójdziemy, albo obaj zostaniemy. Dziury we wszystkich łodziach powybijam, a pana samiuteńkiego nie puszczę.

Frodo wreszcie się roześmiał. Zrobiło mu się nagle ciepło i radośnie na sercu.

– Oszczędź chociaż jedną – powiedział. – Potrzebna nam będzie. Ale nie możesz przecież iść bez sprzętu, zapasów i rzeczy.

– Niech pan chwileczkę poczeka! Zaraz przytaszczę swoje manatki! – krzyknął z zapałem Sam. – Wszystko mam spakowane, bo myślałem, że dzisiaj pewnie stąd ruszymy.

Pomknął do obozowiska i ze stosu, który Frodo ułożył, wyładowując z łodzi bagaż towarzyszy, wyciągnął swój worek, złapał dodatkowy koc i kilka paczek żywności na zapas, po czym pędem wrócił do swego pana.

– A więc cały mój plan spalił na panewce! – rzekł Frodo. – Nie sposób uciec przed tobą! Ale rad jestem, Samie. Nie umiem ci powiedzieć, jak bardzo jestem rad! Pójdziesz ze mną. Widzę teraz, że było nam sądzone iść razem. Ruszamy we dwóch, a reszta Drużyny oby trafiła na bezpieczną drogę! Aragorn się nimi zaopiekuje. Nie mam nadziei, żebyśmy się jeszcze w życiu zobaczyli.

– Kto wie, panie Frodo, kto wie! – powiedział Sam.

Tak Frodo i Sam we dwóch rozpoczęli ostatni etap wyprawy. Frodo wiosłował, łódź oddalała się od brzegu, rzeka ją niosła szybko w dół swoim zachodnim ramieniem pod groźnym urwiskiem Tol Brandir. Huk wodogrzmotów zbliżał się z każdą chwilą. Nawet z pomocą Sama, który robił, co mógł, ledwie udało się przeprowadzić łódź z południowego skraju wyspy w poprzek nurtu i skierować ją na wschód, ku drugiemu brzegowi rzeki.

Wreszcie stanęli znów na stałym gruncie, pod południowym stokiem Amon Lhaw. Znaleźli miejsce dogodne do lądowania i wciągnąwszy łódź wysoko na brzeg, ukryli ją za ogromnym głazem. Zarzucili worki na plecy i ruszyli, poszukując ścieżki, która by ich zawiodła przez szare wzgórza Emyn Muil dalej, do Krainy Cienia.

Na tym kończy się pierwsza część historii Wojny o Pierścień. Część druga nosi tytuł *Dwie wieże*, ponieważ ośrodkiem opowiedzianych w niej zdarzeń jest Orthank – warownia Sarumana – i Minas Morgul – forteca strzegąca tajnego przejścia do Mordoru. Czytelnik dowie się z niej o przygodach wszystkich członków rozbitej już Drużyny i o niebezpieczeństwach, z którymi się zmagali, póki nie nadciągnęły Wielkie Ciemności.

Trzecia część opowie o ostatniej walce z Cieniem i o zakończeniu misji Powiernika Pierścienia. Tytuł jej brzmi: *Powrót króla*.

ZACHODNIA CZĘŚĆ ŚRÓDZIEMIA

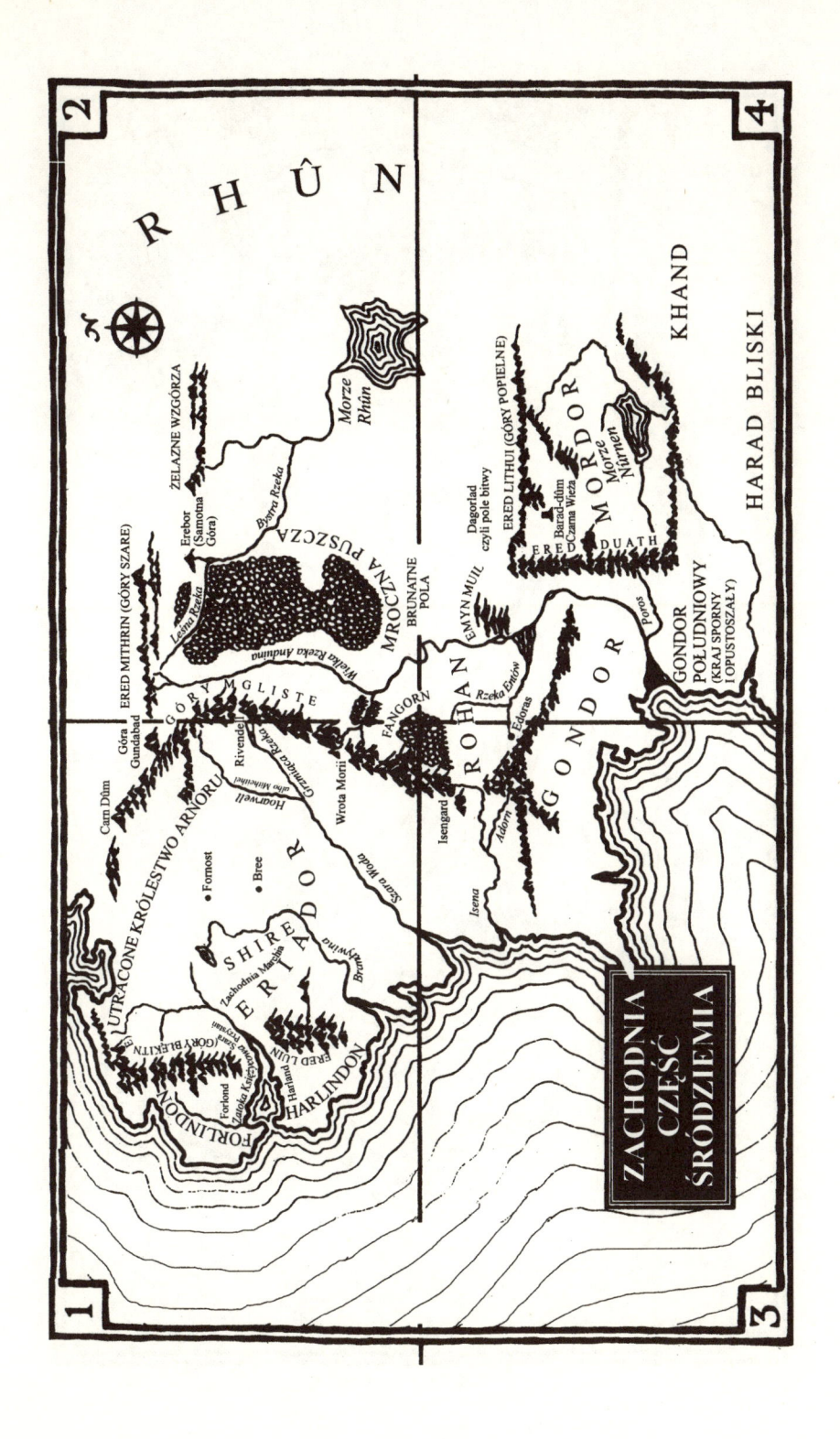

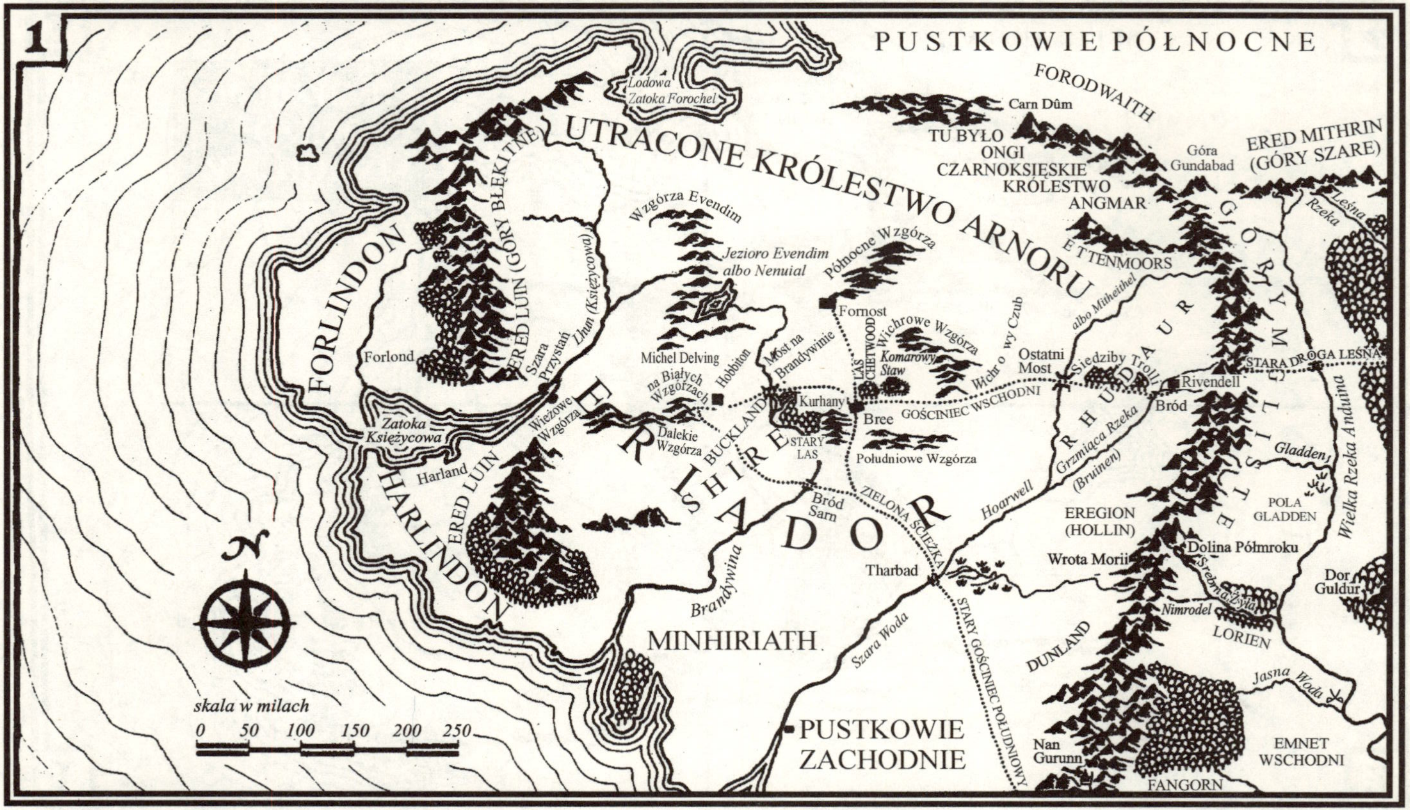
1
PUSTKOWIE PÓŁNOCNE
FORODWAITH
Carn Dûm
TU BYŁO ONGI CZARNOKSIĘSKIE KRÓLESTWO ANGMAR
Góra Gundabad
ERED MITHRIN (GÓRY SZARE)
Leśna Rzeka
ETTENMOORS
UTRACONE KRÓLESTWO ARNORU
Lodowa Zatoka Forochel
FORLINDON
ERED LUIN (GÓRY BŁĘKITNE)
Lhun (Księżycowa)
Forlond
Szara Przystań
Zatoka Księżycowa
Harland
HARLINDON
ERED LUIN
Wieżowe Wzgórza
Wzgórza Evendim
Jezioro Evendim albo Nenuial
Północne Wzgórza
Fornost
Michel Delving
Hobbiton
na Białych Wzgórzach
Most na Brandywinie
Dalekie Wzgórza
BUCKLAND
SHIRE
Kurhany
STARY LAS
LAS CHETWOOD
Komarowy Staw
Wichrowe Wzgórza
Wichrowy Czub
Bree
GOŚCINIEC WSCHODNI
Południowe Wzgórza
Bród Sarn
ZIELONA ŚCIEŻKA
ERIADOR
Brandywina
MINHIRIATH
Tharbad
Szara Woda
PUSTKOWIE ZACHODNIE
STARY GOŚCINIEC POŁUDNIOWY
Ostatni Most
albo Mitheithel
Hoarwell
Siedziby Trolli
RHUDAUR
Rivendell
Bród
Grzmiąca Rzeka (Bruinen)
STARA DROGA LEŚNA
GÓRY MGLISTE
EREGION (HOLLIN)
Wrota Morii
Dolina Półmroku
Srebrna Żyła
Nimrodel
LORIEN
Gladden
POLA GLADDEN
Wielka Rzeka Anduina
Dol Guldur
DUNLAND
Jasna Woda
Nan Gurunn
FANGORN
EMNET WSCHODNI
N
skala w milach
0 50 100 150 200 250

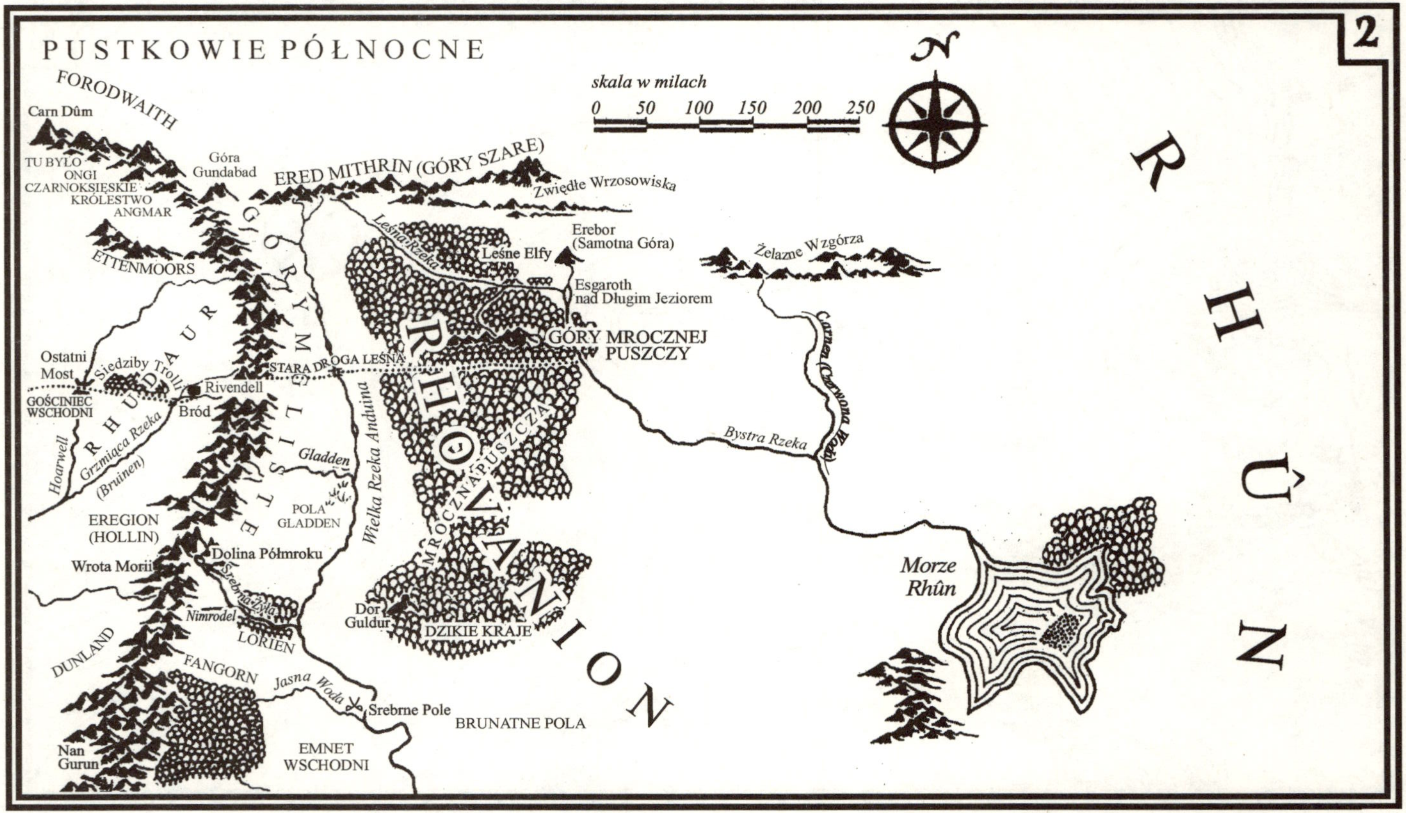
2
PUSTKOWIE PÓŁNOCNE
FORODWAITH
Carn Dûm
TU BYŁO ONGI CZARNOKSIĘSKIE KRÓLESTWO ANGMAR
Góra Gundabad
ERED MITHRIN (GÓRY SZARE)
Zwiędłe Wrzosowiska
skala w milach
0 50 100 150 200 250
RHÛN
ETTENMOORS
GÓRY MGLISTE
Leśna Rzeka
Leśne Elfy
Erebor (Samotna Góra)
Żelazne Wzgórza
Esgaroth nad Długim Jeziorem
GÓRY MROCZNEJ PUSZCZY
RHOVANION
MROCZNA PUSZCZA
Carnen (Czerwona Woda)
Ostatni Most
Siedziby Trolli
RHUDAUR
STARA DROGA LEŚNA
Rivendell
GOŚCINIEC WSCHODNI
Bród
Hoarwell
Grzmiąca Rzeka (Bruinen)
Gladden
Wielka Rzeka Anduina
Bystra Rzeka
POLA GLADDEN
EREGION (HOLLIN)
Dolina Półmroku
Wrota Morii
Srebrna Żyła
Nimrodel
LORIEN
Dol Guldur
DZIKIE KRAJE
Morze Rhûn
DUNLAND
FANGORN
Jasna Woda
Srebrne Pole
BRUNATNE POLA
Nan Gurun
EMNET WSCHODNI

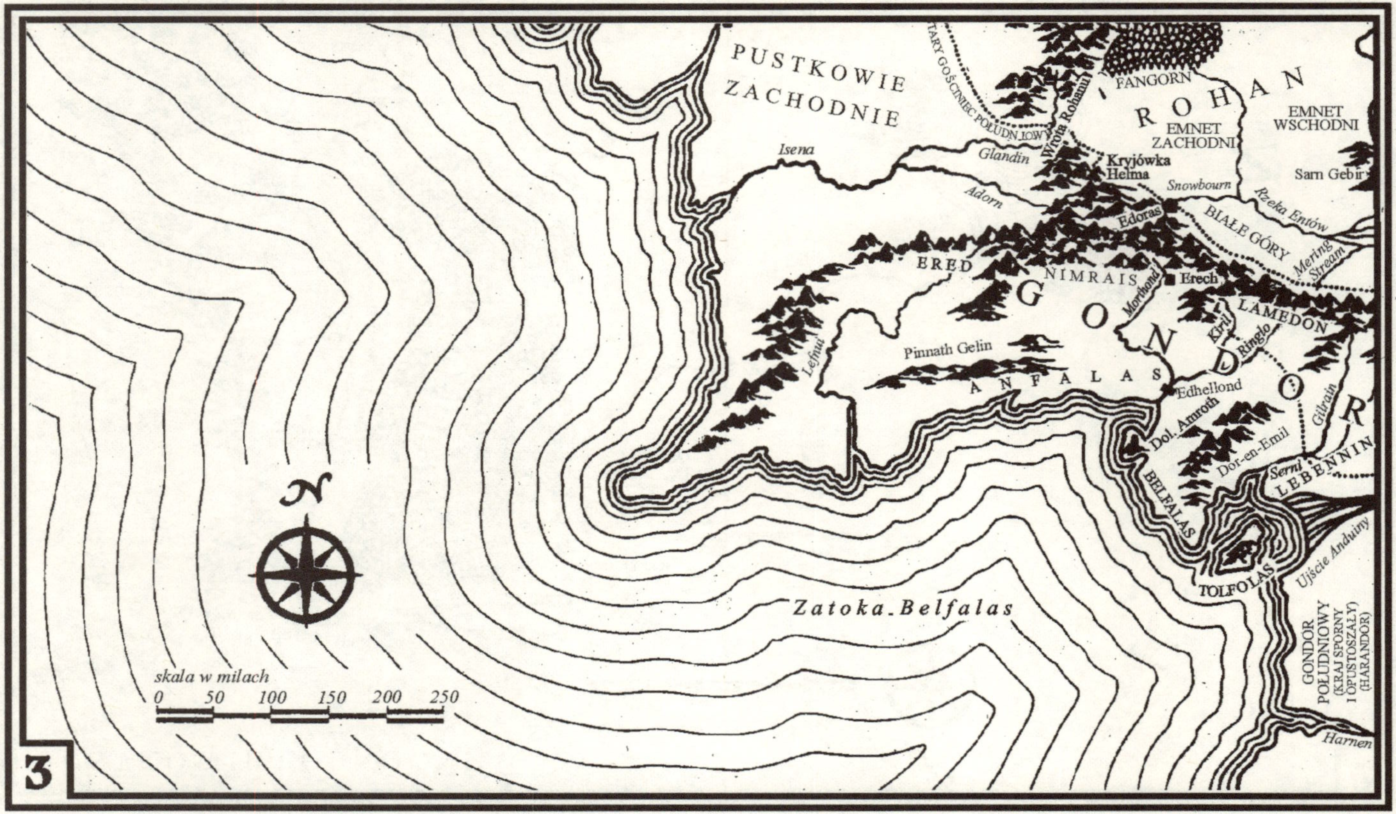

PUSTKOWIE ZACHODNIE
FANGORN
ROHAN
EMNET ZACHODNI
EMNET WSCHODNI
Sarn Gebir
Wrota Rohanu
Kryjówka Helma
Glandin
Isena
Adorn
Snowbourn
Rzeka Entów
Edoras
BIAŁE GÓRY
Mering Stream
ERED NIMRAIS
Erech
Morthond
GONDOR
LAMEDON
Kiril
Ringlo
Pinnath Gelin
Lefnui
ANFALAS
Edhellond
Dol Amroth
Dor-en-Emil
Gilrain
Serni
LEBENNIN
BELFALAS
TOLFOLAS
Ujście Anduiny
GONDOR POŁUDNIOWY (KRAJ SPORNY I OPUSTOSZAŁY) (HARANDOR)
Harnen
Zatoka Belfalas
skala w milach
0 50 100 150 200 250
3

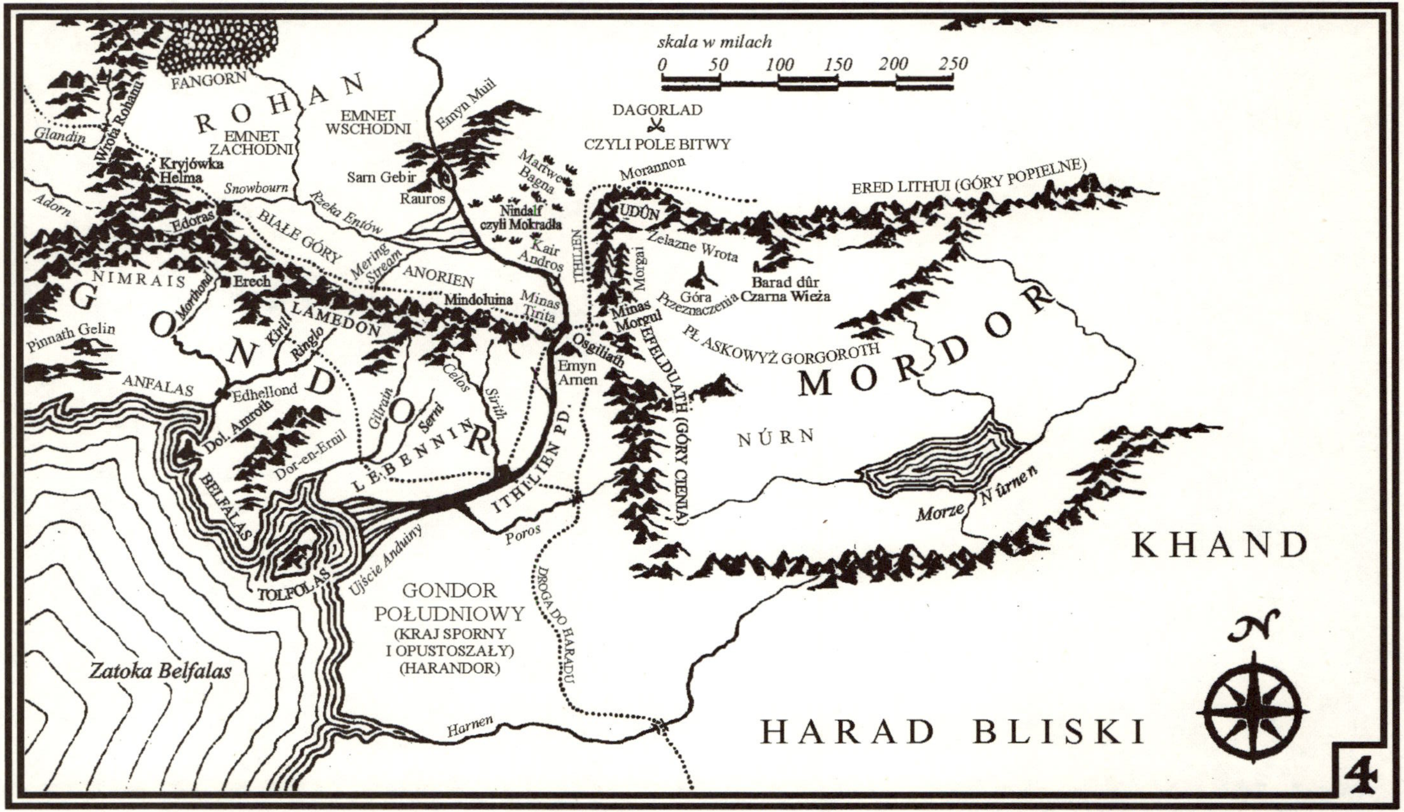
skala w milach
0 50 100 150 200 250
ROHAN
FANGORN
EMNET ZACHODNI
EMNET WSCHODNI
Emyn Muil
DAGORLAD
CZYLI POLE BITWY
Glandin
Wrota Rohanu
Kryjówka Helma
Snowbourn
Sarn Gebir
Rauros
Martwe Bagna
Nindalf czyli Mokradła
Morannon
Adorn
Edoras
Rzeka Entów
BIAŁE GÓRY
Mering Stream
Kair Andros
ITHILIEN
UDÛN
Żelazne Wrota
ERED LITHUI (GÓRY POPIELNE)
NIMRAIS
Erech
ANORIEN
Mindolluina
Minas Tirita
Morgai
Minas Morgul
Góra Przeznaczenia
Barad dûr Czarna Wieża
GONDOR
Morthond
Pinnath Gelin
LAMEDON
Kiril
Ringlo
Osgiliath
EFELDUATH (GÓRY CIENIA)
PŁASKOWYŻ GORGOROTH
MORDOR
ANFALAS
Edhellond
Emyn Arnen
Celos
Sirith
Gilrain
Serni
Dol Amroth
Dor-en-Ernil
LEBENNIN
ITHILIEN PD.
NÚRN
BELFALAS
Poros
Morze Núrnen
KHAND
TOLFOLAS
Ujście Anduiny
GONDOR POŁUDNIOWY
(KRAJ SPORNY
I OPUSTOSZAŁY)
(HARANDOR)
DROGA DO HARADU
Zatoka Belfalas
Harnen
HARAD BLISKI
N
4

# Spis treści

**Nota wydawcy** .................................................. 7

**Przedmowa do drugiego wydania angielskiego** ............ 10

**Prolog**
1 W sprawie hobbitów ................................... 16
2 O fajkowym zielu ........................................ 25
3 O ustroju Shire'u ......................................... 27
4 O znalezieniu Pierścienia ............................. 29
*Nota do prologu* ............................................. 33

**Księga pierwsza**

**Rozdział 1**
Zabawa z dawna oczekiwana .......................... 39

**Rozdział 2**
Cień przeszłości ............................................. 67

**Rozdział 3**
Trzech to już kompania .................................. 97

**Rozdział 4**
Skrótem na pieczarki ..................................... 123

**Rozdział 5**
Wykryty spisek ............................................... 139

**Rozdział 6**
Stary Las ....................................................... 154

**Rozdział 7**
W domu Toma Bombadila ............................. 171

**Rozdział 8**
    Mgła na Kurhanach .................................... 186

**Rozdział 9**
    „Pod Rozbrykanym Kucykiem" ........................ 204

**Rozdział 10**
    Obieżyświat ............................................. 222

**Rozdział 11**
    Ostrze w ciemnościach ................................. 239

**Rozdział 12**
    Bieg do brodu .......................................... 265

**Księga druga**

**Rozdział 1**
    Wiele spotkań .......................................... 291

**Rozdział 2**
    Narada u Elronda ...................................... 317

**Rozdział 3**
    Pierścień rusza na południe ............................ 361

**Rozdział 4**
    Wędrówka w ciemnościach ............................ 390

**Rozdział 5**
    Most w Khazad-dûm .................................. 422

**Rozdział 6**
    Lothlórien ............................................... 437

**Rozdział 7**
    Zwierciadło Galadrieli ................................. 463

**Rozdział 8**
    Pożegnanie z Lórien ................................... 482

**Rozdział 9**
    Wielka Rzeka .......................................... 498

**Rozdział 10**
    Rozstanie ............................................... 517

Książkę wydrukowano na papierze
Creamy HiBulk 2.4 53 g/m²
dostarczonym przez Zing Sp. z o.o.

**zing**

www.zing.com.pl

Warszawskie Wydawnictwo Literackie
MUZA SA
ul. Marszałkowska 8, 00-590 Warszawa
tel. 22 6297624, 22 6296524
e-mail: info@muza.com.pl

Dział zamówień: 22 6286360
Księgarnia internetowa: www.muza.com.pl

Skład i łamanie: MAGRAF s.c., Bydgoszcz
Druk i oprawa: Drukarnia Wydawnicza im. W.L. Anczyca, Kraków